KNAUR

HANNA
CASPIAN

SCHLOSS LIEBENBERG

# Hinter dem goldenen Schatten

Roman

KNAUR

**Besuchen Sie uns im Internet:**
**www.knaur.de**



Originalausgabe September 2023
Knaur Taschenbuch

Ein Imprint der Verlagsgruppe
Droemer Knaur GmbH & Co. KG, München

Dieses Werk wurde vermittelt durch die
Michael Meller Literary Agency GmbH, München.
Redaktion: Clarissa Czöppan
Das Zitat von Oscar Wilde stammt aus:
Oscar Wilde: *Lady Windermeres Fächer.*
*Ein Schauspiel, das von einer guten Frau handelt.*
In der Übersetzung von Alfred Brieger
Covergestaltung: FAVORIT BÜRO, München
Coverabbildung: Collage unter Verwendung von
Richard Jenkins Photography, Magdalena Russocka/trevillion.com
und ILINA SIMEONOVA/trevillion.com
Satz: Adobe InDesign im Verlag
Druck und Bindung: GGP Media GmbH, Pößneck
ISBN 978-3-426-52847-1

2 4 5 3 1

»Aber es treten auch Augenblicke ein,
in denen man vor die Wahl gestellt wird,
sein eigenes Leben zu leben, ganz, erschöpfend, vollgültig –
oder eine falsche, hohle, erniedrigende Existenz weiterzuschleppen,
wie es die Welt in ihrer Heuchelei verlangt.«

OSCAR WILDE, aus: *Lady Windermeres Fächer*

## *Dienstboten*

*Adelheid Schaaf* – Zweites Hausmädchen
*Hedda Pietsch* – Zweites Stubenmädchen
*Viktor Novak* – Erster Diener
*Oswald Opitz* – Haushofmeister, also Butler und höchster Diener
*Henriette Reineke* – Mamsell
*Martha Petzold* – Erstes Stubenmädchen
*Lydia Keller* – Drittes Stubenmädchen
*Gerda Altvater* – Erstes Hausmädchen
*Diedrich Budde* – Zweiter Diener
*Moritz Lüdke* – Hausbursche
*Hubertine Möckel* – Köchin
*Irene Böhme* – Unterköchin
*Liesel* – Küchenmädchen
*Anni* – Spülmädchen
*Herr Hartwich* – Kutscher / Chauffeur
*Leopold Theurich* – Kammerdiener des Fürsten
*Helena Grooten* – Kammerzofe der Fürstin

## *Sonstige Personen*

*Constanze Maiwald* – Gesellschafterin von Ruth Mandelbaum
*Hugo Mahlzahn* – Constanzes Verlobter
*Ruth Mandelbaum* – jüdische Witwe
*Arthur Schneider* – Kammerdiener in Berlin
*Anton Sibelius* – Privatdetektiv aus Berlin

## *Familienangehörige*

*Karl Schaaf* – Vater von Adelheid

*Friedel, Bernhard, Edeltraud, Gundula* und *Gunther* – Geschwister von Adelheid

*Justus* und *Anna Novak* – Eltern von Viktor

*Ricarda, Theodora* und *Leander* – Viktors Geschwister

## **Historische Persönlichkeiten**

*Die Fürstin, Gräfin von Sandels* – Gattin des Fürsten zu Eulenburg

*Alexandrine, Augusta* und *Viktoria* – Töchter des Fürsten

*Friedrich-Wend* – ältester Sohn des Fürsten

Politische Figuren

*Fürst Philipp zu Eulenburg und Hertefeld, Graf von Sandels* – langjähriger bester Freund von Kaiser Wilhelm II.

*General Kuno von Moltke* – ehemaliger Stadtkommandant von Berlin und Flügeladjutant des Kaisers

*Maximilian Harden* – Journalist, Begründer der Zeitschrift *Die Zukunft*

# Kapitel 1

## 9. Mai 1908

Eine lähmende Stille umgab das Schloss. Doch im Schloss selbst waren alle in Aufruhr. Der Fürst war gestern verhaftet worden. Verhaftet!

Die Fürstin war ihrem Mann nach Berlin nachgereist, mit ihrer Kammerzofe und dem Kammerdiener des Fürsten. Begleitet wurden sie von Viktor Novak, dem ersten Diener.

Viktor Novak, der Adelheid so schändlich getäuscht hatte. Er hatte sie geküsst, um sie von seinem Geheimnis abzulenken. Und sie hatte sich von ihm an der Nase herumführen lassen. Wie naiv sie doch gewesen war. Klüger, als zu vermuten war, aber trotzdem so unfassbar naiv. In ihr brodelte es. All diese Gefühle, die plötzlich um die Vorherrschaft über ihr Herz kämpften. Altbekannte Scham, tiefste Enttäuschung, Wut über den Verräter, aber auch Wut über sich selbst. Selbstvorwürfe – wie hatte sie nur so leichtgläubig auf Viktor hereinfallen können? Rachegedanken, die in ihrem Kopf tobten. Sollte er doch zum Teufel gehen mit seinem gewellten blonden Haar, das ihm so etwas Elegantes verlieh. Mit seinem sanften Gesicht und den jungenhaften Grübchen, die nur erschienen, wenn er lächelte. Was er ohnehin ja nie tat. Jawohl, zum Teufel damit. Aber jeden Abend im Bett, wenn Adelheid alleine war, überkam sie schlichter, aber abgrundtiefer Herzschmerz. Ein vernichtendes Urteil des Körpers über ihren Verstand. Und gleichzeitig eine angemessene Strafe. Aber vielleicht war es ja auch Gott, der sie strafte.

Durch die Verhaftung war der Fürst öffentlich gedemütigt worden. Und damit ebenso seine Frau, die Fürstin. Die Fürstin hatte den Tod der Mutter verschuldet, zumindest mitverschuldet. Und dafür hatte Adelheid Rache geschworen. Waren ihre Rachegelüste nun gestillt? Ja, sie hatte sich gerächt, und zwar fulminant. Und doch fühlte es sich nicht befriedigend an. Nicht befreiend. Und Adelheid hatte auch nicht das Gefühl, dass der Gerechtigkeit Genüge getan war.

Stattdessen machte auch sie sich nun, wie alle anderen im Schloss, über den Umstand der Verhaftung Sorgen. Wie ginge es weiter? Würde der Fürst ins Gefängnis kommen? Welche Auswirkungen würde das auf die haben, die hier im Schloss arbeiteten? Welche Konsequenzen könnte es für sie persönlich haben? Wenn die Zahl der Dienstboten tatsächlich verringert wurde – würde sie ihre Stellung verlieren?

Aus dem Fenster heraus hatte sie gestern den Abtransport des Fürsten beobachtet, wie er mit seinem Hausarzt und dem Kommissar zusammen in das Automobil gestiegen war. Wenig später war die Fürstin mit ihrer Begleitung abgefahren. Die Fürstentöchter durften nicht mitreisen, hatte man entschieden. Was zu einem kleinen Tumult in der Eingangshalle geführt hatte. Doch dieses Mal hatte die Fürstin sich durchgesetzt.

Hedda war seit zehn Tagen fort, entlassen. Herr Opitz und Lydia Keller hatten ihr die Schuld für den Treppensturz der Mamsell in die Schuhe geschoben, hinterrücks und außerordentlich gemein. Jetzt gab es niemanden mehr im Schloss, dem Adelheid vertraute.

Dabei hätte sie gerade jetzt, in diesen chaotischen Zeiten, Heddas beruhigende und erklärende Art nötig gehabt. Alle schienen vollkommen eingenommen und eingeschüchtert von der Entwicklung, dass ihr Dienstherr nicht nur der Homosexualität, sondern auch des Meineides schuldig sein sollte.

Die Küchenmädchen tuschelten die ganze Zeit, und die Köchin, Frau Möckel, ging nicht dazwischen. Martha Petzold dagegen war schon seit Tagen äußerst schweigsam. Vor ihrem Rausschmiss hatte Hedda Adelheid noch eine Warnung für Martha mit auf den Weg gegeben. Doch es war unnötig gewesen, diese an Fräulein Petzold weiterzugeben. Auch wenn die nicht wusste, wer eigentlich schuld war an dem folgenreichen Unfall der Mamsell, so war ihr doch mittlerweile bewusst, dass sie bei Lydia Keller höllisch aufpassen musste. Eigentlich hatte Martha für die Zeit der Abwesenheit der Mamsell das Oberkommando über die weibliche Dienerschaft. Doch Lydia spielte sich plötzlich auf, als wäre sie die Mamsell höchstpersönlich. Und Herr Opitz griff nicht ein. Martha Petzold war machtlos und schlich so geduckt durch die Gänge, wie man es sonst nur von Moritz, dem Hausburschen, kannte.

Dagegen war Diedrich Budde völlig außer sich. Da im Moment von den Herrschaften nur die zwei Komtessen anwesend waren, die sich gestern den ganzen Tag in ihre Privaträume zurückgezogen hatten, hatte er nicht viel zu tun. Stundenlang stand er in der Leutestube und empörte sich über den ungehörigen Verdacht gegen den Fürsten. Und alle paar Minuten verfiel er lautstark der Sorge, es könnte tatsächlich wahr sein. Zumindest tat er das, wenn Herr Opitz nicht gerade in der Nähe war.

Einzig für die Hausmädchen, für sie und Gerda Altvater, schien sich kaum etwas geändert zu haben. Mit Gerda sollte Adelheid heute die Räume in den Dienstbotenetagen reinigen. Die Zimmer der Kammerzofe und des Kammerdieners, und auch die von Herrn Opitz und Frau Reineke, sowie die Badestuben der Männer und der Frauen wurden von den Hausmädchen sauber gehalten. Alle anderen Bediensteten waren für ihre Kammern selbst zuständig.

Gerda fegte oben schon den Flur, während Adelheid unten Putzwasser und Feudel holte. Seit sie vom Stubenmädchen zum Hausmädchen degradiert worden war, verbrachte sie die Hälfte ihrer Arbeitszeit mit den Händen im Putzwasser. Die Böden in den Herrschaftsräumen wurden fast jeden Tag gewischt, ebenso das Vestibül und die elendig langen Flure in den Herrschaftsetagen. Und mindestens jeden zweiten Tag waren die breiten Treppen dran. Immerhin musste sie momentan nur die zwei Abortpfannen der Komtessen leeren.

Als sie nun, beschwert mit heißem Putzwasser und Feudel, unten aus der Waschküche trat, sah sie an der Ecke Herrn Opitz stehen. Die Herrschaften waren fort, und die Komtessen interessierte es nicht, was unten in der Dienstbotenetage vor sich ging. Sie trugen sich gerade mit ganz anderen Sorgen. Adelheid hatte furchtbare Angst davor, wieder von dem obersten Diener bedrängt zu werden. Beide Male war nichts passiert, aber momentan konnte Herr Opitz schalten und walten, wie es ihm beliebte. Opitz war gefährlicher als je zuvor.

Adelheid duckte sich, als sie an ihm vorbeiging.

»Bezieht das Bett von Mamsell Reineke«, herrschte er sie an.

»Jawohl«, sagte Adelheid kleinlaut. Wurde die Mamsell etwa zurückerwartet? Das wäre überraschend. Hatte man ihnen doch erzählt, sie habe einen komplizierten Hüftbruch und dürfe noch wochen-, gar monatelang nicht arbeiten. Man hatte sie in Eberswalde, im Auguste-Viktoria-Heim, untergebracht.

Vermutlich hatte die Fürstin entschieden, dass man die Komtessen Alexandrine und Viktoria nicht einfach alleine im Schloss belassen durfte. Wann die Fürstin, ja wann der Fürst selbst zurückkehren würden auf das Schloss, stand in den Sternen. Aber was sollte Mamsell Reineke mit einer gebrochenen Hüfte ausrichten?

Adelheid huschte an Opitz vorbei. Doch er nahm kaum Notiz von ihr. Etwas schien ihn zu beschäftigen. Vorgestern war er plötzlich verschwunden, ab nach Berlin, um bei den Banken nach einem Kredit für die Kaution des Fürsten zu fragen, so weit hatte es sich herumgesprochen. Doch er war mit leeren Händen zurückgekommen. Hatte auch er Angst, entlassen zu werden? Das konnte Adelheid sich kaum vorstellen.

Sie lief die Dienstbotentreppe hoch. Gerda Altvater wartete schon auf sie. Je länger Gerda nicht mehr mit Lydia Keller zusammenarbeitete, desto freundschaftlicher wurde ihr Verhältnis.

Doch an ihre Freundschaft mit Hedda reichte es lange nicht heran.

»Wir sollen das Bett der Mamsell beziehen, hat Herr Opitz mir aufgetragen.«

»Dann kommt sie also zurück?«

Adelheid zuckte mit den Schultern. »Vermutlich. Und vielleicht fangen wir dann auch direkt mit ihrem Zimmer an.«

Gerda nickte. Obwohl sie über ihr stand, hatte das erste Hausmädchen kein Problem damit, sich Adelheids Vorschläge anzuhören. Zumal sie besser planen und organisieren konnte als Gerda, der das wohl auch bewusst war.

Nachdem Adelheid sich damit abgefunden hatte, nur noch Hausmädchen zu sein, war sie immer davon ausgegangen, sie würde in ein paar Jahren erneut zum Stubenmädchen aufsteigen. Dann wieder mit höherem Lohn und längeren Schlafenszeiten. Bis dahin musste ihre Familie eben mit weniger Geld zurechtkommen. Doch seit damals war viel passiert. Ihre Mutter war gestorben, ihr Vater hatte das Saufen angefangen, das Baby war gestorben, die ältesten Brüder waren fortgegangen und ihre jüngsten Geschwister litten Hunger. Sie hatte handeln müssen. Und sie hatte gehandelt, sehr gut gehandelt. Fast zweihundertfünfzig Mark hatte sie kassiert, als sie Herrn Harden, dem Journalisten, der die ganze Sache gegen den Fürsten ins Rollen gebracht hatte, Informationen verkauft hatte. Informationen, die anscheinend schlussendlich doch ausgereicht hatten, den Fürsten verhaften zu lassen. Dank Adelheid ging es ihren Geschwistern nun gut, also zumindest besser. Ihre Brüder Friedel und Bernhard waren zurückgekehrt, und auch der Vater hatte sich von seiner schweren Zeit nach dem Tod der Mutter erholt.

Und doch blieb da ein schaler Geschmack. War es ihr schlechtes Gewissen dem Fürstenpaar gegenüber? Ja, vielleicht, ein wenig. Was Adelheid überraschend zugeben musste. Warum, wusste sie nicht. Denn genau so ein Unglück, das nun über den Fürsten und die Fürstin gekommen war, hatte sie sich erhofft. Aber nun schien ihr dieses Unglück unangemessen groß zu sein. Nein, schalt sie sich immer wieder. Ihre Mutter war gestorben, weil die Fürstin den Arzt nicht hatte bestellen wollen. In der Folge war auch das Baby verstorben. Was konnte schwerer wiegen als der Tod zweier Menschen?

In ihrem Kopf aber rumorte es Tag und Nacht. War ihre Rache angemessen? Würde sie bald entlassen? Würde man nun im Prozess gegen den Fürsten dahinterkommen, dass jemand aus dem Schloss Herrn Harden mit geheimen Informationen versorgt hatte? Würde dann sie statt des Fürsten ins Gefängnis müssen? Und hätte sie dann noch Gelegenheit, das übrig gebliebene Geld aus der kaputten Kommode zu holen, um es ihrer Familie zukommen zu lassen? Doch als hätte sie keine größeren Sorgen, schweiften ihre Gedanken ständig ab, hin zu Viktor Novak und dem, was er ihr angetan hatte.

»Aber ich dachte, sie muss dort monatelang liegen! Ihr Unfall ist noch keine zwei Wochen her«, setzte Gerda nun nach.

»Ich weiß auch nicht mehr als du.«

Sie gingen also in die Schlafkammer der Mamsell, fegten dort, putzten, wischten die Möbel ab, um zuletzt das Bett frisch zu beziehen. Würde die Mamsell wirklich heute zurückkommen, wäre sie bestimmt froh, wenn alles reinlich war.

Just, als sie mit der Kammer fertig waren, kam Martha herein. »Wir sollen uns unten versammeln. Die Mamsell ist gerade eingetroffen. Es gibt einiges zu besprechen. Ihr könnt später hier oben weitermachen.«

Sie folgten Martha runter in das Souterrain. Die Küchenbediensteten steckten neugierig ihre Nasen in die Leutestube. Adelheid entdeckte Moritz und Lydia Keller. Noch bevor sie zu dritt eintraten, hörten sie schon die Stimme der Mamsell, dünner als früher, und der gewohnte Befehlston fehlte gänzlich.

»Es geht schon … Geht schon. Lassen Sie mich … nur eben …« Ein schmerzverzogener Ton folgte. Die Mamsell ließ sich gerade auf einen Stuhl nieder. Ihr Gesicht wirkte noch strenger als vorher, noch schmaler. Lydia drückte ihr auffallend freundlich ein Kissen in den Rücken.

Aus dem Flur erklang ein metallisches Scheppern. »Wo soll ich das Feldbett denn hinstellen? Hier in die Leutestube oder in den Dienstraum von Frau Reineke?«, fragte Diedrich Budde laut.

Er erwartete wohl eine Antwort von Herrn Opitz, doch die Mamsell war schneller. »Hierher. Direkt neben die Tür.«

Sie wollte doch wohl nicht … Plante sie etwa, den ganzen Tag über hier zu liegen, Aufgaben zu verteilen, Dienstpläne zu schreiben und sonst alles zu organisieren, was organsiert werden musste? Ja, doch, anscheinend plante sie genau das. Adelheid schaute sich um. Endlich waren alle versammelt.

Herr Opitz erhob seine Stimme: »Mamsell Reineke nimmt ihren Dienst wieder auf. Wie Sie alle sehen können, ist sie nicht gut zu Fuß. Einige Aufgaben, zum Beispiel die Kontrolle der Zimmer, wird fürs Erste Fräulein Petzold beibehalten.«

»Nur fürs Erste«, erklärte die Mamsell eilig. »Ich werde es mir aber nicht nehmen lassen, heute noch alle Räumlichkeiten der Herrschaften zu besichtigen … Das mache ich allerdings erst später.« Ihre Sätze waren von kleineren Pausen durchzogen, in denen sie heftig atmete. Mit ihrer linken Hand hielt sie einen Gehstock fest.

»Genau. Sie müssen sich erst einmal von der anstrengenden Fahrt erholen«, sagte Lydia ungewohnt mitfühlend und legte ihr eine Hand auf die Schulter. Selbst der Mamsell schien es unangenehm.

»Ich verbitte mir jegliche Vertraulichkeiten. Mir geht es gut. Ich brauche nur noch ein paar Tage, dann wird wieder alles normal sein.«

In der Runde herrschte Schweigen. Niemand schenkte ihren Worten Glauben. Es war doch zu sehen, wie sehr ihr Unfall sie noch für längere Zeit behindern würde.

»Ich koche Ihnen einen Weidenrindentee. Der wird die Schmerzen lindern«, versprach Frau Möckel mitleidig.

»Das ist nicht nötig. Mir geht es schon wieder ganz passabel.«

Ihr Gesicht allerdings sprach eine andere Sprache. So verspannt und schief sitzend musste sie große Schmerzen haben.

Opitz klatschte in die Hände. »Sie haben es gehört. Noch ein paar Tage Schonung, dann wird das wieder. Ein Ansporn für alle, sich besonders Mühe zu geben. Auf, auf. Ich habe gerade Kunde darüber erhalten, dass morgen der Sohn des Fürsten anreist. Mit Frau und Kind. Wir haben also noch viel zu erledigen.«

Nachdem Graf Friedrich-Wend, der älteste Sohn des Fürstenpaares, vor zwei Jahren aus dem aktiven Militärdienst ausgeschieden war, hatte er ein Studium der Landwirtschaft in Halle begonnen. Zwei Jahre zuvor schon hatte er eine Österreicherin, eine Katholikin dazu, geheiratet. Fast wäre diese Ehe nicht zustande gekommen, aber der Kaiser höchstpersönlich hatte beim Papst eine Ausnahmegenehmigung erwirkt. Geheiratet wurde zwei Mal – protestantisch und katholisch. Die Kinder aber sollten auf ausdrücklichen Wunsch des Kaisers protestantisch getauft werden. Das fast fertiggestellte Seehaus, nur zwei Kilometer vom Schloss entfernt am Ufer des Großen Lankesees gelegen, wurde aus der Mitgift der Braut finanziert. Lydia Keller wusste plötzlich erstaunlich viel über die Familie. In ihrer Eitelkeit erzählte sie es Gerda, die es wiederum Adelheid brühwarm weitergab.

»Graf zu Eulenburg wird vermutlich noch morgen weiterreisen nach Berlin«, erklärte Opitz weiter. »Aber sicher können wir nicht sein. Richten Sie sich also auf alle Eventualitäten ein.«

Graf zu Eulenburg, der irgendwann den Fürstentitel seines Vaters erben würde, und zwar als Einziger, wie Hedda ihr schon erklärt hatte, wollte wohl seinem Vater in Berlin beistehen. Vermutlich würde er sich zuvor noch vom Stand der Fertigstellung seiner Villa am Lankesee überzeugen. Adelheid hatte die Baustelle einige Male gesehen. Es wurde an nichts gespart. Ein großes und modernes Gebäude, das mit Elektrizität, modernen Öfen und Badezimmern mit fließendem Wasser und einer größeren Anzahl von Toiletten ausgestattet war.

Vielleicht sollte sie sich bei der österreichischen Ehefrau beliebt machen, um dort als Dienstbotin unterzukommen. Fließendes Wasser bedeutete, man musste nicht mehr den halben Tag Frischwasser hoch- und Brauchwasser runterschleppen. Und mehrere Toiletten pro Etage würden vermutlich dazu führen, dass die Herrschaften nachts seltener, oder vielleicht gar nicht mehr auf die Abortpfannen gingen. Hier im Schloss lagen die Abtritte weit entfernt von den Schlafkammern und waren in der kühlen Jahreszeit eisig. Deshalb nutzten alle weiterhin die Abortpfannen.

»Wir richten also zwei der großen Gästezimmer her«, sagte Martha in ihre Richtung.

»Nehmen Sie die zum Park hinaus. Die sind ruhiger«, sagte die Mamsell eilig. Sie wollte direkt klarmachen, dass solche Entscheidungen nun wieder von ihr getroffen wurden.

Die gnädige Frau, die Österreicherin aus einer reichen Unternehmerfamilie, war nämlich wieder schwanger. Im Herbst würde ein zweites Enkelchen kommen. Wieder etwas mehr Leben im Schloss. Das war Adelheid nur recht. Der Besuch würde auch die Komtessen von ihrer Trübsal ablenken.

Und sie würde auch abgelenkt von all dem Schrecklichen, was passiert war. Ja, sie sollte die Österreicherin umhegen und verhätscheln, damit sie hoffentlich im Seehaus Arbeit fand. Hedda war nicht mehr da. Offensichtlich baute Lydia ihre Machtstellung aus. Unter Lydias Befehl wollte sie nicht arbeiten müssen. Vor allem aber wollte sie Viktor nicht mehr wiedersehen.

Alle verließen die Leutestube. Nur noch Moritz war hinter ihr, als die Mamsell sie am Arm packte. Sie sagte nichts, aber Adelheid blieb stehen. Es war offensichtlich, dass die Mamsell etwas von ihr wollte, das sie nicht vor der gesamten Gruppe besprechen wollte.

»Schließ die Tür.«

Jetzt erkannte Adelheid, es war nicht Strenge, die auf dem Gesicht der Mamsell lag, sondern Bitterkeit. Sie nickte, schloss die Tür und wartete.

»Pass auf: Ich werde in nächster Zeit ... etwas Unterstützung benötigen. Und ich will nicht, dass jemand das mitkriegt, verstanden?«

»Natürlich.« Welche Art der Unterstützung sie meinte, würde sie wohl noch sagen.

»Ich müsste zum Abtritt. Jetzt gleich, aber vermutlich auch mehrmals am Tag. Da sollst du mir helfen. Du sollst neben mir laufen, damit ich nicht falle. Und dann hilfst du mir mit dem Rock und so fort.«

Adelheid nickte nur. Dann reichte der Gehstock ihr wohl nicht.

»Du wirst niemandem etwas sagen. Nur, dass du mir Hilfe angeboten hast. Und dich nicht wegschicken lässt.« Es war ein Befehl, klang aber wie eine Bitte.

»Natürlich.«

Plötzlich wurde das harsche Gesicht der Mamsell weicher. »Du bist die Einzige hier, der ich noch vertraue.«

Adelheid musste schlucken. Diese Wendung hatte sie allerdings nicht erwartet. Wieso ausgerechnet sie? Wieder nickte sie nur.

»Du bist gescheit genug, um den Mund zu halten ... Dir ist klar, was hier läuft, oder?«

Was meinte sie? Lydias Intrigen? Ihr merkwürdiger Unfall? Die Geschichte mit dem schwarzen Büchlein der Verfehlungen?

»Ich hatte viel Zeit, nachzudenken über das, was da passiert ist«, erklärte Mamsell Reineke mehrdeutig.

Jetzt war die Gelegenheit, für Hedda Partei zu ergreifen, auch wenn es natürlich nichts mehr an ihrer Kündigung ändern würde. »Sie war es nicht, Mamsell Reineke. Ich meine Fräulein Pietsch. Sie hatte damit nichts zu tun. Fräulein Keller hat es ihr in die Schuhe geschoben.«

Mamsell Reineke sah sie ernst an. »Sagte ich es doch: Du bist gescheit ... Also sind wir uns einig?« Ihre Hand krallte sich um den hölzernen Griff des Stocks.

Adelheid nickte eifrig. »Ich helfe Ihnen, wo ich kann. Aber es wird auffallen, wenn ich zwischendurch meine Arbeit liegen lasse.«

»Lass das meine Sorge sein.« Nun versuchte sie aufzustehen. Rutschte auf dem Stuhl vor, den Stock in der einen Hand, versuchte sie sich mit der anderen auf der Tischplatte abzustützen. Ihr Gesicht verzog sich schmerzvoll.

Adelheid packte sie am Arm. Doch sie plumpste in den Stuhl zurück. »Es geht noch nicht. Komm in einer halben Stunde wieder. Dann werde ich es schaffen müssen.«

»Jawohl. Und ... Mamsell Reineke ...?«

»Ja?«

»Darf ich Ihnen eine Frage stellen?«

Die Mamsell sah sie skeptisch an. »Rede nur.«

»Wieso sind Sie nicht in Eberswalde geblieben? War es dort nicht gut?«

»Ach Kind, du bist gescheit, aber von der Welt hast du keine Ahnung.« Sie schüttelte ihren Kopf. »Ich muss doch arbeiten. Ich kann es mir nicht leisten, gekündigt zu werden.«

»Dürfen die das denn?« Die, das war das Fürstenpaar.

Die Mamsell strich sich ihr streng nach hinten frisiertes Haar glatt. »Sie haben Eberswalde bezahlt, aber Lohn habe ich nicht erhalten. Und wenn ich nun noch sechs Wochen, wie der Arzt es mir geraten hat, dort geblieben wäre, dann ... Könnte deine Familie zwei Monate auf deinen Lohn verzichten?«

Adelheid schüttelte den Kopf. Natürlich hätte sie nun sagen können, dass die Mamsell doch gar keine Familie hatte. Aber sie wusste es besser. Da war ein unehelicher Sohn, den sie unterstützte. Außerdem ging es sie auch nichts an. Etwas anderes beschäftigte sie.

»Wenn man krank ist, bekommt man keinen Lohn?«

»Bei ein paar Tagen ist das egal. Außer natürlich, du hättest dir beim Tanzen den Fuß verdreht oder dir eine Erkältung von deiner Familie mit angeschleppt. Dann natürlich nicht. Aber wenn etwas im Haus passiert, also während deines Dienstes, dann sind die Herrschaften in der Pflicht. Allerdings nur innerhalb der Kündigungsfrist. Und die ist bald bei mir rum. Ich will nichts riskieren.«

Adelheid wusste, die vor ein paar Jahren eingeführte Krankenversicherung galt nicht für das Gesinde, ebenso wenig wie die Unfallversicherung. Hedda hatte recht, wenn sie sagte, sie seien den Herrschaften auf Gedeih und Verderben ausgeliefert.

Adelheid schluckte wieder. Sie hatte es jetzt zwar besser als damals, als sie noch ihrer Mutter in der Tagelöhnerhütte geholfen hatte, aber rechtlos war sie geblieben. Gänzlich rechtlos. Und nun auch wieder ganz auf sich alleine gestellt. Die Einzige, die auf ihrer Seite war, war sie selbst.

## 10. Mai 1908

Hier also war es. Hedda stand vor einem Krämerladen, groß, mit breiten Schaufenstern links und rechts vom Eingang. Darüber war in geschwungenen Lettern *Feinkost Hübchen* zu lesen. Die Gegend war nicht die beste, aber auch nicht die schlechteste in Berlin. Nicht alle Straßenzüge waren Arbeiterquartiere. Eigentlich war Hedda gerade auf dem Weg in ein nahes Arbeitercafé gewesen, wo mehrere Tageszeitungen auslagen. Statt das Geld für Zeitungen auszugeben, konnte sie sich dort eine preiswerte Tagessuppe leisten und währenddessen Stellenanzeigen studieren.

Doch auf dem Weg dorthin hatte sie den Zettel entdeckt. Jemand hatte ihn ungehörigerweise an eine Litfaßsäule geheftet. Was man nicht durfte. *Stubenmädchen gesucht* – hieß es auf dem Zettel. *Bitte melden bei* Hübchen, *um die Ecke*. Stubenmädchen, kein Alleinmädchen! Das machte ihr Hoffnung. Sie würde einfach mal nachfragen. Schaden konnte es ja nicht. Sie war zurück in die Damenpension gegangen, hatte ihr Gesindebuch und ihren Entlassungsbrief geholt und war zurückgekommen.

Vorne im Schaufenster waren Konservendosen gestapelt. Weinflaschen standen in einer manierlichen Reihe. Davor eine Holzschachtel mit der Aufschrift *Zigarren*. Sahneweiße Seifenstücke lagen ebenfalls aus. Eine bunte Mischung erschwinglichen Luxus. Sie riskierte einen Blick hinein. Der Laden machte einen vernünftigen Eindruck. Eine ältere Dame und ein älterer Mann standen hinter dem Tresen. Beide bedienten jeweils eine Kundin. Ein Junge, vermutlich der Handelsgehilfe, kam herein und brachte etwas, das in Zeitungspapier eingeschlagen war, nur um direkt wieder nach hinten zu verschwinden. Besonders glücklich sah er nicht aus. Aber wenn es danach ginge, könnte sie gar keine Stelle annehmen. Außerdem wusste sie noch gar nicht, ob das überhaupt die neuen Arbeitgeber wären. Man sollte sich dort melden. Vielleicht wusste die Krämersfrau einfach nur, in welchem Haushalt ein Stubenmädchen gesucht wurde.

Hedda wartete ein paar Minuten, bis der Laden leer war, dann trat sie ein. Über ihr klingelte eine Türglocke.

»Guten Tag«, begrüßte sie die Krämersfrau. »Ich habe den Anschlag an der Litfaßsäule gesehen. Es wird ein Stubenmädchen gesucht.«

Die freundliche Miene der Frau verschwand sofort und verwandelte sich in eine skeptische. »Suchen Sie für sich oder für jemand anderen?« Ihr prüfender Blick ging an ihr hoch und runter.

»Ich suche für mich. Ich war bis vor Kurzem Stubenmädchen … Wo wäre die Anstellung denn? Hier im Haus?«, fragte Hedda.

»Kommen Sie mit«, sagte die Frau. »Alfred, ich muss nach hinten«, rief sie ihrem Mann zu, der kurz zuvor in einen Lagerraum hinter dem Verkaufsraum verschwunden war. Sie hob die Holzklappe am Tresen hoch und ließ Hedda durch. Von dort ging es durch einen Flur nach hinten. Hedda folgte der Frau geradeaus nach draußen in einen Hinterhof, in dem es nach Fisch roch.

»Dann erzählen Sie mal. Wo waren Sie zuletzt beschäftigt?« Ihre Haare waren grau meliert, Falten umkränzten den Mund, und ihr Gesichtsausdruck war gleichzeitig so herrisch wie müde.

Hedda schluckte. Da musste sie nun durch. »In einem Schloss im Löwenberger Land. In einem Haushalt mit einer größeren Dienerschaft.«

Die Frau machte ein überraschtes Gesicht. »Bei hohen Herrschaften?«

Hedda nickte. Und hoffte, sie würde nicht nach dem Namen fragen. Der Name Fürst zu Eulenburg war gerade in aller Munde. Und hinterließ bei den meisten einen schlechten Nachklang.

»Und wieso sind Sie dort weg?«

Es nutzte nichts. Sie würde es ohnehin erfahren, sobald Hedda ihr Gesindebuch vorlegte, das sie bei sich trug. »Ich wurde gekündigt. Weil … Ich habe mich gegen die Übergriffe des Haushofmeisters gewehrt.«

Die ältere Frau zog die Augenbrauen hoch. Hedda wusste, eine solche Information kam nicht gut an. Gekündigt.

»Gewehrt?«, fragte die Frau nach.

Hedda nickte wieder. Diese Information schien bei der Frau keine Abneigung hervorzurufen. Was sie ermutigte weiterzureden.

»Suchen Sie für Ihren Haushalt ein Stubenmädchen?«

»Genauso ist es. Wie lange haben Sie als Stubenmädchen gearbeitet?«

»Fünf Jahre. Davor war ich ein Jahr Hausmädchen, im gleichen Haushalt. Und davor hatte ich mehrere Stellen als Alleinmädchen. Ich hab mit zwölf meine erste Stellung angetreten.«

Die Frau nickte zufrieden. Mit zwölf. Das bedeutete, Hedda besaß viel Erfahrung.

»Zeigen Sie mir Ihr Gesindebuch.« Sie kramte in ihrer Schürze und holte eine Brille hervor, während Hedda das Büchlein mit dem Entlassungsbrief aus ihrer Tasche holte. Sie gab es ihr.

Die Frau las den Entlassungsschein. »Sie waren beim Fürsten zu Eulenburg angestellt«, brachte sie überrascht hervor.

»Ja, beinahe sechs Jahre lang.«

Für einen Moment schien die Frau etwas zu überlegen, dann sagte sie: »Wir sind hier kein so nobler Haushalt.«

Das brauchte sie kaum zu betonen. Es verstand sich von selbst. Nur die wenigsten im Reich konnten es mit einem Fürsten aufnehmen.

»Haben Sie Seine Majestät bedient?«, kam die neugierige Frage.

»Leider nein. Gesehen habe ich ihn mehrere Male, aus der Ferne. Aber bedienen durften ihn nur seine eigenen Diener.«

Die Dame nickte. Während sie das Gesindebuch durchblätterte, schaute Hedda sich um. Der Hinterhof war begrenzt von einer hohen Mauer. Es drang kaum Sonnenlicht vor. Das Haus hatte insgesamt fünf Stockwerke, wenn man die Mansarde mit einrechnete. Ob alle von der Krämersfamilie bewohnt wurden? Sonst würde sich ein Stubenmädchen doch gar nicht lohnen.

Hedda wartete, bis die Frau das Gesindebuch geprüft hatte. Zum Schluss kam sie zu dem unverschämten Eintrag, den Opitz ihr noch verpasst hatte. Sie gab ein undefinierbares Geräusch von sich.

Hedda wollte schnell vom Thema ablenken. »Wenn ich eine Frage stellen darf: Wie groß ist Ihr Haushalt?«

Frau Hübchen blickte Hedda kritisch an. »Sie haben sich also mit dem Haushofmeister des Fürsten angelegt. Alle Achtung.« Bevor Hedda etwas sagen konnte, sprach sie weiter. »Ich mag es nicht, wenn die Dienstbotinnen den Hausherren schöne Augen machen.«

Also wäre das das Problem. In der überwiegenden Zahl der Fälle war es doch genau andersherum. Die Männer stellten den Dienstmädchen nach. Und ob sie nun haltlos Versprechen machten, auf die die naiven Dinger reinfielen, oder sich einfach mit Gewalt nahmen, was sie für ihr gutes Recht hielten – am Ende waren es immer die Frauen, die die Zeche zahlten.

»Dem kann ich nur zustimmen«, antwortete Hedda trotzdem.

Sie schaute Hedda wieder prüfend an. Anscheinend überlegte sie, ob sie sie anstellen sollte. Wobei sie ja das Recht hatte, sie jederzeit rauszuschmeißen. Für sie wäre das Risiko also nicht groß.

Die Tür wurde aufgerissen. Der junge Handelsgehilfe, einen Blechbottich unter dem Arm, zuckte zusammen, als er sah, dass Frau Hübchen hier stand.

»Ich muss an die Fässer«, sagte er unterwürfig.

Als müsste er sich dafür entschuldigen, dass er arbeitete. Jetzt sah Hedda auch, warum es hier so roch. Zwei mit Deckeln abgedeckte Fässer standen an einer Mauer. Vermutlich waren dort lebende Fische untergebracht. Aber eigentlich dürfte es dann hier nicht so stinken, nicht, wenn die Fische noch lebten.

»Dann tu das. Aber pass dieses Mal auf, hörst du?«

»Jawohl, Frau Hübchen.«

Irgendwas an der Haltung des Jungen gefiel Hedda nicht. Er erinnerte sie an Moritz, den Hausburschen auf dem Schloss. Der lief auch immer so verhuscht durch die Gänge. Ewig geduckt, weil er jederzeit damit rechnete, von Opitz geschlagen zu werden.

»Kommen Sie mit hoch«, sagte Frau Hübchen nun und ging durch die Tür in den Flur. »Hier hoch.«

Durch einen Durchgang ging es in den Hausflur, der nach vorne raus auch eine Tür zur Straße hatte. Aber sie stiegen eine Treppe hoch. Hedda folgte der Frau. Im ersten Stock öffnete sie eine Tür. Es war nicht abgeschlossen. Der Duft nach Kohl drang in ihre Nase. Es waren Stimmen zu hören, von einer Frau und mindestens einem Kind.

Sie folgte Frau Hübchen durch einen langen Flur bis zu einer Tür. Die Krämersfrau zog eine Kette aus dem Ausschnitt, an dem zwei Schlüssel waren. Einen davon steckte sie in das Türschloss und öffnete.

Hedda trat in ein Zimmer, das offensichtlich gleichzeitig Arbeitszimmer wie auch Lager war. In der Mitte stand ein großer Schreibtisch, an den Wänden Regale mit Kladden und Aktenordnern und diversen Pappmappen. In einer Ecke waren Holzkästchen mit Zigarren gestapelt. In einer anderen sah sie ein Regal, das bis oben hin mit Flaschen gefüllt war. Kein Wein, sondern eher Whisky und Bourbon und andere wertvolle Spirituosen. Ein

Karton mit der Aufschrift *Pralinen* stand neben der Tür. Alles sah sehr aufgeräumt aus.

Mit dem zweiten Schlüssel öffnete die Frau nun ein Fach im Schreibtisch und holte einige Papiere hervor.

»Wir zahlen drei Mark, bei Kost und Logis«, erklärte sie und griff zum Füllfederhalter. Offensichtlich füllte sie bereits einen Arbeitsvertrag aus.

Drei Mark, und das in der teuren Hauptstadt. Aber tatsächlich hatte Hedda erwartet, vorerst wieder weniger zu verdienen als auf dem Schloss. Doch es gab noch Fragen zu klären, und zwar, bevor sie einen Vertrag unterschrieb. Die Tür zur Wohnung vorhin war nicht abgeschlossen gewesen. »Gehören alle Etagen des Hauses zu Ihrem Hausstand?«

Frau Hübchen nickte, während sie schrieb. Sie schien wohl nicht viel davon zu halten, ihr freiwillig Näheres zu erklären.

»Und wie viele Personen umfasst dieser Hausstand?«

Erst nach einem Zögern kam die Antwort. »Wir sind sieben Erwachsene und fünf Kinder.« Es klang so, als wüsste sie schon, dass es Hedda nicht gefallen würde.

Zwölf Personen, das war nicht gerade wenig. Aber gut, es kam eben auf die Anzahl der Dienst…

»Mutter?« Sie hörten ein jammerndes Kind und wie jemand sich näherte. »Mutter?«

Eine junge Frau, nur wenige Jahre älter als Hedda, stand in der Tür, ein verheultes Kind auf dem Arm, das sich aus ihrem Klammergriff herauswinden wollte.

»Ist das endlich das neue Mädchen?«, fragte sie unwirsch.

»Lass uns bitte noch einen Moment allein.« Die Stimme der Krämersfrau war plötzlich kühl.

»Ich kann nicht gleichzeitig kochen und auf die Bälger aufpassen«, beschwerte sich die junge Frau nun. Das Kind in ihren Armen wehrte sich heftiger. »Magdas Kinder sind eben alle verzogen.« Jetzt endlich löste sich das Kind und plumpste fast auf den Boden. Sofort lief es weg.

»Siehst du, wie ich sage.« Sie blickte auf Hedda und bestimmte barsch: »Sie soll gleich als Erstes in die Küche kommen.« Dann ging sie.

Die Frau starrte zur nun leeren Zimmertür. Und seufzte.

»Also zwölf Personen«, nahm Hedda das Gespräch wieder auf. »Und wie viele Dienstbotinnen beschäftigen Sie?«

Die Frau zögerte. »Lassen Sie mich das hier erst einmal beenden«, sagte sie ausweichend und füllte noch einige Zeilen aus. Vermutlich mit Heddas Namen, Geburtsort und dem vereinbarten Lohn. Als sie von dem Papier abließ, legte sie Heddas Gesindebuch auf einer frischen Seite geöffnet darauf, den Füllfederhalter noch immer in der Hand.

Ein Kribbeln zog ihr über den Kopf. Seit beinahe zwei Wochen suchte sie schon nach einer Anstellung und hatte keine Stelle als Stubenmädchen gefunden. Sie hatte sogar schon in Erwägung gezogen, wieder als Hausmädchen anzufangen. Sie konnte sich nicht ewig leisten, ohne Lohn und Brot zu sein. Deshalb wollte sie der Frau nicht unverschämt kommen, aber irgendwas kam ihr nicht ganz koscher vor. Sie trat näher an den Schreibtisch heran.

»Wir sollten vorher noch die Formalitäten klären.« Ihre Hand tippte schon auf den Schreibtisch, um in die Nähe ihres Gesindebuches zu kommen.

Die Frau sah kurz hoch. »Ich stelle Sie als Stubenmädchen an. Wir sind zwölf Personen, und Sie bekommen drei Mark die Woche und jeden zweiten Sonntagnachmittag frei. Was müssen Sie noch wissen?« Nun beugte sie sich wieder über den Schreibtisch und wollte gerade damit beginnen, etwas in Heddas Büchlein zu schreiben.

Doch die war schneller und legte ihre Hand über die Seiten. »Ich würde gerne vorher noch klären, wie viele andere Dienstboten hier arbeiten. Ich nehme an, wenn Sie ein Stubenmädchen benötigen, dann beschäftigen Sie schon eine Köchin und ein Hausmädchen?«

Die Frau blickte erbost auf Heddas Finger, die ihr nun den Zugang zum Gesindebuch versperrten. Als Hedda nicht nachgab, sah sie auf.

»Unsere Köchin hat heute frei. Ein Krankheitsfall in der Familie. Sie kommt ein paar Tage nicht.«

»Und das Hausmädchen?«

»Wir haben ein Stundenmädchen, das sechs Tage die Woche kommt. Den Rest erledigt Egon. Sie haben ihn doch gerade gesehen.«

»Er ist für den Laden und für den Haushalt zuständig?«

»So viel Arbeit ist das nicht. Mein Sohn wohnt hier mit meiner Schwiegertochter und meine Tochter mit ihrem Mann. Und meine Mutter wohnt auch noch hier. Wir sind also mit mir vier Weibsbilder. Und teilen uns die Arbeit.«

Von wegen. Die Köchin war also gerade auf und davon, wenn es überhaupt eine gegeben hatte. Und würde das Stundenmädchen nicht gerade jetzt in der Küche stehen oder auf die Kinder aufpassen, wenn es eines gab? Vier Frauen im Haushalt hieß nur, es gab vier Personen, die ihr unterschiedliche Dinge aufgeben würden, bei deren Erledigung sie sich zerreißen durfte. Hier war was faul. Sie wollte ihr Gesindebuch greifen, aber die Krämersfrau hielt es fest.

»Es tut mir leid. Ich suche keine Anstellung als Alleinmädchen«, sagte Hedda mit fester Stimme.

»Wir sind ein sittsames Haus mit strengen Regeln. Bei uns wird es solche Vorkommnisse wie bei Ihnen im Schloss nicht geben.«

»Das ist erfreulich. Aber ich werde mich doch lieber weiter nach einer Stelle als Stubenmädchen umschauen.« Hedda ließ ihr Gesindebuch nicht los. Nicht, dass es am Ende noch zerreißen würde.

Der Mund der älteren Frau zuckte. Sie überlegte wohl, was sie noch tun konnte. »Wissen Sie was? Sie sind sehr erfahren. Ich gebe Ihnen drei Mark und fünfzig Pfennige«, sagte sie nun. Ihre Stimme schwankte zwischen Wut und Verzweiflung.

Als wüsste Hedda nicht genau, dass sie diese fünfzig Pfennige mehr Lohn bitter bereuen würde.

»Das ist sehr freundlich von Ihnen, aber Sie kennen mein Gesindebuch. Ich war bereits ein paar Jahre als Alleinmädchen tätig und weiß, was mich da erwartet. Ich werde das nie wieder machen. Lieber gehe ich in eine Fabrik.« Sie sagte das so freundlich wie möglich.

Frau Hübchen presste die Lippen aufeinander, dann endlich ließ sie vom Gesindebuch ab. Hedda griff danach und steckte auch den Entlassungsschein schnell weg.

»Sie sollten froh sein, dass ich Ihnen hier eine Stelle anbiete. Mit so einem letzten Eintrag kommen Sie in keinem guten Haus unter.«

»Ich werde die Hoffnung nicht aufgeben.«

»Päh! Glauben Sie etwa, man wüsste hier nicht Bescheid über die Vorgänge auf Schloss Liebenberg? Ganz Berlin weiß, was da passiert ist. Sie werde nie wieder eine anständige Stelle finden, so wie ich sie Ihnen biete.«

Hedda blieb stumm. Als wüsste sie das nicht selbst. Bei drei einigermaßen annehmbar erscheinenden Stellen hatte sie bereits vorgesprochen. Bei zweien hatte man nicht einmal mehr ein Gespräch geführt, nachdem sie den Eintrag im Gesindebuch gesehen hatten. Beim dritten hatte sie sich den Haushalt anschauen dürfen und auch eine passable Schlafmöglichkeit gezeigt bekommen. Erst dann hatte die nette Dame nach dem Gesindebuch gefragt. Aber als sie auf dem Entlassungsschein den Namen und das Siegel von Schloss Liebenberg entdeckt hatte, hatte sie es ihr sofort zurückgegeben, als hätte sie einen Haufen Unrat in der Hand gehabt. Jeden Abend verfluchte Hedda Opitz mit allen bösen Namen, die ihr einfielen.

Dummerweise wollte auch Fräulein Maiwald nichts mehr mit ihr zu tun haben. Sie hatte Constanze Maiwald, der ehemaligen Gouvernante der Fürstentöchter, die es nach ihrer Entlassung in den Grunewald verschlagen hatte, einen Brief geschrieben, aber bis heute keine Antwort erhalten. Das irritierte sie sehr, war ihre letzte Begegnung doch so freundlich gewesen. Einfach dort vorbeizufahren und zu klingeln, hielt Hedda für keine gute Idee. Keinesfalls wollte sie ungelegen kommen oder stören.

Auch Arthur, dem höflichen Kammerdiener, den sie bei den Dienstboten-Versammlungen kennengelernt hatte, hatte sie schon zwei Mal geschrieben, und einmal hatten sie sich sogar abends getroffen. Aber Hilfreiches hatte auch er nicht zu vermelden. Die drei freien Stellen, von denen die Köchin in seinem Haus wusste, waren ebenfalls nur für Alleinmädchen.

Es war also nicht unwahrscheinlich, dass es zutraf, was Frau Hübchen ihr da so wenig mitfühlend nahelegte: dass sie in keinem anständigen Haus mehr unterkommen würde. Wieso aber wollte die Krämersfrau sie dann? Weil Hedda sehr erfahren war, aber noch jung. Und weil die Familie Hübchen offensichtlich dringend jemanden brauchte, fürs Essen, für die Kinder, und um vier Etagen sauber zu halten. Viel zu viel für eine Kraft. Aber es war ihr ernst: Eher würde sie in eine Fabrik gehen, als noch mal als Alleinmädchen zu arbeiten.

»Ich danke Ihnen für Ihre Zeit.« Hedda drehte sich um und ging zur Tür. Sie erwartete, die Frau würde nun hinter ihr herkommen, um sie hinauszubegleiten. Schließlich befand sie sich in einer fremden Wohnung.

»Sie werden nie wieder irgendwo Fuß fassen. Überlegen Sie es sich genau, was ich Ihnen hier biete. Ein Jahr, und dann stelle ich Ihnen ein fantastisches Zeugnis als Stubenmädchen aus«, bot sie an. »Damit kommen Sie dann überall unter.«

Hedda hatte schon so vieles versprochen bekommen: mehr Lohn, ein richtiges Bett statt einer Feldmatratze, ein zweites Mädchen zur Hilfe. Nie war etwas eingetreten. Nächstes Jahr würde die gleiche Frau ihr wieder das Blaue vom Himmel versprechen, wenn sie nur noch ein Jahr bliebe. Noch ein Jahr Sklavenleben, nicht gehen dürfen, obwohl man geschlagen wurde? Sechzehn Stunden arbeiten, und weil man nie fertig wurde, wurden einem die freien Sonntagnachmittage gestrichen. Und wenn es fünf Mark Lohn in der Woche gäbe – viele Herrschaften behielten den Lohn ein, als Sicherheit, angeblich, damit die Dienstbotinnen keine Dummheiten mit dem Geld machten. Und am Ende zahlten sie das Geld nicht aus. Oder zogen kaputte Teller und anderes vom Lohn ab, sodass man quasi umsonst gearbeitet hatte. Sie kannte alle Geschichten. Und einige hatte sie selbst erlebt. Nein, auf keinen Fall.

»Das ist ein überaus großzügiges Angebot, das ich aber leider ablehnen muss«, sagte sie bestimmt. Sie trat raus auf den Flur. Sie würde die Wohnung nun verlassen, ob sie hinausgeleitet wurde oder nicht.

»Warten Sie gefälligst. Ich lass doch so eine wie Sie nicht allein in meiner Wohnung herumlaufen«, sagte die Frau barsch und schloss den Schreibtisch wieder ab.

Hedda entging nicht die Ironie, dass sie sie vor einer Minute noch hatte einstellen wollen, um den ganzen Tag hier alleine im Haus herumzulaufen.

»Natürlich.« Sie wartete auf Frau Hübchen, während diese die Tür zum Arbeitszimmer abschloss. Durch den Flur hörte sie schon Geschimpfe und Kindergeschrei. Es roch angebrannt. Hedda lief eilig die Treppe hinunter. Die Frau sah ihr nach, während sie direkt zur Haustüre lief.

»Sie werden es bereuen, wenn Sie mein Angebot nicht annehmen.«

»Ich wünsche Ihnen noch einen guten Tag.«

Als sie wieder auf der Straße stand und die Tür hinter ihr zufiel, hatte sie das Gefühl, als wäre sie gerade den Klauen eines Ungeheuers entkommen. Sie ging weiter, umrundete die Straßenecke, ging zur Litfaßsäule und riss wütend den Zettel ab. Es würde nichts helfen. Irgendeine arme Seele würde sicher auf Frau Hübchen hereinfallen.

Sie zitterte am ganzen Körper. Ihr war übel. Essen konnte sie jetzt nichts. Mit dem Geld, das sie sich für die Suppe sparte, würde sie drei Zeitungen kaufen und in der Pension durchgehen. Irgendwann musste es doch etwas Passendes geben. Bestimmt, oder? Mit so einem Eintrag? Vielleicht blieb ihr doch nur Amerika als letzte Möglichkeit.

In der Pension angekommen, trat die Pensionswirtin auf den Flur. Sie war freundlich, aber streng. Etwas, was Hedda nur recht sein konnte. Sie hatte keinen Bedarf an nächtlichem Männerbesuch.

»Es ist ein Brief für Sie gekommen.«

Wieder eine Nachricht von Arthur? Sie hoffte inständig, dass es endlich eine Antwort von Fräulein Maiwald war. Von Adelheid konnte er nicht sein, denn der hatte sie noch nicht geschrieben. Es gab ja nur Deprimierendes zu berichten. Sie wollte wenigstens eine feste Adresse haben, wenn sie ihr schrieb.

»Danke schön.« Sie nahm den Brief an sich, mit klopfendem Herzen. Und tatsächlich war der Brief von Constanze Maiwald. Hedda eilte die Treppenstufen hoch. Bitte, lass es eine gute Nachricht sein. Oben warf sie die Zeitungen aufs Bett und riss den Umschlag auf. Sie flog über die ersten Zeilen.

*Wertes Fräulein Pietsch,*
*bitte entschuldigen Sie meine späte Antwort. Ich war mit meiner Arbeitgeberin für ein paar Tage im Harz zur Kur. Ich hoffe, ich erreiche Sie noch unter der angegebenen Adresse. Es ist so bedauerlich, was Ihnen widerfahren ist. Und ja, ich kann Ihre Situation nur allzu gut nachvollziehen. Auch ich weiß, wie es ist, unter falschen Anschuldigungen die Stelle zu verlieren.*
*Leider muss ich Ihnen mitteilen, dass derzeit niemand in unserer Villa gesucht wird. Ich werde mich aber umhören. Wir können uns gerne diese Woche in der Stadt treffen auf einen Kaffee. Und dann können wir uns in Ruhe unterhalten.*
*Geben Sie mir Bescheid, ob es passt. Vielleicht kann ich Ihnen dann schon erfreulichere Nachrichten überbringen. Ich hätte allerdings noch eine andere Idee. Und ich bin gespannt, was Sie davon halten werden. Bis dahin verbleibe ich mit meinen herzlichsten Wünschen,*
*Ihre Constanze Maiwald*

Ein Lichtblick. Der erste Lichtblick überhaupt. Hedda drückte den Brief an sich und atmete auf. Am besten, sie trafen sich direkt in Grunewald. Das war eine gute Gegend, und es lohnte sich bestimmt, vorher noch in den hiesigen Krämer- und Kolonialwarenläden nachzufragen. Jeder Tag, den sie nicht in der Pension wohnte, sparte ihr bares Geld.

## 11. Mai 1908

Viktor hatte nicht viel zu tun. Der Fürst war, obschon verhaftet, aus gesundheitlichen Gründen nicht ins Untersuchungsgefängnis gekommen, sondern befand sich in der Charité unter polizeilicher Überwachung. Die Fürstin hielt sich mehr oder weniger den gesamten Tag über in der Charité auf, genau wie der älteste Sohn, Friedrich-Wend, der gestern hier angekommen und sofort zu seinem Vater weitergefahren war. Viktor hielt die Stellung. Nur morgens war viel zu tun. In aller Früh kaufte er ein Dutzend Zeitschriften, und sobald die Herrschaften aufgestanden waren, musste er das vorbereitete Frühstück servieren. Wenn sie dann in der Kutsche zur Charité saßen, räumte er die Zimmer auf und reinigte, was zu reinigen war.

Fräulein Grooten, die Kammerzofe der Fürstin, war mit nach Berlin gereist. Sie kümmerte sich um das Schlafgemach der Fürstin und alle anderen Dinge, die eine weibliche Hand benötigten. Herr Hartwich kutschierte die Herrschaften zur Charité und wartete dann dort stundenlang, weil ja nicht feststand, wann sie wieder zurückwollten. Aber in den letzten zwei Tagen war die Fürstin immer erst sehr spät gekommen. Normalerweise hätte sie sich wohl eine Droschke genommen, aber nicht unter diesen Umständen. Vor den Türen der Charité lungerten immer einige Reporter herum.

Gestern hatte Viktor eine umfangreiche Einkaufsliste bekommen, was der Fürst und Herr Theurich, sein Kammerdiener, der mit ihm in der Charité logierte, benötigten – Seife, Haarwasser, einen neuen Pyjama, ein weicheres Kissen und ähnliche Dinge.

Der Fürst war in einer Beamtenwohnung in der Charité untergekommen. Ein großes Zimmer für ihn, ein kleineres für Herrn Theurich, und in einem Vorzimmer saßen Tag und Nacht Kriminalbeamte, die darauf aufpassten, dass der Fürst sich nicht ins Ausland absetzte.

Im Moment reisten zahlreiche Zeugen aus Süddeutschland an, um im Prozess auszusagen. Zugunsten oder zuungunsten des Fürsten, dessen konnte man sich nicht sicher sein. Die beiden Fischer vom Starnberger See hatten ihre Aussagen noch einmal bekräftigt. So stand es in der gestrigen Zeitung. Was man ebenfalls dort lesen konnte, war die Ankündigung, dass die fürstliche Villa am Starnberger See, die schon so lange im Familienbesitz war, verkauft werden sollte. Viktor kannte die Villa. Sie lag wunderschön am Seeufer, selbst er als mitreisender Diener hatte dort einige schöne und sogar erholsame Stunden verlebt.

Dennoch konnte er die Entscheidung gut nachvollziehen. Erstens würden der Fürst und seine Familie ganz sicher nicht mehr das Bedürfnis verspüren, ausgerechnet dort Urlaub zu machen. Von dort kamen diese Zeugen, die den Unrat über den Fürsten ausschütteten. Und zweitens fiel die Entscheidung wohl auch aus finanziellen Gründen.

Am Tag, bevor der Fürst abtransportiert worden war, war Herr Opitz nach Berlin gesandt worden, um einen Kredit bei den Banken anzufragen. Die Kaution sollte fünfhunderttausend Deutsche Mark betragen. Doch er war mit leeren Händen nach Hause gekommen. Solch ein Risiko wollte keine Bank eingehen. Also musste man die Starnberger Villa zu Geld machen. Nun aber, da der Fürst verhaftet war, war eine Kaution ohnehin hinfällig.

Noch würde es dauern, bis der Prozess wegen doppelten Meineids begann. Bis dahin war der Fürst in der Charité festgesetzt. Die Kriminalbeamten im Vorzimmer protokollierten und prüften, wer vorgelassen wurde. Polizisten durften natürlich zwecks Befragung hinein. Der Berliner Justizrat Wronker, der Verteidiger des Fürsten, wurde vorgelassen, ebenso Familienangehörige und sein Leibarzt.

Behandelt aber wurde der Fürst von den Ärzten der Charité. Außer diesem Personenkreis durfte ihn niemand besuchen. Auch Viktor durfte nicht mit. Wobei es dafür ohnehin keinen Grund gab. Herr Theurich stand dem Fürsten Tag und Nacht zur Verfügung.

Schon spekulierten die ersten Presseblätter darüber, ob der Hauptprozess überhaupt je eröffnet würde. Denn nach geltender Prozessordnung durfte das nicht geschehen, wenn der Beschuldigte zu krank oder gebrechlich war, um vor Gericht zu erscheinen. Infamerweise wurde in der Presse diese Möglichkeit schon aufgegriffen – dass der Fürst sich einem Prozess ja auch mit der Begründung der Unzurechnungsfähigkeit entziehen könne. In adeligen Kreisen war das ein erprobter Kunstgriff, dem Zusammengepferchtwerden mit Räubern und schnödem Gesindel zu entgehen. Es war Viktor ein Genuss gewesen, mit der Zeitung abends den Herd anzufeuern.

Vorhin war telefonisch Bescheid gegeben worden, dass er bei Borchardt Delicatessen etwas für die Fürstin und ihren Sohn bestellen solle. So noble Herrschaften dinierten ohnehin selten in der Öffentlichkeit, aber derzeit würde die Fürstin dieses Spießrutenlaufen ganz sicher nicht mitmachen wollen. Aus dem gleichen Grund ließ man sich auch nichts bringen, sondern Viktor musste los und die Speisen abholen.

Kaum mit den Speisen zurück, trafen die beiden Herrschaften auch schon ein. Gerade hatte Viktor die Krebsfleischterrine serviert und wartete nun mit durchgedrücktem Rücken an der Wand, den Blick starr auf die andere Raumseite gerichtet. Er würde sich erst wieder bewegen, wenn die beiden mit diesem Gang fertig waren oder er Wein nachschenken musste.

»Unfassbar. Ich hätte wirklich nie gedacht, dass Seine Majestät es so weit kommen lässt«, empörte sich der fürstliche Sohn.

»Seine Majestät hat bereits einen neuen besten Freund gefunden, wie es scheint«, sagte die Fürstin bitter. Sie sah müde aus, erschöpft, und wirkte fahrig. Ihre Worte klangen, als hätte sie bereits jede Hoffnung aufgegeben.

»Ach ja? Wen denn?«

»Seine Majestät war doch gerade in Wien zum Thron-Jubiläum des österreichischen Kaisers eingeladen. Nun scheint er weitergefahren zu sein nach Donaueschingen.«

»Zu Fürst Max zu Fürstenberg? Natürlich logiert es sich auf Schloss Donaueschingen deutlich herrschaftlicher als bei uns. Wer ist schon so reich wie Fürstenberg? Vater sicher nicht. Für den Kaiser ist Fürstenberg natürlich dank seiner engen Verbindung zu Erzherzog Franz Ferdinand die perfekte Verbindung, direkt zum Herzen des österreichisch-ungarischen Herrschaftshauses.«

»Seine Majestät scheint es sehr eilig gehabt zu haben, den Platz deines Vaters neu zu besetzen.« Die Worte der Fürstin klangen gallig.

»Wer hat dir das gesagt?«, fragte Friedrich-Wend nach.

»Gesagt? Mir sagt niemand mehr etwas. Ich bin genauso Persona non grata wie dein Vater. Niemand will mehr etwas mit uns zu tun haben. Es ist vielleicht dieses Fallengelassenwerden, was am meisten schmerzt. Solche Dinge erfahre auch ich nur noch aus der Zeitung, genau wie jeder Berliner Arbeiter.«

Der Fürstensohn grummelte etwas Unverständliches. Dann sprach er wieder lauter. »Hast du was von meiner Schwester gehört?«

»Augusta? Du meinst wegen Edmund?«

Der Fürstensohn nickte. Mit einem Seitenblick zu Viktor wechselte er plötzlich ins Englische. »Father is sure that he stole some letters. Letters with explosive content. And he probably wouldn't hesitate to use them if their funding was cut.«

Viktor ließ sich nichts anmerken. Wann immer die Herrschaften etwas besprachen, was nicht für die Ohren der Dienerschaft bestimmt war, wechselten sie ins Englische oder auch ins Französische. Zum Glück wusste niemand, dass Viktor beide Sprachen verstand.

Viktor konnte also übersetzen, was der Fürstensohn gesagt hatte: Edmund Jaroljmek war der ehemalige Privatsekretär des Fürsten, der mit einer der Fürstentöchter durchgebrannt war und sie geheiratet hatte. Ein riskanter Schritt, der ihn die gesellschaftliche Leiter hochkatapultieren sollte. Anscheinend verdächtigte der Fürst seinen Schwiegersohn, einige Briefe an sich gebracht zu haben. Briefe mit brisantem Inhalt. Setzte der unverschämte Kerl seine Schwiegereltern gerade damit unter Druck? Wollte er mehr Unterhalt?

»What do you mean by explosive content?« Was mit brisantem Inhalt gemeint sein könne, fragte die Fürstin ihren Sohn.

»Father didn't elaborate that. But if Edmund were to be summoned to court, it could lead to the greatest irritation.«

Er wisse auch nichts Näheres, nur, dass Edmund Jaroljmek vor Gericht für größte Irritation sorgen könne. Das klang in der Tat nicht erfreulich.

Die Fürstin fragte nach, ob Edmund, ihr Schwiegersohn, vom Gericht einbestellt worden sei.

Noch nicht, war die Antwort des Sohnes. Er sagte das mit düsterster Miene.

Über Viktors Schädel lief ein unangenehmes Kribbeln. Edmund Jaroljmek, der frühere Privatsekretär, der mit Augusta, der mittleren Fürstentochter, auf und davon war. Um sie heimlich zu heiraten. Ihm war jede Frechheit zuzutrauen. Viktor hatte ihn nie gemocht. Hatte ihn beneidet, um die gute Stellung, um die leichte Arbeit, um das viele Geld. Doch all das hatte dem gut aussehenden Mann anscheinend nicht gereicht. Und nun tauchte er wieder aus der Versenkung auf – als Drohkulisse.

*Briefe mit brisantem Inhalt*. Was immer das bedeuten mochte. Natürlich lag nahe, dass Jaroljmek damit die sexuelle Orientierung, die dem Fürsten vorgeworfen wurde, bestätigen könnte. Genauso gut könnten die entwendeten Briefe aber auch abfällige Bemerkungen über hohe Regierungsbeamte beinhalten. Oder unschickliche Äußerungen über den Charakter des Kaisers. Am Ende waren sie vielleicht einfach nur ein Beweis für unbezahlte Rechnungen.

Es stand ihm nicht an, über den Fürsten zu urteilen. Natürlich wäre er mehr als froh, wenn sich die Anschuldigungen in Luft auflösen würden. Was er sich sehnlichst wünschte. Dass alles wieder in Ordnung käme. Alles wieder in den gewohnten Bahnen verlaufen würde.

Doch das Gegenteil war der Fall. Viktors gesamte Welt war in Unordnung: seine Stellung, seine Pläne, ja sogar seine Gefühle. Er konnte den Fürsten verstehen. Es gab berechtigte Gründe, nicht immer alle Handlungsmotive offenzulegen. Auch, wenn man es wollte. Letztendlich hatte er selbst ein böses Spiel mit Adelheid Schaaf gespielt, obwohl er es nie beabsichtigt hatte.

Er bereute den Kuss, den er ihr auf der Treppe gegeben hatte, damit sie nicht weiter nach seinem Vater fragte. Er bereute den Kuss, und dann auch wieder nicht. Er hatte sie geküsst, aus den falschen Gründen. Und dann hatte er sie belogen, aus den richtigen Gründen. Der Schmerz, den er in ihren Augen gesehen hatte, bohrte sich in sein eigenes Herz. Und noch während er überlegt hatte, ob er ihr nicht doch die Wahrheit erklären sollte, war er abberufen worden, mit nach Berlin zu fahren.

Und noch ein Gefühl war aus dem Lot geraten: seine Wut und sein Unverständnis gegenüber seinem Vater. Auch wenn er bedauerte, was dem Fürsten gerade widerfuhr, konnte er doch nicht umhin zu erkennen, dass er bevorzugt behandelt wurde. Sehr bevorzugt. Außerordentlich bevorzugt. Der Kaiser hatte sich vielleicht von ihm abgewandt, aber seine hohe Stellung schützte ihn vor der unangenehmen, oft brutalen Behandlung durch die Polizei, die ein verhafteter Bürger oder Arbeiter unter diesen Umständen erfahren würde. Er erkannte nun: Sein Vater hatte recht, wenn er dem Kaiser und seinen Handlangern vorwarf, Recht, Gesetz und Wahrheit je nach Stand und Klasse auszulegen.

Und welches Gefühl ebenfalls schon länger aus den Fugen geraten war, war seine Zuversicht, in wenigen Jahren der misslichen familiären Lage entfliehen zu können. Im nächsten Jahr würde Leander seine Prüfung zum Gymnasialabschluss ablegen. Wenn er die bestand, und es stand außer Frage, dass sein Bruder das schaffen würde, dann könnte er studieren. Oder eine gute Lehre in einem größeren Betrieb anfangen. Eine Ausbildung, die ihm mit dem Abschluss eine berufliche Laufbahn ermöglichen würde, welche die Familie endlich wieder in ein bürgerliches, wenn auch bescheidenes Leben zurückführen konnte. Aber endlich wieder etwas, was man als Leben bezeichnen konnte.

Seit Viktor vierzehn war, hatte er auf nichts anderes hingearbeitet. Auf nichts anderes sparte er, als dafür, Leander diese Ausbildung zu ermöglichen. Doch wenn der Fürst verurteilt würde und ins Gefängnis müsste, könnte es gut sein, dass Viktor entlassen wurde. Seine Pläne, in wenigen Jahren Opitz an der Spitze der Dienerschaft abzulösen, wären nur noch Schall und Rauch. Und er hätte kaum noch eine Chance, in einem ebenso gut gestellten Haushalt unterzukommen. Wenn ihnen das Geld auf halber Strecke von Leanders Ausbildung ausgehen würde, wäre alles Knapsen und Hungern umsonst gewesen. Diesen Gedanken ertrug Viktor nicht. Deshalb war der Ausgang des Prozesses entscheidend. Denn so schnell würde Viktor keine so gut bezahlte Stellung mehr bekommen.

Hatte Edmund Jaroljmek wirklich Briefe mit brisantem Inhalt unterschlagen? Wenn er diese gegen seinen Schwiegervater einsetzte, weil der ihm weitere finanzielle Vorteile verweigerte, dann musste Viktor sich auf erhebliche finanzielle Einsparungen auf dem Schloss einstellen.

## 12. Mai 1908

Constanze freute sich auf Hedda Pietsch. Frau Mandelbaum hatte ihr ein paar Stunden freigegeben. Es war ein schöner Tag, der Frühling zeigte sich in seiner ganzen Pracht. Sie zog sich ihren neuen Paletot über. Frau Mandelbaum hatte ihn ihr vermacht. Der leichte Überziehmantel sei doch eher etwas für jüngere Frauen. Sie werde ihn ganz sicher nicht mehr tragen.

Auf Hedda Pietschs Bitte hin trafen sie sich nicht in der Stadt, sondern im Grunewald. Im Grunde bestand der Grunewald nur aus Wald und der Villenkolonie. Sie verabredeten sich also schon fast in Halensee in einem Café, in dem Constanze gelegentlich mit Hugo verkehrte. Sie war früh dort, weil es einen Tisch in einer Nische gab, der etwas abseitsstand. Auf diesen Tisch hatte Constanze es abgesehen.

Sie wartete kaum fünfzehn Minuten, da betrat Hedda Pietsch das Café. Als sie Constanze entdeckte, konnte man sehen, wie sich die Anspannung in ihrem Gesicht löste. Die brünette Frau steuerte auf ihren Tisch zu, sie begrüßten sich freundlich, und Constanze lud sie ein. Dieses Mal ging es auf ihre eigenen Kosten, und sie hoffte, dass Fräulein Pietsch sich nicht wieder zwei Stücke Torte genehmigte.

Nach den üblichen Begrüßungsfloskeln erzählte die Arme, wie böse man ihr im Schloss mitgespielt hatte. Anscheinend hatte Lydia Keller, Constanze kannte sie natürlich, gemeinsam mit Herrn Opitz einen Unfall eingefädelt, von dem Fräulein Pietsch heute überzeugt war, dass er ihr gegolten hatte. Doch es war die Mamsell gewesen, die über einen Feudel die Treppe hinabgestürzt war.

Wie es der Mamsell nun ging, wusste Hedda Pietsch leider nicht zu sagen, denn noch hatte sie keinen Kontakt mit Adelheid Schaaf aufgenommen. Constanze bedauerte ihren Rausschmiss außerordentlich. Und was die Arme sonst so zu erzählen hatte, war auch nicht gerade erfreulich. Mit der Gabel teilte sie ein Stück vom Biskuitkuchen ab.

»Mit einem solchen Eintrag finde ich nie wieder eine gute Stelle. Es ist zum Verzweifeln. Und ich dachte … Weil Sie doch wissen, wie zuverlässig ich bin, und fleißig. Und nichts mit all den merkwürdigen Vorgängen im Schloss zu tun habe … ob Sie sich da freundlicherweise für mich verwenden könnten?« Fräulein Pietsch umklammerte ihre Kuchengabel, als würde sie sie vor dem Verhungern retten können.

»Sie meinen, dass ich für Sie bürge?«, fragte Constanze nach.

»Bürgen? … Nein. Oder ja. Also nur, wenn es nötig wird.« Hedda Pietsch starrte sie aus ihren großen blaugrauen Augen an. Flehentlich.

Constanze überlegte. Würde sie für Hedda Pietsch bürgen? So gut kannte sie das Stubenmädchen ja gar nicht. Andererseits hatte es nie etwas an ihr oder ihrer Arbeit auszusetzen gegeben. »Natürlich. Wenn es Ihnen hilft, mache ich das gerne. Aber erst einmal müssen wir eine passende Stelle für Sie finden.«

»Ich verzweifle gerade. Es gibt nur Stellen für Alleinmädchen. Und mit diesem katastrophalen Eintrag komme ich sowieso nirgendwo mehr unter. Vielleicht sollte ich doch nach Amerika gehen.« Ihr Schmollmund verzog sich.

»Sie wollen nach Amerika?«

»Eine Bürgerin unter Bürgern. Das wäre mein großer Traum. Selbst wenn ich dort nur wieder als Hausmädchen unterkomme, müsste es besser sein. Das Leben in Amerika ist bestimmt angenehmer, nicht einfacher, aber doch freier.«

Constanze legte den Kopf schief. Wenn sie sich da mal nicht etwas vormachte. Andererseits, Frauen hatten dort zwar auch kein Wahlrecht, aber immerhin gab es eine echte Frauenwahlrecht-Bewegung. Etwas, wovon man hier nur träumen konnte. Und die Gesellschaft insgesamt war nicht so stark hierarchisiert wie hier. Hier war die Stellung in der Gesellschaft von Geburt an für den Rest des Lebens vorbestimmt. Das war in Amerika tatsächlich anders. »Haben Sie denn genug gespart?«

Hedda Pietsch senkte den Kopf. »Ich hab schon so einiges zusammen, aber noch nicht genug. Und wenn ich ehrlich zu Ihnen sein darf, merke ich gerade, ich bin mir nicht mehr sicher, ob ich es je machen werde. Verstehen Sie mich nicht falsch. Es wäre mein größter Traum, doch allmählich glaube ich, dass ich nicht genug Schneid habe.«

»Nach Amerika zu gehen?«

»Alleine nach Amerika zu gehen. Wenn es noch jemanden gäbe, ich würde es morgen riskieren. Aber so ganz allein …« Sie schüttelte ihren Kopf. »Armselig, finden Sie nicht auch?«

»Armselig. Nein, im Gegenteil. Ich bewundere Sie für Ihre Träume. Und wenn es jetzt nicht klappt, dann vielleicht in fünf

Jahren, oder in zehn. Es ist wichtig, überhaupt Träume von einem besseren Leben zu haben.«

»Eigentlich dachte ich immer, diese Frage stellt sich mir erst in ein paar Jahren. Bis ich genug zusammengespart habe. Und dass ich bis dahin den nötigen Mut gefasst habe … Dabei kann ich ja nicht mal Englisch, oder heißt es Amerikanisch? Ich stelle mir immer vor, ich komme dort in einem deutschen Haushalt unter und habe dann noch genug Zeit, die Sprache zu lernen. Schließlich haben es Millionen von Deutschen schon geschafft. Sie sind ausgewandert, und einige sind sogar zu Wohlstand oder Reichtum gekommen.«

»Auf die allermeisten wird das allerdings nicht zutreffen«, gab Constanze zu bedenken.

»Immer noch besser, als wenn ich mich hier in zwei Monaten der Majestätsbeleidigung oder Gotteslästerung schuldig machen muss, damit ich ins Gefängnis komme, um dort etwas zu essen zu bekommen.«

Constanze sah sie konsterniert an.

Hedda Pietsch bemerkte ihre Irritation. »Das machen entlassene Dienstmädchen, die nicht mehr Fuß fassen können. Als letzten Ausweg. Um nicht zu verhungern, ist das der sicherste Weg – man lässt sich kurzerhand einsperren.«

Constanze wirkte entgeistert. Wenn ein Gefängnisaufenthalt die beste Lösung war, musste das Elend schon groß sein. »Aber Sie werden doch noch andere Alternativen haben!«

»Schon. Wenn ich nicht auf der Straße landen will, ist der wahrscheinlichste Weg, dass ich mir bald eine Stelle in einer Fabrik suche.«

Constanze war beschämt darüber, in welcher Zwickmühle sich Hedda Pietsch befand, obwohl sie sich nichts hatte zuschulden kommen lassen. In was für einer Welt leben wir eigentlich, dachte sie. Aber neben Prostitution, Gefängnis oder Amerika gab es noch eine weitere Alternative. Sie musste Fräulein Pietsch ihren Plan nur schmackhaft machen.

»Haben Sie eigentlich mitbekommen, dass der Fürst festgenommen wurde?«

Hedda Pietsch schob das letzte Stück Kuchen auf dem Teller herum. So, als wollte sie sich das letzte Gute noch aufbewahren. Sie zuckte mit den Schultern. »Steht ja in allen Zeitungen. Ich schau jeden Tag alles durch, was ich in die Finger kriege, wegen der Stellenanzeigen. Deshalb weiß ich natürlich, dass der Fürst letzte Woche verhaftet wurde.«

Constanze schaute sich im Café um. Niemand saß in ihrer Nähe. Es war sicher, frei zu sprechen. »Und was halten Sie von der ganzen Sache?«

Ihr Gegenüber schaute überrascht auf. »Was meinen Sie?«

»Na, glauben Sie, der Fürst hat sich eines Vergehens schuldig gemacht?«

Die großen Augen wurden noch größer. »Also, wenn ich ehrlich bin, ist mir das völlig egal. All diese Herrschaften machen sich doch ihre eigenen Regeln. Und ihre eigenen Gesetze.«

»War es Ihnen nicht unangenehm, in einem Haus zu arbeiten, in dem … so etwas möglicherweise vorkommt?«, fragte Constanze noch einmal nach.

Hedda Pietsch schüttelte vehement den Kopf. »Natürlich haben wir uns alle gefragt, welche Konsequenzen das für uns haben könnte. Also, wenn der Vorwurf gegen den Fürsten wirklich bewiesen würde, dann würden ja nicht nur oben Köpfe rollen, sondern auch unten. Weniger Gäste, weniger Dienerschaft.«

Sehr pragmatisch gedacht. Aber je tiefer man stand, desto mehr Pragmatismus war wohl angebracht. Dennoch musste Constanze es genau wissen. »Und finden Sie es nicht verwerflich, was dem Fürsten vorgeworfen wird?«

Jetzt steckte Fräulein Pietsch sich das letzte Stückchen Kuchen in den Mund und kaute, während sie nachdachte. Sie schien zu einem Entschluss gekommen zu sein. »Der Fürst … hm. Ich habe nie viel mit ihm zu tun gehabt. Er war ja auch immer unterwegs. Aber die wenigen Male, die ich direkt mit ihm zu tun hatte, war er freundlich.

Ich kann mich nicht über ihn beklagen ... Und ehrlich gesagt, wäre mir ein solcher Hausherr doch lieber, denn so jemand würde mir nie an die Wäsche wollen. Dann ist mir das tausendmal lieber als die blütenweiße Weste, mit der sich andere hohe Herren brüsten, um dann ihre Dienstbotinnen zu schwängern und auf die Straße zu werfen.«

Constanze gab einen verblüfften Ton von sich. Das war mal eine überraschende Antwort, mit der sie ganz und gar nicht gerechnet hatte. Sie wagte den ersten Schritt. »Wussten Sie, dass das Fürstenpaar einen Privatdetektiv engagiert hat?«

Das Erstaunen in dem Gesicht der Dienstbotin war groß. »Nein. Wirklich? Wieso? Ich meine, der Fürst hat doch so gute Beziehungen. Er würde doch immer besser Bescheid wissen als jeder von außen.«

»Das stimmt. Trotzdem, durch den Privatdetektiv sind sie damals dahintergekommen, dass ich heimlich verlobt bin.«

Hedda Pietsch sog hörbar den Atem ein. Ihr Mund blieb offen stehen, doch dann verzog er sich zu einem Lächeln. »Fräulein Maiwald ...! Dann gratuliere ich.«

»Wir sind schon lange verlobt. Und als es herauskam, wurde ich des Diebstahls bezichtigt. Weil ich ja schon einmal unehrlich war, traute man mir eben alles zu.«

»Deshalb also!«

Constanze hatte ihr zwar von dem unbegründeten Vorwurf des Diebstahls erzählt, aber die ganze Wahrheit hatte sie Hedda Pietsch wohlweislich nicht mitgeteilt. Dass sie nun so offenherzig war, lag in ihrer Absicht.

Der Bettelbrief von dem entlassenen Stubenmädchen hatte sie zur rechten Zeit erreicht. Hugo und sie wollten etwas unternehmen. Sie merkten allmählich, was Harden da vorhatte. Er verunglimpfte den Fürsten, um andere Männer, andere Berater in der Nähe des Kaisers in Position zu bringen. Aber diese Männer konnten das Reich in dieser aufgeheizten Stimmung mitten in einen Krieg führen. Noch einmal so eine Eskalation wie in Marokko, ohne dass der Kaiser vom Fürsten zu Eulenburg beschwichtigt wurde, noch einmal ein Kräftemessen mit Frankreich, ohne dass der französische Diplomat Graf Lecomte hinter den offiziellen Linien vermittelte, und die Katastrophe wäre perfekt.

*Die träumten nicht von Weltbränden; haben's schon warm genug.* Das hatte Harden im April 1907 geschrieben. Die, damit waren laut Harden die »warmen Brüder« Eulenburg, Moltke und die anderen Mitglieder der sogenannten Liebenberger Tafelrunde gemeint. Welche Ziele Harden wirklich verfolgte, war Hugo und ihr erst allmählich klar geworden.

Harden fühlte sein geliebtes Deutschland in den Staub getreten, verleumdet, ungerecht behandelt. Der Publizist würde sogar einen Krieg, einen Weltenbrand riskieren, wenn damit Deutschlands Ansehen, Deutschlands Macht und Deutschlands Stellung wieder in der Welt erhöht würden. Er sehnte einen Krieg herbei, ohne dass es einen Grund oder eine tatsächliche Bedrohung gab. Aus reiner Kraftmeierei heraus. Nur deswegen, allein deswegen, hatte Harden sich an die Aufgabe begeben, alle mäßigenden und friedensliebenden Kräfte aus der Nähe des Kaisers entfernen zu wollen.

Und wenn Harden dafür den Fürsten, Kuno von Moltke und andere denunzieren und öffentlich an den Pranger stellen musste, dann tat er das. Sie hatten es erst so spät erkannt. So bitter spät. Hoffentlich nicht zu spät.

Auch wenn sie nur kleine Rädchen im Getriebe der Intrigen waren, die lange vor ihrem eigenen Auftauchen in diesem Ränkespiel begonnen hatten, wollten sie ihre Fehler wiedergutmachen. Ihren Fehler, Harden bei seinen Machenschaften unterstützt zu haben, wenn auch nur in geringem Maße. Eulenburg war der wichtigste Vertreter der mäßigenden Kräfte, besonders, was die internationale Politik anging. Und sie hatten dabei geholfen, ihn aus dem Weg zu räumen. Constanze wollte verdammt sein, wenn es Harden wirklich gelänge, seine Pläne durchzusetzen.

Deshalb wollte sie Kontakt mit dem Fürsten aufnehmen, allerdings ohne direkt mit ihm in Kontakt zu treten. Auch Harden hatte seine Privatdetektive, die es sicher rauskriegen würden, wenn Constanze plötzlich bei der Fürstin vorsprechen würde.

»Wenn Sie nicht entlassen worden wären, würden Sie gerne weiter im Schloss arbeiten?«

»Aber natürlich. Bis auf Herrn Opitz war es geradezu perfekt.«

»Und wenn man Herrn Opitz in die Schranken weisen könnte?«

Hedda zuckte entmutigt mit den Schultern. »Ich habe der Mamsell mehrfach erzählt, was da vorgefallen ist. Und sie hat, so sagt sie wenigstens, nach dem letzten Vorfall mit der Fürstin geredet. Aber genutzt hat es nichts. Nichts hat sich geändert.«

»Und hätten Sie Interesse daran, Ihre Stelle wiederzubekommen?«

Hedda Pietsch lachte bitter auf. »Die Frage stellt sich nicht.«

»Und wenn es möglich wäre, wieder zurückzugehen? Würden Sie es tun?«

Hedda Pietsch sah sie skeptisch an. »Wie sollte das gehen?«

»Würden Sie? Wenn es möglich wäre?«

»Herr Opitz würde mich nie wieder einstellen. Und die Mamsell vermutlich auch nicht. Und Herr Opitz hat das letzte Wort.«

»Das letzte Wort haben ja wohl noch immer der Fürst und die Fürstin.«

»Warum sollten die ein Interesse daran haben, mich wieder einzustellen?«

»Wenn Sie ihnen etwas liefern könnten, was sie dringlich interessiert.«

Ein merkwürdiger Gesichtsausdruck erschien. Dann änderte er sich. Das Stubenmädchen überlegte. Sie schüttelte den Kopf, und Constanze dachte für einen Moment, sie würde verneinen.

Doch dann sagte sie: »In der Lage, mit den miesen Aussichten, die im Moment für mich bestehen … Ich habe Ihnen meine Möglichkeiten ja gerade dargelegt … Ja, vermutlich würde ich es tun.«

Constanze jubelte innerlich. Der erste Schritt war vollbracht. »Natürlich gibt es keine Gewissheit, aber ich wüsste eine Möglichkeit, die einen Versuch wert wäre.«

Hedda Pietsch zog neugierig die Augenbrauen in die Höhe.

»Was ich Ihnen jetzt anvertraue, ist absolut geheim. Sie dürfen es niemandem weitererzählen.«

»Sie haben mein Wort.«

Es klang ehrlich und überzeugend. »Sagt Ihnen der Name Maximilian Harden etwas?«

»Ist das nicht derjenige, der Graf Kuno zu Moltke und auch den Fürsten beschuldigt, homosexuell zu sein? Dieser Publizist?«

»Genau.« Nun musste Constanze vorsichtig sein, damit sie nicht zu viel verriet. »Ich weiß einiges über ihn. Und ich weiß, dass er einen Spion im Schloss hat.«

»Was? … Nein!«

»Doch. Von dort bezieht er Informationen. Es gibt unter anderem einen Brief, durch den er diese bayrischen Zeugen gefunden hat. Die zwei, die den Fürsten gerade tief in die Bredouille bringen.«

»Die Männer, die in München gegen ihn ausgesagt haben?«

»Genau die. Und diesen Brief, mit dem er die Fährte aufnehmen konnte, hat er von jemandem aus dem Schloss gekauft. Und anscheinend versorgt ihn dieser Jemand noch mit weiteren Informationen.«

»Ein Spion im Schloss? Wer könnte das sein?«

»Ich hätte da eine Idee.«

»Nun bin ich aber gespannt.«

»Das Stubenmädchen, das Hausmädchen geworden ist. Sie haben mir erzählt, ihr Hass auf die Fürstin sei groß. Sehr groß.«

»Adelheid? Adelheid Schaaf?« Hedda Pietsch lachte auf. »Undenkbar! Die Kleine ist zwar schlau, aber sie hat wirklich keine Ahnung von der Welt da draußen. Sie lernt schnell, ist aber dennoch unfassbar naiv. Nein. Nie im Leben würde sie sich trauen, einen Brief zu stehlen. Und sich persönlich an Herrn Harden wenden? Sie wüsste gar nicht, wie sie das anstellen sollte. Außerdem ist sie nicht intrigant. Nein, glauben Sie mir: Da liegen Sie falsch.«

»Aber wäre sie nicht empfänglich für finanzielle Zuwendungen?«

»Bestimmt. Aber das trifft doch wohl auf alle in der Dienstbotenetage zu.« Hedda schnaubte auf. »Sie wusste ja nicht einmal, dass es Männer gibt, die Männer lieben. Außerdem ist sie wirklich mit ihren eigenen Problemen beschäftigt.«

»Hm.«

Constanze dachte nach. Hedda Pietsch kannte Fräulein Schaaf sehr viel besser. Constanze konnte sich nur auf den äußeren Eindruck verlassen. Arm zu sein, war ein gutes Motiv, aber natürlich hatte Fräulein Pietsch recht. Das traf auf alle dort zu. Und auch wenn diese Adelheid Schaaf anscheinend einen großen Hass auf die Fürstin hegte, so unterwürfig und verhuscht, wie Constanze sie in Erinnerung hatte, passte die Betätigung als Spionin wirklich nicht zu ihr.

»Nun, wenn sie es nicht war, dann jemand anderes. Aber es gibt einen Spion im Schloss. Das ist sicher.«

»Und wie sollte mir dieser Umstand nun weiterhelfen?«

Ein leises Lächeln flog über Constanzes Gesicht. »Sie könnten zur Fürstin fahren und ihr das erzählen. Und Sie könnten ihr anbieten, für sie in der Dienstbotenetage herumzuschnüffeln und den Spion zu enttarnen.«

»Ich?«

»Natürlich. Das ist etwas, was Herrn Opitz sicher nicht gelingen würde.«

»Vielleicht ist er es am Ende selbst.«

»Ja. Vielleicht.«

Hedda Pietsch schüttelte vehement den Kopf. »Ich würde ja nicht einmal zur Fürstin vorgelassen. Herr Opitz hat deutlich gemacht, dass ich das Schloss nie wieder betreten darf.«

Constanze grinste süffisant. »Die Fürstin weilt zurzeit in Berlin. Sie logiert in der Stadtwohnung. Herr Opitz hat sie nicht begleitet. Soviel ich weiß, wohnt der Kammerdiener mit in der Charité beim Fürsten. Und Herr Novak begleitet die Fürstin.«

»Viktor Novak?« Eine Erkenntnis huschte über das Gesicht der Dienstbotin.

Constanze nickte.

»Mit ihm verstehe ich mich ganz gut.«

»Passen Sie auf: Sie besuchen die Fürstin abends. Vielleicht schreiben Sie ihr einen Brief, den Herr Novak abgeben kann. Wenn sie ihn gelesen hat, sollten Sie vorgelassen werden. Dann erzählen Sie der Fürstin von dem Brief, der den Weg raus aus dem Schloss gefunden hat. Und dass Sie ihr anbieten, den Spion zu enttarnen.«

»Und Sie denken, das klappt? Wieso sollte sie mir glauben? Wie könnte ich überhaupt davon wissen, wenn ich nicht selbst die Spionin bin?«

»Weil Sie ihr sagen, Sie hätten die Information von mir. Das ist enorm wichtig.«

Hedda Pietsch schaute sie nun mit riesigen Augen an. »Das kommt mir alles sehr gewagt vor.«

»Das ist es. Die Fürstin wird sicher mit ihrem Mann darüber sprechen wollen. Sie trifft ja selten alleine Entscheidungen. Und wie gesagt, in Sachen Brief sollten Sie sich auf mich berufen. Aber machen Sie ihr klar, dass sie nicht direkt mit mir Kontakt aufnehmen darf. Herr Harden würde das rauskriegen.«

Hedda Pietsch nickte. Aber sie schien sich nicht sicher zu sein. »Woher wissen Sie das mit dem Brief überhaupt?«

»Das darf ich Ihnen leider nicht sagen.«

Nach einer längeren Pause meinte ihr Gegenüber schließlich: »Ich denke darüber nach.«

»Gut. Geben Sie mir aber unbedingt Bescheid, wenn Sie es tun wollen.«

»Nur für alle Fälle: Kennen Sie die Adresse der Stadtwohnung? Ich war nämlich noch nie dort.«

»Ja, natürlich kenne ich die Adresse. Das Haus ist leicht zu finden.« Constanze nickte zufrieden. Sie würde einen Wochenlohn darauf verwetten, dass Hedda Pietsch es riskierte. Das Dienstmädchen kannte ihre Alternativen. Darunter war keine einzige, die annehmbar erschien.

# Kapitel 2

## 13. Mai 1908

Sollte sie wirklich zurück auf das Schloss, wo Opitz war? Nun, wenn es ihr wirklich gelänge, der Fürstin klarzumachen, welch unhaltbare Zustände es unter ihm waren, dann würde sie ihn in seine Schranken verweisen. Außerdem brauchte sie sich nichts vorzumachen: Männer wie Opitz gab es in jedem zweiten Haushalt. Wenigstens eine Nacht musste Hedda darüber schlafen. Gestern, nach dem Gespräch mit Constanze Maiwald, war sie die ganze Strecke zurückgelaufen. So hatte sie nicht nur das Geld für die Straßenbahn gespart, sie musste auch den Kopf frei bekommen. Was die ehemalige Gouvernante ihr da vorgeschlagen hatte, war zumindest bedenkenswert. Zurück aufs Schloss, wo sie sich auskannte, ein warmes Bett und gutes Essen hatte und vielleicht sogar ihr altes Gehalt wiederbekommen würde.

Aber sie wäre auch wieder unter der Fuchtel von Herrn Opitz. Fräulein Maiwald hatte im weiteren Gespräch ihre Bedenken zerstreut. Wenn sie es richtig anstellte, würde sie doch unter dem Schutz der Fürstin stehen. Da war Hedda sich nicht so sicher. Wenn es stimmte, dass die Mamsell mit der Fürstin gesprochen hatte und sie dann untätig geblieben war, dann hatte die entweder nichts in dieser Sache zu sagen, oder schlimmer noch, der Fürst hatte ihr es verboten. Oder es war ihr schlicht egal. Hatte Adelheid doch recht damit, dass ihr Leben in der Welt der Herrschaften nichts galt?

Zweieinhalb Stunden lief sie. Die Zeit machte ihr nichts aus, aber zwischendurch rechnete sie tatsächlich nach, wie viel Schuhprofil sie sich gerade herunterlief und was es sie kosten würde. Alleine dieser absurde Gedanke machte ihr klar, in welch misslicher Situation sie sich befand. Doch als sie in ihrer Moabiter Pension angekommen war, hatte sie aus einer ihrer Reisetaschen ihr Briefpapier hervorgekramt. Sie hatte noch einige Briefbögen übrig, seit sie ihren Brüdern nicht mehr schrieb.

Noch eine Lösungsmöglichkeit, die im Grunde keine war. So lange war es noch nicht her, dass Hedda das Heiratsangebot eines unbekannten wohlhabenden Farmers abgelehnt hatte. Statt nach Amerika könnte sie in eine der Kolonien gehen. Es dort als Hauswirtschafterin versuchen. Es wurde gar nicht mal so schlecht bezahlt, aber diesen Gedanken hatte sie schnell verworfen. Eine einsame Farm im Nirgendwo, eine Gesellschaft aus Herrschaft und Sklaven, Aufstände, gefährliche Tiere und keine Aussicht auf ein freies oder vergnügliches Leben.

Nun gut, das hatte sie derzeit auch nicht. Keine ihrer Wahlmöglichkeiten war befriedigend. In einer Fabrik zu arbeiten, bedeutete, sich den Buckel krumm zu schuften und für Unterkunft und Verpflegung selbst aufkommen zu müssen.

Und eine gute Anstellung als Dienstmädchen schien mittlerweile unwahrscheinlich. Gestern Abend war ein Brief von Arthur gekommen. Er wollte sich mit ihr treffen. Aber in Sachen Stellungssuche gab es keine Neuigkeiten.

Überhaupt, Arthur. Er war ihr einziger Lichtblick in Berlin. Es wäre so schön, wenn sie sich öfter sehen könnten. Sie genoss seine Gegenwart. Sehnte sie geradezu herbei und verfing sich in haltlosen Träumereien über: Was wäre, wenn … Aber ihr Leben war nun mal, wie es war. Und auch, wenn sie glaubte, Arthur würde ihr echte Zuneigung entgegenbringen, würde nur die Zeit Licht in ihre verborgenen Gefühle bringen. Obwohl sie aufgeregt und nervös war, wenn sie sich trafen, schreckte sie doch davor zurück, etwas zu tun, was ihren Treffen etwas Verbindliches gab. Und er schien es ebenso zu halten.

Aber sie musste sich bald für etwas entscheiden. Ihr Erspartes schrumpfte mit jedem Tag ohne Anstellung.

Gestern Abend noch hatte sie mit dem Brief an die Fürstin angefangen, halbherzig. Heute Vormittag war sie wieder in das Arbeitercafé gegangen und hatte die Zeitungen durchforstet. Nicht ein einziges Angebot war dabei gewesen, was sie angesprochen hätte.

Aus den Zeitungen hatte sie allerdings erfahren, dass der Verteidiger des Fürsten einen Antrag auf Haftentlassung gestellt hatte, der aber abgelehnt worden war. Und dass man bei einer Durchsuchung der Behausung des Starnberger Fischers belastendes Material gefunden hatte. Anscheinend hatten der Fürst und der Fischer sich geduzt. Hedda hatte den Kopf geschüttelt. Wo käme man da hin, wenn der Mann, der den Kaiser duzte, sich von einem Fischer duzen ließ? Das wäre ja, als wären alle Menschen gleich. Der Fürst steckte in einer wahrlich misslichen Situation. Sicher war die Fürstin bereit, alles Erdenkliche zu tun, um ihrem Gatten zu helfen.

Also war sie zurück in ihre Pension und hatte einen Brief aufgesetzt. Sie verbesserte, stellte um, so lange, bis sie zufrieden war. Und dann schrieb sie alles in Schönschrift ab. *In Sachen Harden* schrieb sie auf den Umschlag.

Quer durch den Tiergarten war sie gelaufen, zu der Adresse, die Fräulein Maiwald ihr genannt hatte. Nun stand sie in der Kaiserin-Augusta-Straße vor dem besagten Haus. Herrschaftlich, wahrlich. Im ersten Stock brannte Licht. Das konnten aber auch die Diener sein. Selbstverständlich kam es nicht infrage, vorne zu klingeln. Stattdessen ging sie durch die Toreinfahrt. Im Hinterhof gab es eine breite, aber schlichte Tür, an der schon der Lack abblätterte – der Dienstboteneingang. Auf einer der Klingeln stand *Wohn. Eulnbrg, 1. Stock*. Sie klingelte. Eine Minute später kam jemand die Treppe herunter, und ein Schlüssel drehte sich im Türschloss.

»Fräulein Pietsch«, sagte Viktor Novak überrascht. Nicht unangenehm überrascht, aber doch vollkommen perplex.

»Guten Abend, Herr Novak. Sie haben sicher nicht mit mir gerechnet.«

»Das kann man allerdings so sagen.« Weder machte er Anstalten, ihr die Tür vor der Nase zuzumachen, noch bat er sie herein. »Ich hatte leider keine Gelegenheit, mich von Ihnen zu verabschieden, als Sie …«

»… hinausgeworfen wurden. Ich konnte mich von fast niemandem verabschieden.«

»Was mir persönlich sehr leidtut. Also, ich meine den Rauswurf.« Er sah sie neugierig an. Sie wollte etwas. Also nahm sie all ihren Mut zusammen.

»Ich weiß, es ist ungewöhnlich, aber ich müsste bitte mit der Fürstin sprechen.«

Novak zog die Augenbrauen in die Höhe. »Ja … Also …« Er wusste wohl nicht, was er auf diese Bitte antworten sollte.

Sie waren gerade in den letzten Monaten gut miteinander ausgekommen. Aber sie war ein Dienstmädchen, das in Unfrieden den Dienst hatte verlassen müssen. Wie viel durfte er der ohnehin schon strapazierten Fürstin zumuten? Hedda konnte sehen, wie dieser Gedanke in ihm arbeitete. Um ihm die Entscheidung zu erleichtern, holte sie den Brief hervor. Sie hielt ihn so, dass er lesen konnte, was darauf stand.

»Das ändert natürlich alles.« Er bedachte sie mit einem merkwürdigen Blick. »Ich kann gerne nachfragen. Aber es wird etwas dauern. Die Gräfin wird den Brief erst lesen wollen. Und sie und ihr Sohn sind gerade erst zur Tür herein.«

»Natürlich. Ich kann warten.« Als Novak zögerte, sie in den Hausflur zu bitten, übergab sie ihm den Brief und schob eilig hinterher: »Ich warte hier draußen. Es wäre nur nett, wenn Sie mir Bescheid geben würden, wenn sie mich nicht vorlassen will.«

»Natürlich«, sagte er mit Erleichterung in der Stimme, schloss die Tür und sperrte sie auch wieder ab.

Es dauerte keine zehn Minuten, da ging die Tür wieder auf. »Sie möchte Sie sehen.« Seinem Gesichtsausdruck nach schien es ihn zu freuen. Er konnte nicht wissen, was in dem Brief stand, denn sie hatte ihn wohlweislich zugeklebt. Aber es freute sie zu wissen, dass sie ihm nicht unwillkommen war. Sie folgte Novak die ausgetretenen Stufen hoch.

»Waren Sie schon mal in der Stadtwohnung?«

»Nein, noch nie«, antwortete sie wahrheitsgemäß. Ihre Hände waren schweißnass.

Er öffnete die Hintertür, und sie folgte ihm, während er auf Türen zeigte und erklärte: »Die Räumlichkeiten der Dienstboten, wirklich sehr beengt im Gegensatz zum Schloss. Hier liegt die kleine Küche.«

Sie nickte, warf kaum einen Blick auf die Türen, die außer der Küche alle geschlossen waren. Es ging durch eine Durchgangstür in den Bereich der Herrschaften. Der Flur war sofort breiter, die Wände mit floralen Stoffen tapeziert. Aber für all das hatte Hedda keinen Blick.

»Hier hinten liegen die Schlafgemächer der Herrschaften, vorne die Salons und das kleine Arbeitszimmer des Fürsten.« Endlich blieb er vor einer Tür stehen.

»Hier?«, fragte Hedda, als er nichts sagte.

»Sie ist alleine. Ihr Sohn ist bereits im Speisesalon. Wenn ich etwas vorschlagen dürfte: Fassen Sie sich so kurz wie möglich. Sie muss Hunger haben. Ich wollte eigentlich gerade servieren.«

»Danke.«

Er nickte, öffnete die Tür und kündigte sie an. »Eure fürstliche Hoheit, Fräulein Pietsch ist da.« Dann trat er zurück, hielt ihr die Tür auf und schloss sie hinter ihr.

Nun war sie allein mit der Fürstin, die auf einem Sofa Platz genommen hatte. Die hohe Dame starrte sie aufmerksam an und wirkte doch sehr erschöpft. Sie musste vor nicht allzu langer Zeit geweint haben, zumindest ihren geröteten Augen nach zu urteilen.

»Ich hoffe sehr, Sie haben mir etwas Erfreuliches zu verkünden. Ich befinde mich wirklich nicht in der Verfassung, noch mehr Hiobsbotschaften zu empfangen.« Ihre Stimme hatte an Kraft verloren. Heddas Brief mit der denkbar kurzen Nachricht lag neben ihr.

Hedda trat einen Schritt näher. Wo sollte sie anfangen? »Mir ist klar, es ist ein sehr ungewöhnlicher Besuch. Zumal ich … entlassen wurde.« Sie holte tief Luft. »Aus diesem Grund bin ich hier, weil ich gerne meine Stelle zurückhaben möchte. Ich bin dessen nicht schuldig, was mir vorgeworfen wird.«

Die Fürstin öffnete den Mund, und Hedda konnte erahnen, dass sie davon rein gar nichts hören wollte.

»Mir ist natürlich bewusst, dass das eine Angelegenheit ist, die Sie im Moment kaum beschäftigen wird. Aber ich hätte Ihnen etwas anzubieten, wie ich schon in dem Brief erwähnte. Etwas, das für Eure fürstliche Hoheit von großem Interesse sein sollte. Wenn ich so vorwitzig sein darf, Ihnen etwas vorschlagen zu dürfen?«

Die Fürstin sah sie eine Spur neugieriger an. Was sie zu Herrn Harden zu berichten hatte, war das Einzige, was die hohe Dame interessierte. Sie machte eine Handbewegung, Hedda solle weitersprechen.

Doch bevor Hedda diese Information freiwillig herausgeben würde, musste sie auch ihre Interessen wahren. »Es wird Ihnen sicherlich sehr frech und vorlaut vorkommen, was ich nun vorschlage. Und ich bin mir auch … Ich wünschte, ich müsste einen solchen Weg nicht gehen. Wirklich. Aber so, wie gerade der Himmel über Ihnen weint, so weint er auch über meiner Welt. Nur aus einem anderen Grund.«

Die hohe Dame sah sie nur an, aber sagte nichts. Was an sich schon gut war. Denn Hedda wollte ihre Bitte und ihren Vorschlag in einem Rutsch loswerden.

»Ich habe eine Information erhalten, die für den Fürsten von Bedeutung sein wird. Auch, wenn er sich vielleicht so etwas in der Art schon gedacht hat … Es gibt einen Spion im Schloss.«

Verblüffung stand im Gesicht der Fürstin, dann aber sofort Ungläubigkeit, die sich in Zorn verwandelte.

»Wenn Sie das schon wussten, bevor Sie das Schloss verlassen haben, wieso haben Sie sich nicht direkt an uns gewendet? Stecken Sie mit dem Kerl unter einer Decke?«

Dem Kerl? Constanze Maiwald hatte Adelheid Schaaf verdächtigt, was ziemlich lachhaft war. Ihr war natürlich sofort Lydia Keller eingefallen, was viel wahrscheinlicher war. Aber so jemand wie die Fürstin kam natürlich gar nicht auf die Idee, dass es eine Frau sein könnte.

»Das kann ich erklären. Ich habe mich gestern mit Fräulein Maiwald getroffen, Constanze Maiwald. Sie hat mir diese Information gegeben, die ich Ihnen weitertragen soll. Und ich soll Ihnen ausdrücklich sagen, dass diese Information von ihr kommt. Aus Gründen, die mir nicht bekannt sind, kann sie nicht direkt mit Euer Gnaden oder Ihrem Herrn Gemahl in Kontakt treten.«

Nun hatte sie alle Aufmerksamkeit. »Reden Sie weiter!«

Jetzt galt es. »Es gibt einen Brief, den Herr Harden jemandem aus dem Schloss abgekauft hat. Wem, das weiß ich nicht, und Fräulein Maiwald ebenso wenig. Sie weiß aber, dass der Inhalt dieses Briefes Herrn Harden erst an den Starnberger See geführt hat.« Diese Information war purer Sprengstoff.

Die Hände der Fürstin gingen zu ihrer Kehle, sie atmete erschrocken und zischend Luft ein. Ihr Gesicht wurde eine Spur blasser. Sie brauchte wohl einen Moment, um sich zu fangen. Diesen Moment musste Hedda nutzen.

»Ich weiß, es ist unverfroren, aber ich möchte Ihnen anbieten, diesen Spion ausfindig zu machen. Dazu bräuchte ich aber meine ehemalige Stelle als Stubenmädchen zurück. Und die Zusicherung von Ihrer Gnaden, dass Herr Opitz und die Mamsell damit einverstanden sind. Und mir nichts nachtragen. In keiner Weise. Gerade Herr Opitz …«

War das deutlich genug ausgedrückt? Die Fürstin wusste doch wohl, dass der Haushofmeister den jungen Frauen nachstellte. Oder etwa nicht?

»Ich habe große Angst vor Herrn Opitz«, setzte sie deshalb nach.

»Daher also!«, stieß die Fürstin laut aus und ließ ihren Blick durchs Zimmer schweifen. Seit dem Herbst 1906 stand der Fürst öffentlich am Pranger. So unangenehm das auch war, hatte es ihm nicht viel anhaben können. Erst nachdem die beiden Zeugen vom Starnberger See aufgetaucht waren, ging es ihm an den Kragen. Hedda selbst kannte nur die Details, die in den Zeitungen standen. Aber Constanze Maiwald hatte es ihr erklärt: Dieser eine Brief sei Dreh- und Angelpunkt für diesen unseligen Meineidsprozess, denn er hatte Harden den Weg zu den bayrischen Zeugen gewiesen.

»Fräulein Maiwald sagt, Ihrem Mann werde aus unlauteren Gründen übel mitgespielt. Und es war ihr wichtig, dass diese Informationen zur richtigen Stelle vordringen.«

»Zur richtigen Stelle …«, sagte die Fürstin nachdenklich. Dann sah sie sie endlich wieder an, blieb aber stumm.

Hedda wollte gerade etwas erwidern, als die Fürstin doch noch nachsetzte. »Aus welchem Grund wurden Sie entlassen?«

Himmel, so wenig wusste sie von den Vorkommnissen in der untersten Etage.

»Lydia Keller, das dritte Stubenmädchen, hat mir eine Falle gestellt, in die dann aber die Mamsell getappt ist. Sie hat Schmierseife auf die Hintertreppe gekippt und einen Feudel so aufgestellt, dass die nächste Person, die runtergehen würde, darüberstolpern musste. Dann hat sie mich gerufen, ich solle dringend runterkommen. Doch unglücklicherweise ist die Mamsell in diesem kurzen Moment die Treppe runtergeeilt. Und böse gestürzt.«

»Und warum sollte diese Keller das gemacht haben?«

»Weil sie meine Stellung als zweites Stubenmädchen wollte.«

Die Fürstin machte ein Gesicht, als wollte sie gar nicht glauben, dass jemand aus einem für sie so unerheblichen Grund eine solch böse Tat begehen würde.

»Wäre Fräulein Petzold, das erste Stubenmädchen, gefallen, hätte immer noch ich vor ihr das Sagen gehabt. Aber wenn ich gestürzt wäre, hätte sie meinen Platz als zweites Stubenmädchen einnehmen können. Unseligerweise aber hat es die Mamsell getroffen.«

»Sie entschuldigen wohl, dass ich diese Art Intrigen nicht ganz nachvollziehen kann. Herr Opitz hat also eher der Version von dieser Lydia Keller geglaubt als Ihrer?«

»Er hatte es sogar mit ihr gemeinsam eingefädelt.«

Die Fürstin zog ungläubig die Augenbrauen hoch.

»Ich weiß, es muss in Ihren Ohren wie eine vorgeschobene Ausrede klingen.«

»Das tut es, in der Tat.« Sie sah Hedda so prüfend an, dass es ihr kalt hoch und runter lief.

Hedda musste dringend noch etwas anderes erklären. »Nur deswegen, weil ich völlig von Sinnen war wegen dieser Hinterlist, dieser Falle ... hatte ich mich an dem besagten Tag in die Bibliothek zurückgezogen. Mir war bewusst, dass meine Stellung auf dem Spiel stand. Mir war nicht wohl, und ich hatte weiche Knie, als mir bewusst wurde, welche Intrige da gerade gegen mich inszeniert wurde. Das war der Moment, als Euer Gnaden mich auf dem Sofa gesehen haben. Ich hätte sonst nie ...«

»Jaja. Schon gut«, winkte die Fürstin ab. Jede tiefergehende Erklärung war ihr wohl nicht wichtig. »Dann kommt also das Übel aus unserem innersten Kreis ... Und ausgerechnet Fräulein Maiwald weiß davon. Es macht sie selbst höchst verdächtig, von diesem Brief zu wissen. Am Ende war sie es selbst, die den Brief weitergegeben hat. Oder soll ich sagen – vergoldet hat?«

»Ich kann Ihnen nicht erklären, wie sie von dem Brief Kenntnis erhalten hat. Aber ich denke, wäre Fräulein Maiwald in diesen Diebstahl involviert, würde sie doch nicht darauf bestehen, dass ich Ihnen mitteile, dass diese Information von ihr kommt ... Aus mir unbekannten Gründen kann sie mit Euer Gnaden nicht in direkten Kontakt treten, ebenso, wie Sie nicht mit ihr in Kontakt treten dürfen«, schob Hedda eilig nach.

»Sie wissen also, wo sie nun untergekommen ist?«

»So ist es. Aber ich darf es nicht sagen.«

»Hm.« Dieser Aspekt machte die Fürstin stutzig. Sie blickte auf eine Vase, oder eher gesagt, hindurch. Sie überlegte.

Hedda blieb stumm. Sie hätte auch nicht gewusst, was sie weiter hätte erklären können. Für sie gab es etliche Dinge, die sie nicht verstand. Constanze Maiwald hatte ihr genau erklärt, was sie sagen sollte. Für sie war nur wichtig, dass es zu dem richtigen Ergebnis führte: Sie wollte ihre Stellung wiederbekommen. Endlich schien sich die Fürstin zu einer Antwort durchgerungen zu haben.

»Nun gut, Sie sind hier und bieten mir einen ... äußerst ungewöhnlichen Handel an. Ich weiß nicht so recht, was ich davon halten soll. Ihnen wird bewusst sein, dass ich das erst mit meinem Mann besprechen muss. Kommen Sie morgen Abend wieder. Dann werden wir weitersehen.«

Hedda nickte erleichtert. Die erste Schlacht war geschlagen. Sie wollte sich gerade mit einem Knicks empfehlen, als die Fürstin ihre Stimme hob.

»Ich werde mir über Ihre Situation und Ihre Lage gründlich Gedanken machen.« Es klang gleichermaßen wie ein Versprechen und eine Drohung.

»Natürlich ... Ich werde dann morgen Abend wiederkommen.«

»Ihnen sollte bewusst sein, dass Sie über all das absolutes Stillschweigen zu bewahren haben.«

»Wenn ich den Spion oder die Spionin finden will, muss ich das ja sogar. Das kann ich Ihnen versprechen.«

Der skeptische Blick der Fürstin traf sie. »Ich hoffe, ich kann Ihnen vertrauen.«

»Dann werde ich Euer Gnaden nicht enttäuschen«, versprach Hedda, neigte ihren Kopf und zog sich zurück. Sie hoffte inständig, dass sie ihren Entschluss, zurückzugehen, nicht bereuen würde. Zügig verließ sie den Raum, schloss die Tür und atmete hörbar ein. Gefühlt hatte sie keinen Atemzug genommen, seit sie den Salon betreten hatte.

Hedda drehte sich um und sah durch den geöffneten Durchgang, wie Novak neugierig den Kopf aus der Küchentür steckte. Als er sie nun entdeckte, kam er ihr eilig entgegen.

Bestimmt war Heddas Stimme die Erleichterung anzuhören. »Ich werde morgen Abend wieder erwartet.«

»Das ist erfreulich zu hören.« Ein seltenes Lächeln streifte sein Gesicht, und er führte sie über die Hintertreppe hinaus. Ihr Abschied war eilig, denn er musste nun sofort das Essen servieren. Aber sie würden sich ja morgen wiedersehen.

## 15. Mai 1908

Adelheid wischte im Torturm die Wände mit Wasserstoffperoxid ab – eine stinkende wie gleichermaßen ätzende Substanz. Zwar trug sie gewachste Handschuhe, doch nach einer gewissen Zeit ätzte sich das Zeug durch den Stoff. Für einen Moment hatte sie daran gedacht, wie schäbig ihre Hände aussehen würden. Wie sich die Haut für ein paar Tage abschälen würde. Und was Viktor Novak dazu sagen würde, wenn er es sähe. Doch dann hatte sie umso energischer die Stellen bearbeitet, wo sich Schimmel auf der nassen Wand ausgebreitet hatte. Sollte Novak doch denken, was er wollte. Er war zwar ohnehin in Berlin, aber selbst, wenn er ihre Hände sehen würde – ihr sollte egal sein, was er über sie dachte. Es machte sie schon wütend, dass sie überhaupt solche Gedanken hatte.

Gehetzt tauchte Gerda unten auf dem letzten Absatz auf. Sie war vorhin runtergegangen, um frisches Natronwasser zu holen. Jetzt war sie wohl die Stufen in den Turm hinaufgestürmt. »Fräulein Pietsch ist wieder da«, sagte sie atemlos und stellte den Blecheimer vor Adelheid ab.

Adelheid drehte sich zu ihr um. »Was?!«, fragte sie ungläubig.

»Wirklich. Ich hab sie gerade unten gesehen. Sie stand just im Flur zum Dienstboteneingang.«

»Aber wieso …?«

Gerda zuckte mit den Schultern. Adelheid streifte ihre Handschuhe ab und tauchte ihre Hände in das Natronwasser. Das tat gut. Sofort wurde der Schmerz der Säure gelindert. Ohne die Hände abzutrocknen, stand Adelheid auf. Hatte Lydia Gerda wieder zu irgendeinem Unsinn überredet? Wollte sie ihr einen Streich spielen?

»Wenn das nicht stimmt, dann darfst du gleich mit dem Zeug weitermachen.«

»Aber es stimmt. Überzeuge dich selbst.«

Adelheid traute Gerda nicht. Es schien geradezu unglaublich. Hedda sollte wieder da sein?! Adelheid konnte es nicht glauben. Sie lief die Stufen des Torturms runter, schlich durch den Flur und dann die Hintertreppe hinunter in die Dienstbotenetage. Da sah sie sie – Hedda. Sie stand vor der geschlossenen Leutestube, ihre beiden Reisetaschen neben sich, und nestelte aufgeregt an ihrem Blusenkragen.

»Hedda!«, rief Adelheid atemlos, aber leise.

Sie fielen sich in die Arme. Ein ungewöhnlicher Anblick für zwei Dienstbotinnen.

»Was machst du hier? Kommst du zurück?«, fragte Adelheid, nachdem sie sich wieder voneinander gelöst hatten.

Hedda schaute sich prüfend um. Die Tür zur Küche stand offen, und neugierige Blicke flogen zu ihnen rüber. Hedda zog Adelheid tiefer in den Flur, Richtung Dienstboteneingang.

»Ja, ich bin zurück. Ich hoffe zumindest, dass ich hierbleiben darf«, flüsterte Hedda. »Ich erklär dir alles heute Abend, aber so viel: Ich habe für Opitz und auch für die Mamsell einen Brief von der Fürstin mitbekommen.«

»Von der Fürstin? Wieso das denn?«

»Dafür hab ich jetzt keine Zeit. Deshalb nur ganz kurz: Ich soll meine alte Stellung wiederbekommen. Die beiden sind jetzt gerade in der Leutestube und sprechen darüber.«

Adelheids Blick lief zur geschlossenen Tür, hinter der sich gerade Ungeheuerliches abspielen musste. Man konnte nur Wortfetzen verstehen, aber es hörte sich nicht so an, als wären die beiden einer Meinung.

Die Mamsell lag tagsüber auf dem Feldbett und verteilte von dort aus die Aufgaben. Morgens, wenn sie runterkam, und abends, wenn sie wieder hochging, begleiteten Martha Petzold und Adelheid sie. Gestützt auf ihren Stock, machte sie einen Rundgang durch die Räumlichkeiten. Am schlimmsten waren für sie die Treppen, weswegen sie vermied, Stufen gehen zu müssen. Mehrmals am Tag begleitete Adelheid sie auf den Abtritt.

Im Grunde war es eine aussichtslose Situation. Ihre Aufgabe als Mamsell beinhaltete, jederzeit überall alles zu kontrollieren. Was nun nicht mehr ging. Frau Möckel versuchte alles, es Mamsell Reineke möglichst bequem zu machen. Sie schickte sogar ein ums andere Mal Anni oder Liesel in die Räumlichkeiten oben, um nachprüfen zu lassen, ob die Aufgaben auch wirklich erledigt waren. Unter normalen Umständen wäre das eine unhaltbare Situation. Doch solange die Küchenmädchen den Komtessen und der Schwiegertochter der Fürstin auswichen, gab es niemanden, den es störte. Bis auf die drei jungen Damen und den Zweijährigen der Schwiegertochter war niemand von den Herrschaften im Hause. Die Frau des ältesten Sohnes lag den halben Tag auf ihrer Chaiselongue, weil ihr die Schwangerschaft schon zusetzte. Und ihre beiden Schwägerinnen versuchten, sie aufzumuntern und abzulenken.

Niemand interessierte sich dafür, wie es hier unten zuging. Zwar schnaufte Herr Opitz den halben Tag ungehalten, um seinen Unmut kundzutun, aber mehr auch nicht.

»Wieso bringst du Briefe von der Fürstin?«, fragte Adelheid neugierig nach. Sie konnte es immer noch nicht glauben, dass Hedda zurückkommen durfte. Es kam ihr wie ein Wunder vor.

»Wenn alles gut geht, bin ich heute Abend in unserem Zimmer zurück. Sonst schreib ich es dir. Ich …«

Das Streitgespräch hinter der Tür fand offensichtlich ein Ende. Adelheid drückte Hedda schnell die Hände und lief wieder zurück, die Hintertreppe hoch. Doch oben, auf dem nächsten Absatz, wo man sie schon nicht mehr sehen konnte, blieb sie stehen und linste um die Ecke. Die Tür schwang auf.

»Kommen Sie herein!«, herrschte Opitz Hedda an.

Die trat in die Leutestube. Adelheid beugte sich noch ein Stück weiter vor.

»Wir sind zu dem Entschluss gekommen, den Anweisungen der Fürstin zu folgen. Sie werden Ihren Dienst wieder aufnehmen. Sie …«

Adelheid hörte, wie sich Schritte näherten. Eilig stand sie auf und strich sich die Schürze glatt. Lydia bog um die Ecke. Es gelang Adelheid nicht, ihr dickes, fettes Grinsen zu verbergen. Die würde sich wundern.

»Was ist denn? Was grinst du so blöde? Seid ihr oben schon fertig? Dann putz den Flur im Gästetrakt.«

Als hätte sie hier das Sagen. Sobald sie weit genug von der Leutestube und der Mamsell entfernt war, versuchte sie weiterhin, Befehle zu erteilen. Man konnte es nicht anders benennen – ein Kleinkrieg war ausgebrochen. Und da die Mamsell Adelheid offensichtlich als ihre Helferin auserkoren hatte, stand Lydia ihr wieder besonders feindselig gegenüber. Aber das kannte sie ja schon.

Adelheid antwortete Lydia nicht, warf ihr stattdessen einen belustigten Blick zu. Dann ging sie wieder hoch. Sie konnte es gar nicht erwarten, sich heute Abend in Ruhe alles von Hedda erklären zu lassen.

* * *

»Hast du Lydias Gesicht gesehen, am Abendbrottisch? Herrlich. Als sie dir Platz machen musste. Als sie den Stuhl des zweiten Stubenmädchens räumen musste. Das war wie Ostern und Weihnachten an einem Tag«, frohlockte Adelheid.

Den restlichen Tag war Adelheid beschwingt ihrer Arbeit nachgegangen. Endlich hatte sie Feierabend. Hedda hatte bereits alles ausgepackt und saß auf ihrem alten Bett.

Ihre Rückkehr war unterschiedlich aufgenommen worden. Martha Petzold hatte sich gefreut. Aber weniger für Hedda, sondern weil sie sich nun wieder mehr um die Komtessen kümmern konnte. Diedrich Budde hatte mehrere Versuche gestartet, herauszubekommen, was da eigentlich lief. Und war jedes Mal von Herrn Opitz zurückgepfiffen worden.

Die Köchin war vermutlich schon von der Mamsell in Kenntnis gesetzt worden. Inwieweit Frau Möckel die Informationen an ihre Hilfen weitergeben hatte, konnte man nur ahnen.

Moritz hatte lediglich überrascht geschaut. Vermutlich war seine Verwunderung darüber, dass jemand freiwillig in den Dienst unter Opitz zurückkehrte, größer als über den Umstand, dass Hedda hinausgeschmissen worden war und nun wieder ihre Stellung einnehmen durfte. Gerda warf abwechselnd Lydia und ihr neugierige Blicke zu. Sie wollte wohl unbedingt wissen, was los war. Lydia war sicher bereits von Herrn Opitz eingeweiht worden.

Die Stimmung beim Abendessen war höchst merkwürdig gewesen. Neugierig, aufgekratzt, mürrisch, triumphierend, aufmüpfig, wütend. Alles war dabei gewesen. Für Adelheid war es ein Fest gewesen. Hedda war zurück und durfte bleiben. Und nun würde sie erfahren, wie es dazu gekommen war.

»Ich hab einfach nichts gefunden, nicht als Hausmädchen und schon gar nicht als Stubenmädchen. Und wenn ich im riesigen Berlin nichts finde, wo dann?«

Adelheid nickte verständig. Sie wusste ja, Hedda wollte nie und nimmer wieder Alleinmädchen sein.

»In meiner Verzweiflung habe ich mich … Adelheid, ich erzähle das nur dir. Hörst du? Du darfst niemandem verraten, was ich dir jetzt erzähle. Schwörst du mir das?«

Überrascht nickte Adelheid. »Ich schwöre es dir.« Nun war sie erst recht gespannt.

»Kein Wort, ja? Zu niemandem! … In meiner Verzweiflung habe ich mich an Fräulein Maiwald gewandt.«

»Die ehemalige Gouvernante?« Adelheid wusste, die beiden hatten Kontakt gehalten, nachdem Fräulein Maiwald das Schloss so überstürzt hatte verlassen müssen.

Hedda nickte. »Ich dachte, sie wüsste vielleicht eine Stellung, dort im Grunewald, wo sie arbeitet. Ihre Antwort ließ ein paar Tage auf sich warten, denn sie war mit ihrer Herrschaft auf Kur. Aber dann kam ein Brief, und wir haben uns getroffen. Ab hier wird es mysteriös.«

Adelheid befand zwar, dass die ganze Geschichte bisher schon höchst mysteriös klang, aber sie wollte Hedda nicht unterbrechen. Deshalb nickte sie nur.

»Wir haben uns getroffen. Und ich habe ihr mein Leid geklagt. Dann kam sie mit der Idee, ob ich nicht meine alte Stellung zurückhaben wolle. Natürlich hatte ich daran keinen Gedanken verschwendet. Wieso auch? Doch sie hatte einen sehr merkwürdigen Vorschlag.« Hedda lehnte sich zurück und nahm wohl gedanklich Anlauf für ihre Erklärung. »Ich kapiere selbst nur die Hälfte von dem, was da eigentlich vor sich geht. Aber letztlich geht es um die Sache mit dem Fürsten. Also den Vorwurf, der ihm da gemacht wird. Und diese unselige Geschichte mit dem Berliner Journalisten. Harden. Maximilian Harden.«

Adelheid schluckte. Der Mann, dem sie den Brief verkauft hatte. Sie durfte sich nicht verraten. Natürlich könnte sie den Namen kennen. Schließlich war es sein Angriff gewesen, der dazu geführt hatte, dass der Fürst verhaftet worden war. Vermutlich hatten mittlerweile alle Dienstboten hier im Haus diesen Namen schon mal gelesen. Trotzdem nickte sie nur.

»Aber du darfst wirklich niemandem davon erzählen. Keiner Seele. Schwörst du das?«

»Ich schwöre«, sagte Adelheid. Ganz sicher hatte sie nicht vor, mit jemandem über dieses Thema zu sprechen.

»Wenn ich es richtig verstehe, hat Fräulein Maiwald aus irgendeinem Grund nähere Informationen über sein Tun. Woher, das wollte sie mir nicht sagen. Sie dürfe nicht, hat sie mir gesagt.

Und je weniger ich wüsste, sagte sie, desto ungefährlicher wäre es für mich.«

»Ungefährlich?« Adelheids Stimme hörte sich plötzlich piepsend an.

»Keine Ahnung. Mehr kann ich dir auch nicht erklären. Wichtig ist, dass sie herausbekommen hat: Jemand aus dem Schloss ist für Harden tätig.«

Ein eisiger Schauer lief über Adelheids Körper. »Jemand aus dem Schloss?«, krächzte sie.

»Anscheinend gibt es einen Brief, der …«

Hitze schoss ihr ins Gesicht. Der Schweiß quoll ihr blitzartig aus den Poren, als wäre sie vor einen offenen Backofen getreten. Schnell wischte sie sich über die Stirn. Der Himmel drohte auf sie zu stürzen. Sie war enttarnt. Ihre frevelhafte Tat kam ans Tageslicht! Hedda hatte ihre Stellung zurück, aber wahrscheinlich würde sie nun gehen müssen. Fliehen war das Wort, das Adelheid sofort einfiel. Sie sollte fliehen, bevor man sie nicht nur entließ, sondern direkt verhaftete. Jeden Moment würde wieder Polizei ins Schloss kommen. Und dieses Mal wegen ihr.

»Was ist mit dir?«, fragte Hedda nun auch ganz mitfühlend.

»Nichts … Ich … Ich fühl mich nur schon seit ein paar Tagen unwohl. Eine kleine Magen-Darm-Geschichte, die ich vom letzten Besuch bei meiner Familie mitgebracht habe. Bitte sag den anderen nichts. Ich muss mal kurz …« Adelheid schnellte vom Bett hoch und war schon raus aus der Tür. Glücklicherweise war gerade niemand in der Badestube. Sie schloss sich ein und lehnte sich an die kühle Wand. Ihr war übel. Ihre Knie gaben nach.

Alles war aus. Aus und vorbei. Ihr Verrat war aufgeflogen. Um Himmels willen. Sie hatte den Fürsten verraten und verkauft. Und das Wissen darüber zog Kreise. Bald würden alle davon wissen. Und ganz sicher interessierte sich niemand für ihre Beweggründe. Sie wankte zur Waschschüssel, goss sich frisches Wasser ein und spritzte sich das kühle Nass ins Gesicht. Sie klammerte sich an der Schüssel fest und starrte ins Wasser. Denk nach. Was machst du jetzt? Was kannst du machen?

Der Brief. Irgendwie war die Geschichte mit dem Brief von Sibelius über Herrn Harden ausgerechnet bis zu Fräulein Maiwald vorgedrungen. Merkwürdig genug. Was hatte Fräulein Maiwald mit Harden zu tun? Kannte sie ihn? Warum wusste ausgerechnet sie von dem verkauften Brief? Überhaupt, war sie denn nicht auch wütend auf die Herrschaften, die sie hinausgeworfen hatten? Und setzte sich doch wieder für sie ein? Irgendetwas kam ihr daran widersprüchlich vor.

Moment mal. Hedda hatte nur von einem Brief gesprochen. Weiter war sie nicht gekommen. Vielleicht war gar nicht ihr Brief gemeint? Außerdem schien sie Adelheid nicht zu verdächtigen. Denn sonst hätte sie ihr doch wohl nicht so arglos davon erzählt.

Wie gut, dass sie Hedda nie etwas verraten hatte. Wie gut, dass sie selbst so verschwiegen war. Oder sollte sie besser sagen, verlogen? Hedda wusste weder etwas von dem Brief noch von dem Foto und auch nichts von dem Geld. Das Geld, dachte sie erschrocken. Wenn sie fliehen musste, sollte sie unbedingt das Geld mitnehmen.

Sie spritzte sich noch mehr Wasser ins Gesicht. Nein, nein, nein. Das durfte alles nicht wahr sein. Das konnte nicht wahr sein. Also, was Hedda da erzählte, war höchst beunruhigend. Trotzdem, ihre Freundin schien in dieser Sache ganz und gar ahnungslos. Adelheid sollte zurückgehen und sich anhören, was Hedda noch alles zu erzählen hatte. Vor allem, was sie über den Brief wusste. Und woher Fräulein Maiwald davon wusste. Sie würde sich alles anhören und dann entscheiden, was sie tun musste. Ob sie etwas tun musste. Und dabei sollte sie höchst vorsichtig mit ihren Antworten sein, damit sie sich nicht verriet.

Sie atmete ein paar Mal tief durch, beruhigte sich, soweit sie es vermochte, und ging zurück in ihr Zimmer.

»Besser?«, fragte Hedda besorgt nach.

»Etwas. Es ist nicht schlimm. Sag bitte nichts, sonst krieg ich Ärger.« Es gab immer Ärger, wenn man Krankheiten von draußen mit ins Schloss brachte.

»Natürlich nicht.«

Adelheid setzte sich wieder auf ihr Bett und schaute Hedda an. »Ich habe dich unterbrochen. Erzähl bitte weiter. Ich bin so gespannt.« Ihre Stimme flatterte ein wenig, aber bestimmt nicht genug, dass es Hedda auffiel.

»Also, es scheint da einen Brief zu geben, der aus dem Schloss stammt. Einen verräterischen Brief, der an den Fürsten gerichtet war. Dieser Brief hat Herrn Harden zu den beiden bayrischen Zeugen geführt. Und deren Aussagen haben schlussendlich die Verhaftung des Fürsten zur Folge gehabt.«

»Die bayrischen Zeugen, die auch hier im Schloss waren?«

»Die waren sogar hier?«, fragte Hedda nach.

»Ach ja. Da warst du schon fort«, entgegnete Adelheid schwach. Je weniger sie sagte, desto weniger konnte sie sich verraten.

»Um die wird es sich dann vermutlich handeln. Darüber hat mir Fräulein Maiwald nichts erzählt. Nur, dass der Brief Herrn Harden wohl auf die Spur der beiden gebracht hat. Sie weiß auch, dass Harden den Brief gekauft hat. Von wem, das weiß sie nicht. Nur, dass es vermutlich jemand aus dem Schloss war. Das war alles, was ich der Fürstin mitteilen sollte.«

*Vermutlich jemand aus dem Schloss*. War das vage genug, um nicht sofort panisch aus dem Schloss fliehen zu müssen? »Das solltest du der Fürstin sagen?«, fragte Adelheid nach.

»Genau. Ich hab sie besucht, in der Stadtwohnung. Herr Novak hat mir die Tür geöffnet. Und tatsächlich wurde ich vorgelassen.«

»Du hast mit der Fürstin persönlich gesprochen?«

»Ja, ich habe ihr mitgeteilt, dass ein verräterischer Brief des Fürsten in Hardens Hände gelangt ist. Und dass vermutlich jemand aus dem Schloss ihn verkauft haben muss.«

Adelheid schluckte. Also doch. Das Unglück rückte von Sekunde zu Sekunde näher an sie heran. »So was! Wer hätte das denn wohl sein können?«

Hedda zuckte mit den Schultern. »Die Fürstin ist wild entschlossen, denjenigen dingfest zu machen, der den Brief aus dem Schloss geschmuggelt hat.«

»Hat sie denn einen Verdacht? Oder der Fürst?«

»So, wie die Fürstin sich ausgedrückt hat, kämen da einige infrage. Anscheinend, aber das ist nur meine Vermutung, dachte sie wohl als Erstes an ihren Schwiegersohn. Der hätte alle Möglichkeiten gehabt, sich persönliche Briefe des Fürsten anzueignen. Aber der Fürst konnte sich an diesen speziellen Brief erinnern. Demnach war der Brief noch in seinem Besitz, nachdem Jaroljmek mit seiner Tochter durchgebrannt war.«

»Und ... wer soll es dann gewesen sein?«

»Im Prinzip kommt jeder infrage, der hier im Schloss lebt. Oder häufiger zu Besuch kommt. Selbstredend hat sich die Fürstin vor dem Gedanken verwahrt, dass es jemand aus ihrer Familie sein könnte. Natürlich hatte sie die Dienstboten in Verdacht. Eben weil der Brief verkauft wurde.«

Wieder schoss Adelheid die Röte ins Gesicht. Doch sie sagte nichts und ließ Hedda weiterreden.

Die grinste. »Und genau das ist der Grund, warum ich zurückkommen durfte. Ich soll nach diesem Jemand suchen.«

»Du? ... Du sollst spionieren? Für die Fürstin?« Adelheid starrte Hedda an, als käme sie geradewegs vom Mond. Das durfte doch wohl nicht wahr sein. Ausgerechnet Hedda?! Ausgerechnet sie würde ihr nun hinterherspionieren?

»Ja. Es gibt einen Maulwurf hier im Schloss. Jemand, der nicht davor zurückschreckt, die Familie zu verraten. Und ich werde nach ihm suchen.«

Adelheid starrte sie an, als wollte Hedda sie verschlingen. In ihrem Kopf wirbelte alles durcheinander – Angst, Panik, Fluchtgedanken.

»Hast du schon jemanden in Verdacht?«, fragte ihre piepsige Stimme wie von allein.

»Nein. Nicht konkret. Aber wir beide wissen genau, wem wir so etwas als Allererstes zutrauen würden.«

»Lydia!«, kam es aus Adelheids Mund geschossen. Lydia wäre der perfekte Sündenbock. Natürlich. Sie sollte Hedda darin bestärken, Lydia hinterherzuspionieren.

»Du kannst dir nicht vorstellen, wie sie sich hier aufgeführt hat. Opitz lässt ihr alle Gemeinheiten durchgehen. Sie tut so, als wäre sie hier schon die Mamsell. Es wird von Tag zu Tag unerträglicher.«

Eine Frage lag ihr noch auf der Zunge. Eine harmlose Frage. Eine, die den Verdacht auch von sich ablenken würde. »Und hast denn du keine Angst, die beiden könnten sich nun an dir rächen? Vor allem Opitz? Du hast seine Entscheidung infrage gestellt. Vor der Fürstin. Das muss ihn wütend machen.«

»Die Fürstin hat mir ihr Versprechen gegeben, dass Opitz ihre Entscheidung nicht in Zweifel ziehen darf.«

»Hast du ihr denn davon erzählt, was er hier tut? Ich meine, mit den Frauen …?«

Das war wohl eine unangenehme Frage für Hedda. Sie wand sich ein wenig. »Andeutungsweise. Ich habe mich doch etwas geziert, dieses … anstößige Thema so direkt anzusprechen. Nicht, nachdem schon alles andere ausgemacht war … Andererseits hat die Fürstin mir versichert, dass sie Herrn Opitz in ihrem Brief nachdrücklich darauf aufmerksam macht, dass er mir keine Schwierigkeiten machen darf. Zumindest nicht, solange ich meine Arbeit gründlich erledige. Und darüber hat ja jetzt wohl auch wieder die Mamsell zu befinden. Ich soll der Fürstin sogar persönlich schreiben, wenn es Neuigkeiten oder Interessantes zu vermelden gibt.«

Der Fürstin persönlich schreiben. Das klang, als würde Hedda nun unter ihrem Schutz stehen.

»Aber das Beste weißt du noch nicht«, sagte Hedda in aufgeregtem Ton.

»Was denn?«

»Wenn ich denjenigen dingfest mache, der den Brief gestohlen und verkauft hat, dann bekomme ich eine Belohnung. Eine Belohnung, die so groß ist, dass ich mir es leisten könnte, sofort nach Amerika auszuwandern.«

Adelheids Mund blieb offen stehen. Auch das noch. Nicht nur, dass Hedda im Grunde hinter ihr her war. Nein, als Anreiz bekam sie dafür auch noch genug Geld, um sich ihren größten Traum erfüllen zu können.

»Ist das nicht großartig?«

»Wie kann ich es großartig finden, wenn du das Schloss möglicherweise für immer verlässt?«, entgegnete Adelheid zweideutig.

»Ach, Kleines. Am besten nehme ich dich einfach mit«, sagte Hedda scherzhaft.

»Das wäre toll, ja.« Und auch dringend nötig. Wenn Hedda sie enttarnte, wäre es wohl das Beste, das Land so schnell wie nur möglich zu verlassen. Aber natürlich war der Gedanke aberwitzig. Wenn Hedda sie enttarnte, konnte sie nur hoffen, ihre Freundin überreden zu können zu schweigen. Denn das wäre ihre einzige realistische Chance, nicht ins Gefängnis zu kommen. Aber eine große Belohnung – über wie viel sprachen sie hier: zweihundert Mark, vierhundert, fünfhundert? –, das wäre vermutlich selbst für ihre Freundschaft eine zu große Versuchung.

## 17. Mai 1908

Es kam Hedda vor wie ein Wunder. Sie war zurück auf dem Schloss. Sie kannte nicht den Inhalt der beiden Briefe, die sie Herrn Opitz und Mamsell Reineke ausgehändigt hatte. Aber sie hatten dafür gesorgt, dass sie wieder hier arbeiten durfte. Als zweites Stubenmädchen, und zum gleichen Lohn wie vorher. Zudem hatte Herr Opitz, als er ihr Gesindebuch zurückbekommen hatte, vor ihren und den Augen der Mamsell den so ärgerlichen wie falschen Eintrag durchgestrichen.

»Ich weiß nicht, was Sie der gnädigen Frau versprochen haben, aber glauben Sie nicht, ich würde Ihre Leistungen nicht genau im Auge behalten«, hatte er ihr angedroht.

Hedda lag eine zynische Antwort auf den Lippen. Wenn es nur nach ihren Leistungen gegangen wäre, wäre dieser Eintrag dort nie gemacht worden. Doch sie hielt wohlweislich ihren Mund. Opitz schien jetzt schon kurz davor zu explodieren.

Sie hatte ihm einen Strich durch die Rechnung gemacht. Einen gewaltigen Strich. Sie wusste nicht, wie und ob überhaupt die Fürstin ihre Rückkehr in den Dienst begründet hatte. Doch es schien für alle klar: Die Fürstin wusste nun mehr über die Vorgänge hier im Hause Bescheid. Opitz musste davon ausgehen, dass Hedda ihr von diesem ominösen Unfall der Mamsell berichtet hatte. Bestimmt glaubte er, dass Hedda ihn vor der Fürstin als Lügner bloßgestellt hatte.

Was würde er wohl dazu sagen, wenn er wüsste, mit welchem Auftrag Hedda zurückgekommen war? Ihn hatte sie natürlich auch im Verdacht, den Brief veräußert zu haben. Geld war immer ein Motiv. Aber vielleicht war er auch einfach ein gemeiner Kerl, der sich an dem Unglück anderer Menschen labte.

Nur wie sollte sie es überhaupt anstellen – einen Spion zu entlarven? Sie würde die Augen offen halten. Sie würde versuchen, verdächtiges Verhalten aufzudecken. Nur – was war verdächtig? Jemand, der mehr Geld ausgab, als er verdiente? Mehr fiel ihr nicht ein.

Sie könnte versuchen, einige aus der Dienerschaft in ein Gespräch zu verwickeln. Ob man dem Fürsten wohlgesonnen sei. Ob jemand äußerte, dass er oder sie dem Fürsten dieses Schicksal nun gönnte.

Fräulein Maiwald hatte einmal Adelheids Namen genannt. Doch das war lächerlich. Ja, sie war wütend auf die Fürstin. Aber sie war so naiv und wenig welterfahren, dass sie niemals Zugang zu diesem Herrn Harden bekommen hätte. Außerdem war sie nicht so gemein. Nicht so schlitzohrig, nicht hintertrieben genug.

Edmund Jaroljmek wäre auf jeden Fall jemand in ihrer engeren Wahl der Verdächtigen gewesen. Warum er ausschied, wusste sie nicht ganz genau. Anscheinend gab es da eine zeitliche Komponente, die nicht passte. Und Fräulein Maiwald selbst? Sie würde das nicht ganz ausschließen. Die ehemalige Gouvernante hatte durch ihren Rausschmiss natürlich ein Motiv. Außerdem war sie mit einem Journalisten liiert. Für sie wäre es ganz einfach, einen Brief an Harden weiterzugeben. Doch warum sollte Fräulein Maiwald dann Hedda diese Informationen überhaupt weitergeben?

Der Kreis der Menschen, die als Verräter möglicherweise infrage kamen, war riesig. Da waren zum Beispiel die Kammerbediensteten. Mit Fräulein Grooten, der Kammerzofe der Fürstin, hatten sie hier unten nur wenig Kontakt. Sollte sie ein Motiv haben? Hedda wusste ja, dass die Fürstin gelegentlich schroff sein konnte. Wie war es, wenn man ihr über Jahre zu Diensten sein musste? Staute sich da Ärger auf?

Herr Theurich, der Kammerdiener des Fürsten, kam ihr in den Sinn. Er vor allen anderen hätte Zugang zu der Privatkorrespondenz seines Herrn. Doch der Fürst hielt große Stücke auf ihn.

Beim Kutscher, Herrn Hartwich, sah das schon anders aus. Zwar begegnete er dem Fürsten öfter als sie, aber er fuhr ihn nur. Was, wenn der Fürst seine Briefe mal in der Kutsche vergessen hätte? Ihm würde sie eine solche Tat auch zutrauen. Zwar hatte er sich ihr gegenüber noch nie boshaft verhalten, aber alle wussten, dass er seine Frau und Kinder häufig verprügelte. Ein Mann von zweifelhaftem Charakter.

Die zwei Kammerbediensteten waren genau wie der Kutscher ein blinder Fleck für sie. Und zu dieser Liste kamen natürlich noch alle anderen Dienstboten. Von den Männern waren da neben Herrn Opitz noch Diedrich Budde und Viktor Novak. Moritz sortierte sie genau wie Adelheid direkt aus dem Kreis der Verdächtigen aus. Würde man Herrn Opitz eines Tages mit einer Axt im Schädel auffinden, wäre er ihre erste Wahl. Aber an einen Brief des Fürsten heranzukommen, und vor allem, den Weg zu Herrn Harden zu finden, würde Moritz so wenig gelingen wie Adelheid. Noch weniger vermutlich, denn wenn sie es richtig wusste, besaß er nur sehr eingeschränkte Lese- und Schreibkenntnisse.

Viktor Novak, nein, das glaubte sie nicht. Zwar entließ sie ihn nicht einfach aus dem Kreis der Verdächtigen, doch er hatte sich damals sehr scheu und furchtsam gezeigt, als sie den Panzerschrank ausräumen wollten. Nein, er wollte tunlichst vermeiden, mit dem Gesetz in Konflikt zu kommen. Er stand auf ihrer Liste ebenfalls weit unten.

Für alle, die in der Küche beschäftigt waren, schien es eigentlich ein Ding der Unmöglichkeit, an einen Brief überhaupt heranzukommen. Sie schliefen in der Mansarde und arbeiteten im Souterrain. Die beiden Stockwerke dazwischen waren für sie verboten.

Blieben noch Diedrich Budde, die Mamsell, Martha Petzold, Gerda Altvater und Lydia Keller. Lydia nahm auf jeden Fall den Platz eins unter den Verdächtigen ein. Direkt danach folgte Opitz. Gerda kam danach, aber höchstens in Mittäterschaft. Dann Diedrich Budde. Auf die vier würde sie sich zunächst konzentrieren.

Zudem konnte sie nicht ausschließen, dass der Brief doch von jemand Fremdem entwendet worden war. Adelheid hatte ihr von diesem Tischler erzählt, der hier verhört worden war. Er hatte des Öfteren Arbeiten in allen möglichen Räumen ausgeführt. Ob er jemals im Schreibzimmer des Fürsten oder des Privatsekretärs oder im Schlafgemach des Fürsten gearbeitet hatte, wusste Hedda nicht. Aber auch so jemand, ein Handwerker, kam infrage.

Also, wie genau sollte sie nun vorgehen? Sie konnte versuchen, bei der Postverteilung darauf zu achten, wer von wem Briefe bekam. Aber das war nicht so einfach. Doch vielleicht hatte sie ja Glück. Sie würde bei allen auf alles Verdächtige achten.

Es gab nicht viel, was sie wirklich tun konnte, bis auf eine Sache: Sie würde Lydia hinterherspionieren. Sie musste unbedingt herausfinden, wann und wo Lydia und Herr Opitz ihre Stelldicheins abhielten. Dann würde sie die beiden belauschen. Vielleicht redeten sie dann ja darüber, wie clever sie gewesen waren. Ja, die beiden würde sie genau im Visier behalten.

Schon bevor sie aufs Schloss zurückgekehrt war, hatte sie den Entschluss gefasst, Lydias Zimmer an ihrem nächsten freien Sonntagnachmittag zu durchsuchen. Und heute, zwei Tage nach ihrer Rückkehr, war es schon so weit. Lydia hatte heute frei. Martha war mit den Komtessen beschäftigt, und die Mamsell würde es ganz sicher nicht ohne Hilfe und Getöse hier in den Schlaftrakt der weiblichen Angestellten schaffen. Sie hatte Adelheid eingeweiht, sodass sie ihr Gerda vom Hals halten konnte. Sie würde ihr nicht von der Seite weichen. Und damit nicht eine der Küchenbediensteten schnell mal was aus ihrem Zimmer holte und sie dabei erwischte, wie sie aus Lydias Zimmer kam, hatte sie die Zeit gewählt, in der die vier das Abendessen zubereiteten.

Seit Lydia Stubenmädchen war, bewohnte sie ein Einzelzimmer. Es war nicht erlaubt, die Schlafkammern abzuschließen, auch wenn Hedda das früher manchmal getan hatte. So konnte sie Lydias Zimmer ohne Probleme betreten. Sie schloss hinter sich die Tür. Lydia hatte es sich gemütlich eingerichtet. Ihr Bett war gemacht, ihre Spitzenschürze hing auf einem Bügel vor dem Kleiderkasten. Der Nachttisch war leer bis auf den Kerzenhalter samt Streichhölzern. An der Wand neben dem Bett hingen zwei Zeitungsausschnitte. Einer zeigte Prinzessin Viktoria, die einzige Tochter des Kaisers. Sie war ein Vorbild für alle jungen Frauen aus dem Kaiserreich. Alle wollten so schön, so anmutig und vor allem so reich sein wie sie.

Der andere Zeitungsausschnitt zeigte eine Abbildung von Fritz Achterberg, einem Schauspieler. Einem noch jungen, gut aussehenden Schauspieler, der sogar ein wenig Ähnlichkeit mit Viktor Novak aufwies, wie Hedda nun auffiel. Sicher ärgerte Lydia sich maßlos darüber, dass sie nicht seine Gunst fand. Aber wer fand schon die Gunst von dem Diener? Niemand hier im Hause. Nicht einmal Adelheid, die wirklich ausnehmend hübsch war.

Egal. Deswegen war sie nicht hier. Sie schaute sich ganz genau im Zimmer um. Auf der Fensterbank lag ein alter Fächer. Daneben stand ein Fläschchen, vermutlich Parfüm. In einer kleinen Schale lagen Haarnadeln. Eine Tube mit preiswerter Handcreme. So ähnlich sah es auch bei Hedda aus.

Als Erstes ging sie zum Nachttisch und zog die Schublade vorsichtig auf. Ein Notizbuch, ein Bleistift, ein Stapel Stofftaschentücher, ein kleines Papier, zu einem Umschlag gefaltet, ein Döschen. Wenn Hedda raten sollte, ein Döschen mit farbiger Lippencreme. Erst nachdem sie sich eingeprägt hatte, wie alles lag, nahm sie das Döschen. Sie behielt recht: Es war farbige Lippencreme, die schon etwas ranzig roch. In dem kleinen Büchlein waren Adressen notiert. Hedda blätterte sie durch. Es schienen Verwandte zu sein. Drei Mal fand sich der Nachname Keller. Die anderen waren vor allem Frauennamen – vielleicht Freundinnen oder Schulkameradinnen. Kaum mehr als ein Dutzend Adressen standen darin. Davon keine aus Berlin oder näherer Umgebung. Sie schüttelte das Büchlein aus. Nichts. In dem Papierumschlag, den sie vorsichtig auseinanderfaltete, befanden sich nur zwei Aspirintabletten. Unter den weißen Stofftaschentüchern lag eine Pappschachtel versteckt. Aufgeregt holte Hedda sie hervor. Doch der Inhalt war enttäuschend. Zwei Ketten aus Blech, eine mit einem roten Stein aus Glas. Ganz hübsch, aber billig. Hier war also nichts Interessantes. Sie legte alles wieder exakt so zurück, wie es vorher gelegen hatte.

Wenn sie nur wüsste, wonach sie eigentlich suchte. Eine größere Summe Geld. So viel, dass Lydia es nicht hätte zusammensparen können. Oder ein Dankesbrief von Herrn Harden. Aber so dumm würde nicht mal Lydia sein.

Sie ging zum Kleiderkasten, der eine Tür und unten zwei Schubladen hatte. Erst durchsuchte sie die Kleider – einen Mantel, zwei Kleider, mehrere Blusen und Röcke. Da war nichts. Sie tastete alles extra vorsichtig ab, als sie Schritte hörte. Ihr Herz rutschte ihr in die Hose. Lydia war doch wohl nicht … Das wäre fatal. Das gäbe ein solch großes Donnerwetter. Sie erstarrte, huschte leise zur Tür und horchte. Doch zu ihrem großen Glück ging nur jemand an der Tür vorbei. Es hörte sich an wie die Schritte von Martha. Bestimmt holte sie sich schnell etwas aus dem Zimmer. Vielleicht einen ihrer Kolportageromane. In der Zeit, wenn die Herrschaften zu Abend aßen, hatte sie manchmal ein paar Minuten Zeit. Was immer sie auch holte, keine Minute später hörte Hedda wieder die eiligen Schritte, deren Klang sogleich verschwand.

Erleichtert ging sie zurück zum Kleiderkasten und zog die oberste Schublade auf. Hier lagen Strümpfe, Strumpfhalter, ein altes Korsett, aus dem die Stäbe schon durchstachen, diverse Male geflickt. Ein Schal, eine Mütze, grob gestrickte Handschuhe. Wie Hedda wusste, war Lydia leider alles andere als begabt, was ihre handwerklichen Fähigkeiten anging. Sie konnte weder gut stricken noch nähen oder stopfen.

In der unteren Schublade lagen ein Nachthemd, die Leibchen und Beinkleider. Darunter verbarg sich Briefpapier. Vorsichtig zog Hedda es hervor. Es war leer. Sie hielt es gegen das Licht. Leider war auch keine ins nächste Blatt durchgedrückte Schrift zu erkennen. Sie räumte es sorgfältig zurück.

Dahinter gab es eine Pappschachtel. Sie zog sie heraus. Leinenstreifen für ihre Monatsblutung. Und dazwischen … ha! Als würden nicht alle Frauen ihre geheimsten Dinge zwischen den Leinenstreifen verbergen. Ein so uraltes wie bekanntes Versteck. Zwischen den Leinenstreifen fand Hedda ein schlauchartiges, an einem Ende geschlossenes Stück vulkanisiertes Gummi. Ein *Parisien*, wie man ihn nannte. So also hielt Lydia die Gefahr klein, bei ihren Dienstleistungen für Opitz schwanger zu werden. Nicht das, was sie suchte, aber auch sehr interessant. Sie würde es in Erinnerung behalten – für alle Fälle. Vorsichtig legte sie das Teil zurück.

Besser, sie beeilte sich, bevor der Gong zum Abendessen erklang. Sie tastete das hintere Teil und das Unterteil des Kleiderkastens ab, rappelte an der hölzernen Verkleidung am Kopfende des Bettes. Dann schaute sie unters Bett und kontrollierte die Matratze, das Kopfkissen und das Oberbett. Im Kissen fand sie einen Beutel mit Münzen. Eilig zählte sie nach. Etwas über dreiundzwanzig Mark, nicht gerade sehr üppig. Hedda dachte an ihr Konto bei der Berliner Sparkasse. Sie war froh, dass sie das Geld dort eingezahlt hatte.

Für einen Moment war sie versucht, eine oder zwei Münzen herauszunehmen. So, wie sie es früher häufiger bei den Komtessen gemacht hatte. Aber jemanden zu beklauen, der hart dafür arbeiten musste, da käme sie sich schäbig vor. Sie stopfte das ganze Geld wieder zurück und richtete alles wieder so hin, wie es vorher gewesen war. Sie strich das Oberbett gerade und trat zurück.

Wie wenig Lydia doch besaß. Ein armseliges Leben, so wie all ihre Leben. Ihre eigenen Besitztümer passten in zwei Reisetaschen. War es da nicht wohlfeil, seinen Träumen nachzuhelfen? Selbst für Lydia, nur vielleicht nicht mit ihren brachialen Methoden?

Sie schaute sich um. Gefunden hatte sie nichts. Zumindest nichts, wonach sie gesucht hatte. Aber war nicht allein schon der Fund des *Parisien* aufschlussreich? Wie war Lydia darangekommen? Man konnte diese Dinger nur in Apotheken kaufen. Und ganz sicher wurden sie nicht einer unverheirateten jungen Frau verkauft. Sie musste sich also geschickt angestellt haben. Sehr geschickt. Das nährte Heddas Vermutung, dass Lydia auf jeden Fall jemand wäre, der es zu bewerkstelligen wüsste, Kontakt mit Herrn Harden aufzunehmen. Sie hatte vielleicht heute nichts gefunden, aber sie würde sie weiter im Auge behalten.

## 18. Mai 1908

Sie waren mit dem frühesten Zug zurückgekommen. Die Fürstin und ihr Sohn in der ersten Klasse, Viktor in der dritten. Am Bahnhof wurden sie von Herrn Hartwich empfangen, der gestern Abend schon nach Liebenberg zurückgefahren war. Die Strecke war für die Fürstin mit dem Zug doch wesentlich bequemer und schneller zu absolvieren als mit der Kutsche.

Sie hatten nicht viel Gepäck mitgebracht, denn die Fürstin würde nur für ein paar Tage verreisen und dann wieder zurückkehren – erst nach Liebenberg und dann nach Berlin. Noch deutlich vor dem Prozessauftakt, der im Juni stattfinden sollte.

Aber erst einmal heiratete ihr jüngster Sohn Karl. Weitab von all dem Trubel und den Ungeheuerlichkeiten in England, auf der Insel Jersey. In einer Woche war es so weit. Eigentlich wäre das ein Grund zur Freude, doch die Stimmung blieb verhalten. Natürlich auch, weil es dem Vater verwehrt war, die Charité zu verlassen. Und schon gar nicht durfte der Fürst ins Ausland reisen. Kammerdiener Theurich blieb im Krankenhaus und ließ den Fürsten nicht eine Sekunde aus den Augen. Von dem wenigen, das Viktor aus dem Krankenhaus erfuhr, wusste er nur, dass es dem Fürsten nicht gut ging. Seine Krankheiten machten ihm weiter zu schaffen. Zudem war er wohl ganz erschlagen von dem vielen Veronal, einem starken Schlafmittel. Und von all den schlimmen Nachrichten, die ihn erreichten.

Friedrich-Wend, der älteste Sohn, war sehr rührig. Er fuhr zwar auch jeden Tag zu seinem Vater, war aber oft unterwegs in der Stadt. Er beriet sich mit dem bekannten Justizrat Wronker, dem Verteidiger seines Vaters, und traf sich ungesehen von der Öffentlichkeit mit anderen einflussreichen Männern. Mit wem, bekam Viktor nicht mit. Aber es lief offensichtlich einiges hinter den Kulissen. Recht so. Auch wenn Viktor immer noch nicht wusste, was er von den Vorwürfen gegen den Fürsten zu halten hatte, war er doch immer mehr der Meinung, dass das alles ein abgekartetes Spiel war. Ein Kräftemessen von einflussreichen Männern, deren Wirken im Dunkeln blieb. Die ganze Geschichte kam immer mehr einer politischen Treibjagd gleich.

Die Fürstin und ihr Sohn hatten den Fürsten nur schweren Herzens verlassen. Und würden schnellstmöglich zurückkehren. Aber nicht nur die Familie sorgte sich. Auch Viktor machte sich größte Sorgen. Was, wenn der Fürst dieses Martyrium nicht durchstehen würde? Was würde das für ihn bedeuten? Für seine Stellung im Schloss? Sicher ging es den anderen Dienstboten nicht anders. Aber er wusste mehr als sie. Er bekam den Aufruhr in der Hauptstadt viel unmittelbarer mit. Selbst wenn der Fürst das Verfahren gesundheitlich überleben würde, die Vorstellung, er müsste anschließend ins Gefängnis, war nicht auszudenken. Spätestens dort würde ihn jeglicher Lebensmut verlassen.

Jeden Abend hatte Viktor gespannt auf Neuigkeiten gewartet. Ging es dem Fürsten besser? Gab es wieder eine Katastrophenmeldung? Gab es neue Beweise? Wurde mal wieder ein Zeuge am Krankenbett des Fürsten vorgeführt? Es war elendig, sich darüber Gedanken zu machen.

Elf Tage lang war Viktor in Berlin gewesen. Und sobald die Familie nach England abgereist war, würde er in die Hauptstadt zurückkehren und dort die Stellung halten, wie man es ihm gesagt hatte. Alleine in der Stadtwohnung, sollte er dann zwei Mal am Tag in die Charité fahren und am Morgen und am Abend die Zeitungen abliefern. Doch nun war er erst einmal zurück und würde ein paar Tage in Liebenberg verbringen. Und es gab viel zu tun. Herr Opitz und die Mamsell hatten wohl schon alles für die Reise der Familie packen lassen. Er aber sollte noch einiges für den Fürsten packen und dann damit nach Berlin zurückkehren.

Moritz schleppte bereits das Gepäck der Herrschaften ins Haus. Er lief ihm hinterher. Mit seiner eigenen Reisetasche in der Hand, ging Viktor in den Dienstboteneingang. Das Frühstück war längst beendet, und alle schwirrten im Schloss herum, um alles zur Zufriedenheit der Fürstin zu erledigen.

Viktor stellte seine Tasche im Flur ab und schaute in die Leutestube. Die Mamsell hing krumm auf einem Stuhl und studierte den Wochenplan. Ein Feldbett stand in der Ecke. Er hatte schon davon gehört, dass sie zurückgekehrt war. Doch als er sie nun sah, war Viktor erschrocken. Sie sah nicht gut aus. Noch abgezehrter und mit einer Miene, die ihre Schmerzen widerspiegelte.

»Mamsell Reineke, guten Tag. Wie geht es Ihnen?«

Überrascht sah sie auf. »Oh, Sie sind doch mitgekommen. Wir wussten es nicht, ob Sie auch zurückkehren würden.«

»Nur für ein paar Tage. Sobald die Familie abreist, soll ich wieder zurück nach Berlin.«

»Ich werde veranlassen, dass Ihre Kleidung bevorzugt gewaschen wird.«

»Das ist sehr freundlich von Ihnen.« In Berlin hatte er seine Hemden und Beinkleider abends mit der Hand durchgewaschen. Mehr auch nicht. Er zögerte. Sollte er sie fragen?

Sein skeptischer Blick war ihm wohl anzusehen, denn nun sprach die Mamsell das Thema selbst an.

»Es geht noch nicht wieder so gut, wie es sollte. Deshalb leite ich die Mädchen meistens von hier aus an. Bisher hat es ganz gut geklappt.« Es hörte sich nicht sehr überzeugend an. Sicher hatte ihr in die Karten gespielt, dass die Fürstin nicht im Hause gewesen war. Viktor konnte sich nicht vorstellen, dass sie das hätte durchgehen lassen – eine Mamsell, die sich kaum bewegen konnte.

»Ich werde gleich hochgehen zur Fürstin. Ist sie schon wieder in einem der Salons oder noch in ihren Räumlichkeiten?«, fragte sie nun.

»Ich kann nachsehen, wenn Sie es wünschen«, bot er an.

»Das wäre sehr nett. Aber zuerst ... Gibt es Neuigkeiten aus Berlin? Hoffentlich erfreuliche Neuigkeiten?«

Jetzt bemerkte Viktor auch Frau Möckel, die im Übergang zur Küche stand. »Guten Tag, Herr Novak. Und willkommen zurück.«

Es lag auf der Hand, dass auch sie mehr wissen wollte über die Vorgänge in Berlin. Zu seiner eigenen Enttäuschung musste Viktor das verneinen. Bedauernd schüttelte er den Kopf.

»Noch wird die Anklage aufrechterhalten. Ich bin dennoch größter Hoffnung, dass sich alles zum Guten wenden wird«, sagte er nachdrücklich. Denn genau das hoffte er, inständig. Wie sonst würde es mit ihnen allen hier unten weitergehen? »Ich werde nachsehen, wo die Fürstin ist«, beendete er das Gespräch. Er hatte sich schon gewappnet, dass nun alle hier unten Näheres über die Vorgänge in Berlin wissen wollten. Doch er war zur Verschwiegenheit verpflichtet. Und für den Fall, dass er es vergessen haben sollte, hatte der Fürstensohn es ihm vorhin noch einmal ausdrücklich klargemacht.

Er wandte sich um und wollte gerade die Treppe hoch, als Budde heruntergelaufen kam, anscheinend in Eile. Er sah anders aus. Viktor fiel sofort auf, was es war. Diedrich Budde hatte seine Schnurrbartspitzen deutlich eingekürzt. Vor Kurzem hatte sich der Kaiser seinen Schnurrbart beim Anzünden einer Zigarette versengt und ihn beidseitig kürzen müssen. Da dies der Kaiserin besser gefiel, beließ er es nun dabei. Sofort hatte sich diese neue Mode im Reich durchgesetzt, und immer mehr Männer trugen ihren Schnurrbart kurz.

Budde sah ihn, blieb stehen und begrüßte ihn knapp. Dann lief er schon weiter Richtung Stiefelstube. Er musste wohl noch etwas holen. Wieder hörte Viktor Schritte von oben. Dieses Mal war es Adelheid, die herunterkam. Sein Herz machte einen kleinen Hüpfer. Doch er hatte sich darauf vorbereitet, sich nichts anmerken zu lassen. Als sie ihn sah, stutzte sie. Ihr Blick war steinern, und sie blieb stumm.

»Fräulein Schaaf, wie schön, Sie zu sehen«, sagte er freundlich.

Es war ein Fehler gewesen, ihr zu sagen, dass er sie nur um der Ablenkung willen geküsst hatte. Es war schon ein Fehler gewesen, sie überhaupt zu küssen. Einer, den er bereute, und dann auch wieder nicht.

Seit seiner Abreise hatte er sich mit der Sorge getragen, sie könnte ihn verraten. Könnte sein großes Familiengeheimnis weitergeben, an Opitz, oder Budde, oder auch nur an die Mamsell. Wieder und wieder hatte er diesen Gedanken verworfen. Sicher war Adelheid wütend auf ihn, aber sie war doch auch vertrauenswürdig. Oder? Sie hatte versprochen, sein Geheimnis nicht zu verraten. Doch war Viktor nicht sicher, ob sie sich nach seinem betrügerischen Kuss auf der Treppe noch an ihr Versprechen gebunden fühlte.

Adelheid antwortete nicht, nickte denkbar knapp und kam weiter hinunter. Sie ging direkt in die Leutestube.

»Mamsell, die Fürstin kommt jeden Moment runter in den kleinen Salon. Und sie verlangt, Sie zu sprechen.«

Die Mamsell seufzte so laut, dass Viktor es noch hören konnte. »Dann wollen wir mal.«

Viktor hörte vom Flur aus Stühlerücken. Offensichtlich half Adelheid der Mamsell. Er betrat die Leutestube. »Soll ich Ihnen helfen?«, bot er an.

»Nein danke. Adelheid macht das mittlerweile sehr geschickt«, lehnte die Mamsell ab. Adelheid zu ihrer Linken, stützte sie sich auf der anderen Seite auf einen Stock. Mühsam erklomm sie die erste Stufe.

Hedda Pietsch kam gerade aus der Waschküche. Als er sie sah, flog ein verstohlenes Lächeln über sein Gesicht. Er wusste schon, dass sie zurück war. Zwar kannte er keine Einzelheiten darüber, wieso und zu welchen Bedingungen sie ihre Stelle wiederbekommen hatte. Aber vielleicht würde er es bald erfahren.

Das Stubenmädchen kam nicht an Adelheid und der Mamsell auf der Treppe vorbei. Also blieb sie unten stehen.

»Herr Novak, Sie sind also auch wieder zurück.« Auch sie lächelte verschwörerisch.

»Nur für ein paar Tage. Dann fahre ich wieder nach Berlin.«

Sie ging weiter in die Leutestube und winkte ihn mit einem Fingerzeig herein. Ganz, als wären sie immer noch Verbündete, lehnte sie sich vor und flüsterte: »Wie steht es in Berlin?«

Auch ihr durfte er nicht viel sagen. »Kann man noch nicht absehen.«

Sie machte ein enttäuschtes Gesicht. »Ich habe gehört, dass der Schwiegersohn aussagen soll. Stimmt das?«

»Jaroljmek?«, fragte Viktor überrascht.

Hedda Pietsch nickte.

»Davon habe ich keine Kenntnis.«

»Er könnte doch sicher aus dem Nähkästchen plaudern. Was würde er wohl zu sagen haben?«

»Ich weiß es wirklich nicht«, entgegnete Viktor.

Fräulein Pietsch ließ sich nicht von seinen vagen Antworten abhalten. »Weiß man schon, wann der Prozess beginnen wird?«

Das durfte Viktor sagen, denn es war kein Geheimnis. Alle Zeitungen spekulierten täglich über die Prozesseröffnung. »Wohl nicht vor Mitte Juni. Eventuell sogar später.«

»Hm …«

Was Fräulein Pietsch mit diesem Hm meinte, wusste er nicht. Aber es war ihm unangenehm, weiter verhört zu werden. Es würde wohl warten müssen, sie zu fragen, weshalb sie wieder hier hatte anfangen dürfen. »Ich muss hoch in meine Stube.«

Sie sah ihn enttäuscht an, anscheinend hatte sie sich mehr Informationen erwartet. Doch sie wusste genau wie er, dass über die Dinge der Herrschaften grundsätzlich Stillschweigen bewahrt werden musste.

Nun kam Herr Opitz die Treppe heruntergepoltert. Als er sie beide in der Leutestube sah, bekam sein Gesicht einen feindseligen Ausdruck. »Novak, Sie kommen mit mir. Und Fräulein Pietsch, haben Sie nichts anderes zu tun, als hier herumzustehen und zu tratschen?«

»Ich wollte gerade hoch, aber die Mamsell war noch auf der …«

»Die Mamsell ist bereits bei der Fürstin. Also husch, husch.« Opitz ließ sie hochsteigen, dann wandte er sich an Viktor. »Ich will hier kein Gequatsche, verstanden? Das Schloss wird nicht zu so einer Gerüchteküche wie Berlin. Unsere Pforte bleibt für Sodom und Gomorra verschlossen. Kann ich mich da auf Sie verlassen?«

*Für Sodom und Gomorra verschlossen* – dabei blieben seine Sünden wohl unberücksichtigt. »Selbstverständlich.«

Opitz warf ihm noch einen skeptischen Blick zu. »Gut. Und auch, was ich Ihnen jetzt sage, bleibt unter uns … Der Fürst wird alle Auszeichnungen und Orden zurückgeben. Sie werden sie persönlich mitnehmen, wenn Sie nach Berlin zurückkehren. Und sie eigenhändig dem kaiserlichen Haushofmeister übergeben.«

»Ich?!«

»Genau. Sie können mir gleich beim Einpacken helfen. Kommen Sie.« Mit diesen Worten drehte er sich um und stieg die Treppe wieder hoch.

Viktor folgte ihm. Diese Information verunsicherte ihn mehr als alles, was er in der Hauptstadt erfahren hatte. Der Fürst gab all seine Auszeichnungen zurück. Freiwillig, oder auf Druck des Kaisers? Was bedeutete das? Dass der Kaiser nicht mehr an ihn glaubte.

* * *

Es war merkwürdig, so ganz allein in der Stadtwohnung zu sein. Vor zwei Tagen war die Hochzeit des Fürstensohnes gewesen, und spätestens Anfang Juni wollten die Fürstin und ihr ältester Sohn wieder zurück in Berlin sein. Viktor selbst war vor drei Tagen gekommen, und am nächsten Tag war er als Erstes zum Berliner Schloss gegangen und hatte dort die Orden abgegeben. Ehrfurchtsvoll war er durch den Dienstboteneingang eingetreten, nachdem er dort sein Anliegen bekundet hatte.

Es war ein merkwürdiges Gefühl gewesen. Unten hatte man ihn im Eingangsbereich warten lassen. Kurz darauf führte ein livrierter Diener ihn durch lange Gänge mit unfassbar hohen Decken, alles geschmückt mit unfassbarem Prunk. Dann kam er beim Zimmer von Hausmarschall August zu Eulenburg, aus einer anderen Familienlinie der Eulenburgs, an. Der residierte in einer Stube mit vielen Schränken und einem Tisch in der Mitte. Dort war er mit ihm die Preziosen durchgegangen, Stück für Stück, hatte sich Notizen gemacht und ihm später noch eine Empfangsbescheinigung ausgestellt. Nicht ein Wort zu viel war gefallen.

Das Adelsgeschlecht der Eulenburgs war sehr verzweigt, und es gab nicht wenige Namensträger, die sich in der Geschichte Preußens verewigt hatten, darunter auch ein preußischer Ministerpräsident und Innenminister von Preußen, ein kaiserlicher Hofmarschall und viele Mitglieder des preußischen Herrenhauses. Die Eulenburgs hatten schon immer im inneren Zirkel der Macht gelebt. Dass nun ein solcher Schatten auf ihren glanzvollen Namen fiel, war für alle mehr als unangenehm.

Ohne ein Wort des Dankes und auch ohne Viktor einen Gruß an seine Herrschaften mit auf den Weg zu geben, war er wieder entlassen worden. Höflich, aber ohne jeden Aufhebens.

Die letzten zwei Tage waren ohne weitere Vorkommnisse verlaufen. Morgens und abends brachte er einen Packen Zeitschriften in die Charité, wurde aber nur bis auf den Flur vorgelassen. Herr Theurich wurde gerufen und nahm ihm die Blätter ab. Das war alles, was er zu erledigen hatte. Allerdings musste er, so er nichts zu erledigen hatte, in der Wohnung telefonisch erreichbar sein, für alle Eventualitäten.

Wohlweislich hatte er sich einige Romane aus der Liebenberger Bibliothek geliehen. Er hatte nicht mehr so viel Zeit zum Lesen gehabt, seit er zwölf gewesen war. Nachdem er von Rudyard Kipling erst beide Bände von *Das Dschungelbuch* verschlungen hatte, war er in eine Art Melancholie verfallen. Es waren die letzten Romane gewesen, die er gelesen hatte, vor dem tiefen Fall seiner Familie. Erst jetzt, als er die Geschichte ein zweites Mal las, wurde ihm etwas klar: Auch Mogli lebte ein Leben, wie es nie für den Jungen vorgesehen gewesen war. Genau wie der kleine Mogli hatte Viktor lernen müssen, dass die Gesetze da draußen hart waren, wer der König des Dschungels war und wie er sich vor dem Affenkönig retten konnte. Und er hatte es geschafft.

Direkt nach der Lektüre hatte er zur Originalausgabe von Jack Londons *Der Seewolf* gegriffen. Er wollte die Chance nutzen und sein Englisch etwas aufpolieren. Doch Mogli, der Dschungeljunge, ließ ihn nicht los. Die Melancholie veränderte sich. Sie wurde zu einer Art Wut. Aber nicht die übliche Wut auf seinen Vater, sondern auch wieder etwas anderes – auf die harten Gesetze des Dschungels. Auf den König der Affen, auf die Unmöglichkeiten, die ihm nicht seine Familie, sondern die Welt da draußen zumutete.

Er wusste, es war so weit. Eigentlich wusste er es schon lange. Doch jetzt und hier, alleine in Berlin, mit reichlich Zeit zum

Nachdenken und der Gelegenheit, es endlich ins Reine zu bringen, hatte er den Entschluss gefasst.

Ganz offiziell nahm er sich den Sonntagnachmittag frei. Und lief bis nach Charlottenburg. Er zögerte den Moment heraus. Wollte noch nachdenken, wollte sich noch die richtigen Worte zurechtlegen. In Charlottenburg kaufte er noch einige Sachen ein, aber nicht viele. Es gab keine Bettelbriefe, also keine besonders schlechten Nachrichten. Da würde es reichen, ein klein wenig mitzunehmen.

Auf den letzten hundert Metern fehlten die Pflastersteine. In den vergangenen Tagen hatte es stark gewittert, und die Wege waren schlammig. Er krempelte sich die Hosen hoch und würde nachher die Schuhe ordentlich säubern müssen. Dann endlich stand er vor der Hütte seiner Familie in dem Armenviertel.

Die Tür flog auf, und Ricarda stürzte heraus. »Viktor! Da bist du ja endlich.«

Viktor hatte ihnen geschrieben. Dass er in Berlin sei, wohl für länger. Und dass er, wenn er die Gelegenheit bekomme, sie besuchen werde.

Er umarmte seine Schwester. Seit seinem Vorstellungsgespräch in Brandenburg hatten sie sich nicht mehr gesehen. Er duckte sich, ging in die Hütte und begrüßte alle. Sein erster Eindruck war, dass es nicht ganz so katastrophal aussah wie sonst. Natürlich, es war Mai und schon wärmer. Sie heizten wohl nicht mehr und konnten alles Geld für Essen ausgeben. Und da war noch mehr.

»Mein Sohn, wie schön, dass du uns besuchen kommst.« Mutter umarmte ihn und setzte sodann direkt Wasser auf.

Anders als sonst stürzten sie sich nicht direkt auf seine Mitbringsel, wie Viktor mit Erleichterung registrierte. Das bedeutete, sie hatten in den letzten Tagen genug zu essen gehabt. Er wandte sich an seinen Vater, der auf dem zerschlissenen Sofa saß. Seine Haare waren gekämmt, sein Bart gestutzt.

»Hallo, Vater«, sagte er mit belegter Stimme.

»Hallo, Viktor. Wie schön, dass du vorbeikommst. Wir haben alle schon auf dich gewartet.« Er sah glücklicher aus als sonst.

Viktor, der es sonst vermied, sich zu seinem Vater zu setzen, nahm neben ihm Platz. Heute würde er mit ihm reden. Und er würde den unangenehmen Themen nicht ausweichen.

»Wie geht es? Du siehst gut aus.«

Der Vater nickte wohlwollend. »Es läuft gerade ganz gut. Ich habe eine Tätigkeit gefunden.«

»Wirklich? Als was?«, fragte Viktor überrascht. Sein Vater hatte sich in den letzten dreizehn Jahren so viele Abfuhren geholt, dass er es beinahe aufgegeben hatte, sich nach einer Arbeit umzuschauen.

»Papa ist jetzt Zettelverteiler. Für ein paar Theater«, erklärte Ricarda.

»Famos«, entfleuchte es seinem Mund. »Und ist das etwas Längerfristiges?«

Der Vater nickte froh. »Es scheint so. Es sind recht liberale Theater und kleinere Arbeiterbühnen.«

Arbeiterbühnen, die würden sich einen feuchten Kehricht darum kümmern, dass jemand wegen Majestätsbeleidigung im Gefängnis gesessen hatte.

»Und ich kann alle paar Tage mal bei einer Krämersfrau auf die Kinder aufpassen. Nur stundenweise. Also, zumindest vorerst«, erklärte seine jüngere Schwester stolz.

Vorerst hieß, bis die Krämersfrau herausbekam, was ihr Vater getan hatte.

»Ganz wunderbar … Wo ist Leander?«

»Draußen irgendwo spazieren. Er musste mal an die Luft.«

»Und wie läuft es mit dem Lernen?«

Sein Vater legte ihm eine Hand auf die Schulter. Er hatte ihn schon ewig nicht mehr berührt. »Gut. Sehr gut. Er wird nächstes Jahr ganz sicher seine Prüfung schaffen. Du brauchst dir keine Sorgen zu machen.«

Seine Mutter machte ihm eine Tasse Muckefuck. Alle schienen zufrieden zu sein. Es musste zurzeit also wirklich gut laufen.

»Und du? Du bist in Berlin und dein Fürst in der Charité?«

»Ja. So ist es«, sagte Viktor knapp. Auch vor seiner Familie durfte er nicht über Details sprechen. Doch das übernahm stattdessen sein Vater.

»Ich denke ja nicht, dass Fürst zu Eulenburg verurteilt wird.«

»Wieso glaubst du das?«

»Es gleicht schon einem Wunder, dass Eulenburg überhaupt verhaftet wurde. Aber da beugt sich die preußische Justiz den erdrückenden Beweisen für einen Meineid des Fürsten. Sie mussten das tun. Sonst hätte ihr Ansehen noch mehr Schaden genommen.«

Viktor nickte nur. So weit war er mit Vater einer Meinung. Die ganze Geschichte war an einen Punkt gekommen, wo die Berliner Justiz nicht mehr wegschauen konnte. Aber das war ja genau das, was Viktor solche Sorgen machte. »Ich wünschte, du behieltest recht. Ich weiß nicht, was mit meiner Stellung wird, sollte der Fürst verurteilt werden.«

»Du kannst dich darauf verlassen: Das wird nicht passieren. Stell dir vor, welche Wirkung das auf die Gesellschaft hätte. Der beste Freund des Kaisers – verhaftet! Schlimm genug. Aber verurteilt? Nein. Dann könnte man den Kaiser ja selbst verhaften. Deshalb werden sie das nicht zulassen. Wenn es nicht wegen des Ansehens des Fürsten selbst geschieht, dann, um nicht den Damm brechen zu lassen, der all die hohen Herrschaften schützt. Noch dürfen sie sich ungestraft herausnehmen, was sie wollen. Doch wenn einer von ihnen wirklich dingfest gemacht würde, dann könnte das ja allen passieren. So ein Urteil würde die gesamte Aristokratie dem schnöden Volk ausliefern. Es würde die Monarchie enorm schwächen. Nein. Mach dir keine Sorgen um deine Stellung.«

»Da bin ich mir nicht so sicher. Gestern wurde doch das Urteil gegen Maximilian Harden aufgehoben. Das Beleidigungsverfahren wird erneut aufgerollt. Kuno von Moltke steht nicht mehr als Gewinner da«, wandte Viktor ein.

»Dennoch. Eulenburg war über zwanzig Jahre ein Vertrauter des Kaisers. Er wird auch einige seiner kleinen Geheimnisse kennen. Bestimmt hat er kompromittierendes Material über den Kaiser. Das könnte er einsetzen, wenn er zu verzweifelt wird.«

»Das würde er nie tun. Er liebt den Kaiser abgöttisch.«

»In seiner Verzweiflung … Wenn er am Abgrund steht, vielleicht doch.«

Viktor schüttelte den Kopf. Der Fürst stand doch schon am Abgrund. Was sollte denn noch kommen?

»Weißt du, wenn sie ihn aus dem Schlamassel nicht mehr herausbekommen, bleibt ihm immer noch der Weg über die Geisteskrankheit. Dann wird er eben für unzurechnungsfähig erklärt und wäre somit nicht schuldfähig. Was automatisch das Ende des Prozesses bedeuten würde. Deshalb schwöre ich dir, so wahr ich hier sitze: Der Fürst wird nie ein Gefängnis von innen sehen.«

Es war schon fast ein Reflex, dass Viktor widersprechen wollte. Doch dieses Mal tat er es nicht. Er hatte seine Meinung geändert, unter den Eindrücken der letzten Wochen. Und er hatte seinem Vater etwas Wichtiges mitzuteilen. Etwas sehr Wichtiges sogar, und es war ihm höchst unangenehm, das anzusprechen. Er räusperte sich.

»Ich weiß nicht, ob du damit recht behältst, Vater. Aber … ich wollte dir sagen, dass du mit vielem, eigentlich dem meisten, richtiggelegen hast. Vor allem mit dem, was dich ins Gefängnis gebracht hat.«

Vater sog hörbar die Luft ein. Mutter ließ fast die Tasse mit dem Muckefuck fallen, die sie gerade brachte. Ricarda und Theodora starrten ihn wie versteinert an.

Die nächsten Worte hatte er einstudiert, damit er sie auch flüssig herausbekam. Er wusste, nichts war ihm je schwerer gefallen, als zuzugeben, dass er seinem Vater seit Jahren unrecht tat.

»Es gibt eine Zweiklassenjustiz. Das sehe ich nun auch. Der Kaiser weiß in vielen Dingen nicht Bescheid. Sogar in den maßgeblichen Dingen, die sein Volk betreffen. Du bist zu Unrecht verhaftet worden. All das, was unsere Familie erleiden musste und muss, ist nicht deine Schuld, sondern der preußischen Zweiklassenjustiz geschuldet.«

Man hätte eine Stecknadel fallen hören können, so still war es plötzlich in der Hütte. Die Augen seines Vaters schwammen in Tränen. Viktor musste schlucken, dass er nicht auch anfing zu weinen. Doch seine Mutter war ganz und gar ungestüm. Sie stellte die Tasse weg und riss ihn in ihre Arme.

»Du weißt gar nicht, wie viel uns das bedeutet. Vor allem deinem Vater. Vor allem …« Ihre weiteren Worte gingen in ihrem Schluchzen unter.

Und plötzlich stand auch Ricarda hinter ihm und umarmte ihn, ebenso wie Theodora. Als die Frauen sich endlich aus der Umarmung lösten, war da sein Vater. Er stand da und breitete die Arme aus. Viktor ließ sich hineinfallen.

Es war unbeschreiblich. Viktor hatte seinen Vater nicht mehr umarmt, seit er ins Gefängnis gegangen war. Als er zurückgekommen war, hatte Viktor sich schon geweigert, ihm zu verzeihen. Aber dieser Moment hier, diese Umarmung entschädigte ihn für dreizehn Jahre Sturheit.

Es dauerte, bis sie wieder saßen und Mutter ihm endlich die Tasse mit dem Muckefuck reichte.

»Weißt du, jetzt, wo ich die Prozessvorbereitungen mitbekomme und sehe, wie man den Fürsten behandelt … Diese moralische Doppelzüngigkeit. Dieses partout über dem Gesetz stehen Dürfen. Er wird derart verhätschelt von der Polizei. Sie packen ihn nur mit Samthandschuhen an. Sind höflich und fragen nach, was man ihm denn noch zumuten dürfe. Und dann, auf der anderen Seite, sind die, die ihm ans Bein pinkeln, Lügen und Intrigen der boshaftesten Art verbreiten. Plötzlich behandeln alte Freunde ihn wie einen Aussätzigen. Als hätte er jemanden ermordet.«

»Tja, die doppelzüngige Moral. Und die doppelzüngige preußische Justiz.«

»Wenn ich mir vorstelle: Du hast damals nur zwei oder drei unbedachte Sätze gesagt. Und wurdest umstandslos für vier Monate ins Gefängnis geworfen. Hast kaum mehr als Brot und Wasser bekommen. Und der feine Herr bekommt vor Gericht Kaviarbrötchen und Sekt gereicht.«

»Nun, ganz so unbedacht waren meine Sätze nicht.«

Viktor, der sich nun in Rage geredet hatte, wollte sich nicht unterbrechen lassen. »Und dann wieder tut er mir leid. Er ist ein Opfer seiner eigenen moralischen Maßstäbe.«

»Seiner?«

»Na ja, die seiner Klasse. Es sind doch Männer wie Eulenburg, die die Gesetze machen. Das waren doch keine Fabrikarbeiter, die den Paragrafen 175 eingeführt haben.«

»Täusch dich da mal nicht. Vermutlich hätten sie genau das getan.«

»Und doch fehlte ihnen die Macht dazu. Und vermutlich hätten sie vorher noch ein paar sinnvollere und notwendigere Gesetze erlassen: gegen Kinderarbeit, gegen Ausbeutung, gegen die Gesindeordnung. Und gegen was weiß ich noch alles.«

»Da stimme ich dir allerdings zu«, ermunterte sein Vater ihn weiterzureden.

Viktor griff nach seinen Händen. »Ich habe viel zu lange schon daran festgehalten. Weil, wenn ich … Wenn ich es früher hätte zugeben müssen … Dass ich unrecht hatte … Dass du recht hattest … Meine ganze Welt, die ich mir nach unserer familiären Katastrophe aufgebaut hatte, wäre in sich zusammengefallen. Dann hätte ich gar nichts mehr gehabt. Verstehst du das?«

Sein Vater nickte.

»Verzeihst du mir?«

Wieder nickte sein Vater und zog ihn zu sich heran. Er gab ihm einen Kuss auf die Stirn, als wäre er ein kleiner Junge.

»Ich hätte vielleicht einen anderen Weg gehen sollen. Einen Weg, der es uns leichter gemacht hätte. Aber ich habe lange darüber nachgedacht, und eigentlich gab es keinen anderen Weg. Entweder schweigen und alles runterschlucken oder die Wahrheit sagen. Wenn man nicht einmal mehr die Wahrheit sagen darf, dann ist es mit der Gerechtigkeit nicht weit her.« Die Stimme seines Vaters brach. »Ich hab es doch nur für euch getan. Für euch Kinder. Für ein besseres Leben. Für eine bessere Gesellschaft.« Der ältere Mann schluckte, bevor er weitersprach. »Und ich erkenne an, was du für uns getan hast. Und noch tust. Du hast dein eigenes Leben aufgegeben, nur damit wir es besser haben. Dabei wäre das eigentlich meine Aufgabe … Und ich hoffe, dass du bald, in wenigen Jahren, dein eigenes Leben leben kannst. Und deine eigenen Träume verfolgen.«

Wer konnte schon seinen Träumen folgen, dachte Viktor. Er nicht. Vater nicht, seine Schwestern nicht, nicht einmal der Fürst konnte das noch. Sie schauten sich stumm an, und auf ihren Gesichtern erschien ein verständiges Lächeln.

Plötzlich fragte der Vater ihn: »Und, wirst du wählen gehen? Ich darf ja nicht. Ich habe meine bürgerlichen Rechte mit dem Gefängnis verloren. Aber du, du darfst.«

Viktor nickte. Im Juni waren die Wahlen zum preußischen Landtag, und gemäß des Dreiklassenwahlrechts durfte er wählen. Er war über vierundzwanzig Jahre alt, ein Mann, und er war nicht aktiv im Militär. Und obwohl nur Steuerzahler wahlberechtigt waren, gab es für Männer wie ihn, die keine direkten Steuern zahlten, die Regelung, dass ein fiktiver Betrag von drei Mark angesetzt wurde. Damit durften auch Nichtsteuerzahler in der dritten Abteilung wählen.

»Aber welche Partei denn? Darüber hab ich mir noch gar keine Gedanken gemacht.«

»Dann wähle gut, hörst du, denn wenn …«

Die Tür wurde aufgerissen, und Leander stürzte herein. Als würde er vor jemandem flüchten. Er wirkte verzweifelt, bis er die Tür geschlossen hatte. Dann entdeckte er seinen Bruder, und sein Gesicht erhellte sich. »Viktor!«

Viktor stand auf, und sie fielen sich in die Arme.

»Was ist mit dir? Ist dir was passiert?«, fragte Viktor.

»Es ist nichts.« Leander schlich sofort in den Nebenraum. Ein ungewöhnliches Verhalten für ihn. Er wollte wohl nicht darüber sprechen.

»Es gibt hier ein paar Jungs, die spitzgekriegt haben, dass Leander studieren will. Seitdem hänseln sie ihn. Sie sagen, dass er sich vor dem Militär drücken will«, erklärte Mutter. Und flüsterte dann: »Er scheint sehr darunter zu leiden.«

»Dass er nicht zum Militär gehen soll?«

»Gott bewahre, nein. Unter dem Gehänsel. Manchmal schubsen sie ihn und verhöhnen ihn.«

Viktor schaute in Richtung der klapprigen Tür, hinter der Leander gerade verschwunden war. Schubsen und Verhöhnen. Wenn er schon darunter so litt, wie würde es dann erst werden, wenn er je zum Militär müsste?

# Kapitel 3

## 2. Juli 1908

Constanze machte sich fertig. Sie hatte ein schlichtes helles Kleid aus Leinen über ihr Unterkleid gezogen. Man sprach schon von Dürre in Deutschland. Trotz allem gab es immer wieder diverse heftige Sommergewitter. Aber nicht heute.

Gleich würde Hugo vorbeikommen, und sie würden zusammen mit Ruth Mandelbaum einen Ausflug ins Grüne machen. Hugo wohnte seit Mitte Mai nur sechs Straßen weiter, bei Herrn Steffens, einem alten Oberleutnant zur See. Eigentlich hätten sie sich nun öfter sehen können, aber seit der Verhaftung des Fürsten war Hugo stark eingespannt.

Heute aber hatte er sich freigemacht. Zu dritt ging es in den Königgrätzer Garten, ein wunderschön gelegenes Ausflugslokal auf der Halbinsel Pichelswerder, die zwischen dem von der Havel durchflossenen Pichelssee und dem Stößensee lag. Ruth Mandelbaum hatte gestern Geburtstag gehabt und deshalb zu einem Ausflug eingeladen.

Constanze setzte sich noch einen großen Strohhut auf, den sie von ihrer Hausherrin geliehen bekommen hatte. Nun hörte sie unten Stimmen und lief die Treppe hinunter. Wie verabredet, war Hugo direkt mit einer Droschke gekommen, die sie durch den Wald zum Ausflugslokal bringen würde. Wie immer hier in der Villa begrüßten sie sich verhalten.

Frau Mandelbaum kam nun ebenfalls die Treppe herunter, eine Hand am Treppenlauf, mit der anderen stützte sie sich auf den Stock. Ihre Hüften machten ihr immer mehr zu schaffen, weshalb sie auch nicht mehr im Grunewald spazieren gingen, sondern sich lieber herumkutschieren ließen.

»Herr Mahlzahn, Sie sind pünktlich. Wunderbar. Es kann sofort losgehen.«

Die ältere Dame besprach sich noch mit der Köchin, die heute einen freien Abend genießen durfte. Sie würden am See zu Abend dinieren. Im Grünen war es doch noch mal etwas kühler, und sie würden die frische Luft genießen. Die Hitze belastete die alte Dame sehr. Sie stiegen ein, und die Pferdekutsche machte sich auf den Weg. Ruth Mandelbaum fächerte sich mit einem Fächer, von dem Constanze vermutete, dass es ein echter chinesischer Papyrusfächer war, Luft zu. Obwohl sich die ärgste Mittagshitze bereits gelegt hatte, war es immer noch ungewöhnlich warm.

»Was sagen Sie zu den neuesten Ereignissen?«, fragte die ältere Dame Hugo unumwunden.

»Welche meinen Sie genau? Im Moment überschlägt sich alles. Und wir haben uns ja länger nicht mehr gesehen.«

Das stimmte. Im letzten Monat war Hugos Zeit sehr beansprucht vonseiten Hardens, wegen des bevorstehenden Prozesses. Der hatte nun begonnen, was aber nicht bedeutete, dass er weniger arbeiten musste. Constanze hatte sich gelegentlich mit ihm abends zum Spazierengehen getroffen, aber schon seit über drei Wochen war er nicht mehr zum Nachmittagskränzchen gekommen.

»Meinen Sie die preußischen Landtagswahlen? Und das erstaunlich gute Abschneiden der Sozialdemokraten?«, fragte Hugo nach.

Frau Mandelbaum winkte ab. »Das war für mich nicht wirklich eine Überraschung. Wenn die ganze Geschichte um Moltke und Eulenburg doch eins zeigt, dann, wie dekadent der Adel wirklich ist. Die Bevölkerung erkennt endlich, dass sie letztlich nicht besser sind als andere Sterbliche. Die Aristokratie gerät ins Wanken.« Passend zu ihren Worten rumpelte die Kutsche über eine Bodenwelle.

»Die Sozialdemokraten sind im Aufwind, trotz des enormen Gegenwinds. Sogar Karl Liebknecht wurde als Abgeordneter in den Landtag gewählt, obwohl er immer noch in Haft ist«, erklärte Hugo.

»Aber natürlich interessiert mich alles in Sachen Eulenburg. Wie schade, dass Maximilian nun gar keinen Einfluss auf den Prozess hat«, sagte Ruth Mandelbaum neugierig und hielt ihren Kopf an das offene Fenster.

Sie waren bereits auf der Halbinsel angekommen, und hier im Schatten der Bäume wehte endlich kühlere Luft durch die Droschke. Links von ihnen tauchte hinter den Büschen die Wasseroberfläche auf.

»Ich glaube, er ist erst mal ganz froh, nichts mehr mit einem Gericht zu tun zu haben. Als Ende Mai das Urteil gegen ihn in Sachen Harden/Moltke aufgehoben wurde, sah man ihm wirklich an, welche Last von seinen Schultern genommen wurde«, erklärte Hugo.

»Angeblich wegen Formfehlern. Die preußische Justiz ist sich auch für solch billige Ausreden nicht zu schade. Eine echte Schande«, spie die ältere Witwe verächtlich aus. »Aber natürlich bin ich froh, dass er sich nun der Schlinge um seinen Hals entledigen konnte.«

»Die Justiz konnte nicht anders. Und nun sprechen alle von der Eulenburg-Kamarilla als frankreichfreundliche Friedenspartei. Und brandmarken damit alle Homosexuellen als Pazifisten. Derweilen stolpert der Kaiser wieder über seine eigenen Füße. Seine letzte Rede – eine echte Schande. Himmel, diese unselige Ansprache in Göbelritz, wo er über die britisch-russisch-französische Entente lamentierte. Der quatscht uns noch in den Krieg hinein. Man wolle Deutschland angreifen, aber der Germane habe nie besser gefochten, als wenn er von allen Seiten angegriffen würde. Die Gegner sollten nur kommen. Wir seien eingekreist. Überall sieht er Gespenster. Keine Ahnung, was in ihn gefahren ist. Aber man merkt schon, dass die ausgleichenden Kräfte an seiner Seite nun fehlen«, gab Constanze verächtlich schnaubend von sich.

Frau Mandelbaum sah sie irritiert an. Constanzes Aussagen waren nicht nur gegen den Kaiser gerichtet, sondern auch als Kritik an Harden zu verstehen, der einem Krieg nicht abgeneigt war. Constanze hatte wohl zu viel von ihrer Gegenposition verraten. In Frau Mandelbaums Gegenwart war es natürlich besser, offiziell auf der Seite von Herrn Harden zu bleiben. Aber wollte sie ihrer Arbeitgeberin ewig vormachen, dass sie die gleiche Meinung habe? Dass sie für einen Angriffskrieg gegen Frankreich zu haben sei? Nein. Ihr Dilemma schien mit jedem Tag größer zu werden.

»Ja, die politischen Fehltritte Seiner Majestät häufen sich. Das kann man schon erkennen. Besser, er würde bei dem bleiben, was er wirklich gut kann, und mit seiner Jacht durchs Meer segeln«, erklärte Constanze eilig. Mit einer Kritik am Kaiser konnte sie bei Frau Mandelbaum nichts falsch machen.

Die Zeitungen berichteten täglich über den Kaiser und seine Unternehmungen. Es wurde sogar berichtet, wenn er nur einen Spaziergang durch den Tiergarten unternahm. Derzeit war er in Kiel bei dem jährlichen Segelregattawettbewerb, den er wie üblich gewann.

»Ich hoffe nur, Maximilian geht nun etwas vorsichtiger vor«, sagte Ruth Mandelbaum.

»Sie meinen wegen seinem jüngsten Artikel, in dem er den Kaiser bezichtigt, durch Eulenburgs Séancen zu politischen Entscheidungen gekommen zu sein? Ich dachte, das sei schon allgemein bekannt.«

»Ich glaube eher, es wissen nur ausgewählte Kreise, wie schlimm es wirklich ist.« Frau Mandelbaum rümpfte die Nase. »Sicher will Maximilian damit erreichen, dass auch dieser Aspekt im Prozess behandelt wird.«

»Soweit ich bisher mitbekommen habe, geht es vor Gericht einzig und allein um die Frage, ob der Fürst sich zwei Meineide geleistet hat.«

»Na ja, das hängt natürlich unmittelbar mit der Frage zusammen, ob er jemals gegen den Paragrafen 175 verstoßen hat. Denn wenn nicht, hätte er ja auch keinen Meineid geleistet.«

Hugo bestätigte Frau Mandelbaums Worte mit einem Nicken. »Wir werden sehen, wie es sich weiterentwickelt. Bisher wurde ja nur der Fürst befragt. Die vielen Zeugen werden von Tag zu Tag vertröstet. Schon beschweren sich die Ersten, dass es so lange dauert. Schließlich sind ja etliche davon aus Bayern oder sonst woher angereist.«

Frau Mandelbaum setzte ein vielsagendes Lächeln auf. »Sagen Sie mir noch, woher die Presse so viel weiß. Die Pressevertreter sind doch relativ bald aus dem Gericht verbannt worden. Und es soll ja viel Presse dort gewesen sein, sogar die internationale.«

Hugo zuckte mit den Schultern. »Ich habe keine Ahnung. Die Redakteure der *Zukunft* wissen es auch nicht. Aber irgendwo muss mindestens ein großes Leck sein, wenn nicht sogar mehrere. Denn in den Zeitungen steht ja beinahe wortwörtlich, was im Gerichtssaal passiert.« Er wandte sich an Constanze. »Die Fürstin war übrigens auch da, mit zweien ihrer Söhne.«

»Wie geht es ihr?«

»Ich kenne sie ja nicht persönlich, aber sie sah schon sehr mitgenommen aus. Besonders, als ihr Gatte auf einer Bahre hereingetragen wurde. Er scheint wirklich krank zu sein.«

»So kenne ich ihn. Er hat viele Wehwehchen, die immer dann besonders große Schwierigkeiten machen, wenn ihn etwas nervlich belastet.«

»Ich konnte nur noch sehen, wie er anschließend, nach Beendigung des Prozesstages, wieder zurück in das Krankenautomobil gebracht wurde. Dann ging es zurück in die Charité. So geht das nun schon seit drei Tagen.«

»Müssen Sie heute nicht in Moabit sein? Vor dem Gericht?«, fragte Ruth Mandelbaum nach.

»Nein. Herr Harden hat beschlossen, dass es reicht, wenn zwei seiner Redakteure stundenlang untätig in der Kantine des Gerichts sitzen und Kaffee trinken.«

Die Droschke wurde langsamer und wendete auf dem freien Platz vor der Waldgaststätte. Sie waren angekommen. Hugo und Constanze stiegen als Erste aus und halfen Ruth Mandelbaum heraus. Sie verabredeten sich mit dem Droschkenkutscher noch auf einen Zeitpunkt, zu dem sie wieder abgeholt werden wollten, dann gingen sie um das Hauptgebäude der Gaststätte herum hinaus in den Garten. Sonntags war hier sehr viel los, viele Ausflügler kamen aus der Stadt. Doch heute waren die Tische nur mäßig besetzt. Sie fanden einen Tisch direkt in der Nähe des Wassers und setzten sich in den Schatten eines Baumes. Auf der gegenüberliegenden Uferseite sah man das Schildhorndenkmal.

»Aber nun erzählen Sie doch mal, wie es Ihnen bei Herrn Steffens gefällt«, forderte die Witwe Hugo auf, nachdem sie die Speisekarten bekommen und sich jeder eine eisgekühlte Limonade bestellt hatten.

»Ich muss Ihnen herzlich danken für den guten Ratschlag. Und dafür, dass Sie sich für mich eingesetzt haben. Wie Sie schon recht vermuteten, ist es dort wirklich herrlich ruhig. Es kostet mich zwar nicht weniger als die Unterkünfte in der Stadt, aber ich habe mehr Platz, und es ist deutlich sauberer.«

Mandelbaum nickte zustimmend. Sie mochte es, wenn es in ihrem alltäglichen Einerlei doch immer wieder Dinge gab, die sie noch bewegen konnte. »Wie schön. Ich bin mir sicher, ein alter Seemann wie Herr Steffens hat viele interessante Geschichten zu erzählen.«

»O ja, er …«

»Schaut mal dort. Ein Zeppelin«, rief Constanze überrascht.

Alle drei schauten auf das mächtige stumpfgraue Gebilde, das plötzlich über den Baumwipfeln erschien. Hugo sprang von seinem Stuhl auf und trat an den kleinen Zaun, der das Gelände der Raststätte umgab.

»Fliegen die immer so tief?«, fragte Constanze interessiert.

»Nein. Eigentlich nur, wenn sie landen. Aber hier gibt's nichts zum Landen. Hier ist überall nur Wald!«, sagte Hugo mit alarmierter Stimme. »Das ist ein Militärballon, wenn ich es richtig erkennen kann.«

Nun standen auch die anderen Gäste auf und schauten interessiert zu dem riesigen Motorluftschiff, das mehr sank, als dass es schwebte. Es kam immer dichter an die Baumwipfel heran.

»Es stürzt ab.« – »Der stürzt doch ab.« Die Leute riefen wild durcheinander.

Und tatsächlich konnte man sehen, wie das Hinterteil erst die Baumwipfel touchierte, noch kurz von Baumwipfel zu Baumwipfel schabte und dann schließlich hängen blieb. Offensichtlich verlor es hinten an Gas, hielt die Schnauze aber weiter in der Luft.

Constanze schaute vollkommen perplex. Es ging ihr nicht anders als allen hier. »Sind da Menschen drin?«, fragte sie, obwohl sie die Antwort zu kennen glaubte. Unter dem großen Ballon hing eine kleine Kabine.

»Ja«, sagte Hugo knapp. Man konnte es nicht gut erkennen, aber es sah tatsächlich so aus, als würden sich Menschen aus der Kabine heraus auf die Baumspitzen herunterlassen.

»Oje, hoffentlich geht das gut«, rief Constanze aus.

Von allen Seiten hörte man, wie die Leute nach Luft schnappten, Warnrufe ausriefen und andere Töne des Erschreckens von sich gaben.

»Das sind unsere tapferen deutschen Soldaten. Die wissen, was sie zu tun haben«, sagte nun ein Herr am Nebentisch. »Keine Angst. Es wird alles gut gehen.« Als wäre es an ihm, die anderen zu beruhigen. Er war alt genug, um auch im Deutsch-Französischen Krieg schon gedient zu haben.

Constanze schnaubte auf. Sie glaubte diesen Beschwichtigungen nicht, und schon mal gar nicht in Bezug auf das deutsche Heer. Die schöne neue Technik, die immer zuerst im Militär Anwendung fand, war wohl doch noch nicht so vollkommen, wie man es ihnen glauben machen wollte.

»Das also ist die moderne Luftschifffahrt, mit der unser Kaiser den nächsten Krieg gewinnen will. Wehe uns«, sagte Constanze leise. Sollte es doch zu einem Krieg kommen, könnte es durchaus sein, dass es dieses Mal nicht so schnell ging und vor allem nicht so glatt lief wie bei den drei Einigungskriegen des letzten Jahrhunderts. Hoffentlich war das kein schlechtes Omen. Und wenn, war die Frage, wofür.

# Anfang Juli 1908

Gemeinsam mit Gerda Altvater putzte Adelheid die Badestube des Männertrakts. Gerda nahm eine Blechdose vom Regal, öffnete sie und schnupperte daran.

»Die Bartpomade von Budde riecht wie ranziges Fett mit Lavendelöl.« Gerda schloss die Blechdose und stellte sie zurück.

Adelheid schaute auf die anderen Dinge, die auf zwei Holzregalen lagen. Es gab drei Rasiermesser, eins mit einem Elfenbeingriff, die anderen beiden mit einfachen Holzgriffen. Offensichtlich hatte auch jeder der Männer einen eigenen Rasierpinsel, und es lagen drei verschiedene Tuben mit Rasiercreme herum. Aber es gab nur ein handtellergroßes Schüsselchen zum Aufschäumen der Rasiercreme, und auch nur einen Alaunstein. Dessen Nutzen hatte Adelheid mittlerweile kennengelernt.

Sie fragte sich, ob irgendwas hiervon Moritz gehörte. Denn es gab kein viertes Rasiermesser oder anderes, was sie ihm zuordnen würde. Vielleicht durfte er die Utensilien von Budde oder Novak mitbenutzen, denn er war immer rasiert.

Vermutlich konnte er sich etwas Eigenes nicht leisten, genau wie ihr Vater. Manchmal stellte sie sich vor, wie sie ihrem Vater ein Rasiermesser und eine Tube Rasiercreme schenkte. Und natürlich einen Alaunstein, weil er sich am Anfang bestimmt oft schneiden würde. Dann würde er so gepflegt aussehen können wie die Herrschaften. Edeltraud stutzte ihm alle paar Wochen den Bart, aber die Schere war stumpf, und der Bart sah nie wirklich gepflegt aus. Genau wie an der schäbigen Kleidung konnte man einen Tagelöhner sofort an einem struppigen Bart und fehlendem Haarschnitt erkennen.

Immerhin lag nun ein Hoffnungsschimmer über ihrer Familie. Die Brüder waren zurück, und auch der Vater verdiente im Moment Geld. Sie hatten jeden Tag ausreichend zu essen. Vielleicht wäre es ja möglich, ihm zu Weihnachten etwas für seinen Bart zu schenken. Aber Menschen wie sie machten keine Pläne für Dinge, die erst in ein paar Monaten wichtig wurden. Man wusste nie, wie es noch kommen würde.

Andererseits ging es ihr im Moment doch recht gut. Sie besaß noch ordentlich viel Erspartes, Gunther war fast gesund, und ihre drei jüngsten Geschwister gingen gemeinsam zur Volksschule. Nur dass Hedda für die Fürstin spionieren sollte, lag ihr auf der Seele. Und natürlich der Umstand, dass Viktor Novak sie derart beschämend hinters Licht geführt hatte. Doch er war nur für ein paar Tage auf Liebenberg gewesen und jetzt wieder in Berlin.

Ein Stich war durch ihr Herz gefahren, als sie ihn gesehen hatte. Obwohl sie sich auf diesen Moment vorbereitet hatte. Wie angekündigt waren die Fürstin und ihre Söhne im Mai zurückgekommen, um nach England zur Hochzeit des jüngsten Sohnes zu reisen. Novak kehrte vermutlich mit zurück. Adelheid hatte sich innerlich gewappnet und war stolz darauf gewesen, ihm bei ihren seltenen Begegnungen die kalte Schulter zu zeigen. Aber das war nur äußerlich. Innerlich loderten die verschiedensten Gefühle.

Nachdem er mit der Fürstin nach Berlin gereist war, hatte es einige Tage gedauert, bis sich ihr innerer Aufruhr wieder gelegt hatte. Sie wünschte ihm die Pest an den Hals. Es zerriss sie fast, bis sie sich einen Ruck gab und sich selbst befahl, keine Gedanken mehr an ihn zu verschwenden. Er war es nicht wert. Und doch hatte sein kurzer Aufenthalt Adelheids Wunde wieder aufgerissen. Was sie tagsüber enorm ärgerte und nachts nicht schlafen ließ.

Deshalb war sie froh, dass er schnell wieder abgereist war, zurück nach Berlin. Zurück ins Höllenfeuer des Skandals. Es ging wohl hoch her in der Hauptstadt. Seit Tagen lief der Prozess gegen den Fürsten auf Hochtouren. Herr Opitz sah sich schon genötigt, die Zeitschriften zu verstecken, damit das Personal erst gar nicht in die Versuchung kam, die abscheulichen Nachrichten lesen zu können. Doch das half alles nichts, denn weiterhin kamen die Tageszeitungen ins Haus und blieben oft in den Kammern der Komtessen liegen. Dann wurden sie abends heimlich herumgereicht. Man bekam nicht alles mit, aber erfuhr doch vieles.

Gestern hatte Diedrich Budde sich Moritz gegenüber echauffiert. Er schien sich nicht sicher zu sein, was er glauben sollte. Selbst, dass Seine Majestät nun durchgriff und diese »abartigen« Subjekte in den Reihen des Militärs verfolgen ließ, fand nicht sein umfassendes Wohlwollen. Der Kaiser hatte per Kabinettsorder veranlasst, dass die Offiziere die Soldaten, die sich homosexueller Verfehlungen schuldig machten, streng bestrafen sollten. Mit einem wütenden Unterton hatte er Moritz erklärt, es laufe ja wohl eher genau umgekehrt: Die Soldaten hätten unter den Offizieren zu leiden. Adelheid, die das Gespräch nur zufällig auf dem Flur vor der Stiefelstube mitbekommen hatte, hatten die Ohren geklingelt. Es war überhaupt das allererste Mal, dass Budde sich zu einer Kritik über das militärische Leben herabließ. Und so, wie er es sagte, hörte sich es eher an, als hätte er persönliche Kenntnisse von solchen Vorgängen.

Ob sie den Fürsten allerdings gemäß der Anklage für schuldig hielten oder nicht, darüber ließ sich niemand hier im Schloss aus. Und Adelheid würde den Teufel tun und sich den Mund verbrennen. Alle waren extrem gespannt, wie das Verfahren ausgehen würde. Selbst Adelheid fragte sich, ob es wirklich sein konnte, dass der ehemals beste Freund des Kaisers ins Gefängnis kommen könnte. Obwohl sie ja nun wusste, dass der Vorwurf gegen den Fürsten stimmte, konnte sie sich das nicht vorstellen.

Zudem wankte allmählich ihre Überzeugung, ob sie wirklich das Richtige getan hatte. Ob sie da nicht den falschen Leuten geholfen hatte, all ihren Rachegelüsten zum Trotz. Maximilian Harden hatte mit ihrer Hilfe erreicht, was er bezweckt hatte: Der Fürst stand nun vor Gericht und wurde in aller Öffentlichkeit gedemütigt.

Eigentlich hatte sie geglaubt, ihre Rache würde süßer schmecken. Doch so war es nicht. Von Tag zu Tag wurde ihr mulmiger bei dem Gedanken, was der Verkauf des Briefes ausgelöst hatte. Dass eine derartige öffentliche Hetzjagd, die international für Aufruhr sorgte, dabei herauskommen würde, hatte sie nicht erwartet. Sie hatte gedacht, der Fürst würde einfach nur ein paar Schwierigkeiten mit der Justiz bekommen, die sich nach einiger Zeit wieder legen würden. Und anstatt ihre Rache zu genießen, schwitzte sie Blut und Wasser bei dem Gedanken daran, jemand könnte ihr auf die Schliche kommen. Hedda könnte ihr auf die Schliche kommen.

Nachdem sie ihre Arbeit in der Badestube der Männer beendet hatten, hatten sie Feierabend. Hedda saß schon auf ihrem Bett. Sie hatte den ganzen Tag drüben im Seehaus die ankommenden Kisten des ältesten Sohnes des Fürsten und seiner Familie ausgepackt. Heute hatten sie eins der Kinderzimmer eingerichtet. Im nächsten Monat würde die junge Familie ganz offiziell dort einziehen. Die Schwiegertochter befand sich nun schon einige Wochen hier auf dem Schloss. Adelheid hatte sehr wohl bemerkt, dass sich alle weiblichen Dienstbotinnen sehr um sie bemühten. Wohl in der Hoffnung, eventuell dort eine neue, höhere Anstellung finden zu können.

Hedda saß in einem luftigen Nachthemd auf dem Bett und massierte sich die Füße. »Meine Güte, war das heute ein Geschleppe. Furchtbar. Ich bin froh, wenn dort endlich alles an seinem Platz ist.«

Letzte Woche hatten Adelheid, Gerda und einige Frauen aus dem Dorf das große Haus geputzt. Dann waren die Möbel gekommen. Nun wurde letzte Hand angelegt. Es war ein wunderschönes und vor allem modernes Haus mit Klosetts auf allen Etagen und Elektrizität und Wasserleitungen bis in den oberen Stock.

»Weißt du, ob die Mamsell sich um die Dienstboten fürs Seehaus kümmert? Haben die da alle schon zusammen?«

»Fragst du wegen Edeltraud, ob sie dort stundenweise aushelfen könnte?«

»Oder auch fest als Haus- oder Küchenmädchen anfangen könnte. Sie ist ja schon bald dreizehn. Und vielleicht brauchen sie auch noch einen Hausburschen. Friedhelm oder Bernhard könnten das machen.«

»Da müsstest du aber Herrn Opitz fragen«, sagte Hedda mit einem deutlichen Unterton in der Stimme.

Adelheid zuckte mit den Schultern. Dann würde daraus vermutlich nichts. Je weniger sie mit Herrn Opitz zu tun hatte, umso besser. Sie wusste ja nun, wie Opitz sich seine Gefälligkeiten bezahlen ließ.

Nachdem sie sich umgezogen und gewaschen hatte, setzte sie sich in ihr Bett. Wie früher waren sie zu ihrer Angewohnheit zurückgekehrt, vor dem Schlafengehen noch ein paar Minuten zu plaudern. Adelheid genoss es, mit Hedda endlich auch über Dinge außerhalb dieses Schlosses reden zu können. Hedda war über zwei Wochen in Berlin gewesen und hatte dort viel erlebt. Die Welt war so viel weiter, als sie es sich je vorgestellt hatte.

»Ich habe heute beim Schuhepolieren eine alte Zeitung gefunden. Die Schiffe brauchen jetzt zwischen fünf und neun Tage für die Strecke Europa nach Amerika.«

»Nur fünf Tage?« Das war nicht besonders lang, dachte Adelheid. Ihr Vater hatte von einem Schulkameraden erzählt, der vor zwanzig Jahren nach Amerika ausgewandert war. Da hatte die Fahrt noch mehrere Wochen gedauert. Mehrere Wochen, in denen man sich mehr oder weniger unter Deck aufhalten musste, sich kaum waschen konnte und zu wenig Essen bekam.

»Dann ist es bestimmt viel billiger geworden, wenn es nicht mehr wochenlang dauert«, sagte Adelheid.

»Von wegen. Anscheinend haben sich die verschiedenen Schifffahrtslinien auf ähnliche Preise geeinigt. Statt dass es billiger wird, haben sie jetzt einheitlich hohe Preise. Je nachdem, in welcher Klasse du unterkommst, zahlst du zwischen hundertdreißig oder hundertsechzig Mark. Und dann muss man noch zwei Mark pro Tag in Hamburg in den Auswandererhallen ausgeben.«

»Auswandererhallen?«

»Ja, Ballin-Stadt werden sie auch genannt. Dort kann man warten, bis die Schiffe abfahren.«

»Zwei Mark ist aber verdammt viel Geld.«

»Es sind drei Mahlzeiten inbegriffen, und es soll dort auch Waschräume geben. Reinlichkeit wird großgeschrieben und auch das Gepäck desinfiziert. Und man darf nur mit einem Gesundheitstest die Reise antreten.«

»Wieso kann man nicht direkt auf ein Schiff gehen? Es fahren doch alle paar Tage Schiffe ab.«

»Wenn du krank in Amerika ankommst, dann lassen sie dich nicht einreisen. Und du musst auf Kosten der Reederei wieder zurückfahren.«

»Dann ist es doch eine sinnvolle Regelung.«

»Außerdem haben viele Leute noch nicht alle ihre Papiere zusammen.«

»Was braucht man denn da?«

»Als Erstes mal eine Pass-Karte.«

Das hätte sich Adelheid jetzt auch selbst denken können. Aber kaum jemand, den sie kannte, besaß eine Pass-Karte. Wofür auch? Die brauchte man nur, wenn man ins Ausland reiste. Vermutlich besaßen nicht einmal Budde oder Novak Pass-Karten. Im Ausland waren sie mit dem Fürsten noch nie gewesen.

»Wie bekommt man eine Pass-Karte?«

»Man muss sie beim zuständigen Amt ausstellen lassen. Sie kostet nur ein paar Mark Gebühren. Das fällt dann nicht weiter ins Gewicht.«

»Braucht man eine Fotografie?«

»Nein, Gott sei Dank nicht. Ich glaube, dann wären die vielen Hunderttausend Menschen erst gar nicht nach Amerika gekommen. Wer hat schon eine Fotografie von sich? Ich sicher nicht.«

Adelheid natürlich auch nicht. Für einen Moment überlegte sie, ob sie nicht vorsichtshalber einfach eine Pass-Karte beantragen sollte. Nur für den Fall, dass man ihr doch mit dem Brief auf die Schliche käme. Aber dann verwarf sie es wieder. Wo sollte sie schon hin?

»Wieso fragst du? Willst du mit nach Amerika?«

»Eine schöne Vorstellung. Aber ich habe weder das Geld, noch kann ich meine Familie im Stich lassen.«

»Ich mein ja auch eher in ein paar Jahren.«

Adelheid sah sie überrascht an. Nach Amerika … Das klang gewagt und abenteuerlich. Das war ein schöner Traum, den Hedda da hegte. Adelheid wünschte sich, sie hätte auch solche Träume. Und außer ihrer Familie hielt sie hier nichts. Noch vor ein paar Wochen wäre es vielleicht Viktor Novak gewesen. Aber er hatte mehr als ihren schönen Traum von ihnen beiden zerstört. Er hatte ihren Glauben daran zerstört, Männern überhaupt vertrauen zu können.

Unerwartet polterte es einfach so aus ihrem Mund heraus: »Das würde mir gefallen. Natürlich nur, wenn ich dann genug Geld hätte.«

Hedda stand plötzlich fast im Bett. »Wirklich? Du würdest mitkommen? Dann könnten wir zusammen nach New York gehen?«

Adelheid war ganz überrascht, wie elektrisiert das Stubenmädchen plötzlich war. »Es ist eine schöne Vorstellung, dieses Leben, in dem ich immer nur die Tochter eines Tagelöhners sein werde, hinter mir lassen zu können. Aber, Hedda, du glaubst doch nicht ernsthaft, dass ich je so viel Geld für eine Reise sparen könnte.«

»Aber wenn doch, würdest du mitgehen?«

Adelheid zuckte mit den Schultern. »Und meine Familie hier zurücklassen? Gunther, meine Schwestern?«

»Wer weiß, wo sie Arbeit finden. Dann siehst du sie auch nicht mehr. So wie ich meine Brüder. Und vielleicht könntest du ja Gunther mitnehmen, oder nachkommen lassen.«

»Das wäre geradezu traumhaft.«

»Also sagst du Ja?«

Adelheid musste tatsächlich lachen. »Also wenn ich genug Geld zusammengespart hätte und es meiner Familie nicht so schlecht ginge, dass ich es für sie ausgeben müsste, dann würde ich mir überlegen, ob ich mit dir mitkomme.«

»Famos. Ganz famos.« Hedda schien extrem begeistert. Dann hatte Adelheid doch recht mit ihrer Vermutung, dass Hedda zwar gehen wollte, aber es sich alleine doch nicht traute.

»Weißt du, vielleicht, wenn ich das Geld für die Belohnung bekomme, dann würde es für uns beide reichen«, sagte Hedda nun, um Adelheid zu ködern.

Die Belohnung! Dreihundert Mark hatte die Fürstin Hedda versprochen, wenn sie denjenigen oder diejenige ausfindig machen würde, die den Brief an Herrn Harden verkauft hatte. Dreihundert Mark – so viel hatte ihr Sibelius nicht mal für den Brief gegeben. Dreihundert Mark waren eine Summe, bei der auch die beste Freundin schwach werden könnte. Das war so viel Geld, sie wusste nicht, ob Hedda sie dafür verraten würde.

Tatsächlich hatte sie bereits daran gedacht, Lydia Keller das verräterische Foto unterzuschieben. Und dann Hedda einen Hinweis zu geben, damit sie Lydia an die Fürstin verriet. Aber für dieses Vorgehen musste die Fürstin zurück im Schloss sein, und das war sie nicht. Die Familie war bald nach der Hochzeit in England nach Liebenberg zurückgekehrt, und die Fürstin war mit zweien ihrer Söhne umgehend nach Berlin gereist, um ihren Mann in der Zeit des Prozesses zu unterstützen.

Plötzlich stand Hedda auf und setzte sich zu ihr auf die Bettdecke. Sie nahm ihre Hände und sagte: »Versprichst du mir, dass du mitkommst? Also nur, wenn wir genug Geld haben und es deiner Familie gut genug geht, dass du sie alleine lassen kannst?«, schob Hedda hinterher, als sie Adelheids zweifelnde Miene bemerkte.

Endlich einen eigenen Traum, ein eigenes Ziel. Etwas, für das es sich zu leben lohnte. »Dann verspreche ich es. Dann gehen wir zusammen nach Amerika.«

Adelheids Herz machte einen Hüpfer. Sie fühlte sich gleichzeitig beschwingt wie auch beschwert. Ihre Familie verlassen. Aber endlich ein freies Leben führen. Ja, das wollte sie sehr gerne.

## 15. Juli 1908

»Im Sommer 1900 ging es los, nach Tsingtau. Auf zu den Boxern. Ohne Gnade, ohne Pardon«, zitierte Herr Steffens enthusiastisch aus der Hunnenrede des Kaisers. Als wäre er wieder mittendrin.

Der pensionierte Marineoffizier hatte zum Kaffee geladen. Er wolle doch einmal die Verlobte seines Untermieters kennenlernen. Der Kuchen war etwas trocken, vielleicht im Angedenken an Schiffszwieback. Dafür war der Kaffee stark. So stark, dass Constanze befürchtete, sie würde heute Nacht nicht schlafen können.

Der alte Seefahrer unterhielt sie mit vielen Geschichten aus seiner Zeit als junger Kadett im alten und später dann als Oberleutnant zur See beim neu gebildeten Ostasiengeschwader. Einiges davon kam Constanze tatsächlich vor wie Seemannsgarn. Hugo hatte ihr schon zweimal heimlich zugezwinkert. Er schien ebenfalls einige Details der Erzählungen des ehemaligen Oberleutnants in Zweifel zu ziehen.

Gerade ließ er sich über den chinesischen Boxeraufstand von 1900 aus. Teile der chinesischen Bevölkerung hatten sich gegen die unterdrückerischen Kolonialmächte gewehrt. Doch der Aufstand war blutig niedergeschlagen worden.

»Denen haben wir es aber richtig gezeigt, den chinesischen Boxern. Im Hafen von Tianjin sind die Truppen an Land. Und ruck, zuck, war die Sache erledigt. Dabei muss man wissen, die Chinesen hatten sich nach dem Krieg mit den Japanern mit deutschen Waffen eingedeckt: die guten Mauser-Repetiergewehre und Artillerie aus dem Hause Krupp.«

Er machte eine kleine Pause und goss sich Kaffee nach. Sein Gesicht war von Falten zerfurcht. Sein Bart war voluminös, aber gepflegt. Haare und Bart waren grau, aber seine buschigen Augenbrauen noch immer tiefschwarz. Darunter befanden sich graublaue Augen, so lebendig wie ein Sturm auf hoher See.

»Von Tianjin haben sich die Bodentruppen durchgekämpft bis nach Peking, wo das Gesandtschaftsviertel befreit wurde. Alle Europäer hatten sich dort hinter die Mauern geflüchtet. Fünfundfünfzig Tage waren die Ärmsten belagert worden. Diese Schmach haben wir den Schlitzaugen vergolten. Wir haben sie bluten lassen.«

Eigentlich erschien Herr Steffens Constanze gar nicht so blutrünstig. Er sah eher aus wie ein gut genährter Großvater, der jeden Tag im Garten Holz hackte. Er hatte noch immer ein breites Kreuz und starke Arme.

Constanze lag eine Frage auf der Zunge. »Was mich immer gewundert hat: Damals haben doch alle zusammengearbeitet – die Acht-Nationen-Allianz. Da war russisches, britisches und auch französisches Militär dabei. War da plötzlich die Erzfeindschaft zu Frankreich überwunden?«

Die europäischen Nationen waren brüderlich vereint gewesen – zu einem Zweck, mit einem Ziel. Das war erst acht Jahre her. Was war in der Zwischenzeit passiert? Oder war das damals nur eine Zwangslage gewesen, bei der man sich notgedrungen zusammengerauft hatte? Die Deutschen und die Franzosen, vereint unter einem Oberbefehl – heute kaum vorzustellen.

Erstaunt sah Herr Steffens sie an. »Aber nein. Wir hatten ja auch nicht viel mit den anderen Schiffen oder Truppen zu tun. Außerdem hatte ein britischer General den Oberbefehl. Einen Franzosen hätten wir nie geduldet.« Und als wäre das ein sehr unangenehmes Thema, schwenkte er sofort um. »Ich war überall, im deutschen Tsingtau, also Kiautschou, die nordchinesische Küste hoch, im Gelben Meer, aber auch auf Kaiser-Wilhelms-Land und den Inseln im Bismarck-Archipel. Ich habe die Karolinen besucht, die Marianen und Palau. Palau und Deutsch-Samoa – so wunderschöne Fleckchen Erde hat noch niemand gesehen. Sehen Sie dort das Foto an der Wand?«

Constanze schaute auf eine gelbliche Fotografie. In seiner Marineuniform stand Steffens dort neben einer dürftig bekleideten Südseeschönheit. Es war sicher kein Zufall, dass ausgerechnet dieses Bild so nah an seinem Lieblingssessel Platz gefunden hatte.

»Geradezu paradiesisch. Wirklich. Beinahe wäre ich sogar in Australien an Land gegangen. Doch leider hat ein heraufziehender Zyklon das vereitelt«, erzählte er stolz. »Aber ich darf mich nicht beschweren. Ich war dabei, als Deutschland sich seinen

Platz an der Sonne gesichert hat.« Steffens lehnte sich zurück. »Hach, das war schon eine schöne Zeit, eine wilde Zeit. Ich bin ja erst vor sechs Jahren in den Ruhestand gegangen. Manchmal wird es mir hier wirklich zu langweilig.« Nun beugte er sich verschwörerisch vor. »Aber sagen Sie, Herr Mahlzahn, was ist denn da los, in Moabit? Ich höre, der Prozess gegen Fürst zu Eulenburg ist unterbrochen? So stand es wenigstens heute in der Zeitung.« Der Prozess beschäftigte die Bevölkerung im Reich außerordentlich. Langeweile kam keine auf, und alle gierten nach mehr.

Hugo rutschte unangenehm berührt auf seinem Sessel herum. Er durfte nicht offen über sein intimes Wissen bezüglich des Gerichtsprozesses sprechen. Natürlich wusste Herr Steffens, dass Hugo am ersten Prozesstag mit auf der Besuchertribüne des Gerichtssaals gesessen hatte. Aber er wusste nicht, dass er im Auftrag von Maximilian Harden unterwegs war. Dass Hugo in den Reihen der anderen Journalisten recherchierte und nach der undichten Stelle bei Gericht suchte, durfte natürlich erst recht niemand wissen.

»Wir Journalisten wissen auch nicht viel mehr, als dass der Fürst krankheitsbedingt nicht mehr zum Gericht transportiert werden konnte. Deswegen hatte man gestern versucht, im Konferenzzimmer der Charité weiterzuverhandeln. Doch offensichtlich ging es dem Fürsten zu schlecht. Er konnte nicht einmal mehr von seinem Zimmer dort runtertransportiert werden.«

»Und stimmt das denn, das mit dem Legat von Nathaniel Rothschild?«

Baron Albert von Rothschild hatte in den ersten Tagen Stellung nehmen müssen zu der äußerst großzügigen Hinterlassenschaft seines verstorbenen Bruders Nathaniel Rothschild für den Fürsten. Angeblich sollte das Geldgeschenk nicht dem Fürsten zu Eulenburg, sondern seinen zwei jüngeren Söhnen zugegangen sein. Als Constanze davon gehört hatte, wäre sie fast aus allen Wolken gefallen. Egal ob die Erbschaft nun zweihundertfünfzigtausend Mark oder eine Million Gulden betrug – unvorstellbar viel Geld war in die Schatulle der fürstlichen Familie gespült worden. Alle Welt fragte sich, womit sich der Fürst ein solch opulentes Geschenk verdient hatte. Bei dem unverheirateten Rothschild lag ein bestimmter Verdacht natürlich besonders nahe.

»Eine Million Gulden – für was? Für eine gute Freundschaft? Oder war die Zuneigung doch mehr als freundschaftlich?«

»Da kann ich leider auch nur das wiederholen, was schon in den Zeitungen zu lesen ist. Sein Bruder sagte aus, es hätte sich lediglich um zweihundertfünfzigtausend Mark gehandelt. Und das Geld wäre eben nicht für den Fürsten gewesen, sondern für seine Söhne.«

»Nun, Sie müssen doch besser unterrichtet sein. Sie verkehren schließlich mit anderen Journalisten«, insistierte Steffens neugierig.

»Es tut mir sehr leid, aber wir sind ja alle ausgeschlossen. Ein Wunder, dass überhaupt so viel nach außen dringt.«

Herr Steffens machte ein nur allzu bekanntes Zeichen. Er rieb Zeigefinger, Mittelfinger und Daumen aneinander.

»Davon gehe ich selbstverständlich auch aus. Deswegen habe ich ja eben keine weiteren Informationen, denn ich habe nicht das Geld, um einen Gerichtsdiener oder Geschworene zu bestechen«, erklärte Hugo.

»Aber was Riedel und Ernst da ausgesagt haben sollen, ich weiß wirklich nicht, ob ich es glauben soll.«

Die zwei bayerischen Hauptzeugen vom Starnberger See hatten vor Gericht zugegeben, dass es mit dem Fürsten zu »Schmutzereien«, wie Riedel sich ausdrückte, oder »Lumpereien«, wie Herr Ernst es benannte, gekommen war. Allerdings sei das schon über zwanzig Jahre her. Erschwerend aber kam hinzu, dass der Fischer Ernst aussagte, Herr Kistler, der ehemalige Privatsekretär des Fürsten, habe ihm jüngst mehrfach geschrieben und ihn sogar am Starnberger See besucht, um seine Zeugenaussage zu beeinflussen. Er solle einfach sagen, er wisse von nichts, habe ihm der Mann geraten.

»Der Fürst hat ja schon erklärt, die Bayern, also die Katholiken, hätten es auf ihn abgesehen. Ich habe diese Aktenvermerke aus München nicht persönlich gesehen. Aber wir wissen ja, wie die katholischen Bayern zum preußisch-evangelischen Kaiser stehen. Ich würde nicht ausschließen wollen, dass da im Hintergrund ein Kampf stattfindet, bei dem der Fürst nur den Sündenbock spielen soll.«

»Und was ist mit den ganzen Schlüssellochguckern? Stellen Sie deren Aussage auch infrage?«, fragte Steffens harsch nach.

Es gab immerhin drei Männer, die den Fürsten durch ein Schlüsselloch mit einem Mann zusammen beobachtet haben wollten bei, wie sie es nannten, »widernatürlichen« Praktiken. Da war der Tischler Borchert, der auf Schloss Liebenberg durchs Schlüsselloch gelinst haben wollte. Dann noch ein Hoteldiener und ein Klavierträger.

»Wollen Sie wirklich wissen, was ich von Aussagen von Personen halte, die andere durchs Schlüsselloch ausspionieren?«

Steffens grummelte. »Und was ist mit der Aussage von diesem Kommissar? Wie bewerten Sie das?«

Kommissar von Tresckow, der in Berlin für das Dezernat zuständig war, das mit Delikten gegen den Paragrafen 175 befasst war, hatte trotz seiner Sympathien für den Fürsten gegen ihn ausgesagt. Durch seine Tätigkeit musste er häufig in anderen Städten Informationen einholen. Dabei habe er erfahren, dass in Wien eine Geschichte kursiere, der Fürst zu Eulenburg sei in seiner Zeit als preußischer Botschafter dort von einem Bademeister um sechzigtausend Kronen erpresst worden. Und zwar aus besagten Gründen, die den Vorwurf Maximilian Hardens stützen würden. Eine Information, die wohl ausschlaggebend dafür war, dass der Fürst am vorgestrigen Verhandlungstag ohnmächtig geworden war.

»Immerhin sind schon über sechzig Zeugen vernommen worden, und nur der geringste Teil hat sich ungünstig über den Fürsten ausgesprochen. Ich möchte nicht das Urteil des Gerichts vorwegnehmen«, wandte Hugo ein.

»Ach, Sie wollen sich einfach nur nicht in die Nesseln setzen«, winkte Herr Steffens ab. »Ich weiß schon, was ich glaube. Natürlich ist er schuldig. Schuldig im Sinne der Anklage des Meineids. Und der Vergehen abartiger Art.«

»Sie mögen ihn nicht?«, fragte Constanze nach.

»Sagen wir mal so, ich mag keine aufgeplusterten Pfauen. So einer, der sich früh vom Militär verabschiedet und dann Rosenlieder und Skaldengesänge komponiert … Da weiß man doch direkt, was die Stunde geschlagen hat.«

Constanze sagte nichts, zog aber ihre Augenbrauen hoch. Tja, wenn das immer so einfach wäre. Aber der alte Seebär schien sehr fest in seinen Vorurteilen, und sie glaubte nicht, dass es sich lohnen würde zu diskutieren.

Noch war nicht abzusehen, wie die Geschichte ausgehen würde. Fest stand bisher nur: Es artete in einer wahren Schlammschlacht aus.

»Ich kenne Admiral Tirpitz persönlich. Habe auf dem Flaggschiff Kaiser unter ihm gedient. Er war nicht gut auf Eulenburg zu sprechen. Hatte damals wohl schon Zweifel. Und ich glaube dem Admiral unbesehen!«

Da war es schon wieder, dieses Strippenziehen im Hintergrund. Tirpitz war der Vater des Flottenwettrüstens gegen Großbritannien. Statt eines Bündnisses solle die Seemacht ausgebaut werden, das habe genauso viel militärstrategischen Wert, war Tirpitz' Standpunkt. Und Kaiser Wilhelm folgte nur allzu gerne diesem Kurs. Er war vernarrt in Schiffe. Gerade erst war er zu seiner jährlichen vierwöchigen Nordlandreise aufgebrochen. Überhaupt war er am liebsten auf einem Schiff unterwegs. Auch deswegen wurde für die Kriegsflotte unfassbar viel Geld ausgegeben und die Gesetze so gestrickt, dass sie für die Forderungen des Großadmirals passten.

»Wissen Sie, manchmal denke ich, ich sollte meine Lebensgeschichte aufschreiben. Was ich alles gesehen habe, da träumen andere ihr Leben lang von.« Steffens stand aus seinem Sessel auf.

»Wenn Sie mich für einen kurzen Moment entschuldigen würden.« Er verließ den Raum.

Constanze nippte nachdenklich an ihrem Kaffee. »Ich weiß immer weniger, wer bei diesem Spiel der Gute und wer der Böse ist. Diese Schlammschlacht vor Gericht, unfassbar. Auf der einen Seite stehen Fürst zu Eulenburg, Graf Kuno von Moltke, die Mitglieder der Liebenberger Tafelrunde und ihre enge Verbindung mit dem Kaiser. Und auf der anderen Seite stehen, aber nur im Hintergrund, die Männer, die die Strippen im Reich ziehen – Tirpitz und Holstein und weitere Unbekannte. Ich glaube nicht, dass Herr Harden sich vorher im Klaren darüber war, in was für ein Hornissennest er da sticht.«

Hugo antwortete mit gesenkter Stimme. »Du hast ein paar vergessen: erstens Bismarck. Eulenburg war damals daran beteiligt, ihn als Reichskanzler kaltstellen zu lassen, das hat er ihm nie verziehen. Seine Rache wirkt bis heute. Und zu Admiral Tirpitz und Friedrich von Holstein musst du noch jemanden gesellen: Reichskanzler von Bülow.«

»Bülow. Wieso Bülow?«

Hugo zuckte mit den Schultern. »Über seinen Bruder Alfred versorgt er Harden heimlich mit Informationen. Sie treffen sich immer wieder.«

»Wirklich?«

Hugo nickte. »Allen geht es nur um Macht. Alle kochen ihr eigenes Süppchen. Harden scheint es zwar nur um die in seinen Augen richtige Politik zu gehen. Aber ich bin immer mehr zwiegespalten zwischen den ans Licht kommenden Wahrheiten und den hinter den Vorwürfen stehenden Kräften.«

»Kräften? Du meinst Kriegstreibern? Mir stinkt das alles. Diese vorgeschobene Hexenjagd, die eigentlich nur dazu dient, die wahren Machtspielchen im Hintergrund zu verschleiern. Vor allem stinkt mir, dass überhaupt nicht darüber gesprochen wird, welche weiteren Auswirkungen diese Teufelsaustreibung haben wird.«

Hugo nickte und legte einen Zeigefinger auf die Lippen. Solche Dinge sagte man besser nicht laut.

»Das wäre doch mal ein interessanter Artikel.«

»Was meinst du?«, fragte Hugo mit leichter Irritation in der Stimme.

»Na, ein Bericht aus dem innersten Kreis. Ein Artikel, wer hier eigentlich gegen wen persönliche Fehden austrägt. Wer mit welchem früheren Feind paktiert, nur wegen politischer Machtspiele. Und welch schlechtes Bild Deutschland deswegen nach außen abgibt.«

Hugo lachte trocken. »Und du glaubst, das würde jemand drucken?«

»Nicht?«

»Ich würde öffentlich gesteinigt. Nein, solch gefährliche Manöver sollten wir tunlichst vermeiden. Das wäre beruflicher Selbstmord.« Hugo senkte seine Stimme zu einem Flüstern. »Ich würde ja lieber heute als morgen aufhören, für Harden zu arbeiten. Ich hab mich schon umgeschaut. Sobald ich eine neue Stelle gefunden habe, kündige ich.«

Constanze nickte. Hugo hatte schon mehrere Bewerbungen geschrieben, aber bisher war er nicht einmal zu einem Vorsprechen eingeladen worden. Doch ohne eine neue Einnahmequelle konnten sie es sich nicht leisten zu kündigen.

Sie hörten Schritte, und Constanze nahm noch ein Stück von dem trockenen Kuchen. Herr Steffens trat wieder ein.

»Und, Herr Mahlzahn, was halten Sie von meinem Vorschlag? Helfen Sie mir, meine Lebensgeschichte aufzuschreiben?« Der alte Seebär trat an ein Tischchen mit verschiedenen Flaschen und goss drei Gläser mit einer bernsteinfarbenen Flüssigkeit ein.

Hugo schaute überrascht. So hatte er das vorhin nicht verstanden. Und Constanze auch nicht.

Steffens kam zurück zum Wohnzimmertisch. »Ich meine, formulieren können Sie ja. Und ich diktiere Ihnen.« Er reichte ihnen die Gläser. »Echter jamaikanischer Rum. Herrlich … Ich dachte, ich nenne es *Auf hoher See* oder vielleicht *Im Auftrag Seiner Majestät?* Was meinen Sie?« Er hielt sein Glas hoch, als wollte er auf etwas anstoßen.

Hugo schluckte. »Darüber sollten wir noch mal in aller Ruhe reden. Immerhin bin ich zeitlich sehr eingespannt.«

Doch Steffens schien das nicht als Absage zu empfinden. »Das wird schon, mein werter Herr Mahlzahn. Das wird schon.« Dann ließ er die Gläser erklingen.

## Mitte August 1908

Hedda hatte Arthur einen Brief geschrieben, dass sie nun zurück sei in ihrer alten Stellung, und er brauche sich nicht mehr für sie umzuschauen. Und sie hatte ihn gebeten, wenn er ihr zurückschreibe, dann bitte unter einem weiblichen Vornamen. Er wusste selbst, es war auffällig, von fremden Männern Post zu empfangen.

Anfang September würden sie sich wieder in Berlin treffen, wenn alles normal lief. Doch die Umstände und Gründe, warum sie auf ihre alte Stelle hatte zurückkehren dürfen, war nichts für einen Brief. Das wenige, was sie erzählen durfte, würde sie ihm lieber persönlich sagen. Vielleicht ja bei ihrem nächsten Treffen.

Arthur hatte ihr auch umgehend zurückgeschrieben und seine Freude zum Ausdruck gebracht, dass sie nun wieder eine gute Stellung hatte. Auch wenn er es schade fand, dass sie nun nicht in Berlin arbeiten würde. Und er hatte ihr noch viele andere Dinge geschrieben.

Zum Beispiel, das norwegische Parlament habe nun das Wahlrecht für Frauen beschlossen. Bei der letzten preußischen Landtagswahl war es ihr zum ersten Mal bewusst geworden, wie ungerecht es war, dass sie nicht wählen durfte. Auch wenn sich die liberalen Kräfte im Land für die Abschaffung des preußischen Dreiklassenwahlrechts starkmachten, sprach niemand vom Wahlrecht für Frauen. Während in London vor ein paar Wochen fast eine Viertelmillion Menschen auf die Straße gegangen waren, um das Frauenwahlrecht zu fordern, passierte hier rein gar nichts.

Immerhin war gerade auf dem Gewerkschaftskongress in Hamburg beschlossen worden, dass eine Dienstbotenkonferenz einberufen werden sollte. Trotzdem würde es noch ewig dauern, bevor es hier in Preußen endlich voranging. Arthur dagegen war davon überzeugt, dass es sich lohnte zu kämpfen. Doch gab Hedda ihren Traum von Amerika nicht auf. Sosehr sie Arthur dafür bewunderte, wie sehr er für mehr Rechte eintrat, sie hatte nicht die Langmut, noch Jahrzehnte darauf zu warten. Auch deswegen zögerte sie, dem verhaltenen Werben von Arthur nachzugeben. Er drängte sie zu nichts, aber er hatte schon klargemacht, dass er sich eine innigere Beziehung zu ihr vorstellen konnte. Doch bisher war es bei zwei harmlosen Küssen geblieben.

Heute war sie wieder im Seehaus beschäftigt. Hier würde sie viel lieber arbeiten als im Schloss. Es war so viel moderner, auch wenn die Frau des ältesten Sohnes des Fürsten sich viele alte Möbel aus ihrer österreichischen Heimat hatte kommen lassen. Aber die Lage auf einem Hügel, rundherum bewaldet, und mit Blick auf den See war wirklich herrlich. Außerdem wären hier auch die Wege nicht ganz so weit, denn das Gebäude war deutlich kleiner als das Schloss.

Immerhin hatte der Prozess gegen den Fürsten ein Ende gefunden. Mitte Juli war er auf unbestimmte Zeit ausgesetzt worden. Der Fürst war nicht verhandlungsfähig. Was aber nicht bedeutete, dass er freigesprochen worden wäre. Oder dass die Anklage fallen gelassen wurde. Es bedeutete nur: Momentan wurde nicht weiterverhandelt. So hatte Herr Opitz es der Dienerschaft erklärt. Denn der Fürst kam nicht etwa zurück, sondern wurde weiter in der Charité behandelt. Und die Fürstin blieb in Berlin, um ihn täglich zu besuchen, ebenso wie Friedrich-Wend, der Sohn, der bald das Seehaus beziehen würde.

Vorhin hatten sie die Kisten mit den Schuhen ausgepackt und in die Regale in der Kleiderkammer neben dem Schlafgemach der

Gemahlin geräumt. Nun legte Hedda kleine, mit Lavendel gefüllte Beutelchen in die schönen Schuhe. Das erfrischte nicht nur die Schuhe, sondern auch die Füße.

Plötzlich hörte sie, wie nebenan schwungvoll die Tür aufging und die Komtessen in das Schlafzimmer kamen.

»Unfassbar. Wie konnte Vater dem Mann so viel Geld geben?« Das war die Stimme von Komtess Alexandrine.

»Mama hat doch gesagt, dass es nur geliehen war. Und wir es zurückbekommen haben.« Anscheinend war ihre Schwester Viktoria dabei.

Hedda war starr. Sollte sie sich bemerkbar machen, damit die beiden jungen Damen nicht mehr weitersprachen? Ihre Neugierde gewann. Sie drückte sich vorsichtig neben die leicht geöffnete Durchgangstür.

»Das glaubst du doch selbst nicht«, entgegnete die ältere Schwester nun.

»Du weißt, was Mama darüber gesagt hat«, warnte Viktoria.

»Wie kannst du nur so blind sein? Zwölftausend Mark an diesen Fischer. Sechzigtausend Mark an einen Bademeister. Vater verpulvert unser Familienerbe für sein …«

»Adine!«, unterbrach Viktoria sie.

»Aber es stimmt doch. Weißt du noch, als du zwölf warst und kein neues Reitpferd bekommen hast? Das war doch genau damals. Dafür war kein Geld da. Und nun wissen wir auch, wieso.«

»Hör auf. Ich will das nicht wissen.«

»Und wer weiß, welchen Männern er noch Geld gegeben hat. Oder geliehen. Was ist mit Jaroljmek? Hat er Vater erpresst? Hat Vater deshalb auf weitere Schritte verzichtet, um die Ehre unserer Schwester wiederherzustellen?«

»Das nimmst du sofort zurück.«

Doch Alexandrine ließ sich in ihrer Wut nicht stoppen. »Und wen muss Vater jetzt bestechen? Kistler? Hat Kistler Geld bekommen? Wenn ich daran denke … Unter dem gleichen Dach, unter dem ich schlafe …«

Plötzlich hörte Hedda ein Geräusch, das verdächtig danach klang, dass jemand jemandem eine Ohrfeige verpasste.

»Spricht das nicht aus! Ich will davon nichts mehr hören, verstanden? Sag so was nicht. Vater liebt uns. Er würde alles für uns tun.«

Wütend knallte eine Zimmertür. Kurz darauf hörte Hedda verzweifeltes Weinen. Ja, den Komtessen ging es schlecht. Sie wussten anscheinend genauso wenig wie die Dienstboten, was sie von der ganzen Sache zu halten hatten.

Hoffentlich entdeckte Alexandrine sie jetzt nicht hier. Zu wissen, eine Dienstbotin hatte ihr Gespräch belauscht, würde sie furchtbar wütend machen. Sie drückte sich an die Wand und atmete leise. Es dauerte lange zehn Minuten, bevor die Komtess sich gefasst hatte und das Zimmer verließ.

Hedda atmete auf. Eilig steckte sie noch die letzten Lavendelbeutel in die Schuhe und wollte gleich runter, um sich um die nächsten Aufgaben zu kümmern. Martha war unten und räumte gemeinsam mit Lydia das gute Porzellan in die Vitrinen. Budde würde heute Nachmittag kommen, um die Kisten des Sohnes, die Kleidung und alle anderen Utensilien in die Schränke und Regale zu räumen.

Als sie ins Schlafgemach trat, sah sie unten aus dem Fenster die Pferdekutsche, die anscheinend gerade gekommen war. Einer der Stalljungen saß auf dem Bock. Die beiden Komtessen halfen ihrer hochschwangeren Schwägerin in die Kutsche. Sie würden jetzt wohl wieder zurück zum Schloss fahren, um dort Mittag zu essen.

Hedda hoffte, dass Frau Möckel ihnen etwas zu essen mitgeschickt hatte. Sie würden erst heute Abend wieder zurück ins Schloss kommen. Und ihr Magen machte sich allmählich bemerkbar.

Sie wollte gerade zur Tür hinaus, als diese sich öffnete. Herr Opitz trat ein. Hedda schnappte nach Luft. Was wollte er denn hier? Vermutlich war er gerade mit der Kutsche gekommen. Niemand hatte gesagt, dass er hierherkommen würde. Die Mamsell hatte ihnen ausführliche Arbeitsanweisungen gegeben. Aber natürlich stand es dem Haushofmeister des Fürsten frei, jederzeit und überall die Arbeit seiner Untergebenen zu kontrollieren. Das Blut schoss ihr in den Kopf.

»Herr Opitz?! Ich bin gerade hier fertig geworden. Ich sollte nun runter und …«

Laut schmiss er die Tür hinter sich zu. Die Gedanken rasten durch Heddas Kopf. Wo war Martha? Wo Lydia? War sonst noch jemand im Seehaus? Durch den Nebel in ihrem Gehirn hörte sie, wie sich die Kutsche auf der Einfahrt gerade in Bewegung setzte.

Opitz packte sie am Arm und zog sie zurück zum Fenster. Der Stallbursche auf dem Kutschbock trieb die Pferde in einem gemütlichen Tempo an, dann verschwand sie auf dem sich schlängelnden Weg.

Seine Finger drückten sich in ihre Oberarme wie ein Schraubstock. Als die Kutsche hinter den grünen Blättern verschwand, drehte er sich zu ihr um, ohne sie loszulassen.

»Bitte …«, flehte Hedda. Obwohl sie doch schon wusste, es würde vergebens sein.

»Du bist also zurückgekommen. Ins Schloss, zu uns. Zu mir.«

»Nein, ich …«

»Freiwillig zurückgekommen.«

»Ich hatte nichts mit dem Unfall zu tun. Und Sie wissen das genau. Ich wollte einfach nur meine mir zustehende Stell…«

»Quatsch nicht so dummes Zeug. Du bist zurückgekommen. Freiwillig!«, spie er mit seinem Veilchenatem aus.

»Lassen Sie mich los, oder ich werde es der Fürstin melden. Sie wissen doch genau, ich stehe nun unter ihrem Schutz.« Zumindest hoffte Hedda das. Sie hatte der Fürstin zugegebenermaßen etwas verklausuliert gesagt, wie sehr die Frauen unter Herrn Opitz zu leiden hätten. Und die Fürstin hatte versprochen, sich darum zu kümmern. Doch passiert war nichts. Zumindest nicht, soweit sie wusste.

»Unter ihrem Schutz? Du bist doch so naiv. Du weißt gar nichts. Sag es ruhig deiner Fürstin.«

Opitz grinste sie so überheblich an, dass ihr alleine schon davon schlecht wurde. Also hatte Opitz auch die Fürstin in der Hand? Oder den Fürsten? Das würde natürlich alles erklären. Dann hatte sie sich also in falscher Sicherheit gewiegt. Doch all diese Überlegungen halfen ihr im Moment rein gar nichts.

Sie könnte schreien, aber hier oben würde niemand sie hören. Vielleicht hatte Opitz sogar Lydia angewiesen, Martha so abzulenken, dass sie auf keinen Fall etwas mitkriegen würde. Und auch nicht zufällig nach oben kam. Ihr blieb nur eins: Heftig stemmte sie sich gegen die Wand und versuchte, sich loszureißen. Beinahe wäre es ihr auch gelungen, doch nun packte Opitz sie mit beiden Händen und presste sie mit seinem Körper an die Wand. Sobald er die Hände frei hatte, legte sich eine über ihre Gurgel. Er drückte zu. Drückte den Hals so fest, sie bekam kaum noch Luft.

»Hast du wirklich gedacht, du kämest damit durch? Hast du wirklich geglaubt, du könntest mich bei der Fürstin ungestraft schlechtmachen?«

Selbst, wenn Hedda gewollt hätte, hätte sie nicht antworten können. Mit beiden Händen zog sie an dem Handgelenk, um ihren Hals frei zu bekommen. Doch Opitz drückte nur noch stärker zu. Ihre Gegenwehr wurde schwächer. Ihr einziger Gedanke war, dass sie nie hätte zurückkommen dürfen. Wie dumm sie gewesen war. Wie gutgläubig sie sich auf die vagen Aussagen der Fürstin verlassen hatte. Viel zu vage. Außerdem hatte ja doch immer der Fürst das letzte Wort. Und der war ein Mann, genau wie Opitz.

In einem letzten Kraftakt versuchte sie mit ihren Händen, seinen Körper nach hinten zu drücken, aber auch das gelang nicht. Sie merkte, wie ihr langsam die Luft ausging. Schon wurde ihr schwindelig. Darauf hatte Opitz wohl nur gewartet.

Während er sie mit der einen Hand immer noch festhielt, knöpfte er mit der anderen seine Hose auf. Aus dem Augenwinkel sah Hedda die mächtige Beule.

Sie wollte schreien, aber es kam nur ein Röcheln aus ihrem Mund.

»Du bist zurückgekommen. Sicher hast du mich vermisst. Tu nicht so, als würdest du es nicht auch wollen.«

Jetzt ging seine Hand zu ihrem Rock, den er immer höher schob. Sofort zerrte er an ihrem Beinkleid und zog es einfach runter. Hedda hörte, wie der Stoff riss.

In ihrem Kopf explodierte die Angst. Fast war es so weit. Jetzt schob sich seine Hand vom Hals auf ihren Mund, und sein Körper presste sich an ihren. Eine letzte Gegenwehr, ein letztes Um-sich-Schlagen, dann stieß er zu. Der Schmerz fuhr ihr durch alle Glieder. Die Atemnot, der Schmerz und die Angst verschworen sich gegen sie. Es war, als würde ihr Geist ihren Körper verlassen, der gerade auf so erbärmliche Art geschändet wurde. Sie presste ihre Augen zusammen und drehte ihren Kopf zur Seite, um ihm nicht auch noch ins Gesicht schauen zu müssen. Es gab kein Wort für das, was sie gerade fühlte. Ihr Körper sackte weg, nur noch gehalten durch Opitz, der sie gegen die Wand presste. Sie flehte geradezu darum, ohnmächtig zu werden.

Hedda konnte gar nicht sagen, wie lange es gedauert hatte. Irgendwann ließ er stöhnend und grunzend von ihr ab, zog sich zurück und packte sein Ding zurück in den Hosenstall.

Kraftlos rutschte sie die Wand hinunter und sank unten in sich zusammen. Sie bekam kaum mit, wie er sich breitbeinig über ihr stehend die Hose zuknöpfte.

»Stell dich nicht so an.« Er wartete nur einen kurzen Moment, dann schnauzte er sie wieder an. »Los jetzt. Auf, auf. Mach dich zurecht und arbeite weiter. Hier gibt es kein Rumlungern. Wenn ich dich nicht in fünf Minuten unten sehe, dann setzt es was.« Mit diesen Worten drehte er sich um und verließ das Zimmer.

Hedda konnte sich nicht bewegen. Sie war noch immer starr und bemüht, wieder genug Luft in ihre Lungen zu pumpen. Beinahe hätte er sie umgebracht. Tatsächlich hatte er sie vergewaltigt. Im Moment fühlte sie sich so schäbig, es wäre ihr das Liebste gewesen, er hätte sie tatsächlich einfach umgebracht.

Es dauerte eine Ewigkeit, bis sie sich endlich wieder bewegte. Doch ihre Hände zitterten so stark, sie brachte es kaum fertig, notdürftig ihre Beinkleider unter dem Rock hochzuziehen. Sie spürte nichts mehr. Nicht die Hitze des Sommers, nicht mehr ihren Körper und auch keinen Schmerz. Sie fühlte ihre eigenen Berührungen nicht mehr. Es war, als würden sich ihre Hände von ganz alleine bewegen. Als würde sie einen fremden Körper anziehen.

Wie eine Marionette an Fäden bewegte sie sich zur Tür und öffnete sie. Mit hölzernen Schritten ging sie ein paar Meter in die nächste Badestube und öffnete den Wasserhahn. Das kalte Wasser lief ihr über die Hände. Sie zitterte am ganzen Körper. Sie konnte nicht mehr denken, als dass das Wasser sie tröstete. Das Wasser, der See … Wie tief der Lankesee wohl war?

# Kapitel 4

## 26. September 1908

Endlich hatte Viktor richtig was zu tun. Er durfte packen. Gestern schien nach Wochen des Stillstands Bewegung in die Sache gekommen zu sein. Im Juli hatte sich der Gesundheitszustand des Fürsten von Tag zu Tag verschlimmert. Zu seiner Thrombose, mit der er der Verhandlung noch beigewohnt hatte, kamen schließlich noch ein Grippeanfall und eine Lungenentzündung. Zwar versuchte man noch, den Prozess in der Charité weiterzuführen, aber nach fünfzehn Verhandlungstagen, drei davon in der Charité, mussten die Gerichtsärzte attestieren, dass der Fürst nicht mehr verhandlungsfähig war. Am 17. Juli schon wurde das Verfahren gegen den Fürsten vorläufig eingestellt. Kurz darauf weigerte sich die Charité, den Untersuchungshäftling länger zu beherbergen. Für ein paar Tage sah es so aus, als würde der Adelige ins Untersuchungsgefängnis Moabit überstellt werden. Eine absolut grässliche Vorstellung, die der Verteidiger des Fürsten, Justizrat Wronker, mithilfe eines ärztlichen Gutachtens und viel Mühen hatte abwenden können. Seitdem war nicht mehr viel passiert. Selbst in den Zeitschriften las man mittlerweile nur noch gelegentlich etwas über den Skandal.

Vor zwölf Tagen dann endlich hatte es ein ärztliches Gutachten gegeben, das darlegte, dass Fürst zu Eulenburg als verhandlungsunfähig einzustufen sei. Der Prozess war ausgesetzt, bis sich der Gesundheitszustand des Fürsten besserte. Allerdings musste er hunderttausend Mark Kaution hinterlegen, damit er nach Liebenberg zurückkehren durfte.

Friedrich-Wend war erst spät nach Hause gekommen, doch er hatte das Geld aufgetrieben. Wie oder wo, wusste Viktor nicht. Und natürlich konnte er ihn nicht fragen.

Es war schon Monate her, seit Viktor die Aussage der Fürstin in der Zeitung gelesen hatte. Sie wolle Licht in das Verhältnis von ihrem Mann zu dem jungen Fischer Jakob Ernst bringen. Man kümmere sich eben sehr um die Leute, zu Hause in Liebenberg genauso wie in ihrem Urlaubsdomizil am Starnberger See. Und dass ihr Mann eben mit Güte und Mildtätigkeit geschlagen sei. Dass man ihm jetzt einen derartigen Strick aus seinem Mitleid für die benachteiligte Bevölkerung drehe, sei abscheulich. Für sie stand fest, die Handlanger von Herrn Harden mussten den armen Kerl mit viel Alkohol gefügig gemacht haben, damit er einen Meineid gegen ihren Gemahl schwor. Und nun habe Herr Ernst Angst, selbst wegen Meineids vor Gericht gestellt zu werden.

Seit er davon gelesen hatte, beschäftigte Viktor die angebliche Großzügigkeit des Fürsten. Sie wurden auf dem Schloss nicht schlecht bezahlt, aber besonders üppig war es auch nicht. Zwölftausend Mark geliehen zu bekommen, wäre für alle Dienstboten im Schloss utopisch. Er erinnerte sich daran, dass die Fürstin ja nicht einmal den Arzt für Adelheid Schaafs Mutter hatte holen lassen wollen. Wo war da die Mildtätigkeit gewesen? Eine Gnade, die deutlich weniger gekostet hätte als zwölftausend Mark.

Und jetzt würde er Adelheid endlich wiedersehen. Es ging zurück nach Liebenberg, worüber Viktor mehr als dankbar war. Er hatte sich in der Stadtwohnung des Fürsten schon gar nicht mehr zu beschäftigen gewusst. Immerhin hatte er praktisch den Sommer hier verbracht. Leider hatte er kaum Gelegenheit gehabt, sich Berlin anzuschauen, da er immer in der Wohnung hatte bereitstehen müssen.

Inzwischen war die Stadtwohnung auf Hochglanz gebracht. Letzte Woche erst hatte er alle Fenster mit weißem Essig geputzt, um die Regenflecken zu entfernen. Bei dieser Gelegenheit hatte er mehrere Holzrahmen der großen Fenster auf der Wetterseite, die sich durch Feuchtigkeit verzogen hatten, mit Talkum eingepudert. Das würde beim Trocknen der Holzrahmen helfen. Nun klemmten sie nicht mehr beim Öffnen. Vorgestern hatte er in alle Kleiderschränke Stoffsäckchen mit frischen Geranienblättern gelegt, um Motten fernzuhalten. Allesamt Tätigkeiten, die sonst die Stubenmädchen oder Handwerker ausführten. Doch er war dankbar dafür gewesen, sich irgendwie beschäftigen zu können.

Jeden Tag hatte Viktor auf Neuigkeiten gewartet, genau wie die Fürstin und ihr Sohn. Wann hatte das Elend endlich ein Ende? Und wie genau würde es enden?

Wieso griff der Kaiser nicht höchstpersönlich ein und rettete seinen besten Freund vor der Schmach? So wie er den Hauptmann von Köpenick gerettet hatte. Der war letzten Monat begnadigt worden. Die kaiserliche Gnadensonne erstrahlte über dem populären Wilhelm Voigt. Natürlich ging man nicht so weit, Karl Liebknecht freizulassen. Er musste seine Strafe absitzen, obwohl er mittlerweile sogar in den Landtag gewählt worden war. Die preußische Justiz war ein zweischneidiges Schwert. Jetzt, da er sich mit seinem Vater versöhnt hatte, fiel es ihm immer häufiger auf, dass es unter Justitias verbundenen Augen nicht mit rechten Dingen zuging.

Und noch etwas war anders: Seit er sich nicht mehr für seinen Vater schämte, fand er es nicht mehr ganz so abwegig, eine Beziehung mit Adelheid Schaaf einzugehen. Nicht, dass sie ihn jetzt noch mögen würde, nachdem er sie derart getäuscht hatte. Aber er hatte es sich lange überlegt. Wenn er nun auf das Schloss zurückkehren würde, dann würde er sich ihr erklären. Also zumindest erklären, was er mit seinem abweisenden Verhalten bezweckt hatte. Vielleicht würde sie ihm zuhören. Vielleicht würde auch sie ihm vergeben. Vielleicht würde eins zum anderen führen …

Was auch immer – seit er sich mit seinem Vater ausgesprochen hatte, fühlte er sich befreit. Befreit von der Last, die auf seinen Schultern gelegen hatte. Obwohl er natürlich von seinem Plan, Leander eine bürgerliche Ausbildung zu verschaffen, nicht abließ.

Aber durfte er sein eigenes Glück suchen? Er freute sich darauf, endlich zurückkehren zu können. Selbst, wenn er dafür die Launen von Herrn Opitz ertragen musste. Aber der würde ja vielleicht jetzt, wenn das Elend des Fürsten erträglicher wurde, auch wieder zur Vernunft kommen.

Gemeinsam mit Herrn Hartwich verstaute er das Gepäck in der Kutsche. In den vier Monaten hatte sich viel angesammelt. An der Charité würden sie noch das Gepäck des Fürsten und des Kammerdieners aufnehmen, und dann ging es mit der Kutsche zurück nach Liebenberg. Der Fürst selbst würde gemeinsam mit seiner Gattin, dem Arzt und seinem Sohn in einem Automobil heimkehren.

Als sie in Moabit ankamen, brachte man gerade den Fürsten auf einer Tragbahre hinaus. Doch um ins Automobil zu gelangen, musste er aufstehen. Sie kamen gerade rechtzeitig. Gemeinsam mit dem ältesten Sohn Friedrich-Wend, Doktor Genrich und Hartwich schafften sie es, den Fürsten in das geräumige Gefährt zu hieven.

Viktor erschrak, als er den Fürsten nun sah. Er war ihm seit seiner Verhaftung nicht mehr begegnet. Doch es schien, als wäre er in dieser Zeit um zehn Jahre gealtert. Das konnte nicht nur den Krankheiten geschuldet sein. Das war die Schmach, die auf ihm lag. Was war in dem Prozess alles zutage getreten? Ihm wurde vorgeworfen, sich mit den Angehörigen der untersten Gesellschaftsschichten abgegeben zu haben – Fischerknechte, Leibdiener, Bademeister, Matrosen und Forstgehilfen. Dieser Herr Harden hatte dem Untersuchungsrichter die ausführliche Liste höchstselbst kurz nach der Verhaftung des Fürsten übergeben. All der Unrat, der über ihm ausgekippt worden war, hatte sich in sein Gesicht, in seinen schwächelnden Körper eingegraben. Der Fürst war ein gebrochener Mann.

Hoffentlich würde er sich erholen, wenn er wieder in seinem eigenen Bett lag. Monatelang in einem stickigen, niedrigen Raum, auf den die Sommerhitze knallte und an dem alle paar Minuten eine Straßenbahn vorbeiratterte, wie sollte man sich da auch erholen?

Es dauerte einen Moment, bis Viktor etwas auffiel. Er wandte sich leise an Herrn Hartwich. »Es ist überhaupt keine Presse anwesend. Ich hatte schon befürchtet, die Abreise würde wieder ein Massenauflauf werden.«

Herr Hartwich, der die letzten Kisten in der Kutsche verstaute, schüttelte den Kopf. »Sicher hat die Presse wieder Wind davon bekommen, dass der Fürst abreist. Aber tatsächlich hat sich ein großes Unglück ereignet. Zwei Bahnen der Berliner Hochbahn sind zusammengestoßen, ein Wagen ist in die Tiefe gestürzt. Es gibt viele Tote und noch mehr Verletzte. Alle Journalisten sind gerade dort vor Ort.«

»Wie bedauerlich«, sagte Viktor. Und doch war er froh, sich nicht durch eine Meute von Bleistift wetzenden Hyänen und Kamerakisten drängen zu müssen.

* * *

Wieder zurück. Endlich. Mit der Pferdekutsche war die Reise doch sehr viel beschwerlicher als mit dem Zug. Auch der Fürst wäre bequemer in der ersten Klasse gereist, aber alle hatten den zu erwartenden Tumult am Bahnhof gescheut.

Obwohl das Automobil eigentlich schneller war, fuhr es doch mit gemäßigtem Tempo, um dem Fürsten das Durchgerütteltwerden bei den Schlaglöchern zu ersparen. Also kamen sie zur gleichen Zeit in Liebenberg an.

Man erwartete sie, und in Windeseile baute sich ein Spalier aus Dienstboten vor dem Schloss auf. Herr Hartwich parkte direkt vor dem Dienstboteneingang, und er und Viktor gingen sofort zum Automobil. Doktor Genrich stieg aus und gab Anweisungen. Gemeinsam mit Budde und Moritz nahmen sie zu viert die Trage und brachten den Fürsten unter Befehl und Anleitung von Herrn Opitz nach oben in sein Bett. Dann hatten alle Diener das Schlafgemach zu verlassen. Nur der Arzt und der Kammerdiener des Fürsten durften bleiben.

Jetzt, da die Fürstin, der Fürst und ihr Sohn wieder im Schloss zurück waren, hatten die Dienstboten alle Hände voll zu tun. Erst am Abendbrottisch kam Viktor etwas zur Ruhe. Alle saßen sie beim Essen, es war ungewöhnlich ruhig.

Die Mamsell sah noch leidend aus, saß aber immerhin schon wieder aufrecht auf ihrem Stuhl. Hedda Pietsch wirkte merkwürdig kränklich, mit dunklen Ringen unter den Augen. War sie krank, verschreckt oder beides? Auch Adelheid Schaaf schien mitgenommen zu sein. Wovon, das konnte Viktor nicht sagen.

Wäre er gesprächiger, würde er bestimmt innerhalb von wenigen Tagen herausbekommen, was hier in den letzten Monaten vorgefallen war. Doch so zurückhaltend, wie er sich normalerweise gab, hatten die anderen alle schon längst aufgehört, mit ihm in ein Gespräch kommen zu wollen. Vielleicht würde Budde ihm einiges verraten. Er wirkte wieder normaler und gar nicht mehr krank.

Es war schon ziemlich spät, als er Adelheid in die Waschküche gehen sah. Vermutlich brachte sie irgendwelche Putzutensilien zurück und würde dann auch endlich müde ins Bett fallen. Die Tür stand einen Spalt weit offen. Adelheid Schaaf war allein. Viktor trat ein und schloss leise hinter sich die Tür.

Das Hausmädchen spülte gerade einen Putzeimer am Wasserhahn aus und sah auf. Für einen Moment hatte er den Eindruck, als würden ihre Augen flackern, dann sah sie weg. Stumm konzentrierte sie sich auf ihre Arbeit.

»Fräulein Schaaf, sind Sie nicht auch froh, dass der Fürst wieder zurück ist?«

Ohne ihn anzusehen, antwortete sie: »Ja, sehr.«

Mehr nicht. Kein Wort über seinen schlechten Zustand, keine Freude darüber, dass dieses elendige Kapitel vorerst abgeschlossen schien. Nichts. Nun denn, sie würde es ihm offensichtlich nicht leicht machen.

»Ich bin auch heilfroh, wieder hier zu sein. Mir ist die Zeit in Berlin doch etwas lang geworden.«

Sie warf ihm einen kurzen Blick zu. Für einen Moment wirkte es, als würde sie nicken. Trotzdem blieb sie weiter stumm. Sie hatte den Eimer nun reichlich ausgespült und stellte ihn weg. Viktor hatte nicht mehr viel Zeit, dann würde sie den Raum verlassen.

»Ich habe mich besonders darauf gefreut, Sie wiederzusehen.« Es ging ihm leichter über die Lippen, weil sie ihm just ihren grazilen Rücken zuwandte.

Gerade hing sie mehrere Lappen auf die Stange über dem Herd zum Trocknen auf. Nun drehte sie sich um und blickte ihn an, ohne etwas zu sagen. Ihr Gesicht war so lieblich, aber ihr feindseliger Blick sprach Bände.

»Ich … Denn … Denn ich möchte mich bei Ihnen entschuldigen.«

Ihre Mundwinkel zuckten, doch noch immer verweigerte sie ihm jede Silbe. Diese Skepsis hatte er sich verdient, musste er sich eingestehen. Trotzdem hätte er es gerne gehabt, wenn sie es ihm nicht ganz so schwer machen würde. Doch offensichtlich war sie dazu nicht bereit.

»Der Kuss, und wie ich mich danach verhalten habe … das war schäbig.«

Sie verschränkte ihre Hände vor dem Körper, als müsste sie sich festhalten. »Ja?«, fragte sie nun. Mehr nicht.

»Der Kuss … Er war zwar in dem Moment tatsächlich als Ablenkung gedacht. Doch ich hätte Sie nicht geküsst, wenn ich nicht … schon lange daran gedacht hätte.« Er machte eine kurze Pause und wartete auf eine Reaktion. Aber die kam nicht. Höchstens, dass sie ihre Hände noch stärker ineinander verknotete als ohnehin.

»In diesem Moment schien es mir das Einfachste zu sein. Es tut mir sehr leid, Sie so getäuscht zu haben. Aber der Kuss selbst, der tut mir nicht leid.«

Ihr Blick verdüsterte sich. »Woher soll ich wissen, dass Sie mir nicht wieder irgendwelche Lügen erzählen?«

»Leider kann ich Ihnen nicht mehr geben als mein Wort. Und mir ist klar, im Moment muss das für Sie sehr zweifelhaft sein. Aber vielleicht, wenn ich Ihnen erklären darf, wieso …«

Wieder blieb sie stumm.

Er räusperte sich. »Ich denke, gerade Sie können verstehen, dass man aus persönlichen Gründen nicht seinen eigenen Träumen und Vorstellungen vom Leben folgen kann. Auch ich muss mich um meine Geschwister kümmern.«

Sie nickte nur.

»Meine persönliche Zurückhaltung allen Dienstboten, aber eben auch Ihnen gegenüber, hat viel mit meiner Familie zu tun. Vor allem mit meinem Vater.« Er wollte nicht nur mit ihr darüber reden, was zwischen ihnen vorgefallen war. Er musste auch dringend erfahren, ob sie über seinen Vater Stillschweigen bewahrt hatte. »Ich kann mein Leben nicht so leben, wie ich es gerne würde. Mein Vater ist in Ungnade gefallen, weswegen ich ihn verschweige.«

Regungslos sah sie ihn weiter an.

»Ich hoffe, Sie haben mit niemandem über meinen Vater geredet?« Es klang wie eine Frage, was es ja auch war.

Adelheid Schaaf schüttelte leicht ihren Kopf.

»Auch nicht mit Fräulein Pietsch, seit sie zurück ist?«

»Nein. Auch nicht mit ihr.«

Erleichterung durchströmte ihn. Nicht auszudenken, Opitz würde von seinem Geheimnis erfahren.

»Es ist nämlich so. Auch meine Familie lebt in Armut. All mein Geld spare ich für meinen Bruder, damit er eine ordentliche Ausbildung machen kann. Eine Ausbildung, die es ihm ermöglicht, dann die Sorge für meine Familie zu tragen.«

Ihre Augen wurden größer. Sie merkte, es war das erste Mal, dass er überhaupt etwas wirklich Persönliches über sich erzählte. Etwas, von dem die anderen hier im Hause vermutlich nichts wussten.

»Aha!«

Endlich klang ihre Stimme nicht vollkommen abweisend. Es machte ihm Hoffnung, weiterzureden. »Eine Verbindung wäre für mich deshalb absolut unmöglich. Aus verschiedensten Gründen. Selbst wenn … Wenn ich es mir vorstellen könnte. Deshalb sagte ich auch: Das mit uns beiden, das darf nicht sein.«

Man sah förmlich, wie sie ihren Kopf einzog. Als hätte er sie geschlagen. Tatsächlich musste es für sie ein herber Schlag gewesen sein, wie er sich verhalten hatte.

»Ich benötige all mein Geld für meinen Bruder. So wie Sie all Ihr Geld zu Ihrer Familie bringen.«

»Was ist denn mit Ihrem Vater?«

Endlich reagierte sie auf seine Worte. Er schuldete ihr eine Antwort. »Mein Vater ist auch ein Tagelöhner.«

»Und das darf niemand wissen, weil Sie ein hochgestellter Angestellter sind?«

»Das darf niemand wissen, weil mein Vater vor seinem ehemaligen Arbeitgeber in Ungnade gefallen ist.« Er war schon sehr weit gegangen. Dass der ehemalige Arbeitgeber seines Vaters der preußische Staat war und sein Vater ausgerechnet wegen Majestätsbeleidigung im Gefängnis gesessen hatte, so viel wollte er ihr lieber nicht verraten.

Sie schaute ihn an, überlegte, und schien nach einer Antwort zu suchen. »Deswegen also haben Sie mich geküsst, weil Sie mich davon ablenken wollten herauszubekommen, dass Ihr Vater noch lebt. Und aus dem Kuss wollten Sie ein großes Geheimnis machen, damit ich auf gar keinen Fall darüber rede?«

Jetzt war es an Viktor zu nicken.

»Sie hätten mich einfach bitten sollen, darüber zu schweigen. Ich würde niemanden verraten«, sagte sie mit Nachdruck.

»Ja, das hätte ich tun sollen. Aber ich war in diesem Moment kopflos.«

»Kopflos …«, wiederholte sie, als wäre das eine Beleidigung gegen sie.

»Fräulein Schaaf, wirklich, ich möchte mich noch einmal ausdrücklich dafür entschuldigen, Sie so getäuscht zu haben. Und ich hoffe sehr, dass wir uns in Zukunft wieder besser verstehen.«

Sie schaute ihn lange unverwandt an, bis sie ihre Stimme hob. »Ich muss mir Ihre Worte durch den Kopf gehen lassen.«

»Ja, natürlich. Tun Sie das.«

Er trat zur Seite, und sie verließ die Waschküche. Für einen Moment blieb er noch stehen. Es hätte schlechter laufen können, aber auch deutlich besser. Adelheid Schaaf hatte in ihrer Zeit hier auf dem Schloss deutlich an Selbstbewusstsein gewonnen. Was hatte er geglaubt? Dass sie ihm um den Hals fallen würde vor lauter Freude? So dumm war sie nicht.

## 30. September 1908

Hedda hatte heute Nacht schon wieder nicht geschlafen. Adelheid wusste einfach nicht, was mit ihr los war. Seit gut vier Wochen war sie ein anderer Mensch. Und alle Versuche, mit ihr darüber zu sprechen, liefen ins Leere. Meistens wirkte sie einfach nur abwesend. So, als hätte sie gerade etwas ganz anderes im Kopf. Sie versuchte, es zu verbergen, aber Adelheid wusste, Hedda weinte nachts, wenn sie das Licht ausgemacht hatten. Morgens hatte sie häufig rote Augen. Auch blieb sie seit Neuestem besonders lang in der Badestube, wartete sogar meistens, bis sie die Letzte war.

Gelegentlich wurde sie richtiggehend wütend, schnauzte Adelheid an, dass nichts sei und sie sie doch in Ruhe lassen solle. Und sie könne ihre ewige Fragerei nicht mehr ertragen. Überhaupt, Adelheid würde ja doch nie mit nach Amerika gehen. Darüber schien sie wütend, obwohl sich ja nichts geändert hatte.

Adelheid verstand es nicht. Denn sie hatte doch ausdrücklich gesagt, dass sie es eine schöne Idee fände, und wenn es vonseiten ihrer Familie möglich wäre, dann würde sie tatsächlich gerne mit Hedda weggehen.

Irgendwas war definitiv passiert. Vielleicht in Berlin? Aber nein, die ersten paar Tage war Hedda doch ganz normal gewesen.

Oder bildete Adelheid sich das nur ein? Und plötzlich fühlte sie sich wieder schrecklich. Die Freundschaft mit Hedda ging gerade den Bach runter. Und sie konnte nichts dagegen unternehmen. Ja, sie fühlte sich sogar schuldig, als könnte sie etwas dafür.

Und dann noch diese überraschende Wendung bei Viktor Novak. Er hatte sie belogen und betrogen. Aber wie sie nun wusste, aus einem guten Grund. Zumindest sagte er das, und sie wollte ihm glauben. Was vermutlich mal wieder äußerst naiv von ihr war. Andererseits war sie ja selbst die Königin der Lügen. Sie kannte keinen einzigen Menschen auf der Welt, den sie noch nicht angelogen hatte. Hier in der Dienstbotenetage verheimlichte sie allen und jedem, was sie getan hatte. Sie hatte ihren Dienstherrn aufs Äußerste betrogen, auch wenn sie genau wie Viktor Novak glaubte, einen ausreichenden Grund dafür zu haben. Sie hatte ihre Geschwister angelogen, ihren Vater, und sie hatte selbst Hedda angelogen. Und manchmal glaubte sie, sie log sich selbst etwas vor.

»Ich würde doch nie etwas verraten«, hatte sie Viktor Novak empört entgegnet. Und doch tat sie genau das. Sie hatte den Fürsten verraten. Ein Wunder, dass es bisher noch nicht auf sie zurückgefallen war. Auch ein Grund, warum sie mit dem Spionieren aufhören sollte. Glücklicherweise schienen Herr Sibelius und sein Auftraggeber im Moment nicht an weiteren Informationen interessiert zu sein. Sie hatte keinen Brief mehr von ihm bekommen, und er tauchte auch nicht mehr an der Tagelöhnerhütte auf.

Irgendwie schien die ganze Sache nun für Herrn Harden aufzugehen. Das Urteil im Moltke-Harden-Prozess gegen ihn war aufgehoben worden. Wenn sie es richtig wusste, war er zurzeit in keinerlei Rechtsstreitigkeiten verwickelt. Am liebsten wäre ihr, wenn einfach Gras über die Sache wuchs. Wenn es nie mehr zur Sprache käme. Der Fürst war wieder zu Hause, und der Prozess schien beendet.

Jetzt musste sie dringend aufpassen, sich nicht wieder in irgendwas zu verrennen. Die Tatsache, dass Viktor Novak ihr sehr persönliche Dinge erklärt und zugegeben hatte, dass er etwas für sie empfand, hatte sie im ersten Moment noch aufgewühlt. Ein paar Minuten lang war sie versucht gewesen, ihren unterdrückten Gefühlen nachzugeben. Aber nein, so dumm durfte sie nicht mehr sein.

Und doch war da plötzlich eine persönliche Verbindung, die eine Kraft und Anziehung hatte, die es ihr schwer machte, nicht an ihn zu denken. Sich nicht wieder in Tagträumen über ihn zu verlieren. Sie rief sich zur Besinnung, denn natürlich wusste sie, Viktor Novak hatte ihr nicht alles gesagt. Nicht die ganze Wahrheit. Was eigentlich bei seinem Vater so schlimm gewesen war. Jemand, dessen Vater zum Beispiel bei einem Streik seine Stelle verloren hatte, würde sehr wohl irgendwo als Diener eine Stellung finden können. Zumal, wenn die ganze Geschichte schon Jahre zurücklag. Er verheimlichte ihr also immer noch etwas.

Als Adelheid aus dem Dienstboteneingang trat, um das Putzwasser wegzuschütten, strahlte die Sonne durch eine durchbrochene Wolkendecke. Es war immer noch mild, was gut für ihre Familie war. Noch würden sie kaum heizen müssen. Die Ernte war nun zu Ende, in wenigen Tagen würde man Erntedankfest feiern. Ab jetzt wurde die Arbeitssuche für ihren Vater und ihre Brüder schwierig. Aber sie wusste, sie hatten sich etwas zurücklegen können, und es würde hoffentlich für die ersten Wintermonate reichen. Dann war sie gefragt, sie und ihr Erspartes.

Sie ging zu der Stelle, an der sie das Putzwasser ausschüttete. Es war das dritte Mal heute, und es würde auch nicht das letzte Mal sein. Als sie sich umdrehte, stand da plötzlich jemand. Der Fürst!

Ganz alleine wandelte er auf einen Stock gestützt durch den Park. Auf Geheiß seines Arztes sollte sich der Fürst bewegen. Kleinere Spaziergänge, aber nur in der Nähe des Schlosses, hieß es. Für den Fall, dass er wieder einen Rückfall hatte und sich nicht bewegen konnte. Der Fürst hatte sie auch gerade entdeckt, denn sein Gesicht zeigte Überraschung.

Adelheid wusste nicht, was sie tun sollte. Er war zu nahe, um so zu tun, als hätte sie ihn nicht bemerkt. Sie knickste und neigte ihren Kopf. Vermutlich würde er nun die Richtung ändern. Doch das tat er nicht. Mit schleppenden Schritten kam er näher. Adelheid blieb mit gesenktem Kopf stehen. Sollte sie sich verabschieden? Das wäre irgendwie unhöflich. Aber wenn sie stehen blieb, würde er dann nicht denken, sie sei faul?

»Wie war noch mal der Name?«, sagte der Fürst jetzt mit klar vernehmbarer Stimme.

»Adelheid Schaaf, Eure fürstliche Hoheit.« Vorsichtshalber machte sie noch einen Knicks.

Er kam näher, bis er zwei Meter vor ihr stehen blieb. Trotz ihres gesenkten Blickes sah sie, wie er sein Gesicht in Richtung Sonne hob und die Wärme genoss. Über vier Monate lang war er kaum vor die Tür gekommen. Dieser Sommer hatte ihm sehr zugesetzt. Es schien ihm zwar schon etwas besser zu gehen, seit er zurückgekehrt war, aber es würde sicherlich noch lange dauern, bis er sich von diesen Schrecken erholte. Wenn das überhaupt möglich war.

Jetzt, da sie ihm so nahe gegenüberstand, meldete sich ihr schlechtes Gewissen. Das war ihr Werk. Plötzlich wurde ihr ganz übel. Nein, nein, nein! Seine Familie verantwortete, dass erst ihre Mutter und dann das Baby gestorben war. Sicher hatte die Fürstin kein schlechtes Gewissen deswegen, und der Fürst wusste vermutlich nicht einmal darüber Bescheid.

»Ich erinnere mich. Damals war ähnliches Wetter wie heute. Etwas wärmer, aber auch Wolken an einem sonnigen Tag. Und es hat leicht geregnet.«

Damals, fragte Adelheid sich. Was meinte er? »Euer Gnaden?«

»Seit wann arbeitest du hier?«

»Seit August vorletzten Jahres.«

Er nickte behäbig. »August 1906 … Kurz davor hatte die ganze Geschichte angefangen. Damals habe ich noch geglaubt, ich käme mit einem blauen Auge davon.«

Adelheid wusste nicht, ob sie irgendetwas antworten sollte, aber das war auch nicht nötig, denn der Fürst sprach weiter.

»Es hat leicht geregnet, und ein Regenbogen stand am Himmel. Bevor ich ins Dorf hineinfuhr. Es sah so aus, als wäre das Ende des Regenbogens auf der Straße mitten im Dorf. Und da warst du dann. Ich hatte dich von der Kutsche aus gesehen. Ganz alleine auf dem Dorfweg. Niemand sonst auf der Straße. Nur du. Mit deinen goldenen Haaren … Kennst du die Geschichte, dass am Ende eines Regenbogens ein Topf voller Gold sein soll? Ich hatte gedacht, du wärst so ein goldener Schatz. Ein Glücksbringer. So wie in dem Märchen *Frau Holle* die Goldmarie. Und die Pechmarie. Ich hatte gerade großes Pech gehabt und dachte, ein bisschen zusätzliches Glück könne mir nicht schaden. Deshalb habe ich dich einstellen lassen.«

Er sah sie eindringlich an, als müsste sie nun etwas antworten. Doch ihre Zunge versagte ihren Dienst. Was hätte sie ihm auch schon antworten sollen?

»Und, Adelheid Schaaf? Hast du mir Glück gebracht?« Die Worte klangen, als würde er sich selbst fragen. Überhaupt, jetzt sah er durch sie hindurch wie durch Glas. Adelheid war schon nicht mehr wichtig.

Er stützte sich auf seinen Stock, drehte seinen Körper und schlurfte langsam in eine andere Richtung. Adelheid sah ihm nach. Ein gebrochener Mann, der sich vielleicht nie wieder von der erlebten Schmach erholen würde. Ihr schlechtes Gewissen hing ihr um den Hals wie ein Mühlstein.

Doch dann schimpfte sie mit sich. Hatte sie sich nicht selbst versprochen, nie wieder dumm und naiv zu sein? Er war schon vorher krank gewesen. Dass sich die Krankheit durch den Prozess natürlich verschlimmert hatte, war eine Sache. Aber sie hatte ihn nicht krank gemacht. Und was immer man ihm vorwarf, war wahr. Das wusste sie. Sie vor allen anderen wusste es. War es tatsächlich ihre Schuld, dass der Fürst so großes Unglück erfahren hatte? Sie trug doch keine Schuld an dem, was ihm vorgeworfen wurde.

Es war so typisch für jemanden wie sie, sich sofort selbst die Schuld zu geben. Und wie typisch es für jemanden wie den Fürsten war, die Schuld und die Verantwortung bei jemand anderem zu suchen. Sogar die Verantwortung für sein Glück. Sie solle seine Goldmarie sein. Als wäre sie eine Hasenpfote. Ein Glücksbringer, der allen Glück brachte, nur nicht dem Hasen. Was hatte der Fürst je für ihr Glück getan?

Doch so unterschiedlich sie auch waren, hatten sie vieles gemeinsam. Auch er hatte an Märchen geglaubt und nun den Glauben daran verloren. Genau wie sie. Wie bei einem Märchen hatte er daran geglaubt, dass am Ende alles gut werden würde. Aber nichts wurde gut für Menschen wie sie. Für die, die arm waren. Für die, die anders waren. Für die Ausgestoßenen aus der Gesellschaft. Nichts wurde gut für sie, und nichts für den Fürsten. Ihr Glück wurde in der gottgegebenen Ordnung nicht berücksichtigt.

Und plötzlich dachte Adelheid, das größte Märchen von allem war diese gottgegebene Ordnung. Ein Märchen, das man dummen Menschen erzählte, damit sie durchs Leben schlafwandelten und keine aufmüpfigen Fragen stellten. Nachdenklich lief sie zurück ins Schloss. Wie Aschenputtel musste sie den ganzen Tag hart arbeiten. Aber anders als im Märchen würde kein Prinz kommen, der sie errettete. Ihr Glück musste sie schon selbst in die Hand nehmen.

## 16. Oktober 1908

Constanze ruckelte das alte Korsett zurecht. Sie sollte sich besser ein neues kaufen. Dieses hier war schon ganz durchgewetzt, und die Stäbchen stachen ihr bereits in die Hüften. Aber ein gutes Korsett war unter drei Mark nicht zu bekommen. Und sie wollte sparen. Musste sparen. Der Prozess gegen den Fürsten war zum Ende gekommen. Noch war Harden mit den Nachwehen beschäftigt. Doch für Hugo hatte er nun keine Verwendung mehr. Vor etwas über zwei Wochen war der Fürst nach Hause entlassen worden. Hugo erledigte weiterhin diverse Aufgaben für Herrn Harden. Doch der Tag rückte näher, an dem Harden seine Dienste nicht mehr benötigen würde.

Ohnehin wollte Hugo selbst nicht länger im Dienste Hardens stehen. Ihnen beiden war es mittlerweile unangenehm, dabei mitzumachen, was sich immer offensichtlicher als Kriegstreiberei entpuppte. Aber so, wie es momentan aussah, würde Hugo vielleicht nicht einmal selbst kündigen müssen. Das erschreckende Szenarium, dass er arbeitslos werden könnte, rückte immer näher.

Eigentlich hatte er gedacht, über Harden, der äußerst gut vernetzt war, passende Kontakte bekommen zu können. Und vielleicht sogar die eine oder andere Empfehlung, um eine neue Stelle bei einer Zeitung in Berlin zu bekommen. Aber allmählich war ihnen beiden klar geworden, dass sie lieber möglichst weit entfernt von all den Haifischbecken der Reichshauptstadt arbeiten wollten.

Immerhin hatte Hugo mit Herrn Steffens das Arrangement getroffen, so lange mietfrei bei ihm wohnen zu können, solange er ihm half, an seinem Buch zu schreiben, was sicherlich einige Monate dauern würde. Hugo war glücklich über das Angebot, auch wenn es ihn eigentlich wenig reizte.

Noch hatte Constanze ihre Stelle bei Ruth Mandelbaum. Sie waren übereingekommen, diese erst zu kündigen, wenn Hugo etwas Neues gefunden hatte. Doch das war schwierig. Er bewarb sich bei diversen Berliner Zeitschriften und auch wieder in Leipzig und Umgebung. Vorgestern hatte er ein Bewerbungsgespräch in Dresden gehabt. Wie das verlaufen war, würde sie hoffentlich gleich erfahren.

Sie zog das Unterkleid an, dann die Bluse und den Rock, knüpfte ihre Halbstiefel zu und zog den Mantel über. Sie hatte bereits alles zusammengepackt – ihren Wollschal, Handschuhe, Hut, Kleingeld für das Café, in dem sie sich gleich treffen würden, und die Kladde. Die Kladde mit dem Artikel.

Seit ihrem Kaffeetrinken im Juli bei Herrn Steffens hatte sich in ihrem Kopf eine Idee festgesetzt. Je weiter der Prozess vorangeschritten war, desto wütender war sie geworden. Es brodelte in ihr. Niemand schien sich für das große Ganze zu interessieren. Stattdessen wurde in ausführlicher Häme über jedes pikante Detail des unmoralischen Lebenswandels des Fürsten zu Eulenburg berichtet. Als wäre das das einzig Erwähnenswerte bei der ganzen Geschichte.

Also hatte sie angefangen, sich Notizen zu machen. Bestimmt einen Abend pro Woche hatte sie damit verbracht, Ideen zu notieren, dann, kurze Absätze zu schreiben. Ihre Zettelwirtschaft sammelte sie in einer alten Kladde. Ende August dann hatte sie angefangen, diese zu sortieren und schließlich in einem Artikel zusammenzufassen. Den Artikel, von dem Hugo behauptete, keine deutsche Zeitschrift wäre bereit, ihn zu drucken.

Hugo hatte ihre Idee eines Hintergrundartikels rundum abgelehnt. Also hatte sie angefangen, ihn selbst zu schreiben. Und war nun so weit, ihm den Artikel vorzulegen. Vielleicht, wenn der Entwurf ihm gefiel, würde er ihn nach journalistischen Vorgaben umformulieren. Und dann anbieten.

Sie verabschiedete sich von Frau Mandelbaum, die wie immer am Freitagabend zu Hause blieb. Zwar feierte sie nicht wirklich Schabbat, aber sie wollte auch nicht mit jüdischen Gemeindemitgliedern, die die Einhaltung der Gebote strenger sahen, in Konflikt kommen. Deshalb blieb sie freitags nach der Dämmerung meist im Haus. Oft spielten sie Gesellschaftsspiele, oder Constanze las ihr vor. Doch heute hatte sie sich freigenommen.

Constanze fuhr mit der Bahn in die Stadt. Am Potsdamer Platz betrat sie das berühmte *Café Josty*. Hier trafen sich berühmte Künstler und Schriftsteller. Selbst Theodor Fontane hatte hier schon Kaffee getrunken. Jetzt, da nicht mehr sicher war, wie lange sie noch in Berlin bleiben würden, wollten sie sich noch einige Sehenswürdigkeiten in der Stadt anschauen. Und ein Besuch im *Café Josty* gehörte unbedingt dazu. Hugo war noch nicht da, und sie suchte sich einen freien Tisch in einer Nische. Sicher würde er es begrüßen, den brisanten Inhalt des Artikels nicht vor den Ohren anderer debattieren zu müssen.

Als sie die Preise sah, musste sie schlucken. Hier zahlte man wohl nicht nur den Kaffee, sondern auch für den berühmten Namen. Sie bestellte sich ein Kännchen Kaffee und wartete. Eine gute Viertelstunde später erschien Hugo.

»Entschuldige bitte meine Verspätung.« Verstohlen drückte er ihr einen Kuss auf die Wange, streichelte ihre Hand und setzte sich. »Wenn Steffens einmal erzählt, dann ist er kaum noch zu stoppen. Ich habe Geschichten für drei Bücher, aber das wenigste ist für die Allgemeinheit interessant. Er springt von einer witzigen Anekdote zur nächsten. Ich komme kaum nach mit dem Schreiben.«

»Wie war es in Dresden?«

Hugo zuckte mit den Schultern. Als gäbe es darüber nichts weiter zu sagen. »Sie wollen sich melden. Ich hatte nicht den Eindruck, dass sie näher an mir interessiert sind.«

Sie bestellten noch ein Kännchen Kaffee und zwei Stücke von der billigsten Torte. Irgendwann, in nicht allzu ferner Zukunft, wollten sie heiraten und Kinder bekommen. Dafür wollten sie so viel wie möglich zurücklegen.

»Hat Steffens noch etwas über Admiral Tirpitz erzählt? Über sein Wettrüsten mit der britischen Flotte?«

Hugo schaute überrascht auf. »Wieso fragst du gerade das?«

Constanze rutschte nervös auf dem Kaffeehausstuhl herum. »Erinnerst du dich noch an unser erstes Kaffeetrinken bei ihm? Da hatte ich doch was vorgeschlagen.«

Hugo sah sie an, wusste aber offensichtlich nicht, was sie meinte.

»Ich meine den Artikel über die Hintergründe. Über die politischen Strippenzieher. Darüber, wie dieser Skandal eigentlich angefangen hat.«

»Ach, das. Wieso interessiert dich Tirpitz dabei? Willst du den Artikel etwa selber schreiben?«, fragte Hugo lachend.

Constanze presste ihre Lippen aufeinander und holte die Kladde hervor. Hugo machte große Augen. Sie zeigte ihm sechs dicht beschriebene Blätter. »Ich habe ihn bereits geschrieben. Und ich würde gerne wissen, was du davon hältst.«

Hugo nahm die Blätter, aber blickte sie unverwandt an. »Meinst du das ernst?«

Constanze nickte nur und nahm einen Schluck Kaffee.

Hugo schüttelte seinen Kopf. »Das ist eine dumme Idee. Eine wirklich ganz dumme Idee. Wenn man die Hintergründe gründlich beleuchtet, dann würde man ungefähr allen politischen Kräften in diesem Land ans Bein pinkeln. Wie sollte ich da noch weiter als Journalist arbeiten können?«

»Du könntest ihn doch anonym veröffentlichen.«

»Bei welchem Blatt denn?« Er blickte auf die Seiten. »So wütend, wie du über diese Hexenjagd bist und gegen den Kaiser geschossen hast, würde es vermutlich auf eine Anklage wegen Majestätsbeleidigung hinauslaufen. Spätestens dann würden die Zeitschriften ihre Quelle nennen.« Jetzt blickte er sich um, als fürchtete er, dass jemand ihnen bei diesem verräterischen Gespräch zuhörte.

»Und wenn du ihn gar nicht hier in Deutschland veröffentlichst?«, schlug Constanze vor. »Vielleicht findet sich ja eine britische oder eine amerikanische Zeitung. Oder gar eine französische. Der *Le Matin* aus Paris druckte in den letzten Wochen und Monaten ständig Interviews mit namhaften Deutschen ab. Holstein, Staatsanwalt Isenbiel, sogar Herr Harden hat dem Blatt ein Interview gegeben.«

»Hm … Das wäre tatsächlich eine Überlegung.« Hugo überflog den Anfang des Artikels. »Schon mal sehr gut, wie du ihn durchstrukturiert hast. Die Reihenfolge der einzelnen Unterpunkte gefällt mir.« Hugo hatte Blut geleckt. Er holte einen Stift heraus und notierte etwas auf der ersten Seite.

Constanze erlaubte sich ein Lächeln. »Im Grunde hat es mit Bismarck angefangen. Eulenburg war dem jungen Kaiser schon immer der engere Berater. Und als der Kaiser 1890 auf Bismarcks Abdankung wartete, stand er ihm persönlich zur Seite. Ähnlich wie an dem Tag, an dem der Kaiser das Rücktrittsangebot von Holstein angenommen hat, hat Eulenburg mit dem Kaiser gefrühstückt. Zufall oder nicht – das war der Auslöser des Skandals.«

Constanzes Verlobter nickte wohlwollend. Offensichtlich gefiel ihm, was er da las.

»Ich war ja noch im Schloss beschäftigt, als Holstein und Eulenburg sich im Mai 1906, wenige Wochen nach Holsteins Entlassung, duellieren wollten. Das war eine ziemliche Aufregung. Und konnte nur durch das Einschreiten des Auswärtigen Amtes verhindert werden. Ich gehe davon aus, dass Holstein sich dennoch rächen wollte und sich kurz darauf an Maximilian Harden gewandt hat.«

»Das passt ziemlich gut mit den Informationen zusammen, die ich von Herrn Harden kenne. Das Ganze passierte unmittelbar nach der Konferenz von Algeciras, auf der die Deutschen in der Marokko-Frage ein schwaches Bild abgegeben haben. Es muss ein Leichtes für Holstein gewesen sein, Harden davon zu überzeugen, dass das die Schuld der homosexuellen Schattenregierung gewesen sei. Holstein ist einer, der lieber heute als morgen mit unseren Nachbarländern die Klingen kreuzen würde. Er befürwortet einen Präventivkrieg gegen Russland. Außerdem ist er für den Ausbau der Schlachtflotte und tritt für eine offensive Politik des imperialen Machtstrebens ein. Und ich bin mir mittlerweile sicher, Harden verfolgt ähnliche Ziele. Er träumt von Deutschland als Weltmacht. Ich hab ein wenig recherchiert. Harden hat schon 1905 einen Präventivkrieg gegen Frankreich befürwortet«, erklärte Hugo.

»Harden war sicher leicht davon zu überzeugen, gegen Eulenburg vorzugehen.«

Hugo nickte zustimmend. »Es war der perfekte Zeitpunkt für Holstein, sein Geheimwissen auszupacken. Harden sagte mir einmal, er glaube, der Kaiser befinde sich in den Erpresserhänden von Eulenburg. Und eben nicht anders könnte, als der verweichlichten und frankreichfreundlichen Haltung des Fürsten folgen zu müssen. Er behauptet sogar, dafür Beweise zu haben.«

»Oh. Endlich mal handfeste Beweise, dass Eulenburg den Kaiser manipuliert hat? Das wäre allerdings ein starkes Stück. Bisher gibt es ja nur argwöhnische Behauptungen von Neidern und politischen Gegnern.«

»Allerdings. Und diese unselige Marokko-Geschichte war der Auslöser dieses ganzen Skandals.«

Constanze nickte begeistert. »Und von der Marokko-Konferenz ist man dann sofort bei der misslungenen Bündnispolitik. Da, sie kommt direkt im nächsten Absatz.« Sie zeigte auf eine Überschrift weiter unten. »Heute bin ich mir sicher, dass der Fürst tatsächlich mäßigend auf den Kaiser gewirkt hat. Politiker und Diplomaten gaben sich auf Liebenberg die Klinke in die Hand. Wenigstens bis vor zwei Jahren.«

Hugo las stumm. Nach dem nächsten Blatt sagte er: »Ja, das hast du gut zusammengefasst. Harden hält den Kaiser für unfähig, Deutschland zu seiner ihm gebührenden Stellung als Weltmacht zu führen. Seit Jahren schießt er gegen das *persönliche Regime* des Kaisers. Moltke und der Fürst waren nur die Zielscheiben, mittels derer er den Kaiser treffen will. Es ist auch wirklich ärgerlich, dass der Kaiser es immer wieder schafft, die Briten, die Russen, ja praktisch jeden vor den Kopf zu stoßen, der als unser Verbündeter geeignet wäre. Stattdessen schwafelt er ständig von der Einkreisung Deutschlands. Und auch gut, dass du noch mal den Vorwurf des Spiritismus aufgeführt hast. Alle Monarchisten, alle strenggläubigen Protestanten und Katholiken sind entsetzt. Zudem ist es eins von Hardens Lieblingsthemen, würde ich meinen.«

Constanze seufzte auf. »Jetzt hat Harden bekommen, was er wollte. Jetzt umgibt sich der Kaiser nur noch mit stahlharten Kerlen – Offiziere und Politiker, auf denen kein weibischer Schatten des Pazifismus und der Liberalität liegt. Unfassbar, wie schnell Seine Majestät sich von seinem besten Freund distanziert hat. Eine Schande. Und offensichtlich hat er auch schon einen neuen besten Freund gefunden.«

»Du meinst Fürst Max Egon zu Fürstenberg?«

»Genau den. Ein Deutsch-Österreicher mit besten Kontakten zum österreichischen Kaiserhaus.«

»Gut erkannt. Und ausgerechnet jetzt«, ergänzte Hugo. »Ich mache mir große Sorgen wegen der anhaltenden Unruhen auf dem Balkan. Wir wissen gar nicht, was die da gerade noch alles vorhaben. Sich einfach so per Handschreiben Bosnien und Herzegowina anzueignen. Was für eine Unverfrorenheit vom österreichischen Kaiser.«

»Und Serbien könnte als Nächstes dran sein. Dann gibt es Krach mit den Russen«, warnte Constanze.

»Und Unsere Majestät hat nichts Besseres zu tun, als Österreich-Ungarn in der Frage der Annexion den Rücken zu stärken. Es steht schon in allen Zeitungen. Kaiser Wilhelm lässt dem österreichischen Kaiser absolut freie Hand. Ganz sicher sogar steckt Fürstenberg hinter dieser deutschen Zusage. Am Ende ziehen die Habsburger uns noch mitten in einen Krieg auf dem Balkan rein.«

»Und wenn es dumm läuft, stehen wir plötzlich noch gegen Russland«, bekräftigte Constanze seine Aussage. »Ich frage mich allerdings, warum Reichskanzler Bülow nicht etwas dagegen unternimmt.«

»Bülow tut nur das, was der Kaiser sagt. Großadmiral Tirpitz baut für den Kaiser die Schiffe. Zusammen erhöhen die beiden den Wehretat ständig aufs Neue. Dem Kaiser ist es anscheinend egal, dass damit Großbritannien immer wieder verärgert wird.« Nun wandte Hugo sich erneut den Blättern zu und las.

Constanze war ganz aufgeregt. Was würde er dazu sagen? Würden ihm ihre Schlussfolgerungen gefallen?

Durch den Skandal war die Ehre des Kaisers und des Kaiserreiches in der internationalen und nationalen Presse und der gesamten Öffentlichkeit beschmutzt. Ganz Europa machte sich lustig über Deutschland. Jeder einzelne deutsche Soldat stand gerade unter Generalverdacht, *abnorm* veranlagt zu sein. Denn auch das stolze Heer war tief in diesen Homosexuellen-Skandal verwickelt und international der Lächerlichkeit preisgegeben. Deshalb forderte ein bedeutender Teil der Presse einen reinigenden Krieg. Nur so könne die deutsche Ehre wiederhergestellt werden. Nur so könne das Land von der Schande gereinigt werden, ließen etliche Zeitungen verlauten. Und große Teile der Bevölkerung stimmten dem zu. Diese Haltung in einem Land zu finden, dessen Vertreter beständig und ohne Unterlass mit den Säbeln rasselten, war brandgefährlich. So hatte Constanze es zusammengefasst.

Plötzlich hob Hugo seinen Kopf und zitierte aus ihrem Artikelentwurf: »Sollten sich Männer wie Holstein, Harden und Tirpitz durchsetzen, dann droht unserem Vaterland in absehbarer Zukunft Ungemach. Ein Krieg rückt näher, und dieser Krieg könnte einen Flächenbrand in Europa auslösen. Einen ganz großen Krieg.« Er sah Constanze nachdenklich an. »Für mich und dich ist es ein Argument, der Politik Hardens nicht zu folgen. Aber ich fürchte, dem Großteil der deutschen Bevölkerung käme ein Krieg sehr entgegen.«

Constanze verzog den Mund. Tja, das konnte auch ein Artikel nicht ändern: die Kriegsliebe der Deutschen.

»Mir gefällt besonders dein Fazit. Dass diese Hexenjagd auf Homosexuelle einen großen Krieg immer wahrscheinlicher macht. Und dass daran wohl kaum einer denkt, der gerade in Polemik und Häme über sogenannte verweichlichte Kaiserberater badet«, bewunderte Hugo Constanzes Worte.

»Nun, ich wollte es doch noch mal deutlich machen: Diese Schlammschlacht hat ja nicht nur für die Homosexuellen maßgebliche Auswirkungen. Für sie natürlich auch. Plötzlich steht wieder ganz oben auf der Agenda, jegliche Verfehlungen nach Paragraf 175 zu verfolgen. Die Berliner Polizei lässt eine Razzia nach der anderen durchführen. Massagesalons werden ausgehoben, im Berliner Tiergarten wird durchgefegt. Wer sich verdächtig macht, eventuell seine Dienste anbieten zu wollen, landet schnell im Gefängnis. Und selbst die SPD rudert nun plötzlich zurück. Und will nichts mehr von der Liberalisierung des Paragrafen 175 wissen. Stattdessen sagen sie nun, dass die Homosexualität ein typisches Dekadenzphänomen des Adels sei. Aber die Auswirkungen, die diese Skandalgeschichten haben, gehen weit über diese Rückschritte hinaus. Ich wollte erklären, welche gefährlichen Weichen gerade im Kaiserreich gestellt werden.«

Nun starrte Hugo lange auf seine leere Kaffeetasse, bis er den Blick hob. »Natürlich muss man das noch in die richtigen Worte kleiden und umformulieren. Aber was du da zusammengeschrieben hast, das ist geradezu …«

Constanze hoffte, er würde jetzt etwas sagen wie »genial« oder wenigstens »brillant«.

»Es grenzt beinahe an Vaterlandsverrat. Ich könnte mir sogar vorstellen, dass derjenige, der es veröffentlicht, wegen Hochverrats angeklagt wird.«

Constanze klappte die Kinnlade runter. Damit hatte sie nicht gerechnet. »Hochverrat?!«

»Es sind schon Leute für weniger als Hochverräter verurteilt worden. Denk nur an Liebknecht … Aber es ist ausgezeichnet zusammengestellt«, sagte Hugo nun abschließend.

Constanze suchte im Gesicht ihres Verlobten nach einer Antwort. Was bedeuteten Hugos Worte denn nun? »Ja, und nun? Was ist jetzt? Machst du einen Artikel daraus?«

Hugo strich mit zwei Fingern über den Marmortisch, als wollte er Staub wischen. Wieder und wieder. Constanze sah, wie es in ihm arbeitete. Er sah durch den Tisch hindurch, war ganz woanders. Wägte ab, dachte nach, spielte durch.

Schließlich sagte er: »Ich werde es zumindest ausformulieren. Ob ich es dann wirklich jemandem anbiete, sollte ich mir sehr gründlich überlegen. Mehr als gründlich.«

## 19. Oktober 1908

Die beiden Komtessen saßen vor dem offenen Kaminfeuer, und Martha und Hedda gingen ein ums andere Mal mit den Kämmen durch ihre Haare. Anschließend trockneten sie mit Handtüchern den Kopf und kämmten dann wieder die langen Haare durch. So ging es die ganze Zeit. Die Komtessen hatten sich ihre Haare gewaschen, und es dauerte immer ewig, bis sie endlich trocken waren. Am liebsten hätte ja Lydia diese Arbeit übernommen, aber die Mamsell hatte darauf bestanden, dass Hedda Martha helfen sollte. Ihr wäre es sogar recht gewesen, wenn Lydia das übernommen hätte. Hier vor dem offenen Feuer wurde es ganz schön warm. Sie schwitzte, aber natürlich konnte sie sich nicht ihrer Kleidung entledigen.

Die Komtessen schwatzten über belanglose Geschichten, und Martha warf ab und an eine Bemerkung ein.

»Sie sind so ungewöhnlich ruhig, Fräulein Pietsch«, sagte nun Komtess Alexandrine. »Was geht Ihnen durch den Kopf?«

Hedda musste wirklich an sich halten, dass sie nicht in Tränen ausbrach. Nur eins ging ihr durch den Kopf. Die ganze Zeit ging es ihr durch den Kopf. Sie konnte überhaupt nichts anderes mehr denken. Seit Opitz sie vergewaltigt hatte, hatte sie ihre Blutung nicht mehr bekommen. Das war nun sieben Wochen her. Sieben Wochen, und eigentlich hätte sie schon spätestens nach drei Wochen ihre nächste Blutung haben müssen. Seit ein paar Tagen war sie sich sicher: Sie war schwanger.

Bei der Vorstellung, sie würde das den Komtessen erzählen, hätte sie laut auflachen können. Aber ihr war nicht zum Lachen. Überhaupt nicht. Jeden verdammten Tag hatte sie gezittert, gefleht, jeden Abend gebetet, dass sie ihre Tage bekäme. Dann wäre die Vergewaltigung noch das Schlimmste gewesen. Aber so war es nicht. Sie war schwanger, und das machte aus der großen Katastrophe eine gigantische Katastrophe.

»Nichts von Bedeutung, gnädiges Fräulein«, antwortete sie deshalb der Komtess.

»Ich wette, Sie denken an einen Verehrer«, witzelte Komtess Viktoria.

Wenn es denn nur so wäre, dachte Hedda. Aber an ein Vergnügen mit Männern zu denken, war das Letzte, was Hedda gerade in den Sinn kam. Sie wusste nicht, wie sie eine unverfängliche Antwort darauf geben konnte. Deswegen sagte sie einfach nichts. Die Komtessen warfen sich belustigte Blicke zu und schwatzten weiter.

Seit Hedda sich sicher war, schwanger zu sein, gab es nur noch wenige Dinge, die sie dachte. Jeden Tag rechnete sie sich aus, wann sie so weit wäre, dass man es ihr ansehen würde. Sie wollte das Baby nicht bekommen. Sie konnte es nicht bekommen. Doch sie wusste keinen Ausweg aus ihrer Situation. Ihr ganzes Leben ging den Bach runter. Nun war genau das passiert, vor dem sie sich ihr ganzes Leben als Dienstmädchen gefürchtet hatte. Alles war aus.

Wieso nur war sie so naiv gewesen und war zurückgekehrt? Wenn sie die Zeit hätte zurückdrehen können, sie würde alles dafür geben. Sie würde sogar irgendwo Alleinmädchen werden, irgendwo in einem Berliner Haus, und sich die Füße blutig laufen, wenn es nur etwas geholfen hätte.

»Du willst es doch auch«, hatte Opitz gesagt. Nichts hätte ihr ferner gelegen. Sie hatte sich nur allzu gern von einer trügerischen Sicherheit blenden lassen. Und jetzt? Sollte sie zur Fürstin gehen und ihr sagen, was passiert war? Als würde die Fürstin ihr helfen. Die hatte ihr schon einmal versprochen, dass Herr Opitz sich an ihr Wort halten müsse. Und hatte sie damit getäuscht. Hedda war schwanger, unverheiratet, und sie würde auf ewig mit dieser Schande leben müssen.

Und die Mamsell hatte keine Macht, ihr aus dieser Situation herauszuhelfen. Ohnehin war sie viel zu sehr damit beschäftigt, ihre Arbeit trotz ihrer Schmerzen und ihrer Humpelei wie gewohnt zu erledigen. Und jetzt, wo das Fürstenpaar wieder im Hause war, nicht doch noch entlassen zu werden. Nein, das Einzige, was ihr jetzt helfen würde, wäre eine baldige Hochzeit.

Also hatte ihr Bruder recht behalten. Es würde ihr noch sehr leidtun, hatte er gesagt. Wäre sie mit ihm gegangen, wäre das nicht passiert. Aber was sie dort erwartet hätte, wäre kaum besser gewesen als das, was sie im Moment durchmachte. Einen verzweifelten Moment lang hatte sie darüber nachgedacht, eilig nach Afrika zu reisen und diesen Herrn Mommsen zu ehelichen. Aber sicher käme er dahinter, und dann wäre der Teufel los. Dann wäre sie wieder eine Frau irgendwo auf einer Farm, allein, hilflos und ohne jeglichen Schutz. Außerdem schämte sie sich derart, dass sie es nicht gewagt hätte, ihren Brüdern schwanger unter die Augen zu treten. Wenn sie sie überhaupt antreffen würde auf der Farm.

Bei der Bucht von Lüderitz hatte man beim Eisenbahnbau Diamanten gefunden. Vermutlich hatten ihre Brüder und ihr Onkel die Farm schon längst verlassen und sich dem Strom der Glücksritter angeschlossen, um in der Sandwüste Namib nach Diamanten zu graben.

»Aua!«, stieß Komtess Viktoria empört aus. »Egal, an wen Sie denken: Passen Sie auf beim Kämmen.«

»Entschuldigen Sie, Komtess. Ich werde vorsichtiger sein.« Offensichtlich hatte Hedda zu sehr an den Haaren gezogen und sie geziept. Vorsichtig wedelte sie mit den langen Haaren vor dem Feuer. Deren Probleme möchte ich haben, dachte Hedda.

Sie wusste weder ein noch aus. Am liebsten wäre sie nach Berlin gefahren und dort zur nachmittäglichen Beratung des Dienstbotenvereins gegangen. Die boten Frauen in ihrer Situation Hilfe an. Wie diese Hilfe genau aussah, wusste Hedda nicht. Das Schicksal bewies einen zynischen Humor. Ausgerechnet sie hatte in Ruppin die Zettel verteilt, die über diese Hilfe informierten, zu der Hedda gerade nicht gelangen konnte. Sonntags hatten diese Beratungsstellen geschlossen. Und sie traute sich nicht, nach einem freien Nachmittag an einem normalen Werktag zu fragen.

Außerdem hatte sie Angst, Arthur wieder in die Hände zu laufen. Drei Mal schon hatte er ihr nun geschrieben. Zwei Mal hatte sie ihm zurückgeschrieben, dass sie sich nicht mehr sehen könnten. Nur sehr knapp und ohne weitere Erklärung. Hedda schaffte es nicht, mehr Worte auf Papier zu bringen, ohne in Tränen auszubrechen.

Ihr ganzes Leben, alle ihre Träume waren dahin. Aus und vorbei war ihr unbeschwertes Leben. Und auch ihr Traum von Amerika hatte sich verflüchtigt. Was hatte sie sich denn jemals gedacht, welchen Gefahren sie als unverheiratete und allein reisende Frau am anderen Ende der Welt ausgesetzt wäre? Doch genau den gleichen Gefahren wie hier im Schloss. Wie dumm sie gewesen war! Und wie naiv. Sie stand vor den Scherben ihres Lebens.

Eine Stunde später waren die Haare endlich trocken genug, damit Martha sie fürs Abendessen hochstecken konnte. Hedda war froh, von diesem Backofen wegzukommen. Sie fragte die Mamsell, ob sie sich schnell frisch machen könne. Die Mamsell war lange genug selbst Stubenmädchen gewesen, um zu wissen, wie das war, wenn man den hohen Damen die Haare trocknen musste.

Sie huschte auf ihr Zimmer und war froh, für eine Minute allein zu sein. Rasch nahm sie sich ein neues Unterkleid und ging in die Badestube. Sie zog sich aus, wusch eilig ihren Oberkörper und trocknete sich ab. Ihre Hand lief zu ihrem Bauch. Dort wuchs die Frucht ihres Unglücks. Wäre sie verheiratet, dann würden jetzt alle sagen, sie sei gesegnet. Gesegnet – der pure Hohn für eine Frau in ihrer Situation.

Sie kleidete sich schnell an und warf das verschwitzte Unterkleid über einen Wäscheständer in ihrer Stube. Gleich würde es Abendessen geben, und vermutlich musste sie nicht mehr viel machen, bevor sich alle setzen würden. Gestern war ein Brief von Arthur gekommen. Bisher hatte sie sich noch nicht getraut, ihn zu lesen. Sie ahnte, was er schrieb. Er ließ nicht locker.

Sollte sie ihm einfach von ihrem Unglück berichten? Er schien immer so verständnisvoll, dass sie sich vorstellen konnte, er würde sich nicht von ihr abwenden. Dass er sie nicht für liederlich halten und ihr eventuell sogar helfen würde. Nur wie? Ein Mann würde keine von einem anderen Mann geschwängerte Frau heiraten. Sie war zerbrochenes Porzellan, das man nicht mehr kleben konnte. Nein, sie schämte sich so sehr, dass sie gar nichts mehr von Arthur wissen wollte. Fast war sie verlockt, den Brief einfach in den Kanonenofen zu werfen. Sie öffnete die Klappe, aber tat es dann doch nicht. Sie wollte den Brief von Arthur nicht wegwerfen, aber lesen wollte sie ihn ebenso wenig. Sie wusste, ihr Leben würde nie wieder so werden, wie es gewesen war. Und einen Brief von Arthur zu erhalten, erinnerte sie an ihr früheres Leben. Deswegen schloss sie die Klappe wieder und verstaute den Brief sorgsam in ihrer Nachttischschublade. Wieder ein Tag, an dem ihr keine Lösung eingefallen war. Wieder ein Tag, der sie näher an den Rand des Abgrundes brachte.

# Kapitel 5

## Mitte Oktober 1908

Auf den Knien zog Adelheid den Feudel unter dem Bett von Komtess Viktoria durch. Gerda war schon mit dem Feger runtergegangen. Sie musste hier noch feucht durchwischen.

Die Nervosität, die alle Schlossbewohner während der langen Monate des Prozesses im Griff gehabt hatte, hatte sich gelegt. Nun war es, als läge eine bleierne Müdigkeit über allem. Als hätte die Zeit sich verlangsamt, und jede einzelne Stunde wäre zu einer besonderen Kraftanstrengung geworden.

Hedda ging es immer noch nicht besser. Sie weinte immer öfter. Es betrübte Adelheid sehr, ihre beste Freundin so leiden zu sehen. Dabei wusste sie nicht einmal mehr, ob sie noch ihre beste Freundin war. Hedda verschloss sich, redete kaum noch mit ihr, war oft wütend und schon gar nicht mehr zu Scherzen aufgelegt. Obwohl Adelheid nichts gemacht hatte, fühlte sie sich verantwortlich dafür, dass es Hedda so schlecht ging. Doch das zweite Stubenmädchen sagte ihr nicht einmal, ob oder was geschehen war.

Adelheid zog an dem schweren Bettgestell, um auch hinter dem Bett zu wischen, als sie ein Plumpsen hörte. Sie bückte sich und zog ein Buch hervor. Es hatte wohl zwischen dem Holzgestell und der Wand geklemmt. Hoffentlich war es nicht feucht geworden.

*Die Frau als Hausärztin* las sie den Titel. Ein Buch von einer Ärztin. Einer Ärztin, einer Frau! Adelheid blätterte durch die Seiten. Das erste Kapitel hieß: *Bau und Leben des menschlichen*

*Körpers*. Dann ging es um Schönheitspflege. Weiter unten kam *Das Geschlechtsleben*. Adelheid wurde sofort rot.

Nun wusste sie auch, warum das Buch versteckt war. Sicher durfte die Fürstin nicht wissen, dass ihre Tochter so etwas las. Als wäre es nicht das Beste, seine Kinder auf die Ehe vorzubereiten. Aber es war eben auch das schwierigste Thema, um mit seinen Kindern darüber zu reden. Obwohl es drängte, denn Komtess Viktoria würde im nächsten Frühjahr heiraten.

Vollkommen eingenommen von dem wertvollen Wissen des Buches blätterte Adelheid weiter. Auch über den Geburtsvorgang und die Pflege des Kindes stand dort viel. Ein Kapitel hieß: *Die erschwerte Entbindung*, ein anderes *Die geburtshilflichen Operationen*. All das hätte ihre Mutter mal wissen sollen. Aber die hatte kaum lesen können. Und hätte ihr das überhaupt geholfen?

Adelheid blätterte eilig durch die Seiten. Sie hätte Zeit haben müssen, um es in Ruhe lesen zu können. Aber die hatte sie nicht. Was sollte sie nun mit dem Buch tun? Sie legte es auf die Bettdecke, wischte schnell mit dem Feudel hinter dem Bett, schob dann das Bett wieder an die Wand und quetschte das Buch dazwischen. Möglicherweise würde es ja seinen Weg zurück in die Bibliothek finden, wenn die Komtess es ausgelesen hatte.

Überhaupt, diese riesige Bibliothek. Bei nächstbester Gelegenheit sollte sie sich dort mal näher umschauen. Bestimmt fand sich darin ein Buch über Amerika, und sie könnte Hedda daraus vorlesen. Dann würde die erkennen, dass Adelheid sehr wohl gewillt war, mit ihr in das Land der Verheißungen von Freiheit zu gehen. Noch nicht jetzt, und nicht in absehbarer Zeit, aber doch eines Tages.

Sie verließ das Schlafgemach der Komtess und lief die Hintertreppe hinunter. Die Mamsell hinkte gerade auf ihrem Stock vom Vestibül zur Hintertreppe.

»In der Bibliothek hat jemand etwas verschüttet. Vermutlich Wein. Gleich neben dem kleinen Tischchen. Wisch dort schnell auf, und dann kommst du runter in meinen Dienstraum.«

»Jawohl, Mamsell Reineke«, sagte Adelheid und ging direkt zur Bibliothek. Sie klopfte einmal, und als sich niemand meldete, betrat sie den Raum. Schnell ging sie zu dem Tischchen und sah auch schon den Fleck auf dem gewachsten Stabparkett. Sie wischte auf und stellte die Utensilien neben die Tür.

Jetzt bot sich doch eine Gelegenheit. Sie lief zu den Bücherregalen, die zwei Seiten des Raumes einnahmen. Die Bücher standen in hohen Schränken, dicht an dicht. Ehrfürchtig schaute sie auf die Reihen der in Leder gebundenen Bände. Auf einigen Buchrücken standen ungewöhnliche Schriftzeichen, die sie nicht lesen konnte. Vielleicht war es Russisch. Es folgten weitere ausländische Bücher, bei denen sie zwar die Buchstaben erkennen konnte, aber Deutsch war es nicht. Endlich kam sie zu den deutschen Büchern: Heine, Fontane, Novalis, Brentano, Karoline von Günderrode, Achim und gleich daneben Bettina von Arnim, Gedichtbände von Joseph von Eichendorff. Die Märchen der Brüder Grimm. Von *Frau Holle* hatte ihr die Mutter als kleines Kind erzählt. Daher also hatte der Fürst seine Fantasien von der Goldmarie und der Pechmarie.

Nur wo stand die praktische Literatur, wie die, die sie gerade dort oben gesehen hatte? Als sie ihren Kopf in den Nacken legte und nach oben schaute, um die Titel zu lesen, ging hinter ihr die Tür auf. Sie erschrak. Sie sollte besser nicht beim Herumstöbern erwischt werden. Auch wenn sie wusste, dass es den Dienstboten erlaubt war, sich die Bücher, die nicht hinter Glas verstaut waren, auszuleihen.

Als sie sich umdrehte, stand dort Viktor Novak. Er war wohl auch überrascht, sie hier zu sehen. Sofort ging sie zu Eimer und Feudel und wollte den Raum verlassen. Doch er war durch die gleiche Tür hereingekommen, durch die sie hinausmusste.

»Suchen Sie etwas Bestimmtes?«

In den letzten Wochen schien er sehr bemüht, freundlich zu ihr zu sein. Vermutlich ersuchte er um Vergebung. Er hatte sich entschuldigt, aber sie hatte mit keinem Wort gesagt, dass damit die

Sache für sie erledigt sei. Dennoch hatte sich die Wut auf ihn etwas verflüchtigt. Wenn er es ernst gemeint hatte mit seiner Entschuldigung, dann … Ja, wenn!

»Nein … Nur vielleicht … ein Buch über Amerika?« Es klang fast wie eine Frage.

»Über Amerika? Sie interessieren sich für Amerika?«

Ganz sicher würde sie ihm nicht sagen, dass sie und Hedda planten, oder mal geplant hatten, nach Amerika zu gehen.

»Es ist doch ein großes und wichtiges Land. Wieso sollte ich mich nicht für Amerika interessieren?«

»Ich finde es lobenswert, wenn Sie mehr als nur Modejournale lesen.«

Adelheid wusste nichts darauf zu antworten. Stattdessen griff sie zu ihren Sachen, nickte kurz und verließ den Raum.

Da war es wieder, dieses Herzklopfen. Dieses Aufgeregtsein, wenn Viktor Novak in ihrer Nähe war. So lange hatte sie es sich verboten, ja geradezu unterdrückt. Was leicht war, denn er war ja lange Monate fort gewesen. Doch nun war er wieder da, und es fiel ihr zusehends schwerer, ihm gleichgültig zu begegnen. Doch egal, wie nett er zu ihr war, sie würde ihm nicht mehr glauben. Sie durfte ihm nicht mehr glauben. Es war ihr Vorsatz, ab sofort nicht mehr naiv und dumm zu sein.

Unten in der Waschküche packte sie die Sachen weg, ging zur Mamsell und nahm den nächsten Auftrag in Empfang. Oben in der ersten Etage hatten die Stubenmädchen die Kleiderschränke abgestaubt. Nun musste dort gewischt werden. Wischen, immer nur wischen. Ihr tägliches Einerlei. Sie kam sich schon vor wie ein Fisch.

Mit sauberem Feudel und frischem Putzwasser ging sie nach oben. Sie solle bei der Fürstin anfangen, hatte die Mamsell gesagt. Die war gerade mit dem Fürsten draußen im Park spazieren. Trotzdem klopfte Adelheid kurz. Als keine Antwort kam, durchquerte sie das Schlafgemach und ging weiter in die Ankleidekammer.

Eine Chaiselongue stand hier zusammen mit einem kleinen Tischchen. An zwei Seiten des Raumes waren hohe Kleiderschränke, an der dritten Seite das Fenster und an der gegenüberliegenden Seite ein bodentiefer Spiegel.

Adelheid zog die Vorhänge etwas zur Seite, damit sie mehr Licht hatte. Dann begann sie mit der Tätigkeit, die zu ihrem ganzen Lebensinhalt geworden zu sein schien. Wie leid sie es war, diese ewigen Wiederholungen. Den ganzen Tag, immer ein ähnlicher Ablauf, Tag für Tag, Woche für Woche, Jahr um Jahr. Sollte das ihr ewig währender Alltag sein? Sollte sie wirklich ihr ganzes Leben damit verbringen, ihre Hände in Putzwasser tauchen zu müssen? Hedda hatte Träume von einem anderen Leben. Und was hatte sie? Eine vage Hoffnung darauf, in ein paar Jahren zum Stubenmädchen aufsteigen zu dürfen.

Gerade, als sie die Chaiselongue zur Seite stellte, ging nebenan im Schlafgemach die Türe auf. Oje, hoffentlich war das nicht die Fürstin. Der halbe Raum war noch feucht. Wenn sie nun hier hineinwollte! Schon stand die hohe Dame in der Tür und sah sie überrascht an.

»Eure fürstliche Hoheit. Entschuldigen Sie bitte vielmals. Ich bin in einer Minute fertig.« Mit geneigtem Oberkörper stand sie im Raum.

»Na gut. Dann warte ich so lange«, sagte die Fürstin müde. Als wäre sie geschwächt von all den Monaten des Leids. Sie ging zurück in ihr Schlafgemach, und Adelheid beeilte sich, den Rest zu wischen und die Chaiselongue und das Tischchen wieder an ihren Platz zu stellen. Dann nahm sie die Sachen auf und ging zur Tür.

Die Fürstin saß auf dem Bett. Sie schien es nicht eilig zu haben. Gerade zog sie sich die Handschuhe aus. Ihr Gesicht war fahl, als wäre sie die Kranke, die Beistand bräuchte. Ihre hochgesteckten, grau melierten Haare sahen etwas zerzaust aus, vermutlich durch den Wind draußen.

»Eure Hoheit, ich bin nun fertig, aber es dauert vielleicht noch einen Moment, bis der Boden komplett trocken ist.«

»Ich habe keine Eile«, sagte die Fürstin ungewohnt mild.

Adelheid wollte gerade mit gesenktem Blick das Zimmer durchqueren, als die Fürstin sie noch einmal ansprach.

»Schaaf, richtig? Adelheid Schaaf?«

»Das stimmt. Das ist mein Name, Eure fürstliche Hoheit.« Sie arbeitete nun seit über zwei Jahren hier. Da sollte man doch annehmen, die Fürstin wüsste ihren Namen, dachte sie verärgert.

»Wie geht es deiner Mutter inzwischen?«

Diese harmlose Frage ließ Adelheid erstarren. Beinahe fielen ihr die Sachen aus den Händen. Konnte es wirklich sein, dass die Fürstin nichts davon mitbekommen hatte? Dass sie nicht wusste, was passiert war?

Die Worte lagen ihr wie Glasscherben im Mund. »Meine Mutter ist … von uns gegangen.« Es tat immer noch weh, diese Worte auszusprechen.

Fürstin zu Eulenburg riss die Augen auf. Als wäre sie ganz überrascht. »Ach du großer Gott … Wann denn? Wann war das?«

Am liebsten hätte Adelheid nun gesagt: Einen Tag, nachdem Sie ihr ärztliche Hilfe verweigert haben. Aber natürlich durfte sie einen solchen Vorwurf nicht laut erheben. »Einen Tag nach der Geburt.« Adelheid hätte ihr mehr erklären sollen, aber es fiel ihr schwer, darüber zu reden.

Die Fürstin wirkte betroffen. Eine Hand ging zu ihrem Herzen. Stumm versunken dachte sie nach. »Mein herzliches Beileid … Und das Kind? Was ist aus dem Kind geworden?«

»Maria, meine jüngste Schwester, sie ist auch gestorben. Keine sechs Monate später.« Vermutlich verhungert, oder vielleicht auch, weil Krankheiten in einem so geschwächten Körper schneller Oberhand gewannen. Aber auch das sagte sie nicht laut.

Nun stand die Fürstin mit einem Ruck auf. »Oh, großer Gott. Das tut mir so leid für dich und deine Familie. Ich weiß, du hattest mich damals gebeten zu helfen. Aber ich war … Es waren damals wirklich schwere Tage für mich. Aber hätte ich das gewusst, wie schlecht es deiner Mutter ging …«

Überrascht nahm Adelheid wahr, dass die Fürstin Tränen in den Augen hatte. Irgendwas passierte hier gerade. Irgendetwas ganz Besonderes. Adelheid konnte es nicht einordnen.

»Das war doch im April letzten Jahres, oder?«

»Ja, am 30. April 1907.« Adelheid hätte noch die Stunde des Tages sagen können, so hatten sich die Ereignisse in ihr Gedächtnis gebrannt.

»O ja, das waren unheilige Tage. Sehr unheilige Tage. Ich war …«

Für einen Moment versank die Fürstin in der Betrachtung ihrer Hände, die sie wie zum Beten aneinandergelegt hatte. Adelheid wusste nicht, was sie tun sollte. Sollte sie jetzt gehen? Sollte sie noch etwas sagen? Unheilige Tage – was meinte die Fürstin damit?

Plötzlich schaute die hohe Dame wieder auf und trat an Adelheid heran. Zu ihrer größten Überraschung nahm sie ihr den Eimer und den Feudel ab, ergriff dann ihre Hände und sah sie mit einem durchdringenden Blick an.

»Ich sage dir das als eine Frau, die auch schon zwei Kinder beerdigen musste. Wie schwierig das ist. Und wie leid es mir tut, wegen deiner Mutter und ebenso wegen deines Geschwisterchens. Aber als Fürstin sage ich dir, ich hätte mich damals trotzdem, trotz all dem Unbill, der gerade auf unser Haus niederprasselte, um das Wohl deiner Mutter kümmern müssen. Bitte, Adelheid, bitte vergib mir. Ich war in diesen Tagen nicht ganz bei Sinnen.«

Adelheids Lippen bebten. Doch sie brachte kein Wort heraus. Das war ganz und gar unglaublich, was hier gerade passierte.

»Ich entschuldige mich tausend Mal dafür, meine Pflichten vernachlässigt zu haben. Wäre es ein paar Wochen früher oder später passiert …« Die Fürstin sah sie eindringlich an und wartete auf ein Wort der Vergebung.

»Danke … Es ist sehr nett von Ihnen, dass Sie das sagen. Euer Durchlaucht wissen nicht, wie viel mir das bedeutet.«

»Ich hoffe, du kannst mir verzeihen. Ich bitte dich inständig um Vergebung.«

Adelheid brachte noch so gerade ein Nicken zustande. Doch sprechen konnte sie nicht. Sonst würden all das Leid und die Trauer aus ihr herausbrechen. Schließlich durfte sie nicht vor der Fürstin anfangen zu heulen.

»Es war damals wirklich eine dunkle Zeit, für meinen Mann, aber auch für mich. Für das ganze Haus. Beten wir dafür, dass das nun alles hinter uns liegt.« Sie ließ Adelheids Hände los, ging zu ihrem Schminktischchen und holte ein Taschentuch hervor. Mit dem Rücken zu ihr schnäuzte sie sich und trocknete sich die Augen.

»Euer Durchlaucht«, verabschiedete Adelheid sich, griff die Sachen und verließ das Zimmer.

Sie ging bis zum Absatz der Hintertreppe, aber dann verließen sie ihre Kräfte. Mit weichen Knien ließ sie sich auf einer Stufe nieder.

Was war da gerade passiert? Konnte es wirklich sein, dass sie sich schon wieder so getäuscht hatte? Es war der Fürstin anzusehen gewesen: Die Nachricht vom Tod von Adelheids Mutter hatte sie wirklich getroffen. Sie hatte es nicht gewusst. Sie hatte nicht gewusst, wer da gerade in ihrem Dorf gestorben war. Und weshalb.

»Unfassbar. Mich in dieser Situation auch noch mit so etwas zu belasten.« Das hatte die Fürstin ihr damals auf ihre flehentliche Bitte, einen Arzt zu ihrer Mutter zu schicken, entgegnet. In dieser Situation. Welche Situation war das gewesen?

»Unheilige Tage – dunkle Zeiten – April 1907.« Was war da gewesen? Es seien schwere Tage für den Fürsten gewesen. Also musste das alles mit dem Skandal, der schließlich zu seiner Verhaftung geführt hatte, zusammenhängen.

Adelheid erinnerte sich nur schwach an das, was Ende April und Anfang Mai im Schloss geschehen war. Sie war in Trauer um ihre Mutter versunken.

Jetzt versuchte sie, sich zu erinnern. Wann hatte sie das erste Mal von den Vorwürfen Maximilian Hardens gegen den Fürsten erfahren? Erst deutlich später. Im November des Vorjahres, während ihrer ersten Jagdsaison hier auf dem Schloss, hatte sie den Fürsten aus dem Schlafgemach von Graf Kuno von Moltke kommen sehen. Und war zunächst unsicher gewesen, was sie davon halten sollte. Im Dezember 1906 war dann eine große Aufregung im Schloss gewesen, und die Familie war abgereist in die Schweiz. Im Januar war sie zurückgekehrt, allerdings ohne die Komtess Augusta, die inzwischen heimlich den Privatsekretär geheiratet hatte. Was war in den nächsten Monaten passiert? Sie wusste es nicht.

Anfang Juni des Folgejahres hatte der Fürst sich selbst angezeigt, um sich von dem Vorwurf reinzuwaschen. Zur gleichen Zeit hatte Hedda ihr erklärt, ein Berliner Journalist beschuldige den Fürsten der Unmoral. Dass er ihm öffentlich vorwerfe, mit Männern zu verkehren. Viktor Novak hatte Hedda damals die Zeitschriften gegeben. Die zwei Ausgaben von *Die Zukunft,* wie sie sich nun erinnerte. Sie waren damals schon einige Wochen alt gewesen, stammten also vermutlich von Anfang Mai oder Ende April.

Ende April, das waren die Tage, die die Fürstin als unheilige Tage und als finstere Zeiten tituliert hatte. Adelheids Hände zitterten, als sie sich über die Stirn wischte. Der Journalist, der diese Artikel geschrieben und veröffentlicht hatte, war Maximilian Harden.

Dann waren also die Artikel von Maximilian Harden daran schuld gewesen, dass die Fürstin sich nicht in der Lage gesehen hatte, Adelheids Mutter beizustehen. Maximilian Harden, der Mann, dem sie geholfen hatte, gegen den Fürsten vorzugehen.

Die Wucht der Erkenntnis traf sie hart. Sie hatte schwere Schuld auf sich geladen. Auch wenn ihr Vergehen erst die Folge von dem Versäumnis der Fürstin gewesen war. Trotzdem. Plötzlich erkannte sie, wer der wahre Schuldige an der Misere aller war: Maximilian Harden. Ausgerechnet.

Ihr wurde übel. Keine halbe Minute später übergab sie sich ins Putzwasser.

## Mitte Oktober 1908

Arthur ließ nicht locker. Jede Woche bekam Hedda einen Brief von ihm. Alle Briefe hatten einen ähnlichen Inhalt. Arthur wollte sie sehen. Arthur wollte erklärt haben, was los war. Und er bot seine Hilfe an. Überraschend naiv erklärte er, dass es kein Problem gebe, das man nicht gemeinsam besser lösen könne. Im letzten Brief hatte er sie noch eingeladen, zur Weihnachtsfeier des Dienstbotenverbands. Er würde sich außerordentlich freuen, sie dort zu sehen. Bis dahin waren es noch etliche Wochen.

Das Herz war ihr schwer. Am liebsten würde sie Arthur treffen, natürlich nicht bei der Versammlung, sondern alleine. Und es ihm in Ruhe erklären. Im Moment hatte sie das Gefühl, als wäre er überhaupt der einzige Mensch, der sie verstehen konnte. Und doch schämte sie sich viel zu sehr, als dass sie ein Treffen mit ihm tatsächlich in Erwägung zog.

Noch sah man nichts von ihrer Schwangerschaft. Da sie keinerlei Erfahrung hatte, wusste sie nicht mal, ab wann es so weit wäre. Wann würde sich ihr Bauch runden? In Neuruppin hatte sie einmal von einem schwangeren Dienstmädchen erfahren, das es offensichtlich geschafft hatte, seine Schwangerschaft sehr lange geheim zu halten. Über Wochen und Monate hatte sie sich den Bauch abgebunden, und vor allem sehr viel gegessen. Trotzdem war die Schwangerschaft irgendwann offensichtlich geworden. Natürlich war sie entlassen worden. Damals hatte Hedda gedacht, wie dumm das Mädchen gewesen sein musste. Man konnte sich doch denken, dass so was rauskam. Jetzt wusste sie es besser. Das war keine Dummheit gewesen, sondern pure Verzweiflung.

Genauso fühlte sie sich auch, vollkommen verzweifelt. Sie mochte Arthur viel zu sehr, um ihn weiter zu quälen. Ihn in der Ungewissheit zu lassen, was passiert war. Und sie wollte ihm klarmachen: Sie hatte nicht mit seinen Gefühlen gespielt. Natürlich war noch nicht viel zwischen ihnen passiert. Immerhin hatte Hedda ihren Traum, nach Amerika zu gehen, nicht aufgegeben. Wäre sie tatsächlich eine Beziehung mit Arthur eingegangen, dann hätte sich das erledigt. Nach außen hin war es bisher nicht mehr als eine nette Tändelei. Doch ihre Gefühle sagten da mehr.

Ein Teil ihrer Verzweiflung bestand aus der Erkenntnis, dass jede noch so vage Vorstellung einer gemeinsamen Zukunft mit Arthur mit einem Streich vom Tisch gefegt war. All ihre lächerlichen Träumereien, was sein könnte und wie es wohl wäre … Die verborgenen Gedanken daran, wie es wäre, sich Arthur hinzugeben – all das war verbrannt. Und es war nur noch graue Asche übrig, die alles andere unter sich begrub.

Vielleicht aber ging es Arthur ähnlich. Deshalb hatte er es verdient, die Wahrheit zu erfahren. Nun, vielleicht nicht die ganze unschöne Wahrheit, aber doch genug, dass er sich von ihr lösen konnte. Das schuldete sie ihm einfach.

*Bester Arthur,*
*ich weiß nicht, mit welchen Worten ich diesen Brief anfangen soll. Das Einzige, was ich dir sagen kann, ist, dass wir uns nicht mehr sehen können. Was mir unendlich leidtut, denn deine Gesellschaft hat mir sehr gutgetan.*
*Bei mir ist etwas passiert, was es mir in Zukunft unmöglich macht, dich weiterhin zu sehen. Zudem werde ich auch nicht mehr zu den Treffen vom Dienstbotenverein kommen können. Ich würde dir gerne mehr erzählen, aber es sind sehr persönliche Dinge, um die es sich handelt. Ich bin …*

Fast hätte Hedda geschrieben: *Ich bin schwanger. Durch eine Vergewaltigung.* Sie verdrängte ihre Tränen. Diesen so endgültigen Brief schreiben zu müssen, war unerträglich. Ohnehin sollte sie sich beeilen, denn Adelheid könnte jeden Moment Feierabend haben.

> *Es ist mir leider unmöglich, weiterhin mit dir Kontakt zu halten. Bevor du dir aber unnötig Gedanken machst: Ich werde nicht zu meinen Brüdern nach Afrika fahren. Dennoch bitte ich dich, unsere Beziehung ruhen zu lassen. Quäle dich nicht weiter mit unnötigen Gedanken über mein Schicksal. Ich werde …*

Ja, was denn? Ich werde was? Eine unglückliche Mutter? Ein arbeitsloses Dienstmädchen? Jemand, der bald auf der Straße lebt! Schnell lehnte sie sich zurück, damit ihre Tränen nicht auf den Brief trafen. Besser, sie würde den Brief morgen zu Ende schreiben. Diese Zeilen waren schon schwierig genug. Sich vorzustellen, einen allerletzten Satz, mit dem sie die Verbindung zu ihm für alle Zeiten kappte, das endgültige Lebewohl darunterzusetzen, verlangte ihr alles ab. Wieder fing sie hemmungslos an zu weinen.

Hinter ihr ging die Tür auf. Adelheid trat ein. Schnell wischte Hedda sich die Tränen ab und verstaute Brief und Feder.

»Hedda, ich würde dir so gerne helfen, wenn du dir nur helfen lassen würdest.«

Adelheids Stimme klang so mitfühlend, ihr brachen direkt wieder die Tränen aus. Sie wandte ihr den Rücken zu und tat so, als würde sie an ihren Pantoffeln herumzupfen.

Wenn sie alleine war, dann ließ sie ihren Tränen ungehemmt freien Lauf. Oder auch nachts, wenn sie glaubte, dass Adelheid schlief. Doch wenn sie hier im Raum war, riss Hedda sich zusammen. Was meistens klappte. Und wenn nicht, dann verließ sie die Schlafstube und ging schnell ins Bad oder tat so, als hätte sie etwas vergessen und müsste noch mal runter. Sie schluckte und versuchte, ihre Tränen versiegen zu lassen. Doch heute klappte es nicht.

»Hedda?!« Adelheid legte die Hände sanft auf ihre Schultern.

Plötzlich brach es aus Hedda heraus. Sie drehte sich um und drückte sich an Adelheids Bauch, bitterlich weinend. Ihr ganzer Körper wurde heftig durchgeschüttelt. Sie merkte, wie Adelheid ihr über die Haare strich. Wieder und wieder, stumm, aber doch für sie da. Auch wenn sie keine Lösung für ihr Problem wissen würde, so konnte Hedda doch vielleicht ihr Herz erleichtern. Denn sie konnte es einfach nicht mehr ertragen. Sie konnte es nicht mehr alleine tragen. Natürlich war Adelheid viel zu jung und viel zu unerfahren und viel zu naiv, als dass sie ihr wirklich helfen könnte. Aber ganz bestimmt würde sie sie nicht verraten.

Ihr Gesicht immer noch in Adelheids Bauch vergraben, sagte sie: »Opitz hat sich an mir vergangen.«

Adelheid antwortete nicht, aber legte ihre Hände ganz fest um sie und drückte sie an sich.

Sollte Hedda nun die ganze Wahrheit sagen? Sie hatte sie bisher noch nicht ein einziges Mal laut ausgesprochen. So, als wäre es nicht wahr, solange sie es nicht selbst gesagt hatte.

»Und ich … bin schwanger.«

Sie hörte und spürte, wie Adelheid laut Luft einsog. »Du große Güte. Das ist eine Katastrophe.«

Jetzt fing Hedda erneut an zu weinen, und es dauerte einige Minuten, bis sie sich wieder beruhigt hatte. Adelheid hatte sich mittlerweile mit auf ihr Bett gesetzt und hielt sie immer noch in den Armen. Sie wiegte sie wie ein kleines Kind. Irgendwann gab sie Hedda ein Taschentuch, und sie schnäuzte sich.

»Was willst du jetzt tun?«

Hedda schüttelte stumm ihren Kopf. Sie hatte das Gefühl, sobald sie anfing zu reden, würde sie wieder in Tränen ausbrechen.

»Hast du schon mit der Mamsell gesprochen?«

Heddas Kopfschütteln wurde heftiger.

»Wir könnten zusammen zu ihr gehen. Und wir, wir könnten ja vielleicht sagen, dass wir es waren, die die Beweismittel zurückgegeben haben. Dann muss sie dir doch helfen.«

Schniefend schaute Hedda nun auf. »Und wennschon. Selbst wenn die Mamsell auf meiner Seite ist: Sie hat mir gesagt, dass sie bereits mit der Fürstin gesprochen hat. Sie hat ihr gesagt, dass Opitz uns Frauen nachstellt. Und seitdem ist nichts passiert. Das ist Monate her.«

»Und wenn wir direkt zur Fürstin gehen? Ich meine, du hast doch auch in Berlin mit ihr gesprochen. Sie hat dich sogar wieder eingestellt. Obwohl Opitz dich rausgeschmissen hatte. Das muss doch was bedeuten.«

»Sie hat mich zwar gegen Opitz' Willen wieder eingestellt, aber doch nur, weil ich den Spion für sie finden soll. Nur deswegen. Nur wegen dieser Information habe ich meine alte Stellung zurückbekommen.«

»Aber hast du der Fürstin nicht gesagt, dass Opitz den Frauen nachstellt?«

»Schon. Aber ich hatte nicht den Eindruck, sie würde das sonderlich interessieren. Nein, sie hat mich nur eingestellt, weil ich ihr einen Dienst erweisen soll. Und bald bin ich kugelrund und kann mich kaum noch bewegen. So werde ich den oder die Spionin sicherlich nicht finden können. Was sollte die Fürstin davon abhalten, mich auf die Straße zu setzen? Außerdem: Opitz wird alles abstreiten. Wie sollte ich beweisen, dass ich durch die Vergewaltigung schwanger geworden bin? Den Frauen wird doch immer Liederlichkeit vorgeworfen.«

»Vielleicht lässt sie ja doch Milde walten«, schlug nun ausgerechnet Adelheid vor.

»Du sprichst von Milde bei der Fürstin? Hast du nicht immer selbst gesagt, sie schere sich einen Dreck um ihre Leute?« Natürlich hatte Adelheid das nie so drastisch ausgedrückt. Aber ihren Hass auf die Fürstin hatte man schon merken können. »Außerdem …« Sie schluckte. Ihre Stimme wurde ganz leise.

»Ich schäme mich viel zu sehr, als dass ich darüber sprechen könnte.«

Adelheid sah sie verständnisvoll an. Ja, mit Scham kannte sie sich aus.

»Aber was willst du dann machen?«

»Adelheid, du kennst dich damit besser aus: Wie lange muss eine Frau schwanger sein, bevor man es sieht?«

Adelheid machte große Augen. »Eine Schwangerschaft dauert so um die neun Monate. Und ungefähr ab dem vierten Monat kann man es sehen. Bei meiner Mutter konnte man es immer schon früh sehen, aber sie war ja auch sehr dünn. Wie weit bist du denn?«

Hedda zuckte mit den Schultern. »Es ist Ende August passiert.«

»Also bist du noch keine zwei Monate schwanger. Du hast sicherlich noch fünf bis acht Wochen, bevor überhaupt etwas zu sehen ist. Und wenn deine Röcke weit genug sind, vielleicht sogar noch ein paar Wochen mehr.«

Hedda lachte bitter auf. »Dann werde ich also kurz vor Weihnachten auf die Straße gesetzt.«

»Daran darfst du nicht denken.«

»Ich denke an nichts anderes.« Wieder kullerte ihr eine Träne über die Wange.

»Und wenn du ...« Adelheid stockte, als wollte sie das Nächste gar nicht sagen. »Und wenn du nun nach Amerika gehst? Also ich meine, sobald dein Kind geboren ist. Du könntest behaupten, dein Mann wäre gestorben.«

Hedda verzog ihr Gesicht. »Ich trau mich nicht alleine nach Amerika. So, jetzt ist es raus. Das ist die ganze Wahrheit. Ich würde nicht alleine gehen. Und schon mal gar nicht mit einem Säugling.«

»Aber irgendwas muss doch möglich sein.«

Hedda lachte bitter auf. »Ich wäre die glücklichste Frau der Welt, wenn du mir eine gangbare Lösung aufzeigen könntest, Adelheid Schaaf.«

Doch statt ihr die Lösung zu sagen, schnaufte Adelheid laut auf und drückte Hedda fest an sich. »Meine Mutter hat bei jedem neuen Baby gesagt, dass Gott sich über jeden neuen Menschen freut.«

»Dann soll Gott bitte mal hier aufkreuzen und sich darum kümmern, dass ich und das Baby einem glücklichen Schicksal entgegengehen.«

Adelheid drückte sie noch fester an sich. »Nun weiß ich ja Bescheid. Vielleicht fällt mir was ein.« Ein gewisser Unterton schwang in ihrer Stimme mit, als hätte sie eine Idee. Hedda konnte nicht glauben, dass ausgerechnet Adelheid etwas einfallen würde. Aber im Moment wäre ihr jede Idee willkommen, selbst die dümmste.

## 6. November 1908

Constanze lief den Menschen nach, die aus der Tiefe nach oben strömten. Es war ein eigenartiges Gefühl. Als würde man aus den Eingeweiden einer Stadt herauskriechen. Sie war schon häufig mit der Straßenbahn gefahren, und gelegentlich auch mit der Hochbahn, doch mit der Untergrundbahn bisher nicht. Einmal wollte sie es doch ausprobieren, bevor sie irgendwann Berlin wieder verließen. Also war sie mit der Bahn bis zum Zoologischen Garten gefahren und dort in die Untergrundbahn eingestiegen. Der erste Abschnitt führte bis zum Potsdamer Platz. Dort war sie umgestiegen in die neue Linie, die erst vor wenigen Wochen neu eröffnet worden war. Natürlich wusste sie, London hatte die Röhrenbahn, und in Paris, Athen und New York gab es ebenfalls Untergrundbahnen. Es setzte sich in immer mehr Großstädten durch. In Berlin war die erste Strecke bereits im Jahr 1902 eröffnet worden. Höchste Zeit also, dass sie einmal mit einer fuhr. Unter dem Erdboden, in einem Tunnel – was es nicht alles gab.

Am Spittelmarkt war die Linie zu Ende. Constanze lief die Treppe hoch und befand sich wieder auf der Oberfläche. Dort sah sie sich um. Über dem Eingang auf dem Torbogen aus Metall prangte das Wort *Untergrundbahn*, wie über allen Abgängen in der Stadt. Sie lächelte glücklich. War das aufregend gewesen! Ein Abenteuer, von dem sie noch lange zehren würde.

Unweit des Aufgangs stand ein runder Zeitungskiosk, auf dessen Ablagen Zeitschriften aller Herren Länder ausgebreitet waren. Kurz ließ sie ihren Blick über die Überschriften laufen.

Es gab bereits einen neuen Skandal, in den der Kaiser verwickelt war: die *Daily-Telegraph*-Affäre. Der Kaiser hatte sich in seinem Englandurlaub mit einem britischen Offizier unterhalten. Und der Inhalt mehrerer Gespräche war vor zehn Tagen als Interview veröffentlicht worden.

Dieses Kaiser-Interview sorgte für große Empörung, nicht nur in England, sondern auch in der deutschen Öffentlichkeit. Besonders pikant war der Umstand, dass der Kaiser es wegen früherer diplomatischer Verfehlungen an Reichskanzler Bülow geschickt hatte, um es gegenlesen und freigeben zu lassen.

Mittlerweile war bekannt geworden, dass Bülow, der sich damals selbst im Urlaub auf Norderney befunden hatte, die Prüfung des Artikels einem niederen Beamten überlassen hatte. Dieser aber hatte in dem Interview mit seinen äußerst ungeschickten Äußerungen – sowohl über den Charakter der Engländer als auch über die geschönten Absichten der deutschen Flottenpolitik – nichts Weltbewegendes feststellen können und ihn freigegeben. Und so war der Artikel dann veröffentlicht worden.

Nun regten sich alle Teile Deutschlands auf. Die einen, weil sie nicht, wie vom Kaiser gebrandmarkt, zu einer englischfeindlichen Mehrheit gehören wollten. Die Nächsten waren empört über die Anbiederung des Kaisers an die britische Krone. Wieder andere regten sich über seine Indiskretion auf. Und alle schimpften auf ihn und seine Regierung. Offensichtlich war der oberste Monarch des Deutschen Reiches unfähig, seine Zunge im Zaum zu halten. Und die Regierung schien unfähig, ihn zu lenken.

Auch die Briten waren verärgert, besonders über seine Behauptung, die Truppen seiner Großmutter, Queen Viktoria, hätten den Krieg gegen die Buren nur aufgrund eines von ihm, Kaiser Wilhelm II., entworfenen Schlachtplans gewonnen. Als hätten sie seine taktischen Anweisungen nötig. Mal wieder hatte Wilhelm II. es mit einem Handstreich geschafft, sich in seiner Großherrlichkeit und Anmaßung bei allen unbeliebt zu machen. Jeden Tag tauchten neue Details über die Affäre auf. Hugo würde ihr sicher gleich davon berichten.

Constanze ging wieder hinunter und fuhr die gleiche Strecke zurück. Am Zoologischen Garten stieg sie wieder aus und stand nach wenigen Minuten vor dem *Café des Westens* am Kurfürstendamm. Hugo hatte vorgeschlagen, sich hier zu treffen. Ihr war unwohl bei dem Gedanken, das Café allein zu betreten. Zu sehr war sie eingeschüchtert von dem Ruf, den es hatte. Berühmte Literaten und Künstler trafen sich hier. Namhafte Journalisten waren Stammgäste. Wohl auch deswegen hatte Hugo diesen Treffpunkt gewählt.

Schüchtern trat sie durch die Tür. Sie entdeckte Hugo sofort, der ihr zwar nicht winkte, sich aber doch nach ihr reckte. Erleichtert bahnte sie sich den Weg zwischen Tischen und Stühlen hindurch und setzte sich. Hugo beugte sich vor und gab ihr einen langen Kuss auf den Mund. Hier durfte man so was. Hier versammelten sich alle möglichen Leute, die sich nicht an Konventionen halten wollten. Constanze erwiderte seinen Kuss. Dann sah sie sich um.

»Hier trifft sich die Crème de la Crème der Kritiker des deutschen Kaisers und seiner Regierung«, sagte Hugo, während er ihr den Mantel abnahm.

»Vermutlich haben sie sich in den letzten Tagen die Mäuler über den Kaiser zerrissen.«

»Wer nicht? Nun versucht die Regierung mit allen Mitteln, die Krise einzudämmen. Heute wurde verlautbart, dass der Kaiser versprochen habe, sich bei seinen Äußerungen über die auswärtige Politik größere Zurückhaltung aufzuerlegen.«

»Ha! Größere Zurückhaltung – was auch immer das in seinem Fall bedeuten mag.«

Constanze nahm die Speisekarte und las. Wieder ein überteuertes Etablissement. Sein Ruf lockte neben den schöpferischen Köpfen vor allem Touristen. Sie bestellte sich einen heißen Tee. Es war schon kühl. Hugo hatte noch seinen Kaffee. »Aber essen gehen wir gleich woanders, ja? Wo es preiswerter ist«, schlug Constanze vor.

Hugo nickte und schaute sich weiter um. Er hatte ihren Artikelentwurf umgeschrieben, noch einige weitere Details erklärt und vor allem an der Formulierung gefeilt. Er war nun fertig, aber noch immer wusste Hugo nicht, ob er ihn jemandem anbieten sollte.

»Siehst du dich hier nach jemandem um, der sich für den Artikel interessieren könnte?«

»Genau. Ich hatte die Idee, dass mir hier vielleicht jemand über den Weg läuft, den man ganz unverbindlich erst mal ansprechen könnte.«

Constanze nickte. Die Kritik am Verhalten des Kaisers war gerade besonders laut und schien nicht enden zu wollen. Im Moment war es beinahe hoffähig, sich über seine Unfähigkeit als Staatsführer auszulassen.

Es lag ein Hauch von Revolution in der Luft. Man hörte sogar munkeln, nicht nur der Reichskanzler Bülow habe dem Kaiser seinen Rücktritt angeboten, sondern der Kaiser selbst denke über seine Abdankung nach.

Seine Regentschaft wurde plötzlich von allen Seiten aus kritisiert – von den Militärs, von den liberalen Kräften sowieso. Und nun auch laut und öffentlich von Vertretern des Hochadels. Vielleicht war nun doch jemand bereit, diesen brisanten Artikel zu drucken.

»Jetzt, da sogar der Reichstag den Kaiser öffentlich rügt, ist die Gelegenheit günstig. Weißt du schon, wen du fragen willst?«

»Ich hab schon eine Liste mit Zeitschriften gemacht, mit Berliner und anderen landesweiten und auch ein paar ausländischen Zeitschriften. Eigentlich hätte ich sofort an den *Simplicissimus* gedacht. Aber die haben nun so oft auf Eulenburg und Moltke draufgehauen, dass sie sich unglaubwürdig machen würden. Da würde schon eher der *Kladderadatsch* passen. Aber eigentlich will ich das nicht in einer Satire-Zeitschrift veröffentlicht sehen.«

»Hast du den Aufruhr wegen des *Daily-Telegraph*-Interviews mit reingenommen?«, fragte Constanze nach.

»Selbstverständlich. Und auch die Tweedmouth-Affäre vom März diesen Jahres. Man könnte die Liste der kaiserlichen Entgleisungen unendlich fortführen«, erklärte Hugo.

Constanze nickte »O ja, die Tweedmouth-Affäre. Hatte ich schon fast vergessen.« Das war ein Eklat erster Güte gewesen. Wie hatte der Kaiser nur so dämlich sein können und dem Ersten Lord der britischen Admiralität einen Brief schreiben, in dem er behauptete, von der deutschen Flotte gehe keine Gefahr aus? In dem er behauptete, Deutschland habe ohnehin nur ein Fünftel der britischen Flotte, während der Reichstag gleichzeitig über das größte und teuerste Flottenbauprogramm abstimmte, welches das Deutsche Kaiserreich je gesehen hatte. Dumm. Dumm und außerordentlich ignorant.

Hugo nickte. »Dieser Kaiser bringt uns noch in Teufels Küche. Wenn nicht mit seiner Flottenpolitik, dann mit seiner Balkanpolitik. Dem Habsburger einfach so freie Hand zu lassen. Und am Ende sind wir mitgegangen – mitgefangen – mitgehangen.«

»Mir scheint es allmählich, als würde er ohne seine engsten Berater, ohne seinen Phili, von einem Fettnäpfchen zum nächsten tapern. Früher hätte der Fürst Kenntnis von solchen Vorhaben erhalten. Oft genug hat er bei Tisch darüber geschimpft, dass er für den Kaiser mal wieder die Kastanien aus dem Feuer holen musste. Er konnte nicht jedes Fettnäpfchen verhindern, aber wie man jetzt sieht, doch so einige.«

»Und Seine Majestät hat geschwind das Land verlassen. Er ist in Österreich und erlegt Hirsche.«

»Stimmt ja. Es ist Jagdsaison. Normalerweise wäre der Kaiser Anfang November für ein paar Tage in Liebenberg gewesen. Früher einmal.« Sie sah sich weiter um. »Also, siehst du hier jemanden, dem du den Artikel anbieten möchtest?«

Hugo zuckte mit den Schultern. »Ich wollte mir einen ersten Eindruck verschaffen. Aber dafür sollte ich besser später abends wiederkommen, alleine, und mich hier ein paar Stunden aufhalten und rumfragen.«

»Gut, dann lass uns gehen. Ich hab Hunger. Aber ich bin wirklich nicht bereit, so viel Geld auszugeben. Wir wollen doch sparen.«

Hugo arbeitete nach wie vor für Herrn Harden, aber mit dem Eulenburg-Skandal hatte er derzeit selten etwas zu tun. Noch wohnte er mietfrei bei Herrn Steffens, was von Vorteil war. Er gab also kaum Geld aus.

Sie warteten auf den Kellner, um zu bezahlen. »Apropos Geld ausgeben. Ich habe nachgedacht. Da ich anscheinend keine neue Stelle als Reporter finden kann, wäre es vielleicht eine gute Idee, mir einen Kamera-Apparat zu kaufen. Vielleicht wäre es eine Alternative, als Fotograf für Zeitungen zu arbeiten. Ich will nicht ganz unvorbereitet plötzlich auf der Straße stehen.«

Constanze schaute überrascht auf. »Was kostet denn so ein Apparat?«

»Sehr viel Geld.«

»Dann warte vielleicht bis nach Weihnachten. Kameras sind bestimmt ein beliebtes Geschenk für bürgerliche Ehemänner. Nach dem Fest werden sie vielleicht billiger.«

Hugo nickte zustimmend. »Oder ich schaue mich nach einem gebrauchten Apparat um. Ich war schon in zwei Pfandleihhäusern. Sie sind wohl eher selten dort zu finden. Aber vielleicht habe ich ja Glück. Stell dir vor, was ich für Geld hätte verdienen können, wenn ich bei dem Zeppelin-Unfall am See einen Fotografie-Apparat dabeigehabt hätte. Und ich müsste mir ein fotografisches Atelier suchen, bei dem ich meine Abzüge am gleichen Tag noch entwickeln lassen kann.«

Sie zahlten und standen auf.

»Lass uns nach Moabit gehen. Mittlerweile kenne ich mich da gut aus. Da gibt es ein paar preiswerte Bierstuben. Und die Portionen sind üppig. Sonst bekommen die sofort Krach mit den Arbeitern.« Hugo küsste Constanze noch mal, denn auf der Straße würden sie nicht so offen Zärtlichkeiten austauschen können.

## 15. November 1908

Viktor suchte in den Zeitungen nach Nachrichten, die sein Interesse fanden. In den letzten Wochen wurde immer mal wieder über die Verurteilung von Offizieren berichtet, die ihre Untergebenen misshandelten. Das immerhin hatte Karl Liebknecht geschafft. Es wurde nun öfter hingeschaut. Zumindest für eine Weile. Aber je öfter er davon las, desto mulmiger wurde ihm auch. Falls Leander je zum Militärdienst gezogen würde, würde er es nicht unbeschadet überstehen.

Früher hatte er den Verdacht gehegt, Budde würde nur auf einen passenden Moment warten, um ihn anzuschwärzen. Damit Viktor auch noch seine Einberufung bekam. Viktor war nicht zu den Fahnen gerufen worden. Ein Glück für ihn, und vermutlich dem Umstand geschuldet, dass die Familie ihre Behausungen so oft gewechselt hatte. Immer dann, wenn die Mietschulden zu groß geworden waren, hatten sie ihre Sachen gepackt. Was nicht bedeutete, dass man ihn nicht noch zum Wehrdienst ziehen konnte. Solange er noch keine zweiundvierzig Jahre alt war, konnte das in Friedenszeiten immer noch geschehen. Und in Kriegszeiten sogar noch länger. Doch Budde war nun mit sich selbst beschäftigt. Allerdings schien sich seine Niedergeschlagenheit langsam zu legen. Die schlimme Anfangszeit seiner Syphiliserkrankung, in der sich äußerliche Anzeichen zeigen konnten, hatte er unbemerkt überstanden. Doch die Krankheit war tückisch. Noch Jahre später konnte eine Geisteskrankheit auftreten.

Doch erst einmal schien Budde von allem Ehrgeiz geheilt. Seitdem verstand Viktor sich deutlich besser mit ihm. Er verstand sich mit fast allen deutlich besser als früher. Sein Einsatz für Adelheid, als sie die Nachricht vom Tod des Babys bekommen hatte, hatte wohl bei allen weiblichen Dienstboten einen guten Eindruck hinterlassen. Natürlich war er weiterhin sehr vorsichtig im Umgang mit Lydia. Und dann war da noch Herr Opitz. Doch selbst er schien sich in letzter Zeit wieder gefangen zu haben. Er war von Natur aus cholerisch, aber seine Ausbrüche wurden seltener.

In den letzten Tagen hatte Opitz sogar wieder die Tradition aufgenommen, sich nach dem Mittagessen vorlesen zu lassen. Und hatte Viktor die Gunst gewährt, die Artikel auszusuchen. Was im Moment schwierig war, denn die aktuellen Nachrichten waren geradezu gespickt mit unheilvollen Themen.

Noch war nicht klar, ob Kaiser Wilhelm den Reichskanzler Bülow wegen seiner Nachlässigkeit beim *Daily-Telegraph*-Artikel nicht doch noch rausschmeißen würde. Dieser neue Skandal war auch im Schloss diskutiert worden, allerdings nicht ganz so verschämt wie der Skandal über den Fürsten. Der schien sich ausgelaufen zu haben. Stattdessen war nun die Regierungsfähigkeit des Kaisers Gesprächsthema Nummer eins. Das Kaiserinterview war selbst im Reichstag Thema gewesen, man debattierte sogar über eine Verfassungsänderung. Möglicherweise wurden die Rechte des Kaisers nun ganz offiziell beschnitten. Das wäre schon ein starkes Stück. Selbstredend hatte Herr Harden sich in einem aufrührerischen Artikel auch wieder gegen das persönliche Regime des Kaisers ausgesprochen.

Der Monarch war allerdings weit entfernt und verlieh Graf Zeppelin in Donaueschingen den Schwarzen Adlerorden. Und noch mehr war dort passiert. Gestern Abend hatte Viktor dem Fürsten ein eiliges Telegramm gebracht. Der Chef des kaiserlichen Militärkabinetts und Eulenburgs ausgesprochener Widersacher, Graf von Hülsen-Haeseler, war bei Feierlichkeiten im Rahmen der Jagdveranstaltung im Schloss Donaueschingen von Fürst Maximilian Egon II. zu Fürstenberg verschieden. In den heutigen Zeitungen stand davon noch nichts. Und es war Viktor eine Genugtuung zu wissen, dass der Fürst noch immer gute Freunde und enge Verbündete hatte, die ihn von solchen Vorfällen sofort in Kenntnis setzten.

Viktor fragte sich, ob der Kaiser je wieder nach Liebenberg zur Jagd käme. Natürlich ging es dem Fürsten gesundheitlich im Moment nicht gut genug, als dass er sich hätte Gäste einladen können. Aber vielleicht ja im nächsten Jahr, oder im Jahr darauf.

Adelheid Schaaf schaute kurz in die Leutestube und verabschiedete sich. Sie hatte heute ihren freien Nachmittag. Vermutlich ging sie wieder zu ihrer Familie. Durch seine lange Abwesenheit hatte sich der Rhythmus seiner freien Nachmittage geändert. Sie hatten nun immer an den gleichen Tagen frei.

Draußen war es sehr frostig. Und da er nicht beabsichtigte, seine Familie zu besuchen, blieb er lieber im Schloss. Allerdings trieb es ihn eine Stunde später doch hinaus. Er wollte einen Spaziergang machen. Ein wenig frische Luft schnappen. Zum Weißen See war es nicht weit.

Es hatte schon leicht geschneit, und die Gewässer in Brandenburg schmückten sich bereits mit einer dünnen Eisdecke. Beim See angekommen, sah er einige Dorfkinder an den Ufern spielen. Sie prüften, ob das Eis schon dick genug war. Im tiefsten Winter gab es immer einige, die hier Schlittschuh liefen. Doch obwohl die Oberfläche durchgehend glitzerte, traute sich noch niemand aufs Eis.

Viktor lief am Rand entlang und sah vor sich einige Kinder. Weiter hinten entdeckte er Adelheid Schaaf, zusammen mit ihren Geschwistern. Er kam näher und beobachtete sie. Sie ließen Steine über die Eisdecke schlittern und veranstalteten wohl einen Wettbewerb, wessen Stein am weitesten kam. Es klang ausgelassen, fröhlich. Er bekam den Eindruck, als würden die drei älteren Schwestern ihren kleinen Bruder gewinnen lassen. Ein ums andere Mal warf er die Hände in die Höhe, jauchzend. Die älteren Brüder waren nicht dabei. Vielleicht waren sie Schnee schippen. Vor zwei Jahren hatte er einmal beobachtet, wie sie Eis im See geschnitten hatten. Eine anstrengende wie auch gefährliche Arbeit. Sie waren sich für nichts zu schade.

Letztens hatte Adelheid Hedda erzählt, ihr jüngster Bruder mache sich wohl sehr gut in der Schule. Worüber sie mehr als glücklich war. Jemand, der einen guten Schulabschluss hatte, kam im Leben immer besser weiter. Genau wie Viktor selbst wünschte Adelheid sich, dass es ihren Geschwistern gut erging.

Plötzlich bemerkte eine der Schwestern ihn, starrte in seine Richtung und stupste Adelheid an. Überrascht sah sie ihn an und nickte ihm zu. Doch sie kam nicht näher und drehte ihm auch wieder den Rücken zu. Als wäre er gar nicht da, spielte sie mit ihrem Bruder weiter Steinewerfen.

Viktor war traurig. Er wusste, er hatte sich schäbig verhalten. Aber er hatte sich dafür entschuldigt. Er hatte wenigstens gehofft, ihr Verhältnis würde sich verbessern. Wenn er es sich ehrlich eingestand, war es auch so. Sie war nicht mehr abweisend, was aber nicht bedeutete, dass sie freundlich gewesen wäre. Eher war es, als würde sie einen großen Bogen um ihn machen. Ein Verhalten, das er nur allzu gut von sich selbst kannte. Und doch wurmte es ihn. Er hatte sich mehr erhofft. Auch wenn er nicht wusste, wohin es hätte führen können.

Gerade, als er sich wegdrehen wollte, stolperte Adelheids kleiner Bruder. Er ließ seinen Stein fallen, der nun übers Eis schlitterte und eine Körperlänge vom Ufer entfernt liegen blieb. Noch bevor Adelheid dazwischengehen konnte, trat der Junge aufs Eis und wollte sich den Stein zurückholen.

»Gunther, nicht!«, warnte Adelheid Schaaf noch, da war es schon passiert. Der Junge brach ein. Erschrocken schrie er auf. Das Wasser musste eiskalt sein.

Rasch tastete Adelheid sich vorsichtig über das Eis. Das Wasser war hier noch nicht sehr tief, und der Junge war nur bis zu den Hüften eingesunken. Aber so eisiges Wasser war schmerzhaft. Viktor kannte das aus eigener Erfahrung. Auch er war als Junge beim Schlittschuhlaufen mal eingekracht.

»Beweg dich nicht. Bleib ruhig. Ich komme!«, redete Adelheid beruhigend auf ihren Bruder ein, der nun panisch versuchte, selbst aus dem Loch rauszuklettern, und dabei immer mehr von der Eisdecke zerbrach.

Viktor lief sofort zum Ufer. »Nehmen Sie meine Hand«, forderte er sie auf.

Sie war schon beinahe bei ihrem Bruder. Es war besser, dass sie über das Eis ging, denn er war bedeutend schwerer als sie mit ihrer zarten Gestalt. Ohne zu zögern, reichte sie ihm ihre linke Hand und streckte die andere in Richtung ihres Bruders aus.

»Gunther. Hier, meine Hand. Nimm sie.« Adelheid Schaaf tastete sich vor, fasste endlich die kleine Hand ihres Bruders und zog.

Viktor spürte das Gewicht. Adelheid Schaaf war erstaunlich kräftig. Er musste sich richtiggehend gegen ihren Zug stemmen. Zentimeter für Zentimeter zogen sie Adelheids kleinen Bruder heraus. Doch der Untergrund war ebenfalls eisig und verschneit. Viktor rutschte mit einem Fuß auf die Eiskante, die nun auch nachgab. Eisiges Wasser quoll durch seinen rechten Schuh.

Endlich konnte Adelheid ihren Bruder am Oberarm packen, und eine Sekunde später waren sie schon wieder auf der Uferböschung.

»Was machst du denn für Sachen, Gunther? Ich hab doch gesagt, du darfst nicht aufs Eis gehen«, schimpfte Adelheid liebevoll mit ihm.

Der Junge starrte sie nur mit großen Augen an und schlotterte am ganzen Körper.

»Rasch, er muss raus aus den nassen Sachen.« Viktor packte den Jungen unter den Armen und nahm ihn hoch. Ohne zu wissen, wohin er wirklich musste, lief er Richtung Dorf.

Gunthers Schwestern folgten ihm, bis sie zu einer Abzweigung des Wegs um den See herum kamen und ihm die Richtung wiesen. Zur Dorfstraße, und von dort über einen verschneiten Weg, der sich durch eine schneebestäubte Wiese schlängelte.

Viktor sah vor sich die Tagelöhnerhütte. Durch die weiße Decke, die über der Hütte lag, sah es vermutlich nicht ganz so ärmlich aus, wie es war.

»Sie können ihn runterlassen … Ich nehme ihn jetzt … Es geht schon«, versuchte Adelheid ihn nun davon zu überzeugen, dass er sich der Hütte nicht näherte.

Viktor wusste genau, was sie gerade fühlte – Scham. Ganz sicher wollte sie vermeiden, dass er einen Blick in die Hütte werfen konnte. Deswegen blieb er wenige Meter davor stehen und ließ den Jungen auf den Boden gleiten. Der hatte die ganze Zeit über in seinen Armen geschlottert.

Adelheid packte ihn und zog ihn zur Hütte. Ihre beiden Schwestern waren ihr gefolgt, und sie schob die drei durch die Tür. Sie gab den Schwestern noch Anweisungen, was sie nun zu tun hatten. Dann schloss sie die Tür und kam zu ihm.

»Ich danke Ihnen sehr. Ohne Sie wären wir nicht so schnell zurück gewesen.«

»Keine Ursache. Ich war nur zufällig zur Stelle.«

»Trotzdem …«

Es war das erste Lächeln, das sie ihm schenkte, seit über fünf Monaten. Verstohlen schaute sie auf die Erde und bemerkte jetzt auch seinen nassen Schuh.

»Sie sind auch eingebrochen. Sie müssen frieren.« Ihr Blick wanderte unruhig zwischen ihm und der Hütte hin und her.

Bevor sie noch in die Verlegenheit käme, ihn reinbitten zu müssen, sagte er schnell: »Ich gehe sofort zurück ins Schloss. Solange ich mich bewege, spüre ich die Kälte kaum.« Er merkte, wie erleichtert sie über seinen Vorschlag war, drehte sich um und ging eilig davon.

Zurück in seiner Schlafkammer, feuerte er seinen Kanonenofen an, stellte den nassen Schuh in die Nähe und zog sich trockene Socken an. Er schob den Stuhl so vor den Kanonenofen, dass sein eiskalter Fuß sich schnell wieder erwärmte.

Es freute ihn, dass sie ihn angelächelt hatte. Sehr sogar. Vielleicht war ja die Rettung ihres Bruders das Puzzleteil, das noch zum Friedensangebot fehlte. Je mehr er darüber nachdachte, war er sich sicher: Es musste so sein. Diese Vorstellung brachte ihn zum Träumen. Von Adelheid, von ihrem Kuss, von Küssen, die noch folgen könnten. Sein eigenes Leben leben, hatte Vater gesagt. Seinen eigenen Träumen folgen, auch wenn es für einige bereits zu spät war. Aber nicht für alle, nicht für die kleinen Träume, selbst wenn sie die Welt bedeuten könnten.

Den Rest des Nachmittags verbrachte er in seiner Schlafstube, doch früh genug, bevor Adelheid zurückkommen würde, zog er sich wieder an und ging hinunter.

Wie vermutet, kam Adelheid rechtzeitig vor dem Abendessen zurück. Noch bevor sie das Gelände des Schlosses betrat, löste er sich aus dem Schatten eines Baumes und ging auf sie zu. Sie war überrascht, ihn zu sehen. Aber nicht erschrocken.

»Wie geht es Ihrem Bruder? Ist alles gut gegangen?«

»Ich denke doch. Wir waren ja dank Ihrer Hilfe sehr schnell zu Hause. Und nachdem er seine nassen Sachen ausgezogen hatte, konnte er sich vor dem Ofen schnell aufwärmen.«

»Ich hoffe, er hat sich keine Erkältung zugezogen.«

»Das hoffe ich auch.« Es fiel ein wenig Licht vom Schloss zu ihnen hinüber. Genug Licht, um sehen zu können, dass sie ein freundliches Gesicht machte.

Viktor trat noch einen Schritt näher. »Ich bin sehr dankbar für die Gelegenheit, Ihnen helfen zu können … Es war mir ein großes Anliegen, Ihnen zu zeigen, dass ich im Grunde … nett bin. Netter, als ich mich meistens verhalte.«

Adelheids Augen wurden groß, aber sie wusste wohl nicht, was sie darauf antworten sollte. Sie knabberte an ihren Lippen, bis sie schließlich sagte: »Auf jeden Fall danke ich Ihnen sehr dafür.«

Es machte den Anschein, als wollte sie nun weitergehen. Doch das wollte Viktor noch rauszögern. Es war schön, mal mit ihr allein zu sein.

»Ich …«

Noch bevor er weiterredete, griff er nach ihren Händen. Sie besaß keine Handschuhe, und er hatte sich keine angezogen. Ihre Hände waren eiskalt, ebenso wie seine. Und doch strömte sofort eine wärmende Kraft durch sie.

»Adelheid … Ich möchte …« Wie sollte er nur anfangen? Was wollte er überhaupt sagen?

»Ich hatte Ihnen schon gesagt: Der Kuss war ein Fehler. Und dass er in diesem Moment als Ablenkung gedacht war. Dass ich Sie nicht küssen wollte, weil ich damit etwas versprochen hätte, was ich nicht halten kann. Wegen meiner Familie … Ich bereue es, Sie geküsst zu haben, aus den falschen Gründen. Aber ich habe es sehr genossen, Sie … dich zu küssen. Und ich würde dich wirklich gerne … sehr gerne … aus den richtigen Gründen küssen.«

So, nun war es raus, was er sich seit Wochen kaum selbst einzugestehen wagte.

Und sie? Sie sagte nichts. Sie sah ihn nur an.

Er wusste nicht, was er tun sollte. Er hielt ihre Hände, aber auch nicht so fest, dass sie sie nicht hätte wegziehen können. Was sie nicht tat.

Wie jetzt weiter? Und wohin eigentlich? Er wollte nichts tun, was sie kränken oder verletzen würde. Wenn er nicht schon zu viel getan hatte. Er sollte ihre Hände loslassen, und wollte es doch nicht. Er wollte sie küssen, jetzt, aus den richtigen Gründen. Und durfte es doch nicht.

»Und was wären die richtigen Gründe?«, fragte sie nun mit belegter Stimme.

»Ich … Die richtigen Gründe … Weil ich dich sehr gernhabe. Schon seit dem ersten Moment. Du bist mir sofort aufgefallen. Und ich durfte nicht … Also musste ich von Anfang an mit mir kämpfen. Immer stärker. Es wurde immer schwerer … Und ich … Lange konnte ich meine Gefühle wegschieben. Weil ich es musste. Es eigentlich immer noch muss. Wegen … Das, was ich auch gesagt habe: dass es nicht sein darf, das mit uns. Das stimmt immer noch. Ich darf mir meine Träume nicht erlauben.« Er holte tief Luft. Es war genau, wie er es sagte. Nur hatte er es sich bisher nicht eingestanden.

»Ich hätte gerne Träume, die ich mir erlauben dürfte, oder auch nicht. Ich hatte Träume. Und dann … Dann haben Sie mir die kaputt gemacht.« Ihre Stimme brach.

*Sie*. Sie siezte ihn. Sie war noch lange nicht an dem Punkt, an dem sie ihm wirklich vergab. Und ihm einen Schritt entgegenkam.

»Es tut mir unendlich leid. Was ich getan habe. Dass ich es getan habe. Dass ich so … unehrlich war.«

»Willst du mir etwas versprechen? Nur eins?«

*Du*. Also doch eine Annäherung. »Alles.«

»Ich möchte nur nie wieder belogen werden. Ich möchte nicht wieder betrogen werden. Wenn du mir etwas sagst, dann soll es stimmen. Wenn du nichts sagst, oder … etwas, das mir nicht gefällt, ist das in Ordnung. Aber ich will nie wieder belogen werden. Kannst du mir das versprechen?«

»Ja. Ja, das kann ich. Das tue ich. Ich werde dich nie wieder belügen«, sagte er voller Überzeugung.

»Und auch nicht drohen. Mit dem … unserem Geheimnis, das wir zu dritt haben.«

»Das war so dumm. Ich hab es nur gesagt, weil ich solche Angst hatte. Bitte verzeih mir. Ich werde dir auch nie wieder drohen.«

Sie nickte, als wäre es nun in Ordnung, und schaute ihn einfach weiter an. Als wäre nun alles geklärt.

Viktor hatte das Gefühl, eine riesige Last sei von ihm genommen. Ein Gefühl von Freiheit übermannte ihn. Der Wunsch, endlich der Mann sein zu dürfen, der er gerne wäre.

»Und jetzt, da ich dir versprochen habe, dich nicht mehr zu belügen, oder zu bedrohen, darf ich dich jetzt aus den richtigen Gründen küssen?«

Sie zögerte. Er konnte sie nur zu gut verstehen. Sie brauchte Zeit. Zeit, um sich nun über ihre Gefühle klar zu werden. Die Gefühle, die nun hoffentlich eine neue Grundlage hatten. Eine echte Grundlage, eine ehrliche.

Plötzlich bewegte sie ihren Kopf. Es war ein leichtes Nicken, kaum merkbar.

Sein Mund näherte sich ihrem, so langsam, wie ein Sonnenuntergang den Horizont küsste. Als sich ihre Lippen berührten, nur ganz sacht, da fühlte er, wie eine Hitze durch ihn strömte. Er wagte es nicht, sie in den Arm zu nehmen, küsste sie weiter, immer noch sacht, als könnte er sie verschrecken.

Dann ließ er von ihr ab und zog sie stattdessen in seine Arme. Ihr Kopf lag an seiner Brust.

»Wie soll es jetzt weitergehen?«, fragte sie mit gedämpfter Stimme in seinen Mantel hinein.

»Ich weiß es nicht, Adelheid. Ich weiß es nicht. Das ist ja gerade das, wovor ich mich gefürchtet habe. Dass ich nicht weiß, wie es weitergehen kann, wenn wir es einmal angefangen haben.«

Es dauerte einen Moment, bis sie sprach.

»Aber jetzt haben wir es angefangen.«

»Ja, jetzt haben wir es angefangen.« Er lehnte sich etwas zurück und sah ihr in die Augen. Und dieses Mal küsste er sie so leidenschaftlich, wie er es sich immer vorgestellt hatte.

# Kapitel 6

## Ende November 1908

Viktor hatte Adelheid zwei amerikanische Romane aus der Bibliothek gegeben, in denen sie nun abends ein paar Minuten las. *Die Abenteuer des Tom Sawyer* und *Die Abenteuer des Huckleberry Finn* von Mark Twain. Sie fragte sich, was die Auswahl der Lektüre ihr sagen sollte. Dass auch in Amerika die Menschen unter den Zuständen litten? Dass es besser war, in die Freiheit zu fliehen, als eingesperrt zu sein? Dass man sein Glück nur fand, wenn man gegen die Regeln der Gesellschaft verstieß?

Denn sie verstießen gegen die Regeln – die des Schlosses und die der Gesellschaft. Sie spielten Verstecken. An jedem Tag stahlen Viktor und sie sich ein paar Minuten, um zusammen zu sein. Mit größter Vorsicht hatten sie sich einmal in der Bibliothek getroffen und zwei Mal schon in den ohnehin meist ungenutzten Schlafgemächern der Söhne. Doch diese lagen auf dem Flur mit den anderen Schlafgemächern der Familie. In den Räumen selbst würde man sie vermutlich nicht entdecken, aber unbemerkt hinein- und später hinauszuschlüpfen, war riskant. Dienstboten, zumal besonders junge wie Adelheid, durften keine Beziehung miteinander haben. Also blieben ihnen nur die Heimlichkeit und die Aussichtslosigkeit auf eine gemeinsame Zukunft.

Jetzt gerade hatten sie einen abgeschiedenen Ort gefunden. Der Raum, in dem der alte Flügel stand, auf dem die Kinder des Fürsten Klavierspielen gelernt hatten, wurde so gut wie nie betreten. Allerdings war der Weg dorthin weit, weil der Raum abgelegen war. Und es gab nur einen Weg zurück in den Hauptflur. Es würde verdächtig wirken, wenn beide, selbst nacheinander, aus dieser Richtung kämen. Oder wenn sie ungewohnt lange nirgendwo aufzufinden wären.

Trotz ihrer Vorsicht schwebte Adelheid wie auf Sommerwolken durch den Flur. Es war ihr so leicht ums Herz. Sie hatte Gefühle, die sie so flattern ließen wie Schmetterlinge in der warmen Frühlingssonne.

»Adelheid …« Viktor zog sie vorsichtig an sich und küsste sie.

Es fühlte sich an wie Himmel und Hölle gleichzeitig. Seine Lippen auf ihren schmeckten nach dem Ende aller Einsamkeit, nach einem eigenen Leben, aber auch nach Hoffnungslosigkeit. Und doch wollte sie mehr. Mehr davon. Und mehr von etwas, von dem sie noch nicht wusste, was das sein könnte. Sie wusste nicht, wie sie sich verhalten sollte, wollte nicht zu forsch sein, und doch brannte sich ihre Hitze durch die Kleidung. Sie ließ sich küssen, und wagte doch nicht, ihn mehr zu berühren als seine Oberarme, in die sie sich regelrecht hineinkrallte.

Als er von ihr abließ, trat sie zurück, wischte sich eine Strähne aus der Stirn und lächelte unsicher. »Ich kann es immer noch nicht glauben.« Noch immer war es merkwürdig, Viktor so nahe zu sein.

»Ich auch nicht.« Er lächelte, und die vorwitzigen Grübchen, die Adelheid so liebte, erschienen auf seinem Gesicht.

»Ständig glaube ich, dass ich aufwache und es nur ein Traum war. Als würde ich mir das einbilden.«

»Genauso geht es mir.« Er zog sie mit sich auf den Klavierhocker. Sie saßen eng nebeneinander, während Viktor die Abdeckung aufklappte.

»Kannst du spielen?«

»Ich hab es mal gelernt. Sechs lange Jahre.«

Adelheid war klar, dass er natürlich nicht die Tasten anschlagen durfte, denn jeder Ton könnte ihren Aufenthalt verraten.

»Erzähl mir was. Von früher, von deiner Familie.« Sie wusste kaum etwas.

Er schien zu zögern. »Meine Familie lebt in Charlottenburg. Dort bin ich aufgewachsen. Dort bin ich aufs Gymnasium gegangen … bis ich zwölf war.«

»Aufs Gymnasium?«, fragte Adelheid beeindruckt nach. Immerhin war ihr nun klar, wieso Viktor so gebildet und eine so elegante Erscheinung war.

»Damals geriet mein Vater … mit seinem Arbeitgeber in Konflikt. Wir verloren alles, mein Vater seine Anstellung, die Wohnung, alle Möbel, und auch das Klavier, das ich damals nicht annähernd so geliebt habe wie heute.«

Wie schwer die Umgewöhnung für ihn wohl gewesen sein musste? Was für ein Abstieg! Sie war in dieses Leben hineingeboren worden und kannte es nicht anders. Immerhin konnte sie sich glücklich schätzen, dass sie ihren Vater nicht verleugnen musste.

»Was war dein Vater von Beruf?«

Viktor schaute sich um, als würde jemand zuhören. »Lass uns bitte nicht über ihn reden.«

»Was machen deine Schwestern? Und dein Bruder?«

»Ricarda, die Älteste, und auch Theodora suchen beständig Arbeit. Sie kriegen immer mal wieder was für ein paar Tage. Du kennst das sicher.«

»Ja, das kenne ich.«

»Und Leander, nun, er muss lernen.«

»Lernen?«

»Lernen, den ganzen Tag. Nächstes Jahr zu Ostern wird er sein Nicht-Schüler-Abitur ablegen, vor einer Prüfungskommission. Damit er sein Abiturium bekommt. Das ist der ganze Lebensinhalt meiner Familie. Leander soll das Abiturium machen und danach studieren. Dafür spare ich. Dafür spart meine Familie sich alles vom Mund ab.« Einhändig spielte Viktor eine stumme Melodie auf den Tasten, während er mit der anderen Adelheids Hand hielt.

»Ich geb auch all mein Geld an meine Familie«, sagte sie. Natürlich abgesehen von dem Geld, das sie durch ihren Betrug erwirtschaftet hatte. Das wäre sicherlich etwas, was sie auf gar keinen Fall jemandem erzählen durfte. Weder Hedda noch Viktor.

»Und dann? Wenn Leander studiert hat und arbeitet, was dann?«

Er ließ seine Hand sinken und neigte den Kopf. »Dann werde ich frei sein. Und kann endlich machen, was ich will.«

»Und was wäre das?«

»Ich werde dann schon dreißig sein, oder älter. Was soll ich dann noch ändern? Niemand würde einen so alten Lehrling aufnehmen.«

»Aber wenn das egal wäre?«

»Dann würde ich gerne in einem Verlag arbeiten. Ich fände es faszinierend, dabei zu helfen, Bücher entstehen zu lassen. Aber ich hab ja nur den Volksschulabschluss. Vermutlich würde es gerade mal zu einer Anstellung in einer Druckerei reichen.«

»Aber du weißt doch so viel mehr!«

Er zuckte mit den Schultern. »Das dürfte den anderen herzlich egal sein.«

Adelheid biss sich auf die Lippe. Da hatte er natürlich recht.

»Und du? Wovon träumst du?«

Adelheid ließ ein verzagtes Lächeln aufblitzen. »Ich träume davon, mir Träume auszudenken. Oder zu erlauben. Mir hat noch nie jemand die Frage gestellt, was ich will. Nicht einmal ich selbst.«

Er sah sie eindringlich an. »Du bringst mich zum Träumen«, sagte er, zog sie wieder an sich und küsste sie.

»Das hier will ich. Das zwischen uns beiden. Nur, ohne mich verstecken zu müssen«, sagte Adelheid atemlos.

»Ich weiß. Ich will es auch. Aber …«

»Ja. Aber!« Nun zuckte sie mit den Schultern. Was immer sie da taten, hatte es doch für sehr lange Zeit keine Zukunft. Das wussten sie beide. Ein letzter Kuss. Es wurde Zeit. Darin verstanden sie sich wortlos.

»Geh du zuerst«, sagte Viktor. Er hielt Adelheids Hände in seinen und streichelte mit seinen Daumen über ihre Haut. Nun war Adelheid wirklich sehr froh, dass sie ihren Losgewinn in etwas Handcreme investiert hatte. Sie benutzte sie nicht häufig, aber nun, seit zehn Tagen, täglich. Sie war so gut wie aufgebraucht, und Adelheid sollte schleunigst dafür sorgen, sich Nachschub zu kaufen. Aber um kein Aufsehen zu erregen, konnte sie solch bescheidenen Luxus nicht hier im Krämerladen kaufen.

Adelheid nickte und löste sich aus seiner Umarmung. Viktor zog sie zurück in seine Arme, küsste sie noch einmal und ließ erst dann von ihr ab. Er lächelte sie glücklich an.

»Ich dachte, weil wir doch am Sonntag beide freihaben, du könntest vielleicht etwas früher von deiner Familie weggehen, und wir könnten uns in Oranienburg treffen.«

Daran hatte Adelheid noch gar nicht gedacht. »Das ist eine gute Idee. Und hier im Schloss könnte ich erzählen, dass ich dieses Mal später komme und bei meiner Familie bleibe.«

»Dann fahre ich schon vor nach Oranienburg, und wir treffen uns dort am Bahnhof. Und gehen in ein Café.«

Adelheid nickte. Sie kannte sogar ein Café. Eins, das nicht allzu weit entfernt vom Bahnhof lag. »Kennst du dich dort aus?«

»Nein. Dann laufen wir halt ein wenig durch die Stadt und schauen uns um. Bestimmt finden wir etwas Passendes.« Passendes hieß in ihren beiden Fällen, etwas Preisgünstiges.

Nun löste sie sich ganz von Viktor, ging zur Tür und schaute vorsichtig hinaus. Der Flur war leer, und es waren keine Schritte zu hören. Sie schloss die Tür nicht ganz und lief eilig den Gang entlang Richtung Hintertreppe. Selig stieg sie die Stufen hinunter.

Endlich fügte sich alles. Ihrer Familie ging es zwar immer noch nicht wirklich gut, aber deutlich besser als früher. Sie hatte sich mit Hedda versöhnt und mit Viktor ebenfalls. Mehr als versöhnt. Wo das hinführen sollte, wusste keiner von ihnen beiden. Adelheid war noch nicht einmal großjährig. Und selbst wenn – sie waren beide auf ihre Stellung hier angewiesen. Viktors Rang war noch zu niedrig, um heiraten zu können. Und sie hätte als verheiratete Frau ohnehin ihre Stellung als Hausmädchen aufgeben müssen.

Natürlich hatten sie nicht darüber gesprochen, denn all diese Vorstellungen lagen in weiter Ferne. Sie brauchten aber auch nicht darüber zu reden, denn ihnen beiden war klar, in welch verzwickter Lage sie sich befanden. Fürs Erste versuchten sie, ihre gestohlenen Augenblicke zu genießen. Adelheid musste immer aufpassen, dass sie nicht von ihren Gefühlen überwältigt wurde, vor allem, wenn sie gemeinsam in der Leutestube waren. Am Esstisch musste sie sich zwingen, ihn nicht ständig anzuschauen.

Wie merkwürdig das war. Noch vor mehreren Wochen hatte sie gedacht, sie würde ihn hassen. Und auch wenn dieses Gefühl nach seiner Entschuldigung schwächer geworden war, wusste sie doch, wie sehr sie ihn verwünscht hatte.

Doch sie hatte sich in ihm getäuscht, genau wie sie sich in der Fürstin getäuscht hatte. Seit Wochen trug sie sich mit ihrem schlechten Gewissen. Die Entschuldigung der Fürstin hatte für sie alles geändert. Nicht sie, nicht die fürstliche Familie war für ihr Unglück verantwortlich, sondern in letzter Konsequenz Maximilian Harden. Am liebsten hätte sie etwas getan, womit sie dieses Unrecht wieder hätte ausgleichen können. Doch leider fiel ihr nichts ein.

Natürlich hatte sie schon mehrmals daran gedacht, dass sie dem Fürsten die verräterische Fotografie, die sie nach dem Leeren von Opitz' Tresor auf dem Boden gefunden hatte, einfach in einem Umschlag heimlich aufs Bett legen sollte. Aber dazu konnte sie sich nicht durchringen. Dann hätte sie nämlich nichts mehr in der Hinterhand, falls die ganze Geschichte mit dem Brief doch herauskommen würde. Dann wäre sie im Zweifelsfall der Wut und Rache des Fürsten hilflos ausgeliefert. Nein, sie durfte das Foto nicht aus den Händen geben. Gerade jetzt nicht, da das Fürstenpaar nach dem Spion im Schloss suchen ließ.

Aber irgendwas musste sie unternehmen. Also hatte sie sich Heddas Spionieren angeschlossen und versuchte herauszubekommen, wo Lydia und Opitz sich heimlich trafen. Doch all das Nachschleichen, um die Ecke linsen und an der Tür horchen, ob jemand nach dem Ausschalten der Lichter über den Flur huschte, hatte bisher nichts gebracht. Offensichtlich ging Opitz bei den freiwilligen Treffen viel geschickter vor.

Hedda hatte ihr von diesem komischen Gummiteil in der Nachttischschublade von Lydia erzählt. Bei der Vorstellung, was die beiden damit taten, wurde Adelheid beinahe übel. Fast hätte sie Lydia bemitleidet. Doch dann musste sie daran denken, was Lydia Hedda, was sie der Mamsell angetan hatte. Und wie skrupellos sie war.

Adelheid wollte Hedda in ihrer Misere helfen. Und für Hedda, für Viktor, für sich selbst, ja, für alle anderen hier im Schloss würde sie gerne dabei helfen, Opitz loszuwerden. Außerdem, wenn man Lydia und Opitz während ihrer heimlichen Treffen überraschen würde, dann wäre man beide boshaften Unruhestifter im Schloss auf einen Schlag los.

Doch dazu musste man ihnen erst einmal auf die Schliche kommen. Letzte Woche war es wohl zu einer merkwürdigen Begegnung gekommen, oben im Gästetrakt, als Hedda Lydia nachgeschlichen war. Gerade als Hedda sich an die Wand gedrückt hatte, um um die Ecke zu schielen, hatte auch Lydia sich an die Wand gedrückt und wollte um die Ecke schauen. Nase an Nase standen sie sich gegenüber. Hedda hatte erzählt, wie sie beide blödsinnige Erklärungen für ihr Verhalten vor sich hin gestammelt hatten.

Also war es aufgeflogen, dass Hedda Lydia nachspionierte. Sie würde für eine ganze Zeit lang sehr viel vorsichtiger sein müssen. Doch Adelheid konnte weitermachen. Und sie wollte auch weitermachen, denn sie musste Hedda helfen. Sobald Opitz in flagranti aufflog, konnte Hedda der Fürstin von ihrer Situation erzählen. Und wie sie da reingeraten war. Doch bisher waren alle Versuche, Lydia und Opitz auf die Schliche zu kommen, fehlgeschlagen. Wenn sie sich trafen, dann so überaus heimlich, dass niemand etwas davon mitbekam.

Hoffentlich stellten Viktor und sie sich genauso geschickt an. Sie wollte gar nicht daran denken, was passieren würde, wenn jemand sie erwischte. Oder gar, wenn Opitz sie erwischen würde. Sie mussten äußerst vorsichtig sein.

Umso mehr freute sie sich über die Idee, sich in Oranienburg zu treffen. Dort hätten sie endlich wirklich einmal Zeit für sich und könnten sich ungezwungen unterhalten, ohne dass einer von ihnen beiden aufschreckte, weil sie ein Geräusch gehört hatten. Bei jedem ihrer heimlichen Treffen stand die Angst, sie könnten entdeckt werden, im Vordergrund.

Bestimmt würde sie es in Oranienburg schaffen, kurz in diesen kleinen Laden in der Nähe des Bahnhofs zu gehen und sich dort sowohl Handcreme als auch Wolle für einen Schal zu besorgen. Sie wollte Viktor einen Schal zu Weihnachten stricken. Dafür sollte sie etwas extra Kleingeld mitnehmen.

Sie überlegte kurz, wie lange sie schon weg gewesen war und ob Mamsell Reineke mittlerweile schon nach ihr suchte. Vermutlich nicht. Und selbst wenn, konnte sie sich gut rausreden. Auch wenn die Mamsell auf ihrem Stock nun über die Gänge schlich, gut zu Fuß war sie noch lange nicht. Deshalb vermied sie jeden zusätzlichen Weg und einen längeren Gang in die oberen Stockwerke allemal.

Adelheid schlug den Weg zur Abstellkammer ein. Das Foto und ihr heimliches Geld lagen noch immer in dem Sekretär mit dem fehlenden vierten Bein. Keine Minute später stand sie vor dem Zimmer.

Sie horchte in den Flur hinein, hörte keine Schritte und öffnete leise die Tür. Genauso leise schloss sie die Tür wieder und drehte sich um. Der kaputte Sekretär stand ganz hinten in einer Ecke. Die Sicht dorthin wurde durch zwei große Kleiderschränke versperrt. Doch als sie nun an den vielen, mit weißen Laken bedeckten Möbelstücken vorbeilief, blieb sie abrupt stehen. Das Herz rutschte ihr in die Hose.

Das durfte doch wohl nicht wahr sein! Opitz war dort, mit halb heruntergelassener Hose. Auf einer alten Kommode lag Lydia vor ihm, mit gespreizten Beinen. Adelheid musste wirklich an sich halten, dass sie bei diesem Anblick keinen Mucks von sich gab. Sofort zog sie sich hinter einen der Kleiderschränke zurück. Sie musste hier raus, schnell. Doch erst musste sie prüfen, ob man sie überhaupt bemerkt hatte. Ganz vorsichtig linste sie zwischen den beiden hohen Kleiderschränken hindurch.

Opitz, der mit dem Rücken zu Adelheid stand, schnaufte leise, und Lydia hatte den Kopf Richtung Fenster gedreht. Es schien nicht so, als hätten die beiden sie bemerkt. Ihr Blick ging zum Sekretär, der unmittelbar neben dem Geschehen stand. Eine heiße Welle lief durch Adelheids Körper. Auch das noch. Übervorsichtig schlich Adelheid zurück zur Tür und verschwand nach draußen. Dort auf dem Flur erst bemerkte sie ihre weichen Knie.

Dann war also schon jemand anderes auf die Idee gekommen, dieses so abgelegene und ungenutzte Zimmer aufzusuchen. Sie würde später, nach dem Abendessen, noch mal wiederkommen, um das Geld und das Foto zu holen. Und woanders zu deponieren.

Opitz und Lydia hatten das Unaussprechliche kaum einen Meter entfernt von dem kaputten Sekretär getan. Nicht auszudenken, jemand würde sich daran abstützen, das Ding würde umkippen und die Beweise herauspurzeln.

Obwohl ihr leicht schummerig war, musste Adelheid grinsen. Endlich hatte sie sie erwischt. Nun wusste sie zumindest, wo die beiden ihre heimlichen Treffen abhielten. Jetzt musste sie nur rauskriegen, wie oft sie das taten, und in welchem Abstand. Dann wäre es ein Leichtes, die Fürstin hierherzuführen, gemeinsam mit Hedda. Oder vielleicht sollte Hedda das alleine tun. Denn sie hatte die Gnade und Wertschätzung der Fürstin bitter nötig.

Wunderbar, nun ging es nicht nur ihrer Familie besser, ihre Freundschaft mit Hedda war wieder gekittet, und sie würde aus ihrer Misere erlöst werden. Sie hatten nun die Chance, Opitz ein für alle Male zu Fall zu bringen. Und vielleicht, vielleicht würde Viktor danach sogar zum Butler aufsteigen.

## 6. Dezember 1908

»Hedda!« Arthur sprang überrascht von seinem Stuhl auf. Ganz offensichtlich hatte er kaum noch damit gerechnet, dass sie auftauchen würde.

Die Weihnachtsfeier des Zentralverbands der Hausangestellten fand am ersten Sonntag im Dezember statt. Hedda hatte es nicht übers Herz gebracht, den Brief an Arthur zu beenden. In ihrem Unvermögen, ihm die letzten bitteren Worte zu schreiben, hatte sie erkannt: Sie musste es ihm persönlich sagen. Sie konnte nicht zu Papier bringen, was unsagbar war. Aber selbst, wenn sie es Arthur gegenüber nicht aussprechen würde, er war jemand, der durch ihr Verhalten verstehen würde, dass es mit ihnen nicht weiterging.

Außerdem fiel ihr im Schloss die Decke auf den Kopf. Sie musste raus, musste ihren Kopf lüften, musste endlich einen klaren Gedanken fassen, um ihre Situation bewältigen zu können. Sie konnte nicht stumpf darauf warten, die Katastrophe würde über sie hineinbrechen. Hier würde sie vielleicht Gelegenheit haben, mit einer der Frauen oder Herren zu sprechen, die Beratungstermine sonst an den Nachmittagen unter der Woche anboten. Um sich wenigstens schon mal schlauzumachen, welche Art der Hilfe vonseiten des Verbandes überhaupt angeboten wurde.

Zwar hatte Adelheid ihr vor ein paar Tagen von ihrer phänomenalen Beobachtung erzählt, aber noch waren sie nicht dahintergekommen, wie oft und zu welchen Zeiten Lydia und Opitz sich dort in der Abstellkammer trafen.

Adelheid sagte, es sei nur noch eine Frage der Zeit, bis sie die beiden enttarnen könnten. Doch Zeit war etwas, das Hedda nicht hatte. Sie spürte schon, wie sich ihr Körper veränderte. Adelheid beschwor zwar, dass noch nichts zu sehen sei. Gar nichts, überhaupt nichts. Und wenn es anfange, dann habe sie immer noch einige Wochen, bevor jemand es bemerken würde. Trotzdem wurde ihre Zeit allmählich knapp.

Außerdem war Hedda deutlich skeptischer als Adelheid, was die Reaktion der Fürstin auf ihre Schwangerschaft anging. Ob sie wirklich nachsichtig mit ihr sein würde, glaubte Hedda nicht. Das Beste, was passieren könnte, war, dass die Fürstin ihr einen Aufenthalt in einem Heim für ledige Mütter zahlen würde. Aber auf dem Schloss bleiben durfte sie ganz sicher nicht. Eine unverheiratete schwangere Dienstbotin, wo gab es denn so was? Ganz sicher nicht unter dem Dach derer zu Eulenburg, die sich gerade keine weitere moralische Blöße geben konnten.

Und doch hatte es ihr etwas seelischen Auftrieb gegeben zu wissen, sie würde wenigstens Opitz drankriegen. Wenn sie es tatsächlich schafften, die Fürstin in die Abstellkammer zu führen, während Opitz und Lydia dort zugange waren, dann würde ihm gekündigt werden müssen. Etwas anderes war gar nicht möglich.

Auch aus dieser seltenen positiven Stimmung heraus hatte sie sich dazu entschlossen, nach Berlin zu fahren.

»Wunderbar, ganz wunderbar, dass du doch noch gekommen bist.« Arthur griff nach ihren Händen und drückte sie innig.

Hier, wo so viele Leute drum herumstanden, würden sie sich natürlich nicht näherkommen können. Was Hedda sehr recht war. Denn die Küsse, die sie sich bisher gegeben hatten, würden nicht wiederholt werden können. Sie würde Arthur irgendwann, in einer ruhigeren Minute, nach draußen vor die Tür bitten und ihm sagen, dass sie sich nicht mehr sehen könnten. Dann würde sie zum Bahnhof gehen und ihn nie wiedersehen. Er würde es hoffentlich verstehen.

Die Tische waren an die Wände geräumt worden, die Stühle bildeten einen großen Kreis. Auf dem Podium, wo sonst die Redner und Rednerinnen standen, saßen vier Musikanten, die den

Leuten aufspielten. In der Mitte tanzten mehrere Paare. Die Stimmung war ausgelassen. Bitterkeit durchströmte Hedda. Wenn Opitz' Übergriff nicht geschehen wäre, dann könnte sie nun auch zu den Tanzenden gehören. Könnte sich der Musik hingeben, in den Armen Arthurs. Doch all das war nicht mehr möglich.

Selma war auch gekommen und steuerte sofort auf sie zu. »Hedda, wie schön, dass du mal wieder da bist. Wir haben dich alle vermisst.«

Hedda hätte anfangen können zu heulen. Hier gab es Menschen, die sie vermissten. Selma drückte ihr einen Becher in die Hand.

»Das ist Bowle. Die gibt's heute umsonst. Ich hole mir direkt einen neuen Becher.« Schon verschwand sie hinter den tanzenden Paaren.

»Komm, setz dich. Ich freue mich so, dich zu sehen. Warum hast du mir nicht mehr geantwortet?«

Hedda ließ sich zu einem freien Stuhl führen, und Arthur setzte sich daneben. Um nicht antworten zu müssen, trank sie erst einmal etwas Bowle.

»Es ist im Moment sehr schwierig bei mir.« Sollte sie ihm jetzt schon alles sagen? Dann würde sie auch sofort gehen müssen. Sie würde es nicht fertigbringen hierzubleiben, wenn er Bescheid wüsste.

Arthur beobachtete ihren Gesichtsausdruck und schien irritiert. All ihre Leichtigkeit, die sie sonst empfand, wenn sie hier war, war verschwunden.

»Komm, ich kaufe ein Los bei der Tombola.«

Hedda brachte ein leichtes Lächeln zustande. Das schien ihm den nötigen Mut zu geben, sie einfach hochzuziehen und an der Hand in eine Ecke zu führen.

Er kramte ein paar Münzen aus seiner Hosentasche, gab einem Mann einen Groschen und bekam dafür ein Los. »Ich hab auch schon eins. Der Hauptgewinn ist ein Abendessen zu zweit. In einem guten Restaurant. Also vielleicht nicht gerade im Adlon, aber bestimmt wird es nett.«

Hedda versuchte sich an einem Lächeln, was misslang. Als würde sie etwas gewinnen. Schon mal gar nicht den Hauptgewinn.

»Was ist denn mit dir? Was macht dich so traurig?«

Hedda musste an sich halten, dass sie nicht anfing zu heulen. »Ich erzähle es dir später.«

Arthurs skeptischer Blick wanderte über ihr Gesicht. Sie wandte sich ab, denn sie hatte so ein Gefühl, er könne in ihr lesen wie in einem Buch.

»Sollen wir tanzen? Möchtest du tanzen?«

Ach, wäre das nicht schön, einfach für ein paar Minuten zu vergessen, was war? Hedda nickte, stellte die Bowle auf den Tisch und zog sich endlich ihren Mantel aus.

Galant führte er sie auf die Tanzfläche. Die Musikanten spielten gerade einen Walzer. Hedda hatte sonst nicht viel Gelegenheit zu tanzen. Aber Arthur zeigte ihr die Tanzschritte, und noch bevor das Stück zu Ende war, hatte sie es begriffen. Es war so herrlich, in seinen Armen zu liegen und einfach nur durch das Leben zu schweben. Sie tanzten noch drei weitere Stücke, dann setzten sie sich wieder.

»Ich hole uns noch eine Bowle«, sagte Arthur, verschwand und tauchte zwei Minuten später mit zwei Bechern wieder auf.

Hedda sollte besser aufpassen, dass sie nicht zu viel trank. Sonst würde sie unvorsichtig werden und vielleicht zu viel verraten.

»Wieder ein Jahr geschafft, in dem es ein klein wenig besser geworden ist.«

»Was ist denn besser geworden?«, fragte Hedda nach.

»Nun, ganz wichtig ist doch, dass endlich auch Frauen in politische Organisationen aufgenommen werden können. Oder sogar selbst welche gründen dürfen. Und mit der Aufhebung des Verbotes können wir nun auch endlich die Gründung einer richtigen Dienstboten-Gewerkschaft in Angriff nehmen.«

Eine Gewerkschaft für Dienstboten – eine Institution, die dafür sorgte, dass man nicht ständig auf Abruf stand, eine Arbeitszeit hatte, die nicht nach Belieben ausgedehnt werden konnte, und die vielleicht sogar noch soziale Absicherung für Krankheit bot, das wäre einfach nur traumhaft. Aber was hätte sie noch davon? Vermutlich würde sie in wenigen Wochen keine Dienstbotin mehr sein.

»Und dann kämpfen wir um ein festes Recht auf Urlaub, und danach um bezahlten Urlaub.«

Hedda hatte davon in der Zeitung gelesen. Nicht arbeiten müssen und trotzdem weiterbezahlt werden – das klang märchenhaft. Und für sie war derlei Vorstellung auch eher ein Märchen, als dass sie daran glaubte. Aber Arthur war so enthusiastisch, dass sie nichts dagegen sagte.

»An erster Stelle stehen natürlich die Beseitigung der Gesindeordnung und rechtliche Gleichstellung mit den gewerblichen Arbeitern und Arbeiterinnen. Und auch die Forderung der Ausdehnung der Kranken- und Unfallversicherung auf alle in der Hauswirtschaft beschäftigten Personen. Also auf den gesamten Stand der Dienstboten.«

Hedda schüttelte leicht den Kopf. Was Arthur sich da vorstellte, es hörte sich alles viel zu fantastisch an.

»Ich weiß, du glaubst mir nicht. Aber Kaiser Wilhelm hat selbst vor ein paar Wochen gesagt, er wolle das Dreiklassenwahlrecht verändern.«

»Du glaubst ihm das?«

»Nun, wir müssen ihn eben dazu bringen, ihn nötigen.«

»Wie denn? Wir haben weder Kündigungsschutz noch Streikrecht.«

»Und trotzdem wird immer wieder gestreikt. Schau, der Kaiser ist damals auch mit seiner Zuchthausvorlage gescheitert. Und jetzt steht er schon wieder arg in der Kritik. Er muss nun Veränderungen herbeiführen.«

»Bezahlter Urlaub. Das wäre wirklich zu schön. Das würde bedeuten, ich könnte endlich einmal ausschlafen.«

In ihrer Zeit hier in Berlin, als sie auf Stellensuche gewesen war, hätte sie eigentlich ausschlafen können. Doch das Frühstück war in den Pensionskosten enthalten gewesen, und Hedda hatte es sich nicht erlauben können, es einfach sausen zu lassen. »Ich glaube, ich habe keinen einzigen Tag mehr ausgeschlafen, seit ich zur Schule musste.«

»Na siehst du. Wir werden das alles nicht von alleine bekommen, aber irgendwann bekommen wir es. Da bin ich mir sicher.«

Hedda wünschte sich, sie besäße die Überzeugung von Arthur. Dass sie immer mehr Rechte bekommen würden. Dass ihr Leben immer besser werden würde. Doch genau das Gegenteil wäre bald der Fall.

»Und was ist mit der Unterstützung von Arbeitslosen?«, fragte sie nun nach. Als wüsste sie nicht genau, dass ihr das nichts mehr helfen würde.

»Wieso? Hat man dich wieder rausgeworfen?«

»Nein …«

Arthurs durchdringender Blick lag auf ihr. »Was ist los, Hedda? Irgendwas ist doch.«

Hedda nickte nur. Sie sah sich um. Links und rechts saßen Leute, vor ihr wurde getanzt.

Arthur verstand ihr Zögern wohl und stand auf. »Lass uns rausgehen. Lass uns in Ruhe reden.«

Ganz wie sie vermutet hatte, begriff er sofort, dass sie sich hier nicht erklären konnte. Als sie zu ihrem Mantel und der Handtasche griff, verdunkelte sich Arthurs Gesicht. Rasch ging er zu den Garderobenhaken und holte seinen Mantel.

Ohne sich zu verabschieden, verließen sie die Gaststätte und liefen weiter, bis sie an die Spree kamen. Dort lehnte sich Hedda an die Mauer und schaute ins Wasser. Das wäre natürlich auch noch eine Idee, ins Wasser zu gehen. Doch das würde ihr jetzt nicht helfen. Jetzt musste sie Arthur eine schlüssige Erklärung geben, warum sie sich nicht mehr sehen konnten. Doch ihr fehlten die Worte.

Arthur lehnte sich neben sie, die Unterarme auf die Mauersteine gestützt, und sah sie an. Statt Worten kamen Tränen. Arthur richtete sich auf und nahm sie in den Arm. Sie schluchzte, und es dauerte eine Weile, bis sie sich von ihm lösen konnte.

»Ich kann es dir nicht sagen. Ich kann dir nur sagen, dass wir uns nun nicht mehr wiedersehen können.«

»Was? Was kannst du mir nicht sagen?« Seine Stimme war so mitfühlend.

Hedda schüttelte heftig ihren Kopf. »Es ist … zu schrecklich.«

Arthur nahm sie bei den Oberarmen und schaute ihr ins Gesicht. Sie versuchte, nicht hochzuschauen. Doch ein Finger legte sich unter ihr Kinn und hob es.

»Was, Hedda? Was ist zu schrecklich, um es mir zu sagen?«

Ihre Lippen bebten. »Ich bin …« Wieder kam nur ein Schluchzen hervor.

Arthur wartete, bis sie sich einigermaßen beruhigt hatte.

»Da du beim ersten Mal, als du rausgeworfen wurdest, nicht so aufgelöst warst, gibt es jetzt eigentlich nur noch zwei Möglichkeiten.« Er forschte in Heddas Gesicht nach, ob sie ihm etwas verraten wollte. Doch sie blieb stumm.

»Entweder, du musst ins Gefängnis«, sagte er nun und machte eine Pause. »Oder aber, du bist schwanger.«

Wieder schluchzte Hedda laut auf. Arthur zog sie an sich und hielt sie in seinen Armen.

»Also schwanger … Und gibt es einen anderen Mann?«

In seiner Umarmung schüttelte sie den Kopf. Sie war nicht fähig, ihm zu sagen, was wirklich passiert war.

Es fiel ihm wohl auch nicht leicht, seine Gedanken auszusprechen, aber plötzlich sagte er: »Freiwillig oder mit Gewalt?«

»Mit …« Mehr brachte Hedda nicht hervor.

Nun zog er sie noch fester an sich. »Ach Hedda. Du Arme. Es tut mir so leid für dich.«

Sie drückte sich so fest an ihn, als wollte sie ihn nie wieder loslassen. Hatte sie doch gewusst, er würde verstehen.

»Deswegen glaubst du vermutlich, dass wir uns jetzt nie wiedersehen können.«

Sie nickte. Natürlich. Was blieb ihr noch anderes übrig in ihrer Situation?

»Es wird dich vielleicht wundern, aber ich bin mit dieser Situation nicht ganz unvertraut.«

Überrascht schaffte Hedda es, den Kopf zu heben. Verwirrt schaute sie ihn an.

»Es ist nichts, worüber ich normalerweise rede. Aber meine Mutter war auch eine Dienstbotin … Unverheiratet.«

»Und wurde sie auch …?«

Arthur nickte mit ernstem Gesicht.

»Dann bist du also …?«

»Ja. Bin ich. Deswegen möchte ich dir sagen, dass ich dir alle Hilfe anbiete, die ich dir geben kann.«

Hedda schluckte. Welche Hilfe konnte er ihr geben? Einen Ort, wo sie für die nächsten sechs Monate unterkäme? Geld? Die Aussicht auf eine bessere Zukunft?

»Irgendwie muss ich die Monate zwischen meinem Rauswurf und der Geburt überstehen. Wenn ich das Kind später in ein Kinderheim gebe, könnte ich wieder arbeiten gehen.« So, wie die Mamsell es getan hatte. Lange Jahre hatte sie ihren Sohn mit Geld unterstützt. »Aber bis dahin …«

»Du würdest das Kind weggeben?«

»Wenn ich es nicht tue, falle ich in bitterste Armut. Und das Kind mit mir. Ich würde auf der Straße stehen. Was ich vermutlich in ein paar Wochen ohnehin tue.«

»Aber das muss nicht sein. Es gibt noch einen anderen Weg.« Er sah sie eindringlich an, nahm eine ihrer Hände und küsste sie. »Hedda … wir könnten heiraten.«

Hedda riss ihre Augen auf. »Heiraten?«

»Wäre das so abwegig?«

»Du würdest eine Frau heiraten, die schwanger von jemand anderem ist?«

»Nun, ich würde jetzt nicht jede Frau heiraten, die schwanger ist von einem anderen Mann. Und vermutlich hätte ich unter normalen Umständen auch noch etwas länger gebraucht, um dir diese Frage zu stellen. Aber nun scheint der geeignetste Moment zu sein. Du gefällst mir. Du hast mir schon auf den ersten Blick gefallen. Und ich kann mir eine gemeinsame Zukunft mit dir vorstellen.«

»Und deine Arbeit?«

»Ich bin Kammerdiener. Ich darf heiraten. Ich müsste mir nur eine Unterkunft außerhalb des Hauses suchen. Eine kleine Wohnung für uns drei.«

Nun war Hedda sprachlos. Sie sah ihn an, wusste nicht, wie sie reagieren sollte. Für einen kurzen Moment dachte sie, er würde sich einen Scherz erlauben. Doch er lachte nicht, sondern sah sie weiter an.

»Und was sagst du nun? Willst du mich heiraten?«

»Würdest du das wirklich tun? Mich aus Mitleid heiraten?«

»Es ist viel mehr als Mitleid, Hedda Pietsch. Sehr viel mehr.« Er küsste sie, hier, mitten auf der Straße. Es war ihm egal, und im Moment war es ihr auch egal.

»Dann … ja. Ja, ich will dich heiraten«, sagte sie nun endlich.

»Wunderbar.« Arthur lächelte glücklich, und in diesem Moment fiel ein riesiger Stein von ihrem Herzen.

»Komm, dann lass uns reingehen. Mir ist kalt, und dir, glaube ich, auch.«

## 13. Dezember 1908

Es war schon zu spät gewesen, um vom Bahnhof Oranienburg noch zum Lehnitzsee zu spazieren. Adelheid hatte ihren Besuch bei ihrer Familie unter einem Vorwand verkürzt. Doch als sie mit dem Zug in Oranienburg ankam, war es bereits dunkel. Vielleicht würden sie es im Sommer nachholen, hatte Viktor gesagt. Im Sommer. Also plante er längerfristig. Adelheid war selig.

Somit waren sie nur im Schlosspark spazieren gewesen und anschließend in eine billige Bierschwemme am Rande der Innenstadt gegangen, wo sie für kleines Geld etwas getrunken und jeder ein Solei gegessen hatten. Es war immer noch ungewohnt, mit Viktor allein zu sein. Ihm so nahe zu sein. Adelheid dachte beständig, es könne nur ein Traum sein, aus dem sie irgendwann aufwachte. Sie und der elegante Viktor Novak – das war einfach nicht zu glauben.

Es war auffällig, wie sie beide jedes Thema vermieden, das mit Zukunftsplanung, einer festen Beziehung oder Änderung ihrer Lebenspläne zu tun hatte. Als wäre es ein Tabu. Aber es gab noch mehr Tabus. Adelheid hatte sehr wohl gemerkt, dass Viktor immer diesen einen speziellen Punkt umschiffte und sofort das Thema wechselte. Was sie natürlich nur neugieriger machte.

»Was hat dein Vater eigentlich gearbeitet, bevor er bei seinem Arbeitgeber in Ungnade gefallen ist?«, fragte sie irgendwann, als der Moment günstig erschien.

Viktor wandte sich ihr kurz zu und schaute dann auf den Weg vor sich. Er kaute geradezu an einer Antwort, was Adelheid nun noch neugieriger machte.

»Ist es so schlimm?«

Er schüttelte den Kopf, als wollte er verneinen. Doch dann sagte er: »Nein, der Beruf meines Vaters war nichts Schlimmes. Er war Gymnasiallehrer.«

»Gymnasiallehrer?«, sagte Adelheid beeindruckt. Und fühlte sich direkt ein Stückchen kleiner. Dann kam Viktor also aus einer richtigen gutbürgerlichen Familie. Der Fall zu einem Tagelöhnerdasein war tiefer, als sie gedacht hatte.

»Ja, bis zu meinem zwölften Lebensjahr habe ich vollkommen anders gelebt.«

Adelheid wusste nicht, was sie jetzt sagen sollte. Von dieser neuen Information war sie geradezu eingeschüchtert. Der Sohn eines Bürgerlichen, eines hochgebildeten Mannes. Jemand, der Klavierstunden genommen hatte und Fremdsprachen sprach. Mit dem sie nun Hand in Hand spazieren ging.

»Es ist nur …«, setzte Viktor an. »Dann ist ein Umstand eingetreten, der auf keinen Fall im Schloss bekannt werden darf. Auf gar keinen Fall!« Er war stehen geblieben und schaute ihr tief in die Augen.

Adelheid wusste erst nicht, ob sie ihm antworten sollte. Doch anscheinend wartete er darauf. »Ich denke mittlerweile, dass es im Schloss niemanden gibt, der nicht ein Geheimnis hat, das niemand erfahren soll. Die Mamsell, Herr Hartwich, der Fürst …«

»Herr Opitz«, ergänzte Viktor.

»Ja, der auch.«

Viktor packte sie bei den Händen. »Du musst mir versprechen, dass du das niemals jemandem erzählst. Nicht deiner Familie, nicht Hedda, auch sonst niemandem. Keiner Seele, hörst du? Versprichst du mir das?«

Adelheid nickte. »Ja, das verspreche ich dir.«

»Mein Vater hat seine Arbeit verloren, nachdem er einige unangenehme Sachen über den Kaiser gesagt hat.«

»Die Arbeit verloren?«

»Nicht nur das. Er musste wegen Majestätsbeleidigung ins Gefängnis.«

»Ach herrje.« Adelheid starrte Viktor an. Das war allerdings starker Tobak. Jetzt war klar, wieso niemand davon erfahren durfte. Ein Dienstbote in einem Schloss, in dem der Kaiser ein und aus ging. Zumindest früher einmal. Und vielleicht ja doch auch irgendwann wieder in der Zukunft. Kein Wunder, dass Viktor so akribisch darauf achtete, dass niemand etwas von seinem Vater erfuhr.

»Dann kann ich gut verstehen, warum du deinen Vater verleugnest.«

Viktor starrte sie noch einen Moment an, als wollte er ganz sichergehen, dass sie alles richtig verstanden hatte. Dann setzten sie ihren Spaziergang fort. Viktor erzählte ihr noch mehr von früher, vor allem von seiner Liebe zu Büchern. Und was er hätte werden wollen, wenn nicht dieses Unglück über seine Familie hereingebrochen wäre.

Adelheid bewunderte ihn für seine Träume. Sie erzählte ihm von ihren Plänen, mit Hedda nach Amerika zu gehen. Aber sie schilderte es als vage und etwas verrückte Idee von zwei Dienstbotinnen, die ihre Träume vermutlich nie in die Tat umsetzen würden.

Und so war es ja auch: Hedda würde nun ein Kind bekommen, was Adelheid unter keinen Umständen verraten durfte. Auch in ihrem Fall war die Wahrscheinlichkeit, tatsächlich jemals nach Amerika zu gehen, äußerst gering. Auch wenn sie den Gedanken nicht ganz begraben wollte. Es war ein schöner Traum, und es war aufregend, sich vorzustellen, wie es sein könnte. Allerdings konnte sie schon froh sein, wenn sie es jemals nach Berlin hinein schaffte.

Daher hatte Viktor ihr viel davon erzählt, wie es ihm in seinen vier Monaten in Berlin ergangen war. Und was er dort erlebt hatte. Er war oft im nahe gelegenen Tiergarten spazieren gewesen und hatte dort jede Menge eleganter und bekannter Persönlichkeiten gesehen. Was den Skandal mit dem Fürsten und seinem Gerichtsprozess anging, hielt er sich jedoch bedeckt. Adelheid wagte nicht nachzufragen. Zu groß war ihre Angst, sie könnte sich mit dem Wissen über etwas, das sie eigentlich gar nicht wissen konnte, verraten. Sie wusste nicht viel über Maximilian Harden, aber Herr Sibelius hatte ihr erklärt, welche Art von Informationen der Mann benötigte. Alleine dadurch ließen sich Rückschlüsse ziehen.

Bevor sie sich trennten, aßen sie im Wartesaal des Bahnhofes jeder noch ein Butterbrot. Viktor hatte Frau Möckel gefragt, ob er, da er heute Abend länger unterwegs sei, zwei Butterbrote mitnehmen könne. Später war Adelheid in den Zug gestiegen, während Viktor auf den nächsten gewartet hatte.

Froh gelaunt kehrte sie ins Schloss zurück. Tatsächlich hatte sie es geschafft, in Oranienburg in den Krämerladen zu gehen und sich Handcreme sowie Wolle zu kaufen. Jetzt verstaute sie beides, bevor Hedda ins Zimmer kommen würde. Natürlich durfte sie ihr nicht erzählen, dass sie in Oranienburg gewesen war. Und schon mal gar nicht durfte jemand davon erfahren, mit wem sie sich dort getroffen hatte. Vor Hedda hielt sie Viktors Geheimnis verborgen und vor Viktor Heddas Geheimnis. Und vor den beiden ihre eigenen.

Nun war sie gespannt, ob es Neuigkeiten gab. Dass Adelheid ausgerechnet heute später kam, würde Hedda nicht gutheißen. Denn sie hegten die Hoffnung, Lydia und Opitz würden sich heute vielleicht in der Abstellkammer mit den ausrangierten Möbeln treffen. Heute, wo es im Schloss ruhiger zuging.

Bisher hatte es zwei Situationen gegeben, die verräterisch gewesen waren. Einmal, am letzten Sonntagabend, an Heddas freiem Tag, hatte diese gesehen, wie Lydia mit hochrotem Kopf oben in der Badestube verschwand und erst zwanzig Minuten später wieder herauskam. So vorwitzig, wie Lydia sonst war, hatte sie es nicht geschafft, Hedda in die Augen zu schauen, als sie sich auf dem Flur begegnet waren.

Ein paar Tage zuvor hatte Adelheid Opitz gesehen, wie er sich verdächtig oft umgeschaut hatte, um dann im ersten Stockwerk auf den Gang zu huschen. Doch leider wartete die Mamsell gerade unten auf Adelheid, und sie hatte keine Möglichkeit gehabt, Hedda Bescheid zu sagen.

»Adelheid, wo warst du denn so lange?«, sagte diese nun vorwurfsvoll, als sie in die Kammer trat.

»Edeltraud und Gundula sind stark erkältet. Ich musste noch einiges an Arbeit erledigen, bevor ich gehen konnte.«

»Schade. Ausgerechnet heute.«

»Hast du was bemerkt?«

Hedda zuckte mit den Schultern. »Nein. Aber ich habe sowohl Opitz als auch Lydia vor dem Abendessen länger nicht gesehen.«

»Wirklich bedauernswert. Ich bin so schnell gekommen, wie es ging.«

Und wieder log sie. Wenn das doch endlich mal ein Ende hätte. Doch ihr Leben war nun mal so, dass sie Geheimnisse haben musste. Weil sie sonst gar kein Leben gehabt hätte, das man lebenswert hätte nennen können. Ihr war so viel verwehrt, und sie durfte so viele Dinge nicht machen. Zudem brachte das Leben sie ungewollt in Situationen, in denen sie unehrlich werden musste. Eine Schande.

Für einen Moment schoss ihr durch den Kopf, ob es dem Fürsten wohl auch so ging. Zwar besaß er unfassbar viele Dinge und hatte große Freiheiten. Aber offensichtlich musste auch er ein Leben führen, in dem er sich verstecken musste, verstellen und lügen musste und viele Geheimnisse hatte. Manchmal bestimmt sogar vor den engsten Familienmitgliedern. Ja, Männer wie er lebten im goldenen Schatten.

Doch sofort verlor sie den Gedanken. Sie hatte Wichtigeres zu bedenken. Adelheid hatte Hedda noch am gleichen Abend ihrer Beobachtung von dem Plan, die Fürstin in die Abstellkammer zu führen, erzählt. Hedda war sofort Feuer und Flamme gewesen. Wenn die Fürstin das sah, dann würde nicht nur Herr Opitz seinen Hut nehmen müssen. Lydia sowieso. Dann würde ihr die Fürstin vermutlich auch die Vergewaltigung glauben. Und nachsichtig mit ihr sein. Zumindest nachsichtiger. Bestimmt wusste sie oder die Mamsell, wie man weiter mit ihrer Situation umgehen konnte. Seitdem war ihre Freundin nicht mehr ganz so niedergedrückt.

Und seit ihrem letzten Ausflug nach Berlin vor einer Woche schien Hedda regelrecht entspannt. Sie war auf der Weihnachtsfeier des Dienstbotenvereins gewesen. Und es musste wohl schön gewesen sein. Als sie nach Hause gekommen war, war sie seltsam gelöst gewesen. Nächstes Jahr sollte Adelheid doch mal mitkommen zu einer Versammlung, hatte sie vorgeschlagen. Als hätte sie Zeit für so was. Wie sollte das gehen – sich zwischen ihrer Familie und Viktor und dem Verein zerreißen?

Trotzdem, die Zeit wurde knapp. Viktor hatte schon gesagt, dass sie sich bis Anfang nächsten Jahres wohl nicht mehr außerhalb treffen könnten. Jetzt kamen die Weihnachtsfeiertage. Familiärer Besuch würde anreisen, und es gab viel zu tun. Aber genau deswegen hatte Adelheid sich heute in Oranienburg treffen wollen. Sie wollte nicht wieder hingehalten werden. Und sie wollte sich endgültig sicher sein können über Viktors Absichten. Und dafür mussten sie endlich mal Zeit für sich haben.

»Und glaubst du, da ist was gelaufen?«, fragte Adelheid nun nach.

Hedda zuckte mit den Schultern. »Kann sein. Ich weiß es nicht. Ich war zu beschäftigt, um nachzuschauen. Ich kann ja schließlich nicht stundenlang auf dem Flur stehen und warten, wenn ich Aufgaben zu erledigen habe.«

Es klang leicht vorwurfsvoll. Adelheid hatte heute freigehabt. Sie hätte das übernehmen können.

»Wir kriegen sie schon noch«, bekräftigte Adelheid ihren Vorsatz.

Es war wirklich verzwickt. Sie war zerrissen zwischen dem Bedürfnis, Zeit mit Viktor verbringen zu können, und ihrem Wunsch, Hedda zu helfen. Mittlerweile sah man eine leichte Wölbung unten am Bauch. Noch würde es nicht auffallen, weil der Rock und die Schürze darüberfielen. Aber es würde nur noch wenige Wochen dauern, bis andere die Schwangerschaft bemerken konnten. Adelheids schlechtes Gewissen machte sich breit. Sie musste Hedda helfen, und zwar schleunigst.

»Stell dir mal vor, wir kriegen sie noch diese Woche. Dann könnte Herr Opitz schon Weihnachten nicht mehr da sein! Wäre das nicht wundervoll?!«

Hedda nickte müde. Sie war in den letzten zwei Wochen schläfrig. Adelheid hatte sie beruhigt, dass das bei Schwangeren häufig vorkomme. Glücklicherweise hatte sie keine Anfälle von Morgenübelkeit. Die hätten sie sofort verraten.

»Die Mamsell weiß sicher Bescheid, was du mit dem Kind dann machen kannst. Vielleicht sagen wir ihr ja doch, dass wir das waren mit den Beweismitteln aus Opitz' Kartei«, schlug Adelheid vor.

Hedda legte ihren Kopf schief, als wäre es ihr egal. »Ja, mal sehen. Ich geh jetzt ins Bad.« Sie nahm sich ihr Nachthemd und verließ das Zimmer.

Adelheid lehnte sich im Bett zurück. Sie hatte das Gefühl, als würde sich gerade alles zum Guten fügen. Wenn sie nur nicht mehr lügen musste, und niemandem etwas vorspielen, dann wäre sie nun rundherum glücklich. Seit der Fürst zurückgekehrt war, schien das Schreckgespenst von Entlassungen verscheucht. Sie würde vermutlich noch Jahre hier arbeiten können. In wenigen Jahren würden die Geschwister für sich selbst sorgen können, und sie wäre frei. Frei für Viktor, frei für eine bessere Zukunft. Vielleicht würde Viktor sogar Haushofmeister werden, sobald Opitz gefeuert wurde. Und sie, sie könnte wieder Lydias Platz als drittes Stubenmädchen einnehmen. Was würde das für ein Weihnachtsfest werden? Das beste.

## 19. Dezember 1908

*Das hast du nun davon, dass du dich von uns losgesagt hast. Hättest du dich zugänglicher gezeigt, dann wärst du nun eine reiche Frau. Aber nein, du hast uns im Stich gelassen. Und nun musst du die Konsequenzen tragen.*

Edgars Brief war voller Häme. Er war heute mit der Nachmittagspost gekommen. Hedda stand in der Waschküche. Gleich gab es Abendessen, und sie hatte ein paar freie Minuten genutzt, um den Brief sofort zu lesen. So sehr hatte Hedda sich gefreut, nach so langer Zeit doch wieder von ihrem Bruder zu hören. Fast ein Jahr war vergangen, seit sie sich gesehen hatten. Nach ihrem Streit hatte sie nichts mehr von ihm gehört, nicht von ihm, nicht von Lothar und auch nichts mehr von Onkel Jost. Froh, dass sich ihr Bruder doch wieder meldete, hatte sie den Brief geöffnet, musste dann aber feststellen: Er spuckte nur Gift und Galle.

Wie sie es vermutet hatte, waren Edgar und Lothar auf die Diamantfelder bei Lüderitz gezogen und dort fündig geworden. Nun waren sie reich. Wie reich, das sagte Edgar nicht in seinem Brief. Aber vermutlich würde es genügen, Onkel Josts Farm noch ein paar Jahre weiterführen zu können. Und sie erst später in Grund und Boden zu wirtschaften.

Die Goldgräberstimmung war eh schon wieder vorbei. Hedda hatte davon gelesen, dass man im September die Diamantfelder für die Öffentlichkeit gesperrt hatte. Das sei deutsches Land, und das Reichskolonialamt sollte es im Auftrag des Deutschen Reiches ausbeuten. Aber egal, wie viel Diamanten sie gefunden hatten: Auf Hilfe oder Geld von ihren Brüdern hatte Hedda ohnehin nicht gesetzt. Edgar schrieb ihr nicht einmal Weihnachtsgrüße.

Morgen würde Hedda sich wieder mit Arthur treffen, um alles in Ruhe zu überlegen und einen Hochzeitstermin festzusetzen. Sie konnte es immer noch nicht recht glauben.

Zwei Mal hatte sie ihm geschrieben und zwei Briefe als Antwort erhalten. Er schien zu seinem Wort zu stehen.

Sie legte Edgars Brief weg und strich sich über ihren Bauch. Noch nicht mal eine kleine Kugel, aber nun dauerte es nicht mehr lange, und dann wären die ersten Anzeichen zu sehen. Und in vier Wochen so deutlich, dass sie es nicht mehr verbergen konnte.

Bevor sie morgen nach Berlin fahren würde, wollte sie versuchen, sich den Bauch abzubinden. Nur um auszuprobieren, ob das Sinn machte. Wann der Hochzeitstermin sein würde, wusste sie nicht. Hoffentlich aber bald. Lieber wollte Hedda erhobenen Hauptes als sittsame Dienstbotin das Schloss verlassen als unter Getuschel und bösen Gerüchten.

Natürlich war sie nervös. Was, wenn Arthur sie doch noch im Stich ließ? Und wie würde es werden, mit ihm als Mann? Sie hatte noch keinen Mann getroffen, mit dem sie sich mehr verbunden gefühlt hätte. Den sie so attraktiv fand, und bei dem sie Schmetterlinge im Bauch hatte. Aber an eine Hochzeit hatte sie trotzdem noch lange nicht gedacht.

Und er? Er hatte sich sein Leben zu zweit sicher auch anders vorgestellt. Was würde werden, wenn sie verheiratet wären? Wenn erst das Kind da wäre? Überhaupt, das Kind, Opitz' Kind. Würde sie es lieben können? Wäre es nicht schon von Anfang an eine verlorene Seele?

Arthur hatte ihr ein wenig erzählt. Seine Mutter war dreiundzwanzig gewesen, als ihr Hausherr sie geschwängert hatte. So, wie sie es ihm erzählt hatte, war es keine glückliche Beziehung gewesen. Der Mann hatte seine Mutter bedrängt, haltlose Versprechungen gemacht, sie verführt. Und als sie im letzten Moment zurückgeschreckt war, hatte er sich einfach das genommen, was er wollte. Sie musste sehr schwere Jahre gehabt haben, aber sie hatte ihn immer geliebt. Sie hatte Arthur nicht weggegeben, und noch heute sage sie, er sei das einzige Glück in ihrem Leben.

Wenn Hedda doch nur die Zuversicht hätte, dass es bei ihr genauso sein könnte. Sie fürchtete sich vor dem Moment, ab dem sie sich um ein ungeliebtes Baby kümmern musste. So eine Frau wollte sie nicht sein. Aber Gefühle konnte man nicht erzwingen. Doch sie versprach sich jetzt schon, wenn es mit der Hochzeit gut gehen würde, dann würde sie ihr Bestes geben, um das Kind zu einem guten Menschen zu erziehen. Trotz ihres beständigen Hasses auf den gewalttätigen Vater des unschuldigen Kindes. Und trotzdem sie ihre Schwangerschaft verfluchte. Aber wenn Arthurs Mutter es geschafft hatte, einen so wunderbaren Menschen heranzuziehen, musste sie sich wenigstens die Mühe machen, es zu versuchen.

Wieder ließ sie ihre Hand über den Bauch gleiten. Mein Baby, dachte sie, und versuchte, sich vorzustellen, wie es wäre, es im Arm zu halten.

Genau in diesem Moment wurde die Türe aufgerissen. Gerda Altvater kam herein, um ihre Sachen wegzustellen. Doch auf dem Flur, hinter ihr, ging gerade Herr Opitz vorbei. Er stutzte, blieb stehen und sah sie mit einem merkwürdigen Blick an.

Hedda, die ihre Hand sofort erschrocken weggezogen hatte, als die Tür aufgegangen war, merkte, wie ein Kribbeln durch ihren Körper zog. Hatte Opitz gesehen, was sie getan hatte? Würde er sich seinen Teil denken können? Doch dann dachte sie, dass es egal wäre. Sicher würde er sie nicht verraten, selbst wenn er ahnte, dass sie schwanger sein könnte. Er würde warten, bis jemand anders auf die Idee kam, ihr das vorzuhalten. Und dann bliebe ihm ja nichts anderes übrig, als sie rauszuschmeißen. Was er bestimmt mit sehr viel Genuss zelebrieren würde. So wie schon beim letzten Mal. Oder vielleicht auch noch viel schlimmer.

Trotzdem wäre es nicht gut, wenn er es wüsste. Vielleicht würde sie schon morgen Abend zur Mamsell gehen können und sie um Entlassung aus dem Dienst bitten. Eigentlich ging das nicht ohne triftigen Grund. Aber eine Hochzeit war ein triftiger Grund, um seine Stellung mitten im Jahr verlassen zu dürfen.

Das würde ihr gefallen, Opitz ins Gesicht sehen zu können, während er nichts anderes als einen neutralen Grund in ihr Gesindebuch notieren durfte. Nichts davon, dass sie in Schande gefallen war. Keinen Verweis auf unzüchtiges Verhalten.

Selbst, wenn er nun glaubte, sie sei schwanger, könnte er nichts unternehmen. Wenn, ja, wenn morgen alles mit Arthur glatt lief. Er hatte versprochen, sich um alles zu kümmern und sich Gedanken darüber zu machen, wann sie wo heiraten könnten. Und eine Wohnung würde er natürlich auch suchen, ganz in der Nähe seiner Arbeitsstätte.

Er war sogar froh, endlich einen Grund zu haben, nicht mehr nur in einer Kammer unter dem Dachstuhl wohnen zu müssen. Natürlich musste er das mit seinem Arbeitgeber erst besprechen, denn ohne Kost und Logis würde er deutlich mehr Geld bekommen müssen. Aber Arthur war zuversichtlich, dass alles klappen würde.

Morgen, morgen würde er ihr Näheres dazu sagen können. Sie konnte es kaum abwarten, nach Berlin zu fahren. Wenn sich alles so klärte, wie Arthur versprach, dann wäre es das wunderbarste Weihnachtsgeschenk, das sie jemals bekommen hätte.

Der Gong zum Abendessen läutete. Hedda ging in die Leutestube, setzte sich und wartete, bis alle anderen Platz genommen hatten. Herr Opitz kam ganz zum Schluss. Wie immer ließ er seinen tadelnden Blick über die Runde laufen und blieb bei ihr hängen. Seine Miene war düster, aber das war sie oft. Trotzdem zog Hedda ihren Kopf ein.

Frau Möckel tischte eine dicke Sauerkrautsuppe mit Würstchen auf. Eins von Heddas Lieblingsgerichten. Sie nahm das als gutes Omen. Und langte auch doppelt zu. Schon jetzt war ihr Hunger größer.

Nach dem Abendessen schickte die Mamsell sie und Lydia nach oben in die Mansarde, wo sie den Weihnachtsbaumschmuck herunterholen sollten. Kaum, dass sie mit Lydia im obersten Stock angekommen war, erklärte diese, sie müsse auf die Toilette. Sie komme gleich nach. Hedda sagte nichts und ließ Lydia gehen. Hedda hingegen tat so, als würde sie in Richtung Aufgang der Mansarde gehen, und schlich dann sofort zurück. Lydia war nicht in die Badestube der Frauen gegangen. Wo sie war, konnte Hedda nicht sagen.

Sie wusste, dass Adelheid und Gerda vorne im Vestibül wischen sollten, denn die Komtessen hatten von draußen Schnee und Schlamm mit reingetragen. Am Durchgang steckte sie ihren Kopf um die Ecke. Stumm winkte sie Adelheid heran.

Adelheid verstand sofort. Sie wandte sich an Gerda und sagte: »Ich muss mal dringend. Bin gleich wieder da.«

Gemeinsam schlichen sie die Treppe hoch, liefen den Gang entlang Richtung Abstellkammer. Sie schauten um die letzte Ecke und sahen tatsächlich noch, wie Opitz hinter der Tür verschwand.

»Ist Lydia da drin?«, flüsterte Adelheid.

»Ich weiß nicht. Aber sie hat sich gerade verabschiedet. Mit der gleichen Ausrede, die du gerade benutzt hast. Aber sie ist nicht in unsere Badestube gegangen.«

Sie hatten abgesprochen, wie sie vorgehen würden. Adelheid schlich auf Zehenspitzen zur Tür und horchte. Einen Moment verharrte sie, dann nickte sie heftig.

Nun war es so weit. Hedda lief zurück zur Hintertreppe, rannte die Stufen hinunter und ging in die Bibliothek. Die Fürstin war nach dem Abendessen oft dort anzutreffen. Und so war es auch heute. Als sie die Tür öffnete, saß die hohe Dame dort gemeinsam mit den Komtessen und unterhielt sich.

Die Fürstin schaute interessiert auf. Schon zweimal hatte sie Hedda angesprochen, ob sie bereits etwas herausgefunden habe. Jedes Mal hatte Hedda verneinen müssen. Doch nun trat sie näher.

»Eure fürstliche Hoheit, ich müsste Ihnen dringend etwas zeigen.«

Sofort stand die Fürstin auf, drückte ihren Rücken durch und folgte Hedda hinaus.

»Was ist denn, Mama?«, hörte sie noch von Komtess Viktoria, dann schloss die Fürstin sogar selbst die Tür hinter sich.

»Wissen Sie endlich, wer es ist?«, fragte sie Hedda draußen auf dem Gang.

»Sie müssen mit mir kommen. Schnell. Ich muss Euer Gnaden etwas zeigen.« Heddas Hände flatterten, ihr war übel vor lauter Aufregung.

Über die Haupttreppe ging sie nach oben und weiter den Flur entlang. Endlich kam sie an die Ecke, an der Adelheid wartete.

»Sie sind noch drin?«, fragte Hedda.

Adelheid nickte und ließ die beiden Frauen vorbeigehen. Sie legte ihren Zeigefinger an die Lippen. Leise, war die Botschaft.

»Wer? Wer ist noch drin? Sind es gleich mehrere?«, wisperte die Fürstin aufgeregt.

Erst jetzt erklärte Hedda der Fürstin etwas. »Es haben sich zwei zusammengetan. Ich bin mir nicht sicher, was sie aushecken. Aber sie tun immer sehr geheim und verstecken sich. Ich nehme an, sie planen da drin gerade weitere Aktionen.«

Ohne auf eine Antwort der Fürstin zu warten, legte Hedda ihre Hand auf die Türklinke, drückte sie sachte herunter, machte der Fürstin ein Zeichen, leise zu sein, und ging hindurch. Sie winkte ihr, und tatsächlich trat die Fürstin mit leisen Schritten in den Raum.

Was sie dort nun sah, verschlug ihr die Sprache. Lydia kniete vor Opitz, der sich breitbeinig auf eben der gleichen Kommode niedergelassen hatte, von der Adelheid gesprochen hatte. Seine Hose hing ihm auf den Oberschenkeln. Lydia hatte ihre Bluse ausgezogen, den obersten Teil ihres Unterkleides runtergezogen.

Die Fürstin trat einen Schritt zurück und packte einen der Kleiderschränke, als müsste sie Halt finden. »Das ist doch wohl …« Mehr sagte sie nicht.

Opitz, der zuvor verzückt auf Lydia geschaut hatte, riss die Augen auf. Er sah sie. Sofort drückte er Lydias Kopf barsch zur Seite und riss sich die Hosen hoch.

Lydia, die noch nicht mitbekommen hatte, was passiert war, drehte ihren Kopf. Sie war hochrot. Sofort bedeckte sie voller Scham ihr Gesicht mit ihren Händen.

Die Fürstin blickte Hedda empört an. »Das ist nicht ganz das, was ich vermutet hatte.«

»Ich allerdings auch nicht«, log Hedda. Ganz sicher war die Fürstin nicht darauf erpicht, ihre Dienstboten in einer solch unangemessenen Situation anzutreffen.

Opitz' Kopf sah aus wie eine reife Kirsche. Hedda dachte, er müsse jeden Moment explodieren. Noch immer an die Kommode gelehnt, stand er da, nestelte weiter an den Knöpfen seiner Hose, während Lydia in sich zusammenfiel und sich verschämt wegduckte.

Die Fürstin ließ ihren empörten Blick über die beiden laufen, schaute dann Hedda entrüstet an und drehte sich weg. Mit schweren Schritten verließ sie den Raum. Hedda folgte ihr.

»Meine Fürstin, ich hätte nicht gedacht, dass so etwas da drin passiert. Ich bitte um Entschuldigung, wenn ich Ihre zarte Gesinnung verletzt haben sollte. Ich habe wirklich gedacht, die beiden würden sich verschwören.«

Jetzt war es die Fürstin, die nicht auf Hedda wartete. Schnurstracks ging sie zu ihrem Schlafgemach. Dort angekommen, ließ sie sich ganz unelegant auf ihr Bett plumpsen. Sie legte ihre Hand an ihren Busen, als bekäme sie keine Luft mehr. Erst jetzt sah sie Hedda wieder an.

»Klingeln Sie nach Fräulein Grooten. Und schicken Sie mir die Mamsell hoch. Sofort.«

»Natürlich, Eure fürstliche Hoheit.«

Hedda zog den Klingelzug, drehte sich um und lief zum Dienstraum der Mamsell. Die stand an ihrem Schreibtisch, hielt sich mit der einen Hand fest und massierte sich mit der anderen ihre schlimme Hüfte.

»Was gibt es denn?«, fragte sie ungehalten, als Hedda nach dem Klopfen sofort die Tür aufgerissen hatte.

»Sie sollen bitte sofort zur Fürstin hochkommen. Es ist dringend. Es gab einen Vorfall …«

»Was für einen Vorfall?«

»Die Fürstin hat Opitz erwischt, als er …«

»Erwischt? Wobei erwischt?« Mamsell Reineke strich sich den Rock glatt, griff nach ihrem Stock und sah Hedda neugierig an.

»In der Abstellkammer … mit Lydia.« Sollte die Fürstin doch persönlich der Mamsell klarmachen, was gerade Ungehöriges passiert war. Je weniger der Eindruck entstand, sie hätte etwas damit zu tun, umso besser.

»In der Abstellkammer? Mit Fräulein Keller?« Sofort war sie im Bilde. Vermutlich hatte Opitz von ihr Ähnliches verlangt. »Und die Fürstin hat sie dabei erwischt?«

Hedda konnte keine Freude auf ihrem Gesicht erkennen. Die Mamsell atmete tief durch, als würde eine sehr schwierige Aufgabe vorliegen, dann folgte sie ihr raus auf den Flur. Hedda begleitete sie nach oben zum fürstlichen Schlafgemach.

Vor der Tür stand Herr Opitz und versuchte, Fräulein Grooten klarzumachen, dass er dringend mit der Fürstin sprechen müsse. Doch die verweigerte ihm den Zutritt.

Auf den Stock gestützt, kam die Mamsell näher. Herr Opitz sah sie und schnaufte laut.

»Ich muss dringend mit der Fürstin sprechen«, polterte er über den Flur.

»Ihre fürstliche Hoheit hat mich rufen lassen. Ich solle sofort kommen«, sagte die Mamsell. Tatsächlich ging nun die Tür auf, und Fräulein Grooten ließ sie eintreten. Mit stoischem Gesichtsausdruck ging sie an Herrn Opitz vorbei.

Opitz starrte auf die geschlossene Tür. Besser, wenn Hedda jetzt nicht hier wäre. Aber ungesehen wegschleichen, dafür war es schon zu spät.

Nun drehte er sich um und fletschte seine Zähne, einem Höllenhund gleich. »Das wird dir noch leidtun. Bitterlich wird es dir leidtun.« Sein Blick sprühte vor Hass. Er lief an ihr vorbei und verschwand um die Ecke.

Hedda zitterte am ganzen Körper. Auch, wenn sich die erhoffte Erleichterung noch nicht einstellte, es war vollbracht. Ihr Teil war getan. Nun lag es nicht mehr in ihrer Hand. Sie würde nun hochgehen, in die Mansarde, und wie aufgetragen den Weihnachtsbaumschmuck hervorkramen und nach unten bringen.

Oben im zweiten Stock wartete Adelheid an der Treppe auf sie. »Was war? Hat sie alles gesehen? Hat sie Lydia und Opitz gesehen?«, fragte Adelheid nervös.

Hedda nickte, dann versagten ihr die Knie. Sie lehnte sich gegen die Wand und ließ sich hinabgleiten.

»Sie hat alles gesehen, was sie sehen sollte. Ich hab gerade die Mamsell geholt. Fräulein Grooten ist auch bei ihr. Die Fürstin ist in ihrem Schlafgemach und weigert sich, mit Opitz zu reden.«

»Also wird alles gut?«, sagte Adelheid.

»Ich hoffe es. Ich hoffe es sehr. Opitz hat mir gedroht, ich würde es noch bereuen.«

Adelheid lehnte sich vor und packte Hedda an der Schulter. »Keine Angst. Wir wussten ja, dass er so reagieren würde. Es ist seine letzte Gelegenheit, wutschnaubend rumzupoltern … Bestimmt müssen Lydia und Opitz noch heute Abend gehen!«

Adelheid wollte Hedda wohl beruhigen. Ihre Stimme klang so besänftigend. Doch Hedda wusste, noch war nicht alles ausgestanden. Und das letzte Wort hätte immer noch der Fürst. Aber nein, jetzt konnten der Fürst und die Fürstin nicht anders. Sie mussten Opitz entlassen. Etwas anderes war gar nicht mehr möglich.

»Ich muss nach oben, in die Mansarde. Aber hole mich, wenn du mitkriegst, dass etwas passiert.«

In wenigen Tagen wäre Heiligabend. Es war eisig draußen, es schneite leicht, und es war bereits finster. Lydia hätte kaum noch Gelegenheit, den letzten Zug nach Berlin zu erwischen. Trotzdem konnte Hedda sich nicht vorstellen, dass sie die heutige Nacht hier verbringen durfte. Und Opitz? Vielleicht mussten sie sich beide eine Pension in Löwenberg nehmen. Dann konnte Lydia ihr Werk ja noch vollenden, dachte Hedda gehässig. Aber Lydia hätte dann keinen Grund mehr, Opitz noch zu Diensten sein zu müssen.

Oben in der Mansarde holte Hedda staubige Kartons aus den Regalen und stellte sie an den schmalen Abgang. Dann schaffte sie einen Karton nach dem anderen runter. Sie merkte, wie sehr sie es hinauszögerte, nach unten zu gehen. Sie könnte dort auf Opitz treffen. Vielleicht wollte die Mamsell mit ihr reden, oder sie müsste zur Fürstin kommen. Alles wäre ihr unangenehm. Doch als alle Pappkartons aufgereiht waren, konnte sie es nicht länger hinauszögern. Sie packte sich einen Karton und ging die Hintertreppe hinunter.

Auf der Treppe kam ihr Lydia entgegen – vollkommen aufgelöst. Ihr Gesicht war verheult, und sie schien am ganzen Körper zu zittern. Im letzten Moment erst nahm sie Hedda wahr. Lydia blieb stehen, schaute sie an, während ihre Lippen bebten. Ihre Augen verzogen sich zu Schlitzen, und offensichtlich wollte sie ihr den ganzen Hass entgegenschleudern, den sie gerade empfand. Und doch brachte sie keinen Ton hervor.

Das war für das Seidenpapier, und für den Feudel, und für die Kündigung, die ich dir zu verdanken habe, wollte Hedda ihr am liebsten ins Gesicht spucken. Aber sie schwieg. Noch war nicht alles ausgestanden. Noch wusste sie nicht, ob Lydia wirklich gerade ihre Kündigung bekommen hatte. Die wandte sich endlich ab, ließ Hedda stehen und lief auf ihre Stube.

Langsam stieg Hedda hinunter. Sie konnte sich nichts anderes denken, als dass Lydia nun packen musste. Hoffentlich. Hoffentlich würden sie morgen schon ohne sie frühstücken. Aber viel wichtiger war, dass sie morgen früh ohne Herrn Opitz frühstückten. Das gerade war keine versteckte Drohung von ihm gewesen. Und sie wusste, er würde sein Versprechen, Hedda würde es bereuen, einlösen, wenn er Gelegenheit dazu bekäme.

Diedrich Budde kam ihr entgegen, offensichtlich froh, sie zu sehen. »Wissen Sie, was los ist? Alle sind ganz aufgeregt. Opitz hat seine Tür laut krachen lassen und hämmert in seinem Raum gegen die Schränke.«

»Wissen Sie, wo die Mamsell ist?«, beantwortete Hedda die Frage mit einer Frage.

»Nein«, kam es zur Antwort. »Also, was ist denn los? Fräulein Keller scheint auch ganz aufgelöst zu sein.«

»Es ist etwas vorgefallen. Ganz sicher wird Mamsell Reineke morgen etwas dazu erklären.«

»Wieso Mamsell Reineke? Wieso nicht Herr Opitz?«

Hedda reagierte nicht mehr auf seine letzte Frage und lief nun weiter runter. Sie musste alle Kartons nach unten auf den großen Tisch in der Waschküche bringen, damit all die schimmernden Glaskugeln abgestaubt wurden, bevor sie den Weihnachtsbaum schmücken würden.

Unten im Flur der Dienstbotenetage herrschte eine gespenstische Stille. Aus der Küche war kein Mucks zu hören, und auch sonst gab es keine Geräusche. Wenn Herr Opitz gegen seine Schränke gehämmert hatte, hatte er damit aufgehört. Eilig betrat Hedda die Waschküche, stellte den Karton ab und räumte noch ein wenig Ablagefläche frei. Doch bevor sie die Waschküche wieder verlassen konnte, ging die Tür auf, und Martha huschte herein.

»Weißt du, was los ist? Irgendwie ist hier eine große Unruhe.«

»Wieso fragst du?«

»Ich habe vorhin Komtess Alexandrine geholfen, sich umzuziehen. Dann waren Stimmen auf dem Flur zu hören. Sie wollte zu ihrer Mutter, aber sie durfte nicht hinein. Dann kam ihre Mutter aus ihrem Schlafgemach hinausgeschossen, wollte wieder nicht mit ihr reden und ist rübergegangen, zum Schlafgemach des Fürsten. Da muss es wohl hoch hergegangen sein.«

Hoch hergegangen. Also hatte der Fürst nicht sofort Ja und Amen zur Kündigung von Opitz gesagt? Das wäre natürlich fatal. Aber nein, das konnte nicht sein. Damit konnte er nicht durchkommen. Nicht dieses Mal. Die Fürstin hatte es selbst gesehen. Dieses Mal gab es kein Schönreden. Er würde das Schloss verlassen müssen, wenn nicht heute Abend, dann morgen.

Durch den Spalt der Tür sah sie, wie die Mamsell von oben zurückkam. Sie ließ Martha einfach stehen und folgte ihr. Sie musste wissen, was besprochen worden war. »Mamsell Reineke, was passiert jetzt?«

Die ließ sich schnaufend auf ihren Stuhl geleiten. Sie verschränkte ihre Finger und schaute Hedda nicht einmal an. »Fräulein Keller muss das Haus verlassen.«

Gut, das hatte sie geahnt, dass Lydia natürlich sofort gehen musste.

»Und Herr Opitz doch wohl auch!?«

Mamsell Reineke schaute auf. »Wie konnten Sie der Fürstin das antun, sie dorthin zu führen? Sie befindet sich in einem vollkommen desolaten Zustand!«

Für einen Moment war Hedda zu verblüfft, um zu antworten. Doch dann beugte sie sich vor und sagte: »Sie wissen genau, wieso ich das getan habe. Weil Opitz uns allen nachstellt. Ohne dass irgendjemand ihm Einhalt gebietet. Doch dieses Mal kann er sich nicht mehr rausreden. Die Fürstin hat es mit eigenen Augen gesehen. Jetzt ist er dran.«

Für einen Moment sah es aus, als würde die Mamsell Tränen in den Augen haben. Doch sofort fing sie sich wieder.

»Die Fürstin war auch gewillt, Herrn Opitz sofort zu kündigen. Doch unsere fürstliche Hoheit, der Fürst, hat selbst noch mal mit Herrn Opitz gesprochen. Dabei ist herausgekommen …« Die Mamsell schüttelte ihren Kopf, als würde sie selbst kaum glauben, was sie sagte. »Dabei ist herausgekommen, dass Lydia Herrn Opitz verführt hat. Zum allerersten Mal. Sie hat ihn unter einem Vorwand in die Abstellkammer gelotst und ihn so lange bedrängt, bis er sich nicht mehr wehren konnte. Der Fürst war sehr erbost, aber lässt es dieses Mal noch durchgehen.«

Heddas Mund stand offen. Das durfte nicht wahr sein! Das konnte nicht so weitergehen. Jetzt erst recht nicht mehr. Da ging doch etwas nicht mit rechten Dingen zu. Sie war nicht so naiv wie Adelheid. Sie wusste, was in solchen Fällen zu tun war. Sie wusste, wie die Herrschaften in solchen Fällen zu verfahren hatten. Es war ganz klar, dass Opitz, selbst wenn es so wäre, wie er es geschildert hatte, sich selbst hätte disziplinieren müssen. Wenn er das nicht schaffte, als Haushofmeister in einem fürstlichen Schloss, dann war er alleine schon deswegen nicht mehr geeignet, diese Stelle zu besetzen.

»Neeeeiin …!«, quoll es nun aus Heddas Mund hervor. »Das kann nicht sein. Das darf nicht sein! *Sie* wissen das genauso gut wie ich!«

Die Mamsell schaute sie überrascht an. Fragte sie sich gerade, ob es Hedda gewesen war, die ihr die Beweismittel zurückgegeben hatte, mit denen Opitz sie so lange erpresst hatte? Andererseits hatte Hedda ja auch schon mit ihr über Opitz' Übergriffe gesprochen.

Doch die Mamsell presste nur ihre Lippen aufeinander, als dürfte sie nicht mehr sagen. Als könnte sie nicht mehr sagen.

»Das darf nicht sein.« Wütend drehte Hedda sich weg und verließ den Raum. Draußen stand Martha und schaute neugierig. Offensichtlich wusste sie kaum, was vorgegangen war. Aber natürlich waren alle neugierig darauf zu erfahren, warum das ganze Haus in Aufruhr war.

Hedda stampfte die Hintertreppe hoch und schaute kurz ins Vestibül. Sie hatte keine Ahnung, wo Adelheid war. Aber sie würde noch früh genug von dem Unheil erfahren.

Sie versuchte, einen klaren Kopf zu bekommen. Was bedeutete das, wenn Opitz hierbleiben würde? Wenn er weiter ihr Vorgesetzter war? Das konnte nicht gut gehen. Jetzt würde sie gehen müssen, egal ob Arthur sie heiratete oder nicht.

Viktor Novak kam aus Richtung der Bibliothek, ein Tablett mit leeren Gläsern balancierend. Er sah nicht sehr beunruhigt aus. Vielleicht hatte er noch gar nichts von dem Aufruhr mitbekommen.

Hedda verschwand ums Eck und ging die Treppe hoch. Scham und Furcht hin oder her – jetzt musste sie zur Fürstin gehen. Sie würde ihr nun von der Vergewaltigung erzählen und davon, wie sehr Opitz auch alle anderen Frauen hier im Hause drangsalierte. Und sie würde ihr erzählen, dass sie schwanger war und von wem. Dann musste sie die Konsequenzen ihrer Entscheidung erkennen. Mit gesenktem Kopf stieg sie die Treppe hoch und bemerkte erst im allerletzten Moment oben auf dem Absatz die schwarzen Schuhe und die schwarze Hose.

Erschrocken schaute sie hoch. Bevor sie noch etwas anderem gewahr wurde, riss Opitz sie am Arm und hielt ihr mit der anderen Hand den Mund zu. Er schleifte sie durch den Gang bis nach hinten, in einen Raum, in dem Hedda und Lydia gestern frisch gewaschene Vorhänge aufgehängt hatten. Nur aus dem Augenwinkel nahm Hedda wahr, dass die Leiter, die sie gestern gebraucht und wieder weggestellt hatten, erneut vor dem Fenster stand.

Kaum hatte Opitz die Tür hinter ihnen beiden geschlossen, ließ er sie los. Doch noch bevor Hedda Abstand nehmen konnte, spürte sie schon den ersten Schlag. Mit aller Wucht boxte er ihr in den Bauch. Und direkt ein zweites Mal, und ein drittes Mal. Immer weiter, überallhin, in den Magen, in den Unterbauch, in die Rippen.

Hedda torkelte jedes Mal ein Stück weiter zurück, bis sie eins der Gästebetten an ihren Beinen spürte. Doch Opitz ließ nicht nach, riss sie am Oberarm vor. Schon spürte sie seine Faust auf den Rippen. Hedda schwankte und knallte gegen den marmornen Kaminsims. Der Schmerz explodierte in ihrem Kopf. Noch ein Faustschlag gegen die Schläfe, dann wurde alles dunkel.

* * *

»Fräulein Pietsch? … Fräulein Pietsch!«

Benommen öffnete sie ihre Augen. Diedrich Budde kniete vor ihr und rüttelte sanft an ihr.

»Was ist …« Schmerz schoss ihr durch alle Glieder. Der Kopf brannte, als hätte man mit einem Hammer draufgeschlagen. Es gab keine Stelle, die nicht wehtat. Sie konnte sich nicht bewegen, und als Budde nun versuchte, sie aufzurichten, schrie sie laut auf. Sie bekam kaum mit, was dann passierte. Ihr ganzer Körper versank in unerträglicher Pein. Mühsam schaffte sie es, Luft zu holen. Das Atmen tat weh.

»Fräulein Pietsch, was ist passiert? Sind Sie die Leiter runtergefallen?«

Gequält hob Hedda ihren Kopf. Sie war in einem der Gästezimmer. Direkt neben ihr lag die Leiter, umgeworfen. Noch total benommen, wusste sie gar nicht, wie sie hierhergekommen war.

Als sie versuchte, sich zu bewegen, tat ihr alles weh. Der Kopf, der Bauch und auch das rechte Bein. Sie schrie auf.

»Fräulein Pietsch, bleiben Sie ganz ruhig liegen«, sagte Diedrich Budde überraschend fürsorglich.

»Was? … Was ist passiert?«

»Herr Opitz sagte mir, dass er einen dumpfen Knall gehört habe, hier hinten. Ich solle durch die Zimmer gehen und nachschauen, ob irgendwo etwas runtergefallen sei«, erklärte Budde ihr.

Opitz! Allmählich kam ihr Gedächtnis wieder zurück.

»Es scheint so, als wären Sie beim Vorhängeaufhängen von der Leiter gefallen«, führte Budde weiter aus. »Und sehr unglücklich aufgekommen.«

Beim Vorhängeaufhängen? Damit waren sie gestern fertig geworden. Das war also der Plan gewesen, den Opitz ausgeheckt hatte. Es sollte wie ein dummer Unfall ihrerseits aussehen. Nur schwer konnte sie diese Überlegungen ordnen. In ihrem Kopf befand sich nur Watte. Watte und Schmerzen.

Wie durch einen Nebel sah sie, wie mehr Leute kamen. Adelheid und Gerda, und war das Martha oder Moritz? Es war ihr egal.

»Wir müssen den Doktor rufen«, sagte eine Stimme, die sie als Marthas erkannte. Ein Schatten entfernte sich.

Ein heftiges Ziehen, das fast in den anderen Schmerzen unterging, zog durch ihren Unterleib ... Dort vor allem hatte Opitz hingezielt. Dort, wo das Baby wuchs.

# Kapitel 7

## 31. Dezember 1908

Arme Hedda. Sie lag im Bett und starrte vor sich hin. Wenn Adelheid das Zimmer verließ, um arbeiten zu gehen, schloss sie ab. Zu groß war die Angst, dass Opitz hier noch mal auftauchen könnte. Wann immer Adelheid es zwischendurch schaffte, kam sie kurz hoch und sah nach ihr. Selbst die Mamsell schien Mitleid mit ihr zu haben, schaute morgens und abends vorbei und erkundigte sich beständig nach ihr. Frau Möckel ließ ihr das Essen nach oben bringen, und Martha hatte sogar bei den Komtessen nachgefragt, ob sie sich alte Modejournale ausleihen könne, damit Hedda sie lesen konnte. Alle schienen sehr bemüht.

Die Ereignisse dieses Tages hallten bei allen nach. Nicht nur war Lydia Keller entlassen worden, und zwar fristlos. Was bei allen nicht Eingeweihten größte Verwunderung und Fragen hervorrief. Fragen, die nicht beantwortet wurden. Außerdem schien Herr Opitz irgendwie in ihre Entlassung verwickelt zu sein, aber bis auf die Mamsell und Viktor wusste niemand aus der Dienstbotenetage etwas Genaueres. Und Hedda und Adelheid schwiegen sich natürlich aus.

Doktor Genrich war sofort gerufen worden und hatte Hedda untersucht. Man hatte sie unten auf den großen Tisch in der Leutestube gelegt, bis er da gewesen war. Adelheid war bei ihr geblieben, sie hatte große Angst um das Leben ihrer Freundin. Doch tatsächlich schien alles in allem glimpflich abgegangen zu sein. Wenn man den Abgang der Leibesfrucht denn glimpflich nennen wollte.

Aber natürlich wusste niemand außer Adelheid, dass sie ihr Baby verloren hatte. Die Blutungen hatten noch am gleichen Tag eingesetzt und dauerten drei Tage. Sie waren von Stechen, schmerzhaftem Ziehen und Krämpfen begleitet. Doch nach dem *Unfall*, wie er hier im Hause offiziell genannt wurde, hatte Hedda ohnehin an diversen Stellen ihres Körpers heftige Schmerzen gehabt.

Was die anderen wussten, war, dass Hedda sich etliche Rippen geprellt hatte. Und das rechte Bein war gebrochen. Nachdem sie angeblich sehr unglücklich von der Leiter gefallen war. Außerdem hatte sie eine dicke Beule am Kopf und am ganzen Körper diverse blaue Stellen. Sie schillerten mittlerweile grünlich schwarz, aber in drei Wochen würde man nichts mehr davon sehen, versprach Doktor Genrich. Die Rippen hatte er ihr fest bandagiert, und der rechte Unterschenkel samt Fuß war eingegipst. Für die ersten sechs Wochen hatte er strikte Bettruhe verordnet. Und auch danach sollte Hedda nicht schwer tragen oder heben.

Als Doktor Genrich sie untersucht hatte, war Adelheid dabeigeblieben und hatte Heddas Hand gehalten. Ihre Freundin war zutiefst verängstigt. Noch bevor der Arzt erschienen war, hatte Hedda ihr heimlich mit schleppenden Worten erzählt, was Opitz getan hatte. Doch sie traute sich nicht, irgendjemand anderem davon zu erzählen. Dem Haushofmeister war nicht einmal gekündigt worden, nachdem die Fürstin ihn in flagranti erwischt hatte. Nun war Hedda sich ganz sicher: Opitz musste etwas gegen den Fürsten in der Hand haben. Denn der hatte nach dem Vorfall mit Lydia entschieden, dass Opitz nicht seinen Hut nehmen musste. Und wenn er ihm jetzt noch die Stange hielt, dann reichte Opitz' Macht weit. So weit, dass es ihm egal sein konnte, was passierte, wenn er eine Dienstbotin halb totprügelte. Aber natürlich wusste niemand davon.

Adelheid hatte Hedda beschworen, der Fürstin alles zu erzählen. Von der Vergewaltigung, der Schwangerschaft und dem brutalen Überfall. Doch Hedda hatte Angst. Die gleiche Angst, die jetzt auch Adelheid beschlich. Sie alle hier waren sich ihres Lebens nicht mehr sicher.

Gerade in dem Moment, in dem Adelheid sich als der glücklichste Mensch der Welt fühlte, passierte so etwas Schreckliches. So gerne hätte sie diese Tage genossen, hätte sich in ihren Tagträumen ergehen wollen und haltlose Pläne über ihr Leben gemeinsam mit Viktor gemacht. Doch nach Heddas *Unfall* war das Gefühl der Leichtigkeit mit einem Streich vom Tisch gewischt.

Zwar hatte sie Viktor eingeweiht, was in der Abstellkammer vor sich gegangen war. Und dass sie es bemerkt und die Fürstin geholt hatten. Adelheid hatte es aber so dargestellt, dass sie dachten, Opitz würde Lydia gewalttätig bedrängen. Was im Grunde der Wahrheit nahekam. Sicher wäre es selbst Lydia recht gewesen, wenn nicht ausgerechnet sexuelle Gefälligkeiten der Preis gewesen wären, den sie für ihre bessere Stellung zahlen musste.

Doch auch Viktor erzählte sie nichts von der Vergewaltigung, von Heddas Schwangerschaft und auch nichts von ihrer Fehlgeburt. Doktor Genrich hatte zwar skeptisch geguckt, als er Heddas Unterleib und ihre Blutungen untersucht hatte, aber er hatte weiter nichts gesagt. Stattdessen hatte er ihr starke Schmerzmittel gegeben.

Erst am nächsten Abend hatte Hedda es geschafft, einigermaßen klar zu denken. Sofort hatte Adelheid einen Brief an jemanden in Berlin schreiben müssen – an einen gewissen Arthur Schneider, einen Kammerdiener, von dem Hedda schon mal erzählt hatte. Doch mittlerweile, und zu Adelheids Überraschung, schien es sich zu etwas Ernsthaftem entwickelt zu haben.

Im ersten Brief schrieb Adelheid nur, dass Hedda einen schlimmen Unfall gehabt habe und für die nächsten Wochen nicht das Bett beziehungsweise das Schloss verlassen könne. Und dass in einem nachfolgenden Brief mehr Informationen folgen würden.

Zwei Tage, nachdem Adelheid den Brief abgegeben hatte, kam eine Antwort. Hedda las ihr den Brief zwar nicht vor, aber sie brachte ein kleines Lächeln zustande. Seitdem hatte Hedda selbst zwei Briefe geschrieben, deren Inhalt Adelheid nicht kannte. Und sie hatte bereits zwei Briefe zurückbekommen. Auf Adelheids Nachfrage hatte sie allerdings nur gesagt, ihr sei dieser Arthur sehr ans Herz gewachsen. Und sie müsse sehen, wie es sich entwickeln werde. Immerhin zeige der rege Briefwechsel doch, dass er sehr an ihr interessiert sei.

Heute war Silvester, und die Dienstboten hatten nach dem Abendessen frei, also fast alle. Der älteste Sohn, der mittlerweile drüben im Seehaus wohnte, wurde mit Frau und seinen zwei Kindern erwartet. Viktor und Diedrich Budde mussten heute Abend bedienen. Denn auch wenn der Fürst seinen Willen durchgesetzt hatte, war die Fürstin nicht mehr oder noch nicht wieder bereit, Herrn Opitz in ihre oder in die Nähe ihrer Töchter zu lassen. Die ganze Situation war verzwickt.

Zwar war eine Art Feier unten in der Leutestube geplant, aber eine feierliche Atmosphäre kam nicht auf. So war es auch über die Weihnachtsfeiertage gewesen. Man konnte das Gefühl bekommen, alle Dienstboten schlichen nur noch über die Gänge. Moritz spielte geradezu Verstecken mit Herrn Opitz, der ihn noch öfter als sonst schlug. Einmal hatte Adelheid ihn sogar abgefangen und gewarnt, weil sie gewusst hatte, dass Opitz gerade die Treppe hochkam.

Egal, was die anderen planten, Adelheid hatte beschlossen, heute Abend oben bei Hedda zu bleiben. Mit ihr würde sie ins neue Jahr hineinfeiern. Kurz vor dem Jahreswechsel würde sie unten zwei Tassen Bowle holen und dann dieses so schreckliche Jahr beenden. Keinesfalls würde sie mit Herrn Opitz gemeinsam auf das neue Jahr anstoßen wollen. Insgeheim hegte sie den Verdacht, dass auch alle anderen darauf verzichten und sich frühzeitig in ihre Zimmer zurückziehen würden. Im Moment herrschte bei ihnen unten eine so düstere Atmosphäre, wie sie monatelang oben bei der Fürstenfamilie geherrscht hatte.

Adelheid brachte ein letztes Mal für heute das Putzwasser raus. Es war so bitterkalt, dass es, statt zu versickern, fast sofort zu einer

Eisdecke fror. Der Schnee lag hoch, und Adelheid musste an ihre Familie denken. Am ersten Weihnachtstag durfte sie für ein paar Stunden ihre Familie besuchen. Edeltraud und Gundula hatten je ein warmes Kleid bekommen und ihre großen Brüder gute, dicke Hosen. Diese hatte sie über Anni beziehen können. Hier im Krämerladen hatte sie nur eine gute Schere für Vater und ein Schreibheft mit Bleistiften für Gunther erstanden.

Sie wagte es nicht, Mamsell Reineke zu fragen, ob die Stubenmädchenstelle von Lydia neu besetzt würde. Eventuell würde Gerda aufrücken und sie erstes Hausmädchen werden. Oder mit viel Glück könnte sie vielleicht selbst wieder Stubenmädchen werden.

Für einen Moment blieb Adelheid hier draußen stehen und atmete die kalte Luft ein. Weiße Wölkchen bildeten sich vor ihrem Mund. Es fing gerade an zu dämmern. Nur noch ein paar Stunden, und dieses vermaledeite Jahr wäre zu Ende. Sie hoffte sehr, dass 1909 ein schöneres und leichteres Jahr werden würde.

Sie ging wieder zurück. Das rhythmische Klopfen des Teppichklopfers war zu hören. Es war bitterkalt, aber trocken. Moritz nutzte die Gelegenheit, die Teppiche nach den Weihnachtsbesuchen auszuklopfen. Der Arme war sicher froh, hier draußen in der Kälte arbeiten zu können, wo es keinen Opitz gab, der ihn malträtierte.

Wieder machte sich ihr schlechtes Gewissen bemerkbar. Hedda hatte ausgesprochen, was Adelheid lange verdrängt hatte: Opitz hatte den Fürsten in der Hand. Natürlich wusste Hedda nichts von dem Foto. Doch dass Opitz gerne und bei jeder Gelegenheit Beweise sammelte, die er zu seinen Gunsten einsetzen konnte, wussten sie beide. Erst in den letzten Tagen war Adelheid zur Überzeugung gekommen, dass alles an dieser einen Fotografie hing, an diesem verräterischen Bild des Fürsten, das auf so zufällige Weise in ihren Besitz gelangt war. Bisher hatte sie nur ihren eigenen Vorteil, ihre eigene Sicherheit darin gesehen. Doch die Fotografie beeinflusste das Leben aller hier im Schloss in ungeahnter Weise. Die echte Tragweite war ihr erst jetzt bewusst geworden.

Vorgestern noch hatte sie Fetzen von einem Streit mitbekommen, bei dem sich die Fürstin bei ihrem Mann darüber beschwert hatte, warum dieser verdorbene Kerl weiter hier arbeiten dürfe. Adelheid war an die Tür des fürstlichen Schlafgemahls gegangen und hatte gehorcht. Welchen Grund auch immer der Fürst seiner Gattin nannte, warum er an Opitz festhielt, offensichtlich wusste die Fürstin nichts von der Fotografie. Zumindest kam sie nicht zur Sprache. Stattdessen ließ der Fürst sich über die Sünden der Evastöchter aus. Als trügen die Frauen die Schuld an Opitz' Vergehen. Es hatte Adelheid überrascht, dass der Fürst Opitz trotz dessen Vergehen weiter in Schutz nahm. Ein Grund dafür könnte natürlich sein, dass der Fürst immer noch glaubte, dieses ungeheuerliche Beweisstück befände sich weiterhin in Opitz' Gewahrsam. Und Opitz machte sich diesen Umstand geschickt zunutze.

Adelheids Beklemmung wuchs von Tag zu Tag. Sie trug schwer an ihrer Schuld. Und an ihrem geheimen Wissen. Viktors Wahrheit über seine Herkunft nicht an Hedda zu verraten, war leicht. Aber wenn sie mit ihm sprach, musste sie immer vorsichtig sein, dass sie nichts von Heddas Geheimnissen verriet. Am schwersten jedoch trug sie an ihren eigenen verborgenen Sünden – dem verkauften Brief und der verräterischen Fotografie, die noch immer in ihrem Besitz war. Die Fotografie, die bewies: Der Fürst war genau das, was man ihm vorwarf. Und was er so vehement abstritt. Hätte es etwas geändert, wenn sie das Bild an seinen Besitzer zurückgegeben hätte? Diese Frage musste sie nun ehrlicherweise mit Ja beantworten. Sie hatte die Fotografie nun seit gut anderthalb Jahren in ihrem Besitz. Aber von Heddas Vergewaltigung hatte sie erst vor Kurzem erfahren. Dass Opitz wirklich zum Allerschlimmsten fähig war, hatte sie einfach nicht realisiert.

In dieser vom Militär durchdrungenen Gesellschaft, in der Schläge zum guten Ton gehörten und in der man gerne mit Gewalt und Gewaltandrohung prahlte, fiel ein brutaler Mensch wie Opitz nicht weiter auf. Prügel für Untergebene gehörten eben dazu, wenn man Diener war. Zu Hause gab es Hiebe für die Kinder. In der Schule gab es körperliche Züchtigung. Und selbst in den Zeitungen las man allenthalben davon, wer gerne welcher Nation mal eines aufs Maul geben wollte. Dieses Leben war so durchsetzt von Gewalt, man konnte sich kaum vorstellen, es könnte anders sein. Dass es so schlimm kommen würde, hatte Adelheid sich jedoch nie vorgestellt.

Sie blickte auf den Schlosspark, der von einer dicken Schicht Schnee bedeckt war. Hier draußen wirkte alles gerade so friedlich. Als wüsste die Natur nichts von dem Krieg, der im Inneren des Gebäudes tobte. Ihr wurde kalt, und sie ging hinein. Am Hintereingang stampfte sie sich den Schnee von den Schuhen, wischte diese sauber und ging in die Waschküche.

Wie klein ihre Welt doch war. Sie bestand aus einem ewigen Hin und Her zwischen Schlafkammer, Leutestube und Waschstube. Tausende und Abertausende Schritte die Treppe hoch und runter, ein Dutzend Mal am Tag draußen das Putzwasser ausschütten und alle vierzehn Tage zur Hütte ihrer Familie. Wie sehr hatte sie den Ausflug nach Oranienburg genossen. Nicht nur wegen Viktor. Auch, weil die kurze Reise ihr eine leise Ahnung geschenkt hatte, wie aufregend die große weite Welt sein könnte.

Aus der Küche hörte man wie gewohnt eine emsige Geräuschkulisse. Ein opulentes Festmahl für die Herrschaften wurde vorbereitet, und auch eins für die Dienerschaft. Spät am Abend würde es wie immer an Silvester noch ein Nachtmahl geben. Wie sehr sie doch Anni und Liesel darum beneidete, in der Küche arbeiten zu dürfen. Unter der Obhut von Frau Möckel waren sie ständig unter Beaufsichtigung.

Sie stellte alle Dinge weg, die sie zuvor gesäubert hatte, und ging rüber zur Mamsell. Es blieb noch eine gute halbe Stunde, bevor es Zeit fürs Abendessen war. Für die Herrschaften würde in Kürze aufgetischt, wieder nur von Viktor und Budde. Opitz war noch immer aus den Herrschaftsräumen verbannt, zumindest aus denen, in denen sich die Fürstin aufhielt.

Das Zimmer der Mamsell war abgeschlossen. Also war sie nicht hier. Martha Petzold kam die Treppe herunter.

»Fräulein Petzold, wissen Sie, wo die Mamsell …?«

»Dich schickt der Himmel.« Martha Petzold warf ihr eine Tischdecke zu. »Herr Novak hat im letzten Moment noch einen Fleck entdeckt. Unser Glück. Ausgerechnet an Silvester. Schnell, komm sofort mit einer frischen Tischdecke nach oben. Eine von den guten. Beeil dich.«

Schon verschwand sie wieder nach oben. Adelheid schmiss die Tischdecke eilends in den Wäschekorb, rannte zur Weißzeugkammer und holte dort eine von den Festtagstischdecken hervor. Keine Minute später war sie im großen Speisesalon. Martha Petzold riss ihr die Decke geradezu aus der Hand. Viktor und Budde hatten die Teller und Gläser und das Besteck sowie die Dekoration zur Seite geräumt und warteten nur darauf, dass eine neue Tischdecke auf den Tisch kam.

Viktor war hektisch und hatte nicht einmal Zeit, ihr einen Blick zuzuwerfen. Stattdessen sagte er: »Sie können jede Minute hereinkommen!«

»Kann ich irgendwie helfen?«

»Stell die Dekoration mitten auf den Tisch«, wies Viktor sie an.

Natürlich konnte sie nicht die Teller, die Gläser oder gar das Besteck auftischen. Sie trug keine Stoffhandschuhe und würde Fingerabdrücke hinterlassen. Adelheid griff zu einem der Blumengestecke und stellte es ab, während auf der anderen Tischseite bereits die ersten Teller ihren Weg zurück auf den Tisch fanden. Auch die silbernen Kerzenständer durfte sie nicht anfassen. Immerhin konnte sie mit den Servietten helfen. Zuletzt reichte sie Viktor noch den Messstab, mit dem er eilends die Sitzabstände kontrollierte.

»Raus jetzt mit euch«, sagte Budde. »Schnell, schnell!«

Erst jetzt, da alles erledigt war, sah Viktor sie an. Unbemerkt von den anderen, schenkte er ihr ein liebevolles Lächeln. Es war wie ein Versprechen auf eine bessere Zukunft. Eine gemeinsame Zukunft. Plötzlich war Adelheid sich sicher: Das nächste Jahr würde besser werden. 1909 versprach ihr weniger Probleme und mehr schöne Augenblicke. Zuversichtlich wie schon lange nicht mehr, verließ sie den Raum.

* * *

Es war gleich halb zwölf. Bald würde das neue Jahr beginnen. Adelheid war oben bei Hedda geblieben. Sie hatten über Amerika geredet, und dass es doch nun wieder möglich war, dass sie eines Tages dorthin fahren würden. Auch wenn Adelheid nicht so recht wusste, was sie mit diesem Traum noch anfangen sollte. Schließlich gab es nun Viktor. Aber eine gemeinsame Zukunft, in der sie wirklich zusammen sein konnten, lag fast so weit entfernt wie ihr Traum von Amerika. Aber sie hatte gehofft, Hedda mit dem Gespräch darüber aufheitern zu können.

Noch immer ging es Hedda nicht gut. Nur kurz hatten sie darüber gesprochen, wie sie sich nach der Fehlgeburt fühlte. Auf der einen Seite war Hedda geschockt von diesem brachialen Überfall. Er hinterließ nicht nur körperliche Spuren. Auf der anderen Seite war da eine Erleichterung zu spüren. Sobald Hedda sich von dem fürchterlichen Sturz erholt hatte, so hoffte Adelheid, wäre ihr Leben wieder normaler. Normal würde es wohl nie wieder werden.

Adelheid spürte, dass da noch etwas war, was Hedda vor ihr verbarg. Sie hatte merkwürdig zurückhaltend über ihre Amerikapläne gesprochen, so, als würde sie kaum noch daran glauben. Und dann war ihr eine Bemerkung herausgerutscht, die Adelheid gar nicht einordnen konnte: Sie könne Opitz nicht mehr ertragen und denke daran, nach Berlin zu gehen.

Das konnte Adelheid nicht einordnen. Sie war doch so glücklich gewesen, ihre alte Stellung zurückbekommen zu haben. Natürlich konnte sie verstehen, dass Hedda es nicht unter Opitz aushielt. Nicht nach dem neuerlichen Übergriff. Aber was sie in Berlin erwartete, wusste sie doch nun. Besser war es nicht geworden in den letzten Monaten.

Auch die Stimmung hier oben in ihrer Stube war verhalten. Heute war Hedda mithilfe von Krücken das erste Mal allein in die Badestube geschlichen. Die Schmerzen wurden allmählich schwächer. Und in ein paar Wochen, so hoffte Adelheid, wäre sie wieder die Alte. Die Hedda, die ihr Mut machte. Die Hedda, mit der sie gemeinsam träumen konnte. Doch nun ging Adelheid erst einmal nach unten, um etwas zum Anstoßen für Mitternacht zu holen.

Sie verließ das Zimmer, und Hedda schloss hinter ihr ab. So, wie sie es nun immer machte, seit sie aufstehen konnte. Unten in der Leutestube feierten die Dienstboten. Die Stimmung war aber eher gelangweilt. Gerda Altvater machte ein erfreutes Gesicht, als sie Adelheid entdeckte. Sie spielte mit Moritz, Liesel und Anni Schwarzer Peter.

»Da bist du ja. Ich dachte, ich sehe dich dieses Jahr gar nicht mehr.« Seit Lydia fort war, war sie beinahe ein anderer Mensch. Nett, sie war im Grunde eine nette Person.

Martha Petzold saß mit Frau Möckel und Fräulein Böhme in einer Ecke. Sie unterhielten sich in gedämpftem Ton. Die Mamsell war nicht zu sehen, genauso wenig wie Herr Opitz. Das allerdings war Adelheid nur recht. Viktor und Budde mussten oben bedienen. Vermutlich würde sie Viktor erst morgen früh zum neuen Jahr begrüßen können. Wenn er ihr nicht gleich zufällig auf der Treppe begegnete.

»Ich wollte nur zwei Gläser Bowle holen«, erklärte Adelheid nun.

»Dann gehst du wieder hoch?«, fragte Gerda enttäuscht.

»Ich will Fräulein Pietsch nicht alleine das neue Jahr begehen lassen.« Es hörte sich so an, als würde sie es einzig und allein für Hedda machen. Dabei war sie froh, oben sein zu können. Wäre

Viktor hier unten gewesen, wäre es etwas anderes. Aber selbst dann hätte sie Hedda vermutlich Gesellschaft geleistet.

Frau Möckel stand auf und ging zum Bowletopf. Sie füllte das erste Glas schon reichlich voll. Hedda war über einundzwanzig. Sie durfte Alkohol trinken. Aber dann schöpfte sie auch das zweite Glas voll.

»Das Zeug muss weg. Trinkt ja hier kaum einer was«, sagte sie verbittert. »Und die da sind alle noch zu jung.« Im Glas schwammen Trauben, Holunderbeeren und Apfelsinenstückchen. Der Alkohol war noch mit Holunderblütensirup gesüßt. Es war eine sehr gehaltvolle Bowle, das hatte Adelheid letztes Jahr schon gemerkt.

»Danke sehr.« Sie hätte nachher sicher einen Schwips, wenn sie das ganze Glas trank. Aber das war ihr egal.

»Dann wünsche ich allen einen guten Rutsch«, verabschiedete sie sich in den Raum hinein.

»Kommst du nicht noch um zwölf mit nach draußen?«, fragte nun auch Anni.

»Vermutlich nicht. Ich feiere mit Fräulein Pietsch.«

»Nach zwölf gibt es noch Mitternachtssuppe«, erinnerte Frau Möckel, die sicher befürchtete, auch auf der sitzen zu bleiben.

»Danke. Vielleicht komm ich ja doch noch runter«, stellte Adelheid in Aussicht. Dann ging sie.

Vorsichtig, mit einem vollen Glas in jeder Hand, stieg sie die Treppe hoch. Auf dem zweiten Absatz lief sie Opitz in die Arme.

»Du!«

Adelheid erschrak. Um Gottes willen. Sie wusste zwar nicht, wo die Mamsell war, aber alle anderen Dienstboten waren gerade unten oder mit den Herrschaften beschäftigt.

»Herr Opitz!« Ihre Hände zitterten. Sie musste aufpassen, dass sie nichts verschüttete. Sonst würde er noch wütender werden, als er ohnehin schon aussah.

Opitz packte sie am Handgelenk und zog sie mit sich. Die Bowle schwappte ihr über die Gläser. Als würde es ihn nicht interessieren, zog er sie grob weiter.

Adelheid versuchte schon gar nicht mehr, auf den Inhalt zu achten. Sie sträubte sich, was aber rein gar nichts half. Er zog sie weiter durch den Flur, Richtung der Kammer mit den kaputten Möbeln. Ausgerechnet!

Nun bekam Adelheid es richtig mit der Angst zu tun. »Lassen Sie mich. Bitte. Lassen Sie mich los.«

Er drehte sich nach ihr um, schaute sie merkwürdig abgeklärt an und zerrte sie mit sich über den Flur.

Adelheid wusste sich nicht weiter zu helfen, als die Gläser loszulassen. Klirrend zersprangen sie in tausend Scherben. Doch sie waren schon bei den hinteren Gästezimmern angekommen, wo heute Abend kaum noch jemand vorbeikommen würde.

Er riss die Tür zur Abstellkammer auf, stieß sie hinein und versperrte hinter sich die Tür.

»Ich weiß genau, dass du mit Fräulein Pietsch unter einer Decke steckst.« Wieder riss er an ihrem Handgelenk, schubste sie tiefer in den Raum.

»Ihr glaubt, ihr könnt mir ans Bein pissen.« Er versetzte ihr einen so heftigen Stoß, dass sie taumelte. »Tja, falsch gedacht. Mich werdet ihr nie los. Nie! Hörst du?«

»Ich weiß gar nicht …« Adelheid wich nun vor ihm zurück.

»Wart ihr das? Ihr beiden? Habt ihr mir den Panzerschrank ausgeräumt?«

Für einen Moment war Adelheid noch erschrockener als ohnehin schon. Wehe, er kam ihnen auf die Schliche. »Ich weiß wirklich nicht, was …«

Ihr Rücken stieß auf einen der großen Kleiderschränke. Sie wollte zur Seite ausweichen, aber da packte er sie schon und presste sie mit seinem ganzen Gewicht gegen das Holz.

»Bitte …«

»Halt's Maul. Du tust, was ich dir sage, oder du stehst morgen auf der Straße.«

Schon grapschte er nach ihrem Busen. Adelheid wand sich, aber gegen ihn war sie machtlos. Sie war klein und schmächtig.

Alles ging sehr schnell. Während er sprach, riss er ihr schon den Rock hoch. »Das seid ihr selbst schuld. Hättet ihr mich nicht an die Fürstin verpfiffen, wäre Lydia mir noch zu Diensten. Dann bräuchte ich dich jetzt nicht.«

Er zog ihre Beinkleider runter, so geübt, als hätte er es schon tausend Mal gemacht. Dabei hechelte er ihr seinen Veilchenatem entgegen.

Adelheid war vor Angst gelähmt. Sie bekam kaum noch Luft. Das war Hedda passiert. Und ihr würde es nun ganz genauso ergehen. Vielleicht würde sie auch schwanger! Panik erfasste sie. Die Knie knickten weg, aber Opitz hielt sie so fest gepresst, dass sie nicht tiefer rutschte.

Plötzlich wurde die Tür aufgerissen, und Viktor stand dort. Mit wenigen Schritten war er bei ihnen, packte Opitz am Kragen und riss ihn zurück. Dann nahm er Adelheid am Arm und schob sie Richtung Tür. Währenddessen zog sie sich ihre Beinkleider eilig hoch.

»Wehe, Sie vergreifen sich an ihr!«, drohte Viktor ihm.

»Was dann? Was willst du dann tun, he? Mich an den Fürsten verpfeifen? Tu das ruhig. Du wirst schon sehen, was du davon hast«, spie Opitz aus, der trotzdem völlig überrumpelt wirkte. Damit hatte er wohl nicht gerechnet. Aber Adelheid auch nicht.

Viktor antwortete nicht, sondern packte Adelheid und drückte sie aus dem Raum hinaus. Er schob sie immer weiter, durch den Flur, in Richtung Hintertreppe.

»Hedda!«, wimmerte Adelheid jetzt. Während sie lief, schaffte sie es mit Mühen, ihre Kleidung zu sortieren.

Er half ihr, nach oben zu steigen. Adelheid konnte kaum noch laufen, so butterweich waren ihre Knie. Viktor zog sie regelrecht die Stufen hoch. Er brachte sie sogar bis zu ihrer Kammer. Unerlaubt war er nun im Trakt der Frauen. Er wollte die Tür aufreißen, doch stieß dagegen. Es war abgeschlossen. Hektisch klopfte er, rief in einem alarmierenden Ton »Fräulein Pietsch« und wartete, bis

Hedda aufgestanden war und aufschloss. Eilig schob er Adelheid ins Zimmer und schloss die Tür.

»Adelheid«, sagte Hedda unter Schmerzen. Sie war wohl zu schnell aufgestanden.

Adelheid, die sich kaum selbst bewegen konnte, sank wie in Trance auf Heddas Bett. Noch konnte sie nicht fassen, was gerade passiert war. In ihrem Kopf war nur Nebel. Sie konnte nichts denken, nichts fühlen. Ihr Atem raste, aber es war, als hätte sie nichts damit zu tun.

»Was ist passiert?«, fragte Hedda, wohl eher in Richtung Viktor.

»Opitz. Opitz ist passiert. Ich war gerade noch rechtzeitig da. Sonst ...«

»Schon wieder?«, rutschte es Hedda erschrocken heraus.

»Was heißt schon wieder? Hat er sie schon mal ...«

Hedda schüttelte den Kopf. »Nicht sie.« Stöhnend ließ sie sich ebenfalls auf ihrem Bett nieder.

»Ich hab die verschüttete Bowle gesehen, zufällig, als ich oben was holen wollte«, erklärte Viktor nun sein überraschendes Auftauchen. »Dann die Scherben. Kurz vor der Abstellkammer. Da war mir klar ...« Er führte seinen Satz nicht aus. Alle wussten, was ihm klar geworden war.

Adelheids Blick ging von Hedda zu Viktor. Es war, als wäre sie gar nicht anwesend. Als wäre sie nicht in diesem Raum. Als würde sie gar nicht existieren, so fühlte sie sich.

Viktor trat näher und legte ihr eine Hand auf ihren Rücken. »Adelheid, wie geht es dir?«

Sie merkte, dass ihr Mund offen stand und Speichel heraustropfte. Sie wischte ihn mit dem Handrücken weg, ließ die Hand wieder fallen.

»Adelheid, was ist passiert? Hat er dich ...«

Sie konnte nicht antworten. Sie wusste überhaupt nicht mehr, wie sie einen Satz bilden sollte. Sie starrte Hedda an, als hätte sie sie noch nie zuvor gesehen. Ihr Blick lief rüber zu Viktor. Er durfte hier nicht sein. Wenn man ihn hier erwischte!

»Adelheid, nun sag doch was!«, sagte Hedda.

Viktor kniete vor ihr nieder und nahm ihre Hände. »Adelheid …?!«

»Ich … Hätte ich doch nur die Fotografie zurückgegeben«, war das Einzige, was ihr in den Sinn kam.

»Die Fotografie? Welche Fotografie?«, fragte Hedda nach.

Viktor schaute sie überrascht an, wechselte einen Blick mit Hedda und hob auch die Schultern, als wollte er sagen, er wisse es auch nicht.

»Welche Fotografie denn? Und wem, wem solltest du es zurückgeben?«

»Dem Fürsten. Die Fotografie, mit der Opitz … den Fürsten … erpresst.«

Es wurde ganz still in dem Raum. So still wie in ihrem benebelten Geist.

»Adelheid, willst du damit sagen, es gibt eine Fotografie vom Fürsten, mit der Opitz ihn vermutlich erpresst hat? Und die hast du nun?«

Sie nickte schwach.

Hedda schnappte hörbar nach Luft. »Und der Fürst weiß nicht, dass Opitz sie mittlerweile nicht mehr hat?«

Adelheid schüttelte ihren Kopf.

»Was ist auf der Fotografie zu sehen?«, fragte Viktor mit einem merkwürdigen Unterton in der Stimme.

»Der Fürst … mit einem anderen Mann.«

Plötzlich stand Viktor auf und drehte sich weg. Er ging zur Tür, kam wieder zurück. »Verstehe ich das richtig: Du hast von Opitz eine Fotografie geklaut, mit der er den Fürsten erpressen kann? Und der Fürst glaubt noch immer, dass sie noch in Opitz' Besitz ist?«

Ganz langsam drang in ihren Geistesnebel vor, dass die Stimmlage der beiden sich geändert hatte. Was hatte das zu bedeuten?

»Ja«, kam es krächzend heraus.

»Woher hast du das Bild?«, fragte Hedda.

Sie brauchte einen Moment, um im Nebel ihres Kopfes nach den richtigen Worten zu suchen. »Als wir den Panzerschrank ausgeräumt haben.«

Adelheid bemerkte, wie Viktor und Hedda erschütterte Blicke tauschten. Irgendwas war. Irgendwas war absolut nicht in Ordnung. Aber der Nebel in ihrem Hirn war so stark, dass es Adelheid nicht einfiel, was da gerade schieflief. Kolossal schieflief.

## Silvester 1908

Hedda starrte Adelheid an. Sie konnte kaum glauben, was diese gerade zugegeben hatte – sie hielt die Macht in Händen, Opitz verschwinden zu lassen, ein für alle Mal. Schon morgen. Vielleicht sogar sofort. Diese Macht oblag ihr schon sehr lange, schon seit über einem Jahr. Um genau zu sein, seit sechzehn Monaten.

Was war in diesen sechzehn Monaten alles passiert? Sie alle hatten sechzehn Monate zu lange unter Opitz leiden müssen. Sie selbst … Es war das Einzige, was sie noch denken konnte. Sie selbst wäre nie …

Viktor Novak war bleich im Gesicht. Ihm gingen wohl ähnliche Gedanken durch den Kopf. Wie er gerade so vor Adelheid gekniet und ihre Hände gefasst hatte, das hatte so vertraut gewirkt. Vielleicht hatten die beiden auch ein Geheimnis, das sie nicht kannte. Doch das war ihr gerade alles egal. Sie konnte nur noch an das eine denken.

Novak sagte: »Ich muss runter. Ich müsste schon längst wieder unten sein.«

»Viktor …«, flehte Adelheid.

Doch der machte ein abwehrendes Zeichen, öffnete die Tür und war weg.

Adelheid senkte den Kopf und schüttelte ihn, als wollte sie kaum glauben, was gerade passierte.

»Sag es mir noch mal«, forderte Hedda. »Sag mir noch mal, dass du seit über einem Jahr in Besitz eines Fotos bist, das dafür sorgt, dass der Fürst Opitz nicht entlässt. Nicht entlässt, sogar jetzt, nachdem er in flagranti von der Fürstin erwischt worden ist!«

»Hedda, ich …«, setzte Adelheid an.

»Sag es mir!«, schrie sie nun beinahe und krümmte sich sofort unter Schmerzen. Adelheid blieb stumm. Hedda fasste sich, doch der Zorn brodelte in ihr, überdeckte jeden Schmerz.

Adelheid saß noch immer dort mit gesenktem Kopf. Hedda packte ihn und hob ihn an, sodass Adelheid ihr in die Augen blicken musste. Die schnelle Bewegung tat weh, wie noch immer jede Bewegung wehtat. Doch im Moment interessierte es Hedda nicht. Ihr überlaufender Hass traf Adelheid in ihren Eingeweiden.

»Sag mir, dass ich nie hätte vergewaltigt werden müssen, wenn du nur vorher das Foto zurückgegeben hättest! Sag es mir!«

Adelheid schluchzte laut auf. Schuldbewusst bedeckte sie ihr Gesicht mit den Händen.

»Du bist schuld daran. Du bist genauso schuld daran, wie Opitz schuld daran ist.« Jetzt zuckte Hedda doch unter einer schmerzhaften Bewegung zurück.

Adelheid jammerte wie ein kleines Mädchen, das von seiner Mutter geschlagen wurde.

»Niemals. Ich wäre niemals von Opitz vergewaltigt worden, niemals schwanger gewesen, hätte keine Fehlgeburt gehabt, hätte niemals ein gebrochenes Bein, wenn er schon weg gewesen wäre … Und all das ist deine Schuld. Deine Verantwortung. Du hast nicht an uns gedacht. Nicht an Moritz, der jeden Tag von Opitz geschlagen wird. Nicht an Lydia, die sich Opitz anbiedern musste. Nicht an mich …« Sie schluckte hart. »Du hast nicht einmal daran gedacht, das Foto zurückzugeben, als ich vergewaltigt wurde«, spie sie aus. »Nicht einmal da!«

»Ich weiß doch gerade erst seit ein paar Wochen, was Opitz dir angetan hat«, brachte sie jammernd hervor. »Dass er … tatsächlich zu so etwas fähig ist. Ich wusste doch nicht … Und da war es eh zu spät«, schluchzte Adelheid. Als würde sie das ihrer Verantwortung entledigen. Als trüge sie deshalb weniger Schuld. »Hätte ich das früher gewusst, dann…«

»Ja? Was dann?«

»Und was es mit der Fotografie auf sich hat, dass Opitz den Fürsten möglicherweise damit erpresst … Erst nachdem wir die Fürstin in die Abstellkammer geführt haben und Opitz nicht entlassen wurde, da … da habe ich zum ersten Mal darüber nachgedacht. Das ist doch noch keine zwei Wochen her.«

»Wieso hast du sie mir nicht gezeigt? Wieso hast du deinen Fund verheimlicht?«

Statt einer Antwort fing Adelheid nun an, mit verborgenem Gesicht auf dem Bett vor und zurück zu wippen. Als wäre sie es, die eine schwere Zeit hätte.

»Du musst die Fotografie rausgeben. Noch heute. Direkt morgen früh bekommt der Fürst sie zurück.«

»Ich kann nicht«, kam es weinerlich hinter den Händen hervor.

»Wieso kannst du das nicht?«

»Weil … Das darf ich dir nicht sagen.«

Wieso das denn jetzt wieder nicht? Welches Geheimnis trug Adelheid noch mit sich herum? Da steckte doch mehr dahinter. Doch Hedda war gerade viel zu wütend, um sich mit logischen Gedanken zu tragen.

»Ach ja? Wenn du es jetzt nicht kannst, dann hättest du es doch auch nicht vor meiner Vergewaltigung abgegeben. Du lügst. Du lügst dich und mich an.«

»Ich wollte das doch nie … Hätte ich …«

»Hätte? Nichts hättest du geändert«, spie Hedda bitter aus. »Wie schön, dass du fein raus bist. Du bist ja gerade noch mal gerettet worden. Ach, hätte mich doch ein goldener Ritter im Seehaus gerettet. Aber weißt du was? Da war keiner. Niemand. Niemand, der sich einen Dreck um mich geschert hat. Nicht mal du!«

Abrupt stand Adelheid auf, ging um das Bett herum und drückte sich in eine Zimmerecke. Sie ließ sich auf den Boden gleiten, machte sich klein und jammerte leise.

Wie ein Kind, das nicht mehr weiterweiß, dachte Hedda. Ein Kind, das sich verkriecht. Ja, Adelheid hatte ihre Augen vor dem verschlossen, was hier im Schloss vor sich ging. Sie war nicht nur naiv, sie war auch ignorant.

Hedda quälte sich aus dem Bett hoch und humpelte rüber zu Adelheids Bett. Es war noch unberührt. Sie ließ sich am Kopfende nieder, nahm das Kopfkissen hoch und tastete es ab. Bestimmt war die Fotografie hier irgendwo versteckt. Sie musste sie finden. Sie würde sie sofort der Fürstin bringen. Es war ihr egal, was mit Adelheid geschah. Sollte Adelheid doch erklären, wo sie sie herhatte. Gerade in diesem Moment war es Hedda vollkommen egal.

Das Jammern wurde leiser. Hedda drehte sich vorsichtig um und schaute zu Adelheid. Die hatte die Hände endlich etwas heruntergenommen.

»Was machst du?«

»Ich suche die Fotografie!«

»Sie ist nicht hier!«

»Und wo ist sie dann?«

Statt einer Antwort ließ Adelheid ihren Kopf auf ihre Knie sinken.

Hedda fasste in den Kissenbezug, tastete alles sehr gründlich ab und legte das Kissen beiseite. Nun stand sie auf, stöhnte vor Schmerzen und nahm sich das Oberbett vor.

»Sie ist nicht hier im Zimmer«, erklärte Adelheid wieder. Vermutlich tat ihr Hedda sogar leid, wie sie sich hier stöhnend und schmerzverzerrt auf die Suche begab. Aber nun war es zu spät, dass ihr etwas leidtat. Nun waren all die schlimmen Sachen bereits passiert. Trotz ihrer quälenden Schmerzen zog sie das Oberbett aus dem Bezug heraus.

»Hedda, lass es. Ich hab die Fotografie woanders versteckt. Du musst das nicht tun!«

»Dir glaube ich doch kein Wort mehr.« Sie sollte besser ins Bett. Der Doktor hatte ihr verboten, zu stehen oder zu gehen. Doch sie setzte ihre Suche fort.

Nun stand Adelheid umständlich auf und trat an ihr Bett. »Hedda, es tut mir wirklich furchtbar leid. Du weißt gar nicht, wie leid es mir tut. Aber ich kann die Fotografie nicht zurückgeben.«

»Wieso nicht?«

»Das kann ich dir nicht sagen.«

Hedda hielt inne und schaute sie an. »Es ist mir völlig egal, welches Spiel du spielst. Du gibst mir jetzt sofort die Fotografie!«

»Das kann ich nicht! Glaub mir doch, es ist kein böser Wille.«

»Kein böser Wille?«, spie Hedda aus. »Kein böser Wille! Du willst mir sagen, du lässt uns alle hier so lange leiden und es ist nur aus den besten Absichten passiert?« Ihr Bein schmerzte, ihre Rippen taten weh.

»Ich hab doch gar nicht gedacht ... Mir ist doch erst in den letzten Tagen klar geworden, dass Opitz den Fürsten mit dieser Fotografie in der Hand hat.«

Nun schüttelte Hedda ihren Kopf. »Wieso eigentlich hast du sie mir damals nicht sofort gezeigt? An dem Tag, als wir den Panzerschrank ausgeräumt haben? Wieso hast du sie für dich behalten?«

Adelheid starrte sie an, dann drehte sie sich weg und setzte sich wieder in die Ecke. Geheimnisse. Überall nur Geheimnisse. Böse, schwelende Geheimnisse lebten in diesem Schloss und labten sich an den Seelen der Bewohner.

»Ich wusste doch so lange gar nichts von der Vergewaltigung«, verteidigte Adelheid sich jetzt aus der Ecke heraus. »Und auch nicht, dass du schwanger warst. Ich wusste doch gar nicht, *wie* schlimm es wirklich ist mit Opitz.«

Hedda konnte es nicht glauben. Wollte es nicht glauben. Wollte es nicht sehen. Tatsächlich hatte Adelheid natürlich in dem Punkt recht: Sie hatte ihr nicht von dem Übergriff im Kohlenkeller erzählt, und auch erst viel zu spät von der Vergewaltigung und ihrer Schwangerschaft.

»Und was ist mit Lydia?«

»Die hat sich Opitz doch freiwillig hingegeben.«

*Hingegeben*. Es war zynisch, es so zu nennen. Opitz hatte seinen Preis gefordert, und es gab keine Alternative.

»Dich hat er doch auch schon bedrängt!«

»Ich weiß … Aber es ist nie etwas Schlimmes passiert.«

»Aber du wusstest, dass etwas Schlimmes passieren kann!«

»Mir war nicht ganz klar …«

Was? Was war ihr nicht klar? Wie schlimm es wirklich war, vergewaltigt zu werden? Oder war ihr nicht klar, wie weit Opitz tatsächlich gehen würde? Wankend drehte Hedda den Bettbezug auf links, warf ihn dann auf den Boden und tastete nun das Oberbett ab.

Adelheid schaute sie aus ihrer Ecke an, sagte aber nichts mehr. Als sie mit der Bettdecke fertig war, stand sie stöhnend auf und zog den Bettbezug ab. Sie untersuchte ihn und machte dann mit der Matratze weiter. Als sie sie anheben musste, schrie sie fast vor Schmerzen auf.

»Hedda, lass es doch. Sie ist nicht hier.«

Stur machte Hedda weiter. Sie würde Adelheid kein einziges Wort mehr glauben. Nicht ein einziges. Sie konnte gar nicht ausdrücken, wie enttäuscht sie war. Das ging weit über Dummheit oder Naivität hinaus. Das war so fahrlässig, sie alle hier über so lange Zeit Opitz' Launen und Gewalttätigkeiten auszusetzen.

Mühsam schaffte sie es, die Matratze anzuheben und umzudrehen. Bevor sie sie von unten untersuchen konnte, musste sie erst einmal durchschnaufen. Diese Schmerzen. Ihre Rippen taten ihr weh, der Atem ging gepresst. In dem Moment, in dem Opitz sie zusammengeschlagen hatte, hatte sie gedacht, ihr letztes Stündlein hätte geschlagen. Alles nur wegen … Eine heftige Welle aus Wut und Zorn rollte durch Heddas Körper und überdeckte fast die Schmerzen.

»Ich sollte zur Fürstin gehen und ihr sagen, dass du die Spionin bist! Genau das sollte ich tun! Du hast nichts Besseres verdient!«

Erschrocken sprang Adelheid auf, trat an sie heran, kniete vor ihr nieder. »Das darfst du nicht tun. Ich würde ins Gefängnis kommen. Meine Familie …«

»Und wieso sollte es mich interessieren, was mit deiner Familie passiert? Es hat dich doch auch nicht interessiert, was mit mir passiert!«

»Das wollte ich doch nie. Ich hätte nie gedacht … Ich hab es doch alles nur für meine Familie getan.«

Adelheid kauerte sich vor ihr zu einem kleinen Päckchen zusammen und weinte. Sie weinte so bitterlich, Hedda nahm ihr fast ab, dass sie die Unschuldige spielte. Aber nein, so war es nicht. Sie war nicht unschuldig, ganz und gar nicht.

»Gutes Geld würde ich bekommen. Gutes Geld! Und dann könnte ich endlich dieses Schloss verlassen. Und ein neues, ein besseres Leben anfangen!«

Tatsächlich spielte sie den Gedanken gerade durch. Hedda hatte nie geglaubt, dass ausgerechnet Adelheid die Spionin sein könnte. Allerdings änderte Adelheids Enthüllung alles. Und doch: Traute sie es ihr zu? Nein, hieß weiterhin die klare Antwort. Trotzdem, selbst wenn sie nicht die Spionin war – sobald Hedda der Fürstin das Foto präsentierte und Adelheid bezichtigte, würde die Fürstin ihr unbesehen glauben. Dreihundert Mark von der Fürstin zu bekommen, war sehr verlockend. Und sie schuldete Adelheid nichts. Sie war nicht mehr ihre Freundin. Im Gegenteil. Adelheid schuldete ihr etwas. Adelheid schuldete ihr ihr Glück und ihre körperliche Unversehrtheit. Doch dieser Plan würde scheitern, solange sie die Fotografie nicht vorweisen konnte. Sonst könnte sie ja jeden beschuldigen.

Nun stand sie auf, schob sich an Adelheid vorbei und ging auf die andere Bettseite. Abgestützt auf den metallenen Rahmen, tastete sie nun die Matratze ab.

»Und ich werde Mamsell Reineke um eine andere Schlafstube bitten.«

»Nein, Hedda. Nicht.« Adelheid schaute aus tränenverhangenen Augen zu ihr hoch.

»Doch, genau das werde ich morgen tun.«

»Alle werden sich fragen, wieso du ausziehst.«

»Ja, und? Das kann mir doch egal sein, wenn sie sich das fragen.«

»Aber dann …«

»Was dann? Du hast Angst, dass dein Geheimnis herauskommt? Was kümmert's mich?«

»Dir steht als Stubenmädchen natürlich eine Schlafkammer nur für dich zu«, sagte Adelheid, als wollte sie sich selbst beruhigen.

Wieder alleine in einer Schlafkammer, das gefiel Hedda gar nicht. Aber es wäre nicht für lange. Egal, ob sie Adelheid nun als Spionin bezichtigte oder nicht, ob sie das Geld von der Fürstin bekam oder nicht – solange Opitz nicht rausgeworfen wurde, konnte sie hier nicht weiterarbeiten.

Sie war mit der Matratze fertig und wandte sich nun der Nachttischschublade zu. Kurz wirkte Adelheid etwas verschreckt, und Hedda hatte schon die Hoffnung, dass sie hier nun endlich fündig werden würde. Aber Adelheid sagte nichts mehr und sah ihr nur dabei zu, wie sie die Schublade komplett herauszog, den dürftigen Inhalt entleerte, ja sogar die Unterseite der Schublade absuchte und dann die Schrankklappe des Schränkchens öffnete.

Sie sah kurz zu Adelheid, als sie die Pappschachtel mit ihren Leinenstreifen für ihre Blutung hervorholte; das prädestinierte Versteck der Frauen. Doch nichts war darin zu finden. Sie räumte einfach alles weiter aus. Adelheid besaß nicht viel, und der Nachttisch war schnell durchsucht.

Hedda ließ einfach alles auf der blanken Matratze liegen, packte den Nachttisch und legte ihn auf den Boden. Auch auf der Hinterseite und der Unterseite war nichts zu finden. Sie fluchte und ging zurück zu ihrem eigenen Nachttisch.

Doktor Genrich hatte ihr Schmerztabletten dagelassen, von denen sie nun eine mit einem Schluck abgestandenem Tee nahm. Mühsam schleppte sie sich zum Kleiderschrank.

Adelheid sah zu ihr, rührte sich aber nicht. So langsam bekam Hedda tatsächlich das Gefühl, dass sie die Fotografie hier nicht finden würde. Sonst hätte Adelheid sicherlich nervöser reagiert.

Plötzlich hörte man von draußen Schüsse. Das neue Jahr fing an. Traditionell schossen die Leute um zwölf Uhr in die Luft, vor allem diejenigen, die sich kein Feuerwerk leisten konnten.

Mit einem Mal stand Adelheid auf, klopfte sich imaginären Staub von ihrem Rock und ging zur Tür. »Ich werde besser die Glasscherben und die verschüttete Bowle wegmachen. Jetzt ist garantiert niemand im ersten Stock«, sagte sie. Mit eingezogenem Kopf verließ sie die Schlafstube.

Hedda zog sich einen von den zwei Holzstühlen vor den Kleiderschrank und machte mit ihrer Suche weiter. Sie brauchte diese Fotografie! Sie brauchte sie dringend.

Einen Moment hielt sie inne und schnaufte durch. Wann würde diese Tablette endlich anfangen zu wirken? Alles tat ihr weh, und je länger sie sich von dem Schock erholte, desto deutlicher spürte sie ihre Schmerzen wieder. Sie lehnte sich mit ihrem Kopf gegen das Holz vom Kleiderschrank und ließ ihren Tränen freien Lauf.

Erst ihre Entlassung, dann die Vergewaltigung, die Schwangerschaft, das Zusammengeschlagenwerden und dann die Fehlgeburt. Was für ein Jahr! Leider hatte sie nicht das Gefühl, dass das nächste besser werden würde. Nicht, wenn es so anfing, wie es gerade anfing.

## 1. Januar 1909

Constanze und Hugo saßen im Zug von Grunewald nach Potsdam. Weit entfernt vom Berliner Trubel hofften sie, in Ruhe alles besprechen zu können, ohne dass jemand etwas mithören würde.

Außerdem wollten sie sich schon lange einmal die Residenzstadt der preußischen Könige anschauen. Während die Bahn fuhr, las Constanze ihren Artikel, den Hugo überarbeitet und ergänzt hatte. Sie war beinahe am Ende.

Kann und darf der neue beste Freund des Kaisers, der deutsch-österreichische Fürst Maximilian Egon II. zu Fürstenberg aus Donaueschingen, ein Diplomat mit besten Verbindungen ins Wiener Schloss Schönbrunn und mit Sitz im preußischen Herrenhaus, unseren Kaiser derart bezirzen, dass dieser der österreich-ungarischen Krone in Fragen der Bosnienkrise blindlings folgt? Zu wessen Vorteil wird Fürstenbergs Rat an den Kaiser sein, wenn es mal hart auf hart kommt?
Was könnte passieren, da nun der mäßigende Einfluss des angeblich frankophilen Fürsten zu Eulenburg nicht mehr existiert?
Und wie ticken die anderen neuen kaiserlichen Berater, die nun den ehemaligen Freundes- und Beraterkreis Seiner Majestät, die Liebenberger Tafelrunde, ersetzen?
Was sich da gerade an neuen Beratern zeigt, sind Männer wie Tirpitz und Schlieffen oder Ludendorff, die sowohl militärisch wie auch politisch deutlich nationalistischer sind und ihre Weltmachtpläne unerbittlich verfolgen.
Schon lange ist sichtbar, dass sich das Deutsche Reich von seinen Nachbarstaaten abkapselt und isoliert. Der Tonfall anderer europäischer Staaten gegenüber unserem Deutschland wird schärfer. Zudem machen die ungebremsten politischen Fehltritte des Kaisers alle diplomatischen Bemühungen zunichte. Die einstige bismarcksche Bündnispolitik ist hoffnungslos verweht.
Zu allem Übel ist nun noch das stolze deutsche Heer durch die während der Harden-Eulenburg-Affäre ans Licht gekommene »Verseuchung des Heeres durch Homosexuelle« europaweit in Misskredit geraten.
Und wie reagieren die deutsche Presse und das deutsche Volk, ja selbst unsere hohe Aristokratie darauf? Sie fordern einen »reini-

genden Krieg«, der diese Schmach tilgen und der Welt beweisen solle, dass das deutsche Heer nicht durch widernatürlich veranlagte Soldaten zersetzt ist, sondern aus harten Kerlen besteht, die vor Kraft und Männlichkeit strotzen und einen Waffengang nicht scheuen.

All das macht einen Krieg mit unseren europäischen Nachbarn so viel wahrscheinlicher. Und auch wenn es viele Stimmen gibt, die danach rufen, so muss es doch in unserem ureigenen Interesse liegen, diesen zu vermeiden. Einen führenden Platz in der Welt hat Deutschland bereits. Und diese Führung weiter auszubauen, wird eher ohne Krieg denn mit ihm gelingen – durch technischen Fortschritt und wirtschaftliche Überlegenheit.

Überhaupt, sollte sich ein deutscher Kaiser nicht dafür schämen, dass er seinen langjährigen besten Freund ungeschützt einer derartigen Schlammschlacht aussetzt, egal, welche Vorwürfe da im Raum stehen?

Was hat Maximilian Harden mit seiner Hexenjagd losgetreten? Können wir wirklich absehen, was die Folgen sein werden? Und werden wir es nicht eines Tages bedauern, diese politische Farce, dieses hämische Theaterstück beklatscht zu haben?

»Wir sind gleich da«, unterbrach Hugo Constanzes Konzentration.

»Ich bin gerade fertig«, sagte Constanze begeistert. »Du hast es wunderbar zusammengefasst. Gut finde ich, dass du Alfred von Tirpitz namentlich erwähnst. Weißt du, Fürst zu Eulenburg hatte mal ein unangenehmes Zusammentreffen mit ihm in der Wilhelmstraße.«

Die Wilhelmstraße war das Machtzentrum des Kaiserreichs, die Straße, in der die meisten und wichtigsten Ministerien lagen.

»Der bürgerlich geborene Admiral Tirpitz mag den Fürsten nicht, und diese Abneigung beruht auf Gegenseitigkeit. Tirpitz zürnte dem Fürsten, weil er kein offizielles Amt hatte, aber dennoch mehr Einfluss auf den Kaiser als er, der höchste Befehlshaber der kaiserlichen Marine. Der Fürst wiederum mochte Tirpitz nicht, weil er den Ausbau der deutschen Flotte so brachial voranbrachte. Er hat damals schon gesagt, dass das den Engländern nicht gefalle und eine Reaktion hervorrufen werde, die eigentlich niemand wollen könne. Ich weiß es noch, es war bei einem Abendessen, ohne weitere Gäste. An diesem Abend hatte der Fürst mir eine Weisheit mit auf den Weg gegeben: Man könne den Oberbefehlshabern des deutschen Heeres und der kaiserlichen Marine nicht jahrelang schönes Spielzeug vor die Nase stellen und erwarten, dass sie nicht den Tag herbeisehnten, an dem sie damit spielen dürften.«

»Da gebe ich Fürst zu Eulenburg allerdings recht. Hoffen wir, dass sich diese Weisheit nicht eines Tages bewahrheitet.«

Constanze nickte. »Und auch der Rest des Artikels ist famos. Besonders gut gefällt mir diese Zusammenfassung.«

Hugo lächelte mild. »Dabei stehen die saftigsten Dinge noch nicht mal drin. Harden hat mitbekommen, dass Graf von Hülsen-Haeseler, der in Donaueschingen auf dem Schloss von Fürst Max Egon von Fürstenberg gestorben ist, einen Herzinfarkt hatte, und zwar ausgerechnet nachdem er gerade im Tutu vor dem Kaiser getanzt hatte.«

»Im Tutu? Ein General, der Chef des Militärkabinetts, im Ballettröckchen? Nach all dem, was in den letzten zwei Jahren passiert ist? Lernen die denn nie dazu?«

»Es scheint einfach die Art von Scherzen zu sein, die Unsere Majestät erheitert. Natürlich weiß die Öffentlichkeit nichts davon. Und darf es auch nicht erfahren.«

Die Eisenbahn hielt, und sie stiegen am Bahnhof Wildpark aus. Er lag in nächster Nähe zum Park Sanssouci. Sie verließen den Bahnhof. Nur wenige Meter weiter wurde gerade der Kaiserbahnhof gebaut. Nach seiner Fertigstellung sollten der Kaiser, sein Gefolge und vor allem seine Gäste durch ein herrschaftliches Gebäude zu den unter einer Halle verborgenen Gleisen gelangen. Dort würde demnächst der Hofzug halten. Dann brauchte sich der

Kaiser weder Wind noch Wetter, noch den Blicken seiner Untertanen auszusetzen.

Das Bahnhofsgebäude lag praktisch direkt am Schlosspark. Und ihr Weg an der hohen Hecke vorbei führte sie geradewegs in Richtung Neues Palais, dem bevorzugten Wohnsitz Seiner Majestät. Natürlich konnten sie nicht bis zu dem Gebäude. Der Zutritt zum Park war verboten, wenn der Kaiser anwesend war. In Sichtweite blieben sie stehen. Hinter diesen Mauern wurde Politik gemacht und Geschichte geschrieben.

»Ob er jetzt dort drin ist?«, fragte Constanze.

Hugo zuckte mit den Schultern. »Vermutlich ist er gerade im Berliner Schloss, um die jährlichen Neujahrsempfänge zu halten. Aber eigentlich finden die erst morgen statt. Könnte also gut sein.«

»Das letzte Jahr war ein regelrechtes Katastrophenjahr für ihn. Und doch lernt er nichts daraus. Da wird mir angst und bange. Die Folge der *Daily-Telegraph*-Affäre, der Eulenburg-Skandal und die Tweedmouth-Affäre. Was wird er wohl als Nächstes anstellen?«, fragte Constanze laut.

»Er verliert derzeit enorm an Ansehen«, sagte Hugo. »Es gibt schon Bürgerversammlungen, auf denen darüber gesprochen wird, dass er zurücktreten soll. Und das betrifft nicht nur ihn. Sein Verhalten schadet der Monarchie als solcher. Die aristokratische Spitze des Landes ist zusehends verärgert über seine polternden Alleingänge. Es wird über Byzantinismus geredet und Günstlingswirtschaft, über Entartungserscheinungen bei Hofe und der Dekadenz des Adels.«

»Da wird es ihm wenig helfen, nach außen einen geläuterten Eindruck zu machen. Wie er letztens im Berliner Rathaus öffentlich das Manuskript seiner Rede aus Bülows Händen persönlich in Empfang genommen hat, sollte ein Zeichen dafür sein, dass er sich in Zukunft mehr der Regierung unterordnet. Da fehlt mir allerdings der Glaube daran, dass diese Demut lange anhalten wird. Egal, wie viel Gegenwind er durch die Regierung oder die Presse bekommt.«

»Ob die Macht des Kaisers in der Verfassung vom Reichstag wirklich beschnitten wird, wie man nun munkelt, bezweifle ich. Aber sicher wäre ihm das mit Eulenburgs Unterstützung nicht passiert. Dem sind natürlich die Hände gebunden. Der Prozess ist ja nur unterbrochen, nicht beendet.«

»Ich frage mich, was wohl der Fürst zu dieser Entwicklung sagt«, fragte Constanze.

Hugo antwortete nicht. Er schien mit seinen Gedanken schon woanders.

»Morgen gehe ich übrigens nach Berlin-Friedenau. Dort soll es einen Laden geben, der die besten Kamera-Apparate verkauft.«

»Die besten? Was wird so ein Apparat kosten?«

»Je nach Modell zwischen vierzig und achtzig Mark. Ich weiß, das ist viel Geld, aber man soll dort auch eine Einführung in die Technik bekommen. Die verkaufen nicht nur, die stellen auch selbst her, und man kann dort seine Fotografien entwickeln lassen. Schade, dass ich nicht jetzt schon so einen Kasten habe. Der Wohnsitz des Kaisers wäre ein Foto wert.«

Sie ließen ihren Blick noch mal über das Neue Palais wandern, dann gingen sie weiter. Sie wollten einmal um den Schlosspark Sanssouci herumspazieren. Ihre Schritte wurden schneller. Die Temperaturen lagen weit unter null Grad, und selbst gut verpackt fror man nach einer Weile.

»Und nun erzähl: Wen hast du gefunden?«

»Ich darf keine Namen nennen. Das habe ich versprochen. Genau wie er meinen Namen nicht nennen wird. Er sagte, wenn, dann müsste der Artikel sicherheitshalber anonym veröffentlicht werden.«

»Sicherheitshalber – wegen einer Klage auf Majestätsbeleidigung?«

»Zum Beispiel. Es gäbe jede Menge Politiker, die sich auf die Füße getreten fühlen würden. Und ganz sicher will ich mich nicht mit Harden anlegen, oder gar mit Holstein.«

»Hast du ihm von deiner Verbindung zu Harden erzählt?«

»Um Gottes willen, nein!«

»Und was ist mit dem Geld? Wie viel hat dir dieser Mensch geboten?« Irgendwie hatte Constanze wieder das Gefühl, außen vor zu sein. Obwohl sie doch den Artikel überhaupt angestoßen hatte.

»Er sagte, er muss das erst mit dem Verleger klären. Ob sie es überhaupt drucken werden.«

»Na, vielleicht schreibt er gerade selbst noch mal alles zusammen. Und gibt dir kein Stück vom Erfolg ab.« Sie zog sich ihren Wollschal enger um die Schultern. Es war wirklich bitterkalt.

»Deswegen habe ich ihm gesagt, dass er sich schnell entscheiden muss. Und dass ich den Artikel noch zwei weiteren Zeitschriften angeboten habe.«

»Hast du?«

Hugo nickte. »Aber keine andere hat ein Angebot gemacht. Alle haben zu viel Bammel. Und er, der Interessent, hat sich nun seit sieben Tagen nicht gemeldet. Ich hätte gedacht, eine Entscheidung würde schneller fallen.«

»Oder er hält dich hin. Traust du ihm?«

Hugo zuckte wieder mit den Schultern. »Bei der Geschichte traue ich niemandem. Aber wenn ich den Artikel verkaufen will, dann muss ich mich schließlich an jemanden wenden.«

»Hm«, sagte Constanze einsilbig. Das war wahr. Riskant war es trotzdem, aus vielerlei Gründen.

Sie liefen weiter, stumm und in Gedanken versunken. Würde dieser Artikel etwas zum Guten wenden können? Schließlich war Pazifismus ein Schimpfwort in der preußischen Bevölkerung.

Nachdem sie über eine Stunde durch den Schnee gestapft waren, kamen sie in der Innenstadt von Potsdam an und suchten sich ein Café, wo sie sich aufwärmen konnten.

»Wie geht es mit dem Buch voran? Quält Herr Steffens dich sehr?«

»Sehr. Jeden Tag hat er neue Einfälle. Im Grunde wird es eher eine Anekdotensammlung als Memoiren eines altgedienten Marineoffiziers. Aber ich mache gute Miene zum bösen Spiel. Er ist ganz begeistert, und meine Zettelwirtschaft wird immer umfangreicher.«

Constanze sah sich um. »Es ist nett hier in der kleinen Stadt. So viel entspannter als in Berlin. Ich glaube, ich würde gerne wieder in einer kleineren Stadt leben.«

Hugo nahm ihre Hand. »Willst du mir sagen, du willst zurück nach Leipzig?«

»Sehr gerne sogar. Es ist dort viel heimeliger, und man muss nicht für alles und jedes in den Zug oder die Bahn steigen.«

»Ich kann mir ehrlich gesagt nicht vorstellen, dass ich meine alte Stelle zurückbekomme.«

»Und eine andere? Bei einem Verlag vielleicht? Wo du doch jetzt ein Buch schreibst …«, gab Constanze zu bedenken.

»Das wäre tatsächlich eine Überlegung wert. Aber ich würde es vermissen, die Jagd nach aktuellen Nachrichten. Oder Fotografien davon«, sagte Hugo keck.

»Du hast deine neue Idee mit der Kamera. Ich habe mir auch Gedanken gemacht. Ich sollte versuchen, eine Stelle bei einer Höheren-Töchter-Schule zu bekommen. Das wäre so viel praktischer. Wir bräuchten keine größere Wohnung und keine Ausstattung. Außerdem bringe ich viel mit, was dort gelehrt wird: zwei Fremdsprachen, ich kenne mich in Etikette und Benimm, in Disziplin und Eleganz aus. Ich weiß, wie Komtessen leben. Schließlich wollen alle Bürgerstöchter Komtessen werden und wie Prinzessinnen leben.«

»Das ist eine ausgezeichnete Idee. Wieso sind wir nicht früher darauf gekommen? Du unterrichtest Klavier, kennst dich in Modefragen aus. Nur mit dem Sticken und dem Malen hapert es bei dir«, gab Hugo neckend von sich. »Eine Gouvernante, die lange in einem Fürstenschloss gelebt hat, wird jede Schule mit Kusshand nehmen.«

»Allerdings. Ich kann den jungen Frauen beibringen, wie sie Unterhaltungen über gehobene Themen wie Theater und Literatur führen. Und wie sie sich am besten präsentieren, um einen möglichst wohlhabenden und edlen Ehemann abzubekommen«, ergänzte Constanze mit einem bittersüßen Tonfall. »Was ja leider immer noch die besten Lebensaussichten verspricht.«

»Du bist mit mir als Ehemann in spe nicht zufrieden?«, fragte Hugo.

Constanze musste lachen. »Oh, doch. Ich wünschte nur, mehr junge Frauen würden die Gelegenheit ergreifen, statt Sticken und Malerei Geografie und Latein zu lernen, und dann studieren. Immerhin haben die Frauen in Preußen seit letztem Jahr das Recht zu studieren. Und ausgerechnet ich muss ihnen weiterhin diese blödsinnigen Dinge beibringen.«

»Weißt du«, er küsste ihre Hand und zog Constanze näher, »wenn unsere Töchter groß sind, dürfen sie auf jeden Fall studieren.«

»Töchter? Wie viele planst du denn?«

Hugo lachte. »Fangen wir erst einmal mit einer an und sehen, wo das hinführt.«

»Wir leisten es uns immer noch nicht zu heiraten. Aber du planst schon den Universitätsbesuch unserer Kinder? Findest du das nicht ein wenig übereilt?«

»Irgendwann müssen wir doch mal Ernst machen mit unseren eigenen Plänen.«

## 1. Januar 1909

Unfassbar. Viktor wusste einfach nicht, was er denken sollte. Die Eröffnung, die Adelheid ihnen gestern gemacht hatte … Er war, überwältigt von seiner Wut, einfach gegangen. Ohnehin hatte er verschwinden müssen, denn er sollte besser nicht oben im Frauentrakt entdeckt werden. Heimlich hatte er sich zurückgeschlichen, war dann eilig in eins der Gästezimmer gegangen und hatte dort die Stola der Schwiegertochter geholt. Als er zur Gesellschaft zurückkam, musste er Schelte einstecken, weil alle dachten, er habe getrödelt, oder selbst etwas getrunken.

Doch mit seinen Gedanken war er ganz woanders gewesen. Adelheid, so naiv kannst du doch gar nicht sein. Oder so dumm. So egoistisch! Warum nur, warum? Diese Frage stellte er sich seit gestern Abend immer wieder. Warum nur hatte sie das Foto nicht abgegeben? Oder es mit ihnen besprochen, so wie sie all die anderen Fotos und Beweisstücke besprochen hatten? Und was oder wer war auf der Fotografie zu sehen?

Der Fürst mit einem anderen Mann, hatte Adelheid gesagt. Hatten also doch alle recht, Maximilian Harden, Herr Hartwich, die bayrischen Zeugen? Das aber interessierte ihn gerade nicht. Wichtig war nur die Tatsache, dass sie Opitz schon längst hätten los sein können. Schon längst. Er hatte Adelheid sein größtes Geheimnis anvertraut. Und sie? Offensichtlich vertraute sie ihm nicht genug, was schmerzte.

Gerade lief Viktor in Richtung Schreibzimmer des Fürsten. Nach langer Abwesenheit hatte er sich heute wieder einmal dort hinbegeben. Als wollte er sich dort vor seiner Familie, vor seiner Frau verstecken. Wie hatte er seiner Gattin eigentlich erklärt, dass Herr Opitz bleiben durfte? Ganz sicher hatte die Fürstin nach dem Grund gefragt, wieso er Opitz nicht vor die Tür setze. Aber ein Mann schuldete seiner Frau keine Rechtfertigung für seine Entscheidungen. Er war ein Mann. Punkt.

Zudem galt in der Gesellschaft die Meinung, bei einem Techtelmechtel zwischen zwei Dienstboten wäre immer die Frau die sittsam Unmoralische. Die Verdorbene. Die, die sich schuldig machte. Dem Mann sah man es einfach nach, meistens zumindest.

Aber hatte Opitz dem Fürsten nicht schon tausend andere Gründe gegeben, um ihn loszuwerden? Viktor hatte die Beweggründe des Fürsten nicht nachvollziehen können. Bisher. Doch jetzt kannte Viktor den Grund. Jetzt erklärte sich, warum der

Fürst an einem so inkompetenten und herrischen Haushofmeister festhielt. Allein die Vorstellung, dass ein Mann wie Opitz den Fürsten, den besten Freund des Kaisers, jahrelang in der Hand hatte, war Furcht einflößend.

Vermutlich auch deswegen war Herr Opitz damals so durchgedreht, nachdem sie ihm den Panzerschrank ausgeräumt hatten. Wie lange hatte er wohl gebraucht, um zu begreifen, dass, obwohl er nicht mehr im Besitz des Fotos war, der Fürst nichts von seinem Verlust wusste? Das Foto war weg gewesen, so wie alle anderen Dinge. Doch niemand hatte ihn darauf angesprochen oder mit Konsequenzen gedroht. Die Mamsell nicht, Frau Möckel nicht und offensichtlich auch der Fürst nicht. War Opitz also irgendwann davon ausgegangen, die Fotos seien zwar verschwunden, aber nicht ihrem Besitzer zurückgegeben worden? Gut möglich.

Auf dem Silbertablett brachte Viktor die Nachmittagspost zum Fürsten. Vor dem Schreibzimmer blieb er stehen und horchte hinein. Der Fürst telefonierte.

»…die ganze Chose nun endlich ad acta gelegt wird. Und das neue Jahr uns Befreiung und Gnade schenkt … Ja, das sehe ich auch so … Seine Majestät? Das kann ich nicht sagen. Ich kenne ihn nicht wieder. Nie hätte ich gedacht, dass er mich derart im Stich lässt … Nein, was hätte ich auch anders machen sollen? Was bleibt Männern wie uns denn übrig?«

Viktor verharrte auf dem Flur. Er sollte besser nicht beim Horchen erwischt werden. Aber anscheinend beendete der Fürst das Gespräch ohnehin gerade.

*Männern wie uns* – jetzt war endgültig klar, was er damit meinte. Viktor hätte nur allzu gerne einen Blick auf das Foto geworfen, das Adelheid an sich gebracht hatte. Nun hatte er kaum noch Zweifel an den Vorwürfen gegen seinen Herrn.

Wie es wohl sein musste, so ein Mann zu sein – ausgestoßen aus der Gesellschaft, sich immer verstecken müssen. Und war es wirklich so, dass sie einander liebten? Oder war es doch bloß eine unnormale körperliche Anziehung? Und hasste der Fürst sich dafür, so zu sein, wie er war? Alles Fragen, die Viktor wohl nie würde beantworten können. In gewisser Weise tat ihm der Fürst leid. So hoch war er gestiegen und so tief gefallen. Nun blickte er auf den Scherbenhaufen seines Lebens zurück. Auch wenn sich alles wieder beruhigen würde: Der alte Glanz würde nie wieder zurückkehren.

Viktor klopfte, wartete auf ein »Herein« und betrat den Raum. »Euer Durchlaucht, die Post.«

Höflich hielt er ihm das übervolle Silbertablett hin. In den letzten Monaten hatte die Korrespondenz für den Fürsten deutlich zugenommen.

Der saß an seinem Schreibtisch, vor sich eine Kladde mit Zahlen, und nahm die Briefe entgegen. Einen nach dem anderen schaute er auf die Absender und legte sie beiseite.

»Ich bekomme plötzlich so viel Post aus der ganzen Welt, von Männern, die mir aufmunternde Briefe schreiben. Sie sind alle so veranlagt, wie es von mir behauptet wird. In ihren Augen bin ich eine Art Pionier für ihre Sache. Als wäre ich das Maskottchen dieser Männer«, spie der Fürst aus.

*Ihre Sache*. Der Fürst musste weiterhin seine Fassade aufrechterhalten. Wie viel Mühe ihn das wohl kostete? Aber ja, er hatte recht. Ihm blieb nichts anderes übrig, als zu lügen. Viktor hätte nicht anders handeln können in seiner Situation. Eine persönliche Antwort auf die Äußerung des Fürsten verbat sich ohnehin.

»Haben Sie noch einen Wunsch, Euer Durchlaucht?«

»Nein danke«, sagte der seufzend und richtete seine Aufmerksamkeit nun auf die Kladde. Geschäftsbücher. Selten genug hatte Viktor gesehen, dass sich der Fürst um Geschäftliches kümmerte. Das Gut hatte der Fürst an seinen ältesten Sohn verpachtet, der sich um den landwirtschaftlichen Betrieb kümmerte. So konnte er selbst all seine Zeit darauf verwenden, die Pacht aus dem Gut Liebenberg und anderen Besitztümern sowie sein Diplomatengehalt auszugeben. Doch seit er im Juli 1907 seinen diplomatischen Posten aufgegeben hatte, gab es auch das opulente Diplomatengehalt nicht mehr. Und Viktor wusste nicht, wie viel Geld der Fürst mit den landwirtschaftlichen Erlösen zur Verfügung hatte.

Würde es reichen, seinem luxuriösen Lebenswandel weiter zu frönen? Bescheidener, sogar deutlich bescheidener war dieser ja schon geworden. Trotzdem – einhunderttausend Mark, so viel hatte er für seine Kaution hinterlegen müssen. Einhunderttausend Mark, die jetzt sicher woanders fehlten. Viktor wusste nicht, ob der Fürst einen Kredit bei einer Bank aufgenommen hatte oder vielleicht durch den Verkauf der Starnberger Villa genug Geld zusammengekommen war. Und hatte er eine Million Mark von Rothschild geerbt? Oder seine Söhne doch nur zweihundertfünfzigtausend Mark? Viktor konnte nur hoffen, dass das Schloss nicht in finanzielle Schieflage geriet. Höflich verneigte er sich und verließ den Raum.

Zehn Meter entfernt lief Adelheid, wie immer mit einem Feudel und Putzeimer bewaffnet, durch den Flur. Er folgte ihr leise. Als sie eins der Gästezimmer betrat, das heute nach einem längeren gemeinsamen Frühstück wieder geräumt worden war, ging er ihr nach.

Sie erschrak sehr, als sich hinter ihr die Tür öffnete und wieder schloss. Ihre Angst, Opitz könnte ihr weiter nachstellen, war nicht unberechtigt. Ein Grund mehr, sie zu etwas Bestimmtem zu drängen.

Gestern Abend hatten sie keine Gelegenheit mehr gehabt, miteinander zu sprechen. Viktor hatte bis tief in die Nacht bedienen müssen. Und jedes Mal, wenn er unten in der Dienstbotenetage gewesen war, war sie nicht zu sehen gewesen. Er hatte sich sputen müssen, um wieder unten im Salon aufzutauchen. Später, als er nachgeschaut hatte, war weder etwas von der verschütteten Bowle noch die Glasscherben zu sehen gewesen.

Heute Morgen beim Frühstück der Dienstboten hatte sie fahl ausgesehen, und völlig übernächtig. Wie immer hatte er es vermieden, länger in ihre Richtung zu schauen.

Auch Herrn Opitz hatte er gestern noch zweimal kurz gesehen. Der reagierte wie immer auf ihn. Er blaffte seine Befehle, befand nichts für gut genug und war launisch. Aber genauso hatte er sich Budde gegenüber verhalten. Als wäre gestern nichts Außergewöhnliches vorgefallen. Erst jetzt wurde Viktor klar, mit welchem Selbstverständnis Opitz davon ausging, er dürfe sich hier alles erlauben. Er hatte nicht einmal Angst, Viktor könnte ihn beim Fürsten anschwärzen. Und falls doch, war es ihm egal.

Erst die Sache mit Lydia Keller, und gestern das. Wenn es noch eines Beweises bedurft hätte, dass Opitz sich unangreifbar fühlte, dann hatte er ihn jetzt. Was Viktor dem Fürsten sagen würde oder auch nicht, war ihm schlichtweg egal.

Jetzt, im Nachhinein und mit dem neuen Wissen, erschien ihm seine gestrige Rettungsaktion wie eine wahnsinnige Tat. Mit einem Fingerschnippen konnte Opitz dafür sorgen, dass er rausgeschmissen wurde. Es gab so viele Gründe, warum Adelheid das Foto sofort herausrücken musste. Opitz würde nicht aufhören, sie zu drangsalieren, würde nicht haltmachen vor Fräulein Pietsch, nicht vor den anderen Frauen, würde Moritz weiter schlagen und ihn vielleicht vor die Türe setzen. Außerdem befand Viktor, der Fürst habe es verdient, endlich Seelenfrieden zu finden.

Vielleicht war ja sogar diese eine Fotografie der Grund dafür, warum der Fürst sich nicht früher gegen die Anschuldigungen von Maximilian Harden gewehrt hatte. Weil er immer befürchten musste, dass sich die Vorwürfe doch noch beweisen ließen. Noch immer schwebte das Damoklesschwert der Wiederaufnahme seines Meineid-Prozesses über ihm. Der Prozess war nur ausgesetzt, nicht beendet.

»Ich möchte die Fotografie sehen«, sagte Viktor wenig freundlich.

Adelheid starrte ihn an. Sie schien kein bisschen überrascht.

»Ich möchte sie sehen. Jetzt sofort. Dann geben wir sie zurück.«

»Das kann ich nicht«, gab Adelheid leise von sich.

»Wieso nicht?«

»Das kann ich dir leider ebenfalls nicht sagen.«

Viktor schüttelte unverständig seinen Kopf. Das durfte doch alles nicht wahr sein. »Bist du eigentlich wahnsinnig? Uns so lange dieser Situation auszusetzen. Hast du nicht gestern am eigenen Leib erfahren, was es bedeutet, wenn Opitz hier weiter im Schloss ist? Du hast es selbst gesagt: Du hättest längst das Bild zurückgeben müssen.«

Mit hängenden Schultern fing sie nun an zu weinen. »Ich weiß! … Ich kann es aber trotzdem nicht. Ich kann dir auch nicht den Grund dafür nennen. Hedda wollte mich auch schon dazu zwingen. Und nun …«

»Dann gib endlich diese verfluchte Fotografie zurück.«

»Ich wünschte, ich könnte es.«

»Opitz könnte noch heute seine Entlassungspapiere bekommen. Willst du das nicht auch?«

»Doch, natürlich!«

Sie trat näher. Viktor aber rührte sich nicht. Er nahm sie nicht in den Arm, streichelte nicht über ihr goldenes Haar, versenkte seine Lippen nicht in ihren, auch wenn er nichts lieber getan hätte als das. Stattdessen fragte er kühl: »Was also hindert dich?«

Sie schniefte laut auf, bevor sie sagte: »Ich kann es dir nicht sagen. Ich kann es einfach nicht!«

Viktor wollte das nicht. Er wollte das alles nicht: dass Adelheid das Foto behielt. Dass er auf sie wütend war. Dass er ihr ein Ultimatum stellen musste. »Dann tut es mir leid. Dann sind wir geschiedene Leute.«

Adelheid starrte ihn erschrocken an. Erschrocken, aber nachdem ihr vermutlich auch Hedda schon die Freundschaft gekündigt hatte, nicht wirklich überrascht.

»Es tut mir aufrichtig leid. Alles, alles tut mir aus tiefstem Herzen leid«, versuchte sie sich zu verteidigen.

»Offensichtlich nicht genug. Sonst würdest du Opitz noch heute ausliefern.«

Adelheid schniefte laut. Tränen liefen ihr über die Wangen, aber tatsächlich rührte es Viktor nicht. Zu viel Elend für zu viele Menschen hing an ihrer falschen Entscheidung.

»Ich könnte einfach zum Fürsten gehen und es ihm sagen.«

»Nein, bitte tu das nicht.«

»Doch, genau das werde ich tun, wenn du ihm das Foto nicht bis morgen zurückgegeben hast.«

Sie starrte ihn mit großen Augen an, dann sagte sie: »Dann werde ich sagen, dass du auch schon lange davon wusstest.«

Jetzt starrte Viktor sie entsetzt an. Das konnte sie doch nicht tun! Würde sie das wagen? Jetzt machte sie genau das, was Viktor auch mit ihr gemacht hatte – sie erpressen. Damals hatte er gesagt, er würde verraten, dass sie den Panzerschrank ausgeräumt hatten. Und jetzt revanchierte sie sich dafür.

»Ich hab dich gestern gerettet. Und jetzt kommst du mir so?«

»Ich kann nicht anders. Bitte versteh doch«, flehte sie.

»Nein, das tue ich nicht. Ich versteh dich nicht!« Viktor drehte sich um und rauschte hinaus. Er war wütend, mehr als wütend. Aber was sollte er tun? Riskieren, wegen ihrer Dummheit ins Gefängnis zu gehen? Das konnte er sich nicht erlauben. Er war nicht in der Situation, dieses Risiko eingehen zu können. Und verfluchte sich dafür selbst.

*Dann sind wir geschiedene Leute.* Mit wenigen Worten hatte er die Beziehung mit Adelheid vom Tisch gefegt. Er hatte es nicht vorgehabt, hatte vorher nicht darüber nachgedacht. Die Worte waren einfach so aus seinem wütenden Mund gepoltert. Was hatte er nur getan? War es richtig? Ging diese Entscheidung nicht zu weit? Schon jetzt hatte er das Gefühl, sich nach ihrer Nähe zu sehnen. Aber nun stand etwas zwischen ihnen. Unverrückbar. Und er war es nicht, der es dahin gestellt hatte. Adelheid, ach Adelheid. Was tust du uns nur an?

Er lief eine Treppe hinunter und wollte in die Bibliothek. An der nächsten Ecke rauschte er in Budde rein. Sie stießen mit ihren Köpfen zusammen. Budde schaffte es gerade so, sein Tablett mit dem Teeservice nicht fallen zu lassen. Doch aus der Kanne war Tee übergeschwappt, auf Viktors Livree.

»Kannst du nicht aufpassen?! Schau dir mal den Schlamassel an!«, schimpfte Budde mit gedämpfter Stimme.

»Selber. Du hast mich bekleckert. Nun muss ich mich umziehen«, raunzte Viktor leise zurück.

»Hättest ja auch aufpassen können.«

Plötzlich hörten beide Schritte – Opitz' Schritte. Als hätten sie sich abgesprochen, traten sie eilig ins Vestibül und versteckten sich hinter der Mauer. Wie kleine Jungs, die etwas angestellt hatten. Hoffentlich würde Opitz die Treppe weiter hochgehen. Hoffentlich trat er nicht ins Vestibül und würde sie hier überraschen – mit dem verschütteten Tee auf dem Tablett und dem beschmutzten Frack.

Sie zogen sich immer weiter zurück. Und atmeten erst auf, als Opitz' Tritte tatsächlich auf den Stufen nach oben zu vernehmen waren.

»Ich wünschte, *er* würde von der Leiter fallen, so wie Fräulein Pietsch«, sagte Budde bissig.

Es war das erste Mal, dass Budde sich offen gegen Opitz stellte. Dass er eine unangemessene Bemerkung machte. Offensichtlich fiel ihm das auch gerade auf, denn sichtlich erschrocken über sich selbst, schob er eilig nach: »Das meinte ich nicht so. Ich wollte nur sagen, dass …«

»Lass gut sein. Wir alle hier könnten froh sein, wenn er weg wäre.«

»Dann würdest du bestimmt seine Stelle einnehmen«, sagte Budde mit unterdrücktem Neid in der Stimme.

»Weißt du was? Das wäre mir mittlerweile egal, wenn ich ihn nur nicht mehr sehen müsste.«

Diedrich Budde schaute ihn an, als würde er etwas nicht begreifen. Zögerte, schien skeptisch. Viktor wusste nur allzu gut, woher diese Skepsis kam.

»Vermutlich hat Opitz dir Lügen erzählt, über mich, über andere.«

»Wie kommst du darauf?«

»Weil ich weiß, er hat sich bei anderen schlecht über mich ausgelassen. Aber er lässt sich bei allen über andere aus. Macht alle mies und tut dabei so, als würden wir übereinander lästern. Was nicht der Fall ist. Nur er stänkert über jeden.«

Budde wusste nichts zu antworten, aber es schien, als würde ihm gerade ein Licht aufgehen. »Dann hast du der Fürstin gar nicht gesagt, ich sei nicht elegant genug, um die Stelle eines fürstlichen Dieners auszuführen?«

»Ich? … Der Fürstin? … Ich würde mir doch nie anmaßen, der Fürstin jemals meine persönliche Meinung über was auch immer aufzudrängen.«

Das schien Budde zu überzeugen. Viktor war nun beileibe nicht dafür bekannt, ein Wort zu viel zu sagen. Zu wem auch immer.

»Hm …«, gab Budde von sich und zwirbelte mit der freien Hand seinen Schnauzbart.

*Nicht elegant für einen fürstlichen Diener* – am ehesten war es das, was Opitz von Budde hielt. Und statt es ihm einfach selbst zu sagen, verband er es mit einem weiteren Tiefschlag: dass andere Diener über ihn tratschten.

»Was immer Opitz sagt oder behauptet, ist sehr mit Vorsicht zu genießen. Meiner Erfahrung nach lügt er in einer Tour.«

Die Lippen von Budde zuckten, als würde er an einer Antwort kauen. »Ich wünschte, ich hätte das früher gewusst. Weil … Herr Opitz hat mir gesagt, er würde dich nicht für fähig halten, sein Nachfolger zu sein.«

Das war ja nun keine Überraschung mehr für ihn. »Und was noch?« Viktor war alarmiert, versuchte aber, möglichst unbeeindruckt zu erscheinen.

»Er … Er hat gesagt, du hättest dich in den vier Monaten in Berlin bestimmt lieb Kind gemacht, bei der Fürstin, beim Sohn, beim Fürsten selbst. Und dass du ihnen giftige Lügen über uns einträufelst, Tag für Tag. Und ich solle mich nicht wundern, wenn ich entlassen werde, sobald du zurückkommst.«

Viktor hätte am liebsten vor Wut gegen die Wand geschlagen, schnaubte aber nur laut auf. »Und? Bist du denn entlassen worden, seit ich zurück bin?«

»Nein«, sagte Budde kleinlaut.

»Also, wer hat dann jetzt gelogen? Und wer hat hier wem Gift eingeträufelt?«

Budde atmete tief durch. »Ich ... sollte den Tee nun wegbringen, bevor er kalt wird.«

»Ja, tu das. Aber wisch vorher noch das Tablett ab.«

»Das weiß ich doch«, sagte er nun wieder so eingeschnappt wie früher.

»War nicht so gemeint.«

»Ich ... ja. Wir sollten mehr miteinander reden«, sagte Budde nun plötzlich, bevor er tatsächlich ging.

Viktor legte das Silbertablett für die Post an seinen Platz zurück. Ja, sie alle sollten viel mehr miteinander reden, offen und ehrlich. Genau das hatte Hedda Pietsch damals schon gesagt, als er sich das erste Mal mit ihr verbündet hatte, auf der Rosenburg. Damals war es ihm lächerlich vorgekommen. Verbünden, gegen wen? Doch nun war auch er so weit, dass er ihr recht geben musste. Sie hätten schon viel früher alle zusammenstehen müssen. Alle, vielleicht alle außer Lydia.

Buddes Eröffnung kam ihm in den Sinn. Also hatte Opitz weiterhin Lügen über ihn verbreitet. Vielleicht dachte der Fürst ja tatsächlich, all die Fehler und Nachlässigkeiten wären ihre Schuld, und Opitz wäre derjenige, der den ganzen Laden hier zusammenhielt.

Budde trug schwer an seinem Geheimnis. Syphilis, das war beileibe nichts, worüber man mit anderen redete. War es auch so für Adelheid? Trug auch sie ein schwerwiegendes Geheimnis, in das sie weder ihn noch ihre Freundin Hedda Pietsch eingeweiht hatte? Sie musste einen triftigen Grund haben. Welchen, wollte sie ihm nicht verraten, aber es gab einen. Vielleicht sollte er versuchen, diesen Grund herauszubekommen. Dann würde er sie vielleicht doch überredet bekommen, das Foto zurückzugeben. Er hatte sich gerade erst von ihr abgewandt, aber spürte schon jetzt, dass er sie vermisste. Die Vorstellung von ihnen beiden. Ihre heimlichen Stelldicheins. Sein kleines bisschen eigenes Leben.

# Kapitel 8

## Mitte Januar 1909

Adelheid stand mit Gunther am Ufer und schaute auf die Eisfläche hinaus. Seit er im Eis eingebrochen war, traute Gunther sich nicht mehr auf die glänzende Fläche. Doch jetzt war der See wirklich durchgefroren. Die Eisdecke war sicher fünfzehn bis zwanzig Zentimeter dick. Ganz genau würden sie es wissen, sobald Vater und ihre Brüder das erste Stück herausgeholt hätten. Die Eisernte hatte gerade angefangen. Eine der wenigen Beschäftigungen mitten im tiefsten Winter, bei denen sich die Tagelöhner etwas dazuverdienen konnten.

Friedel und Bernhard standen mit etwas Abstand auf einem langen Brett und sägten mit langen Eissägen durch die gefrorene Schicht. Einen etwa drei Meter langen Spalt hatten sie bereits geschafft. Nun waren sie auf der anderen Seite dran. Diese Eisbahn würde Vater dann mit der Axt in kleinere Blöcke teilen, und gemeinsam würden sie sie herausziehen. Dabei mussten sie schnell sein, denn die Gefahr, dass ein Block einfach unter der Eisdecke abtauchte und für immer verschwand, war groß.

Adelheid sah, wie sie nun den zweiten Spalt in das Eis trieben. Die beiden schmaleren Seiten waren bereits angesägt, sodass Vater jetzt nur noch mit der Axt die letzten verbliebenen Verbindungen kappen musste. Friedel stand mit einem Fanghaken bereit, während Bernhard eine große Eiszange in eine der Spalten drückte. Sie waren geübt. Seit die Jungs zwölf gewesen waren, erledigten sie diese Arbeit. Als seine beiden Brüder den ersten Block aus dem Wasser zogen, jubelte Gunther. Es war eine sehr anstrengende Arbeit, und auch gefährlich. Daher war sie gut bezahlt.

»Komm, lass uns nach Hause gehen.«

»Noch nicht. Ich will noch was zugucken«, sagte Gunther.

»Dir wird es noch zu kalt.«

»Mir ist gar nicht kalt«, log der Siebenjährige.

Adelheid merkte doch, wie sehr er schlotterte. Seine Lippen waren schon ganz blau.

»Nein, lass uns nun gehen.« Adelheid wollte weg. Fast genau hier war Gunther eingebrochen, vor zwei Monaten. Und fast genau hier hatte es mit Viktor angefangen. Er hatte ihr geholfen und Gunther schnell nach Hause getragen. Das war der Tag gewesen, an dem sie zusammengekommen waren. So gerne Adelheid daran dachte, jetzt war ihr die Erinnerung daran gallig geworden.

Viktor hatte sich von ihr abgewandt, genau wie Hedda. Und das war nur ihrer eigenen Dummheit zu verdanken. Tatsächlich war ihr erst klar geworden, dass Opitz etwas gegen den Fürsten in der Hand haben musste, nachdem nur Lydia, aber nicht Opitz entlassen worden war. Der hatte Hedda vergewaltigt, sie geschwängert und fast totgeprügelt und machte sich offensichtlich keine Sorgen, dass etwas davon herauskam. Die Macht eines Haushofmeisters war groß und die Stellung beinahe unangreifbar. Aber die jüngsten Vorfälle waren selbst für jemanden in seiner Position eine zu große Verfehlung.

Also musste er folglich etwas besitzen, mit dem er den Fürsten erpresste. Vielleicht die Fotografie, vielleicht aber noch mehr. Schließlich arbeitete Opitz seit zwanzig Jahren hier im Schloss. Er könnte jede Menge Beweise und noch viel mehr geheimes Wissen angehäuft haben. Das würde zumindest erklären, warum der Haushofmeister trotz all seiner Verfehlungen und Inkompetenz bleiben durfte.

Viktor hatte letztes Jahr, bei ihrer verschwörerischen Unterredung auf der Rosenburg, erwähnt, dass er es unverständlich fand, dass sich der Fürst nicht von Opitz trennte. Er hatte damals eine

Art Loyalität des Fürsten vermutet. Opitz hatte schon unter dem Vater des Fürsten gedient, und unter seiner Mutter.

Wenn dem also so war, dass Opitz den Fürsten mit der Fotografie erpresste, dann musste Opitz sehr schnell gemerkt haben: Der Fürst hatte die Fotografie nicht zurückbekommen. Opitz konnte sich ausrechnen, dass er ansonsten auf der Stelle das Schloss hätte verlassen müssen. Deswegen war er damals so panisch gewesen. Und hatte sich dann doch wieder beruhigt. Er besaß zwar die Fotografie nicht mehr selbst, aber da er nicht entlassen wurde, hatte offensichtlich der Fürst nichts von seinem Verlust erfahren. An Opitz' unangreifbarer Stellung änderte sich also nichts. Doch diese Kette der logischen Konsequenzen war ihr erst nach der Geschichte in der Abstellkammer klar geworden.

Es tat Adelheid furchtbar leid, dass ausgerechnet Hedda am meisten unter ihm hatte leiden müssen. Die war mittlerweile umgezogen in Lydias alte Kammer. Obwohl Adelheid mehrmals versucht hatte, ihr Gefallen zu tun, bestand sie darauf, dass sie nicht hereindurfte. Die Küchenmädchen brachten die Speisen, Tee und andere Dinge hoch und holten später alles wieder herunter. Hedda hatte Martha Petzold darum gebeten, ihr beim Umzug und beim Waschen zu helfen. Ja, sie hatte sogar Gerda um Hilfe gebeten, die nun auch gelegentlich in ihrem neuen Zimmer vorbeikam. Aber wer das Zimmer nicht betreten durfte, war Adelheid.

Alle waren natürlich außerordentlich verstört, denn niemand wusste, was hinter dem Zerwürfnis steckte. Gerda hatte versucht, von Adelheid rauszukriegen, was los war. Alle anderen hatten es vielleicht bei Hedda selbst probiert, allerdings wusste sie das nicht. Sie sagte natürlich nichts, und was genau Hedda als Grund angab, wusste sie auch nicht. Nur, dass es sich vermutlich nicht um den eigentlichen Grund handeln würde. Denn sonst hätte der Fürst schon längst höchstpersönlich bei ihr auf der Türschwelle gestanden.

Zu allem Unglück merkten die anderen auch: Viktor Novak hatte sich ebenfalls von Adelheid abgewandt. Hier war es natürlich lange nicht so deutlich zu merken, denn sie hatten ja vorher immer darauf geachtet, Abstand zu bewahren. Aber sie selbst merkte es überdeutlich. Als Viktor heute das Schloss verlassen hatte, hatte er nicht einmal mehr den Schal angezogen, den Adelheid ihm gestrickt und heimlich zu Weihnachten geschenkt hatte. So kurz nur war ihr Glück gewesen. Nur wenige Wochen hatte es gedauert. Und sie war so blind gewesen, dass sie es nicht hatte absehen können, wie das Unglück auf sie zugerast war, so schnell und so mächtig wie eine Dampflok.

Adelheid wusste nicht, welche Zurückweisung sie mehr schmerzte, die von Hedda oder die von Viktor. Ihre Freundschaft mit Hedda hatte viel länger gedauert und war viel tiefer gegangen als die wenigen gemeinsamen Momente, die sie bisher mit Viktor gehabt hatte. Andererseits, sie hatten sich geküsst, sich gehalten und umarmt. Adelheid hatte sich Dinge vorgestellt, die weit über ihr normales Leben im Schloss hinausgingen.

Nun litt sie wieder Hunger, aber nicht den Hunger von früher. Sie konnte es kaum ertragen, an Heddas Tür vorbeigehen zu müssen, mit Viktor am Mittagstisch zu sitzen, und beide taten so, als gäbe es sie gar nicht. Viktor schenkte ihr keinen einzigen Blick mehr. Es war ganz so wie in ihren ersten Wochen im Schloss, nur noch viel schlimmer. Mittlerweile wusste sie, was das Leben ihr vorenthielt. Was das Leben einem an Glück schenken konnte, wenn es das wollte. Da war etwas gewesen zwischen ihnen beiden. Etwas, das sie nicht vergessen würde. Nie vergessen würde. Etwas, das sie kaputt gemacht hatte.

Dabei wäre es so einfach, es wieder zu reparieren. Sie würde nur diese vermaledeite Fotografie abgeben müssen. Doch natürlich kapierte niemand, warum sie das nicht konnte. Weil sie dann ihren einzigen Trumpf aus der Hand geben würde, den sie hatte, falls das Schicksal sich gegen sie wenden würde. Falls jemals herauskam, dass sie Harden den Brief zugespielt hatte, wäre sie verloren. Ihre Freiheit, ihre Stellung im Schloss, der feste Lohn und das Wohlergehen ihrer Familie standen gegen eine unwahrscheinliche neue Beziehung zu Viktor und die Freundschaft mit Hedda.

So hatte sie beide auf einen Schlag verloren. Und, das musste sie sich auch eingestehen, tatsächlich war ihr die Dimension ihres Handelns erst durch die Reaktion der beiden wirklich bewusst geworden.

Hedda würde ihr vermutlich nie verzeihen. Sie hatte sich bestimmt hundertmal entschuldigt, und kein einziges Mal hatte Hedda den Anschein gemacht, als würde sie weich werden. Im Gegenteil – ihre Drohung hing immer noch in der Luft: Womöglich würde sie sie an die Fürstin verpetzen. Selbst, wenn man das gut versteckte Bild nicht finden würde, und dafür hatte Adelheid gesorgt, stand diese Anschuldigung im Raum. Das Mindeste wäre, dass Adelheid ihre Arbeit verlieren würde.

Außerdem, dreihundert Mark, das war verdammt viel Geld. Viel mehr, als Herr Sibelius ihr geboten hatte. Ganz sicher konnte Hedda das Geld gut gebrauchen. Wer nicht? Vielleicht wartete Hedda nur noch auf den richtigen Moment, um die Fürstin ins Vertrauen zu ziehen. Vielleicht aber suchte sie noch immer nach der Fotografie, die sie nicht gefunden hatte, obwohl sie das ganze Zimmer auf den Kopf gestellt hatte.

Adelheid wollte sich gar nicht vorstellen, wie sie es hätte erklären sollen, wenn Hedda diese Durchsuchungsaktion ein paar Wochen früher durchgeführt hätte. Da hatte das Foto nämlich tatsächlich kurz zwischen ihren Leinenstreifen gelegen. Und ihr Geld hatte sie in der Papiertüte mit den Stricksachen deponiert. Nachdem sie Opitz und Lydia in der Abstellkammer überrascht hatte, hatte sie ihre wertvollen Dinge dort rausgeholt und erst ein paar Tage später dann hinter einer losen Wandverkleidung im Zimmer, wo der alte Flügel stand, versteckt.

Direkt an Neujahr hatte Hedda Nägel mit Köpfen gemacht und war umgezogen in ein eigenes Zimmer. Alle bekamen mit, dass Hedda sich mit Adelheid zerstritten hatte. Vermutlich kochte die Gerüchteküche in der Dienstbotenetage gerade hoch. Auch deshalb fühlte sie sich ganz und gar schrecklich. Weswegen sie mehr als heilfroh war, als sie heute zum ersten Mal nach den Feiertagen das Schloss verlassen konnte. Am liebsten wäre sie nicht zum Abendessen zurückgekehrt, aber das würde wiederum Fragen bei ihrer Familie aufwerfen.

Adelheid packte Gunther nun an der Hand und zog ihn mit sich. Doch der Junge war mittlerweile so groß, dass er sich nicht mehr alles gefallen ließ. Er zog die Hand weg, lief zurück zum Ufer, traute sich aber doch nicht aufs Eis.

»Ach Gunther. Nun komm doch. Das dauert noch Stunden, bis die fertig sind.« Noch Stunden, bis es dunkel würde. Dann würden sie morgen weitermachen, und in den Tagen danach ebenfalls. Am Ende wäre der Große Lankesee wie ein Schweizer Käse durchlöchert. Aber Vater und ihre Brüder verdienten gut, das war das Wichtigste.

»Nein, ich will noch zugucken.«

»Dann bleib halt hier. Du kennst den Weg nach Hause«, sagte Adelheid und ging. Sie musste ein kurzes Stück über die Dorfstraße. Seit Vater nicht mehr soff und die Brüder wieder zu Hause waren, brachte Adelheid nur noch das Geld mit. Sie war schon länger nicht mehr in dem Krämerladen gewesen. Das letzte Mal im Dezember, als sie dort die Weihnachtsgeschenke für Vater und Gunther eingekauft hatte.

Es gab nur ein kleines Schaufenster, aber Frau Lehmann sah sie und winkte ihr freundlich. Adelheid war fast ergriffen von dieser netten Geste. Das war es, was sie vermisste – Anerkennung. Sie war doch kein böser Mensch. Und sie hatte auch nichts Böses gemacht. Nur etwas Falsches. Welche Konsequenzen ihr Handeln haben würde, hatte sie weder bei dem Verkauf des Briefes noch bei dem Zurückhalten des Fotos absehen können.

Nein, dachte sie, wenn du wirklich ein guter Mensch sein willst, dann musst du alles wiedergutmachen. Die unselige Geschichte mit dem Brief konnte sie natürlich nicht mehr gutmachen. Außerdem lag da das Versäumnis an erster Stelle bei der

Fürstin, auch wenn sie sich mittlerweile dafür entschuldigt hatte. Aber die Sache mit der Fotografie, die konnte sie nun gutmachen. Nicht mehr wirklich gut, aber sie konnte es besser machen als vorher.

Es war im Grunde genommen ganz einfach. Sie musste nur auf ihr Faustpfand verzichten. Wie wahrscheinlich war es jetzt noch, dass die Geschichte mit dem Brief herauskam? Es war Ewigkeiten her, seit sie ihn verkauft hatte. Seine Existenz war nicht einmal während des Prozesses gegen den Fürsten herausgekommen. Und es stand in den Sternen, ob der Prozess je wieder aufgenommen würde.

Sie hatte seit Ewigkeiten nichts mehr von Herrn Sibelius gehört. Harden hatte den letzten Prozess gegen Moltke gewonnen. Wen würde es jetzt noch kümmern, wer den Brief verkauft hatte? Niemanden mehr als den Fürsten und die Fürstin. Und die würden erst Ruhe geben, wenn sie einen Verdächtigen hatten. Oder eine Verdächtige …

* * *

Später, als sie zurückging, war es schon dunkel. Doch der aufgetürmte Schnee erhellte die Umgebung ausreichend. Vermutlich hätte Adelheid ihren Weg zurück ins Schloss auch im Dunklen gefunden. Am Abendbrottisch strafte Viktor sie mit Missachtung. Adelheid wusste nicht genau, ob es für ihn wirklich etwas ändern würde, aber sie hatte sich endlich entschlossen. Sie hatte einen Plan, dem Hedda einfach nur zustimmen musste.

Nach dem Essen ging sie auf ihr Zimmer und wartete, bis sie auf dem Flur hörte, wie Anni oder Liesel Heddas Zimmer verließen. Dann hatte sie also gerade das Essen bekommen. Leise schlich sie rüber und klopfte.

»Ja, bitte?«

Sie öffnete die Tür, und noch bevor sie selbst etwas sagen konnte, raunzte Hedda sie an.

»Raus! Raus mit dir. Ich will dich nicht mehr sehen. Und ich will nichts mit dir zu tun haben!« Sie saß im Bett, ein Tablett mit ihrem Abendessen vor sich.

Adelheid schlüpfte trotzdem durch die Tür und schloss sie. »Ich habe einen Vorschlag für dich. Einen Vorschlag, der dir dreihundert Mark einbringen würde!«

Hedda setzte gerade an, etwas zu sagen, doch dann hielt sie inne. Sie schaute Adelheid durchdringend an, bis sie schließlich sagte: »Du willst dich also freikaufen?«

»Ich möchte, dass es wieder gut wird zwischen uns beiden.«

»Das wird nicht geschehen.«

»Aber vielleicht wird es wieder besser. Das ist zumindest meine Hoffnung. Vielleicht möchtest du dir meinen Vorschlag anhören.«

Hedda sah sie mit steinerner Miene an.

»Ich hatte die Idee, dass du der Fürstin sagen könntest, du hättest das besagte Foto hier in Lydias alter Stube versteckt gefunden. Und deshalb …«

»Du willst die Fotografie doch hergeben? Wieso so plötzlich?«

»Weil ich es nicht ertrage, wenn du mir gram bist. Und wenn Viktor Novak mir gram ist. Dass ich schuld daran bin, wenn Opitz hier weiterhin sein Unwesen treibt. Du hattest mit allem recht, was du gesagt hast. Wäre ich früher auf die Idee gekommen, dann wäre dir das alles nicht passiert.«

Adelheid sah Hedda flehend an. Die rührte sich nicht, starrte auf das Tablett mit ihrem Essen und dachte nach.

»Du müsstest der Fürstin sagen, dass nur Lydia die Spionin gewesen sein kann. Wenn sie doch auch die Fotografie hatte.«

»Du willst es Lydia anhängen, die Spionin gewesen zu sein?«

»Ich halte es ohnehin für die wahrscheinlichste Möglichkeit. Der Fürst wird sich seinen Teil denken. Er weiß, Opitz hat ihn mit genau diesem Foto erpresst. Und irgendwie scheint Lydia darangekommen zu sein, was nicht unwahrscheinlich ist, wenn man bedenkt, dass die beiden ja durchaus … eng miteinander waren.

Und jetzt ist sie fort. Sie kann sich nicht mehr wehren. Jemand, der so schändliche Dinge mit einem Mann tut, dem traut man auch andere schändliche Taten zu.«

Das schien eine einleuchtende Erklärung zu sein. Durch Fräulein Maiwald wusste Hedda von dem Brief, den jemand hier aus dem Schloss an Herrn Harden verkauft hatte. Die Erklärung, dass es Lydia hätte sein können, schien naheliegend, wie Adelheid fand.

»Du könntest sagen, es sei dir beim Einräumen deiner Sachen in die Hände gefallen. Du wohnst ja gerade erst ein paar Tage in Lydias alter Stube, und bisher konntest du dich noch nicht richtig bewegen«, setzte Adelheid nach. Auch das war eine gute und logische Erklärung.

Hedda starrte weiter stumm auf ihre Selleriesuppe, die langsam kalt wurde. Daneben lag ein Stück Brot, das sie nun hin und her schob, ganz in Gedanken.

»Überleg doch mal: Wenn du ihr das Foto gibst und ihr diese Erklärung dazu lieferst, dann wird sie dir sicher glauben. Dann bekommst du die Belohnung! Dreihundert Mark. Dafür musst du beinahe zwei Jahre arbeiten.«

Hedda atmete tief durch. Noch immer schien sie sich nicht ganz durchgerungen zu haben.

»Und das Beste wäre doch, sobald du das Bild der Fürstin gegeben hast, wird sie es ihrem Mann geben. Und sobald der Fürst es hat, kann er Opitz entlassen. Vielleicht noch am gleichen Tag.«

Nun schaute Hedda auf, sagte immer noch nichts. Nach einer gefühlten Ewigkeit sagte sie endlich: »Lass mich noch eine Nacht darüber schlafen.«

»Ja, natürlich. Das muss gut durchdacht sein.« Eine erste Hoffnung stahl sich in ihr Herz.

»Dann … wünsche ich dir guten Appetit«, sagte sie und drehte sich zur Tür.

»Ach, Adelheid.«

»Ja?«

»Liesel hat die Butter vergessen. Könntest du mir noch ein Stück bringen?«

Ihr Herz machte einen kleinen Hüpfer. »Natürlich. Natürlich bring ich dir die Butter. Brauchst du sonst noch was?«

»Nein, nur Butter«, sagte Hedda mit dem freundlichen Ton, den Adelheid schon so lange vermisst hatte.

## Anfang Februar 1909

»Sie haben sich bestimmt gestern beim Spazierengehen auf der Egerbrücke verkühlt«, sagte Constanze mitfühlend. »Dort hat es ja furchtbar gezogen.«

Frau Mandelbaum hatte nun drei Mal niesen müssen.

»Wir hätten später im Jahr fahren sollen. Im Mai oder Juni. Das wäre besser gewesen. Aber meine vermaledeite Hüfte«, erinnerte Frau Mandelbaum. »Ich hätte es nicht mehr länger ausgehalten.«

Sie waren seit sechzehn Tagen in Karlsbad zum Kuren. Frau Mandelbaum plagte sich mit elendigen Schmerzen und hatte nicht auf den Frühling warten wollen. Doch viel besser war es mit ihrer Hüfte noch nicht geworden. Im Gegenteil. Die lange Anreise hatte sie doch sehr mitgenommen.

»Wir sollten zurückgehen.«

»Um Gottes willen. Höchstens noch fünf Minuten, und wir sind dran.«

Sie standen in einem Menschenpulk in der Trinkhalle der Sprudelkolonnaden und gingen in Trippelschritten auf die Fontäne aus mineralhaltigem Quellwasser zu. War man dran, bekam man in seine Schnabeltasse das Wasser eingefüllt und trank es in kleinen Schlucken. Es war schließlich über siebzig Grad heiß. Die Witwe wollte den sogenannten Gänsemarsch nicht auslassen. Mindestens einmal am Tag wollte sie in die Trinkhalle, auch wenn ihr das langsame Voranschreiten und Stehen eigentlich nicht guttaten. Dort in der Trinkhalle war das Motto: sehen und gesehen werden. Außerdem erinnerte sie das an ihre früheren Reisen mit ihrem Mann. Doch eigentlich war das nichts mehr für die betagte Dame. Immerhin war es jetzt nicht so überfüllt wie in den Sommermonaten, wo sich Tausende vor die Heilquelle drängten.

»Geben Sie mir Ihre Tasse. Sie setzen sich auf eine der Bänke«, schlug Constanze nun vor. »Ich bringe Ihnen gleich etwas rüber.«

»Was sollen denn die Leute denken, was für eine flügellahme Ente ich bin«, gab Ruth Mandelbaum entrüstet von sich.

»Was die Leute denken, ist doch herzlich egal. Aber heute Nacht plagen Sie sich wieder mit Ihrer Hüfte. Und wenn jetzt noch eine Erkältung dazukommt, nein. Besser, Sie setzen sich schön. Und gleich melden wir Sie noch für eine Thermalbadanwendung an. Schön im warmen Wasser.«

»Aber was …«

»Wollen Sie wirklich mit einer Erkältung in der Eisenbahn zurückreisen?«

Das Argument zog bei Frau Mandelbaum. In zwei Tagen ging es nämlich wieder zurück.

* * *

Später gingen sie am Grandhotel Pupp vorbei zu ihrer Unterkunft, einer schönen Villa, an die direkt ein privates Sanatorium angeschlossen war. Sie war trotzdem lange nicht so teuer wie das berühmte Grandhotel.

Karlsbad in dem engen Tal war zwar hübsch, aber mitten im Februar nicht besonders behaglich. Überall lag noch Schnee. Sobald man draußen war, war es bitterkalt. Da half auch das warme Quellwasser nur, wenn man darin eintauchte.

Constanze hatte zwei Königsgläser von Moser erstanden, Kristallgläser mit Goldrand. Mehr konnte sie sich nicht leisten. Aber überhaupt jemals ins böhmische Bäderdreieck zu reisen, davon hätte sie im Leben nicht geträumt. Tagsüber brachte Constanze Frau Mandelbaum zu den Anwendungen oder begleitete sie in die Trinkhallen, von denen es hier mehrere gab. Abends ließen sie es sich mit einem oder auch zwei Becherovka, dem berühmten Kräuterschnaps, gut gehen. Heilung von innen und außen nannte Ruth Mandelbaum es. Doch bald ging es in zwei Etappen zurück, erst über Chemnitz nach Dresden und am nächsten Tag dann nach Berlin. Dieses Rein und Raus bei der Eisenbahn würde der älteren Dame wieder sehr zu schaffen machen.

Nach ihrer Thermalanwendung legte Frau Mandelbaum sich ins Bett. Bis sie sich fürs Abendessen umkleiden mussten, hatte Constanze nun Zeit. Heute Mittag war ein Brief von Hugo gekommen. Sie setzte sich auf den bequemen Sessel ihres Salons, legte die Füße hoch und riss den Umschlag auf.

*Meine Liebste,*
*es ist etwas Schreckliches passiert. Bitte ruf mich an, sobald du den Brief erhalten hast. Ich werde in den nächsten Tagen zwischen fünf und sieben Uhr bei Steffens im Haus sein und auf deinen Anruf warten.*
*Dein Hugo*

Ach du Schreck. Das klang gar nicht gut. Was war passiert? Überhaupt – anrufen! Hugo wusste selbst, dass es furchtbar teuer war, aus dem Ausland zu telefonieren. Und gerade weil er es wusste, wirkte seine Nachricht umso bedrohlicher. Es war seit einer halben Stunde dunkel. Das bedeutete, es war irgendetwas zwischen fünf und sechs Uhr. Constanze sprang auf und zog sich ihre Stiefel wieder an. Sie waren noch ganz feucht vom Schnee. Egal.

Sie überlegte kurz, ob sie Frau Mandelbaum Bescheid sagen sollte. Aber sie wollte sie nicht stören. Ihr kleines Hotel hatte vermutlich keinen Telefonanschluss. Wo würde sie telefonieren können? Im Postamt? Bestimmt hatte das Hotel Pupp Telefonanschluss. Was lag näher?

Sie schrieb eine kleine Notiz, die sie auf einen Stuhl legte, den sie vor die Tür des Schlafzimmers schob. Nur für den Fall, dass sie nicht früh genug zurück sein würde. Dann nahm sie sich ihren Mantel, Handschuhe, Schal und Hut und ging.

Unten am Empfang fragte sie trotzdem noch einmal nach einem Telefonapparat. Aber wie sie vermutet hatte, gab es keinen. Sie wurde an das Grandhotel verwiesen, das näher lag als das Postamt.

Keine zehn Minuten später stand sie vor der opulenten Fassade des Hotels. Wer hier schon alles durch die Türen geschritten war. Große Namen wie Bach und Beethoven, auch Otto von Bismarck sollte sich hier auskuriert haben, und sogar Napoleon Bonaparte zählte zu den Gästen des Hauses.

Durch die Glastüren drang einladendes goldgelbes Licht nach draußen. Etwas beklommen ging sie hinein. Dieser Ort war so gar nicht ihre Preisklasse, und sie fühlte sich sofort unwohl. Alle waren elegant gekleidet, eleganter als sie. Selbst die Hotelpagen und der Concierge sahen vornehmer aus als Constanze.

An der Rezeption begegnete man ihr allerdings freundlich. Man brachte sie zu einem kleinen Raum, in dem ein aufwendig verzierter Telefonapparat stand. Constanze holte die Nummer aus ihrer Handtasche und hob den Hörer.

»Mit wem darf ich verbinden?«, fragte eine weibliche Stimme.

»Mit Grunewald, in Berlin. Deutsches Reich. Hier kommt die Nummer«, antwortete Constanze und gab die Nummer durch. Während sie darauf wartete, dass die Verbindung hergestellt wurde, überlegte sie, wie viel es wohl kosten würde. Viel, es würde sie viel kosten. Es war wichtig, das Telefonat so kurz wie möglich zu halten.

»Im Hause Steffens. Wen darf ich melden?«, hörte sie die bekannte Stimme des Dieners von Herrn Steffens.

»Guten Tag. Hier ist Fräulein Maiwald. Ich würde gerne Herrn Mahlzahn sprechen.«

»Sehr wohl.«

Im Hintergrund hörte sie Hugo schon, der wohl nur auf ihren Anruf gewartet hatte. Sofort war er dran.

»Constanze, gut, dass du anrufst. Warte einen Augenblick.«

Für einen Moment hörte sie nichts mehr. Vermutlich wartete Hugo darauf, bis der Diener sich entfernte. Alles Anzeichen dafür, dass ihr ein schwieriges Gespräch bevorstand.

»Was ist los? Was ist passiert?«

Hugo sagte ohne weitere Umschweife: »Du weißt doch, der eine Mann, der Interesse hat an meinem … Artikel.«

Constanze wusste, das war kein Thema, über das man zu offen am Telefon sprechen sollte. Zwar waren die Telefonistinnen immer schwer beschäftigt, aber es war natürlich nicht ausgeschlossen, dass sie mithören konnten. Zudem wusste sie noch aus Erzählungen von Fürst zu Eulenburg, dass die Geheimpolizei gerade bei Auslandsgesprächen gelegentlich mithörte, um anarchistische Tätigkeiten aufzudecken. »Ja.«

»Nun, da hat es eine unangenehme Entwicklung gegeben. Offensichtlich hat der Artikel Kreise gezogen. Und ist bis zu jemandem gelangt, der nun … gerichtliche Schritte gegen mich erwägt.«

»Was? Wieso? Wer?«

»Wieso ist vermutlich am leichtesten zu erklären. Du weißt, ich habe dir gesagt, es könnte ein Fehler sein, den Artikel anzubieten.«

»Es tut mir leid.«

»Dir muss es nicht leidtun. Ich könnte mir selbst in den Hintern beißen. Dass es Schwierigkeiten geben könnte, wusste ich doch. Ich habe wirklich gedacht, jetzt wäre eine gute Zeit dafür. Weil doch momentan überall Kritik am … du weißt schon … zu hören und zu lesen ist.«

Am Kaiser oder seinem Regierungsstil, meinte Hugo bestimmt.

»Weißt du, wer dir mit … diesen Schritten droht?«, fragte Constanze.

»Nicht genau. Seit drei Tagen zerbreche ich mir den Kopf darüber. In dem Artikel sind viele Namen gefallen. Wir haben ja etliche Pfade aufgezeigt.«

O ja. Die Pfade waren mannigfaltig gewesen. Sie reichten zurück bis zum ehemaligen Reichskanzler Bismarck, der Harden an seinem intimen Wissen hatte teilhaben lassen. Hardens plötzliche Freundschaft mit seinem Intimfeind Holstein, nachdem der so überraschend entlassen worden war. Holsteins Rachegelüste, die er so offensichtlich an Eulenburg und dem Kaiser ausleben wollte. Und nicht zuletzt Reichskanzler Bülow, der den Fürsten zu Eulenburg selbst im Verdacht hatte, dass er ihn stürzen wollte.

»Ja, es sind viele bekannte Namen gefallen.« Es lief Constanze heiß und kalt den Rücken runter. Das waren Kreise, mit denen man sich besser nicht anlegte. Die Bismarcks, das Außenministerium oder der Reichskanzler. Sie hätten es besser wissen sollen. »Und was willst du jetzt machen?«

»Ich weiß es nicht.«

»Was heißt denn ›mit Schritten drohen‹? Ist schon eine Anzeige erstattet?«

»Nicht mal das weiß ich.«

»Können die das überhaupt? Du hast den Artikel ja noch gar nicht veröffentlicht.«

»Aber ich habe ihn zur Veröffentlichung angeboten. Es könnte um Rufschädigung gehen, oder vielleicht sogar um Majestätsbeleidigung.«

Das letzte Wort sagte Hugo so leise, dass Constanze es fast nicht verstand. Majestätsbeleidigung! Das war wahrlich keine Kleinigkeit.

»Wieso überhaupt? … Ich meine, der Interessent war doch ganz angetan von dem Artikel.«

»Ja. Aber er musste es mit seinem Verleger besprechen. Dieser Verleger hat es wohl noch mit anderen besprochen. Jetzt ist es in der Welt.«

»Oh, Hugo. Was sollen wir jetzt tun?«

»Ich weiß es nicht. Ich wollte nur Bescheid geben, weil …« Stille folgte.

Constanze atmete laut aus. Falls er verhaftet würde, meinte Hugo bestimmt. »Du wolltest mir nur Bescheid geben, für den Fall, dass du schon nicht mehr bei Herrn Steffens logierst, wenn ich zurückkomme?«

»Das auch.« Hugo seufzte laut. »Aber vielleicht hast du ja noch eine Idee.«

»Eine Idee? … Ich?«

»Ich weiß im Moment selbst nicht weiter. Ich warte praktisch darauf, bis es an der Haustür klingelt und die Polizei davorsteht. Ich habe keine Ahnung, was hinter den Kulissen gespielt wird.«

Hinter den Kulissen!

»Jetzt, da dein ehemaliger Arbeitgeber nicht einmal verurteilt wurde, haben vermutlich viele Angst bekommen. Nun sieht man, wie weit sein Arm reicht. Letztendlich schützt der … Wilhelm doch seine Freunde.«

Constanze wusste nicht, ob sie das glauben sollte. Der Kaiser hatte sich schändlich von seinem Freund abgewandt. Noch in den Tagen, in denen sie im Schloss gearbeitet hatte, war der Kontakt der beiden adeligen Herren abrupt abgerissen. »Ich glaube kaum, dass … Wilhelm da seine Finger im Spiel hat.«

»Dann muss es andere Strippenzieher im Hintergrund geben. Ich habe ja mitgekriegt, wie umtriebig der Sohn des Angeklagten war. Und jetzt ist sein Vater wieder zu Hause und kann unbesehen von Dritten Briefe in alle Welt schreiben.«

»Aber der Artikel ist doch gar nicht gegen den … meinen früheren Arbeitgeber gerichtet. Der Artikel ist doch eigentlich nur die Aufklärung darüber, wer da aus welchem Grund schmutzige Wäsche wäscht. Und zwar auf Kosten des … du weißt schon.«

»Ich kann es dir nicht sagen. Ich weiß nicht, wer da im Hintergrund agiert. Das wollte man mir nicht sagen. Nur die Drohung, dass, sollte dieser Artikel wirklich veröffentlicht werden, ich auf jeden Fall mit einer Anklage rechnen muss.«

»Dann veröffentlichen wir ihn nicht.«

»Damit ist die Sache aber noch nicht vom Tisch. Der Herr im Hintergrund behält sich weiterhin eine Anzeige vor. So sagte mein Mittelsmann mir das. Außerdem …«

»Was ist außerdem?«

»Wir haben ausführlich darüber geschrieben, was … der Berliner mit seinen Artikeln bewirken will und bewirken könnte. Woher er seine Informationen hat. Mit wem er zusammengearbeitet hat. Aus diesem Dunstkreis muss der Mann kommen, der sich jetzt so verleumdet fühlt.«

»Der Berliner«, damit war Maximilian Harden gemeint. »Du meinst, der Berliner selbst hat Wind davon bekommen?«

»Eher nicht. Zumindest noch nicht. Wenn er es wüsste, dann hätte er mich sicherlich sofort zu sich beordert. Und rausgeschmissen. Oder Schlimmeres. Aber wir wissen ja, dass der Berliner exzellente Verbindungen hat. Vielleicht ist es nur noch eine Frage von Tagen …«

»Wenn der Berliner Wind davon bekommt, dann bin ich auch ganz schnell meine Stellung los«, sagte Constanze erschrocken.

»Jetzt weißt du, warum ich dir umgehend Bescheid geben wollte.«

»Hugo … Ich weiß gar nicht, was ich sagen soll. Wir reisen übermorgen zurück. In vier Tagen sind wir wieder im Grunewald. Dann müssen wir uns sofort treffen.«

»Ja. Das machen wir.«

»Ich … Ich liebe dich. Und ich werde immer zu dir stehen, hörst du?«

Aus der Hörermuschel kam ein leises Lachen. »Jetzt wirst du aber ein wenig zu melodramatisch.«

Ob es wirklich zu melodramatisch war, würde Constanze erst wissen, wenn sie in Berlin zurück war. Vier Tage. In vier Tagen konnte viel geschehen.

Sie verabschiedeten sich, Constanze verließ den Raum. Sie ging zurück ins Foyer und zahlte eine Unsumme an Geld für das Gespräch. Eine Minute später stand sie draußen im Schneegestöber. Sie kämpfte sich zurück zu ihrem Hotel.

Hintermänner, Strippenzieher, hinter den Kulissen. Constanze war schon kurz vor dem Hotel, als ihr eine Idee in den Sinn kam. Plötzlich, aber unverrückbar. Logisch, aber mehr als riskant. War das nicht wieder eine ziemlich widersinnige Überlegung, fragte sie sich selbst. Widersinnig vielleicht, aber leider auch der einzige Einfall, den sie hatte. Und letztendlich war er gar nicht so abwegig. Sie kannte jemanden, der langjährige Erfahrungen hatte mit Strippenziehen hinter den Kulissen. Sie würde Hugo noch heute einen Brief schreiben.

## Anfang Februar 1909

Sie hatten extra so lange gewartet, bis Hedda wieder aufstehen konnte. Normal arbeiten musste sie noch nicht, sollte aber ab morgen Dinge erledigen, die man im Sitzen machen konnte. Nachdem sie nun sechs Wochen mehr oder weniger auf ihrem Zimmer im Bett gesessen hatte und erst in den letzten Tagen immerhin schon mal zu den Essenszeiten runtergekommen war, war sie allerdings froh, bald wieder mittendrin sein zu können.

Deshalb war heute die letzte Gelegenheit, sich für ein Gespräch mit der Fürstin wegzustehlen, ohne dass Mamsell Reineke es mitbekommen würde. Noch hatte sie Adelheid nicht verziehen, dass sie so ein großes Geheimnis aus der Fotografie gemacht hatte. Dass sie ihr nicht direkt an dem Abend, als sie den Panzerschrank ausgeräumt hatten, die Fotografie gezeigt hatte. Noch immer wusste sie nicht, was Adelheid zu dieser Heimlichkeit bewogen hatte. Über diesen einen Punkt schwieg sie sich aus.

Doch sie hatten sich ausgesprochen. Mittlerweile musste Hedda sich eingestehen, dass sie Adelheid besser etwas eindringlicher vor Opitz gewarnt hätte. Sie war doch selbst zu blauäugig gewesen. Damals hatte sie sich in falscher Sicherheit gewiegt. Hatte selbst nicht geglaubt, Opitz würde so weit gehen. Hatte geglaubt, der Brief der Fürstin würde ihm Einhalt gebieten. Wenn sie gewusst hätte, wie schlimm es wirklich kommen könnte, dass Opitz zum Äußersten bereit war, dann wäre sie doch niemals ins Schloss zurückgekehrt. War sie nicht genauso naiv wie Adelheid gewesen?

Und auch jetzt noch gab es ein großes Risiko. Natürlich wussten sie nicht mit Sicherheit, ob das die einzige Fotografie war, mit der Opitz den Fürsten erpresst hatte. Denn wenn er noch weitere Beweise besaß, dann würde er weiterhin nicht vor die Tür gesetzt. Nur zu gut konnte sie sich noch daran erinnern, wie fuchsteufelswild er geworden war, als er gemerkt hatte, dass er seine Beweise verloren hatte.

Wenn er nun mitbekäme, dass der Fürst eins von möglichen mehreren Fotos zurückhatte, würde die ganze Geschichte von damals wieder aufflammen. Aber hätte Opitz noch mehr Fotografien vom Fürsten gehabt, hätten die nicht eben bei jenen Beweisen gelegen, die Hedda und Adelheid entwendet hatten?

Nein, Hedda war davon überzeugt, den richtigen Schritt zu tun. Schließlich hatte sie Adelheid genau das vorgeworfen, dass sie die Fotografie schon längst hätte zurückgeben müssen. Und genau das würde sie gleich tun. Sobald sie sie selbst in Händen hielt.

Sie vertrieb sich die Stunden, indem sie an einem Brief an Arthur weiterschrieb. Schon Anfang Januar hatte sie ihm anvertraut, was geschehen war. Arthur hatte ihr umgehend zurückgeschrieben. Sie solle Opitz anzeigen. Er würde ihr helfen. Der Verband würde ihr helfen, sie unterstützen, ihr einen Anwalt nennen, eventuell die Rechtskosten übernehmen. Er wich nicht ab von seinem Versprechen, sie dennoch zu heiraten. Auch, wenn es nun nicht mehr notwendig war. Außerdem sollte sie sofort und umgehend das Schloss verlassen. Was aus rein praktischen Erwägungen gar nicht infrage kam, solange sie den großen Gips am Bein hatte. Der war vor ein paar Tagen erst abgekommen. Noch immer fühlte Hedda sich wackelig auf den Beinen.

Sie wusste, sie würde keine Chance gegen Opitz haben, solange die Sache mit dem Foto nicht geklärt war. Solange er sich der erzwungenen Unterstützung des Fürsten sicher sein konnte.

Hier im Haus hatte niemand die Geschichte des »Leitersturzes« angezweifelt. Und sie würde nichts anderes behaupten. Zu groß war ihre Angst, Opitz solcher Gewalttätigkeiten zu beschuldigen. Sie wusste nicht, ob die anderen ihr diese Version abkauften, aber niemand würde von sich aus etwas anderes behaupten. Nicht, dass ihn nicht alle für fähig hielten, genau so etwas zu tun. Doch mittlerweile spürten alle hier im Haus, selbst die, die nichts Näheres wussten, dass er sich offensichtlich Ungeheures herausnehmen durfte. Außerdem, eventuell wäre sogar ihre Schwangerschaft zur Sprache gekommen. Nein. Sie konnte die Wahrheit nicht offenbaren. Außer Arthur, Adelheid und natürlich Opitz wusste niemand, was wirklich passiert war.

Zudem bekam Hedda Lohn, während sie hier herumlag. Trotzdem plante sie, sobald sie sich wieder einigermaßen bewegen konnte, tatsächlich aus dem Dienst auszuscheiden. Sie konnte nicht hierbleiben, nicht, solange Opitz hier war. Das hatte sie Arthur geschrieben und war mehr als froh gewesen, dass er sie immer noch mit offenen Armen empfangen wollte.

Ihre Ankündigung, das Schloss baldmöglichst zu verlassen, hatte Arthur einigermaßen beruhigt. Und nun schrieben sie sich und planten ihre gemeinsame Zukunft. Nun hatte es keine so große Eile mehr. Und dann war Adelheid zu ihr gekommen, mit dem Vorschlag, wie sie außerdem noch die dreihundert Mark Belohnung bekommen könnte. Und es war nicht das Geld, was sie überzeugte. Es war ihr Gefühl, die Macht von Opitz zu brechen. Er durfte nicht einfach ewig so weitermachen. Die Vorstellung, sie könnte dafür sorgen, dass Opitz in hohem Bogen rausgeworfen wurde, beflügelte sie geradezu.

Natürlich konnte sie davon nichts in einem Brief schreiben. Außerdem wäre Arthur womöglich vor lauter Sorge um ihre körperliche Unversehrtheit hier aufgekreuzt. Nein, sie hoffte, ihm heute Abend in ihrem Brief eine famose Neuigkeit mitteilen zu können. Als sie davon schreiben wollte, bebten ihre Hände. Nach einer zittrigen Zeile steckte sie das Briefpapier wieder weg.

Es klopfte. Hedda drückte sich mühsam von dem kleinen Tischchen hoch, ging zur Tür und schloss auf. Es war Adelheid. Sie hatte gesagt, sie würde ihr heute Vormittag die Fotografie übergeben. Hedda hatte aus der Ankündigung geschlossen, dass sie die Fotografie irgendwo im Schloss versteckt hatte. Nachdem Hedda ihr gemeinsames Zimmer komplett auf den Kopf gestellt und nichts gefunden hatte, hatte sie eigentlich vermutet, Adelheid hätte die Fotografie zu Hause bei ihrer Familie versteckt.

Hedda warf noch einen kurzen Blick auf den leeren Flur, dann schloss sie die Tür.

»Da ist sie«, sagte Adelheid bedeutungsschwanger und reichte ihr einen billigen Briefumschlag.

Hedda nahm ihn an sich und holte das Bild hervor. Was?! Das waren ja …! Der Fürst war noch deutlich jünger. Und der andere Mann war gar nicht so recht zu erkennen. Aber was sie da taten … Sofort steckte sie das Bild wieder zurück in den Umschlag, als hätte sie sich daran verbrannt.

Adelheid nickte, als sie schockiert und verschämt beiseiteschaute. »Echter Zündstoff, nicht wahr?«

»Du liebe Güte. Das erklärt wahrlich, warum der Fürst Opitz nicht entlässt.« Sie schüttelte ihren Kopf und warf den Umschlag auf ihre Bettdecke. »Das ist starker Tobak. Soll ich ihn wirklich der Fürstin übergeben? Oder vielleicht doch direkt dem Fürsten?«

»Du musst ihn der Fürstin geben. *Sie* hat dir die Belohnung versprochen. *Ihr* musst du die Geschichte von Lydia erzählen«, drängte Adelheid.

»Ich hoffe, die gnädige Frau hält Wort«, sagte Hedda. »Wenn sie mir nun doch nicht glaubt?«

»Wenn du ihr sagst, du hast es in Lydias altem Zimmer gefunden, warum sollte sie daran zweifeln? Und selbst wenn – allein diese Fotografie sollte ihr das Zehnfache wert sein. Denk doch nur an die hunderttausend Mark, die der Fürst als Kaution hinterlegen musste.«

Das war auch wieder wahr. Meine Güte, sie wusste nicht, was sie erwartet hatte, aber dieses Bild war an Deutlichkeit nicht zu überbieten. Sie schnaufte laut durch, steckte den Umschlag tief in ihre Rocktasche, und gemeinsam verließen sie das Zimmer.

Adelheid brachte sie noch runter bis vor den kleinen Salon. »Die Komtessen sind in Neuruppin, Erledigungen machen. Die Fürstin müsste also alleine sein.«

»Und wenn der Fürst nun da ist? Oder hineinkommt?«

»Umso besser. Ganz sicher wird die Fürstin ohnehin sofort mit ihm sprechen wollen.«

Hedda war furchtbar nervös. Vor lauter Aufregung war ihr beinahe übel. Was ihr Gespräch mit der Fürstin auslösen könnte. Man stelle sich vor, Opitz müsste in wenigen Stunden seine Sachen packen. Wenn es nur so käme!

Hedda klopfte, hörte ein leises »Herein« und betrat den Raum. Adelheid schloss von außen die Tür. Nun war sie allein. Nun galt es.

Die Fürstin saß an einem kleinen Sekretär und schrieb einen Brief. Sie hielt inne und schaute auf. Vermutlich glaubte sie mittlerweile, dass Hedda ihr einen Bären aufgebunden oder einfach nur zu viel versprochen hatte, als sie ihr damals gesagt hatte, dass sie den Spion im Schloss finden würde.

»Euer Durchlaucht hatten mich doch mit etwas ganz Speziellem beauftragt.«

Nun hatte sie plötzlich die ganze Aufmerksamkeit der Fürstin. Sie legte ihre Feder weg und stand auf. »Ja?! Gibt es dahin gehend Neuigkeiten zu vermelden?«

Hedda nickte und kam vorsichtig näher. »Ich denke, ich weiß nun, wer die Spionin gewesen ist.«

»Spionin? … Gewesen?«

»Vermutlich wissen Sie es nicht, aber ich habe unlängst eine neue Stube bezogen, eine Einzelstube. Vorher hat Lydia Keller, das dritte Stubenmädchen, darin gewohnt.«

Die Fürstin machte ein überaus interessiertes Gesicht, unterbrach sie aber nicht.

»Beim Einräumen meiner Sachen ist mir nun gestern etwas in die Hände gefallen. Etwas, das im Kleiderschrank gesteckt hatte, verborgen. Es schien innen irgendwo eingeklemmt gewesen zu sein. Denn als ich meine Sachen einräumte, da fiel es sozusagen von der Decke. Also von der Decke des Kleiderschranks.«

»Und was genau fiel Ihnen in die Hände?«

Hedda griff in ihre Rocktasche und zog den Umschlag hervor. »Sie dürfen sich sicher sein, dass ich bis zum Rest meines Lebens Stillschweigen darüber bewahren werde.«

Die Augen der Fürstin wurden größer.

Hedda kam noch ein paar Schritte näher mit dem Umschlag. »Bedenken Sie, wobei Sie Lydia Keller und Herrn Opitz erwischt haben … Bevor Sie sich den Inhalt anschauen, möchte ich Sie gerne um zwei Dinge bitten.«

Die Fürstin nahm den Umschlag und behielt ihn in ihren verschränkten Händen. »Und das wäre?«

»Offensichtlich habe ich mich leider nicht ganz deutlich ausgedrückt bei unserem Gespräch in Berlin. Aber für uns Frauen ist die Situation mit Herrn Opitz unhaltbar. Das, wobei Sie ihn mit Fräulein Keller erwischt haben, das versucht er bei uns allen. Also bei mir, und ich weiß auch von zwei anderen. Ganz sicher möchte ich nicht in eine solche Situation wie Fräulein Keller geraten. Es ist wirklich schlimm mit ihm. Sehr schlimm.«

Die Fürstin hob ihren Kopf an und fragte: »Und Ihre zweite Bitte?«

»Sie hatten mir damals in Aussicht gestellt, dass, wenn ich Ihnen den Beweis für den Spion oder die Spionin liefern würde, dann würden Euer Gnaden mich dafür belohnen.«

»Das habe ich versprochen, und das werde ich einhalten. Wenn der Beweis standhält.«

»Dann schauen Sie sich bitte den Inhalt des Umschlags an. Lydia Keller hat zwei Jahre lang in diesem Zimmer geschlafen.«

So vorgewarnt, öffnete die Fürstin nun den Umschlag und holte die Fotografie hervor. Sie brauchte einen Moment, aber dann flammte das Rot in ihrem Gesicht so schnell auf, als hätte man sie mit Kirschsaft übergossen. Sofort steckte sie die Fotografie zurück. Verunsichert drehte sie sich um, ging zum Sekretär und legte den Umschlag unter ihren angefangenen Brief. Zuerst sah es aus, als müsste sie sich auf dem Sekretär abstützen. Dann gewann sie anscheinend neue Kraft, tippte nervös mit den Fingern auf die Tischplatte und straffte sich endlich.

Hedda wagte nicht, etwas zu sagen. Sie wusste, jeder Ton, jede Bemerkung wäre jetzt nicht gut gewesen. Die Sekunden zogen sich zu Minuten, bis die Fürstin sich umdrehte. Ihre Stimme klang kratzig.

»Sie versprachen gerade, dass Sie für den Rest Ihres Lebens Stillschweigen bewahren würden über das, was auf der Fotografie zu sehen ist?!«

»Jawohl. Das kann ich Ihnen schwören.«

»Das ist ... außerordentlich ...« Plötzlich versagten ihr doch die Beine, und sie ließ sich auf dem Stuhl nieder.

»Euer Durchlaucht? Darf ich Ihnen ein Glas Wasser holen?«

Die Fürstin griff sich an die Stirn und rieb sie, als würde sie noch überlegen, was sie nun zu tun habe.

»Nein danke.« Sie wirkte schwach und müde. »Ich werde mit meinem Mann darüber sprechen. Aber das Geld, Ihr Geld, seien Sie versichert, das bekommen Sie.«

»Das ist überaus gütig von Ihnen.«

»Es ist überaus anständig von Ihnen, dass Sie mir diese ... Fotografie übergeben haben, bevor sie anderweitig Unheil anrichten kann.«

Sie schaute Hedda nicht an, und die wusste nun nicht, was sie tun sollte. »Haben Sie noch einen Wunsch?«

Nun sah die Fürstin hoch und lächelte sie bitter an. »Keinen, den Sie mir erfüllen könnten.« Sie stand auf, griff nach dem Umschlag, nickte Hedda kurz zu und ließ sie stehen.

Hedda schaute ihr nach. Ihr Gang war schwer. Aber von diesem Gang hing alles ab. Schon heute Abend könnte dieses Schloss erlöst und befreit sein von seiner größten Plage.

## Februar 1909

Viktor zeigte Diedrich Budde, wie man Servietten zu einer sogenannten Krone faltete. Die Bischofsmütze beherrschte Diedrich bereits. Sie wurde auch meistens verwendet. Aber die Krone war eine elegantere Möglichkeit, die gestärkten Servietten für die Gäste zu falten.

Diedrich tat sich da etwas schwer, deswegen faltete immer Viktor die weißen Stofftücher. Doch seit Neuestem war ihr Verhältnis besser geworden, und Diedrich hatte ihn gefragt, ob er es ihm noch mal zeigen könne. Da gerade nicht viel zu tun war, übten sie es in der Weißzeugkammer auf dem großen Tisch.

»Einmal ein Dreieck falten. Dann nimmst du jeweils die Spitzen vom langen Ende und faltest diese auf die Spitze. Ja, genau so … Sie müssen exakt Ecke auf Ecke liegen.«

Budde versuchte es noch einmal, nun gelang es ihm besser.

»Und jetzt …« Er hielt inne. Draußen auf dem Gang war Unruhe.

»… dreckiger Kerl. Du kannst dich ruhig zwischendurch waschen. Du siehst aus, als wärst du einmal durch den Kohlenkeller gekrochen. Wenn du so jemandem begegnest!«, schrie Opitz durch den Flur.

Man hörte, wie jemand gegen die Tür und auf den Boden knallte.

Viktor ging zur Tür und schaute durchs Schlüsselloch. Opitz stand auf dem Flur. Am Türblatt selbst war ein Schleifen zu hören, wie wenn sich jemand daran drückte. Der arme Moritz. Jedes

Mal, wenn Viktor nun eine solche Geschichte mitbekam, wuchs seine Wut auf Adelheid. Schon längst hätten sie Opitz los sein können. Schon längst!

Was Moritz wohl davon halten würde, wenn er wüsste, warum man den Haushofmeister nicht entließ? Anscheinend rappelte er sich gerade auf und verschwand. Von Opitz hörte man nur noch die sich entfernenden Schritte.

»Moritz?«, fragte Diedrich leise.

Viktor nickte.

»Der arme Kerl.« Diedrich trat näher. »Er hat mir letztens anvertraut, dass er hier wegwill, so schnell wie möglich.«

»Das kann ich ihm nicht verdenken. Ich wundere mich ohnehin, warum er nicht schon längst weg ist.«

»Er ist noch relativ jung. Aber nun hat er sich wohl umgetan. Mit viel Glück nehmen sie ihn auf einem Hof in Stechlin. Sein Cousin arbeitet dort in der Nähe und hat nachgefragt.«

»Hm … Das wäre gut für ihn. Ich glaube, wir sollten langsam mal hoch, den Tisch decken.«

»Stimmt.« Diedrich packte die Serviette in den Wäschekorb, denn nach dem mehrfachen Falten hatte sie bereits ihre Stärke verloren. Viktor griff sich eine frische Tischdecke, und sie gingen. Auf dem Gang kam ihnen Herr Theurich entgegen. Er machte ein sehr ernstes Gesicht, grüßte sie knapp und lief zügig weiter.

Sie schauten sich überrascht an und gingen stumm hoch. Im kleinen Speisesalon begannen sie damit, den Mittagstisch zu decken. Als Viktor draußen etwas aus den Regalen holte, sah er, wie Adelheid in Richtung Bibliothek verschwand.

Seine Eingeweide zogen sich zusammen. Er vermisste sie. Er vermisste das Gefühl, ihr nahe sein zu können. Die Erwartung eines nächsten Treffens zu zweit. Der nächste Kuss, und noch ein weiterer. Das Gefühl, durch das Leben zu schweben. Das Licht hatte heller geschienen, die Welt war freundlicher gewesen. Und nun war alles aus. Vergangenheit. Zerstört. Viktor wünschte sich so sehr, es wäre anders gekommen. Doch seine Gedanken liefen zurück zu Moritz. Der Ärmste! Das konnte Viktor Adelheid nicht vergeben. Es lag in ihren Händen, ob das Elend weiterging. Ein Schrecken ohne Ende.

»Mach den Tisch alleine fertig. Ich brauche eine Minute«, sagte er zu Budde und folgte ihr.

Da sie offensichtlich in die Bibliothek gegangen war, schien dort sonst niemand zu sein. Viktor ging hinein.

Erschrocken ließ Adelheid fast den Putzeimer auf den Boden plumpsen. »Ach, du bist es.«

»Wovor hattest du denn Angst? Vor Opitz, dass er dir wieder nachstellt? Du könntest es doch von jetzt auf gleich beenden. Vermutlich hast du es nicht mitgekriegt, aber gerade hatte er sich wieder Moritz vorgenommen.« Viktor redete sich in Rage. »Ich finde, es reicht allmählich. Setz dem endlich ein Ende. Wenn nicht für uns andere, dann wenigstens für Moritz. Jeden Tag wird es schlimmer mit Opitz. Und ich kann es wirklich ni…«

»Um diese Angelegenheit wird sich gerade gekümmert«, sagte Adelheid.

Hatte er richtig gehört? »Was?«

»Ich sagte, um diese Angelegenheit wird sich gerade gekümmert.«

»Wie? Äh, wer? Also …«

»Der Fürst hat die Fotografie gerade zurückbekommen.«

»Du hast sie ihm zurückgegeben?«

»Nein, ich habe sie ihm nicht gegeben. Aber er wird sie trotzdem gerade erhalten haben.«

»Jetzt gerade? Ich meine …« Herr Theurich kam ihm in den Sinn. Wie er mit düsterer Miene in Richtung der Dienststube von Herrn Opitz gegangen war. »Du meinst, jetzt gerade?« Sein Herz schlug schnell. Konnte es wahr werden? Konnte einer seiner größten Träume endlich in Erfüllung gehen?

»Ja, ich meine jetzt gerade.«

Für einen Moment wusste er nicht, was er sagen sollte. Dann fiel ihm ein, dass die Herrschaften bald essen wollten. Er musste zurück. Daher ließ er sie einfach stehen, rief noch im Hinausgehen: »Ich muss schnell …«

Was genau er schnell machen musste, das verlor sich in seiner Gedankenlosigkeit. Sollte er Diedrich schon einweihen? Nein, er durfte ihm nichts von der Fotografie sagen. Das musste der Grund sein, warum Herr Theurich runtergekommen war. Sicher sollte er Opitz hochbeordern. Zum Fürsten bestellt. Viktor flehte den Himmel an, dass es so war.

Unruhig kehrte er zurück in den Speisesalon, wo Diedrich fast fertig war. Mit dem Messstab maß er gerade den Abstand, obwohl das bei nur zwei Personen eigentlich nicht nötig war. Die Komtessen waren noch außer Haus, die Fürstin würde nur mit ihrem Mann speisen.

»Irgendwas geht vor. Ich spüre diese Unruhe im Haus«, sagte Viktor nun doch, weil er Diedrich nicht vollkommen im Unklaren lassen wollte.

»Unruhe? Wo denn? Bei uns, oder fängt es bei den Herrschaften wieder an?«

Nach dem Auf und Ab der letzten Jahre war es nicht verwunderlich, dass alle immer sofort das Schlimmste vermuteten.

»Schauen wir mal.« Viktor begutachtete alles. Es war in Ordnung. »Ich würde sehr gerne jetzt gleich servieren. Können wir tauschen mit heute Abend?«

Diedrich zuckte mit den Schultern. »Ja, natürlich. Ist mir recht.«

Um nichts in der Welt wollte Viktor das nächste Essen verpassen. Er würde die Ohren spitzen, über was sich der Fürst und die Fürstin unterhielten. Wenn sie sich überhaupt unterhielten und sich nicht bedeutungsvoll anschwiegen.

Gemeinsam liefen sie die Treppe hinunter und gingen in die Küche.

»Frau Möckel, wie weit sind Sie?«, erkundigte Viktor sich. Er konnte es fast nicht aushalten, so gespannt war er. Die weiteren Details, wie und wieso die verräterische Fotografie plötzlich doch ihren Weg zurück zum Fürsten gefunden hatte, würde er vielleicht in den nächsten Tagen noch erfahren, entweder von Adelheid oder von Fräulein Pietsch. Wichtig war ihm im Moment nur, was diese Rückgabe bewirken könnte.

»In zwanzig Minuten sind wir so weit«, erklärte Frau Möckel, während sie mit einem Kartoffelstampfer gekochte Kürbisstückchen traktierte.

Nervös tigerte Viktor im Flur vor der Küche auf und ab, bereitete schon mal den Essensaufzug vor, zog sich die weißen Handschuhe an und wieder aus. Seine Nerven waren zum Zerreißen gespannt. Aus der Leutestube erklang ein Klingeln.

»Das kam aus dem Schreibzimmer des gnädigen Herrn«, sagte Viktor überflüssigerweise. Wenn dort geklingelt wurde, war immer einer der männlichen Diener gefragt.

»Dann sagen Sie doch bitte oben auch Bescheid, dass das Essen gleich serviert wird.«

»Natürlich.« Voller angespannter Erwartung eilte er hoch zum Schreibzimmer, klopfte und trat ein.

Herr Theurich stand dort, sagte aber nichts, sondern überließ dem Fürsten das Wort. Der wirkte merkwürdig schwungvoll. Als hätte er gerade einen angenehmen Spaziergang in einer frischen Brise hinter sich.

»Herr Novak, es sind außergewöhnliche Umstände eingetreten. Würden Sie bitte veranlassen, dass sich die Dienerschaft im Vestibül versammelt? Alle, wenn ich bitten darf.«

Viktor horchte auf. Mach es doch nicht so spannend. Sag mir doch endlich, was passiert ist. Am liebsten hätte er nachgefragt, aber natürlich durfte er das nicht. Er würde ohnehin gleich erfahren, um was es ging. Aber es konnte nur darum gehen, dass Opitz entlassen wurde. Warum sonst wurden alle zusammengerufen?

»Sehr wohl.« Viktor nickte knapp und verließ den Raum. Alle Dienstboten aufgereiht im Vestibül – das passierte so gut wie nie. Zu Weihnachten natürlich, oder zu anderen offiziellen Anlässen. Wenn jemand vom Gesinde den Dienst verließ oder verlassen musste, geschah dies in der Regel ohne großes Aufsehen. Aber Herr Opitz war ja nicht irgendjemand. Viktor versuchte, seine Vorfreude zu dämpfen. Nicht, dass er nachher noch zu enttäuscht war. Noch wusste er schließlich nicht, was der Fürst wirklich verkünden würde.

Auf der Hintertreppe begegnete er Moritz. Viktor schenkte ihm ein breites Grinsen, was niemand von ihm gewohnt war. Moritz, links und rechts zwei volle Kohleschütten tragend, schien dementsprechend irritiert.

»Geh wieder nach unten und wasch dich schnell. Wir sollen uns alle im Vestibül versammeln.«

»Jetzt sofort?«

»Ja. Jetzt sofort!«, sagte er so froh gelaunt, dass Moritz ihn wiederum vollkommen überrascht anschaute. Am liebsten hätte er Moritz schon etwas verraten. Gerade dem armen Moritz.

Der Hausbursche lief die Treppe wieder runter. Viktor folgte ihm. Unten stand die Mamsell im Flur.

»Was wollte der Fürst?«, fragte sie.

»Ich soll Bescheid sagen, alle Dienstboten sollen sich im Vestibül versammeln.«

Die Mamsell sah besorgt aus. »Was ist denn jetzt schon wieder? Die Fürstin hat Fräulein Petzold auch gerade aufgetragen, dass wir uns versammeln sollen. Sie ist schon hoch und holt Fräulein Pietsch dazu. Das Essen muss noch warten.«

»Ich geh den anderen Bescheid sagen«, bot sich Diedrich an.

Frau Möckel schnaufte vernehmlich. Durch die offene Tür sah Viktor, wie Töpfe herumgeschoben wurden und Schüsseln ihren Weg in die Wärmeklappe des Herdes fanden.

»Gut, dass ich heute kein Soufflé gemacht habe«, schimpfte die Köchin, als sie sich die Hände reinigte. »Liesel, Anni, zieht frische Schürzen an.«

Zwei Minuten später gingen sie geschlossen hoch, die Frauen aus der Küche, die Mamsell, und Moritz schloss sich ihnen ebenfalls an. Viktor bildete das Schlusslicht. Von oben kam ihnen

Budde entgegen, Gerda und Adelheid im Schlepptau. Sie stellten sich ihrer Stellung gemäß in einer Reihe auf. Als man oben den Fürsten und die Fürstin auf der Haupttreppe hörte, trat gerade Fräulein Petzold, Hedda Pietsch untergehakt, ins Vestibül. Schnell stellten sie sich in die Reihe. Sie waren vollzählig, bis auf Herrn Opitz.

Herr Theurich und auch Fräulein Grooten erschienen und stellten sich ans Kopfende. Viktor hörte, wie die Mamsell mit ihnen wisperte. Anscheinend teilte Herr Theurich ihr mit, dass man nicht extra nach Herrn Opitz schicken lassen müsse.

Nun schritten die Fürstin und der Fürst gemeinsam die Treppe herunter. Die Fürstin war etwas blass im Gesicht, aber der Fürst schien gelöst. Als hätte er sich endlich seiner Ketten entledigt. Sie stellten sich ihrer Dienerschaft gegenüber und ließen ihre Blicke über sie schweifen. Die Spannung war geradezu unerträglich.

Viktor bemerkte, wie die Fürstin Hedda Pietsch einen verstohlenen Blick zuwarf, was diese, kaum wahrnehmbar, mit einem leichten Nicken quittierte. Die beiden schienen sich über etwas zu verständigen. Viktor war nun mehr als neugierig. »Es wird sich gerade darum gekümmert«, hatte Adelheid gesagt. War es Hedda Pietsch gewesen? Hatte sie das Foto zurückgegeben? An die Fürstin?

Endlich durchbrach der Fürst das angespannte Schweigen. »Ich muss Ihnen einen Umstand mitteilen, der unter Ihnen für einige Unruhe sorgen wird … Aus nicht näher zu erläuternden Gründen wird Herr Opitz uns überraschend verlassen.«

Niemand traute sich, etwas zu sagen, aber man spürte die Unruhe sofort. Mamsell Reineke schien die Fassung zu verlieren, denn Fräulein Grooten und Frau Möckel packten sie von der Seite und stützten sie. Alle, alle waren wie elektrisiert. Diedrich stupste ihn in die Seite und schaute ihn mit aufgerissenen Augen an. Es fiel Viktor schwer, nicht laut zu jubeln. Den anderen wohl auch.

Er warf einen Blick rüber in Richtung Moritz. Er hatte seine Augen geschlossen, sein Kinn vorgereckt, seine Hände waren zu Fäusten geballt. Für ihn musste es ein Festtag sein. Für sie alle war es ein Festtag.

Direkt hinter Moritz standen Gerda und am Ende Adelheid. Er warf ihr einen bedeutungsvollen Blick zu, den sie erwiderte. Nur zu gerne hätte er gewusst, was genau heute passiert war. Aber all das hatte Zeit. Die Hauptsache war, dass Opitz verschwinden würde. Heute noch. Sofort und ohne Aufschub!

Viktor fühlte sich, als hätte man eine schwere Last von ihm genommen. Endlich musste Opitz seine Stelle räumen. Für einen Moment kam ihm in den Sinn, dass es jetzt so weit sein könnte, dass er Opitz' Stelle einnehmen könnte. In einem Schloss musste es einen Haushofmeister geben. Jemanden, der ganz offiziell Butler und oberster Diener war. Aber selbst wenn der Fürst das bereits entschieden hätte, würde er das vermutlich nicht an dieser Stelle verkünden.

Fürs Erste genoss Viktor einfach nur das Gefühl, aus einem Würgegriff entlassen zu sein. Und anscheinend teilte er das Gefühl mit allen, die gerade hier im Vestibül standen. Es schien, als würde das gesamte Gebäude ausatmen.

»Er wird uns noch heute verlassen.« Der Fürst sprach gegen das leise Tuscheln an, das entgegen jeder Etikette eingesetzt hatte. Doch der Fürst schien eher belustigt als verärgert über diesen Umstand.

»Alle weiteren Fragen klären sich zu einer anderen Zeit«, sagte nun die Fürstin. »Im Moment gibt es ja keine Änderungen oder besondere Aufgaben. Alle machen derweil weiter wie bekannt.«

Kein Wort darüber, wer Opitz' Aufgaben übernehmen sollte. Aber »weiter wie bekannt« hieß, dass er und Budde sich die Arbeiten teilen würden, die sie auch schon gelegentlich übernommen hatten, wenn Opitz ausnahmsweise nicht im Schloss war.

»Mamsell Reineke, Frau Möckel, wir begeben uns jetzt in den Speisesaal. Es darf serviert werden«, sagte die Fürstin abschließend.

»Ach, Herr Novak, wenn Sie die Güte hätten, eine Flasche Champagner auf Eis zu legen. Den können Sie nach dem Essen servieren«, schob der Fürst froh gelaunt nach.

Einige drehten sich in Richtung Durchgang zur Hintertreppe. Dann richteten sich plötzlich alle Augen dorthin. Herr Opitz stand dort, in seiner normalen Straßenkleidung. Er hatte zwei große Reisetaschen in den Händen, die er nun abstellte. Sein Gesicht war hochrot, seine Haare etwas wirr. Stumpf starrte er ins Vestibül, einen Ausdruck von Ungläubigkeit auf seinem Gesicht. Natürlich. Diesen Schlag hatte er nicht kommen sehen. An einem ganz gewöhnlichen Tag war ohne jede Vorwarnung das Schwert auf ihn niedergesaust. Sein suchender Blick lief zum Fürsten, als wollte er es immer noch nicht glauben und hoffte, dass dieser seine Entscheidung zurücknehmen würde.

Viktor sah, wie das Gesicht des Fürsten versteinerte. O ja. Nun konnte er ganz sicher sein, dass Opitz ihn erpresst hatte. Vermutlich über lange Jahre hinweg. Was für ein Martyrium. Der Fürst gewährte ihm nicht einmal mal mehr einen Abschiedsgruß, sah ihn nur an, hasserfüllt.

Opitz wandte sich ab. »Moritz, oben in meinem Raum sind noch zwei Pappkartons. Bring die vor die Hintertür«, sagte Opitz mit merkwürdiger Stimme. Es klang gebrochen. Verunsichert. Ein kläglicher Rest seines gefürchteten herrischen Tons.

Moritz rührte sich nicht. Niemand rührte sich. Alle schauten ihn an, wie versteinert. Die Gefühle verschiedenster Art, die bei den Umstehenden aufwallten, waren beinahe zum Greifen. Hass, Angst, Ekel. Und endlich auch Erleichterung.

»Moritz!«, herrschte Opitz ihn nun an.

Moritz suchte in Viktors Blick nach Bestätigung. Er selbst schaute den Fürsten an.

Der sagte: »Ein letzter Befehl. Ein allerletzter!«

Moritz ging zum Durchgang und blieb stehen. Opitz' Reisetaschen verstellten ihm den Weg.

Für einen Augenblick gewann Viktor den Eindruck, Opitz wollte wieder nach ihm schlagen. Doch hier, vor den Augen der Herrschaften, vor den Augen aller, denen er nun nichts mehr zu befehlen hatte, traute er sich nicht. Stattdessen bückte er sich, zog die Reisetaschen an die Seite und ließ Moritz vorbei.

»Herr Theurich«, wandte sich der Fürst nun an seinen Kammerdiener, »der Rest liegt in Ihren Händen. Wie besprochen.«

Er schenkte Opitz einen letzten triumphierenden Blick, dann nahm er den Arm seiner Gattin und ging davon. Herr Theurich wies Herrn Opitz die Hintertreppe hinunter und folgte ihm.

Nun standen sie dort, alle, alle bis auf Moritz, und schauten sich an. Verblüffung, Überraschung, Erleichterung standen allen ins Gesicht geschrieben. Hedda Pietsch tupfte sich mit einem Taschentuch Tränen aus den Augen. Die Mamsell ging zu ihr und tätschelte ihr tatsächlich den Rücken. Die Mamsell, die sonst nie jemanden berührte.

Diedrich Budde knuffte ihn wieder in die Rippen. Er sagte nichts, aber sein Frohlocken war mehr als deutlich.

»Ich muss zu meinem Essen«, sagte Frau Möckel nun, und auf einmal löste sich die Reihe der Dienstboten auf. Sofort hob das Getuschel an. Wie ein Brausen, wie ein frischer Wind, der durch das Schloss zog.

Doch am Durchgang drehte Frau Möckel sich noch einmal um. Leise, aber laut genug für alle Anwesenden, sagte sie: »Ich habe einen Rumtopf aufgesetzt. Eigentlich ist er noch nicht ganz durchgezogen, aber ich denke, heute Abend haben wir alle etwas zu feiern.«

Alle nickten, grinsten oder lachten offen. Es war endlich so weit. Endlich. Es hatte schon viel zu lange gedauert.

# Kapitel 9

## Mitte Februar 1909

Opitz' brutale Herrschaft hatte wie ein böser Fluch über dem Schloss gelegen. Und nun endlich war er fort. Alle schienen wie ausgewechselt, waren netter zueinander und schienen sogar Spaß an ihrer Arbeit zu haben. Selbst ihr machte die ewige Putzerei kaum noch etwas aus.

Sie hatten Opitz' Abgang gefeiert. Sie hatten so ausgelassen und fröhlich gefeiert, wie Adelheid es noch nie zuvor erlebt hatte. Was natürlich auch damit zusammenhing, dass Herr Theurich nach dem Abendessen der Dienstboten heruntergekommen war und verkündet hatte, dass heute Abend alle freihätten.

Niemand sprach offen darüber, warum Opitz eigentlich hatte gehen müssen, aber in Gesprächen unter vier Augen gab es kein anderes Thema als die wildesten Vermutungen, was der Mann sich hatte zuschulden kommen lassen. Gerda versuchte, den halben Abend mit ihr darüber zu spekulieren, ob Herr Opitz Geld unterschlagen hatte. Adelheid gab sich ahnungslos.

Sogar Herr Theurich und Frau Grooten kamen kurz herunter, weil sie irgendwie spitzbekommen hatten, dass es Rumtopf gab. Natürlich wollten alle von Herrn Theurich erfahren, was genau passiert war. Doch der war viel zu verschwiegen, um sich dazu zu äußern. Opitz habe seine Papiere bekommen. Und außer, dass er betonte, der Mann habe nun einen äußerst ungünstigen Vermerk in seinem Gesindebuch, gab er nichts preis. Fräulein Grooten schien nicht eingeweiht in die gleichsam so merkwürdigen wie wunderbaren Vorgänge des heutigen Tages.

Der Rumtopf von Frau Möckel tat seine Wirkung. Am Ende tanzte die Köchin sogar abwechselnd mit Liesel und Anni ohne Musik durch die Leutestube. Moritz, obwohl noch nicht großjährig, wurde zugestanden, so viel von dem Rumtopf zu trinken, wie er wollte. Was er tat. Am nächsten Tag musste er furchtbare Kopfschmerzen gehabt haben, denn Adelheid hatte mitbekommen, wie Frau Möckel ihm ein rohes Ei in Essig aufschlug und ihm zwei Aspirin auflöste.

Hedda war zum Abendessen hinuntergekommen und danach auch nicht wieder hinaufgegangen. Sie war vielleicht die Einzige, die nicht ausgelassen feierte. Hedda und Viktor waren die einzigen beiden, die wussten, dass dieser Freudentag eigentlich schon viel früher hätte kommen können.

Doch während Viktor einfach nur wie alle anderen unter Herrn Opitz gelitten hatte, trug Hedda eine schwere Wunde fürs Leben mit sich. Eine Wunde, deren Ursache sie Adelheid vielleicht nie vergeben würde. Während alle anderen einfach nur froh waren, dass Opitz endlich weg war, hing Hedda vermutlich ihren Gedanken nach, dass der Haushofmeister keineswegs seine gerechte Strafe bekommen hatte. Er musste nur einfach gehen. Der Eintrag im Gesindebuch würde ihm hoffentlich eine weitere Anstellung verwehren, und mit etwas Glück würde Opitz versoffen in einem Armenhaus landen. Aber das würden sie wohl nie erfahren.

Immerhin war ihr Verhältnis zu Hedda wieder besser geworden. Es war nicht wie früher, als sie sich mehr vertraut hatten, aber doch deutlich besser. Und auch Viktor hatte aufgehört, ihr bitterböse Blicke zuzuwerfen. Doch noch immer hielt er Abstand und zeigte keinerlei Vertraulichkeiten. Vermutlich hatte sie das verdient. Das war seine Strafe dafür, in seinen Augen einen kaum entschuldbaren Fehler begangen zu haben. Außerdem war ihm ebenfalls vor Augen geführt worden, dass sie ihm nicht vertraut hatte. Obwohl er ihr sein Geheimnis sehr wohl anvertraut hatte.

Am nächsten Tag hatten sie und Gerda gemeinsam mit Moritz die Schlafstube von Opitz reinigen müssen. Als könnte es gar nicht schnell genug gehen, die letzten Beweise seiner Existenz zu vernichten. In der Luft hing noch immer der Duft der Veilchenpastillen, mit denen Opitz über Jahre seinen Alkoholatem übertüncht hatte. Obwohl es draußen klirrend kalt war, hatten sie bei geöffnetem Fenster gearbeitet. Alle drei schienen ganz besonders bemüht, den letzten Rest wegzuputzen, abzuschrubben und aufzuwischen, der von diesem brutalen Menschen noch in den Ritzen des Zimmers hing.

Gespannt wartete die Dienerschaft darauf, was in Sachen Opitz' frei gewordener Stelle nun passieren würde. Heute erst hatte die Fürstin Mamsell Reineke darüber informiert, dass die Stelle zunächst nicht neu besetzt würde. Opitz' Aufgaben wurden verteilt auf Viktor, Diedrich Budde und sie selbst. Fürs Erste plante der Fürst keine Neubesetzung des Haushofmeisters. Und ehrlicherweise mussten alle zugeben, dass es im Moment auch nicht notwendig war. Nach wie vor gab es keine größeren Feiern, außer im Familienkreis. Es gab keine Überlegungen, welche hochrangigen Gäste in welcher Reihenfolge bedient werden mussten oder wer welches Gästezimmer zugeteilt bekam.

Es war ruhig geworden auf dem Schloss, aber es lag nicht mehr diese lähmende Stille darüber. Es war eher, als würden endlich alle die Gunst der Stunde nutzen, um sich zu erholen. Nicht, dass sie weniger hätten arbeiten müssen. Aber die Luft war freier, und das Atmen leichter.

»Adelheid, komm mal her«, sagte Frau Möckel, als Adelheid durch den Flur ging.

Adelheid ging in die Küche, wo die Köchin gerade dabei war, das Abendessen für die Herrschaften zu richten.

»Erschrick nicht, denn es ist wohl nicht sehr schlimm. Ich war vorhin im Krämerladen, um etwas zu besorgen. Frau Lehmann hat mir davon erzählt, dass sich dein Vater verletzt hat.«

Natürlich erschrak Adelheid doch, bis in die Haarspitzen. »Was ist passiert? Was hat er gemacht? Geht's ihm gut?«

»Es geht ihm anscheinend ganz leidlich. Er muss sich beim Eissägen verletzt haben. Anscheinend hat er sich mit der Axt in den Fuß gehauen.«

Das hörte sich nicht gut an. Das hörte sich gar nicht gut an. Es würde schlimm sein. Wegen eines kleinen Kratzers würde Frau Lehmann ja wohl kaum Bescheid wissen.

»Mit der Axt? In den Fuß? Ist er noch dran?«

»Darüber hat sie nichts gesagt. Aber vielleicht fragst du die Mamsell, ob du ihn besuchen kannst.« Sie senkte ihre Stimme und sagte: »Ich hätte noch etwas Suppe von gestern, die könntest du mitnehmen.«

Adelheid lächelte sie an. Ja, solche kleinen Gefälligkeiten waren plötzlich möglich, seit Opitz weg war. Vielleicht auch war es Frau Möckels kleines Geschenk zu ihrem Geburtstag. Sie wurde heute einundzwanzig, großjährig. Endlich galt sie auch offiziell als mündig.

Ab heute durfte sie mehr über sich selbst bestimmen. Theoretisch. Praktisch war sie natürlich weiterhin ein Dienstmädchen, das der Verfügungsgewalt der Herrschaften unterstand. Aber ab sofort durfte sie Alkohol trinken, sich eine Pass-Karte beschaffen und andere Dinge tun, die sie sich eh nicht leisten konnte. Zum Beispiel, alleine verreisen oder sich eine Wohnung mieten. Es änderte sich also nicht wirklich etwas für sie.

»Ich danke Ihnen. Ich frag direkt mal bei Mamsell Reineke nach.«

Adelheid verließ die Küche, fragte bei der Mamsell, die ihr gestattete, ihrem Vater einen kurzen Besuch abzustatten, und ja, sie durfte auch die Suppe mitnehmen.

So schnell es ihr mit dem blechernen Henkelmann möglich war, lief Adelheid zur Tagelöhnerhütte. Ohne vorher anzuklopfen, riss sie die Tür auf. »Vater?!« Sie stellte den Henkelmann auf dem Kanonenofen ab, der leidlich warm war.

»Hier«, rief er aus dem zweiten Zimmer.

Adelheid trat in den kleinen Raum, in dem die ganze Familie schlief. Vater lag in seinem Bett. Auf dem Rand des aus Holzresten zusammengezimmerten Bettes saß Gunther und spielte mit seinem Vater Karten, die Bettdecke über seine Schultern gezogen.

»Heidi!« Er sprang auf und umarmte sie.

»Ich habe gehört, du hast dich verletzt?« Sie trat näher.

Der Vater schob seinen rechten Fuß unter der Bettdecke hervor. Er war mit ein paar blutverkrusteten Lappen umwickelt.

»Ist es schlimm? Wie tief ist es?« Sie ging ums Bett herum und schaute sich die alten Lappen genauer an.

»Tief genug, dass es höllisch wehtut.«

»Bis auf den Knochen?«

»Ich glaub nicht.«

Adelheid musste erst gar nicht fragen, ob der Vater einen Arzt konsultiert hatte. Dieser Lappenverband sah nicht danach aus. »Blutet es noch?«

»Ich glaub nicht.«

»Du musst es sauber halten. Sonst entzündet es sich.«

»Das weiß ich doch selbst.«

Das war aber keine Bestätigung, dass er die Wunde wirklich gut gereinigt hatte. Und mit was auch? Jetzt schalt Adelheid sich, nicht daran gedacht zu haben, die Mamsell nach etwas Jodtinktur zu fragen.

»Lass mal sehen«, sagte sie und fing an, die Lappen abzuziehen.

»Lass das«, sagte ihr Vater barsch. »Das bringt doch nichts.«

»Ich muss es mir ansehen. Vielleicht kann ich etwas aus dem Schloss mitbringen.« Saubere Leinenstreifen und eine Tinktur, wieso hatte sie nicht daran gedacht? Sicher dürfte sie nicht noch einmal unter der Woche einfach zwischendurch kommen. Vorsichtig schob sie die Lappen auseinander.

»Autsch«, rief Vater aus. Das Blut war verkrustet und hatte sich mit dem Lappen verbunden. Nun hatte sie ein kleines Stück der Wunde wieder aufgerissen. Ohnehin war die Wunde offen. Bei der kleinsten Bewegung konnte es wieder anfangen zu bluten.

Adelheid verzog das Gesicht. Das sah nicht schön aus. An der äußeren Kante des Fußes, direkt unter dem Gelenk des kleinen

Zehs, war eine tiefe Fleischwunde. Vater musste mächtig zugeschlagen haben.

Edeltraud und Gundula kamen gerade zur Tür herein und begrüßten Adelheid.

»Wir müssen das sauber machen. Mit gekochtem Wasser. Und dann mit frischen Tüchern abdecken.«

»Was ist das da in dem Blechnapf?«, fragte Gundula neugierig.

»Dicke Kartoffelsuppe. Die lass ich euch hier, aber den Henkelmann muss ich wieder mitnehmen. Edeltraud, wo sind die gewaschenen Tücher?«

»Die sind eingeweicht.«

»Eingeweicht?«

»Na, vor zwei Tagen haben wir doch alle gebraucht.«

Dann hatte es vermutlich stark geblutet. »Koch sie ab und häng einige zum Trocknen über den Ofen. Und dann gehst du zum Krämerladen und bittest Frau Lehmann, dass sie dir Jodtinktur gibt. Ich bezahle beim nächsten Mal.«

»Kind, mach doch nicht solche Umstände. Das geht von allein wieder weg«, sagte Vater und verzog das Gesicht vor Schmerzen.

»Doch, das ist nötig.« Sie ging rüber, füllte die Kartoffelsuppe um, kratzte den Blechtopf gründlich aus und verabschiedete sich wieder. »Wo sind Friedel und Bernhard?«

»In Richtung Häsen räumen sie eine Straße vom Schnee.«

Das war gut. Sie hatten also direkt nach der Eisernte wieder Arbeit gefunden. »Ich muss zurück. Edeltraud, ich verlass mich darauf, dass du es so machst, wie ich es gesagt habe.«

Ihre Schwester nickte, aber Adelheid war sich nicht ganz sicher, ob sie es wirklich tun würde. Wenn Vater gleich sagte, dass es nicht nötig sei, dann würde sie vermutlich doch nicht zum Krämerladen gehen. Die Verletzung war tief. Die Wunde konnte sich leicht entzünden. »Und lass dir noch fünf Aspirin dazu geben. Gib ihm jeden Tag eine«, gab Adelheid ihrer Schwester auf. Dann verließ sie die Tagelöhnerhütte und ging zurück. Die Mamsell hatte gesagt, sie solle zum Abendessen wieder da sein.

Der Schnee war durch heftige Regenfälle geschmolzen, der Boden war matschig, aber es war immer noch sehr kalt. Als sie an der Kopfweide auf dem Weg ins Dorf vorbeikam, musste sie daran denken, wie vor fast anderthalb Jahren Herr Sibelius genau hier auf sie gewartet hatte. Herr Harden hatte die öffentlichen Angriffe auf den Fürsten vor Monaten beendet. Der war wieder zu Hause und hatte nun das Foto zurück. Auch wenn der Fürst weiterhin, und vermutlich bis zum Ende seines Lebens, als gesellschaftlich verbrannt galt, schien endlich auf allen Ebenen Ruhe einzukehren. Auch Adelheid dachte immer seltener an diese Geschichte. Sie war noch einmal mit einem blauen Auge davongekommen.

Lydia Keller galt nun als Spionin, wurde aber anscheinend nicht weiter belangt. So vermutete Hedda es wenigstens. Bestimmt wollten die Herrschaften ebenfalls diese ganze Geschichte hinter sich lassen und keine schlafenden Hunde wecken. Was, wenn die Spionin sich an Herrn Harden wandte, und der wieder anfing, auf den Fürsten einzuschlagen? Sicher wollte das niemand riskieren.

Adelheid hätte froh sein können, dass sich letztlich alles zum Guten gewandt hatte. Sie hatte noch immer etwas Geld übrig, für Notfälle. Opitz war weg, und Hedda und Viktor waren wieder etwas netter zu ihr. Ihrer Familie ging es etwas besser, wenn auch nur leicht. Und allzu dramatisch schien die Verletzung von Vater tatsächlich nicht zu sein.

Was sie aber traurig machte, war, dass ihr niemand zu ihrem besonderen Geburtstag gratuliert hatte. Natürlich hatten sie nie Geburtstag gefeiert, denn dazu fehlte einfach das Geld. Außerdem war in einer so kinderreichen Familie wie ihrer eine Geburt nicht unbedingt ein so glückliches Ereignis, welches man jahrelang noch feiern musste. Trotzdem hatte niemand aus ihrer Familie auch nur einen Gedanken daran verschwendet.

Ihre Schuhe waren schlammverkrustet, als sie am Schloss ankam. Sie zog sie schon auf der Schwelle aus und würde sie zum Trocknen in der Waschküche an den Ofen stellen müssen. Nach dem Abendessen musste sie sie putzen. Auf Socken betrat sie das Souterrain. Es duftete schon herrlich. Sie gab Frau Möckel den Henkelmann zurück, bedankte sich nochmals und ging dann weiter in die Waschstube.

Viktor kam herein, zwei Bürsten in der Hand. Vermutlich hatte er gerade Leder gewichst und wollte nun die Bürsten sauber machen. Adelheid war zu eingeschüchtert, um ihn anzusprechen. Er war so wütend gewesen, als er von dem Foto erfahren hatte. Hatte sie so hart angegangen. Sie traute sich kaum, ein Wort mit ihm zu wechseln. Nun blieb er stehen und sah sie an. Was sie verunsicherte.

»Herzlichen Glückwunsch zum Geburtstag. Nun bist du also erwachsen.«

Er hatte es sich gemerkt, dachte Adelheid erfreut. Bei ihrem Spaziergang in Oranienburg hatten sie sich viel von ihren Familien und ihrem Leben erzählt. Sie wusste, dass er im Mai Geburtstag hatte. Und er hatte sich offensichtlich gemerkt, wann ihr Geburtstag war.

Sie merkte, wie sie leicht rot anlief. »Danke. Danke, dass du daran gedacht hast.«

Er ging zum Waschbecken, rieb mit den Bürsten über die Seife und fing dann an, sie unter fließendem Wasser zu reinigen.

Sollte sie es wagen? Sollte sie über ihren Schatten springen?

»Ich wollte dir gerne noch etwas erklären.«

Viktor, gebeugt über das Waschbecken, schaute kurz zu ihr hin. »Was denn?«, fragte er, als gäbe es nichts Besonderes, was sie zu erklären hätte. Vielleicht sollte es aber auch nur seine Gleichgültigkeit ihr gegenüber ausdrücken.

»Ich wollte dir sagen, wieso ich so lange damit gewartet habe, die Fotografie abzugeben.«

Nun drehte er sich zu ihr um, blickte sie interessiert an und wartete.

»Du weißt, damals, bevor meine Mutter gestorben ist … Da war ich bei der Fürstin und hab sie um ärztliche Hilfe gebeten.

Angefleht, ich habe sie angefleht. Doch sie hat sie mir verweigert.«

Er nickte. So, als würde er begreifen, was sie sagen wollte.

»Ich war sehr wütend, sehr zornig auf die Fürstin. Und ich habe gedacht, als ich die Fotografie damals … Als sie mir in die Hände fiel, da habe ich gedacht … Ich wollte mich an der Fürstin rächen, und …« Früher hatte sie immer gedacht, lügen sei schwer. Aber es war noch viel schwerer, die Wahrheit zu erzählen. Vor allem, weil es enorm riskant war, ihn einzuweihen. Und doch, war er nicht das gleiche Risiko eingegangen?

»Du hast gedacht, du könntest den Fürsten damit erpressen«, beendete Viktor nun ihren unvollständigen Satz.

Sie atmete einmal tief ein und aus und sagte dann einfach nur: »Ja. Ja, so war es.«

Das war natürlich auch eine plausible Erklärung. Auf die sie selbst nicht gekommen war. Eigentlich hatte sie gedacht, sie müsse Viktor von dem verkauften Brief erzählen. Die ganze Wahrheit, damit er ihr wieder vertraute. Doch gerade eben hatte sie das nicht geschafft. Sie wusste auch nicht, ob sie es jemals schaffen würde. Für einen Moment war sie nur erleichtert. Dass sie etwas vorgehabt hatte, was sie aber nicht in die Tat umgesetzt hatte, klang so viel unschuldiger.

Viktor schaute sie noch einen Moment weiter an, dann drehte er sich wieder um und machte mit den Bürsten weiter.

»Wirst du mir verzeihen?«

Emsig reinigte er die Bürsten von dem schmutzigen Fett. Einen Moment lang dachte Adelheid, er würde ihr gar nicht antworten. Dann drehte er sich plötzlich zu ihr.

»Ja.«

»Ja?!«

»Ja. Ich verzeihe dir. Du weißt über meine Familie Bescheid, und warum ich daraus ein großes Geheimnis mache.«

Für einen Moment dachte Adelheid enttäuscht, er wolle sich nur mit ihr gut stellen, damit sie ihn in Zukunft nicht erpressen würde.

»Ich weiß daher sehr genau darüber Bescheid, welche Dummheiten man begeht für das Glück seiner Geschwister, für das Glück seiner Familie.«

Erleichterung durchströmte Adelheid. Das hörte sich ganz anders an. Das hörte sich an, als würde er verstehen, warum sie so gehandelt hatte. Und er hatte gesagt, er würde ihr verzeihen. Das war doch schon wieder ein Anfang.

Dummes Ding, schalt Adelheid sich selbst. Ein Anfang wovon? Ihre Träume waren ausgeträumt.

Sie war heute großjährig geworden. Sie sollte endlich anfangen, sich wie eine Erwachsene zu verhalten. Das bedeutete, der Wirklichkeit ins Auge zu sehen. Sie hatte Viktor schwer enttäuscht und alles, was zwischen ihnen gewesen war, kaputt gemacht. Auch wenn er ihr verzieh – ihre Tat würde immer zwischen ihnen stehen.

## Mitte Februar 1909

Gestern waren sie aus Karlsbad zurückgekommen. Frau Mandelbaum war von der Reise vollkommen erledigt und würde sich vermutlich zwei Tage lang nur ausruhen.

Constanze hatte sich noch am gleichen Abend mit Hugo getroffen, und sie waren eine kleine Runde spazieren gegangen. Noch war nichts weiter passiert, aber die Drohung schnürte ihnen beiden geradezu die Luft ab. Also hatten sie Constanzes Plan besprochen. Hugo war zwar nicht besonders begeistert, aber da es immer noch ihre einzige Idee war, aus dem Schlamassel herauszukommen, hatten sie beschlossen, es zu versuchen.

Früh schon am Morgen war Constanze aus dem Haus gegangen, nach Berlin reingefahren und von dort weiter mit der Bahn nach Löwenberg. So oft hatte sie diese Strecke schon zurückgelegt, und alles war ihr immer noch vertraut. Nun näherte sie sich dem

Schloss. Ein wenig mulmig war ihr schon. Um nichts im Leben hätte sie sich träumen lassen, hier noch mal aufzutauchen. Und dann auch noch mit einer derart gewagten Bitte. Doch es ging um viel. Um sehr viel.

Zudem hatte sich ihre Sorge in den letzten Tagen noch zur Verzweiflung ausgewachsen. Es gab eine Überraschung. Eine Überraschung, von der Hugo noch nichts wusste. Besser, sie kam mit positiven Nachrichten zurück, wenn sie ihm diese Neuigkeiten verkündete.

Sie ging durch das schmiedeeiserne Tor bis hin zum Eingang. Sie klingelte und wartete gespannt. Die Tür wurde geöffnet. Viktor Novak stand vor ihr.

»Herr Novak«, sagte sie überrascht. Sie hatte Herrn Opitz erwartet. Aber vielleicht war der ja gerade außer Haus oder anderweitig beschäftigt.

»Fräulein Maiwald?!« Novak schien genauso überrascht zu sein wie sie. »Was darf ich für Sie tun?«

»Ich möchte um ein Gespräch mit dem Fürsten bitten.«

Die Augenbrauen des Dieners gingen überrascht hoch, aber ganz so, wie sie ihn noch kannte, hielt er sich zurück. »Mit dem Fürsten? Ich kann gerne nachsehen und ihn fragen.«

»Das wäre außerordentlich nett von Ihnen.«

Für einen Moment schaute er sie an, überlegte etwas und bat sie dann herein. »Ich denke, wenn Sie kurz im kleinen Salon warten wollen, wäre das sicherlich angemessen.«

»Natürlich.«

Ganz, als wäre sie ein hoher Gast, führte Novak sie in den kleinen Salon. »Es könnte einen Moment dauern, falls der Fürst Sie sehen will. Dann müsste er sich noch fertig machen.«

»Das ist kein Problem. Ich habe Zeit.«

Wieder zögerte Novak. »Soll ich der Fürstin auch Bescheid geben?«

»Nein, erst mal noch nicht. Nur für den Fall, dass der Fürst mich nicht sehen will.«

Novak nickte höflich und verließ den Salon. Constanze wagte nicht, sich zu setzen. Sie war viel zu nervös, um still zu sitzen. Unruhig lief sie im Raum umher. Hier hatte sich rein gar nichts verändert. Aufgeregt versicherte sie sich, dass der Artikel noch in ihrer Handtasche war. Nach ein paar Minuten ging die Türe auf. Sie drehte sich um, aber nicht der Fürst stand dort, sondern Fräulein Pietsch kam herein.

»Fräulein Maiwald, wie schön, Sie zu sehen. Herr Novak sagte mir, dass Sie da sind. Ich habe nicht viel Zeit, aber ich wollte Sie doch wenigstens kurz begrüßen.« Sie schüttelten sich freundlich die Hände.

Hedda Pietsch sah sie neugierig an, trotzdem fragte sie nicht, warum sie hier war. Es war ein außergewöhnlich überraschender Besuch, dessen war Constanze sich bewusst. Sie wusste, dass sie sich nicht anzumelden brauchte, weil der Fürst das Schloss ja offiziell nicht verlassen konnte, aufgrund seiner Krankheit. Nur deswegen war der Prozess ja ausgesetzt worden.

»Wie geht es Ihnen?«

»Bestens. Mir geht es bestens. Herr Opitz musste uns unlängst verlassen. Das ganze Haus fühlt sich glücklich und befreit, wenn ich es so ausdrücken darf.«

»Oh! Das ist ja eine freudige Nachricht.« Hedda Pietsch hatte ihr zwar nie konkrete Dinge erzählt, aber man wusste ja von Herrschaften wie auch von Dienern, dass sie sich gerne an Dienstmädchen vergriffen. Und Herr Opitz war wohl so einer gewesen.

»Ich muss wieder gehen. Aber vielleicht können wir uns demnächst öfter sehen.« Hedda Pietsch kam näher und sprach leise: »Es ist gut möglich, dass ich in absehbarer Zeit das Schloss verlasse und nach Berlin gehe. Mehr kann ich noch nicht darüber sagen, aber ich werde Ihnen schreiben, wenn es so weit ist. Damit Sie auch meine neue Adresse haben. Es würde mich sehr freuen, wenn wir weiterhin in Kontakt blieben.«

»Mich auch. Dann machen wir das so.«

»Ich wünsche Ihnen noch …« Da Fräulein Pietsch ja nicht wusste, was Constanze hier wollte, sagte sie nur: »… einen schönen Aufenthalt und ein angenehmes Treffen.« Und schon war sie wieder raus.

Es dauerte weitere fünf Minuten, bis die Türe endlich wieder aufging. Viktor Novak hielt sie so lange auf, wie der Fürst brauchte, um in den Raum hineinzutreten. Mit langsamen Schritten ging er ihr entgegen und blieb schließlich vor Constanze stehen.

»Euer Durchlaucht.« Sie deutete einen Knicks an und blickte dem Fürsten offen ins Gesicht.

»Ich muss sagen, ich bin schon sehr überrascht, dass Sie hier auftauchen. Aber es bietet mir die Gelegenheit, mich bei Ihnen zu bedanken. Meine Gattin hat mir davon erzählt, dass eins unserer Dienstmädchen wohl von Ihnen Informationen erhalten hat. Informationen darüber, dass ein gewisser Brief aus meinen Händen den Weg hinaus aus dem Schloss gefunden hat. Ich war überrascht, wie viel Loyalität nach den … misslichen Umständen, unter denen Sie Ihren Dienst verlassen mussten, doch übrig geblieben ist.«

Constanze hatte lange mit Hugo darüber gesprochen, wie viel sie dem Fürsten verraten sollten. Nur so viel wie nötig, darüber waren sie sich beide einig.

»Wenn ich mir erlauben darf, so frei zu sein, meine Beweggründe zu erläutern.« Constanze wartete auf das knappe Nicken, mit dem er ihr das weitere Wort erteilte, und fuhr fort: »Ich musste ja nun aus der Distanz beobachten, wie es Ihnen erging. Ich finde, und das ist auch die Meinung meines Verlobten, dass Ihnen unrecht getan wird. Und dass dieses Unrecht weitaus größere Bedeutung hat als nur Ihre persönliche Befindlichkeit. Wenn ich das so sagen darf.«

Der Fürst schien überrascht und machte eine Handbewegung Richtung Sitzecke. Constanze nahm ihm gegenüber Platz. Ihr war unwohl, und sie setzte sich angespannt vorn auf die Kante des

Sofas. Fast gleichzeitig ging die Tür auf, und Viktor Novak erschien mit einem Tablett.

Stumm servierte er ihnen Kaffee. Das gab Constanze Gelegenheit, sich den Fürsten in Ruhe anzuschauen. Er war schmal geworden und wirkte tatsächlich kränklich. Vorhin, als er hereingekommen war, hatte sie bemerkt, wie langsam er ging. Wie es wohl seinem Bein ging, über das man zur Zeit des Prozesses so viel in der Zeitung gelesen hatte? Es stand ihr nicht zu, eine so persönliche Frage zu stellen. Aber nun, da er saß, sah sie, wie er ein Bein nicht beugte, sondern merkwürdig von sich streckte.

Novak reichte ihnen die Tassen und verabschiedete sich stumm. Nachdem der Diener den Raum verlassen hatte, war es an Constanze, sich weiter zu erklären.

»Ich möchte mich dafür bedanken, dass Euer Gnaden sich Zeit für mich nehmen. Dass Euer Gnaden mich überhaupt empfangen. Ich bin wegen ebenjener Thematik, über die wir gerade gesprochen haben, hier.«

»Mir war nicht bewusst, dass Sie sich um solche Dinge kümmern. Und dass Sie in Kreisen verkehren, in denen man überhaupt Kenntnis erlangen kann von gestohlenen Briefen.« Der Fürst klang sachlich, aber schien höchst wachsam zu sein. Als würde er einen weiteren Angriff erwarten. Kein Wunder, nach den Monaten, die hinter ihm lagen.

»Wenn ich es Euer Gnaden erklären darf: Genau genommen bin nicht ich es, die in solchen Kreisen verkehrt, sondern mein Verlobter. Er ist Journalist und war auch mit der Berichterstattung zu den verschiedenen Prozessen befasst.«

Wieder dieser Blick, der größte Aufmerksamkeit und höchste Vorsicht ausdrückte.

»Dürfte ich wohl etwas ausholen, um zu erklären, warum ich Euer Gnaden heute mit meinem Besuch belästige?«

Der Fürst nickte, nippte an seinem Kaffee und sah sie durchdringend an. »Nur zu. Ich bin wirklich neugierig, mehr zu erfahren.«

»Es ist wirklich außerordentlich großzügig, dass Sie mir Ihre Aufmerksamkeit schenken. Wie gesagt, mein Verlobter, Hugo Mahlzahn, ist Journalist und berichtet auch über Regierungsgeschäfte.«

Eine Augenbraue ging hoch, dann wieder runter.

Constanze wusste, sie war hier als Bittstellerin. Sie räusperte sich kurz und fuhr fort: »Mein Verlobter hat die Berichterstattung von Herrn Harden akribisch verfolgt und sich näher mit dessen Beweggründen beschäftigt. Herr Harden hat ja aus vielen Quellen schöpfen dürfen, wenn man glauben darf, was in Berlin erzählt wird.«

»Darf man. Das darf man glauben«, entgegnete der Fürst bitter.

»Bismarck, Holstein. Mein Verlobter hat sogar gehört, dass der Bruder von Reichskanzler von Bülow in engem Kontakt mit Herrn Harden stand oder steht.«

Der Fürst nickte leicht. Also wusste er darüber Bescheid. Das machte Constanze Hoffnung. Denn genau deswegen war sie heute hier. Weil der Fürst immer noch Bescheid wusste. Weil er immer noch seine Finger in alle Richtungen ausstrecken konnte.

»Wenn wir es richtig einschätzen, dann war wohl der Besuch von Graf Lecomte zur letzten Jagd hier auf dem Schloss das i-Tüpfelchen, das Herrn Harden so wütend hat werden lassen, dass er mit seiner Schmutzkampagne begonnen hat.«

»Schmutzkampagne. Da sagen Sie etwas sehr Wahres.« Zum ersten Mal glitt ein freundlicher Ausdruck über sein Gesicht.

»Wenn ich frei sprechen darf: Mittlerweile wissen wir ja alle, wie Herr Harden zur deutschen Lösung der Marokkokrise steht. Und zur Regierung, und vor allen Dingen, wie er über den Kaiser denkt.«

»O ja. Das wissen wir nun alle. Selbst die, die sich niemals dafür interessiert haben, was Herr Harden denkt, wissen es nun.«

»Mein Verlobter hat nun also versucht, Hardens Beweggründe, seine politische Haltung sowie seine früheren und heutigen Quellen zu recherchieren, und einen Artikel dazu verfasst.«

»Tatsächlich? Er wagt es tatsächlich, Herrn Harden auf die Füße zu treten?«, fragte Fürst zu Eulenburg überrascht.

»Genau das führt mich heute hierher. Weil er offensichtlich jemandem auf die Füße getreten ist. Wir wissen nicht genau, ob Herr Harden schon von diesem Artikel Kenntnis erlangt hat. Aber offensichtlich ist mein Verlobter hohen Herren auf die Füße getreten. Und nun«, zitternd stellte Constanze ihre Tasse beiseite und griff nach ihrer Handtasche. »Und nun wird er bedroht. Sollte er den Artikel tatsächlich veröffentlichen, muss er mit einer Anklage rechnen. Bisher ist noch nicht vom Tisch, ob er nicht so oder so angeklagt wird.«

»Damit musste er aber doch rechnen.«

»Der Artikel hätte anonym veröffentlicht werden sollen.«

»Sie machen es aber wirklich spannend. Und wer bedroht ihn?«

»Euer Gnaden, eben jenes Wissen fehlt uns. Über uns schwebt das Damoklesschwert der Verhaftung. Aber wir wollen nicht untätig darauf warten, bis es auf uns niedersaust.«

»Damoklesschwerter, damit kenne ich mich nun zur Genüge aus.«

»Wenn Euer Gnaden erlauben. Ich würde gerne …« Sie holte die eng beschriebenen Seiten heraus. Doch sie hielt sie fest in ihrer Hand. »Wir möchten Ihre Hilfe erbitten. Deswegen bin ich hier. Wir wissen nicht, mit wem wir es eigentlich zu tun haben. Man kann sich nicht gegen jemanden wehren, der unsichtbar ist. Vielleicht fällt Eurer fürstlichen Hoheit jemand ein, an den wir uns wenden könnten. Das wäre die erste Bitte.«

Der Fürst, der gerade noch so neugierig auf den Artikel gestarrt hatte, machte nun ein abweisendes Gesicht. »Und die zweite Bitte wäre?«

»Euer Gnaden wissen genauestens Bescheid, wer in Berlin wen kennt. Wer Feind ist und wer Freund. Und was hinter den Kulissen gespielt wird. Wir dachten, wenn Euer Durchlaucht …« Sie redete nicht weiter. Wie sollte man so etwas auch sagen?

»Sie meinen, wenn ich im Hintergrund einige Strippen ziehen würde, dass sich die Angelegenheit erledigt?«

»Ja, an genau so etwas dachten wir«, sagte Constanze angespannt.

Der Fürst schaute sie düster an. »Meine Bereitschaft, mich in politische Angelegenheiten einzumischen, ist in den letzten Monaten dramatisch gesunken. Das können Sie sich doch wohl vorstellen.«

»Ja. Natürlich.« Constanze presste die Lippen zusammen. »Aber vielleicht, wenn Euer Gnaden den Artikel lesen würde, vielleicht würden Sie dann zu einem anderen Schluss kommen.« Ihr Satz klang wie eine Frage, und sie hielt ihm die Seiten hin.

Der Fürst schloss kurz seine Augen, dann stellte er seine Tasse beiseite und griff nach dem Artikel. Es kostete ihn wohl Überwindung. Andererseits war er doch neugierig. Auf jeden Fall waren es die Umstände aus den letzten Monaten und Jahren, die ihn dazu zwangen. Und sei es nur darum, sicherzustellen, dass nicht wieder etwas Ungünstiges oder Unwahres über ihn veröffentlicht würde.

Mit verschlossener Miene las er die erste Seite, doch schon, als er auf der zweiten Seite angekommen war, klärte sie sich ein wenig. Und auf der dritten Seite schien er tatsächlich zwischen amüsiert und beeindruckt zu schwanken. An einer Stelle nickte er heftig.

»Es ist sicherlich nicht kritisch, wenn ich Ihnen sage, dass Sie bei Hardens Kontaktaufnahme zu Bismarck falschliegen. Harden war einfach nur mit dem ehemaligen Leibarzt Bismarcks befreundet. So kam der Kontakt zustande. Wie das Leben manchmal zufällig spielt.«

Nicht, dass es jetzt noch eine Rolle gespielt hätte. Denn mittlerweile waren Constanze und Hugo sich ganz sicher, den Artikel niemals zu veröffentlichen.

Der Fürst las weiter und schnalzte gelegentlich mit der Zunge, ob zustimmend oder nicht, konnte Constanze nicht sagen. Einmal verzog er seinen Mund zu einem bitteren Grinsen. »O ja, nun fordern alle den Krieg. Unfassbar.«

Dann war er also an die Stelle gekommen, wo Hugo Maximilian Hardens Novemberartikel zitierte. *Um uns von dem Hohn, der Lächerlichkeit reinzuwaschen, müssen wir Krieg führen, bald, oder die traurige Notwendigkeit des allerhöchsten Personenwechsels auf uns nehmen*, hatte der geschrieben.

»Selbst in der kaiserlichen Familie wird es nicht anders gesehen. Der Kronprinz, so ist mir zu Ohren gekommen, hat mit dem Generalstabschef, Helmut von Moltke, gesprochen. Nur ein Krieg könne Deutschland aus der verworrenen politischen Lage herausholen, hat er ihm gesagt. Moltke hat dem Gott sei Dank widersprochen. Trotzdem, Ihr Verlobter hat recht damit, dass ein Krieg nun deutlich wahrscheinlicher wird«, erklärte der Fürst.

»Und genau das ist der Grund, warum wir … warum mein Verlobter diesen Artikel geschrieben hat.«

»Wir?«

»Also … wenn ich erklären darf: Ich hatte die Idee. Und habe ein paar Punkte notiert. Aber mein Verlobter hat den Artikel geschrieben. Eben aus dieser Entwicklung heraus, die man jetzt überall sehen kann. Diese Kriegssehnsucht, die uns in ein großes Verderben führen könnte.«

Fürst zu Eulenburg nickte zustimmend, las aber stumm weiter. Ein paar Minuten später hatte er den Artikel beendet. Er schaute nicht auf, blätterte noch mal durch die Seiten, las anscheinend noch mal ein paar Passagen und lehnte sich dann zurück. Er schaute Constanze lange an, bevor er sprach.

»Sie wissen offensichtlich nicht, mit wem Sie sich angelegt haben.«

»So ist es. Das wissen wir nicht. Genau deshalb bin ich heute hier. Weil ich große Hoffnungen hege, Euer Durchlaucht könnten es wissen.«

Er schüttelte den Kopf. »Da kommen so einige infrage. Hätten Ihnen die ausgesprochen guten Kontakte von Herrn Harden denn nicht Warnung genug sein müssen?«

»Nun, Euer Gnaden können uns vielleicht naiv nennen. Aber macht Ihnen dieser immer lauter werdende Ruf nach einem Krieg nicht auch große Sorge?«

Als Antwort schnaubte er lediglich laut auf.

»Ich gebe Ihnen recht. Es ist müßig, sich über vergossene Milch aufzuregen. Aber heute bin ich hier und bitte Eure fürstliche Hoheit um Hilfe. Um Unterstützung.«

Eulenburg schaute sie wieder an, mit klaren, offenen Augen und überlegte. »Der Artikel ist ohne Zweifel hervorragend recherchiert. Gut geschrieben. Mir vielleicht eine Nuance zu nüchtern, aber sei's drum. Und natürlich ist es eine Genugtuung für mich, dass endlich jemand offen darüber redet, welchen Zweck Hardens Kampagne gegen mich und meine Bekannten eigentlich verfolgt. Und dass Sie es offen Schlammschlacht und Hexenjagd nennen. Nichts wäre mir lieber, wenn dies endlich mal öffentlich ausgesprochen würde.«

»Dann helfen Euer Gnaden uns?«

Er ließ die Blätter sinken, reichte sie rüber zu Constanze, die sie aber nicht annahm. Schließlich legte er sie einfach neben sich aufs Polster. »Ob nun offen oder verdeckt, ich würde mich mit Maximilian Harden anlegen. Und vermutlich mit weiteren hohen Herren. Glauben Sie mir, das habe ich jetzt zweieinhalb Jahre hinter mir, und ich bin dessen mehr als müde.«

»Aber glauben Euer Gnaden nicht, dass wir in allen Punkten recht haben? Diese Kriegslust überall. Und dass Tirpitz, ausgerechnet Tirpitz, mit seinem überzogenen Flottenbauplan schlimmste Konsequenzen von englischer Seite aus provoziert.«

»Ich gebe Ihnen in allen Punkten recht.«

Er sprach nicht weiter. Constanze sah ihn flehentlich an, aber sie ahnte, ihre Hoffnung würde bitter enttäuscht. Und tatsächlich hielt sein Schweigen an.

»Sie werden uns nicht helfen, nicht wahr?«

Er nickte nur kurz. »Wenn diese Zeit der Bedrohung hinter Ihnen liegt, egal, wie sie ausgeht, werden Sie mich verstehen.«

»Ich hatte gedacht, wenn es im gesamten Kaiserreich einen Menschen gibt, der uns helfen würde, der in der Lage wäre, uns zu helfen, aus guten eigenen Beweggründen, dann wären es Euer Gnaden.«

Offensichtlich traf es ihn, dass sie seine Feigheit so deutlich in den Raum stellte. Aber es änderte wohl nichts an seiner Entscheidung.

Constanze unternahm einen letzten Versuch. »Mein Verlobter sucht nach einer neuen Stelle, aber derzeit wissen wir ja nicht einmal, wer sich gegen uns wendet. Und wo er es versuchen könnte. Wir sind in einer äußerst prekären Lage.«

Auch das schien den Fürsten nicht zu beeindrucken. Vermutlich kannte er sich mit den schnöden Fragen der Existenzsicherung nicht aus. Sie stand auf, ohne den Artikel wieder an sich zu nehmen. Mit einem leichten Nicken verabschiedete sie sich und ging ein paar Meter. Dann blieb sie stehen. Sie durfte nicht aufgeben.

»Es würde mich sehr interessieren, welche Haltung Ihre Gattin dazu hat. Schließlich habe ich mich Ihrem Haus gegenüber sehr loyal verhalten. In mehreren Punkten übrigens.«

Der Fürst war sitzen geblieben und schien sich auch sonst nicht bewegen zu wollen. Er sagte nichts mehr, er verabschiedete sie auch nicht, wandte seinen Blick nur von ihr ab zum Kamin. Das war deutlich. Sie war entlassen.

* * *

Hugo hatte in einem Café in der Nähe des Bahnhofs auf sie gewartet. Die Fahrzeit hin und zurück, der Weg vom Löwenberger Bahnhof zum Schloss und zurück und das Gespräch mit dem Fürsten hatten sie auf fünf bis sechs Stunden veranschlagt.

Hugo saß bereits im Café und begutachtete gerade seine neue Klappkamera mit dem ausziehbaren Lederbalgen. Diese sehr handliche Moment-Klappkamera wurde auch Pressekamera genannt, oder Detektivkamera. Sie war leicht genug, sie überall mit hinzunehmen. Und sie war erschwinglich gewesen. Seit die AGFA vor ein paar Jahren angefangen hatte, leichter wechselbare Rollfilme herzustellen, wurden die Kamera-Apparate, die noch mit Kassetten betrieben wurden, preisgünstiger. Die Fotokassetten, die man für die Aufnahmen einschieben musste, waren teuer, weshalb Hugo sehr sparsam damit umging.

Sie begrüßten sich, Constanze setzte sich, bestellte einen Kaffee und eine belegte Schrippe und erzählte, wie es gelaufen war. Dass sie unverrichteter Dinge wieder hatte gehen müssen, enttäuschte ihn ebenso wie sie.

»Wir sollten nicht noch lange darauf warten, dass etwas passiert. Vielleicht sollten wir unseren Plan in die Realität umsetzen, zurück nach Leipzig zu gehen. Ich bekomme hier allmählich das Fracksausen«, schlug Hugo vor.

Nun musste sie raus mit der Sprache. Sie konnte es ihm nicht länger vorenthalten. Sie griff rüber, nahm eine Hand und sagte: »Hugo, ich muss dir noch etwas sagen. Ich glaube, ich bin … schwanger.«

Hugo starrte sie an. Auf seinem Gesicht spiegelten sich alle Emotionen, die Constanze bereits durchlebt hatte – Freude, Sorge, Verzweiflung, Planung.

Nun ergriff er mit beiden Händen Constanzes Hand. »Wir kriegen das hin. Wir kriegen das schon irgendwie hin. Wir wollten das doch schon immer. Dann ist es nun eben so weit.«

Constanze nickte. Ja, irgendwie würden sie es natürlich schon hinkriegen. Nur mit ihren Plänen von einem gesicherten Leben in einigermaßen Wohlstand hatte ihre Situation gerade nicht mehr viel zu tun.

»Also werden wir endlich heiraten.« Nun hatte seine Stimme doch einen freudigen Unterton.

»Ich habe überlegt, dass ich noch so lange wie möglich bei Frau Mandelbaum bleibe. Ich würde sie nur ungern von heute auf morgen verlassen. Und das Geld können wir gut gebrauchen. Ich kann es ja ankündigen, dass ich gehen werde. Vielleicht zu Anfang Mai?«

»Dann heiraten wir im Mai, in Leipzig?« Es klang, als könnte er es gar nicht abwarten.

»Ja, das heißt es dann wohl.« Nun endlich zog ein breites Grinsen über ihre Wangen.

Constanze nickte selig, und Hugo küsste ihre Hände über den Tisch hinweg. »Na endlich. Das wurde aber auch wirklich Zeit.« Er sah sich kurz im Café um, und da gerade niemand von ihnen Notiz nahm, stand er auf und schloss Constanze in seine Arme.

Es war, als würde all seine Liebe in ihren Körper fließen. Endlich. Jetzt war es so weit. Im Grunde war es längst überfällig gewesen, wurde Constanze klar. Sie hätten schon längst heiraten und ihre Zeit gemeinsam verleben sollen. Als er von ihr abließ, verschmolzen ihre Blicke miteinander. Er küsste noch einmal ihre beiden Hände und setzte sich wieder.

»Ich werde besser schon in den nächsten Tagen meine Zelte abbrechen. Steffens kann ich sagen, dass ich nun in Ruhe an dem Buch arbeiten müsse, aber dass das eben auch von Leipzig aus passieren kann. Und dass ich ab und zu in Berlin vorbeischauen kann.«

»Behaupte doch einfach, du hättest eine neue Stelle.«

»Gute Idee. Und dann werde ich mich vor Ort wirklich intensiv nach einer neuen Stelle umschauen. Irgendwas krieg ich schon.«

* * *

Eine Weile sprachen sie noch über ihre Pläne, dann gingen sie zur Bahn, die in den Grunewald zurückfuhr. Sie liefen noch ein kleines Stück zusammen, dann verabschiedeten sie sich und wollten sich am nächsten Abend noch mal treffen. Constanze ging alleine weiter bis zur Mandelbaumschen Villa, glückselig, aber auch das Herz ein wenig schwer. Sie würde der Witwe morgen mitteilen, dass es nun so weit war. Dass sie sie bald verlassen würde. Constanze klingelte vorne, und Linda, das Mädchen, machte ihr auf.

»Frau Mandelbaum will Sie sehen. Umgehend, hat sie gesagt. Sobald Sie zurück sind.«

»Ach ja? Ist sie im Salon?«

»Ja«, sagte Linda knapp und ging.

Constanze zog sich noch den Mantel aus, dann ging sie sofort in den Salon. Frau Mandelbaum saß dort, mit einer düsteren Miene. Constanze schwante Unheil.

»Fräulein Maiwald, ich habe gerade von einem sehr unangenehmen Umstand erfahren.« Sie bat Constanze nicht, sich zu setzen, sondern ließ sie stehen wie ein unartiges Kind.

»Maximilian, Herr Harden, war gerade bei mir.« Sie seufzte auf. »Um es kurz zu machen, sagte er, dass Herr Mahlzahn ihn hintergangen habe. Ihn getäuscht habe, in schändlicher Weise.«

Constanzes Lippen zitterten. Sie wusste nicht, was sie sagen sollte. Sollte sie sich verteidigen? Sollte sie etwas erklären? Hatten sie und Hugo wirklich etwas anderes getan, als Herr Harden es für sich selbst herausgenommen hatte? Nein. Er ging nicht anders vor, besorgte sich aus verdeckten Quellen Informationen, engagierte Privatdetektive, schnüffelte in den Privatsachen anderer, ja sogar in deren Schlafzimmern, und machte dann alles öffentlich. Zog sogar Profit daraus.

»Ich sehe, Sie haben keine Antwort für mich«, sagte Ruth Mandelbaum.

Tatsächlich war es so. Tatsächlich hätte sie nicht gedacht, dass Herr Harden so schnell von der Sache erfahren würde. Sie musste Hugo warnen. Das war das Einzige, was ihr in den Sinn kam.

Frau Mandelbaum kämpfte sich aus ihrem Sitz hoch und streckte den Rücken. »Nun, dann sollte es Sie nicht überraschen, dass Sie Ihre Sachen packen dürfen. Und zwar noch heute.« Sie griff nach der kleinen Glocke auf dem Tisch und klingelte. »Linda wird Ihnen helfen, Ihre Habseligkeiten hinauszuschaffen.«

Schließlich fand Constanze doch noch ein paar Worte. »Beunruhigt es Sie nicht, dass einer Ihrer besten Freunde dieses Land mitten rein in einen Krieg führen will?«

Doch Ruth Mandelbaum antwortete nicht und starrte sie stattdessen feindselig an.

Also setzte Constanze nach: »Ich jedenfalls kann das nicht mit meinem Gewissen vereinbaren. Ich werde nun packen. In einer halben Stunde bin ich bereit zu gehen.«

Sie drehte sich um und ging hinaus, die Stufen hoch, in ihr schönes Zimmer mit dem weichen Bett und dem Blick in den Garten. Für einen Moment fragte sie sich, ob es das wert war. Aber wie sollte jemals etwas besser werden, wenn niemand mutig genug war, etwas ändern zu wollen?

## März 1909

Dreihundert Mark – die Fürstin hatte ihr Versprechen gehalten. Es hatte keine Woche gedauert, nachdem Opitz das Schloss verlassen hatte, da war Hedda zur Fürstin gerufen worden. Es war ein schöner dicker Umschlag gewesen, den sie ihr überreicht hatte. Und sie hatte noch einmal ihren Dank zum Ausdruck gebracht, und auch den Dank ihres Mannes.

Viel hatte sie nicht über Lydia Keller gesagt, aber es schien Hedda so, als wenn sie in dieser Hinsicht nichts weiter unternehmen wollten. Ohnehin wusste niemand, was aus Lydia geworden war. Ob sie irgendwo eine neue Stelle gefunden hatte. Vermutlich würde der Fürst Lydia Keller ohnehin nicht belangen wollen, weil wirklich niemand in diesem Schloss Lust auf einen erneuten Prozess hatte. Oder darauf, dass dieser ganze Skandal, der sich nun endlich gelegt hatte, wieder hochkochte.

Die Fürstin hatte sie noch gefragt, was sie mit dem Geld vorhabe. Mittlerweile war ihr Traum von Amerika ausgeträumt. Dass es eine gute Hilfe für einen Start in die Ehe sei, wollte sie ihr auch nicht sagen. Stattdessen erklärte sie, sie habe bei einer Genossenschaftsbank ein Konto und würde es dort bei nächster Gelegenheit anlegen. Das stellte die Fürstin zufrieden. Sie hatte ihr sogar angeboten, das Geld so lange im Panzerschrank aufzubewahren. Dreihundert Mark waren verdammt viel Geld für eine Dienstbotin. Das wusste auch die Fürstin.

Heddas Gesundheit war noch nicht vollständig wiederhergestellt. Abends, nach getaner Arbeit, schmerzte ihr Bein häufig. Wenn sie sich anstrengte, fiel ihr manchmal das Atmen schwer. Und sie achtete weiterhin darauf, nichts Schweres zu heben. Martha ging ihr glücklicherweise zur Hand, wenn es nötig war. Und auch die Mamsell achtete darauf, dass sie keine Aufgaben bekam, bei denen sie sich körperlich sehr anstrengen musste. Wie lange diese Rücksicht noch anhalten würde, wusste sie nicht. Aber bisher genoss sie es. Auch deswegen war sie nicht früher nach Berlin reingefahren. Sie befürchtete, das könnte ein Signal sein, dass sie sich wieder ganz in Ordnung fühlte.

Doch heute war es endlich so weit. Seit sie zusammengeschlagen worden war, war es das erste Mal, dass sie das Schloss verließ. Sie war furchtbar aufgeregt, denn sie wusste nicht, wie ihre erste Begegnung mit Arthur nach so langer Zeit werden würde. Ihre Briefe waren inniger geworden und hatten die Verbindung zwischen ihnen gestärkt, obwohl sie sich so lange nicht gesehen hatten. Bei ihrer letzten Begegnung hatte Arthur ihr angeboten, sie zu heiraten. Weil sie schwanger gewesen war, aber auch, weil er sich ein Leben mit ihr gut vorstellen konnte. Darüber würden sie heute bestimmt auch reden. Sie hatten es erst einmal verschoben, weil es nun keine Eile gab. Und es war kein gutes Thema, um es in Briefen zu erörtern.

Hedda stieg aus dem Zug aus und sah Arthur schon hinter der Absperrung. Glücklich lief sie auf ihn zu. Ihre Hände flatterten, sie war aufgeregt, aber im positiven Sinne. Als sie sich das letzte Mal verabschiedet hatten, hatten sie sich lange geküsst. Sie waren ja quasi verlobt gewesen. Hedda wusste nicht, wie es nun werden würde.

Sie lief durch die Absperrung, und Arthur ergriff ihre Hände. Zuerst zog er sie einfach nur ein wenig zur Seite, um den anderen Reisenden nicht im Weg zu sein. Dann nahm er ihre Hände und küsste sie, während er sie mit seinen sanften graublauen Augen eindringlich anschaute.

Überglücklich lächelte sie ihn an. Nun zog er sie vorsichtig an sich und legte seine Lippen auf ihre. Da war es wieder, als wären sie nicht vier Monate lang getrennt gewesen. Als hätten sie sich gerade erst geküsst. Er war ihr sofort wieder vertraut. Als sie voneinander abließen, nahm er sie fest in seine Arme, als wollte er sie nie wieder loslassen.

»Du kannst dir gar nicht vorstellen, welche Nöte ich ausgestanden habe. Ich habe mir so große Sorgen um dich gemacht. Wenn du nicht darauf bestanden hättest, dass ich nicht kommen darf …«

»Es wäre nicht gut gewesen. Und es war nicht, weil ich dich nicht sehen wollte.«

Wieder sahen sie sich tief in die Augen. Arthur ergriff eine Hand, und sie verließen den Bahnhof in Richtung Charité. Es war nicht mehr ganz so kalt, und sie beschlossen, erst noch ein wenig spazieren zu gehen, bevor sie in ein Café gingen. Heute gab es keine Sitzung des Verbandes, und sie konnten den ganzen Nachmittag zu zweit genießen.

Bei ihrem Spaziergang entlang der Spree erzählte Hedda ausführlich von den Ereignissen der letzten Monate. Angefangen bei den Tagen nach ihrem letzten Treffen, dem Überfall von Opitz, ihrer Fehlgeburt und den schweren Wochen der Erholung. Arthur ließ sie gewähren, fragte kaum nach und hörte sich einfach an, was sie erzählte. Nur nachdem sie von ihrer Fehlgeburt erzählt hatte, versicherte er ihr ohne Aufforderung, dass das nichts an seinem Entschluss, sie heiraten zu wollen, änderte. Es war zwar frostig, aber Arthurs Worte wärmten sie von innen.

Nachdem sie sich durch den Trubel am Bahnhof Friedrichstraße gekämpft hatten, berichtete Hedda über den Tag, an dem Opitz hatte gehen müssen. Sie hatte der Fürstin versprochen, für den Rest ihres Lebens Stillschweigen über diese Fotografie zu bewahren. Die Fürstin hatte ihr Versprechen gehalten, und sie würde es ebenfalls. Deswegen erzählte sie nichts über den wahren Entlassungsgrund, sondern erklärte, alle vermuteten, der Fürst hätte den Haushofmeister der Spionage verdächtigt. Wichtig war ohnehin nur: Er war fort. Sie erzählte noch von dem ausgelassenen Abend am Tag seiner Entlassung und wie sich allmählich die verkrusteten Verbindungen unter den Dienstboten lösten. Es war, als hätte man ein wucherndes Geschwür entfernt, und der Körper könnte endlich genesen.

»Und jetzt?«

Arthur war stehen geblieben, und sie schauten auf ein breites, herrschaftliches Gebäude, umrundet von Grünflächen. Nach der Enge und dem Gedränge an der Friedrichstraße wirkte es etwas deplatziert.

»Was ist das? Wer wohnt da drin?«, fragte Hedda ausweichend. Die Zugänge zu dem herrschaftlichen Gebäude schienen für jedermann begehbar zu sein.

»Das ist Schloss Monbijou, ein Museum. Hier stellt die preußische Königsfamilie wertvolle Dinge aus.«

»Man kann rein?«

Arthur nickte. »Wenn du dir gerne alte Gemälde, wertvollen Schmuck und filigranes Porzellan anschauen willst, dann können wir gerne reingehen. Ein Saal ist unserer Kaiserin Augusta gewidmet.«

Hedda lachte, als wäre das eine wirklich alberne Idee. »Oh, ich könnte dir bei uns im Schloss die Porzellanschüssel zeigen, in die sich Seine Majestät während seiner Besuche erleichtert hat.«

»Ich glaube, ich verzichte«, sagte Arthur. »Und heute will ich sowieso nur die Stunden mit dir genießen.«

Hedda hakte sich unter, und sie gingen weiter.

»Du hast mir meine Frage nicht beantwortet … Willst du nun dort bleiben, auf dem Schloss? Oder wollen wir bald heiraten?« Es schien ein sehnlicher Wunsch von ihm zu sein.

»Wie stellst du dir unsere Zukunft vor? Wir ziehen in eine kleine Wohnung, ich warte, bis die Kinder kommen, kümmere mich um den Haushalt und was noch?«

»Du musst nicht darauf warten, bis Kinder kommen. Ich habe da eine Idee, aber davon erzähle ich dir später.« Er blieb stehen. Sie waren mittlerweile in der Nähe des kaiserlichen Schlosses angekommen. »Aber zuerst habe ich noch eine Überraschung für dich.«

»Eine Überraschung?«

Arthur holte aus seiner Manteltasche ein kleines, in Papier eingepacktes Päckchen hervor.

»Ein Geschenk, für mich?«

»Eigentlich ist es kein Geschenk. Es ist ein Gewinn. Du erinnerst dich an die Weihnachtstombola?«

»Ich habe was gewonnen?«

Arthur hatte ihr ein Los gekauft, und sich selbst auch. Er hatte ihr geschrieben, dass er zurück zur Weihnachtsfeier gegangen war, nachdem er Hedda zum Zug gebracht hatte. Von einem Gewinn hatte er allerdings nichts erzählt.

»Was ist es?«

»Nun, mir wäre es ja am liebsten gewesen, wir hätten den Hauptgewinn gezogen und ein schönes Abendessen zu zweit bekommen. Aber immerhin war es eins von den Geschenken, die ich gut aufbewahren konnte. Ich weiß nicht, was ich gemacht hätte, wenn du den Schinken gewonnen hättest.«

Sie lachten beide, Hedda nahm das Paket und packte es aus.

»Handschuhe! Und so schön bestickt. Die sehen aber elegant aus.« Es waren lange Handschuhe aus glänzendem grauem Satin, die fast bis zum Ellenbogen reichten. Die Oberseiten waren mit kleinen rosafarbenen Blüten bestickt.

»Freust du dich?«

»Ich weiß zwar nicht genau, wann ich je Gelegenheit haben werde, sie zu tragen, aber sie gefallen mir sehr.«

»Dann lass uns in ein Café gehen. Mir wird langsam kalt.«

Sie gingen noch ein Stück weiter, bis sie zum Park Friedrichshain kamen, und suchten sich dort ein kleines Café in einer Nebenstraße. Sie bestellten sich einen Kaffee und jeder ein Stück Sandgebäck. Hedda wusste, die letzten zwei Stunden waren nur ein nettes Geplänkel gewesen zu dem Kern ihres Gespräches. Jetzt würden sie über ihre gemeinsame Zukunft reden.

»Du hast gesagt, du hast da noch eine Idee. Was für eine Idee ist es denn?«, fragte Hedda etwas ausweichend. Wollte sie wirklich jetzt schon von Schloss Liebenberg weg? Wenn sie einmal diesen Schritt tat zu heiraten, dann gab es keinen Weg zurück. Dann konnte sie kein Dienstmädchen mehr sein. Verheiratete Frauen mussten den Dienst verlassen. Andererseits würde sie in Berlin wohnen. Endlich in einer großen Stadt. In einer der vier größten weltweit sogar. Hatte sie davon nicht immer geträumt?

»Du hast es vermutlich nicht mitbekommen. Anfang Januar, ich nehme an, es ging dir da nicht besonders, gab es hier in Berlin eine Konferenz von Hausangestelltenvereinen und einigen Gewerkschaften.«

Hedda nickte. »Doch, doch. Das war ungefähr das Einzige, mit dem ich mir meine Zeit vertreiben konnte – die Zeitungen zu lesen.«

»Dann weißt du, dass nun der Zentralverband der deutschen Hausangestellten gegründet wird.«

»Ja, und dass sie die Zeitung von einem Verband übernehmen und für alle herausgeben werden. Das habe ich schon gelesen.«

»Dann bist du ja bestens im Bilde. Also, ab dem 1. April wird es offiziell den Zentralverband mit Sitz in Berlin geben.« Arthur sagte das so bedeutungsvoll, als müsste sie sich mehr dabei denken.

»Und?«, hakte sie nach.

»Und sie suchen noch Leute fürs Kontor.«

»Ja …?«

Nun blieb Arthur stumm, aber seine Hand machte eine Bewegung auf sie zu.

Hedda schaute ihn verblüfft an. »Willst du mir damit sagen, ich soll mich da bewerben? Ich hab doch noch nie in einem Büro gearbeitet. Ich bin doch nur ein Dienstmädchen!«

»Genau. Du warst Dienstmädchen in kleinen Häusern, und in größeren, und sogar in einem Schloss. In dem der Kaiser sich erleichtert hat. Du weißt genau, wovon du sprichst, wenn es die Fragen als Dienstbotin betrifft.«

Hedda musste lachen. »Das ist doch nicht dein Ernst?«

»Das ist mein voller Ernst. Du könntest dort vorsprechen, und wenn du die Stelle bekommst, können wir heiraten, und du arbeitest so lange, bis unser erstes Kind kommt.«

Hedda war so verblüfft, sie konnte kaum etwas sagen.

»Im Moment passiert unglaublich viel. Die Gewerbeordnungsnovelle für Frauen, in der die Arbeitszeit besser geregelt wird. Es wird gerade ein erster Entwurf zur Reichsversicherungsordnung vorgelegt, die mit der Arbeiterversicherungsordnung vereinigt werden soll. Es geht nun Schlag auf Schlag. Und seit sich seit letztem Jahr die Frauen politisch engagieren dürfen, ist viel mehr Bedarf auch an Ansprechpartnerinnen.«

»Du meinst das ernst, oder?«

»Natürlich meine ich das ernst. Du bist nicht nur eine liebreizende Frau. Du bist patent, interessiert, du strebst nach besseren Lebensumständen und mehr Freiheit. Meiner Meinung nach könnte der Verband sich glücklich schätzen, wenn er so jemanden wie dich bekommen würde.«

»Das ist …« Hedda wusste gar nicht, was sie dazu sagen sollte. Berlin statt New York, Büroangestellte statt Dienstmädchen, elegante Handschuhe statt Spitzenschürze. Es klang aufregend.

»Ich nehme an, ich habe dich etwas überrumpelt.«

»Wie es deine Art ist«, sagte Hedda und grinste ihn an.

»Du musst aber zugeben, ich habe immer gute Ideen.«

»Die hast du. In der Tat – die hast du.«

»Denk in Ruhe darüber nach, aber warte nicht zu lange. Ich weiß, dass sie derzeit nach drei weiblichen Angestellten suchen.

Zwei davon sollen Sekretärinnen sein, die Maschine schreiben müssen. Aber eine weitere ist sozusagen Mädchen für alles.«

»Also doch wieder Dienstmädchen und Kaffee servieren?«

»Kaffee servieren? Ja, bestimmt. Aber vielleicht auch mit zu den anderen Verbänden reisen, Messen vorbereiten, Anzeigen in Zeitungen schalten. Um so was geht es wohl auch.«

Das hörte sich ja geradezu mondän an. Sie, Hedda Pietsch, sollte in politischen Sachen reisen, große Messen vorbereiten, mit Zeitschriften verhandeln. »Ich überlege es mir.«

»Und findest du die Idee eher albern oder eher überlegenswert?«

»Ganz sicher überlegenswert.«

»Nun gut. Dann lass uns jetzt über etwas anderes reden. Eigentlich wollte ich immer gerne etwas außerhalb wohnen, nicht mitten in der Stadt. Am liebsten in einer Kleinstadt, in einem Häuschen mit Garten.«

»Mit Garten?«

Arthur nickte überzeugt. »Solange wir in Berlin bleiben, wird das nicht zu finanzieren sein. Also würde ich nach einer Wohnung suchen in der Nähe zu einem Park. Würde dir das gefallen?«

»Sehr! Das würde mir sehr gefallen.« Hedda war selig. Nach all dieser schweren Zeit, nach all dem, was sie in den letzten Monaten mitgemacht hatte, schien sie endlich angekommen zu sein. Dabei sah es nicht einmal so aus, als würde sie zur Ruhe kommen. Vielmehr hatte sie das Gefühl, das aufregende Leben würde gerade erst losgehen.

## 12. April 1909

Budde hatte sich verändert. Nicht nur die Abwesenheit von Opitz war daran schuld, sondern, so vermutete Viktor, auch die Tatsache, dass sich die Welt doch als eine andere herausstellte, als man ihm versprochen hatte. Die Köpenick-Geschichte hatte ihm den ersten Dämpfer versetzt. Den falschen Hauptmann hatte der Kaiser frühzeitig begnadigt. Der Kaiser selbst taperte allerdings von einem Fettnäpfchen zum nächsten. Und jetzt noch die beschmutzte weiße Weste des Fürsten. Vermutlich wusste er nicht mehr, was er noch glauben sollte. Vorhin hatte er sich fürchterlich aufgeregt über den Kriegsminister. Der behauptete nämlich, die übergroße Anzahl adeliger Offiziere im Offizierskorps wäre nicht durch ihre Herkunft, sondern allein durch ihre Qualifikation bestimmt. Wutschnaubend hatte er die Zeitung auf den Tisch geschmissen. Das wisse er ja wohl besser. Alle würden nur wegen ihrer oder ihrer Väter Titel befördert. So jemand wie er habe gar keine Chance. Viktor war schon aufgefallen, dass Diedrich es in den letzten Monaten zunehmend an Zackigkeit vermissen ließ. Die Welt veränderte sich in ungeahnter Weise.

Als Viktor das Schloss verließ, konnte er sich ein Grinsen nicht verkneifen. Ein Grinsen, das in ein Lächeln überging. Ewigkeiten war er nicht mehr zu Hause gewesen, aber nun, auf Ostern, war es wieder so weit. Und er hatte einen guten Grund. In den letzten Tagen hatte er selbst mitgefiebert, ohne zu wissen, wann genau die Prüfungen für das außerschulische Abitur stattfanden. Aber vor den Osterfeiertagen sollten alle durch sein. Nun war er mehr als gespannt.

Der Schnee war längst geschmolzen, und der Weg zur Hütte seiner Eltern war matschig. Vor der Hütte wickelte er sich den dicken Wollschal ab. Den Wollschal, den Adelheid ihm zu Weihnachten geschenkt hatte. Bevor es zu dem Bruch zwischen ihnen beiden gekommen war. Er hatte ihn auch nicht im Schloss angezogen, sondern erst, als er außerhalb der Sichtweite gewesen war.

Seit Adelheid und Hedda Pietsch es eingefädelt hatten, dass der Fürst das Foto zurückerhalten hatte und Opitz hatte gehen müssen, war ihr Verhältnis besser geworden. Sie sprachen wieder miteinander, aber Viktor vermied jegliche Vertraulichkeiten. Zu groß war seine Enttäuschung darüber, dass Adelheid ihn nicht in ihr Geheimnis eingeweiht hatte. Zu sehr war er auch darüber verwirrt, wie wenig sie an die Konsequenzen ihres Handelns gedacht hatte. Ja, sie war intelligent, und ja, sie war trotzdem reichlich naiv. Früher hatte er ihre mangelnde Bildung und das fehlende Weltmännische als Entschuldigung gelten lassen. In dieser einen Sache aber hatte sie ihn maßlos enttäuscht.

Und doch dachte er ständig darüber nach, ob er sich ihr wieder annähern sollte. Zu groß war seine Sehnsucht nach ihr. In den wenigen Wochen, die sie zusammen gewesen waren, hatte er sich zum ersten Mal in seinem Leben nicht mehr einsam gefühlt. Er hatte da erst begriffen, was dieses Gefühl der Leere vorher gewesen war, eine lang anhaltende Einsamkeit. Dieses Gefühl, nur auf sich gestellt zu sein. Und es war mehr als das.

Er musste sich eingestehen: Er begehrte sie. Immer noch. Was ihn gleichermaßen ärgerte wie verunsicherte. Noch immer erging er sich in Tagträumen darüber, wie sie ein gemeinsames Leben gestalten könnten. Besonders heute, auf der Fahrt von Löwenberg nach Charlottenburg, hatte ihn dieser Gedanke nicht losgelassen. Denn natürlich brachte besonders der Grund seines Besuches bei seiner Familie ihn ein Stück der Unabhängigkeit näher, die eine Grundlage für seine Träume wäre.

Er klopfte, öffnete die Tür und zog sich seine verdreckten Schuhe aus.

»Viktor, da bist du ja! Wir haben nur auf dich gewartet.« Seine Mutter kam, schloss ihn in die Arme und nahm ihm dann die Schuhe ab, um sie auf eine alte Zeitung vor dem Kanonenofen zu stellen.

Er begrüßte Ricarda und Theodora, auch sehr herzlich seinen Vater, und dann erst Leander. Leander, sein jüngerer Bruder, der mit seinen siebzehn Jahren endlich das Abiturium ablegen konnte. Die letzten Wochen vor Ostern, bevor das normale Schuljahr endete, wurden die Prüfungen abgenommen für alle, die keine Schule besuchten. In der Mehrheit waren das natürlich Grafen- und Fürstensöhne, die von Hauslehrern zu Hause unterrichtet wurden. Es gab auch bürgerliche Nicht-Schüler, gerade Mädchen, die keinen Zugang zum Gymnasium hatten, die diese Prüfung ablegten. Doch da erst seit letztem Jahr das Studium für Frauen in Preußen zugelassen war, waren es vermutlich auch nicht so viele. Doch jemand wie Leander war vermutlich die absolute Ausnahme – der Sohn eines Tagelöhners.

Er packte Leander an den Armen und sah ihn an. »Nun sag schon: Hast du alle Prüfungen bestanden?«

Sein jüngerer Bruder grinste. »Natürlich. Hast du etwas anderes erwartet?«

»Mit Bestnoten«, erklärte sein Vater stolz.

Ein schwerer Stein fiel Viktor vom Herzen. Die erste Etappe war geschafft. Das erste Ziel erreicht. Das erste Ziel, das seiner Familie wieder ein bürgerliches Leben ermöglichen sollte, und ihm die Freiheit.

»Gratulation! Ich habe nichts anderes erwartet.«

Was nicht stimmte. Nicht, dass er Leander nicht zutraute, Bestnoten zu erzielen. Aber vor einem bürgerlichen Lehrerkollegium, zumal noch in der gleichen Stadt, in der sein Vater als Gymnasiallehrer wegen Majestätsbeleidigung verurteilt worden war, gab es sicher den einen oder anderen, der aus Überheblichkeit so jemandem wie Leander einen Zugang zu einem Studium oder einer besseren Bildung verweigern wollte. Das war seine größte Sorge gewesen, dass man ihm aus Arroganz oder Missgunst Steine in den Weg legen würde.

Erst jetzt streifte Viktor seinen Mantel ab. Er hatte einen Beutel mitgebracht mit verschiedenen Dingen, die er nun seiner Mutter übergab.

»Schaumwein?! Ja, bist du denn verrückt?«, tadelte sie ihn, ohne es ernst zu meinen.

»Wenn nicht heute, wann dann?«

Heute war ein Festtag. Für sie alle. In den letzten Jahren hatte Leander nichts anderes gemacht, als sich als Externer auf eine staatliche Prüfung, das sogenannte Nichtschüler-Abitur, oder auch die Schulfremdenreifeprüfung, an einem privaten Gymnasium, vorzubereiten. Denn das Schulgeld für ein Gymnasium hätten sie sich nicht leisten können.

Seine Mutter packte noch etwas echten Bohnenkaffee, Kondensmilch und einen Butterkuchen aus. Gegen einen kleinen Obolus hatte Frau Möckel ihm den Kuchen mit gebacken.

»Meine Güte, Junge. Was verwöhnst du uns heute.«

»Alles nur zu Ehren meines kleinen Bruders. Der gar nicht mehr so klein ist, wie ich nun feststellen muss.«

Leander war fast genauso groß wie er, aber schmaler gebaut. Er hatte blonde Locken und ein zartes Gesicht. Viktor schätzte seine Körpergröße ab. Er würde bald für bessere Kleidung sorgen müssen. Denn egal, wo Leander unterkommen würde, musste er sich gescheit anziehen. Niemand sollte sehen, in welcher Behausung er schlief.

»Und was hast du nun vor? Juristerei studieren?«

Das war ein Vorschlag seines Vaters gewesen. Denn wer, wenn nicht Menschen wie Leander, würden sich dafür einsetzen, dass es eine gerechtere und von Klassenfragen freie Justiz geben sollte?

»Erzähle ihm schon die beste Neuigkeit«, forderte Ricarda ihren jüngeren Bruder auf.

»Ich habe schon eine Stellung als Laufbursche in einem Büro. Bis ich im Herbst mit dem Studium anfange.«

»Fest?«, fragte Viktor sofort. Geld, das bedeutete regelmäßiges Einkommen. Egal, wie niedrig es wäre.

Leander nickte stolz. »Und ich will Lehrer werden. Wenn ich damit fertig bin, dann liegt mein Anfangsgehalt bei ungefähr dreitausend Mark im Jahr.«

»Wir dachten, es ist eine gute Idee. Der Junge unter all den Söhnen von Ärzten und Rechtsanwälten, die nur so mit dem Geld um sich schmeißen, das würde die ganze Sache nur noch schwieriger machen. Und dann die höhere Hörergebühr. Auf die Jahre gesehen ist es einfach zu riskant«, erklärte Mama.

Erschrocken drehte Viktor sich zu Leander um. »Aber du gehst nicht einfach nur auf ein Lehrerseminar? Und wirst am Ende nur Volksschullehrer? Du studierst doch richtig, oder?«

Leander nickte. »Ich werde Gymnasiallehrer, so wie Vater.«

»Sonst hätte er ja auch nicht das Abiturium machen müssen. Volksschullehrer kann man auch ohne Reifeprüfung werden«, erklärte Vater sichtlich stolz.

Also blieb es bei dem Hörergeld, das er jedes Semester an die Universität zu zahlen hatte.

»Ich wohne weiter hier, studiere in Berlin und suche mir direkt eine Stelle als Famulus. Es ist ohnehin hilfreich, bei einem Professor auszuhelfen.«

Dem konnte Viktor nur zustimmen. Eine Hilfsstelle an der Universität führte dazu, dass das Hörergeld reduziert wurde oder ganz entfiel.

»Dann kann ich zwar nicht mehr als Laufbursche arbeiten, weil es ja tagsüber wäre. Aber ich such mir eben für abends etwas. Oder auch für sonntags. Oder vielleicht kann ich zusätzlich Gehilfe in der Universitätsbibliothek werden.«

Viktor war hocherfreut darüber, welchen Elan Leander an den Tag legte. Es würde alles besser werden. Schon sehr bald. Und in vier Jahren, oder vielleicht auch in fünf, würde Leander eigenes Geld verdienen, und es würde bedeutend mehr sein als das, was Viktor mit nach Hause brachte. Dann wäre er endlich frei, frei, sein eigenes Leben zu leben.

Theodora deckte den Tisch, und während seine Mutter herrlich duftenden Bohnenkaffee aufbrühte, öffnete Vater den Schaumwein und verteilte ihn auf die Blechbecher. Sie stießen auf die bestandene Prüfung an. Und auf das Wohl der Familie. Und darauf, dass nun ganz langsam alles besser würde. Viktor sah in die Runde. Im Gegensatz zu ihm hatten vermutlich alle anderen seit Jahren keinen Schaumwein mehr getrunken.

Endlich setzten sie sich an den Tisch. Viktor wusste nicht, wann er das letzte Mal gemeinsam mit seiner Familie gegessen hatte. Es musste Ewigkeiten her sein, viele Jahre. Viktor war selig. Endlich war er wieder zu Hause angekommen, im Kreise seiner Familie, so, wie es sich gehörte. So, wie er es lange vermisst hatte.

»Was sagst du zu Bülows Plänen?«, fragte sein Vater, als der Kuchen bis auf den letzten Krümel verspeist war.

»Meinst du, weil er die Erbschaftssteuer einführen will? Gegen den Willen der Gutsbesitzer und adeligen Großagrarier? Das kriegt er doch nie durch. Eher fällt der Bülow-Block auseinander.«

Der Vater nickte zustimmend. »Am Ende werden wieder nur Steuern erhöht, die der kleine Mann zahlen muss. Und der Kaiser macht sich mal wieder einen faulen Lenz.«

Kaiser Wilhelm war gerade zu einer Reise nach Venedig aufgebrochen, um im Mittelmeer eine Kreuzfahrt zu unternehmen. Seinen alten Großvater nannte man den »greisen Kaiser«, seinen liberalen Vater den »weisen Kaiser«, und er selbst trug den Titel der »Reisekaiser«. Weil er so viel reiste. Zu Ostern im Mittelmeer, im Juli die Nordlandtouren, zwischendurch Erholungstage auf den Schlössern befreundeter Fürsten, und dann fing ja auch schon wieder die Jagdsaison an. Um sein Leben und den kaiserlichen Hof zu finanzieren, bekam er Unsummen aus dem Staatshaushalt.

»Und? Was hast du für Pläne, wenn Leander mit seiner Ausbildung fertig ist?«, fragte sein Vater tatsächlich. Er meinte es ernst, dass auch Viktor sein eigenes Leben leben sollte. Eigene Pläne, ja, so langsam durfte er sich erlauben, daran zu denken.

»Vielleicht gehe ich auch an die Universität und versuche, dort eine Stelle in der Bibliothek zu bekommen. Wenn Leander erst mal weiß, wie es da zugeht, ist die Wahrscheinlichkeit ja viel höher.«

Oder er würde versuchen, eine Ausbildung als Buchdrucker zu machen. Oder sonst irgendwie in einem Verlag unterzukommen. Aber all seine Überlegungen waren Träumereien. Wer würde schon einen Lehrling annehmen wollen, der fast dreißig war? Viel wahrscheinlicher war es doch, dass er sein Leben als Dienstbote fristen würde.

Noch immer hatte der Fürst zu Eulenburg nichts verlauten lassen, wer die Stelle von Opitz einnehmen sollte. Und es sah auch nicht so aus, als würde das in nächster Zeit geschehen. Viktor hatte schon überlegt, ob er den Fürsten um eine Unterredung bitten sollte. Er hatte nun viel mehr Aufgaben als früher, und auch so wichtige Aufgaben, dass eine Anpassung seines Lohnes eigentlich selbstverständlich hätte sein sollen. Selbst wenn er nicht offiziell Haushofmeister wurde.

Aber über Geld zu sprechen, hatte Viktor nie gelernt. Von Woche zu Woche schob er das Thema vor sich her und fand immer eine neue Ausrede, warum er das Gespräch besser erneut verschieben sollte. Vielleicht sollte er Vater einmal danach fragen, wie man ein solch unangenehmes Gespräch am besten anfing. Jetzt, wo Viktor bald nicht mehr derjenige sein musste, der die Familie ernährte, durfte Vater ein Stück seiner ihm gemäßen Stellung zurückhaben – als Ratgeber seines Sohnes.

# Kapitel 10

## Mitte April 1909

Constanze war nach ihrer Entlassung sofort zu Hugo gegangen. Herr Harden war nicht bei ihm gewesen. Nur ein denkbar knappes Kündigungsschreiben lag im Flur von Herrn Steffens Villa. Hugo sei mit sofortiger Wirkung aus den Diensten Hardens entlassen. Weitere Schritte behalte er sich vor. Mehr nicht. Hugo bestand selbstredend nicht darauf, seinen ausstehenden Lohn abzuholen. Auch er packte umgehend seine Habseligkeiten. Sie wussten nicht, ob Harden tatsächlich weitere Schritte gegen Hugo unternehmen würde.

Allein die Tatsache, dass der Publizist derzeit bestimmt wenig Lust hatte, sich einer weiteren gerichtlichen Auseinandersetzung zu stellen, nährte ihre Hoffnung, unbehelligt aus der Geschichte herauszukommen. Nachdem auch das Urteil aus dem zweiten Prozess aufgehoben worden war, hatte Graf Kuno von Moltke erneut Klage erhoben. Der dritte Prozess, den Graf Kuno von Moltke gegen ihn anstrebte, würde in wenigen Tagen beginnen. Niemand konnte vorhersagen, wie es dieses Mal ausgehen würde. Für Hugo aber war das ein glücklicher Umstand, denn Harden hatte derzeit wichtigere Dinge zu erledigen, als sich um den Verrat an ihm durch Hugos Artikel zu kümmern.

Ruth Mandelbaum hatte sich ausdrücklich geweigert, ihr ein Zeugnis auszustellen. Sie hatte gesagt, das Zeugnis, was sie ihr nach ihrer heimtückischen Täuschung ausstellen würde, sei nicht das Papier wert, auf dem man es schreibe. Da sie wisse, dass Constanze es ohnehin nur wegschmeißen könne, werde sie es erst gar nicht schreiben. Nur mit Widerwillen hatte sie sich dazu bereit erklärt, eine denkbar knappe Bestätigung zu schreiben, aus der lediglich hervorging, von wann bis wann Constanze im Dienst der jüdischen Witwe gestanden hatte.

Hugo konnte sich nicht einmal von Herrn Steffens verabschieden, weil der außer Haus war. All ihre neuen Pläne hatten sich mit einem Mal zerschlagen. Sie fuhren nach Berlin rein, nahmen dort den ersten Zug Richtung Wittenberg und kamen bei Constanzes Eltern unter. Zwei Tage später wurde in kleinster Runde geheiratet. Als Ehepaar konnten sie sich in Leipzig ein gemeinsames Zimmer nehmen. Und für den Fall der Fälle hatte Constanze als Ehefrau das Recht, ihren Mann im Gefängnis besuchen zu dürfen. Für einige Wochen blieben sie in Wittenberg und schrieben von dort aus Bewerbungen.

Seit Hugo nicht mehr für Herrn Harden arbeitete, konnte er sich ganz auf die Stellensuche konzentrieren. Er hatte bei der *Leipziger Volkszeitung*, bei der er vorher gearbeitet hatte, vorgesprochen. Er hätte jede Stelle angenommen, die sie ihm geboten hätten. Aber es war nichts frei. Herrn Steffens hatte Hugo einen freundlichen Brief geschrieben, worin er erklärt hatte, dass er sich umgehend bei einer neuen Stelle habe melden müssen. Doch der hatte sehr verschnupft auf seinen plötzlichen Abgang reagiert. Vielleicht auch, weil der alte Marineoffizier mit Ruth Mandelbaum gesprochen hatte. Sie wussten es nicht. Hugo wusste noch nicht einmal, ob er weiter an dem Buch arbeiten sollte oder ob Steffens es bei dem Stand der Dinge belassen wollte.

So selig sie auch waren, endlich verheiratet zu sein, so schwierig waren doch die Umstände. Die elterliche Wohnung war klein. Als nach ein paar Wochen der Haussegen zu kippen drohte, zogen sie aus, zurück nach Leipzig. Am Stadtrand von Leipzig fanden sie ein preiswertes Pensionszimmer. Solange Hugo keine Stelle hatte, wollten sie keine Wohnung anmieten. Und zurzeit lebten sie nur von ihrem Ersparten.

Nur der Umstand, dass Hugo nun eine Kamera besaß, wie nur wenige Reporter in der kleineren Stadt, verschaffte ihm gelegentlich einige Aufträge. Und doch schrumpfte ihr Erspartes zusammen. Constanzes Babybauch dagegen wurde zunehmend sichtbarer. Sie hatte sich entschlossen, nicht auf Stellensuche zu gehen. Bei einer Höheren-Töchter-Schule würde es kein gutes Licht auf sie werfen, dort schwanger anzufragen. Und in ihrem Zustand als Gouvernante anzufangen, war ebenso unmöglich.

Hugo saß neben ihr und studierte die Zeitungen. Er suchte nach Stellenanzeigen für Journalisten, aber auch nach anderen Arbeiten, die er annehmen konnte.

Seit Tagen schon hatten sie nicht mehr warm gegessen. Kochen durften sie hier im Zimmer nicht. Sie konnten sich nur belegte Brote zubereiten. Einmal am Tag gingen sie einen warmen Kaffee trinken. Sie sparten, wo es ging. Constanzes Appetit auf eine herrlich warme Suppe wuchs von Tag zu Tag.

Hugo schüttelte seinen Kopf. »Diese Kriegstreiberei geht immer weiter. Erst feiert das preußische Kriegsministerium sein hundertjähriges Bestehen mit einer riesigen Parade mit Pomp und Popanz. Dann gibt Großbritannien bekannt, seine Flotte aufzurüsten, und keine Woche später verkündet unser Marineamt, dass sie ebenfalls weiter aufrüsten wollen. Wo soll das noch hinführen? Ausgerechnet bei dieser angespannten Lage auf dem Balkan.«

»Immerhin haben Deutschland und Frankreich sich in der Marokko-Frage geeinigt. Wenigstens ein Krisenherd weniger, vor allem ein Krisenherd weniger mit unserem Erzfeind.«

Im Februar hatten sich die Regierungen der beiden Länder darauf geeinigt, dass Deutschland die Vorherrschaft Frankreichs in Marokko anerkannte, aber weiterhin wirtschaftlich freien Zugang erhielt.

Es klopfte. Er stand auf und öffnete die Tür. Die Pensionswirtin übergab ihm einen Brief. Er kam zurück, stutzte und hielt ihr den Brief vor die Nase.

»Fürst Philipp zu Eulenburg und Hertefeld! Ein Brief aus Liebenberg!«

»Vom Fürsten?« Constanze sprang sofort auf, nahm den Brief und schaute sich den Absender an. »Tatsächlich! Woher hat er meine Adresse?«

»Ist doch egal. Mach schon auf«, drängte Hugo sie.

Sie nahm ein Messer, schnitt den dicken Umschlag auf, und gemeinsam beugten sie ihre Köpfe über das mit feiner Handschrift verfasste Schreiben.

*Wertes Fräulein Maiwald,*
*sicher wundern Sie sich, von mir Post zu erhalten. Fräulein Pietsch war so freundlich, den Brief mit Ihrer neuen Adresse zu beschriften.*

Hedda Pietsch – ihr hatte Constanze ihre neue Anschrift mitgeteilt, erst die in Wittenberg und dann die Leipziger. Das Stubenmädchen hatte ja angekündigt, sie werde in naher Zukunft das Schloss verlassen. Sie wollte den Kontakt zu Fräulein Pietsch nicht verlieren. Sicher würde ihr Weg sie irgendwann mal wieder nach Berlin führen, und dann wollten sie sich auf einen Kaffee treffen und über alte Zeiten sprechen. Constanze las weiter.

*Nach genauerer Prüfung des vorliegenden Schriftstücks, das Sie mir – wohl mit dem richtigen Hintergedanken – dagelassen haben, und einiger weiterer Überlegungen fühlte ich doch etwas von unserer alten Verbundenheit.*
*In den letzten drei Jahren habe ich viele enge Freunde und Verbündete verloren. Bitter war die Erkenntnis, dass man sich in der Not nur auf einen bestimmten Schlag Menschen verlassen kann, und eben auf viele andere nicht. Und dass es aber immer auch unerwartete Verbündete gibt, so wie Sie und Ihren Verlobten.*
*Ich verspürte das Bedürfnis, meinen Dank darüber, dass Sie das Geheimnis des mir entwendeten Briefes aufgedeckt haben, mehr*

*als nur mit Worten Ausdruck zu verleihen. Wer einem wohlgesonnen begegnet, dem sollte man ebenso wohlgesonnen begegnen und Gefälligkeiten mit gleicher Münze honorieren. Zudem, jemand, der den tapferen, wenn auch zum Scheitern verurteilten Versuch unternimmt, gegen diesen Harden offen anzugehen, verdient meine vollste Anerkennung und Respekt.*
*Daher habe ich mich entschlossen, doch einige Strippen zu ziehen. Was ich denn auch erfolgreich getan habe. Ich bin nun in der glücklichen Lage, Ihnen und Ihrem Verlobten zu versichern, dass dem Ihnen angedrohten Unheil nichts nachfolgen wird. Nicht vonseiten Maximilian Hardens, und auch vonseiten anderer Herren nicht. Im Zuge einer Vereinbarung, die ein guter Bekannter von mir gerade mit Herrn Harden getroffen hat, konnten diverse Aspekte dieser unseligen Entwicklung auf einen Schlag bereinigt werden.*

Constanze stieß einen Laut des Jubels aus. Und auch Hugo schien gerade an dieser Stelle angekommen, denn er fasste sie um die Taille und gab ihr einen dicken Schmatzer auf die Wange.

»Gottlob. Diese Sorge sind wir los.« Tränen der Erleichterung schossen ihr in die Augen. Zu der Arbeitslosigkeit und Schwangerschaft noch jederzeit damit rechnen zu müssen, vor Gericht geladen zu werden, hatte ihre Situation unerträglich gemacht.

»Ich habe mich schon gewundert, warum ich von Herrn Harden nichts gehört habe.«

»Er hat ja nicht mal deine Adresse.«

»Du glaubst doch wohl nicht, dass er sie nicht rauskriegen würde, wenn er es wollte«, sagte Hugo eindringlich.

Sie lasen weiter.

*Ich habe nun das getan, was Herr Harden selbst tut und was er mir so gerne vorwirft: verdeckt im Hintergrund Einfluss auszuüben. Seien Sie versichert, das bedrohliche Damoklesschwert schwebt nicht weiter über Ihren Köpfen.*

*Da Sie sich mir gegenüber loyal verhalten haben, möchte ich mich ebenfalls erkenntlich zeigen. Weswegen ich mich ein wenig umgehört habe.*
*So hatte ich ein sehr interessantes Gespräch mit einem weitläufigen Bekannten von mir. Er ist zufällig ein einflussreicher Mann bei der* Freisinnigen Zeitung. *Er erwähnte beiläufig, sie würden derzeit einen Korrespondenten suchen, der aus dem Königreich Sachsen berichtet. Es wäre daher mein Vorschlag, dass Ihr Verlobter sich kurzfristig mit dem Chefredakteur in Verbindung setzt.*

Constanze packte Hugo fest am Arm. »Dann könnten wir hierbleiben, im liberalen Sachsen!«, rief sie erfreut.

»Vermutlich müssten wir aber nach Dresden übersiedeln.«

»So weit ist das ja nicht. Hauptsache, wir müssen nicht wieder nach Berlin. Oder irgendwohin, wo wir uns gar nicht auskennen.«

*Ich würde Ihnen allerdings dringend dazu raten, die Angelegenheit das Schriftstück betreffend nicht zu erwähnen und auch nicht weiterzuverfolgen. Unter vorgenannten Bedingungen dürfte Ihr Verlobter sich gerne auf mich berufen, wenn er mit dem Chefredakteur Kontakt aufnimmt.*
*Ansonsten möchte ich mich noch einmal ausdrücklich für Ihre langjährige Tätigkeit in unserer Familie und auch für Ihren außerordentlich loyalen Einsatz in den uns bekannten Dingen bedanken. Dieser Dank gilt auch im Namen meiner Gattin.*

Constanze ließ den Briefbogen sinken. Das war doch mal eine Überraschung. Damit hatte sie wirklich nicht mehr gerechnet. Tränen standen ihr in den Augen. Hugo nahm sie in den Arm.

»Dann wendet sich am Ende doch noch alles zum Guten.«

Constanze schniefte an seinem Hals und lachte, während sie vor Glück weinte. »Ja, es scheint tatsächlich so zu sein. Ich werde direkt morgen einen Brief an die Familie aufsetzen. Und Fräulein Pietsch werde ich auch schreiben. Und mich bei allen bedanken.«

»Und ich gehe direkt los und kaufe mir eine Ausgabe der *Freisinnigen Zeitung*. Ich will ja wissen, mit wem ich es zu tun habe.«

Doch beide rührten sich nicht, schauten sich lange in die Augen und küssten sich schließlich. Es war weniger ein Kuss der Liebe, sondern vielmehr eine gegenseitige Beteuerung. Sie hatten einen langen und schweren Weg hinter sich, und sie hatten all die Schwierigkeiten gemeinsam gemeistert. Endlich konnten sie frei an die vor ihnen liegende Zukunft denken.

## Mitte April 1909

Hedda war erst noch zur Genossenschaftsbank gegangen, um ihre dreihundert Mark dort einzuzahlen. Eigentlich waren es etwas mehr als dreihundert Mark, denn sie hatte noch in den letzten Monaten viel Geld gespart. Seit dem Vorfall im Seehaus war sie kaum aus dem Schloss gegangen, nirgendwohin mit der Bahn gefahren und war auch nicht in Cafés gewesen. Nur einmal hatte sie sich mit Arthur getroffen. Und jetzt, mit der Aussicht darauf, dass sie bald nach Berlin ziehen würde, sparte sie umso eiserner.

Unter dem Vorwand, in Berlin einen Spezialisten aufsuchen zu wollen, der ihre Rippen untersuchen sollte, weil sie immer noch schmerzten, hatte sie für heute Nachmittag freibekommen. Natürlich durfte sie niemandem erzählen, was sie heute wirklich tat. Niemand wusste davon, niemand außer Fräulein Maiwald, der sie geschrieben hatte. Arthur wusste selbstverständlich Bescheid, denn er hatte ihr diesen Termin heute vermittelt. Er hatte mit ihr an ihrem Bewerbungsbrief gearbeitet.

Nun war sie also auf dem Weg zum Kontor des Zentralverbandes für Hausangestellte in Berlin. Als sie dort ankam, nahm sie ihre Mütze ab und prüfte im Schaufenster eines benachbarten

Geschäftes ihre Frisur. Sie war pünktlich, klingelte, und kurz darauf öffnete sich die Haustür. Eine ältere Dame, die sie bereits von den Sonntagstreffen im Hinterzimmer kannte, stand vor ihr.

»Guten Tag. Mein Name ist Hedda Pietsch. Ich spreche für die Stelle beim Verband vor.«

»Natürlich. Ich bin Helga Schlüter. Fräulein Pietsch, kommen Sie bitte herein. Wir erwarten Sie schon.«

Frau Schlüter führte Hedda die Treppe hoch in den ersten Stock, wo das Kontor lag. Vermutlich war es einmal eine ganz normale Wohnung gewesen. Vorne im Eingangsbereich standen drei Stühle. Hier würden die Dienstmädchen, die sich beraten ließen, warten. Hedda legte ihren Mantel ab und wurde dann in ein Zimmer geführt, das nach vorne zur Straßenseite ging.

Sie begrüßte einen Mann, der sich als Herr Kessler vorstellte. Durch seine dicke Hornbrille inspizierte er sie eingehend. Aber seine Miene war freundlich, und er bat sie in eins der Zimmer. Hedda setzte sich vor einen Schreibtisch, der Mann neben sie und Frau Schlüter an ihren Arbeitsplatz hinter den Schreibtisch.

»Ihre Bewerbung hat uns wirklich sehr angesprochen. Mit Ihren unterschiedlichen Anstellungsverhältnissen als Dienstmädchen kennen Sie verschiedene Arten von Häusern und haben lange Jahre Erfahrung«, sagte die ältere Frau freundlich.

Auf Arthurs Geheiß hatte Hedda zu der Auflistung ihrer Anstellungen immer noch ein wenig mehr dazugeschrieben. Was ihre Aufgaben gewesen waren, wie die Arbeitsatmosphäre in den Häusern gewesen war und aus welchem Grund sie sich eine neue Stelle gesucht hatte. Sie hatte auch über ihre jetzige Anstellung als Stubenmädchen auf Schloss Liebenberg geschrieben. Außerdem war sie im letzten Monat direkt in den Verband eingetreten. Zwar musste sie nun vierzig Pfennige Mitgliedsbeitrag im Monat zahlen, was nicht gerade billig war, aber dafür bekam sie auch einiges geboten – eine Krankenversicherung und auch Rechtsschutz. Selbst, wenn sie Dienstmädchen bliebe, konnte sich das lohnen.

Da ihr angeblicher Sturz von der Leiter während der Arbeit im Schloss passiert war, hatte sie in der Zeit, in der sie krank gewesen war, weiterhin ihren Lohn bezogen. Doch sie wagte gar nicht, sich auszumalen, was alles hätte passieren können, wenn die Herrschaften sich geweigert hätten. Sie hätten sie auch einfach auf die Straße setzen können.

»Ich habe zwar nie in einem Kontor gearbeitet, allerdings sollte ich dazusagen, dass wir natürlich regelmäßig größere Festivitäten jeder Art veranstaltet haben. Auch im Umgang mit hohen Herrschaften und Politikern bringe ich Erfahrung mit. Also, ich will sagen, wenn Sie jemanden suchen, der Veranstaltungen und Versammlungen organisiert, kenne ich mich aus.«

»Das habe ich mir gedacht, als ich gesehen habe, wo Sie derzeit arbeiten. Fürst Philipp zu Eulenburg und Hertefeld – ein Name, der uns natürlich allen etwas sagt. Ich bin neugierig: Sind Sie je unserem Kaiser begegnet?«, fragte Herr Kessler.

»Begegnet im Sinne von dass ich ihn im Schloss gesehen habe, ja, natürlich. Aber ich wurde ihm nicht vorgestellt, wenn es das ist, was Sie meinen.« Hedda musste lächeln.

»Natürlich. Wieso auch sollte ein Dienstmädchen dem Kaiser vorgestellt werden. Sie ist ja auch nur Teil seines Volkes, das er so gut zu kennen glaubt«, sagte Frau Schlüter ironisch.

»Zu Ihren Aufgaben würde tatsächlich die Organisation der Versammlungen gehören. Also die Absprache mit den Lokalitäten, wo hier in Berlin in den verschiedenen Stadtteilen die Versammlungen stattfinden. Gelegentlich laden wir auch Rednerinnen und Redner von außen ein, dann müssten Sie sich um die Unterbringung kümmern. Ebenfalls gehört dazu, den Kontakt zur Redaktion der Verbandszeitschrift zu halten, was das Organisatorische angeht. Einmal im Monat verschicken wir die fertig gedruckten Zeitschriften. Dann muss die Liste der Empfänger mit der Liste der Beitragszahler abgeglichen werden«, erklärte sie weiter. »Natürlich müssten Sie gelegentlich nach Wilmersdorf fahren, zur Redaktion unserer Monatszeitschrift, und dort eilige Artikel hinbringen oder dort auch mal aushelfen, wenn Mangel an Hilfskräften besteht.«

Hedda lächelte. »Das finde ich ganz besonders spannend. Ich habe Frau Ida Baar mal reden hören. Ich finde, sie ist eine ausgesprochen charismatische Frau.«

»Und eine sehr gute Redakteurin«, bestätigte die Dame ihre Aussage.

»Außerdem wären Sie auch für die Organisation unserer Reisen zuständig. Das könnte in nächster Zeit durchaus mehr werden«, warf der Mann ein.

»Und werde ich mitreisen müssen?«, fragte Hedda nach.

»Nur gelegentlich. In den meisten größeren Städten gibt es bereits Dienstbotenverbände, die selbst sehr gut organisiert sind. Aber ab dem Herbst könnte es sein, dass wir vermehrt in kleinere Städte und Gemeinden reisen und dort erstmals Versammlungen abhalten. Dann könnte es notwendig werden, jemanden dabeizuhaben, der vor Ort alles organisiert, während wir uns auf unsere Reden konzentrieren.«

Hedda nickte begeistert. Zwar waren die Reisenn sicher mit viel Arbeit verbunden, aber sie käme zum ersten Mal überhaupt ein wenig in Preußen herum.

»Ein wichtiges Datum im Jahr ist der Maifeiertag, der natürlich bestens organisiert werden muss. Regelmäßig kommen Delegationen aus anderen Städten nach Berlin, damit wir hier geschlossen und in großer Zahl unsere Anliegen auf die Straße bringen können. Derzeit organisieren wir unser Frühlingsfest, und natürlich steht Weihnachten auch immer mit auf der Agenda. Ebenfalls zu den Aufgaben gehört der Versand der Quittungsmarken für die Mitgliedsheftchen. Und Sie müssten säumige Mitglieder raussuchen und anschreiben.«

»Außerdem müssten Sie bei den abendlichen Vorträgen Eintritt kassieren«, ergänzte Herr Kessler mit skeptischem Unterton.

»Das ist kein Problem«, sagte Hedda schnell. »Ich bin es gewohnt, viel zu arbeiten. Auch abends.«

»Ich dachte eher daran, dass Sie dann ja noch alleine nach Hause müssen. Das schien ein Punkt zu sein, der zwei anderen Bewerberinnen nicht gefallen hat. Zumal diese Vorträge in der ganzen Stadt verteilt sind und der Heimweg lang sein kann. Haben Sie bereits eine Unterkunft hier in der Stadt?«

»Noch nicht. Darum würde ich mich erst kümmern, wenn ich die Stelle bekomme. Aber ich war letztes Jahr für zwei Wochen hier in Berlin und kenne mich ein wenig aus.«

»Das ist gut. Neben der Beratung von Dienstmädchen und der politischen Arbeit über die Aufklärung der Lebenswirklichkeit von Dienstboten gibt es zwei wichtige politische Forderungen, die wir im Moment mit größtem Nachdruck verfolgen.«

Hedda wandte sich an den Mann: »Ja, ich weiß. Die Abschaffung der Gesindeordnung und die Forderung nach freien Wahlen. Ist für Berlin auch eine Petition geplant, so wie gerade in Mecklenburg-Neustrelitz? Mehr demokratische Rechte für die Bevölkerung, das würde doch die Abschaffung der Gesindeordnung und des Dreiklassenwahlrechts beinhalten, oder?«

»Ich sehe, Sie sind gut informiert«, sagte der Mann angenehm überrascht. »Eine Petition ist derzeit noch nicht in Planung, aber natürlich richten wir alle unsere Vorträge und Informationen auf genau diese beiden Punkte aus.«

»Wie stehen Sie zu den Sozialdemokraten?«, fragte nun die Dame wieder.

Auch auf diese Frage hatte Arthur sie vorbereitet. »Im Gegensatz zu all den anderen Parteien eher aufgeschlossen. Allerdings ist mir natürlich bewusst, dass sie zwar für die Arbeiterschaft kämpfen, die führenden Köpfe allerdings fast ausschließlich Bürgerliche sind. Bürgerliche Männer mit bürgerlichen Frauen, die Dienstbotinnen beschäftigen. Und daher in einem Interessenskonflikt stehen. Auch sie möchten natürlich billige Arbeitskräfte, die keinen Urlaub haben und wenige Rechte. Auch eine reichsweite Forderung der SPD nach einem Wahlrecht für uns Frauen ist mir nicht bekannt. Was ich sehr bedauerlich finde.«

Ihre beiden Gesprächspartner hoben die Augenbrauen. Sie waren wohl erstaunt über diese ausführliche wie einsichtige Antwort.

Herr Kessler nickte wohlwollend. »Wie schnell könnten Sie anfangen? Würden Ihre Herrschaften Sie ohne Probleme aus dem laufenden Dienstjahr entlassen?«

Das war eine der schwierigsten Fragen bei ihrer Bewerbung. Würde die Fürstin sie mitten im Dienstjahr gehen lassen? Würde die Mamsell Schwierigkeiten machen? »Ich bin mir ziemlich sicher, das würden sie. Die Situation auf Schloss Liebenberg ist eher so, dass zu viele Dienstboten angestellt sind. Ich könnte mir sogar vorstellen, eine Kündigung käme ihnen entgegen.«

»Fräulein Pietsch, ich muss sagen, Sie machen einen außerordentlich kompetenten Eindruck. Natürlich will ich Ihnen nicht vorenthalten, dass wir bereits mit zwei Bewerberinnen gesprochen und für eine weitere noch einen Termin haben. Erst danach werden wir uns entscheiden.«

Aus dem Augenwinkel sah Hedda, wie der Mann seiner Kollegin beipflichtend zunickte.

»Natürlich. Davon bin ich ausgegangen.« Arthur hatte ihr schon so etwas gesagt. Anders als bei Dienstmädchen, die oft vom Fleck weg engagiert wurden, war es bei solchen Anstellungen anders. Man sah sich mehrere Bewerberinnen an und entschied sich erst dann.

»Sie wissen sicher, dass mit dem Zentralverband die Mitgliedschaft auf fünfzig Pfennige erhöht wurde. Das könnte durchaus dazu führen, dass wir in ein paar Wochen weniger Mitglieder haben statt mehr. Im Moment sind das die vorherrschenden Aufgaben, auf die wir uns konzentrieren. Der Aufbau des Zentralverbandes und der Ausbau eines Netzwerks. Aber sobald das geschafft ist, liegen die eher politischen Aufgaben vor uns.«

»Ich würde mich freuen, Teil dieser großen Aufgabe sein zu dürfen«, sagte Hedda. Und sie meinte es so. Nachdem sie sich zum ersten Mal darüber Gedanken gemacht hatte, fand sie die

Vorstellung, nicht mehr als Dienstmädchen arbeiten zu müssen, aufregend.

Die beiden erhoben sich, und auch Hedda stand schnell auf.

»Wir werden Ihnen, so schnell es geht, unsere Entscheidung mitteilen. Egal, wie sie ausfallen wird. Damit Sie Bescheid wissen und weiter planen können.«

»Ich danke Ihnen. Auch ich würde natürlich erst nach Ihrer festen Zusage bei meinen Herrschaften vorsprechen wegen einer Entlassung aus dem Dienst.«

»Selbstverständlich.« Der Mann ging schon zur Tür und hielt sie ihr auf. Hedda verabschiedete sich mit einem Handschlag von beiden.

Sie wünschten ihr noch eine gute Heimreise und begleiteten sie zur Haustür, ließen sie aber alleine die Treppe hinuntergehen.

Meine Güte. Sie hatte es getan. Sie hatte tatsächlich einen großen Schritt in ein neues Leben unternommen. Da sie nicht wusste, wie solche Gespräche normalerweise liefen, war ihre Erwartung verhalten. Vielleicht waren sie zu allen so nett. Aber wenn nicht, dann dachte Hedda, dass sie gute Chancen hatte, die Anstellung zu bekommen.

Arthur hatte ihr schon von den Bedingungen erzählt. Wenn sie die Stelle bekam, hätte sie eine Sechs-Tage-Woche, fast unglaublich für sie. Natürlich gäbe es auch immer wieder Sonntage, an denen sie doch arbeiten müsste, aber dafür würde sie einen Ausgleich bekommen. Ebenso musste sie nur zehn Stunden am Tag arbeiten. Und alles, was darüber hinausging, sollte sie an anderen Tagen, wenn nicht so viel los war, ausgleichen können. Um im Krankheitsfall Krankengeld beziehen zu können und Rechtsbeistand zu bekommen, musste sie weiterhin Mitglied des Verbandes sein, auch wenn sie dann nicht mehr offiziell eine Dienstbotin wäre. Also musste sie demnächst fünfzig Pfennig im Monat zahlen.

Andererseits – zwölf Mark und fünfzig Pfennige in der Woche. Das klang jetzt erst mal viel, weil es fast das Vierfache von dem war, was sie auf Schloss Liebenberg erhielt. Aber natürlich musste sie hier ihre Wohnung selbst bezahlen und das, was in den meisten Familien den größten Teil des Geldes verschlang – das Essen. Aber bald würde sie mit Arthur zusammenwohnen. Und anders als in der Pension, wo sie gewohnt hatte, würde sie selbst kochen können. Das war deutlich preiswerter, als essen gehen zu müssen.

Noch nie im Leben hatte Hedda sich so frei gefühlt. Im Grunde war es genau das Leben, was sie sich für Amerika vorgestellt hatte, nur ohne all die Probleme, die sie stets davon abgehalten hatten, diesen Schritt zu gehen. Sie musste nicht in die Fremde gehen, musste keine gefährliche Seereise über den Ozean antreten, sie musste keine neue Sprache lernen, und sie würde sogar mit dem Mann zusammenleben, den sie liebte.

Arthur hatte ihr den Grieben's Berlin-Führer geliehen, und sie schaute sich an, wie sie nach Charlottenburg kam. Es war nicht mehr besonders kalt. Zwar schien die Sonne nicht, aber es war trocken und windstill. Sie brauchte eine gute Dreiviertelstunde, bis sie zum ersten Mal vor der Villa des Walzwerkfabrikanten stand, bei dem Arthur arbeitete.

Vom Eckgrundstück aus konnte man drei Seiten einsehen. Es war eine große, herrschaftliche Villa, mit einem parkähnlichen Garten drum herum. Vor dem sehr elegant wirkenden Portikus stand eine Limousine. Arthur hatte ihr schon erzählt, dass sein Arbeitgeber seit Neuestem ein eigenes Automobil besaß. Der Kutscher des Industriellen war gerade dabei, sich in einem Autolenkerkursus auf die Prüfung der Fahrbefähigung eines Kraftmobils vorzubereiten. Denn ab diesen Mai sollte es in ganz Deutschland einen einheitlichen Führerschein geben, ohne den man nicht mehr ein Kraftfahrzeug lenken durfte. Die Zahl der Unfälle häufte sich derart, dass die Regierung sich dazu genötigt sah.

Wie verabredet, stellte sie sich neben eine Ulme auf der anderen Seite des Zauns, wo Arthur sie sehen könnte. Es dauerte noch eine halbe Stunde, bevor er sich freimachen konnte. Dann kam er hinten zum Dienstboteneingang heraus.

»Wie ist es gelaufen?« Sie begrüßten sich nicht mit einem Handschlag oder Ähnlichem, sondern gingen direkt los. Noch wusste niemand Bescheid, dass er gedachte zu heiraten.

»Ich habe ein gutes Gefühl. Es war ein sehr nettes Gespräch, und ich konnte alle Fragen beantworten.«

Sie gingen weiter, und Hedda merkte, wie Arthur sich mit jedem weiteren Schritt entspannte. Sie erzählte ihm, was sie gefragt worden war und was man ihr erzählt hatte. So weit war alles keine Überraschung. Allmählich verließen sie das Villenviertel. Sie kamen auf größere Straßen, bis Arthur in eine kleine Straße abbog und stehen blieb. Am Ende der Straße begann ein kleiner Park. Die Häuser waren mehrstöckig und für viele Familien ausgelegt. Arthur hob den Kopf und schaute an einer Fassade hoch.

»Na, was sagst du?«

Hedda schaute ebenfalls hoch und überlegte, was er meinte. Natürlich. Jetzt wusste sie es. »Du hast eine Wohnung für uns gefunden?«

Er nickte, und zum ersten Mal griff er nach ihrer Hand und küsste sie.

»Im zweiten Stock. Es gibt eine Küche und zwei Zimmer. Eine Waschgelegenheit und Toilette ist draußen auf der Zwischenetage. Die muss man sich zu drei Parteien teilen. Im Keller ist ein kleiner Verschlag, für die Kohlen und anderes. Und es gibt eine Gemeinschaftswaschküche, wo man auch die Wäsche aufhängen kann. Ich war schon drinnen, also nicht in der Wohnung selbst, aber im Hausflur. Alles ist sauber. Es scheinen allesamt ruhige und angenehme Mieter zu sein.«

»Eine eigene Küche, und zwei Zimmer!« Hedda war beeindruckt.

»Dort, die beiden Fenster, das wären unsere«, erklärte Arthur.

Eigene Fenster, eine eigene Wohnung, mit so etwas hatte sie sich in ihrem ganzen Leben noch nicht beschäftigt. »Und wäre sie nicht zu teuer?«

»Es geht. Das ältere Ehepaar, das jetzt noch darin wohnt, will zu seinem Sohn nach Königs Wusterhausen ziehen. Aber es ist ihre Wohnung. Und es ist ihnen vor allem daran gelegen, gute und zuverlässige Mieter zu bekommen.«

»Und wann ziehen sie aus?«

»Im Sommer. Irgendwann im Juni. Ab Juli wollen sie die Wohnung vermieten.«

»Ab Juli«, überschlug Hedda im Kopf. Wenn sie die Stelle bekam, musste sie sich noch eine Unterkunft für ein paar Wochen suchen.

»Was sagst du?«, fragte Arthur und drehte sich um.

»Famos.«

»Nur famos?« Arthur lachte. »Wie wäre es mit: Ich fahre sofort zurück auf Schloss Liebenberg und kündige.«

Hedda war ein wenig erschrocken. »Heute schon? Ich weiß ja noch gar nicht, ob ich die Stelle bekomme.«

»Selbst wenn nicht, wir wollen doch heiraten diesen Sommer. Und irgendeine Stelle wirst du hier in Berlin immer finden. Du müsstest wahrscheinlich nicht einmal weiter Dienstbotin bleiben.«

Hedda schaute ihn an, war verunsichert, aber überglücklich. »Ja, du hast recht. Ich fahre zurück, und ich werde auf jeden Fall noch bis Ende der Woche kündigen.«

»Dann heiraten wir, ja? Spätestens im Juni?«

»Ja, dann heiraten wir.«

Entgegen aller Etikette umarmte Arthur sie mitten auf der Straße und gab ihr einen Kuss. Dann war es nun also besiegelt. Hedda würde ein vollkommen neues Leben anfangen.

## 25. Mai 1909

Adelheid griff gerade nach der Schüssel mit Schlämmkreide und brachte die Paste mit einem Putzlappen auf die Türklinke aus Messing auf. Das hier war die letzte Türklinke auf dem Flur, die sie mit der Paste beschmierte. Dann würde sie vorne wieder anfangen, und alle Türklinken fein säuberlich auf Hochglanz polieren. Nach der Abreise der Hochzeitsgäste hatten sie die Zimmer schon auf Vordermann gebracht. Das Polieren der Türklinken war die letzte Maßnahme, bevor man sich wieder auf die üblichen Reinigungen beschränkte.

Endlich mal wieder hatte es ein größeres Fest gegeben. Viktoria, die jüngste Tochter des Fürstenpaares, hatte vor dreizehn Tagen geheiratet. Zwar hatte der größte Teil der Gäste aus Familienangehörigen bestanden, aber es waren noch weitere Gäste gekommen. Zum ersten Mal seit Langem waren wieder Hilfskräfte aus dem Dorf in der Küche beschäftigt gewesen, und auch die Waschfrauen hatten ordentlich was zu tun. Doch den anderen Dienstboten hatte niemand zur Seite gestanden.

Hedda hatte wegen der Feierlichkeiten noch bleiben müssen, bis drei Tage nach der Hochzeit. Vor zehn Tagen war sie nach Berlin gegangen. Anders als früher war Adelheid nicht eingeweiht gewesen. An einem Abend Ende April war Mamsell Reineke am Tischende stehen geblieben und hatte verkündet, dass das zweite Stubenmädchen nach der Hochzeit der Komtess den Dienst auf dem Schloss verlassen würde. Hedda Pietsch habe gekündigt, weil sie eine andere Stellung gefunden habe, und zwar in einem Kontor. Was bei allen große Verwunderung hervorgerufen hatte. Und außerdem würde sie sich auch bald vermählen.

Adelheid war doppelt verletzt. Einmal, weil sie doch gehofft hatte, mit der Zeit würde sich das frühere, so vertraute Verhältnis zu Hedda wieder einstellen. Und zweitens, weil sie wirklich nicht damit gerechnet hatte, dass Hedda je das Schloss verlassen würde. Ja, sie hatte Adelheid noch nicht einmal wegen der anstehenden Hochzeit ins Vertrauen gezogen. Seit Wochen schon hatte das Stubenmädchen ihren Abschied vom Schloss vorbereitet und sie nicht eingeweiht. Das schmerzte sehr.

Nun war sie also wieder auf sich gestellt. Viktor verhielt sich nach wie vor zurückhaltend. Er war nicht unhöflich und nicht so abweisend wie früher. Und gelegentlich bemerkte sie Blicke, die er ihr zuwarf. Doch er schaute immer ganz schnell wieder weg. Er verstand sich nun mit allen anderen besser als früher, was kein Wunder war. Alle verstanden sich untereinander auf einmal viel besser. Erst jetzt, nachdem Opitz einige Wochen weg war, wurde offensichtlich, wie sehr er hinter den Rücken aller intrigiert und jeden gegen jeden aufgehetzt hatte. Also verhielt Viktor sich ihr gegenüber wie zu allen anderen Dienstbotinnen. Auch diese Erkenntnis schmerzte sie sehr. Andererseits war es immerhin besser, als es nach ihrer großen Enthüllung gewesen war.

Jetzt konnte sie nicht mehr sagen, warum sie tatsächlich so lange an dieser Fotografie festgehalten hatte. Warum ihr nicht schon viel früher aufgegangen war, welche Bedeutung es haben könnte. Sie hatte nur auf sich geschaut, auf ihr Risiko und auf ihre Absicherung, die ihr das Bild hatte bieten sollen.

Der Fürst war vor drei Tagen nach Österreich abgereist, zum Kuren. Dort, in Bad Gastein, war er schon häufiger gewesen, um sich von diversen Krankheiten zu erholen. Begleitet wurde er von seiner Frau und Doktor Genrich. All die dunklen Schatten, die das Schloss und seine Bewohner in den letzten Jahren so fest umklammert hatten, schienen verweht zu sein.

Aber genauso verweht waren all ihre Träume. Hedda hatte Liebenberg verlassen und würde bald heiraten, was auch bedeutete, dass sie niemals zusammen nach Amerika gehen würden. Selbst, wenn Adelheid es sich je leisten könnte. Es war ein netter Traum gewesen, und etwas, was sie durch die dunklen Tage getragen hatte, nachdem Viktor sich von ihr abgewandt hatte. Auch die Vorstellung von einem Leben mit ihm war verweht.

Nun hatte sie wieder nur ihre Familie. Vater konnte noch immer nicht arbeiten. Die Wunde am Fuß hatte sich entzündet, und es wurde nur langsam besser. Mit viel Glück würde er wenigstens noch einen Teil der Erntezeit mitmachen können. Sie brauchten das Geld, das sie im Sommer verdienten, damit sie über den Winter kamen. Bei ihrem letzten Besuch hatte Friedel erzählt, dass sie sich in Zehdenick bei der Ziegelbrennerei vorgestellt hatten. Im Moment gab es dort keine Beschäftigung, aber man hatte ihnen wenigstens versprochen, ihnen Bescheid zu sagen, wenn es so weit wäre. Immerhin, Vater hatte dort schon dreimal vorgesprochen, und nie hatten sie ihn genommen, oder Versprechungen gemacht. Aber Friedel und Bernhard waren auch deutlich jünger.

Adelheid hörte Schritte. Die Mamsell kam um die Ecke. Sie war nun die oberste Aufsichtsperson, die alleine den Arbeitsalltag der weiblichen Dienstbotinnen befehligte. Langsam kam sie näher. Noch immer merkte man ihr an, dass etwas mit der Hüfte nicht stimmte. Wenigstens schien es nicht mehr ganz so zu schmerzen, denn nur noch selten verzog sie ihr Gesicht.

Vor Adelheid, die kniete, blieb sie stehen. »Adelheid, ich habe dir etwas Erfreuliches mitzuteilen.«

Sie stellte die Paste weg, stand auf und wischte sich über die Stirn. Es war ungewöhnlich heiß für Ende Mai.

»Ja, bitte. Was gibt es denn?« Etwas Erfreuliches. Etwas Erfreuliches käme ihr gerade recht. Sie hatte schon so lange keine erfreulichen Nachrichten mehr bekommen.

»Vor der Abreise der Herrschaften hatte ich noch Gelegenheit, mit der Fürstin einige Dinge zu erörtern. Was dich betrifft, habe ich ein gutes Wort für dich eingelegt. Sobald wir ein neues Hausmädchen gefunden haben, das dich ersetzen kann, kannst du die Stelle von Hedda Pietsch einnehmen.«

Der Mund blieb ihr offen stehen. Nachdem Lydia Kellers Stelle unbesetzt blieb, hatte sie zwar oft daran gedacht, aber nicht mehr daran geglaubt. »Ich werde wieder Stubenmädchen? Das ist ja …! Ich danke Ihnen. Ich danke Ihnen sehr.«

Das war allerdings eine erfreuliche Nachricht. Sofort fiel ihr etwas ein.

»Und was ist mit Gerda Altvater? Sie ist doch erstes Hausmädchen. Sie wäre doch damit dran aufzurücken.«

»Ich habe bereits mit Gerda gesprochen. Ihr ist selbst klar, dass sie nicht das Zeug hat, um Stubenmädchen zu werden. Zumindest jetzt noch nicht. Sie hat selbst gesagt, dass du es vermutlich deutlich besser könntest als sie.«

Adelheid musste lächeln. Das stimmte zwar. Aber das würde die meisten anderen Hausmädchen nicht davon abhalten, darauf zu bestehen, endlich Stubenmädchen zu werden. Und sie wollte nicht noch einmal einer solchen Missgunst ausgesetzt sein wie damals, als Lydia Keller übergangen worden war.

Sie konnte es noch gar nicht fassen. Nicht mehr den halben Tag mit ihren Händen im Putzwasser rumrühren. Nicht mehr ständig irgendwelche stinkenden Pasten und ätzenden Flüssigkeiten irgendwo auftragen, und vor allem: Als Stubenmädchen brauchte sie die Abortpfannen nicht zu säubern. Sie war so glücklich wie seit Monaten nicht mehr.

»Das ist wahrlich eine erfreuliche Nachricht.«

»Du würdest natürlich dein altes Gehalt bekommen, und man wird dich auch wieder siezen. Allerdings, solange wir noch kein neues Hausmädchen gefunden haben, bleibt alles beim Alten.«

Sollte sie es wagen? Hatte die Mamsell damals, nach ihrem Unfall, nicht gesagt, dass Adelheid die Einzige sei, der sie noch traue? War das nicht ein Beweis dafür, dass die Mamsell sehr wohl über bestimmte Standesdünkel hinwegsehen konnte?

»Wenn ich so vorwitzig sein darf zu fragen: Gibt es denn schon eine Kandidatin, die Sie ins Auge fassen?«

»Noch nicht konkret. Es kämen einige aus dem Dorf oder den umliegenden Dörfern infrage.«

»Und wenn ich … so unverschämt sein dürfte, einen Vorschlag zu machen? Meine Schwester Edeltraud ist dreizehn. Sie wäre sicher sehr froh, hier anfangen zu dürfen. Sie ist genauso wie ich, fleißig und tugendhaft. Sie würde Sie nicht enttäuschen. Sie kann hart arbeiten. Nachdem meine Mutter gestorben ist, hat sie den Haushalt übernommen.« Es war eine gewagte Bitte. Mit dreizehn schon Hausmädchen in einem fürstlichen Schloss – das wäre mehr als ungewöhnlich.

Die Mamsell schaute eher skeptisch. »Ich lasse es mir durch den Kopf gehen.« Es klang nicht gerade vielversprechend. Trotzdem sagte sie: »Ich kann sie mir ja mal anschauen. Geh und sag ihr Bescheid, dass sie morgen Vormittag vorbeikommen soll.« Dann drehte sie sich um und ging.

Das wäre was, wenn Edeltraud tatsächlich hier im Schloss anfangen dürfte! Dann wäre sie nicht mehr so allein. Bestimmt könnten sie zusammen auf eine Schlafstube kommen. Und könnten sich abends wieder Dinge erzählen. Adelheid könnte ihr alles erklären, was sie wissen müsste. Endlich ein Lichtblick. Dann würde es ihr auch wieder viel leichter fallen, hier im Schloss zu arbeiten. Edeltraud würde zumindest ein wenig die Leere füllen können, die sie durch den Verlust von Hedda und Viktor erlitten hatte.

Adelheid machte sich sofort fertig und verließ das Schloss. Sie würde nur kurz Bescheid sagen und sofort zurückkommen müssen. Trotzdem, es war herrlich. Ein herrlicher Tag. Sie fühlte sich frei und beschwingt. Stubenmädchen, sie würde wieder Stubenmädchen werden. Und wenn es jetzt noch klappte, dass Edeltraud die Stelle bekam, dann wäre sie endlich wieder mit dem Leben versöhnt.

Sie lief über die Dorfstraße und bog ab auf den Feldweg, der zur Tagelöhnerhütte führte. Edeltraud, Gundula und Gunther saßen neben der Hütte, zusammen mit Vater. Er hatte sich aus einem Ast eine Art Krücke gebaut, um wenigstens ein wenig herumlaufen zu können. Die Wunde verheilte einfach nicht, und Adelheid hatte große Angst, dass sie brandig wurde. Schon zweimal hatte sie Jod gekauft, und erst, nachdem es nicht besser geworden war, hatte Vater tatsächlich auch angefangen, es zu benutzen.

»Vater, wie geht es dir?«

»Ich glaube, allmählich heilt es. Was machst du hier, mitten in der Woche?«

»Ich bringe eine gute Nachricht. Edeltraud, du sollst dich morgen im Schloss bei der Mamsell vorstellen. Es geht um die Stelle eines Hausmädchens.«

»Was? Ich! Wirklich?«, sagte ihre Schwester aufgeregt.

»Noch ist nichts entschieden. Also musst du einen besonders guten Eindruck machen. Wasch dich gründlich, zieh dein bestes Kleid an und flechte dir die Haare.«

»Natürlich. Wann denn morgen?«

»Sei um zehn im Schloss. Ich werde dich dann zur Mamsell bringen.«

Edeltraud warf sich in Adelheids Arme. »Das wäre wunderbar. Das würde ich furchtbar gerne machen.«

Auch der Vater nickte wohlwollend. Ein Maul weniger zu stopfen, und dazu noch etwas Geld. Das käme ihm gerade recht.

»Und du könntest es auch. Du musst eben nur sehr reinlich sein, und sehr zuverlässig und fleißig. Dann klappt es bestimmt. Sie wissen ja von mir, dass wir harte Arbeit gewohnt sind. Deshalb muss ich auch schnell wieder zurück.« Alle nickten begeistert, sie verabschiedete sich und ging. Adelheid hatte keine Zweifel daran, dass Edeltraud alles versuchen würde, damit es morgen klappte.

Kaum war sie außer Sichtweite der Hütte, sah sie jemanden auf dem Pfad stehen. Sibelius! Der Privatdetektiv stand im Schatten der Kopfweide, wo er sie damals auch abgefangen hatte.

Verdammt, was wollte er denn hier? Sie hatte so sehr gehofft, dass dieses Kapitel in ihrem Leben abgeschlossen sei. Der Prozess gegen den Fürsten war doch zu Ende! Mit gemischten Gefühlen ging sie ihm entgegen.

Sein Gesichtsausdruck war nicht gerade freundlich. »Fräulein Schaaf, ich bin schon seit gestern hier im Dorf und versuche, Sie irgendwie aus dem Schloss zu locken.«

»Aus dem Schloss zu locken?«

»Ich hatte gehofft, Sie würden mich sehen.«

»Sehen? Dann haben Sie sich in der Nähe des Schlosses aufgehalten?«

»Allerdings. Sie verstoßen gegen unsere Vereinbarung!«

»Was meinen Sie?«

»Fürst zu Eulenburg ist abgereist. Und Sie haben es nicht für nötig gehalten, uns Bescheid zu geben.«

»Aber ich … Der Prozess ist doch zu Ende.«

»Der Prozess ist lediglich ausgesetzt, solange der Fürst zu krank ist, um ihm zu folgen. Aber wenn er den weiten Weg nach Österreich machen kann, dann kann er ja wohl auch vor Gericht erscheinen. Das hätte Ihnen doch klar sein müssen.«

»Ich … Auf die Idee bin ich nicht gekommen. Es tut mir leid.«

»Das sollte Ihnen auch leidtun. Nach wie vor besteht unsere Vereinbarung. Sie haben Geld von uns bekommen, sehr viel Geld, wenn ich das noch mal in Erinnerung bringen darf. Dafür liefern Sie Informationen, die uns nützlich sein könnten. Ich wüsste wirklich nicht, dass wir je gesagt hätten, es wäre uns nun egal, was der Fürst tut.«

Als hätte sie nicht geahnt, dass das Geld noch mal auf sie zurückfallen würde. All die Höflichkeit, mit der Herr Sibelius sie bisher umschmeichelt hatte, war vergessen.

»Es tut mir wirklich sehr leid. Ich bin gar nicht auf die Idee gekommen, dass es jetzt noch jemanden interessieren könnte.«

Sibelius trat näher. Er trat so nahe vor sie, dass Adelheid seinen Atem riechen konnte. »Jetzt noch interessieren könnte? Ich habe gelernt, dass Sie eine clevere Frau sind. Tun Sie doch nicht dümmer, als Sie sind. Herr Harden ist äußerst verärgert, dass er nicht in Kenntnis gesetzt wurde. Nur durch Zufall und gute Kontakte in Berlin hat er erfahren, dass der Fürst vor drei Tagen abgereist ist.«

»Aber dann wissen Sie doch Bescheid!«

»Das ändert aber nichts an der Tatsache, dass Sie uns diese Information vorenthalten haben.« Sein Gesicht war starr vor Wut.

»Es tut mir wirklich sehr leid. Ich wusste nicht … Ich hab ja nicht geahnt …«

»Ich sag es Ihnen jetzt sehr deutlich: Wenn so etwas noch einmal vorkommen sollte, dann könnte es durchaus passieren, dass wir unsere Quellen offenlegen.«

Adelheid schwante Unheil. »Was meinen Sie mit Quellen offenlegen?«

»So zufällig, wie wir erfahren haben, dass der Fürst das Schloss verlassen hat, so zufällig könnte er erfahren, wer für viel Geld einen persönlichen Brief von ihm verkauft hat!«

Ihr wurde eiskalt. »Das würden Sie nicht …«

»Nein? Würden wir das nicht? Ich kann es Ihnen nicht anlasten, dass Sie von den Vorgängen in Berlin nicht weiter Bescheid wissen. Aber hinter den Kulissen ist diese Auseinandersetzung zwischen Herrn Harden und Graf von Moltke noch immer nicht zu Ende. Es gab zwischen den beiden Herren eine Vereinbarung. Eine Vereinbarung, die für alle endlich eine befriedigende Lösung darstellen sollte. Ohne weiter ins Detail gehen zu wollen, Herr Harden hat sich bereit erklärt, in dem dritten Gerichtsverfahren die Schuld auf sich zu nehmen, um den Ruf von Moltke wiederherzustellen. Er zahlt nun eine Strafe sowie hohe Gerichtskosten. Dafür bekommt er etwas, das Sie nicht weiter interessieren muss. Aber wir wollen doch sichergehen, dass die hohen Herren nicht wieder ein unehrliches Spiel mit uns treiben. Daher wollen wir weiterhin alles wissen, was hier passiert. Verstanden?«

Adelheid blieb nichts anderes übrig, als zu nicken.

»Und deswegen werden Sie uns in Zukunft wieder jede Bewegung des Fürsten melden. Wir wollen wissen, wann er wieder zurückkommt. Und wir wollen wissen, wann er das Schloss verlässt, und sei es nur, um in Neuruppin oder Oranienburg etwas zu besorgen. Vollkommen egal, was er tut oder für wie harmlos Sie seine Unternehmungen halten – das nächste Mal sagen Sie uns umgehend Bescheid. Habe ich mich da deutlich genug ausgedrückt?«

Adelheid schluckte. Und nickte stumm. Ja, die Drohung war deutlich. »Ich werde es nicht wieder vergessen«, sagte sie mit gebrochener Stimme.

Plötzlich sahen sie sich beide um. Ein Junge in Gunthers Alter kam den Weg entlanggeschlendert. Er hatte sich aus einem Weidenast eine Rute gebastelt, mit der er auf die Grashalme einschlug. Plötzlich blieb er stehen, denn auch er hatte sie bemerkt. Es musste wohl merkwürdig wirken, denn der Junge verharrte für einen Moment. Dann drehte er sich um und lief schnell zurück.

Hatte Gunther in der Schule einen Freund gefunden? Jemand, der ihn hier besuchen wollte? Das wäre auf der einen Seite etwas ganz Wunderbares, aber andererseits, ausgerechnet jetzt, ausgerechnet in diesem Moment, fatal.

»Ich muss los. Ich muss sofort ins Schloss zurück.« Adelheid löste sich aus ihrer Starre und ging.

»Sie haben mich gehört. Jede Bewegung, jede Reise, jeder Besuch und alles Außergewöhnliche melden Sie uns demnächst!«

Adelheid drehte sich noch mal kurz um, nickte und lief dann schnell davon. Um Himmels willen, was, wenn der Junge was erzählte. Was, wenn er sofort zu seiner Mutter lief und davon erzählte, dass die Schwester von seinem Schulkameraden, die Schwester, die auf dem Schloss arbeitete, mit Fremden sprach? Und geheimniskrämerisch tat.

Ausgerechnet jetzt. Ausgerechnet, wo es endlich schien, als habe sich das Blatt endlich zu ihren Gunsten gewendet. Das Schreckgespenst einer Verhaftung, einer Verurteilung und eines Gefängnisaufenthaltes war lebendiger als je zuvor.

## 28. Juni 1909

Frau Schneider, so hieß sie nun – Frau Hedda Schneider. Seit ungefähr vier Stunden. Da waren sie getraut worden, in einer Zivilehe. Weder Arthur noch sie hatten ein Interesse daran, kirchlich zu heiraten. Auf einem Dorf wäre das allen übel aufgestoßen. Aber hier in Charlottenburg fiel es nicht weiter auf.

Am 1. Juli bekämen sie die Schlüssel zu ihrer Wohnung überreicht. Die nächsten vier Nächte würden sie noch in einer Pension verbringen. Hedda war ganz besonders aufgeregt wegen ihrer Hochzeitsnacht. Aber wie Arthur so war, hatte er bereits mit ihr darüber gesprochen. Er hatte ihr versprochen, so rücksichtsvoll zu sein, wie sie es wünschte. Und gesagt, dass sie es langsam angehen lassen würden. Er wusste um ihre erste Erfahrung mit der männlichen Sexualität. Hedda hätte sich keinen anderen Mann auf der ganzen Welt gewünscht.

Dass sie demnächst ihren eigenen Hausstand führen würde, verunsicherte sie außerdem. Natürlich wusste sie ganz genau, welche Arbeiten anfallen würden. Als Alleinmädchen hatte sie ja quasi fast alles machen müssen. Nur beim Kochen würde es etwas hapern. Doch sie hatte Frau Möckel gebeten, ihr etliche gute und leichte Rezepte aufzuschreiben. Und in ihren letzten Tagen auf dem Schloss hatte sie ihr das eine oder andere Mal über die Schulter geschaut. Zumindest, wenn es um die Gerichte gegangen war, die für die Dienstboten gekocht wurden. Sie plante nämlich nicht, so aufwendige Speisen wie gespickten Hasenrücken oder Krebsterrine zu kochen.

Obwohl sie es sich anders gewünscht hatte, war es ihre eigene Entscheidung gewesen, sich nicht extra ein teures Hochzeitskleid zu kaufen. So etwas Elegantes würde sie vermutlich nicht öfter als einmal im Jahr anziehen. Aber sie hatte sich ein gutes Sonntagskleid gekauft, das farblich zu ihren gewonnenen Handschuhen passte. Obwohl die eigentlich bei dieser Hitze überflüssig waren. Es war wirklich warm.

Seit zwei Wochen nun arbeitete sie im Kontor des Zentralverbands der Hausangestellten, und sie musste sich noch einiges an Kleidung zulegen. Als Dienstbotin benötigte man nicht besonders viel private Kleidung, wenn man ohnehin nur zwei halbe Tage im Monat etwas Eigenes anziehen durfte. Sie hatte sich also zwei Kostüme und drei Blusen gekauft. Das musste fürs Erste reichen. Wenn der Winter kam, würde sie sich noch ein Paar dicke Schuhe leisten müssen.

Erst einmal würden sie all ihr Geld für Kochtöpfe, Geschirr, Handtücher, einen Tisch mit vier Stühlen, ein Bettgestell und einen Schrank ausgeben. Vermutlich würden noch tausend Kleinigkeiten fehlen, aber sie mussten mit ihren begrenzten Mitteln haushalten. Doch Arthur hatte reichlich gespart, und sie brachte ebenfalls fast fünfhundert Mark mit in die Ehe. Arthur hatte ein günstiges Gebrauchtmöbelgeschäft aufgetan und ein Ehebett reservieren lassen. Das Einzige, was sie wirklich neu kauften, waren die Matratzen.

Von seinem Arbeitgeber hatte Arthur noch ein paar kleinere Möbelstücke wie eine alte Truhe, ein ausrangiertes Bücherregal sowie eine passable Sitzgarnitur mit Tisch, Sofa und zwei Sesseln bekommen. Derzeit stand alles in der Villa. In ein paar Tagen würden sie es mit einem Handkarren zu ihrer Wohnung schaffen.

Ihr neues Leben war so aufregend. Ihre eigene Wohnung – Hedda konnte es fast nicht glauben. Dann die neue Stellung, die noch sehr anstrengend war, weil sie alles zum ersten Mal machte. Aber sie war dort gut aufgehoben, und man half ihr, wenn sie etwas nicht wusste. Alle waren begeistert von ihrem Elan, und Frau Schlüter versicherte ihr beinahe täglich, dass sie das alles in ein paar Wochen alleine meistern würde.

Plötzlich war alles so schnell gegangen. Nachdem Hedda aus Liebenberg weggegangen war, war sie in einer preiswerten Pension in Charlottenburg untergekommen. In der Pension würden sie auch heute Nacht übernachten, allerdings in einem Doppelzimmer, das erste Mal. Neben den Möbeln war Arthurs Arbeitgeber so freigiebig gewesen, ihm eine Woche bezahlten Urlaub zu gönnen. Allerdings hatte Arthur den Hochzeitstermin auch gut gewählt. Vor zwei Tagen war die Familie ohnehin an die Ostsee gefahren. Da sie dort in einem Hotel unterkamen, benötigten sie Arthurs Dienste nicht. Sonst hätten sie vielleicht auch schon früher geheiratet. Aber sie sparten, wo immer es ging.

Auch deswegen feierten sie ihre Hochzeit nur in kleinstem Kreis. Arthurs Kolleginnen und Kollegen aus der Villa, die nicht mit an die Ostsee gereist waren, waren dabei. Arthurs Mutter war extra aus Magdeburg angereist. Und Hedda hatte Constanze Maiwald, die nun auch einen anderen Namen trug, nämlich Constanze Mahlzahn, samt Gatten eingeladen. Aus Liebenberg kamen nur Adelheid und Viktor Novak, ihre beiden Verbündeten. Sie hätte gerne alle aus der Dienstbotenetage eingeladen, aber dann hätte die Hochzeitsgesellschaft nicht mehr in den kleinen Biergarten der Charlottenburger Klause gepasst. Speis und Trank für zehn Personen sprengten nicht ihr Budget.

Arthurs Mutter, Agathe Schneider, hatte Hedda sofort ins Herz geschlossen, und schon nach zwei Minuten waren sie beim Du gewesen. Die kleine Frau mit den schneeweißen Haaren war ganz entzückend. Sie hatte raue, abgearbeitete Hände, aber in ihrem Herzen war sie umso weicher. Das war auch so etwas, wovon Hedda ganz begeistert war: Sie hatte wieder eine Familie. Arthur und Agathe waren nun ihre Familie.

Ihre Schwiegermutter hatte sie mit einer wunderschönen weißen Bettwäschegarnitur überrascht. Die Dienstboten aus der Charlottenburger Villa hatten für Federbetten zusammengelegt. Als Hedda Adelheid und Viktor Novak eingeladen hatte, hatte sie extra dazugeschrieben, dass sie keine Geschenke mitbringen sollten. Sie wusste ja, dass sie Adelheid in die größte Verlegenheit bringen würde, wenn diese Geld ausgeben musste. Schon die Reise nach Charlottenburg und zurück würde ein ungeplantes Loch in ihre Kasse reißen.

Doch die beiden hatten sich etwas Schönes einfallen lassen. Sie hatten wohl aus dem Schlossgarten einige Kräuter in schöne Blumentöpfe gepflanzt und diese mitgebracht. Hedda besaß zwar noch keinen Kartoffelstampfer und keinen Brotkorb, aber Küchenkräuter hatte sie jetzt schon mal. Und die Fürstin hatte sogar auch ein Geschenk geschickt: ein Dutzend feiner Damastservietten, die vermutlich alles an Eleganz überstrahlen würden, was Hedda sonst auf den Tisch bringen konnte. Trotzdem war sie ganz angetan davon, dass die Fürstin an sie gedacht hatte. Sie würde ihr noch eine Dankeskarte schreiben. Und ihren Brüdern und Onkel Jost würde sie auch noch von der Hochzeit schreiben, aber damit würde sie sich Zeit lassen.

Arthur hatte wie alle anderen Männer sein Jackett abgelegt und stand hemdsärmelig mit Viktor Novak und Hugo Mahlzahn unter einem Bogen aus blühendem Blauregen. Hedda sah ständig zu ihm rüber, denn sie konnte es einfach nicht fassen, einen Mann wie ihn gefunden zu haben. Gut aussehend, gebildet, rücksichtsvoll und modern, mit höflichen Manieren, aber einem starken Willen, war er jemand, von dem Hedda nicht einmal zu träumen gewagt hatte. Sie freute sich darauf, ihr Leben mit ihm zu verbringen.

Ihre Schwiegermutter unterhielt sich mit Adelheid, und die Köchin, die Kochhilfe und das Dienstmädchen aus Arthurs Villa gluckten zusammen und warteten auf den Kuchen, der gleich serviert werden würde.

»Dann sind wir jetzt also beide verheiratet«, sagte Constanze Mahlzahn. »Wer hätte das noch vor wenigen Monaten gedacht.«

Constanze Mahlzahns Ehemann hatte sie vorhin sogar fotografiert – als Paar, mit Arthurs Mutter, und eins mit der Hochzeitsgesellschaft. Das war ihr Hochzeitsgeschenk. Was Hedda sehr freute. Jetzt bekamen sie sogar Hochzeitsfotos. Damit hatte sie nicht gerechnet. Zudem war sie schwer beeindruckt, dass Hugo Mahlzahn einen eigenen Kamera-Apparat besaß. Es schien gut für die beiden zu laufen.

»Aber Sie waren doch schon länger verlobt«, sagte Hedda.

»Tatsächlich waren wir schon so lange verlobt, dass es sich anfühlte, als würde es immer so bleiben.«

»Und dann wohnen Sie jetzt also in Dresden?«

»Ja. Mein Mann hat dort eine Stelle bekommen, bei der *Freisinnigen Zeitung*. Und ich … Nun, ich arbeite momentan nicht.« Sie strich sich über ihren mittlerweile gut sichtbaren Babybauch.

»Frau Mahlzahn! Dann haben Sie es also gut angetroffen? Wie wunderbar!« Hedda nahm ihre Hand und drückte sie. »Ganz wunderbare Neuigkeiten.«

»Ja, wir sind auch ganz aufgeregt.«

»Es freut mich wirklich sehr, dass sich für Sie alles so gut ergeben hat. Wenn ich bedenke, unter welchen Umständen Sie im Schloss aufgehört haben und unter welchen Umständen wir uns hier in der Stadt getroffen haben, können wir uns beide wirklich glücklich schätzen, wo wir heute sind.«

»Dazwischen lagen aber noch einige tiefe Täler der Tränen«, sagte Constanze Mahlzahn merkwürdig mehrdeutig.

Hedda sah sie überrascht an. Frau Mahlzahn wusste doch gar nichts über ihr Schicksal, das Opitz ausgelöst hatte. Hatte sie ihr eigenes Tal der Tränen hinter sich? So was fragte man natürlich nicht.

Es war schon sehr merkwürdig, wie die Menschen miteinander umgingen. Da arbeiteten sie Jahre nebeneinander, sahen sich zehn Stunden am Tag und wussten doch kaum mehr übereinander, als man von der Krämersfrau wusste. Diese preußische Gesellschaft war wahrlich verkrampft. Man redete nicht über Privates, man redete nicht über Geld, und schon gar nicht redete man über Beziehungen und Ehe. Und alle hatten Geheimnisse. Nicht, weil man Geheimnisse haben wollte, sondern weil die Welt, so, wie sie war, einen dazu nötigte, Geheimnisse zu haben.

Die Wirtsfrau der Klause kam mit einem großen Tablett durch die Tür. Sie hatten zu dritt Mittag gegessen, Arthur und sie und Arthurs Mutter. Alle anderen Gäste waren erst vorhin eingetroffen.

Der Tisch war bereits gedeckt, sodass die Wirtsfrau jetzt nur noch den Kaffee brachte, den Kuchen und die Beerengrütze. Alle setzten sich an ihre Plätze.

Arthur drückte Hedda einen dicken Schmatzer auf die Wange, als sie am Kopf des Tisches nebeneinander Platz nahmen. Rechts von Arthur saß seine Mutter, und links von ihr Adelheid. Bisher hatte sie kaum Zeit gefunden, sich mit ihr zu unterhalten.

»Es ist so nett von dir, dass du mich eingeladen hast. Glücklicherweise hast du auch Viktor Novak eingeladen. Der kennt sich ja hier aus.«

Hedda nahm sehr wohl den Blick wahr, den Adelheid kurz Viktor Novak zuwarf. »Wie war eure Fahrt hierher, so nur zu zweit?«

»Ich war froh, nicht alleine hierherkommen zu müssen«, sagte Adelheid vage.

»Nun erzähl mal, gibt es Neuigkeiten auf dem Schloss?« Dass Adelheid noch immer Hausmädchen war, wusste sie bereits.

»Der Fuß meines Vaters ist endlich verheilt. Aber leider wird er vermutlich bald weggehen.«

»Weggehen? Wohin denn?«

»Meine Brüder haben in der Ziegelei in Zehdenick angefangen. Sie sind sich sehr sicher, dass sie Vater bald auch dort unterbringen können. Es wird gerade wieder ein neuer Ringofen gebaut, und dann brauchen sie zusätzliche Arbeiter. Berlin baut so viel, dass sie gar nicht genug Ziegel ranschaffen können. Dann würden alle wegziehen, also mein Vater, Edeltraud, Gundula und Gunther. Meine Brüder sind dort in Arbeiterunterkünften untergebracht. Da gibt es auch richtige Häuser für Familien.«

»Oh, das wäre doch aber ganz wunderbar. Ein richtiges Haus. Ich weiß, es würde dir schwerfallen, wenn sie wegziehen würden. Aber überleg doch mal: ein richtiges Haus, eine ganz normale Unterkunft, wie alle anderen«, schob Hedda noch nach, als sie sah, wie traurig Adelheid wurde. »Und wie geht es dir sonst?«

»Es geht. Es ist nur … Seit du weg bist … Ich weiß auch nicht. Mir geht es doch gut. Ich darf mich nicht beklagen. Fast wäre Edeltraud das neue Hausmädchen geworden. Aber leider hat es nicht geklappt. Es werden erst mal keine Stellen neu besetzt. Die Herrschaften müssen sparen, wo immer es geht.«

»Und wenn du dich beklagen wolltest, worüber würdest du klagen?«, fragte Hedda neugierig nach.

»Ach, wenn ich dich so sehe. Du hast wirklich was aus deinem Leben gemacht. Jetzt lebst du in einer so großen Stadt. Und bist verheiratet, hast eine eigene Familie, und vermutlich kommen bald Kinder. Wenn ich da an mein eigenes Leben denke …« Sie zuckte mit den Schultern. »Ich habe das Gefühl, es wird sich nie etwas ändern. Vermutlich werde ich auf dem Schloss alt werden.«

»Das ist sicher nicht das Schlechteste, was dir passieren könnte.«

»Ich weiß. Aber ich habe so gerne davon geträumt, mit dir nach Amerika zu gehen. Oder …« Wieder lief ihr Blick rüber zu Viktor Novak. »Oder von anderen Dingen. Und jetzt ist da nichts mehr. Jetzt wird das Aufregendste in meinem Leben sein, dass ich einmal im Jahr auf dem Erntedankfest tanze.«

»Warte doch mal ab. Wenn deine Familie nicht mehr von deinem Geld abhängig ist, dann kannst du sparen. Dann kaufst du dir in ein paar Jahren für kleines Geld eine Pass-Karte und reist alleine nach Amerika.«

Adelheid lächelte leise, als wäre das eine nette, aber völlig unsinnige Vorstellung. »Aber Hedda, bis dahin können wir doch Freundinnen bleiben, oder?«

»Natürlich. Bis dahin können wir Freundinnen bleiben. Und auch darüber hinaus. Vielleicht komme ich dich dann eines Tages besuchen in Amerika.«

»Siehst du, genau das fehlt mir. Du hast immer Pläne gemacht, in die Zukunft geschaut. Du hast dir immer überlegt, was du vom Leben erwartest.«

»Das kannst du aber auch ohne mich.«

Wieder zuckte sie mit den Schultern. »Aber du hast ein weit größeres Talent dafür als ich.«

»Also, wenn ich so in deine Zukunft schaue und mir überlege, was das Leben noch für dich bereithalten könnte, dann muss ich gar nicht so weit schauen. Dann schaue ich nur ein paar Stunden weiter, wenn du nachher mit Viktor Novak gemeinsam nach Liebenberg zurückfährst. Er ist doch ganz patent. Und er sieht nett aus, wenn er nur etwas auftauen würde.«

Röte flammte in Adelheids Gesicht auf. »Was willst du damit sagen?«

»Nichts Konkretes. Aber dass du an ihm interessiert bist, das habe ich schon gemerkt. Und ich habe auch so ein Gefühl, dass er an dir interessiert sein könnte.«

Adelheid kaute auf ihrer Lippe, was sie immer tat, wenn sie über etwas sehr nachdachte. Es schien, als wenn sie etwas dazu zu sagen hätte. Aber sie sagte nichts.

»War auch nur so eine Idee.« Hedda könnte schwören, dass sie da einen wunden Punkt getroffen hatte.

»Und was bevorzugen die Damen? Lieber ein Stück Kuchen oder etwas von der Grütze«, schaltete sich Arthur nun von der Seite ein. Er hielt ihnen das Kuchentablett und die Schüssel mit der roten Grütze hin.

»Ich glaube, ich nehme einfach beides«, sagte Hedda und lachte ihn glücklich an.

* * *

Viktor stand mit Hugo Mahlzahn zusammen. Sie hatten Kuchen gegessen, und Arthur Schneider hatte den Männern ein kühles Bier gebracht, saß nun aber wieder bei seiner Mutter. Viktor wurde wieder mal bewusst, auf was er als Diener auf Schloss Liebenberg verzichten musste. Auf ein eigenes Leben. Dort konnte man nicht mal so einfach in eine nette Kneipe gehen und ein Bier trinken. Wobei er es ohnehin nicht getan hätte, denn er sparte ja all sein Geld. Aber nun rückte ganz allmählich Erleichterung in Sicht. In wenigen Jahren würde Leander für den Familienunterhalt aufkommen, und er wäre frei. Zumindest frei genug, sich mal ein Bierchen genehmigen zu dürfen.

»Fürst zu Eulenburg war doch sicher froh, als er vom Ableben von Friedrich von Holstein im Mai hörte, oder?«, fragte der Journalist.

»Das ist ja eine recht unverblümte Frage«, versuchte Viktor, sich aus der Affäre zu ziehen. War dem Mann nicht bekannt, dass er nicht über seinen Herrn reden durfte? Immerhin hatte seine Frau beim Fürsten gearbeitet. Da musste er doch wissen, wie es dort zuging. »Man freut sich ja schließlich nicht offen über den Tod eines Mannes.«

Was der Fürst allerdings getan hatte. Viktor war just in dem Moment beim Fürsten im Schreibzimmer gewesen, als am 8. Mai der Telefonapparat geklingelt hatte. Herr Theurich, der ebenfalls zugegen war, nahm das Gespräch an und reichte den Apparat sogleich an den Fürsten weiter. Der Fürst war plötzlich ganz aufgeregt, sprach kurz mit dem Anrufer, dann hielt er inne und schickte Viktor raus.

Viktor sah sich geradezu gezwungen, um die Ecke zu gehen und an der anderen Tür zum fürstlichen Schreibzimmer zu lauschen. Der Fürst beendete das Telefonat und erzählte Herrn Theurich höchst erfreut die Neuigkeiten. Viktor hörte, wie der Fürst seinem Kammerdiener mitteilte, dass Friedrich von Holstein, einer seiner ärgsten Widersacher, überraschend gestorben sei. Er war derjenige gewesen, der Maximilian Harden mit allerlei Informationen versorgt hatte. Ebenjener Holstein, der maßgeblich dazu beigetragen hatte, dass Maximilian Harden ihn und seine Freunde öffentlich verunglimpfen konnte.

Der dritte Prozess zwischen Harden und Moltke war im April mit einem Schuldspruch von Maximilian Harden zu Ende gegangen. Harden musste ein Strafgeld zahlen und außerdem die horrenden Gerichtskosten übernehmen. Das wusste Viktor bereits, denn der Prozess und das Urteil waren wie alles andere in diesem Skandal in der Presse breitgetreten worden. Natürlich hatte Harden wieder Revision eingelegt. Doch im Juni hatte er plötzlich publik gemacht, dass er auf eine Wiederaufnahme des Verfahrens verzichte.

Aber erst hinter der verschlossenen Tür lauschend erfuhr Viktor, wieso Harden darauf verzichtet hatte: Es war zu einem Handel gekommen – einer Abmachung, die hinter den Kulissen verhandelt worden war. Der Berliner Publizist hatte von Bülow, dem

Reichskanzler höchstpersönlich, eine schriftliche Ehrenerklärung erhalten, dass er seine Pressekampagne aus rein patriotischen Motiven geführt habe. Und Graf Kuno von Moltke konnte sein Gesicht wahren und diese unselige Geschichte endlich ad acta legen. So war beiden Seiten gedient.

Vielleicht aber war es auch ein ganz anderes Motiv, durch das Harden sich hatte breitschlagen lassen. Ein schnödes Motiv, wie Viktor nun erfuhr. Denn Harden bekam für dieses Arrangement sage und schreibe vierzigtausend Mark. Inoffiziell, verstand sich. Durch den Umweg über Albert Ballin, der ihm das Geld überbrachte. Vierzigtausend Mark vom Juden des Kaisers, wie der Reeder Albert Ballin auch genannt wurde.

Dahinter konnte doch nur der Kaiser stecken. Oder? Albert Ballin selbst hatte dazu keine Veranlassung, war aber ein guter Freund des Kaisers. Wer sonst würde für Graf Kuno von Moltke so viel Geld lockermachen können? Oder wollen? Vielleicht noch der Reichskanzler Bülow, in freundschaftlicher Verbundenheit. Oder hatte gar der Fürst selbst in seine Schatulle gegriffen? Wie Viktor nun wusste, gab es da ja das großzügige Erbe von Nathaniel Rothschild.

Außerdem waren die vierzigtausend Mark gut angelegtes Geld. Schließlich handelte es sich hier nicht nur um die Wiederherstellung der Ehre des Grafen von Moltke. Entscheidend war, dass mit dem Schuldspruch Hardens die alte Ordnung wiederhergestellt wurde. Diese Affäre um die vielen verschiedenen Mitglieder der Liebenberger Tafelrunde hatte dem Ruf des Kaisers enorm geschadet. Die Daseinsberechtigung der Monarchie war öffentlich infrage gestellt worden. Nun versuchte wer auch immer hinter den Kulissen zu retten, was noch zu retten war. Der Glaube an die Monarchie und die Rechtschaffenheit seiner Vertreter musste wiederhergestellt werden. Und dieser Glaube gründete sich auf der Vorstellung, dass der herrschende Adel und alle ausführenden Organe der Monarchie moralisch einwandfrei zu sein hatten, denn nur deshalb hatte Gott ihnen die Herrschaft über das irdische Dasein übertragen. Zumindest war das bestimmt ein Motiv, was der großzügige Gönner verfolgte. Ob das Früchte tragen würde, bezweifelte Viktor. Dafür war es eigentlich schon zu spät. Der Schaden war angerichtet.

»Ich interessiere mich nicht sonderlich für Politik«, sagte Viktor nun ausweichend.

»Ach, nein? Und dass gerade unsere Regierung wackelt, weil Reichskanzler Bülow mit seiner Steuerreform keinen Halt mehr in seinem zusammengeschusterten Block hat, finden Sie das nicht interessant? Immerhin würde doch eine Vermögenssteuer oder die Erbschaftssteuer bedeuten, dass zur Abwechslung mal die vermögende Schicht zur Kasse gebeten würde. Und nicht immer nur wir. Außerdem, vielleicht würde Bülow es wahr machen und das Wahlrecht reformieren«, sagte Hugo Mahlzahn.

»Das kauf ich ihm eh nicht ab. Und bei seiner Steuerreform hat er sich ja auch die Zähne ausgebissen. War er nicht vorgestern beim Kaiser in Kiel und hat seinen Rücktritt angeboten? Da setze ich eher auf Karl Liebknecht. Er ist aus der Haft entlassen und kann seinen Sitz im Preußischen Landtag endlich einnehmen. Wenn einer das schafft, dieses Thema voranzubringen, dann er. Wenn auch erst mal nur im Landesparlament.«

»Sehen Sie, Sie interessieren sich doch für Politik«, sagte Mahlzahn begeistert.

Constanze Mahlzahn trat hinzu und hakte sich bei ihrem Gatten unter. »Herr Novak, entschuldigen Sie, dass mein Mann Sie so in Beschlag nimmt. Er kennt kein anderes Thema als Politik.«

»Da ist nichts zu entschuldigen. Ich freue mich ja, wenn ich mich mal angeregt unterhalten kann«, entgegnete Viktor. Es herrschte hier so eine freie Atmosphäre, dass er richtiggehend aufblühte. Auch deshalb wagte er, eine persönliche Frage zu stellen. »Wohin hat es Sie verschlagen, nachdem Sie so überstürzt Liebenberg verlassen haben?«

»Ich habe direkt eine Stelle als Gesellschafterin gefunden. Bei einer jüdischen Witwe im Grunewald.«

»Oh, das klingt interessant.«

»Das war es auch. Und so viel angenehmer als das Arbeiten auf dem Schloss. Ich konnte ausschlafen, hatte ein schönes Zimmer mit Blick auf den Garten, es gab gutes Essen, und Frau Mandelbaum hatte wirklich viel zu erzählen. Oft dachte ich, es ist eher so, dass sie mich unterhält, anstatt dass ich sie unterhalte. Ihr Mann war früher Kolonialwarenhändler, und sie hat mit ihm die halbe Welt bereist. Sie weiß die unglaublichsten Geschichten zu erzählen. Außerdem hat sie sehr moderne Ansichten. Es war richtiggehend erholsam nach den Jahren auf dem Schloss.«

»Warum haben Sie dort aufgehört?«

Constanze Mahlzahn schaute für einen Moment betreten, doch dann sagte sie eilig: »Nun, wir wollten eben heiraten. Aber es war wirklich bedauerlich, dort wegzugehen.«

Viktor überlegte. War das zu vorwitzig? War das eine gute Idee? Warum eigentlich nicht. Wenn die Dame doch moderne Ansichten vertrat, offenbarte sich hier vielleicht eine günstige Chance. »Wissen Sie zufällig, ob die Dame schon einen Ersatz für Sie gefunden hat?«

»Das kann ich Ihnen nicht sagen. Ich bin ja nun schon vier Monate fort. Wieso fragen Sie?«

»Ich dachte nur gerade, eine meiner Schwestern könnte sich für eine solche Stelle interessieren«, sagte er beherzt. Weder Ricarda noch Theodora besaßen auch nur passende Kleider für einen Vorstellungsbesuch, geschweige denn für eine Anstellung in einem gutbürgerlichen Haushalt.

»Sie sollten es einfach versuchen. Im Grunde ist die Witwe relativ unkompliziert. Sie ist nicht mehr gut zu Fuß und braucht wirklich nur jemanden, der sie begleitet, dem sie ihre Geschichten erzählen kann und der ihr vorliest.«

»Würde sie auch jemanden …« Das war nun aber wirklich zu gewagt. Oder nicht? Was hatte er schon zu verlieren? Die Mahlzahns würden morgen wieder nach Dresden abreisen. Vermutlich würden sie sich nie wieder begegnen. »Würde die Dame auch jemanden nehmen, der gebildet ist, aber sehr arm?«

»So, wie ich sie kenne, bestimmt. Vermutlich würde sie eine Art erfrischender Beschäftigung darin sehen, sich einer Seele anzunehmen, die sie retten kann. Nur in einem Punkt sollte Ihre Schwester aufpassen – Frau Mandelbaum ist nicht besonders gut auf den Kaiser zu sprechen.«

»Ach, wirklich?« Nicht gut auf den Kaiser zu sprechen?! Dann würde es ihr sicherlich auch nichts ausmachen, die Tochter eines Mannes zu beschäftigen, der wegen Majestätsbeleidigung im Gefängnis gewesen war. Nicht, dass man gleich mit der Tür ins Haus fallen musste. Aber vielleicht bliebe es Ricarda oder Theodora erspart, ein so großes Geheimnis daraus machen zu müssen, wie er es musste.

»Ihre Schwester sollte ihr einfach in schöner, sauberer Schrift einen netten Brief schreiben. Und dann warten Sie ab, was passiert.«

»Das ist eine gute Idee. Ich werde es mir überlegen.«

»Und ich schreibe Ihnen gleich die Adresse auf.« Frau Mahlzahn zögerte kurz, bevor sie weitersprach. »Es ist nur so: Die alte Dame war etwas ungehalten darüber, dass wir doch so zügig heiraten wollten. Es wäre vielleicht besser, nicht zu erwähnen, woher Sie die Information haben.«

Viktor nickte. Hugo Mahlzahn hatte schon Stift und Block gezückt und notierte die Adresse. Viktor nahm den Zettel dankend an und steckte ihn tief in seine Hosentasche. Er würde Ricarda direkt morgen Abend schreiben. Wäre das nicht wunderbar?

Sein Blick lief rüber zu Adelheid. Sie saß stumm am Tisch und lauschte dem Gespräch zwischen Hedda Schneider und ihrer Schwiegermutter. Wie sie so dasaß, wirkte sie einsam. So allein, wie er sich seit Jahren fühlte.

Was für eine Verschwendung, dachte er auf einmal. Es könnte für sie beide so anders sein. Besser, viel besser. Und dann dachte er daran, wie sehr sie sich vorhin über alles gewundert hatte. Was sie alles nicht kannte. Was sie noch nie gesehen hatte. Und wie verloren sie sich in dieser großen Stadt gefühlt hatte. Konnte er einem Menschen, der so wenig Ahnung von der Welt hatte, wirklich den Vorwurf machen, den er ihr machte? Dass sie nicht genug Weitblick gehabt hatte? Dass sie nicht alle Konsequenzen bedacht hatte? War er ihr wirklich noch gram?

* * *

Als vor drei Wochen die Einladung zur Hochzeit gekommen war, war Adelheid völlig überrascht gewesen. Sie war zu Heddas Hochzeit eingeladen. Zur Hochzeit! Das musste doch bedeuten, dass Hedda ihr vollständig verziehen hatte. Zwei Tage hatte sie darüber gebrütet, ob sie Viktor fragen sollte, ob er ebenfalls eingeladen war. Als sie sich dazu durchgerungen und er das bejaht hatte, fragte Adelheid ihn, ob sie zusammen fahren könnten. Sie sei noch nie in Berlin gewesen. Und dann der Weg nach Charlottenburg, und in Charlottenburg selbst. Und er kenne sich dort doch aus. Dass er aus Charlottenburg komme, solle sie niemandem erzählen, hatte er damals gesagt. Zu ihrer großen Freude hatte er zugesagt.

Es war merkwürdig gewesen, gemeinsam mit Viktor zum Bahnhof in Löwenberg zu laufen. Nur sie zwei, ganz öffentlich. Was sie früher immer vermieden hatten. Während sie nebeneinander hergelaufen waren, hatte sie die ganze Zeit über daran gedacht, wie sie Händchen gehalten hatten, in Oranienburg, als sie spazieren gewesen waren. Es war, als zöge eine unsichtbare Macht an ihrem Arm in seine Richtung. Und doch stand es außer Frage, dass sie sich berühren würden.

Verwirrt durch ihre starken Gefühle, die jetzt wieder hochschwemmten, als sie alleine waren, wusste Adelheid nicht, über was sie reden sollten. Viktor selbst machte ebenfalls keinerlei Anstalten, etwas zu sagen. Erst, als Adelheid etwas zu den Zugabfahrtszeiten fragte, kam ein schleppendes Gespräch in Gang. Und so sprachen sie eine Weile über die Eisenbahn. Dann über die wunderbare Wendung, die das Leben von Hedda Pietsch genommen hatte. Und dann darüber, ob es sich lohnen würde, selbst in einen Dienstbotenverband einzutreten. Doch sie wussten ja beide voneinander, sie sparten eisern für ihre Familien. Es schmerzte geradezu, wie holprig ihr Gespräch verlief.

Nachdem der Zug aus dem Bahnhof Oranienburg herausgefahren war, wurde Adelheid immer aufgeregter. Ab hier war alles für sie Neuland. In ihrem ganzen Leben war sie noch nie so weit von Liebenberg entfernt gewesen. Als sie es Viktor sagte, guckte er überrascht.

Ab diesem Zeitpunkt erklärte er ihr, was es alles zu sehen gab. Adelheid war wirklich beeindruckt, und auch ein wenig verängstigt. So viele Dinge, die sie nicht kannte. Von denen sie nicht mal wusste, dass es so etwas gab. Oder die sie zum ersten Mal in ihrem Leben sah. Der riesige Bahnhof in Gesundbrunnen, wo sie umstiegen in eine Stadtbahn nach Charlottenburg. Dann ein Milchwagen von Bolle. Den Anblick kannte jeder in Berlin. Sie hatte bisher nur davon gehört. Adelheid dankte Viktor noch mal, denn bestimmt hätte sie sich alleine verlaufen.

Viktor hatte ihr aus dem Waggon heraus den Schlosspark vom königlichen Schloss in Charlottenburg gezeigt. Das hätte sie sonst sicher übersehen. Da sie früh genug gekommen waren, konnten sie sogar noch das Schloss von vorne besichtigen. Liebend gerne hätte sie sich noch mehr von Charlottenburg angeschaut. Sie konnte es gar nicht glauben, dass das Schloss in Berlin selbst noch größer sein sollte. Und die Häuser noch höher, wie Viktor beteuert hatte.

Andererseits war sie ganz froh, dass Hedda in Charlottenburg heiratete und nicht in Berlin. Was, wenn sie Herrn Sibelius dort über den Weg gelaufen wäre? Und der sie in Gegenwart von Viktor angesprochen hätte? Sie hätte nicht gewusst, wie sie das hätte erklären sollen.

Im Garten der Klause gingen sie sich bis auf den Zeitpunkt der Geschenkübergabe weitestgehend aus dem Weg. Fieberhaft hatte Adelheid in den letzten Tagen überlegt, ob er sie zum Tanzen auffordern würde, wenn es so was wie einen Tanz gab. Aber Hedda und ihr neuer Mann hielten die Feier wirklich so klein wie möglich. Es gab keine Musikanten und auch sonst wenig Festliches. Es fühlte sich eher an wie ein nettes Familientreffen. Zumindest stellte Adelheid sich so Familienfeiern vor, wenn man nicht zu arm war, um zu feiern.

Sie unterhielt sich lange mit der Mutter von Arthur Schneider, die ausgesprochen nett war. Ruhig, aber sehr nett. Und die ihr Leben lang als Dienstbotin gearbeitet hatte. Wie gut Hedda es angetroffen hatte, mit Arthur Schneider, mit ihrer Schwiegermutter, mit ihrer neuen Stelle. Sie beneidete Hedda, aber sie gönnte ihr alles von Herzen.

Doch nun war es so weit. Sie hatten Kaffee und Kuchen gehabt, die Männer danach ein Bier, die Frauen eine Brause. Doch bevor es Zeit wurde für das Abendessen, brachen alle auf. Auch sie mussten nun zurück, erst nach Berlin, und dann mit der Bahn nach Löwenberg.

Adelheid wartete, bis sich Arthurs Kollegen verabschiedet hatten. Seine Mutter würden sie später noch zum Bahnhof bringen. Sie musste morgen schon wieder arbeiten, hatte sie erzählt. Und auf einmal standen Frau Mahlzahn, wie sie nun jüngst hieß, Viktor, Hedda und sie zusammen.

»Da wären wir also«, sagte Hedda glücklich. Sie hatte aber auch alles Recht der Welt, über beide Wangen zu strahlen.

»Wir vier vom Schloss«, sagte Frau Mahlzahn. »Es hat sich viel getan, seit wir das letzte Mal alle zusammengestanden haben, was?«

»Und jetzt geht es uns doch allen gut«, sagte Hedda glücklich.

»Was alles seit damals passiert ist«, meinte Viktor. »Gottlob geht es dem Fürsten endlich wieder etwas besser.«

»Er war in Bad Gastein, habe ich gelesen«, schaltete sich Constanze Mahlzahn ein.

»Ja, er wollte sich dort erholen.«

»Ich weiß. Ich war einmal mit der Familie dabei. Aber es war schon sehr unüberlegt von ihm, einfach aus Liebenberg abzureisen. Und dann noch ins Ausland.«

»Die Ärzte hatten die Staatsanwaltschaft darüber informiert«, sagte Viktor. »Aber wohl erst nach der Abreise.«

Adelheid hatte das nicht gewusst. Sie hatte nur mitbekommen, wie in den Zeitschriften laut darüber geschimpft worden war, dass der Fürst sich unerlaubt von zu Hause entfernt hatte. Und dass umgehend ein Kommissar nach Bad Gastein gesendet worden war, um den Fürsten sofort zurückzubeordern. Und jetzt wurde das Verfahren wieder aufgenommen. Wenn er gesund genug sei, so weit zu reisen, dann sei er auch wieder verhandlungsfähig, hieß es.

»Viel wichtiger ist doch: Herr Opitz musste gehen!«, sagte Hedda voller Inbrunst.

Adelheid wagte nicht, sie anzuschauen. Das war und blieb ein wunder Punkt.

»Wir hätten viel früher miteinander reden müssen. Wir hätten viel früher zusammen gegen die Ungerechtigkeiten stehen sollen. Dann wäre uns vielleicht so manches erspart geblieben«, sprach Hedda weiter.

Adelheid nahm den Blick von Viktor wahr, der kurz auf ihr ruhte.

»Ja, hätten wir«, sagte nun auch er.

»Allerdings«, stimmte selbst Adelheid zu.

»Die Verhältnisse sind eben, wie sie sind. Wir lernen alle dazu.« Constanze Mahlzahn wandte sich an Hedda. »Wir bleiben auf jeden Fall in Kontakt. Bestimmt kommen wir gelegentlich nach Berlin.«

»Dann kommen Sie uns hoffentlich in unserer neuen Wohnung besuchen«, sagte Hedda erfreut. »Das gilt für alle. Sie sind immer herzlich eingeladen, auf einen Kaffee. Und wenn ich irgendwann Kuchen backen gelernt habe, auch auf einen Kuchen.« Sie lachte befreit. Für sie hatte sich alles zum Besseren gewandelt.

Hugo Mahlzahn löste sich aus dem Gespräch mit Arthur Schneider, verabschiedete sich ebenfalls von allen, und das Ehepaar verließ den kleinen Garten der Klause.

»Es hat mich sehr gefreut, Sie kennenzulernen. Hedda hat mir viel über Sie erzählt. Sie werden uns doch sicher besuchen kommen?«, wandte Arthur Schneider sich nun an Adelheid.

Er war so sympathisch. Was hatte Hedda ihm über sie erzählt? Es konnte nicht so schlimm sein, wenn er so freundlich war.

»Sehr gerne. Und Hedda, ich wünsche dir alles Gute. Und ich schreibe dir.«

»Und du kommst mich bald besuchen«, stellte Hedda fest. »Irgendwann im August, ja? Dann sollten wir mit unserer Wohnungseinrichtung so weit sein.«

Auch Viktor verabschiedete sich, und sie verließen gemeinsam die Klause. Sie überquerten den Kurfürstendamm, und Adelheid kam aus dem Staunen gar nicht mehr raus. Was es hier alles gab. Alles so neu, alles so modern. Und die Menschen wirkten so viel freier als in Liebenberg. Es war Sommer, und ein laues Lüftchen ging. Genau die richtige Atmosphäre, um sich frei zu fühlen. Allein schon bei dem Gedanken daran, dass sie nun wieder zurück ins Schloss mussten, wurde ihr schwer ums Herz. Dort war sie so eingesperrt, und ihr Alltag war so eintönig.

Zu wissen, es konnte jeden Tag so weit sein, dass Vater nach Zehdenick zog und Edeltraud, Gundula und Gunther mitnahm, brach ihr beinahe das Herz. Ihre Familie ging fort. Was Adelheid ebenfalls fehlte, waren Träume. Träume von einem Leben, einem besseren und freieren Leben. Einem eigenen Leben. Daher hatte sie auch keine Lust, zurück nach Liebenberg zu fahren.

»Was würde ich dafür geben, ein so aufregendes Leben wie Hedda führen zu können«, sagte sie plötzlich in die Schweigsamkeit hinein.

»Du beneidest sie?«, fragte Viktor, der neben ihr lief. Sie gingen zurück zum Bahnhof.

»Natürlich.« Adelheid sah ihn an. Lag das nicht auf der Hand, wie viel besser Hedda es hatte? »Sie hat eine aufregende und abwechslungsreiche Anstellung. Und jetzt einen Mann und eine Wohnung. Und überhaupt …«

»Was meinst du mit überhaupt?«

»Ihr alle wisst so viel mehr von dem Leben hier draußen. Ich … ich weiß rein gar nichts. Ich war so dumm. Und blind.«

Viktor antwortete nicht. Aber sie wollte den Gesprächsfaden nicht abreißen lassen.

»Ich habe immer nur für mich und meine Familie gedacht. Über den Tellerrand hinaus zu denken, habe ich nie gelernt. Menschen wie ich, wie meine Familie, wir haben keine Zukunft, die wir planen. Wir planen immer nur bis zum nächsten Tag. Oder vielleicht bis zum Ende des Monats. Wenn überhaupt.«

Wieder antwortete Viktor nicht, aber Adelheid sah, wie er seinen Kopf bewegte, als würde er ihren Worten zustimmen.

»All das, mit der Fotografie und so … Es tut mir leid. Es war so dumm, mich rächen zu wollen. Weil die Fürstin meiner Mutter nicht geholfen hat.«

»Das Baby ist auch noch gestorben, weil deine Mutter es nicht ernähren konnte«, sagte Viktor. Als wollte er ihr Handeln plötzlich verteidigen.

»Ich wollte einfach nur, dass es meiner Familie besser geht. Dass es mir besser geht.«

»Ich kann das gut verstehen. Seit Jahren mache ich nichts anderes als du. Mich um das Wohl meiner Familie zu kümmern.«

Adelheid nickte erleichtert. Er verstand sie. Vermutlich hatte sich seine Wut mit den Monaten gelegt.

»Leander hat seine Prüfungen bestanden«, sagte Viktor plötzlich.

»Ach wirklich? Das ist fantastisch.«

»Allmählich löst sich nun doch alles glücklich auf.«

Das konnte Viktor aber nur sagen, weil er nichts von der Vergewaltigung wusste, nichts von Heddas Schwangerschaft, von ihrer Verzweiflung und davon, wie Opitz sie zusammengeschlagen hatte. Er wusste nichts von der Fehlgeburt und nichts von dem Brief, den Adelheid zu Geld gemacht hatte, und davon, dass sie weiterhin für Sibelius spionieren musste.

»Ja.« Nun blieb Adelheid besser einsilbig. Aber es stimmte. Langsam, ganz langsam wurde es besser.

Wieder liefen sie stumm nebeneinanderher.

»Ich hab ein Buch gefunden, in der Bibliothek. Einen Reiseführer von Amerika. Er ist erst ein paar Jahre alt. Wenn es dich noch interessiert«, sagte Viktor plötzlich.

»Ja. Na ja. Eigentlich wollte ich ja mit Hedda nach Amerika gehen. Aber jetzt …«

»Ihr wolltet nach Amerika?«

»Irgendwann vielleicht mal. Es war nur so ein Traum.«

»Und jetzt willst du nicht mehr nach Amerika?«

»Alleine? Was sollte ich denn da?«

»Was wolltest du denn vorher da?«

Adelheid überlegte. »Frei sein. Ich wollte freier sein, als ich es hier kann.«

Sie bogen um die Ecke zum Bahnhof. Ein älterer Mann an einer Krücke und mit einem Bauchladen schlenderte vor dem Eingang auf und ab und sprach Passanten an. »Lose. Lotterielose! Das ganz große Glück wartet nur auf Sie.«

»Ich hab mal was gewonnen. Fünf Mark«, rutschte es Adelheid heraus. Niemand durfte wissen, dass sie in Oranienburg gewesen war. Und was sie dort getan hatte.

»Ich habe noch nie etwas gewonnen.«

»Hast du denn je ein Los gekauft?«, fragte Adelheid vorwitzig.

Viktor lachte. Es war ungewöhnlich, ihn lachen zu hören. Das kam eigentlich nie vor. Zu ihrer größten Verwunderung blieb er stehen und kramte in seiner Hosentasche.

»Was machst du?«

»Ich kaufe uns zwei Lose. Wenn ich überhaupt genug Geld dabeihabe.«

Der Mann an der Krücke kam näher. Er witterte ein Geschäft. »Was darf es denn sein, die Herrschaften? Ein Viertellos für zehn Mark. Oder das ganz große Glück für nur zwanzig Mark?«

Wieder lachte Viktor. »Ganz sicher nicht. Das ist viel zu teuer. Wie viel kostet denn das billigste Los?«

»Ein Achtellos kostet nur fünf Mark.«

»Fünf Mark?!«

»Na ja. Das ist ja auch die Königlich Preußische Lotterie.«

»Dafür muss ich eine Woche arbeiten.«

»Aber vielleicht müssen Sie danach nie wieder arbeiten«, stellte der Mann in Aussicht.

»Wenn ich wüsste, dass ich gewinne, würde ich das Geld investieren. Aber nein, so viel Geld habe ich gar nicht bei mir.«

Sie gingen in den Bahnhof hinein, ohne etwas gekauft zu haben.

»Du hättest uns tatsächlich zwei Lose gekauft?«, fragte Adelheid überrascht.

»Na ja. Wenn er was gehabt hätte für fünfzig Pfennige, dann vielleicht«, sagte Viktor und stellte sich an den Schalter. Sie kauften ihre Billetts, gingen auf den Bahnsteig und setzten sich dort auf eine Bank.

Wieder war da das vielsagende Schweigen. Doch dann wandte Viktor sich ihr plötzlich zu. »Weißt du, ich muss mich bei dir entschuldigen.«

»Bei mir?«

»Ich glaube, ich habe es falsch eingeschätzt, was du wissen konntest und was nicht.«

»Du meinst, wegen der Fotografie?«

Viktor nickte. »Du bist wirklich noch nie rausgekommen. Bisher kennst du nur die kleine Welt von Liebenberg. Und das mit Opitz … Ich habe nur daran gedacht, was ich getan hätte. Und ich kenn mich so viel besser aus, im Schloss, und in der Welt. Und doch habe ich so viele Dinge einfach durchgehen lassen. Fräulein Pietsch, also Frau Schneider, hatte recht. Wir hätten viel früher alle miteinander reden müssen. Auch ich habe das nicht getan. Ich habe ja mit niemandem überhaupt je über irgendwas geredet. Wie kann ich da von dir die Klarsicht verlangen, die ich selbst nicht hatte?«

Adelheid wusste nicht, was sie sagen sollte. Das war so nett. So verständig. »Es tut mir wirklich leid.«

»Aber nun ist es doch vergessen und vergeben.« Tatsächlich griff er nach ihrer Hand und drückte sie. Er hielt sie einen Moment länger als nötig.

Adelheid fühlte sich wie elektrisiert. Da war doch was. Noch immer. Es schwang etwas zwischen ihnen beiden, was sie für längst begraben gehalten hatte. Ausgerechnet jetzt fuhr der Zug ein. Sie standen auf und ließen die ankommenden Reisenden aussteigen. Wieder nahm Viktor ihre Hand. Er half ihr aufs Podest. Ihre Hände brannten geradezu unter dieser Berührung.

Was hatte das zu bedeuten? Es musste etwas bedeuten. Ganz sicher. Sie stiegen in die Stadtbahn und nahmen Platz. Viktor schaute sie an. Er lächelte, und sie lächelte zurück. Der Zug setzte sich in Bewegung, und sie schwiegen für einen Moment. Schon waren sie an der Station Zoologischer Garten.

»Adelheid …« Gerade wollte er nach ihrer Hand greifen, zuckte zurück und schaute an ihr vorbei.

Sie wusste nicht, was passiert war. Aber einen Augenblick später hörte sie eine Stimme, die ihr bekannt vorkam.

»Na sehen Sie, Fräulein Schaaf. Da sind Sie ja doch mal nach Berlin reingekommen. Hallo, Herr Novak.«

Es war die Krämersfrau, schwer bepackt mit Beuteln, die links und rechts von ihren Händen baumelten.

»Frau Lehmann. Das ist ja eine Überraschung«, sagte Adelheid schwach.

»Wir waren bei einer Hochzeit von einem ehemaligen Stubenmädchen«, erklärte Viktor schnell, damit nicht Gerüchte aufkämen, nur weil sie hier gemeinsam saßen.

Die Krämersfrau ließ sich ihnen gegenüber auf einen Sitz fallen und stellte die Beutel auf dem Boden ab. Mit einem Taschentuch wischte sie sich durchs verschwitzte Gesicht.

»Eine Hochzeit. Wie schön. Und bei dem guten Wetter … Ich habe einige Einkäufe getätigt. Hier am Kurfürstendamm, im Kaufhaus des Westens«, sagte sie stolz. »Wenn ich es bestelle, krieg ich nie das, was ich will. Und es ist meist auch teurer. Also kaufe ich es direkt in Berlin ein. Jetzt, da ich mich in der Stadt auskenne.«

»Was bringen Sie denn mit nach Liebenberg?«, fragte Adelheid möglichst unverfänglich.

»Schuhe. Die gab es hier im Ausverkauf. Sommerschuhe. Dann kann ich den Dorfbewohnern mal mehr anbieten als nur Lebensmittel und Werkzeug.« Sie schaute sich um, griff nach den Beuteln und stand auf. »Ich muss hier noch mal raus … Ach, was ich noch fragen wollte: Wer war denn der Herr, der Sie Ende Mai besucht hat?«

Obwohl es so warm war, gefror Adelheid das Blut in den Adern. Sibelius. Sie konnte nur Sibelius meinen. O Gott! Hör auf zu blinzeln. Du verrätst dich sonst nur, schimpfte sie sich. Reiß dich zusammen. »Der Herr? Welchen Herrn meinen Sie?«

»Na der, mit dem Sie sich unterhalten haben. Auf dem Weg zu Ihrem Zuhause. Der kleine Büttner hat Sie doch gesehen. Ich wollte nur fragen, was der wollte. Ich habe den nämlich schon am Tag vorher im Dorf rumschleichen sehen. Niemand kannte ihn. Und er war auch bei niemandem zu Besuch. Aber Sie haben sich ja mit ihm unterhalten.«

Adelheid blinzelte. Was sollte sie denn nun sagen? »Ach, der. Ich erinnere mich. Da war so ein Mann auf dem Weg zu unserer Hütte. Als ich nach Hause ging, hat er mich nach dem Weg gefragt. Er hatte sich wohl irgendwie verlaufen.«

»Verlaufen? Zwei Tage im gleichen kleinen Dorf?«

»Wie lange er dort schon war, kann ich nicht sagen. Nur, dass er mich angesprochen hat.«

»Sehr ominös. Man muss ja aufpassen. Es treiben sich jede Menge merkwürdiger Gestalten herum. Immer schön aufpassen.«

»Ich sag es besser auch meinen Geschwistern.«

»Ja, tun Sie das. Vorsicht ist besser als Nachsicht. Einen schönen Tag wünsche ich noch.« Mit diesen Worten verließ die Krämersfrau am Lehrter Bahnhof die Bahn.

Schweiß strömte ihr aus jeder ihrer Poren. Adelheid strich sich eine Strähne aus der Stirn. »Es ist aber auch heiß.«

»Bestimmt wieder einer, der wegen der Wiederaufnahme des Prozesses gegen den Fürsten herumgelungert hat«, erklärte Viktor. »Geben die denn nie auf?«

»Ja, das kann gut sein. Er kam mir auch gleich so verdächtig vor. Er suche den Weg nach Liebenwalde, hatte er gesagt. Dabei ist doch eigentlich klar, dass es dahinten bei uns nicht weitergeht.«

Viktor schwieg einen Moment. Dann sagte er: »Vielleicht, wenn ich das nächste Mal meine Familie besuche, können wir ja zusammen nach Charlottenburg fahren. Und du kannst Frau Schneider besuchen.«

»Das ist eine formidable Idee«, sagte Adelheid glücklich. So glücklich, wie sie gerade sein konnte.

Dann hatte der kleine Büttner also von ihrer Begegnung mit Sibelius erzählt. Und es war einmal im Dorf rumgegangen. Gerade mal einen guten Monat war es her, dass der Junge Adelheid mit Sibelius gesehen hatte. Natürlich war das an sich noch nicht sehr verdächtig. Und doch war es bis zu Frau Lehmann vorgedrungen. Ausgerechnet die Nachrichtenbörse des Dorfes wusste Bescheid und sprach darüber. Die Wege, auf denen dieses an sich harmlose Detail von Frau Lehmann ins Schloss gelangen konnte, waren vielfältig. Da war zum Beispiel Frau Hartwich, die Frau des Kutschers, die im Dorf einkaufte. Und wenn die es wusste, würde sie es als nichtige Information abtun oder es ihrem Mann weitergeben? Von Herrn Hartwich zum Fürsten war es nur noch ein kurzer Weg. Es könnte aber auch über Frau Möckel oder über die Mamsell ins Schloss getragen werden. Im Prinzip war jeder und jede Bedienstete fähig, diese Information aufzuschnappen, um dann ahnungslos am Abendbrottisch darüber zu plappern.

Andererseits, nicht mal Viktor hatte etwas Ungewöhnliches darin gefunden, dass sie mit einem Fremden gesprochen hatte. Wie wahrscheinlich war es, dass dieser Dienstbotentratsch bis zum Fürsten gelangte? Nicht sehr. Außer, sie verhielt sich auffällig nervös oder verriet sich sonst irgendwie.

Trotzdem, es war nicht unwahrscheinlich, dass Sibelius damals nicht nur sie angesprochen hatte. Vielleicht hatte er auch im Dorf seine Visitenkarten verteilt. Vielleicht erinnerte sich jemand an den Privatdetektiv, der auf der Suche nach Informationen gewesen war, die er Maximilian Harden weitergeben konnte. Vielleicht also wusste der Fürst schon Bescheid. Vielleicht fehlte ihm nur noch die Information, wer der Herr war.

Plötzlich war da wieder dieses Gefühl, das sie schon lange nicht mehr gehabt hatte. Panik. Und zwar größer als jemals zuvor. Denn jetzt hatte sie keine Fotografie mehr, mit der sie sich vor der Rache des Fürsten schützen konnte. Ein Kribbeln zog über ihren Schädel und durch den ganzen Körper. Dieses Mal hatte das Kribbeln nichts mit Viktors Nähe zu tun. Und es fühlte sich auch gar nicht gut an.

# Kapitel 11

## 7. Juli 1909

Heute Vormittag war der Fürst ohne Hilfe aus der Kutsche gestiegen, zumindest, als sie beim Gericht angekommen waren. Wieder hatte Viktor ihm die Treppe hochgeholfen und ihn in den Gerichtssaal begleitet. Er hätte es dem Fürsten nur zu gerne erspart, erneut vor Gericht stehen zu müssen.

Rund vierzig Journalisten saßen bereits im Saal, alle schienen äußerst gespannt. Wie würde es dieses Mal werden? Wurden weitere Schmutzereien aufgedeckt? Gab es wieder Zeugenaussagen, die das Leben von prominenten Mitgliedern der Gesellschaft entblätterten? Alle gingen davon aus, es würde wieder etwas Sensationelles zum Vorschein kommen. Zudem war das hohe Gericht sehr verärgert über die Auslandsreise von Fürst zu Eulenburg und Hertefeld.

Für den Fürsten, der sichtlich angeschlagen war, wurde als Erstes einmal ein Krankenstuhl besorgt, auf dem er bequemer Platz nehmen konnte. Zunächst wurden die Geschworenen ausgelost, von denen sich viele nicht in der Lage sahen, dem Verfahren unbefangen und vorurteilsfrei beizuwohnen. Daraufhin wurde eine lange Liste der geladenen Zeugen vorgelesen. Doch bevor man zu weiteren Dingen kam, sollte sich der Fürst selbst zu seinem Zustand äußern.

Was dem folgte, glich einem Theaterstück, zuweilen einer Komödie, dann wieder einer Tragödie. Fürst zu Eulenburg betonte vor Gericht, er hege selbst doch das größte Interesse, diesen Prozess endlich zu einem Ende zu bringen, damit sein Name und seine Ehre endlich reingewaschen würden. Doch zu der Frage, ob er sich kräftig genug für eine erneute Verhandlung fühle, konnte er sich nicht zufriedenstellend äußern. Er sei ja nur deshalb nach Bad Gastein gefahren, um sich für einen kommenden Prozess zu stärken und zu gesunden, verteidigte er sich.

Elendig lang zog sich die Diskussion hin, ob er simulieren würde. Eine wissenschaftliche Deputation, die den Fürsten zwischenzeitlich einmal im Schloss aufgesucht hatte, um ihn zu untersuchen, erklärte, er habe seinen Atem bewusst so lange angehalten, dass er in Ohnmacht gefallen sei. Zudem warfen sie ihm vor, Mittelchen einzunehmen, um während der Untersuchung einen Anfall von Herzrasen zu produzieren. Schließlich habe der Kommissar den Fürsten in Bad Gastein wohlauf und heiteren Gemüts durch die Straßen laufend angetroffen. Und auch auf der Rückreise habe er hier in Berlin noch munter in einem Café sitzen können.

Statt der Zeugen wurden nur eine Reihe von Ärzten befragt und Sachverständige zurate gezogen. Zwischendurch brachte man den Fürsten in ein Nebenzimmer, um ihn zu untersuchen. Die Ärzte verhandelten weiter darüber, ob der Fürst denn verhandlungsfähig sei, was in Zweifel gezogen wurde. Und ob er denn überhaupt haftfähig sei. Das wurde mehrheitlich abgelehnt. Die Sitzung zog sich in die Länge. Als Resultat bekam der Fürst tatsächlich einen Herzanfall und sank auf seinem Krankenstuhl in Ohnmacht.

Die Sitzung wurde unterbrochen. Doktor Genrich kümmerte sich um seinen Patienten. Die Fürstin und ihr Sohn wurden herbeigerufen, und mit Wein versuchte man, den Angeklagten zur Besinnung zu bringen. Viktor schmerzte es, das miterleben zu müssen. Als würde er einer Katze dabei zusehen, wie sie mit der Maus spielte und sich an ihrer Todesangst labte, bevor sie zubiss.

Nach dem Herzanfall wurde das Verfahren nur kurz wieder eröffnet, um dann vertagt zu werden. Auf unbestimmte Zeit. Halbjährlich sollte nun der Gesundheitszustand des Fürsten von einer Kommission begutachtet werden. Eine Haftfähigkeit wurde ohnehin ausgeschlossen. Der Staatsanwalt, der zuvor noch den Angeklagten vom Fleck weg hatte verhaften lassen wollen, da er seine Krankheit für erheuchelt hielt, zog seinen Antrag wieder zurück.

Auf einer Krankenbahre wurde der Fürst hinausgetragen und in ein Automobil verfrachtet. Wie der Fürst gewirkt hatte, als Viktor ihn zusammen mit seinem Sohn, dem Hausarzt und Herrn Hartwich mühevoll die Treppe heruntergetragen hatte – mehr tot als lebendig. Und für alle Zeiten wäre er ein gebrochener Mann. Man mied ihn. Für die Gesellschaft war er fortan ein Geächteter. Nichts war von dem goldenen Schein übrig geblieben. Er würde von nun an ein Leben im Schatten fristen.

Mit Mühen hatten sie den Fürsten wieder hier in die Berliner Stadtwohnung gebracht. Gestern erst waren sie angereist, aber das Fürstenpaar würde, so schnell es ging, zurück nach Liebenberg fahren. Der morgige Tag war anvisiert. Viktor musste alles wieder einpacken, was nicht für die Fahrt benötigt wurde.

Gerade stand er vor dem Schuhschrank, den er erst gestern bestückt hatte. Die bequemen Derby-Schuhe kamen in einen Stoffbeutel, genau wie die Escarpins, die Halbschuhe, die der Fürst so gerne trug. Sie hatten keinen Verschluss und auch keine Schnürsenkel. Er konnte leicht hineinschlüpfen, und sie waren dennoch mit der Seidenschleife auf dem Vorderblatt sehr elegant. Die Lacklederschuhe, welche die hohen Herren zu Frack und Smoking trugen, stammten noch aus alten Zeiten hier. Sollte er sie mit aufs Schloss zurücknehmen? Für die Opern-Pumps mit den Absätzen hatte der Fürst in absehbarer Zeit vermutlich auch keine Verwendung mehr. Aber in Liebenberg brauchte er sie ebenso wenig. Viktor stellte sie zurück.

Im Salon klingelte es. Viktor ging hinein. Die Fürstin lehnte ermüdet auf dem Sofa. Der Sohn sah ebenfalls äußerst angespannt aus.

»Bestellen Sie Essen für später, für vier Personen. Wir werden gegen achtzehn Uhr essen«, sagte die Fürstin, während sie ihren Kopf nach hinten neigte und sich ein feuchtes Taschentuch an die Stirn hielt.

»Sehr wohl.« Essen für die Herrschaften und den Arzt. Viktor würde später für Fräulein Grooten, Herrn Theurich, Herrn Hartwich und sich selbst wieder ein kaltes Abendessen herrichten.

»Bringen Sie mir einen Kaffee«, sagte der Sohn. »Einen besonders starken, wenn es beliebt.«

»Kommt sofort«, versprach Viktor.

»Und melden Sie ein Telefonat an. Hier ist die Nummer.« Er reichte ihm einen Zettel mit vier Ziffern. »Berlin-Mitte«, schob er knapp hinterher.

Was sollte er nun zuerst tun – den Kaffee kochen oder das Telefonat anmelden?

Als wüsste der Sohn, welche Frage er sich gerade stellte, sagte er: »Erst den Kaffee. Für das Gespräch brauche ich starke Nerven.«

Der Wasserkessel stand ohnehin auf dem Herd. In wenigen Minuten hatte er eine Kanne Kaffee aufgebrüht und brachte das Tablett rüber in den Salon. Die Fürstin war mittlerweile verschwunden. Vermutlich hatte sie sich hingelegt. Direkt bei der Rückkehr hatte er ihr zwei in Wasser aufgelöste Aspirin gebracht. Sie hatte furchtbare Kopfschmerzen.

Viktor stellte alles auf dem Tisch ab und goss eine Tasse tiefschwarzen Kaffee ein. Hoffentlich war er stark genug. Zwei Löffel Zucker und etwas Sahne, so trank der Sohn ihn.

Er reichte ihm die Tasse. Der Fürstensohn stürzte den Inhalt geradezu hinunter und schenkte sich dann eilig selbst nach. Und tat drei Löffel Zucker hinein. Viktor ahnte, irgendetwas Besonderes ging vor sich.

Draußen auf dem Flur nahm er den klobigen Telefonapparat vom Tischchen und brachte ihn herein. Er zog noch schnell das Kabel gerade, damit der Graf nicht darüberfiel. Dann nahm er den

Fernhörer von der Gabel, drehte einmal langsam die Kurbel und wartete, bis er die Stimme der Telefonistin hörte.

»Mit wem soll ich verbinden?«

»Ortsverkehr, Berlin-Mitte. Die Nummer lautet: 8554«, sagte er in die Sprechmuschel.

Die Telefonistin wiederholte die Nummer und sagte: »Ich werde rufen.«

Wieder dauerte es einen Moment, dann sagte eine Stimme: »Hier die Direktion der Deutschen Bank.«

»Hier die Residenz von Fürst zu Eulenburg und Hertefeld. Warten Sie. Ich übergebe.« Nun hielt er Graf zu Eulenburg das Hörerteil entgegen.

Der übernahm, schaute Viktor auffordernd an und nannte dann seinen Namen. Doch bevor er weitersprach, wartete er, bis Viktor den Salon verlassen hatte.

Er musste nun abpassen, wann der Sohn das Gespräch beendete, denn dann würde er umgehend bei Borchardt Delicatessen anrufen, um das Essen zu bestellen.

Doktor Genrich trat auf den Flur. »Bitte gehen Sie und schauen, ob es schon die ersten Zeitungen gibt.« Als würde er den besorgten Blick von Viktor zu deuten wissen, schob er nach: »Ich selektiere alles, was der Fürst zu hören bekommt. Keine Sorge. Wir dürfen ihm nicht zu viel zumuten.«

»Sehr wohl.«

Er klopfte noch kurz bei der Fürstin. Fräulein Grooten streckte ihren Kopf aus der Tür.

»Ich bin kurz Zeitungen kaufen.«

Die nickte. Falls es nun Wünsche gab, würde sie sich darum kümmern müssen. Viktor verließ die Wohnung. Draußen war es hell. Die Sonne schien, und die Vögel flogen eifrig umher. Als würde die Welt den Fürsten verhöhnen wollen mit dem sonnigen Tag. Die Atmosphäre war so ganz anders als in der Stadtwohnung, über die sich eine Düsternis gelegt hatte, die Viktor mittlerweile allzu bekannt war.

Er überquerte den Landwehrkanal und ging zu einem nahe gelegenen Zeitungskiosk. Noch lagen dort nur die Blätter von heute früh.

Zwei Rollen mit Lotterielosen hingen direkt beim Verkäufer. Es war so typisch, dass es überall Lotterielose zu kaufen gab. Wie sonst auch sollte man sich ein besseres Leben erträumen können? Das erinnerte ihn an Adelheid. Fünf Mark hatte sie gewonnen. Das war viel Geld für jemanden wie sie. Warum war er auf die Idee gekommen, Lose zu kaufen, für sie und für sich selbst? Weil er besonders ihnen beiden ein besseres Leben wünschte. Aber konnte es nicht auch ohne Geldgewinn besser werden?

Da war dieser eine Moment gewesen, oder eigentlich mehrere. In den letzten Tagen war es wieder hektisch gewesen. Die Reise des Fürstenpaares nach Berlin war vorbereitet worden. Alle hatten viel zu tun gehabt. Noch immer fehlte ein Stubenmädchen. In den letzten Tagen hatte er mit Adelheid nur verstohlene Blicke tauschen können. Doch auf der Heimfahrt von der Hochzeit war ein Wandel vonstattengegangen. Etwas hatte sich verändert. Er hatte sich verändert.

War es nur diese leichte Stimmung gewesen, dieses Gefühl von Freiheit, das ihn dazu bewogen hatte? Es drängte ihn, ihr wieder näherzukommen. Einmal hatte er kurz ihre Hand gedrückt. Aber dann, im Zug … Wäre nicht dummerweise Frau Lehmann aufgetaucht, dann … Hätte er vollenden können, was er gerade vorgehabt hatte, dann … ja was? Wären sie wieder zusammen? Wären sie wieder ein Paar?

Viktor wusste, so abweisend und überaus wütend, wie er sich ihr gegenüber gegeben hatte, war nicht zu erwarten, dass sie sich noch Hoffnung machte. Sollte er etwas unternehmen, sobald er zurück war? Sollte er sie abpassen? Im Schloss hatten sie doch nie Zeit für sich. Und nie eine Gelegenheit, in Ruhe miteinander zu sprechen. Zumal, wenn es über das gewohnte Dienstbotengerede hinausging.

Sollte er direkt Anfang August seine Familie besuchen fahren, sodass sie wieder gemeinsam nach Charlottenburg fahren konnten? Hedda Schneider hatte Adelheid für August eingeladen. Und vielleicht, vielleicht würde sich da etwas auf der Rückfahrt, oder schon auf der Hinfahrt, ergeben. Er konnte dafür sorgen.

Eine Pferdedroschke hielt vor dem Kiosk und warf einen verschnürten Packen Zeitungen auf den Bürgersteig. Der Verkäufer kam aus seinem Häuschen und holte das Paket rein. Viktor wartete noch, bis er die Zeitungen vorne auslegte. Er zahlte fünf Pfennige für die frisch gedruckte Zeitung und lief zurück. Während des Gehens blätterte Viktor auf die zweite Seite, wo über den Prozess berichtet wurde. Sein Blick flog über den Text, dann sah er es. O nein. Das durfte doch wohl nicht wahr sein. Das wäre ihr aller Ende!

Das Gericht hatte eine Kaution von fünfhunderttausend Mark angesetzt. Eine halbe Million Mark. Woher sollte der Fürst das Geld nehmen? Es war eine schier unvorstellbare Summe. Geradezu aberwitzig.

Jetzt wusste Viktor auch, wieso sich der Sohn mit der Deutschen Bank hatte verbinden lassen. Und wieso er zuvor einen extrastarken Kaffee geordert hatte.

## 8. Juli 1909

So schön war der Heimweg mit Viktor gewesen, bis Frau Lehmann mit in den Zug gestiegen war. Doch seit diesem Zeitpunkt konnte Adelheid nur eins denken: Jemand hatte sie mit Herrn Sibelius gesehen. Sie konnte an nichts anderes mehr denken. Alles käme nun heraus. Ihre alten Sünden holten sie ein. All ihre schönen Träume von Viktor und ihr wurden von der einen großen Angst überlagert. Was, wenn herauskam, was sie getan hatte? Sie erschrak bei der kleinsten Begebenheit, brachte kaum noch einen Bissen herunter. Ihre Nerven lagen blank.

Doch die Tage vergingen, und nichts passierte. Niemand erkundigte sich nach dem Fremden, mit dem sie gesprochen hatte. Allmählich beruhigte sich ihre Angst wieder. Außerdem, ihre Furcht wurde von ihrem schlechten Gewissen genährt. Aber eigentlich war es ja noch kein Verbrechen, mit einem Fremden zu sprechen, der sich nach dem Weg erkundigte. Das war eine vollkommen harmlose Erklärung. Selbst, wenn bekannt würde, dass dieser Mann, Herr Sibelius, für Herrn Harden arbeitete, wie hätte sie das wissen sollen? Wer sollte sie verdächtigen, sie, das junge und unerfahrene Hausmädchen? Nichts würde herauskommen, solange Sibelius oder Harden nicht selbst bestätigten, dass sie es gewesen war, die den Brief und andere Informationen verkauft hatte.

Jeden Tag mehr, der verging, konnte sie freier atmen, ruhiger schlafen und war nicht mehr so schreckhaft wie ein dummes Huhn. Ihre Panik verschwand, ihre Angst wurde überlagert durch andere Gedanken.

Tausend Bilder gingen ihr durch den Kopf. Viktor, wie er im Zug kurz ihre Hand gedrückt hatte. Wie er ihr ihren dummen Fehler mit der Fotografie vergeben hatte. Viktor, der sich ihr plötzlich im Zug mit innigem Blick zugewandt hatte. Als gäbe es etwas sehr Wichtiges, was er ihr mitteilen wollte. Da war wieder was – ein Funkeln. Als würde Elektrizität zwischen ihnen sprühen. Auch in den nächsten Tagen kam es immer wieder zu Blickkontakt. Mittlerweile war sie sich sicher: Es war bedeutsam.

Überhaupt, die Hochzeit von Hedda. Es war das erste Mal gewesen, dass sie zu einer solchen Gelegenheit eingeladen worden war. Noch nie hatte jemand sie zum Geburtstag eingeladen, oder zu einem Jubiläum, oder zu einem anderen Fest. Und dann Berlin und Charlottenburg – riesige Städte, so wie sie es sich nie hätte vorstellen können. So hohe Häuser, so viele Menschen. Dieses ganze Gewusel, Furcht einflößend, aber auch aufregend. Damals, nach ihrem ersten Besuch in Oranienburg, war sie sich schon ganz weltgewandt vorgekommen. Doch wieder war sie eines Besseren belehrt worden. So viel wusste sie noch nicht von der Welt, geschweige denn hatte sie es mit eigenen Augen gesehen.

Allmählich war sie wieder auf dem Pfad des Glücks, zumindest bis gerade eben.

»Nun mach nicht so ein trauriges Gesicht«, sagte Vater. »Etwas Besseres hätte uns gar nicht passieren können.«

Alle waren ganz aufgeregt, alle außer Gunther, der wohl als Einziger nicht aus Liebenberg weggehen wollte. Aber er war noch zu jung, um sich vorstellen zu können, was für ein bedeutsamer Schritt es war, in ein richtiges Haus innerhalb des Dorfes zu ziehen.

Also hatten ihre Brüder es wahr gemacht und für den Vater eine Stelle besorgt. Er würde ebenfalls bei der Ziegelei in Zehdenick anfangen, erst einmal nur als Hilfsarbeiter. Immerhin planten sie langfristig, denn Friedel und Bernhard hatten es arrangiert, dass sie dort alle zusammen in einem Arbeiterhaus wohnen konnten. Eine Wasserpumpe für die Dorfbewohner war nur wenige Meter vom Haus entfernt, und es gab sogar einen gemeinschaftlichen Brotbackofen im Dorf.

Edeltraud und Gundula wussten, wie viel einfacher das Leben dort werden würde. Ein richtiges Haus, durch das die Wärme des Ofens nicht ständig verloren ging. Drei Räume und eine Küche. Am Ende der Reihe der Arbeiterhäuser sollte es sogar eine Waschküche geben. Das alles hatte Friedel ihnen geschrieben. Vater hatte ihr stolz den Brief gezeigt. Sie sollten kommen, so schnell es ging.

Adelheid hatte ihren freien Sonntagnachmittag gegen heute getauscht, um die Familie an ihrem letzten Tag in Liebenberg besuchen zu können. Morgen früh würden sie mithilfe eines geliehenen Leiterwagens umziehen. Mit Sack und Pack. Viel mitzunehmen hatten sie ohnehin nicht. Am meisten Platz nahmen die alten Matratzen ein. Und drei klapprige Bettgestelle.

»Himmel, Kind. Freu dich doch endlich für uns. Du kannst uns weiterhin besuchen kommen. So weit ist es ja nicht«, schimpfte der Vater.

»Zehdenick, da muss ich bestimmt zwei Stunden zu Fuß gehen. Von Liebenberg aus fährt kein Bus hin. Und eine Zugstrecke gibt es auch nicht. Dann kann ich nicht mal eben so vorbeikommen. Vor allem nicht im Winter, wenn es früh dunkel wird.«

»Dann kommen wir dich eben besuchen«, schlug Gunther vor.

Adelheid streichelte ihm über den Kopf. Tatsächlich hatte er einen Freund in der Schule gefunden und wollte nicht weg hier. Aber natürlich hatte der Kleine nichts zu sagen. Niemand hatte etwas zu sagen, außer dem Vater.

Und selbst Adelheid hätte nicht wirklich gewollt, dass sie hierblieben, in der Tagelöhnerhütte. Vater hatte recht. Es war das Beste, was ihnen passieren konnte. Alle drei Männer hatten eine richtige Arbeit. Und es wäre so viel weniger Aufwand für Edeltraud und Gundula, den Haushalt zu führen. Mit fließend Wasser vor der Haustür und einer richtigen Waschküche. Trotzdem schmerzte es, auf die gepackten Beutel, die Kartons und den Kleiderkasten zu schauen. Draußen stand schon der Leiterwagen bereit. Morgen würden sie damit nach Zehdenick laufen. Vater würde ihn noch am gleichen Tag zurückbringen. Und dann wieder zurücklaufen. Aber übermorgen, übermorgen durfte er schon bei der Ziegelei anfangen. Eigentlich war das ein Anlass zu feiern.

»Edeltraud, nimm doch das Geld und geh zum Krämerladen. Hol ein wenig Gebäck und ein kleines Tütchen Bohnenkaffee. Und Milch.«

»Echter Bohnenkaffee? Na, dir sitzt das Geld aber locker«, sagte Vater leichthin.

»Du verdienst doch bald ganz regelmäßig. Und Friedel und Bernhard ja auch. Da können wir uns ausnahmsweise was leisten.«

»Stimmt. Ausnahmsweise sich was leisten, das war ja bei uns noch nie der Fall … Ich wünschte, deine Mutter würde das noch miterleben«, sagte Vater und drehte sich weg.

Adelheid wünschte sich das auch.

»Wir müssen aber noch ein paar Sachen waschen«, sagte Edeltraud. »Kannst du es nicht selbst holen?«

Natürlich könnte Adelheid in den Krämerladen gehen. Aber genau das wollte sie vermeiden. Sie wollte Frau Lehmann nicht noch einmal an ihre letzte Begegnung und die Frage, die sie gestellt hatte, erinnern. Möglicherweise würde die Krämersfrau das Thema nochmals anschneiden. So war sie eben. Und je weniger Adelheid dazu sagte, desto weniger konnte sie sich verplappern.

»Weißt du was, Gunther? Du bist groß genug. Du gehst jetzt mal.«

Der Kleine schaute erfreut auf, denn er hatte noch nie Geld zum Einkaufen bekommen. Adelheid erklärte ihm noch mal alles ganz genau, dann setzte sie Wasser für den Kaffee auf und holte das Geschirr aus einem Karton hervor.

Bei Kaffee und Butterstreusel draußen in der Sonne hatte Adelheid endlich Gelegenheit, ihnen von ihrem Ausflug nach Charlottenburg und Berlin zu erzählen. Vater nickte, denn er war auch einmal in Berlin gewesen. Das war aber schon furchtbar lange her. Und er konnte sich kaum noch daran erinnern. Nur dass es laut und stinkend gewesen war und er mehr Menschen als jemals zuvor gesehen hatte.

Als es Zeit fürs Abendessen wurde, verabschiedete Adelheid sich. Sie herzte alle und drückte ihre Schwestern, und ganz besonders Gunther.

»Nun mach nicht so ein Gewese. Wir sind ja nicht aus der Welt«, lachte der Vater, aber nahm sie tatsächlich selbst kurz in den Arm.

»Grüßt mir Friedel und Bernhard. Ich versuche, in zwei Wochen zu kommen.«

Sie verließ die Tagelöhnerhütte, die so lange ihr Zuhause gewesen war. Natürlich war es gut, dass ihre Familie dort nicht mehr leben musste. Natürlich war es gut, dass sie in ein richtiges Haus zogen. Aber dass dies so weit weg war! Obwohl sie nur fünfzehn Kilometer laufen musste, würde sie dafür länger brauchen, als wenn sie mit dem Zug nach Charlottenburg fuhr und Hedda besuchte.

Als sie beim Schloss ankam, stand Viktor draußen in der Sonne. Auch er hatte heute Nachmittag frei, hatte aber anscheinend das Schlossareal nicht verlassen. In seinen Händen entdeckte Adelheid ein Buch.

Er lächelte und kam ihr entgegen. »Hier, davon hatte ich doch gesprochen. Ein Reiseführer über Amerika. Komtess Alexandrine hatte wohl mal geplant, nach Amerika zu reisen, bevor … all die Unruhe um ihren Vater anfing.«

»Einen Reiseführer? Den brauche ich doch jetzt gar nicht mehr.«

»Es ist trotzdem eine spannende Lektüre. Ich hab ein wenig darin gelesen.«

»Ich schau mal rein.« Adelheid nahm es dankend an. Bestimmt würde es sie nur wieder an Träume erinnern, die sich sowieso nicht erfüllen würden.

Wieder standen sie dort wortlos. Adelheid wollte ihn nicht verlassen, andererseits gab es keinen Grund, hier zusammen stehen zu bleiben. Sie zögerte und merkte, wie auch er zögerte.

»Wenn du noch etwas anderes lesen willst, kann ich dir gerne etwas empfehlen. Ich hab schon viele Bücher durch. Romane, oder vielleicht auch Reiseberichte. Es stehen mehrere Bände von Robert Louis Stevenson in der Bibliothek. Der ist viel rumgekommen. Er war sogar in Ozeanien.«

»Ozeanien? Ich weiß nicht einmal, wo das ist.«

Viktor lachte sie nett an. »Das ist nicht weiter verwunderlich. Das ist nämlich am anderen Ende der Welt. Hinter Australien. Du weißt doch, Deutsch-Samoa, unsere Vorzeige-Kolonie. Die liegt in Ozeanien. In der Bibliothek steht ein Globus. Ich denke, ich müsste die Inseln finden, wenn ich danach suche.«

»Ich würde gerne wissen, wo Ozeanien liegt. Und Deutsch-Samoa«, sagte Adelheid erfreut.

Wieder herrschten Sprachlosigkeit und die bekannte Nervosität zwischen ihnen. Beide wussten nicht, wie sie sich verhalten sollten. Dann sagte Viktor: »Wir sollten reingehen. Es gibt gleich Abendessen.«

Adelheid nickte, fand es aber schade, diesen gemeinsamen Moment zu beenden. Nebeneinander liefen sie zum Dienstboteneingang, und Viktor hielt ihr höflich die Tür auf. Als sie hindurchging, legte er sogar für einen kurzen Moment die Hand auf ihren Rücken, als würde er sie geleiten. Plötzlich hatte Adelheid wieder Hoffnung, berechtigte Hoffnung, wie sie fand. Bestimmt würde sich in den nächsten Monaten etwas entwickeln. Vielleicht könnten sie wieder zusammenfinden. Und von vorne beginnen. Möglicherweise …

Just in diesem Moment bog Mamsell Reineke um die Ecke. »Ach, Adelheid. Komm doch einmal mit.« Schon drehte sie sich um und ging zurück zu ihrer Arbeitsstube.

Adelheid warf Viktor noch einen verstohlenen Blick zu, dann folgte sie dem Geheiß der Mamsell, die hinter sich die Tür schloss. Was kam jetzt? Adelheid spürte leichte Nervosität aufsteigen.

»Ich muss dir etwas Bedauerliches mitteilen.«

Etwas Bedauerliches. Noch mehr Bedauerliches an diesem Tag. Aber Enttäuschungen waren seit ihrer Kindheit ihr täglich Brot.

»Die Fürstin hat mir heute mitgeteilt, dass wir erst einmal mit einem Stubenmädchen auskommen werden. Jetzt, da ohnehin nur noch Komtess Alexandrine hier wohnt, muss das vorerst reichen. Wir werden also kein neues Hausmädchen als Ersatz für dich einstellen.«

Adelheid brauchte einen Moment, um zu erfassen, was es eigentlich bedeutete. »Heißt das, ich werde kein Stubenmädchen?«

Die Mamsell seufzte. »Warten wir es einfach ab. Bestimmt kommen auch wieder bessere Tage.«

Also ja, sie wurde kein Stubenmädchen. Adelheid hatte nicht viel darüber nachgedacht, weil ihr so viele andere Dinge durch den Kopf gingen. Aber schon in den letzten Tagen hatte sie die leise Ahnung beschlichen, dass sich niemand so recht bemühte, nach Ersatz für sie zu suchen.

Seit der Fürst und die Fürstin von ihrem neuerlichen Besuch aus Berlin zurück waren, war plötzlich überall Sparen angesagt. Mittlerweile wussten alle in der Dienstbotenetage Bescheid. Der Fürst hatte fünfhunderttausend Mark als Kaution zu hinterlegen. Also noch einmal vierhunderttausend Mark, die er zusätzlich zu den bereits hinterlegten hunderttausend Mark aufbringen musste. Wo sollte dieses Geld herkommen? Schon für die erste Kaution hatte das Fürstenpaar seine Villa am Starnberger See verkauft.

Wenn er das Geld nicht aufbrachte, stand im Raum, dass der Fürst doch noch in Untersuchungshaft kommen könnte. Seit er aus Bad Gastein zurück war, gab es eine sporadische Überwachung durch die Polizei. Er sollte sich nicht noch einmal ins Ausland absetzen können. Zudem war angekündigt, dass in regelmäßigen Abständen weiterhin eine wissenschaftliche Deputation vorbeikommen würde, um den Gesundheitszustand des Fürsten zu prüfen. Sobald er gesund genug wäre, würde der Prozess weitergeführt werden.

Adelheid hatte Anni und Liesel darüber tuscheln hören, wer hier vielleicht bald entlassen würde. Sie machte sich da keine großen Sorgen, denn so viel, wie sie zu tun hatte, wer sollte ihre Arbeit sonst erledigen? Das Haus musste geputzt werden, das Waschwasser hochgebracht und das dreckige Wasser runtergebracht werden. Natürlich käme es ihr entgegen, wenn niemand mehr von den Herrschaften auf die Abortpfannen gehen würde. Aber diese Hoffnung hegte sie nicht, dass die da oben so weit denken würden. Vermutlich würde es eher darauf hinauslaufen, dass hier unten alle länger arbeiten mussten. Oder vielleicht sogar weniger Lohn bekamen.

Trotz dem, was die Mamsell gerade verkündet hatte, erfasste sie eine gewisse Erleichterung.

»Ja, bestimmt kommen bald wieder bessere Zeiten«, antwortete Adelheid.

»Kopf hoch, Mädchen. Du bist ja noch sehr jung. Ich habe elf Jahre als Hausmädchen gearbeitet, bevor ich endlich Stubenmädchen wurde.«

»Ich bin einfach nur froh, wenn ich hier weiter arbeiten darf.«

Die Mamsell nickte wohlwollend. »Ach, noch etwas. Frau Lehmann sagte mir gestern, du hättest mit einem Fremden gesprochen. Was wollte er?«

Sofort flammte die Panik in ihr auf. Ihr wurde heiß, und ihre Hände zitterten. War das jetzt der Moment, an dem die Mamsell sie hoch zur Fürstin und zum Fürsten brachte? Und sie Rede und Antwort stehen musste? War vielleicht in ihrer Abwesenheit Polizei gekommen? Würde man sie gleich verhaften? Sollte sie nicht lieber jetzt sofort weglaufen?

Für einen Moment dachte Adelheid, ihr würden die Beine wegknicken. Einen Monat hatte es gedauert, bis diese Information den Weg ins Dorf gefunden hatte, keine Woche, bis sie ins Schloss vorgedrungen war. Noch klang es nicht allzu argwöhnisch, so, wie Mamsell Reineke fragte. Und doch … Wie lange würde es noch dauern, bis der Fürst davon erfuhr? Dann kam es darauf an, wie er diese Information einschätzte. Naiv, gib dich am besten naiv.

»Ach, der. Der war hinten auf dem Weg zu unserer Hütte. Er suchte den Weg nach Liebenwalde.«

»Liebenwalde? Merkwürdig! Der Weg ist doch ganz einfach zu finden. Frau Lehmann sagte mir nämlich, sie hätte ihn schon am Tag zuvor gesehen.«

»Darüber weiß ich nichts. Nur, dass er den Weg gesucht hat.«

»Und er hat dich nach dem Fürsten gefragt?«

»Nein. Wieso sollte er?«

»Frau Lehmann sagte, es wäre Ende Mai gewesen. Als der Fürst in Bad Gastein war. Und wir wissen ja alle, was dem gefolgt ist.«

»Ich kann mir nicht vorstellen, dass er wusste, dass ich im Schloss arbeite. Auf jeden Fall hat er nichts vom Fürsten gesagt. Oder vom Schloss.«

»Na ja. Ist auch egal. Du weißt ja, du darfst nicht über deine Arbeit und über die Herrschaften reden. Gar nichts. Nicht die kleinste Kleinigkeit. Oder hast du ihm etwa gesagt, dass der Fürst verreist ist?«

»Um Gottes willen. Nein! Er hat mich nur nach dem Weg gefragt.« War es nur ihre Panik, oder war der Blick der Mamsell skeptisch?

Die Tür hinter ihr ging auf, und Frau Möckel streckte ihren Kopf herein. »Die Herrschaften haben sich gerade zum Essen hingesetzt, und wir sind auch gleich so weit.«

Mamsell Reineke stand auf. Sie würde nun den Gong schlagen, der alle zum Abendessen rief.

Adelheid war entlassen. Sie lief hoch in ihre Stube. Ihr Kleid war vollkommen verschwitzt. Es war nicht die sommerliche Hitze gewesen, sondern ihre Angst, ja regelrechte Panik. Sie ging rüber in die Badestube und machte sich frisch.

Also war die Information über ihr Gespräch mit Sibelius im Schloss angekommen. Sicher würde sie nicht unten in der Dienstbotenetage bleiben. Sicher würde die Mamsell oben davon berichten. Ein fremder Mann im Dorf. Früher wäre das keine Silbe wert gewesen. Doch jetzt, nach all dem, was der Fürst hinter sich hatte … Schon wieder schoss der Angstschweiß aus allen Poren. Wie lange würde sie das noch mitmachen? Sollte sie nicht jetzt sofort etwas unternehmen? Weggehen?

Als sie aus der Badestube wieder zurückkam, sah sie das Buch von Amerika, das sie vorhin aufs Bett geworfen hatte. Natürlich, ihr Geld würde reichen für eine Passage im Zwischendeck plus die fünfundzwanzig Dollar, die man dabeihaben musste. Es würde so gerade eben reichen. So gerade eben. Und in Amerika sollte man leicht Arbeit finden, hatte Hedda erzählt. Sie hatte ihr von *Little Germany* in New York erzählt, wo man Deutsch sprach. Vielleicht sollte sie bei nächster Gelegenheit eine Pass-Karte beantragen, damit sie jederzeit ins Ausland reisen könnte. Andererseits, auch dieses kleine Detail könnte bekannt werden. Was würde sie dann sagen? Wie würde sie sich dann herausreden? Sie schüttelte ihren Kopf. Außerdem war das eine lächerliche Vorstellung. Sie würde genauso wenig alleine nach Amerika gehen, wie Hedda gegangen war.

Andererseits, wenn es nun doch oben bei den Herrschaften ankam, dass Adelheid mit dem fremden Mann gesprochen hatte. Würde man ihr glauben, wenn sie behauptete, es sei nur eine harmlose Begegnung gewesen? Auch wenn die Herrschaften davon ausgingen, dass es Lydia gewesen war, die diesen Brief verkauft hatte, so gab es keinen handfesten Beweis dafür, nur Heddas Wort. Zudem beschäftigte auch der Fürst seine Privatdetektive. Wenn die nun die Verbindung zwischen Sibelius und Maximilian Harden herausfanden, dann … ja, was dann? Natürlich würde auch das noch eine Zeit dauern.

Davon abgesehen war ihr mittlerweile klar: Sibelius würde nie Ruhe geben. Er würde von ihr weiterhin erfahren wollen, was auf dem Schloss lief. Wann und wie oft war die Polizei da, wann die medizinische Abordnung, und wer kam sonst noch zu Besuch? Und wenn sie nicht lieferte, dann würde er hier wieder auftauchen. Und irgendwann würde es auffallen. Sie musste fort von hier, früher oder später. Noch musste sie nichts kopflos überstürzen, aber sie sollte sich besser einen guten Plan zurechtlegen.

Nur wohin sollte sie gehen? Zu ihrer Familie? Lächerlich. Das war nicht annähernd weit genug. Außerdem wusste man im Dorf über den Umzug Bescheid. Bei ihrer Familie würde man sie als Erstes suchen. Mindestens sollte sie preußisches Gebiet verlassen. Wollte sie sichergehen, eher das Deutsche Kaiserreich. Bei dem Gedanken daran drehte sich ihr der Magen um. Sie war gerade zum ersten Mal im Leben nach Berlin gekommen und absolut eingeschüchtert von allem gewesen. Und jetzt überlegte sie, ob sie in die weite Welt gehen sollte? Ihre Heimat verlassen, ihre Familie? War das nun ihre Strafe für ihre Sünde, ihre gerechte Sühne?

# 9. Juli 1909

Komtess Alexandrine hatte wohl durch ihre Mutter mitbekommen, dass Viktor und eins der Hausmädchen zur Hochzeit von Hedda Pietsch eingeladen gewesen waren. Und fragte ihn nun nach der Feier aus. Sie hatte Langeweile. Ihre beiden Schwestern waren verheiratet, ihr ältester Bruder hatte kaum Zeit, weil er sich ums Gut und um die Angelegenheiten seines Vaters kümmern musste. Ihre Schwägerin im Seehaus war mit ihren Kindern beschäftigt, und sie saß nun allein ohne gleichaltrige Gesellschaft hier im Schloss und versauerte.

Zwar hatte die Komtess schon einige Verehrer, aber noch schien niemand in der näheren Auswahl zu sein. Ewig konnte sie allerdings nicht mehr damit warten, sich zu vermählen. Immerhin war sie schon neunundzwanzig Jahre alt. Für eine Frau ihres Standes eigentlich bereits eine alte Jungfer.

»Dann haben sie im Garten einer Bierklause geheiratet?«, fragte sie etwas pikiert. Als wäre das etwas Anstößiges.

»Genau. Es war sehr idyllisch«, erklärte Viktor ihr. Bestimmt stellte sie sich ihre eigene Hochzeit ganz anders vor. Da kämen nicht nur zehn Gäste, sondern vermutlich hundert. Und die Feier wäre opulent und pompös und würde nicht nur einen Nachmittag dauern. Manchmal war Viktor schon sehr überrascht, wie wenig Verständnis die hohen Herrschaften dafür aufbrachten, was normale Leute sich leisten konnten.

»Es war wirklich eine schöne Feier. Und der Mann von Fräulein Pietsch, also von Frau Schneider, ist wirklich außerordentlich freundlich und gebildet. Er arbeitet als Kammerdiener.«

»Als Kammerdiener?« Wieder dieser leicht abfällige Ton, als könnte man sich zu so etwas gar nicht herablassen.

»Bei einem betuchten Industriellen in Charlottenburg.«

Sie hob die Augenbrauen. Ein Industrieller, also kein Adeliger. Niemand, den sie kennen müsste. »Und wer war noch mit dabei?«

»Adelheid Schaaf, das zweite Hausmädchen. Und auch Fräulein Maiwald ist gekommen. Sie heißt jetzt auch anders, denn sie hat ebenfalls geheiratet.«

»Fräulein Maiwald hat geheiratet? Das wusste ich ja gar nicht.«

»Ich habe es auch erst dort erfahren«, sah Viktor sich genötigt zu erklären.

Komtess Alexandrine schien das Interesse zu verlieren. »Ach, das ist ja nett.« Mehr sagte sie nicht, und Viktor war entlassen.

»Werden Sie mitkommen, ich meine, wenn wir Mamas Familie besuchen?«, fragte sie nun aber noch.

»Jawohl. Ich werde Sie begleiten.«

Komtess Alexandrine nickte zufrieden. Gemeinsam mit ihrer Mutter wollten sie im August die schwedische Familie der Fürstin besuchen. Ab in die Sommerfrische. Eine kleine Abwechslung nach den schwierigen Monaten, die hinter ihnen lagen. Aber natürlich reisten sie ohne den Fürsten, der ja nicht einmal mehr Liebenberg verlassen durfte. Die Fürstin hatte Viktor einen Brief für die Behörde aufgesetzt, damit er eine Pass-Karte beantragen konnte. Zum ersten Mal in seinem Leben würde er ins Ausland reisen.

Er nickte kurz und verließ den Raum. Wie abschätzig sie gewirkt hatte. So große Stücke er auf die fürstliche Familie hielt, waren sie doch allesamt auch ein wenig verwöhnt. Umso mehr freute es ihn, dass Ricarda sich bei der bürgerlichen Witwe im Grunewald vorstellen durfte. Die habe deutlich modernere Ansichten, hatte Frau Mahlzahn gesagt.

Am Tag nach der Hochzeit hatte Viktor seinen Schwestern geschrieben, und offensichtlich hatte Ricarda umgehend an Frau Mandelbaum einen Brief aufgesetzt. Vorgestern war die kurze Nachricht gekommen, dass sie sich vorstellen dürfe. Schon heute.

Hoffentlich würde er in ein paar Tagen eine weitere Nachricht bekommen, dass sie angenommen worden war. Das würde die Situation seiner Familie sehr erleichtern. Dann wäre er nicht mehr der Einzige, der etwas für Leanders Ausbildung beisteuern könnte.

Budde kam ihm auf der Hintertreppe entgegen. Gestern hatte Viktor etwas Interessantes in einer Zeitung entdeckt und herausgerissen.

»Diedrich, warte mal«, hatte er in einem verschwörerischen Ton gesagt.

»Was gibt es denn?« Ihr Verhältnis verbesserte sich zunehmend.

Viktor griff in seine Hosentasche, doch dann zögerte er. »Ich wollte dir noch was geben. Aber sei nicht überrascht. Und … ich meine es nur gut.«

Diedrich Budde schaute ihn verwundert an. »Was gibt es denn so Geheimnisvolles?«

»Noch mal. Ich meine es nur gut mit dir.« Dann zog er den Zeitungsausschnitt aus seiner Hosentasche und reichte ihn Diedrich.

Er schaute drauf und lief sofort rot an. »Du weißt …«

»Nur für alle Fälle.«

Auf dem Ausschnitt war eine Anzeige für Salvasaran 606, ein Medikament, das Syphilis heilen sollte. Es war ganz neuartig und sollte deutlich weniger schädliche Nebenwirkungen haben als das Quecksilber.

»Woher weißt du …? Und seit wann …?«

»Ist doch egal. Hauptsache, du wirst nicht krank.« Viktor klopfte ihm aufmunternd auf die Schulter und lief weiter runter.

Diedrich schickte ihm noch ein leises »Danke« hinterher.

»Bringen Sie das bitte hoch zum Fürsten«, sagte die Mamsell nun, als er unten in der Dienstbotenetage ankam.

Sie drückte ihm ein Tablett mit heißem Tee, Zucker und Honig in die Hand. Der Fürst erholte sich nur langsam von den Strapazen seiner Berlinreise. Er kam kaum noch aus seiner Schlafkammer heraus.

Unten stellte Viktor das Tablett in den Speiseaufzug, holte es in der ersten Etage wieder hervor und ging zur Schlafkammer. Herr Theurich schüttelte dem Fürsten gerade die Kissen auf. Der saß auf der Bettkante, in Nachthemd und Pantoffeln, ein Gläschen Portwein in der Hand.

Viktor wartete, bis der Fürst wieder richtig im Bett saß, damit er ihm das Tablett auf den Schoß stellen konnte. Man hörte, wie das Telefon im Schreibzimmer des Fürsten klingelte. Theurich verließ die Schlafkammer, und der Fürst rückte sich das Tablett zurecht.

»Darf ich Ihnen Zucker reingeben, oder lieber Honig?«

»Lieber etwas Honig«, sagte der Fürst abwesend. Er schaute in Richtung Tür. Vermutlich war er neugierig, wer da wohl anrief.

Viktor rührte ihm einen Löffel Honig in den Tee. »Eure fürstliche Hoheit, darf es sonst noch etwas sein?«

Der schüttelte den Kopf. Die Tür schwang auf, der Kammerdiener war zurück.

»Wer ist dran?«, fragte der Fürst.

Herrn Theurichs Blick wechselte zwischen dem Fürsten und Viktor. »Es ist für Herrn Novak. Es scheint dringend zu sein.«

Viktor fiel aus allen Wolken. Jemand rief ihn an? Das war noch nie passiert. Konnte es sein, dass es Ricarda war? Hatte sie das Vorstellungsgespräch schon hinter sich, war angenommen worden und durfte nun vom Telefonapparat der netten jüdischen Witwe aus telefonieren? Trotzdem fragte er überrascht: »Ein Telefongespräch? Für mich? Wer würde mich denn anrufen?«

»Eine Dame. Nun gehen Sie schon. Gehen Sie«, sagte Theurich.

Viktor verließ höflich die Schlafkammer, aber rannte dann ins Schreibzimmer. Er nahm den Fernsprecher hoch, hielt ihn sich ans Ohr und sagte: »Hallo. Hier Viktor Novak. Mit wem spreche ich?«

Die Stimme, die er nun hörte, war nicht Ricardas. Es war überhaupt keine weibliche Stimme, sondern sein Vater. Vermutlich hatte die Mutter angerufen und ihm das Hörerteil übergeben.

»Viktor. Ich musste dich anrufen. Es ist etwas Schlimmes passiert.«

Ein Kribbeln zog über seinen Schädel. Etwas Schlimmes passiert. Ein Unfall? War jemand gestorben? Weswegen sonst sollte Vater anrufen?

»Was? Was ist passiert?«

»Leander. Er hat seinen Einberufungsbescheid bekommen. Er muss sich in neunzehn Tagen melden. In neunzehn Tagen!«

Um Gottes willen. Seine Einberufung! Damit hatte Leander nicht gerechnet. Damit hatte niemand gerechnet. Leander wurde tatsächlich am Tag seines achtzehnten Geburtstages eingezogen. Das durfte nicht sein. Was für eine Katastrophe. Was sollten sie jetzt tun?

»Viktor? Bist du noch dran?«

»Ja, Vater. Ich bin noch dran. Was …? Ich weiß nicht …«

»Ich auch nicht. Was wir immer vermeiden wollten, unter allen Umständen, ist nun eingetreten.«

Sofort musste Viktor an die Berichte denken, die Karl Liebknecht veröffentlicht hatte. Wie die bürgerlichen Rekruten geschunden wurden, geknechtet, gedemütigt, manchmal richtiggehend gefoltert. Letztens erst hatte er wieder eine Meldung gelesen, dass ein Unteroffizier einen Rekruten derart misshandelt hatte, dass er gestorben war. Ausnahmsweise war der Unteroffizier zu einem Jahr Gefängnis verurteilt worden. Ein Jahr Haft für ein junges Leben – lächerlich! Außerdem wusste man seit Karl Liebknechts Schriften, dass nur höchst selten ein solcher Vorfall überhaupt vor Gericht kam.

»Ausgerechnet jetzt!«, sagte Vater.

Viktor wusste sofort, was er meinte. Eine weitere Gefahr, die Leander drohte. Das Säbelrasseln auf dem Balkan hörte einfach nicht auf. Letztes Jahr erst hatte die Donaumonarchie sich die Territorien von Bosnien und Herzegowina einverleibt, mit Duldung des Osmanischen Reiches, das eine Abfindung von sechsundfünfzig Millionen Goldkronen dafür erhalten hatte. Und auch wenn Russland nicht gedachte, dagegen vorzugehen, war die serbische Regierung außerordentlich empört darüber. Denn Serbien erhob selbst Gebietsansprüche auf diese Territorien. Dazu kam eine nicht unbegründete Angst, selbst einverleibt zu werden. Und so stand das Königreich Serbien kurz vor einem Krieg mit der Donaumonarchie.

Ausgerechnet in dieser brenzligen Lage hatte Reichskanzler von Bülow nichts Besseres zu tun gehabt, als im Reichstag dem österreichisch-ungarischen Kaiser sogleich die volle und vorbehaltlose Unterstützung des Deutschen Reiches im Falle eines Krieges zuzusichern. Bülow sprach von Nibelungentreue, also Treue bis ins Grab. Die Habsburger Krone habe freie Hand. Deutschland werde all ihre Pläne unterstützen. Das war eine Warnung, die Russland galt. Russland war die Schutzmacht Serbiens und würde im Falle einer Eskalation zu den Waffen eilen müssen. Damit wären zwangsläufig Frankreich und Großbritannien ebenfalls Kriegsteilnehmer. Zwar war in den letzten drei Monaten nichts Dramatisches passiert, aber der Konflikt konnte jederzeit neu aufflammen. Und eskalieren. Dann wäre Leander nichts weiter als Kanonenfutter. Nein, das durfte nicht passieren.

»Ich weiß nicht, was ich sagen soll«, gab Viktor verzweifelt von sich.

»Ich wollte es dir so schnell wie möglich mitteilen. Du weißt, worüber wir gesprochen haben, vorletztes Jahr einmal. Worüber wir uns alle einig waren, ausnahmsweise.«

Viktor wusste, was Vater meinte. Etwas, was man am Telefon besser nicht aussprach – Fahnenflucht.

»Nur wie soll das gehen?«

»Mit deinem Geld.«

»Wohin?«

»Leander spricht Französisch, Griechisch, Englisch. Mit seinem Latein würde er vermutlich schnell Italienisch lernen.«

»Vater, er spricht Altgriechisch.« Und die Franzosen waren nicht gerade erpicht auf Deutsche. Der Erzfeind in Europa. Blieb nur England.

»Ich höre Schritte. Ich muss aufhängen. Ich melde mich, sobald ich mir was überlegt habe.«

Herr Theurich kam hinein. »Sind Sie fertig?«

»Ja.« Viktor hatte bereits auf die Gabel gedrückt und den Fernhörer aufgehängt.

»Keine guten Nachrichten?«

Viktor musste ziemlich blass im Gesicht sein, wenn es sogar dem Kammerdiener auffiel.

»Meine … Mutter. Es geht ihr nicht gut.«

»Das tut mir leid. Wenn es etwas gibt, das der Fürst tun kann …«

»Das ist sehr freundlich. Ich muss … erst mal in Ruhe überlegen.« Fluchtartig verließ Viktor den Raum. Er wollte auf keinen Fall in ein Gespräch verwickelt werden, in dem er noch mehr lügen musste. Kopflos lief er den Flur entlang. An der Ecke wäre er beinahe mit Adelheid und Gerda zusammengeprallt.

»Entschuldigt«, murmelte er den beiden Frauen zu und rannte beinah weiter. Weiter, irgendwohin. In ein beliebiges Zimmer. Er war auf dem Flur des Gästetrakts, öffnete eine Tür und schloss sie leise hinter sich.

Eingezogen! Leander war zum Militärdienst eingezogen worden. Alles, nur das nicht. Viktor ließ sich an der Tür auf den Boden gleiten, die Hände vors Gesicht gedrückt.

Fahnenflucht. Darüber hatten sie vor zwei Jahren gesprochen. Aber damals war Leander noch fünfzehn gewesen, und die Möglichkeit, den Bescheid zum Militärdienst zu bekommen, war weit weg gewesen.

Fahnenflucht bedeutete, dass Leander das Land verlassen müsste. Nicht nur Preußen, nein, das gesamte Deutsche Kaiserreich. Die Schweiz kam ihm in den Sinn. Das war eine Möglichkeit. Großbritannien war eine weitere. Doch wie würde Leander zurechtkommen? All die letzten Jahre hatte er nur zu Hause gehockt und gelernt. Er war auf das Leben da draußen nicht vorbereitet. Und auf ein Leben in der Fremde erst recht nicht. Und wovon sollte er leben? Vielleicht sollte Viktor mit ihm gehen. Er würde vermutlich schnell eine neue Anstellung finden, als Diener, als Kammerdiener, als irgendwas. Von hier weggehen – es war ja nicht so, als würde Viktor das erste Mal darüber nachdenken. Und er wusste auch genau, was ihn daran hinderte. Oder wer.

Es ruckelte hinter ihm. Jemand war an der Tür. Viktor sprang auf und zog sich seine Livree zurecht. Wer wollte denn nun ausgerechnet jetzt etwas in diesem verwaisten Zimmer?

Die Tür ging auf, und Adelheid huschte herein. »Was ist los? Was ist passiert?«

So gut kannte sie ihn also schon. Sie hatte es ihm angesehen. Seine Stimme war spröde, als er sprach: »Mein jüngerer Bruder hat seinen Einberufungsbescheid bekommen.«

Adelheid erschrak. Sie wusste, was seine Pläne waren. Sie wusste genau, wieso er so eisern sparte und wofür das Geld gedacht war. »Und jetzt?«

»Ich weiß es nicht. Mein Vater hat gerade angerufen.«

»Angerufen?!« Adelheid war vermutlich die Einzige im Schloss, der klar war, wie dringend es dann gewesen sein musste.

»Was wollt ihr nun unternehmen?«

Viktor griff sich mit beiden Händen in die Haare. »Wenn ich das nur wüsste. So früh hätte ich nie damit gerechnet. Ich hätte gedacht, dass wir ihn wenigstens noch zum Studium anmelden können. Dann hätten wir ihn zurückstellen lassen können … Diese Bastarde!«

Adelheid warf ihm einen merkwürdigen Blick zu. Sie dachte angestrengt nach, und es brauchte wohl einige Überwindung, bevor sie sagte: »Ich hätte vielleicht eine Idee.«

Viktor zog die Augenbrauen hoch. Jede Idee wäre ihm gerade willkommen. Auch wenn er nicht glaubte, dass ausgerechnet Adelheid eine Idee haben würde, die ihnen aus der Patsche helfen könnte.

»Vor ein paar Jahren gab es einen jungen Mann aus dem Dorf, der Rekrut wurde. Aber dann hat er es nicht ausgehalten, ist fast verrückt geworden. Dann ist er geflüchtet. Meine Brüder haben über Fahnenflucht gesprochen. Allerdings würden meine Brüder gerne zum Militär. Da kann man was werden, sagen sie oft.«

»Ja, verrückt kann man werden«, sagte Viktor bitter. »Und gedemütigt, und gebrochen ... Fahnenflucht ist das Einzige, was mir einfällt. Aber Leander ... Er weiß nichts von der Welt da draußen. Er ist viel zu unerfahren, in jeder Hinsicht. Und außer seinem Schulabschluss hat er keinerlei Ausbildung. Er könnte nur irgendwelche Hilfsjobs annehmen. Es würde ihm kaum helfen.«

»Aber was, wenn er nicht alleine gehen müsste?«

Viktor sah sie überrascht an, sagte aber nichts. Er wusste nicht, worauf sie hinauswollte. Sie sprach weiter.

»Ich hab ebenfalls ... einen Grund, fortzugehen. Ich kann es dir irgendwann in Ruhe erklären, doch nicht jetzt. Aber wie wäre es, wenn ... wenn wir alle drei gehen würden?«

»Bitte?!«

»Ich weiß nicht, wie viel Geld du gespart hast. Aber ich habe genug Geld, um mir eine Passage nach Amerika zu leisten. Gerade so.«

»Amerika?!«

Adelheid nickte. Ihre Wangen waren blutrot, als wäre sie furchtbar aufgeregt. Wieso wollte sie weg? Egal. Ihm gingen gerade wichtigere Dinge durch den Kopf.

»Amerika ...« Er ließ dieses Wort auf seiner Zunge zergehen. Er konnte Englisch, und Leander konnte auch Englisch.

»Und dann? Was sollen wir dort?«

»Ich würde mir eine Stelle suchen, als was auch immer. Als Dienstmädchen, oder in einem Laden. Hedda hat von einem deutschen Viertel in New York erzählt. Dort wird überall Deutsch gesprochen.«

»Und vermutlich glauben alle jungen Frauen, die nach Amerika gehen, dass sie dort sofort eine Stelle bekommen«, wandte Viktor ein. »Und alle jungen Männer glauben das auch.«

»Aber du, du verstehst doch die Sprache. Du wolltest doch immer einen Beruf haben, der mit Büchern zu tun hat. Ich dachte, also, als du mir die Romane gegeben hast ... die sind doch übersetzt worden. Wer hat die denn übersetzt? Du hast mir von diesem Mark Twain erzählt, der unseren *Struwwelpeter* ins Englische übersetzt hat. So was könntest du doch auch machen.«

Viktor konnte seiner Verblüffung gar nicht genug Ausdruck verleihen. Als Übersetzer arbeiten, das wäre tatsächlich eine Möglichkeit. Nicht nur für ihn, sondern auch für Leander. Sie waren beide sehr gut gebildet, und Leander war äußerst belesen.

»Und du? Wieso willst du so plötzlich weg?«, fragte er stattdessen. Er brauchte Zeit, um zu überlegen, was er nun tun sollte. Aber er wusste, was immer er auch tat, er musste sich schnell entscheiden. Aber noch nicht. Nicht so schnell.

»Ich muss. Ich sollte ... Ich kann es dir jetzt nicht genau erklären.«

Viktor war neugierig, aber gerade waren andere Dinge viel wichtiger. »Ich weiß nicht ... Wie soll das gehen? Leander muss sich schon in neunzehn Tagen melden! Wenn er jetzt eine Pass-Karte beantragt, in Charlottenburg, das würden sie sofort prüfen.«

»Ich dachte, weil du doch bald nach Neuruppin fährst, wegen deiner Pass-Karte. Ich bräuchte auch eine.«

Er schaute Adelheid an. Sie wollte eine Pass-Karte. Sie meinte es ernst damit, ins Ausland zu gehen. Dabei hatte sie doch sogar Angst, alleine nach Berlin reinzufahren. Dementsprechend ungläubig war der Blick, den er ihr zuwarf. Doch sie schien sich schon etwas überlegt zu haben.

»Auf dem Amt könnten wir sagen, dass wir die Fürstin begleiten sollen. Wir könnten noch eine für meinen mittleren Bruder beantragen. Bernhard. Der ist noch zu jung für den Militärdienst. So würde es aussehen, als wenn ich in Begleitung meines Bruders reise.«

Es hörte sich wie ein Hirngespinst an. »Und weiter?«

»Dein Bruder könnte so lange hier in Liebenberg unterkommen. In der Hütte meiner Familie. Die steht leer, aber für ein paar Tage ginge es bestimmt.«

Viktor stand der Mund offen. Wann hatte Adelheid sich das alles überlegt? Jetzt gerade eben? Besaß sie tatsächlich so viel Cleverness und Wagemut? Oder einen ebenso triftigen Grund, von hier zu verschwinden? Überhaupt, woher sollte sie das Geld haben? Sie gab doch alles an ihre Familie ab. Und doch …

Er überlegte. Es wäre eine Möglichkeit. Sie wäre nicht schlechter als seine Überlegung, dass Leander in die Schweiz oder nach Großbritannien gehen sollte. Nach Amerika gingen so viele Menschen. Man könnte in der Masse untertauchen.

Und würde Leander als Bernhard Schaaf durchgehen? Er hatte ihre Brüder einmal gesehen. Sie waren ebenfalls blond, so wie sein Bruder. Allerdings hatte Leander blonde Locken. Doch wenn man die Haare kurz schneiden würde, würde es nicht so auffallen. Und natürlich gab es in der Pass-Karte keine Fotografie.

Adelheid schien sich immer mehr für die Idee zu begeistern. »Du hast mir doch den Reiseführer über Amerika gegeben. Und Hedda hat mir ganz viel darüber erzählt, dass man sich in Hamburg bei den Auswandererhallen melden muss. Und in den Zeitungen stehen immer die Abfahrtszeiten der Schiffe.«

Viktor war geneigt zu sagen, dass es eine blödsinnige Idee war. Höchst riskant, und äußerst gefährlich. Doch was hatte er dagegenzuhalten? Auch für die Schweiz oder für Großbritannien bräuchte Leander eine Pass-Karte. Und eine Pass-Karte, auf der ein Name stand von einem jungen Mann, der noch nicht alt genug war für den Militärdienst, war auf jeden Fall deutlich weniger riskant. Zudem war es ein Plan, den sie umsetzen konnten. Schnell umsetzen konnten, denn nun musste alles ganz flugs gehen.

Amerika. New York. Bücher übersetzen. »Was kostet überhaupt eine Passage? Also die billigste?«

»Zwischen hundertdreißig und hundertsechzig Mark, und zusätzlich muss man mindestens fünfundzwanzig Dollar haben.«

Viktor hatte beinahe siebenhundert Mark gespart. Das würde reichen für zwei Passagen, für die Einreise-Dollar und für die erste Zeit. Und es würde sogar noch reichen, Adelheid zu unterstützen, falls sie nicht sofort etwas fand. Er könnte Leander auch allein dorthin schicken. Doch auf Amerika hatte Leander sich nicht vorbereitet. Er ja auch nicht. Aber Viktor käme deutlich besser in einer fremden Welt zurecht. Und mit Adelheid als seine Schwester wäre Leander auch deutlich unverdächtiger. Trotzdem war es sehr riskant, aber hatte er eine Alternative?

»Willst du wirklich den Rest deines Lebens Befehle und Anweisungen annehmen, um das Leben anderer besser zu machen?«, fragte Adelheid in die Stille hinein.

Er sah sie an und dachte über diese erstaunliche Frage nach. Doch eine Antwort hatte er sich bisher immer verboten. Verbieten müssen.

»Es sind ja nicht nur unsere misslichen Umstände. Wir würden zum ersten Mal unser Glück und unser Leben in unsere eigenen Hände nehmen«, schob Adelheid drängend nach.

Wieso wollte sie weg, oder musste sie weg? Was hatte sie getan, dass auch sie ins Ausland flüchten wollte? Das würde sie ihm noch erklären müssen, aber erst einmal musste er ein anderes Problem lösen. Doch sein Kopf dröhnte, und all ihre Vorschläge hörten sich so weit hergeholt an. Amerika – eine spinnerte Idee. Aber waren seine anderen Überlegungen nicht ebenso riskant und zum Scheitern verurteilt?

Er trat ans Fenster und schaute hinaus. Er sollte besser wieder zurückgehen. Sie auch. Überhaupt, er musste in Ruhe nachdenken. Ganz in Ruhe überlegen, welche Optionen Leander noch hatte. Vielleicht täte sich noch eine einfachere Lösung auf. Er schüttelte den Kopf. Wann jemals hätten sich für seine Familienprobleme einfache Lösungen gefunden?

»Lass es mich überlegen. Bis morgen. Ich muss eine Nacht darüber schlafen.«

Adelheid nickte, schien aber doch erfreut.

* * *

Viktor lag im Bett und starrte im Dunkeln an die Decke. Den ganzen restlichen Tag seit dem Telefonat hatte er an nichts anderes gedacht als daran, was er nun unternehmen sollte. Für einen kurzen Moment hatte er tatsächlich darüber nachgedacht, ob es zu bewerkstelligen wäre, Leander mit nach Schweden zu nehmen. Sie würden im gleichen Zug fahren, er versteckt in einem Reisekoffer. Doch das war lächerlich. Was sollte Leander in Schweden? Er sprach die Sprache nicht. Zudem war Viktor zu der Überzeugung gelangt, seinen kleinen Bruder nicht allein ins Ausland zu schicken.

Keine Fahnenflucht, hier bleiben, darauf hoffen, dass es schon nicht so schlimm werden würde? Das war auch keine Option. Befand sich Leander erst einmal in den Krakenarmen des Militärs, käme er nicht mehr heraus. Viktor kannte zu viele junge Männer, die nach ihrer Dienstpflicht als gebrochene Menschen zurückgekommen waren. Wenn sie überhaupt zurückkamen und nicht vorher Selbstmord begingen. Die, die zurückkamen, waren anders geworden. Aggressiver oder ganz in sich zurückgezogen. Wieder andere fingen an zu saufen und hörten nie wieder damit auf. Ihre Seelen wurden auf eine eigenartige Weise zerstört. Und Viktor hatte keine Lust darauf zu erfahren, welche bestialischen Spielchen der militärischen Vorgesetzten dahintersteckten.

Sich in einem anderen deutschen Bundesstaat zu verstecken, würde ihnen nur für eine gewisse Zeit Erleichterung verschaffen. Früher oder später würde man Leander finden. Viktor traf die Entscheidung nicht leichtfertig, aber es gab eigentlich nur eine einzige Möglichkeit: Sie mussten das Reich verlassen, so viel stand fest.

Welche Länder also kamen infrage: die Schweiz, Großbritannien oder auch Amerika. Aber die, die längerfristig in die Schweiz oder nach Großbritannien reisten, gingen meistens ins Exil. Was an sich schon verdächtig war. Also reiste man lieber über andere Länder ein. Nach Amerika aber ging man, um neu anzufangen. Um ein neues Leben zu beginnen, sich etwas aufzubauen. Man ging nicht für eine ungewisse Zeit, man ging für immer.

Wollte er das? Konnte er Leander das antun? Andererseits, wenn Leander nun das Land verließ, konnte er sowieso nicht mehr zurückkehren. Also Amerika?!

Adelheid schien so angetan von ihrem Vorschlag, als würde sie lieber heute als morgen abreisen. Anscheinend hatte sie ja schon mit Hedda Pietsch übers Auswandern nachgedacht. Und wusste auch schon so einiges.

In fast allen größeren Städten gab es Viertel, wo sich bevorzugt Deutsche niederließen. Sicherlich würde er sehr schnell sein Englisch aufpolieren können. Adelheid dagegen musste die Sprache ganz neu lernen. Und doch hatte sie keine Angst, in das fremde Land zu gehen. Was also ließ ihn zögern?

Zudem, einen unschlagbaren Vorteil hatte Adelheids Plan: Sie würden zusammenbleiben. In den letzten Wochen war es Viktor klar geworden, dass er wieder mit ihr zusammen sein wollte. Nach wie vor hinderte ihn natürlich der alte Grund, einen Schritt in diese Richtung zu wagen: Wohin sollte ihre Beziehung führen? Ins Nichts, solange er sich um seine Familie und Leanders Zukunft kümmern musste. Und sie sich um ihre. Doch plötzlich hatte das Schicksal entschieden, die Karten neu gemischt.

Adelheids Vater und die Brüder verdienten nun festes Geld. Dafür musste er sich plötzlich sehr viel schneller um Leanders Zukunft kümmern.

Wie passend, dass sie aus einem unerfindlichen Grund dringend ins Ausland fliehen musste. Und zugleich wie ungewöhnlich und seltsam. Was also sollte er nun tun? Er wusste nur eins: Wozu auch immer er sich entschloss, er musste es schnell tun.

## 10. Juli 1909

Adelheid saß am Frühstückstisch und suchte Viktors Blick. Und dieses Mal fand sie ihn. Doch er schaute schnell wieder weg. Also würde er sich doch nicht für ihren Vorschlag erweichen. Dann musste sie sich etwas anderes überlegen. Nur was? Ihr fiel einfach keine bessere Lösung ein.

Die Ersten waren fertig. Gleich würde die Tafel aufgehoben, da stand die Mamsell, die nun ihren Platz am Kopfende gefunden hatte, auf.

»Ich habe eine Ankündigung zu machen.«

Alle waren sofort stumm. Jetzt kam es. Seit Wochen tuschelten alle darüber, wann es bekannt gegeben würde, dass einige der Dienstboten das Schloss verlassen mussten.

Martha Petzold zog den Kopf ein. Am ehesten noch könnten die Herrschaften auf sie verzichten. Auch Gerda machte sich klein. Budde schaute Viktor an, als würde er erwarten, dass zwischen ihnen beiden eine Entscheidung fiel.

Adelheid hoffte ein wenig darauf, dass ihr Name genannt wurde. Dann könnte sie mit einem guten Zeugnis das Schloss verlassen. Und müsste nicht weiter jeden Tag fürchten, dass Sibelius auftauchte oder der Fürst sie wutentbrannt zu sich rufen ließ.

»Sie alle wissen, welche Unruhe in den letzten Jahren über dem Schloss gelegen hat. Allmählich zeigt sich jedoch, dass es dauerhaft auf dem Schloss ruhiger wird. Daher haben die Herrschaften beschlossen, dass ...«, die Mamsell holte tief Luft, um für die unangenehme Ankündigung auszuholen, »dass es den Dienstboten freistehen sollte, auch mitten im Jahr den Dienst zu verlassen, so es ihr Wunsch ist«, verkündete die Mamsell.

Das war nun nicht das, mit dem alle gerechnet hatten.

»Das ist bestimmt wegen der fünfhunderttausend Mark Kaution«, entschlüpfte es Gerdas Mund. Sofort duckte sie sich, denn das war eine wirklich vorlaute Bemerkung.

»Ich glaube kaum, dass man die dadurch zusammensparen könnte«, sagte Frau Möckel. »Selbst, wenn sie uns alle entlassen würden.«

Die Mamsell ergriff wieder das Wort. »Niemand hat etwas von Entlassungen gesagt. Und ich finde, es ist ein feiner Zug vom Fürsten und der Fürstin, niemanden auf die Straße zu setzen. Andererseits, wer etwas anderes sucht, dem sollen auch keine Steine in den Weg gelegt werden.«

Alle nickten. Ja, das war es. Ein feiner Zug. Nun stand einer nach dem anderen auf und ging seinem Tagwerk nach. Adelheid ging in die Waschküche und füllte zwei Eimer halb voll mit Wasser.

»Was hältst du davon?«, fragte Gerda sie.

Adelheid zuckte unbeteiligt mit den Schultern. Was sollte sie dazu sagen? Es freute sie, denn sobald sie einen echten annehmbaren Plan hatte, würde sie ohne große Erklärung den Dienst im Schloss quittieren können. Immerhin das Problem schien gelöst. »Wir können uns ja mal umhören, ob es irgendwo was Besseres gibt«, antwortete sie. »Meine Familie ist jetzt so weit weg. Mir wäre es schon recht, wenn ich näher dran wohnen könnte. Vielleicht in Templin.«

»Hm«, gab Gerda vage von sich. Sie war wohl froh, nicht gehen zu müssen.

Adelheid nahm die Eimer und ging. Sie stieg die Treppen hoch bis in den ersten Stock. Dort beeilte sie sich, über den Flur zu kommen, ohne dass sie jemandem in die Arme lief. Andererseits, die Herrschaften frühstückten nach den Dienstboten. Sie dürften nun alle schon unten sein, und sie sollte genug Zeit haben.

Zeit genug haben. Wie lange hatte sie noch Zeit, bevor ihr dunkles Geheimnis ans Tageslicht kommen würde?

Viktor hatte ihrem Vorschlag zwar aufmerksam zugehört, doch seit vorgestern Vormittag hatten sie nicht mehr miteinander gesprochen. Beim Abendessen und auch gestern bei Tisch hatte sie seinen Blick gesucht, doch er war immer ausgewichen. Also musste sie sich einen neuen Plan überlegen. Wäre ja auch zu schön gewesen, mit dieser so wenig Verdacht erregenden Weise an eine Pass-Karte zu kommen.

Was also waren ihre Alternativen? War sie nicht schon alles durchgegangen? Nach Berlin fahren und in der größten Stadt des Reiches untertauchen? Wie sollte sie jemand finden bei zwei Millionen Menschen, die in dieser Stadt lebten? Oder weiter weg ziehen, nach Hamburg oder Köln? Oder besser noch viel weiter weg?

Es war egal, wie weit es wäre. Sie wusste, es hing nicht an der Entfernung. Es hing an dem Umstand, dass sie alleine gehen müsste. Das war der große Brocken, der ihren waghalsigen Plänen im Wege stand.

Sie öffnete die Tür zum Schlafgemach der Komtess und trat ein. Erst goss sie das frische Wasser in einem Eimer zusammen, dann schüttete sie vorsichtig das gebrauchte Wasser aus der Waschschüssel in den leeren Eimer, polierte mit einem Lappen das Porzellan und füllte die Schüssel mit frischem Wasser auf. Gerade, als sie fertig war, ging hinter ihr die Tür auf.

Viktor trat ein. Adelheid sah ihn gespannt an. Dann würde wohl Budde gerade servieren. Was würde er nun sagen? Würde er ihr sagen, dass sie sich ihren lächerlichen Vorschlag sonst wohin stecken könnte? Ihr zögerliches Lächeln starb an der Ungewissheit.

Viktor atmete tief durch, dann sagte er: »Machen wir es so, wie du es vorgeschlagen hast.« Es klang beinahe erleichtert.

Auch Adelheid fiel ein schwerer Stein vom Herzen. »Ja, wirklich?«

»Ja. Wir reisen nach Amerika. Pass auf, ich hab nicht viel Zeit. Treffen wir uns heute Abend draußen im Park und bereden die Einzelheiten. Nur so viel: Klär das mit deinem Bruder. Spätestens am Mittwoch will ich nach Neuruppin aufs Amt fahren. Dann müsstet ihr beide mitkommen. Pass-Karten muss man immer persönlich beantragen.«

»Ich schreib ihm heute noch einen Brief«, sagte Adelheid eifrig nickend.

»Jetzt können wir ja auch ohne große Erklärung den Dienst verlassen. Ich sage aber natürlich erst, dass ich kündigen will, wenn ich die Pass-Karte beantragt habe. Ich mache es dann einfach sehr kurzfristig. Budde wird sich sicher freuen, wenn er statt meiner nach Schweden fahren kann.«

Adelheid nickte. Ja, die Ankündigung von gerade schien ihr fast ein gutes Omen zu sein. Erleichterung durchflutete ihren Körper. Aber es war mehr als das. Es war die Aussicht darauf, mit Viktor zusammen sein zu können. Auch ihm musste eins bewusst sein: Ihr Vorschlag war nicht nur ein brauchbarer Plan, ihren wie seinen Dämonen zu entfliehen. Es war auch eine Entscheidung für sie beide. Eine Entscheidung, die viel versprach, auch wenn es noch kompliziert aussah. Es war eine Entscheidung für ihr beider Glück.

* * *

Drei Mark musste Viktor Bernhard Schaaf geben, damit er sich an diesem Tag freinahm. Adelheid hatte ihrem Bruder geschrieben. Er wusste nichts Genaues, nur dass sie sich in Löwenberg am Bahnhof treffen sollten. Von dort ging der Bus nach Neuruppin, wo sie beim Amt vorstellig wurden. Viktor hatte den Brief der Fürstin dabei, der besagte, dass ihr Dienstbote eine Pass-Karte benötige, um sie nach Schweden zu begleiten.

Mit der gleichen Tinte und der gleichen Feder hatte Viktor aus dem Wort *ihr* *ihre* und aus dem Wort *Dienstbote* *Dienstboten* gemacht. Sonst gab es keine Stelle im fürstlichen Brief mit dem verschnörkelten Briefkopf, wo näher beschrieben war, wie viele Personen die Fürstin begleiten sollten.

»Und wohin soll die Reise gehen?«

»Nach Schweden«, sagte Viktor knapp.

Auf dem Hinweg hatte Viktor Adelheid verraten, dass die geplante Reise der Fürstin nach Schweden einem bestimmten Zweck diente – die fehlenden vierhunderttausend Mark für die Kaution zusammenzubekommen. Vielleicht konnte die schwedische Familie der Fürstin helfen.

»Dann besucht die Fürstin vermutlich ihre Familie«, stellte der Beamte fest.

»So ist es«, erklärte Viktor.

»Und sie nimmt gleich drei Dienstboten mit?«

»Ihre Tochter kommt ja auch mit. Und eine Menge Gepäck. Die lange Reise wird für die Fürstin ohnehin strapaziös genug werden. Da wollen wir es ihr doch ausreichend bequem machen.«

Der Beamte seufzte, als wenn er es selber auch gerne mal bequem hätte. Er notierte sich die Namen, notierte jeweils auf den einzelnen Pass-Karten Statur, Alter, Haar- und Augenfarbe sowie ob es andere Auffälligkeiten gab.

Adelheid kannte Leander zwar noch nicht, doch als Viktor und Bernhard vorhin aufeinandergetroffen waren, hatte er zufrieden genickt. Bernhard hatte ungefähr Leanders Statur, obwohl der zwei Jahre älter war. Blond war eben blond, und anders als Adelheid hatte der Sechzehnjährige die blauen Augen seiner Mutter geerbt. Alles passte. Und da er ansonsten auch keine auffälligen Narben oder Ähnliches hatte, würde das reichen.

Nach ein paar Minuten war der Beamte fertig, setzte noch diverse Stempel darauf und schob ihnen dann die drei Pässe über den Schalter. »Das macht drei Mal die Gebühr von je vier Mark, plus die Stempelgebühr. Zusammen sind es dann fünfzehn Mark und sechzig Pfennige.«

Viktor zahlte für alle zusammen. So hatten sie es abgesprochen. Denn für den Beamten sollte es so aussehen, als würde Viktor mit dem Geld der Fürstin bezahlen. »Wenn Sie mir bitte noch einen Quittungsbeleg ausstellen würden«, sagte er geschäftsmäßig.

»Selbstverständlich.«

Keine drei Minuten später traten sie aus dem Rathaus. Die Erleichterung war allen anzusehen.

»Fahrt ihr schon mal zurück. Ich habe ja noch etwas Zeit«, sagte Bernhard glücklich.

Vermutlich war es das erste Mal, dass er alleine in einer Stadt unterwegs sein konnte, mit drei Mark in der Hosentasche.

Also ließen sie Bernhard stehen und stiegen in den nächsten Bus nach Löwenberg. Adelheid wusste, früher oder später würde Viktor sie fragen. Und jetzt, da eine weitere große Hürde genommen war, war es anscheinend so weit.

»Erzählst du mir jetzt, wieso du so dringend aus Liebenberg wegmusst?«

Durfte sie es ihm wirklich sagen? Was, wenn er empört reagieren würde? Zwar glaubte Adelheid nicht, dass Viktor sie an den Fürsten verraten würde, aber würde er eventuell ihren Plan vereiteln, gemeinsam nach Amerika zu gehen? Nur, was sollte sie ihm stattdessen sagen?

»Ich kann es dir erst sagen, wenn wir auf dem Schiff sind.«

»Was hast du angestellt?« In Viktors Stimme schwang ein unsicherer Ton mit, halb lachend, halb warnend.

»Etwas, was du nicht gutheißen wirst.«

Er zog die Augenbrauen bedeutsam hoch und sah sie skeptisch an.

»Ich habe schon niemanden umgebracht«, verteidigte sie sich.

»Dann hast du etwas gestohlen?«

Adelheid zögerte. »So kann man es ausdrücken.«

»Und jetzt glaubst du, es könnte jederzeit auffliegen?«

»Ja.«

»Mhh …«, gab Viktor vage von sich. »Dann hast du es verkauft, um deiner Familie zu helfen?«

Sie nickte nur. Das musste ihm als Erklärung erst einmal reichen. Wenn sie erst unterwegs waren, auf dem Schiff, dann gab es kein Zurück. Dann konnte er sie nicht mehr verpfeifen, wenn er es überhaupt wollte.

Stumm saßen sie in dem Bus und sahen die Landschaft an ihnen vorbeiziehen. Plötzlich spürte Adelheid eine Berührung. Viktor hatte ihre Hand genommen.

»Ich verzeihe dir. Egal, was du gestohlen hast. Ich weiß, wie es ist, wenn man alles für seine Familie tut. Du hast es nur für deine Familie getan, richtig?«

»Ja, für meine Familie.« Und für meine Rache. Aber das musste sie ja nicht dazusagen.

Viktor ließ ihre Hand wieder los, aber sie spürte der Berührung noch nach. Jeden Tag rückten sie ein Stückchen näher zusammen. Das stimmte sie hoffnungsvoll.

Sie kamen in Löwenberg an, gingen in Richtung Liebenberg und bogen vorher ab. Niemand sollte sehen, wie sie zu der nun leer stehenden Hütte gingen. Von der Seite schlichen sie sich an.

»Leander?«, fragte Viktor und klopfte.

Adelheid hatte eine Zeichnung gemacht, wie Leander von Löwenberg aus ungesehen zur Hütte käme. Mit weiteren Instruktionen hatte Viktor sie ihm geschickt. In Neuruppin hatten sie etwas zu essen und eine Flasche Milch gekauft. Lange würde er sich hier nicht verstecken müssen.

Die Tür ging von innen auf, und ein blonder Jüngling stand dort.

»Viktor?!« Erleichtert fiel Leander seinem Bruder in die Arme.

»Das ist Adelheid, Adelheid Schaaf. Deine neue Schwester«, sagte Viktor scherzhaft.

Sie begrüßten sich mit einem Handschlag. Zwar sahen er und Bernhard sich keinen Deut ähnlich, aber auf der Pass-Karte standen tatsächlich nur die Größe, die Haarfarbe und die Augenfarbe. Leander war zwar zwei Jahre älter als Bernhard, aber von zarter Statur. Niemand würde daran Anstoß nehmen, dass er erst sechzehn sein sollte.

Vorsichtshalber gingen sie in die Hütte. Adelheid war unwohl zumute. Sie konnte sich nicht daran erinnern, dass jemals ein Fremder die Hütte betreten hätte. Verschüchtert stand sie mitten im Raum. Es war praktisch nichts mehr da, außer dem Kanonenofen und einem Holzklotz, auf dem man sitzen konnte. Ohne irgendwelche Dinge, die herumstanden, und ohne die Menschen, die darin lebten, sah die Hütte noch schäbiger aus. Doch weder Viktor noch Leander schienen sich daran zu stören.

Auf dem Holzklotz lag ein Buch. Viktor hatte schon erzählt, dass Leander ein richtiger Büchernarr war und sehr gebildet und dass er viele Fremdsprachen konnte, was sie sehr einschüchterte.

»Du bist ab sofort Bernhard Schaaf.« Viktor reichte ihm die Pass-Karte. »In sieben Tagen geht es los.«

Vermutlich war es Leanders Naivität geschuldet, dass er ganz begeistert von dieser Idee war. »Ich kann es kaum erwarten.«

Sie würden mit der Eisenbahn nach Hamburg reisen, sich dort eine Passage nach Amerika buchen, für das nächstbeste Schiff. Egal, ob es nun nach New York, Boston oder Philadelphia ging. Falls sie in Hamburg innerhalb weniger Tage nichts bekamen, würden sie weiterreisen nach Cuxhaven. Dort nämlich erst stiegen die Passagiere auf einen Tender, ein kleines Zubringerschiff, das sie auf den großen Ozeanriesen bringen würde. Denn die Elbe bis Hamburg rein konnten diese großen Schiffe nicht fahren. Hedda hatte ihr mal erzählt, dass sich gelegentlich Reisende noch ganz kurzfristig umentschieden, doch nicht über den Atlantik reisen zu wollen. Dann waren plötzlich Plätze frei, die man übernehmen konnte.

Von dort ging es an die Küste des britischen Königreiches und dann über den Atlantik nach New York. Oder wohin auch immer. Das Wichtigste war, sie kamen auf irgendein Schiff, welches sie raus aus Deutschland bringen würde.

»Ich soll dir die besten Grüße ausrichten von Mama und Papa. Ricarda und Theodora waren untröstlich. Sie wollen, wenn es möglich ist, und da sollst du ihnen noch mal schreiben, nach Berlin zum Bahnhof kommen, um sich dort von uns zu verabschieden.«

Natürlich, nach Charlottenburg zurück sollte Leander jetzt besser nicht mehr fahren. Aber selbst das schien Viktor nicht sicher genug zu sein, denn nun erklärte er:

»Wir werden nicht über Berlin fahren. Sicherheitshalber nicht. Wir fahren mit dem Bus nach Neuruppin, und von dort nach Wittenberge bei Perleberg. Dort steigen wir in den Zug nach Hamburg.«

Leanders Gesichtszüge verdunkelten sich, und er sah traurig aus. Doch er sagte nichts dazu.

Adelheid würde am Sonntag zu ihrer Familie nach Zehdenick laufen, um sich dort zu verabschieden, vermutlich für sehr lange

Zeit. Vielleicht sahen sie sich sogar nie wieder. Und am Mittwoch ging ihre Reise los.

Sie hatten darüber gesprochen, dass sie nicht am gleichen Tag kündigen sollten. Adelheid würde sagen, sie habe etwas in der Nähe ihrer Familie gefunden, und Viktor würde behaupten, eine Stelle in Brandenburg angeboten bekommen zu haben. Aber nur, wenn er sie kurzfristig antreten konnte. Sie würden also beide mit einem anständig ausgefüllten Gesindebuch in ihre Zukunft gehen können.

Adelheid würde am Sonntagabend kündigen, wenn sie von ihrer Familie nach Hause kommen würde. Der Zeitpunkt schien logisch, denn natürlich hätte sie sich dann dort nach einer Stelle umsehen können. Vielleicht würde sie auch behaupten, ihr Vater hätte etwas für sie gefunden.

Viktor wollte noch zwei Tage warten. Er konnte nicht am gleichen Tag kündigen, an dem er sich die Pass-Karte für Schweden geholt hatte. Nun schien es nur noch ein größeres Hindernis zu geben – dass sie eine baldige Passage auf einem Schiff nach Amerika bekamen.

Adelheid packte die Sachen aus, die sie gekauft hatten – die Milch, ein großes Brot, eine Schüssel mit Schmalz und ein Dutzend Äpfel. Das würde reichen müssen, bis sie fuhren. Es war wenig, aber Adelheid wusste ja, dass Leander schmale Zeiten kannte.

Jetzt erst sah sie die beiden Leinensäcke. Leander hatte all sein Hab und Gut in zwei Betttücher gewickelt, die nun über den Balken hingen. Das also war seine Reiseausstattung. Viel anders würde es bei ihr auch nicht aussehen. Sie fragte sich, ob Viktor wohl eine richtige Reisetasche hatte? Immerhin war er schon mit dem Fürsten verreist.

»Es tut mir leid, dass es nichts mehr zum Schlafen gibt«, sagte Adelheid. »Meine Familie hat alles mitgenommen.«

»Es wird schon gehen für die paar Tage. Gott sei Dank ist es Sommer. Vielleicht schlafe ich ja sogar draußen im Gras«, sagte Leander leichthin.

»Wir müssen zurück. Man erwartet uns im Schloss. Versuch einfach, dich möglichst unauffällig zu verhalten. Niemand darf wissen, dass du hier bist.«

»Das werde ich schon hinkriegen«, versprach Leander. »Aber vielleicht, wenn du noch ein Buch hast, was du mir mitbringen könntest, wenn wir fahren …«

Viktor schüttelte lächelnd den Kopf. Vermutlich war das typisch für seinen kleinen Bruder. War der tatsächlich mehr an einem Roman interessiert als daran, dass sie in die Neue Welt fuhren? Wahrlich, Viktor hatte recht. Sein Bruder war nicht für die Welt da draußen gemacht.

Sie verabschiedeten sich und gingen ebenfalls über einen Umweg zurück auf die Chaussee. In wenigen Minuten würden sie zurück sein auf dem Schloss, und ihre letzten Tage dort würden anbrechen. Es war merkwürdig, daran zu denken, von hier fortzugehen.

Doch Hedda war weggegangen und nun auch noch ihre Familie. Das Einzige, was Adelheid aufgab, war eine sichere Stellung, in der sie weiterhin Abortpfannen leeren durfte. Das Einzige, oder der Einzige, der Adelheid hier gehalten hätte, war tatsächlich Viktor. Und er würde mit ihr zusammen fortgehen. Wenn jetzt bloß nichts mehr schieflief.

## 8. Juli 1909

Sie hatten es wirklich prima angetroffen. Bernhard hatte nicht übertrieben, als er von dem neuen Haus erzählt hatte. Sie wohnten mitten im Dorf, wo es mehrere Reihen mit Arbeiterhäusern gab. Jedes Haus hatte einen länglichen Garten nach hinten raus, in dem die Familien Gemüse anpflanzen konnten. Adelheid hatte mehrere Hühner entdeckt, und eine der Familien hielt sich sogar ein Schwein.

Ihre Familie hatte ein Haus in der Mitte einer Reihe, was gut war, denn dann wurde im Winter von beiden Seiten geheizt. Es gab tatsächlich drei Stuben. Doch statt drei Schlafstuben draus zu machen, schlief der Vater auf einem alten Sofa in einem Raum, den sie zu ihrem Aufenthaltsraum gemacht hatten. In den zwei Stuben oben schliefen Friedel, Bernhard und Gunther, in der Stube gegenüber Edeltraud und Gundula. Tatsächlich war die Wasserpumpe keine zehn Meter vom Haus entfernt.

Edeltraud erzählte ihr ganz stolz, dass sie letzte Woche zum allerersten Mal mit den Frauen des Dorfes im Gemeinschaftsbackofen Brot gebacken habe. Nachdem ihr eine Nachbarin gezeigt hatte, wie man überhaupt Brot backte. Das hatte sie nämlich noch nie zuvor getan. Auf einem kleinen Kanonenofen konnte man kein Brot backen.

Ihre beiden Schwestern und auch Gunther waren höchst erfreut darüber, dass sie nun auch nicht mehr über einen schlammigen Weg zur Schule gehen mussten. Auch war das Schulgebäude besser in Schuss.

Adelheid hatte viele neue Dinge gesehen – eine Waschschüssel auf einem Metallständer. Ein Rasiermesser für die Männer, und Edeltraud und Gundula hatten zum ersten Mal richtige schöne Haarbänder. Zu sehen, wie gut es ihrer Familie ging, machte Adelheid den Abschied so viel leichter. Sonst hätte sie das Gefühl gehabt, sie würde sie im Stich lassen. Aber nun schienen sie ganz gut allein zurechtzukommen.

Über zwei Stunden war Adelheid gelaufen, bis sie in Zehdenick ankam. Und dann hatte sie tatsächlich erst einmal einen kalten gesüßten Tee und eine Schmalzschnitte bekommen. Vater und ihre Geschwister hatten ihr das Essen geradezu aufgenötigt. So stolz waren sie, sich endlich etwas leisten zu können. Alle hatten über beide Wangen gestrahlt.

Vater hatte versprochen, dass es nun immer so sein würde. Zwar wusste man ja nie, wie lange man eine Arbeit haben würde, aber die Ziegelei wurde ständig ausgebaut. Es schien nicht wahrscheinlich, dass ihnen in nächster Zeit die Arbeit ausgehen würde.

Adelheid hatte lange überlegt, was sie sagen sollte. Und wem. Schließlich hatte sie sich dazu entschlossen, nichts zu sagen. Wie sollte sie das begründen? Es gäbe tausend Fragen und nicht eine einzige Antwort. Nein, sie würde sich nicht von ihnen verabschieden, sondern einen Brief aus Amerika schreiben. Vielleicht schaffte sie es sogar, den Brief noch aus Deutschland abzuschicken. Sie konnte ihnen nicht sagen, dass sie wegging. Das war einfach nicht möglich. Deswegen verabschiedete sie sich nach einem letzten gemeinsamen Abendessen innig. Fast schaffte sie es nicht, Gunther aus ihren Armen zu entlassen.

»Nun mach mal nicht so einen Aufstand«, sagte Vater. »Man sollte meinen, du würdest denken, wir sehen uns nie wieder. So weit weg ist es jedoch nicht.«

Adelheid schniefte und wischte sich ein paar Tränen weg. »Du hast recht. Du hast ja recht.«

Noch einmal drückte sie Gunther, ihre Schwestern und dann sogar ihren Vater. Der lachte sie wieder aus, und dann ging sie. Es war Anfang Juli, und die Abende waren lang. Sie würde weit nach dem Abendessen im Schloss zurück sein, aber das wusste sie ja.

Ihr wurde wehmütig zumute. All diese schöne Landschaft würde sie hinter sich lassen. Sie würde bald in eine Stadt reisen, die sogar noch größer sein sollte als Berlin. Mit Häusern, die man Wolkenkratzer nannte, weil sie so hoch waren, dass ihre Dächer in den Wolken hingen. Adelheid hielt das für ein Märchen. Aber dass dort alles ganz anders sein würde, das war ihr schon klar. Wenn es nur schon so weit wäre, wenn sie nur schon dort wären. Das größte Abenteuer, die Schiffsreise, lag noch vor ihnen.

Zurück beim Schloss, fing Viktor sie noch vor dem Tor ab.

»Ist was? Ist Leander entdeckt worden?«, fragte sie alarmiert.

»Nein, alles ist gut. Ich wollte dir nur viel Glück wünschen.«

»Danke.«

Viktor hatte vor zwei Tagen beim Fürsten selbst vorgesprochen. Es war überhaupt kein Problem gewesen, auch kurzfristig aus dem

Dienst zu gehen. Auch wenn Viktor stolz davon erzählt hatte, der Fürst habe mehrmals betont, dass es ihn doch sehr gräme, ausgerechnet Viktor zu entlassen. Aber zum täglichen Essenservieren reichte nun wirklich ein Diener aus. Abends bei Tisch hatte man Budde ansehen können, wie erleichtert er war, seit er von Viktors Kündigung erfahren hatte.

Adelheid hatte es da etwas einfacher. Sie würde nicht mit den Herrschaften sprechen müssen. Bei ihr reichte es völlig aus, der Mamsell Bescheid zu geben. Das würde sie noch heute Abend erledigen. Es würde ihr so viel leichter fallen als der Abschied, den sie gerade von ihrer Familie genommen hatte.

»Adelheid …« Viktors Stimme klang belegt. »Ich will nicht länger warten.«

Womit nicht warten? Wollte Viktor heute schon fort? »Du willst schon fahren?«, fragte sie erschrocken.

Viktor lachte leise. »Nein. Natürlich warte ich auf dich … Ich hatte gedacht, also überlegt, also … weil wir doch bald zusammen unterwegs sind. Und da würde es komisch werden, also zwischen uns, also …« Er griff nach ihren Händen und zog sie zu sich heran. »Ich liebe dich.«

Adelheid schaute zu Viktor hoch, in seine wunderbaren strahlend grünen Augen. Endlich. Endlich war es so weit. Viel schneller, als sie damit gerechnet hatte. Und sicher war sie sich auch nicht gewesen.

»Ich will nicht warten, bis wir unterwegs sind. Ich will mir vorher sicher sein können, dass wir wirklich die gleichen Ziele haben.«

»Amerika?«

»Nein, zusammen zu sein«, erklärte Viktor schmunzelnd.

Sie stand dort, mit offenem Mund, und wusste nicht, was sie sagen sollte. »Ja … Aber ja.«

»Das heißt, du liebst mich auch?«, fragte er nach.

Die Starre, die Adelheid erfasst hatte, zerfiel zu Staub. »Ja, ich liebe dich auch. Natürlich liebe ich dich auch.«

»Gut. Denn mir ist klar geworden, dass ich den Rest meines Lebens mit dir verbringen möchte.«

»Genau das will ich ebenfalls.«

Viktor ließ ihre Hände los und zog sie in seine Arme. »Ach Adelheid. Ich habe das Gefühl, dass ich mit dir, und nur mit dir, all die unwegsamen Probleme und Wege, die das Leben bereithält, meistern werde.«

Adelheid nickte glücklich. Sie sah zu ihm hoch, und erst jetzt küsste er sie. Dieses Mal war es ganz anders. Es war so, als würde es nie wieder aufhören. Als wollte er nie wieder aufhören, sie zu küssen. Und bei ihr, bei ihr war es genauso.

»Dann müssen wir nun also nur noch auf ein Schiff kommen«, sagte sie schließlich erleichtert.

## 21. Juli 1909

»Das ist doch nicht zu glauben. Und beide verlassen uns auch noch am gleichen Tag. Das ist ja wirklich ein Zufall. Und doppelt traurig für uns alle«, sagte Mamsell Reineke.

Sie sagte das bestimmt auch, weil sie wusste, wie viel Mehrarbeit auf die anderen zukommen würde.

Sie standen unten im Flur vor der Küche. Alle waren da. Liesel und Anni schauten betrübt. Martha Petzold schien sprachlos, genau wie Moritz. Diedrich Budde klopfte Viktor unablässig auf die Schulter. Er wäre nun der einzige männliche Diener, der übrig blieb. Vorläufig würden die Herrschaften wohl auch keinen neuen Diener einstellen. Für ihn war das ein vollkommen überraschender Aufstieg.

Gestern Abend hatten sie beide gepackt. Die Mamsell hatte die Gesindebücher für sie vorbereitet, gute Zeugnisse geschrieben und ihnen ihren Lohn ausgezahlt.

Vorhin noch hatten sie zusammen gefrühstückt, aber nun war es so weit. Viktor war furchtbar aufgeregt. Sie würden fortgehen, fort vom Schloss, weg aus Liebenberg, das Deutsche Kaiserreich hinter sich lassen. Er würde sein ganzes bisheriges Leben aufgeben. Aber jetzt, mit Adelheid an seiner Seite, hatte er überhaupt keine Angst. Selbst, wenn nicht alles so laufen würde, wie sie es sich vorstellten – gemeinsam würden sie es durchstehen. Das Wichtigste überhaupt war ja, dass sie Leander vor dem Militär retten würden.

Nun waren ihre letzten Minuten im Schloss angebrochen. Frau Möckel drängte sich durch die anderen hindurch und drückte ihm ein paar in Wachspapier eingepackte Schnitten in die Hand.

»Ein wenig Wegzehrung. Und dass Sie uns ja nicht vergessen. Sie schreiben uns, nicht wahr, Herr Novak? Wie es Ihnen ergeht.« Sie schniefte ergriffen und wandte sich an Adelheid. »Und du kannst uns gerne besuchen kommen.«

»Sobald ich mich eingelebt habe«, versprach Adelheid mit niedergeschlagenen Augen.

Plötzlich hörte man Schritte, und Herr Theurich erschien oben auf der Treppe. Doch er kam nicht etwa runter, sondern half dem Fürsten, die Stufen hinabzusteigen. Alle machten Platz. Hinter ihnen auf der Treppe erschienen die Fürstin, Komtess Alexandrine und Fräulein Grooten.

»Wir wollten Sie doch auch noch würdig verabschieden«, sagte der Fürst nun. Er hatte es endlich bis nach unten geschafft. »Und Ihnen unserer besten Wünsche versichern für Ihr weiteres Leben.«

Er reichte Viktor die Hand und schüttelte sie. Solange Viktor hier gearbeitet hatte, hatte er wohl noch nie dem Fürsten die Hand geschüttelt. Das war eine ganz besonders große Ehre.

Dann hielt der Fürst Adelheid seine Hand hin. Sie sah aus wie ein verschrecktes Reh. »Fräulein Schaaf, auch Ihnen wünsche ich alles Gute für Ihre Zukunft. Ich habe gerade erst erfahren, dass auch Sie uns heute verlassen.«

»Ja, so ist es. Ein Zufall.« Eingeschüchtert ergriff Adelheid die fürstliche Hand und knickste ein letztes Mal.

Der Fürst lächelte sie mild an. »Ich hoffe, dass sich für Sie alles zum Guten wenden wird. Vielleicht sind Sie ja doch eine Glücksmarie.«

Nun lächelte Adelheid scheu: »Ganz herzlichen Dank. Das ist so gütig von Ihnen.«

Glücksmarie? Viktor wusste nicht, was der Fürst damit meinte, aber Adelheid würde es ihm sicher erklären.

Die Fürstin reichte Adelheid die Hand. »Nach all dem Unglück, das Ihre Familie heimgesucht hat, wünsche ich Ihnen das Allerbeste auf Ihrem zukünftigen Weg«, sagte sie warm. »Ich kann sehr gut verstehen, dass Sie wieder in die Nähe Ihrer Familie ziehen wollen.«

Adelheid schossen Tränen in die Augen. »Das Gleiche wünsche ich Ihnen und Ihrer Familie«, sagte sie mit gebrochener Stimme. »Von Herzen. Von ganzem Herzen wünsche ich Ihnen das.«

Viktor hatte gedacht, dass Adelheid der Fürstin eher gram war. Aber sicher gab es noch vieles, was er an ihr entdecken würde. Nach den Herrschaften verabschiedeten sich Fräulein Grooten und Herr Theurich.

Dann waren die Dienstboten dran. Viktor schüttelte jedem und jeder die Hand, klopfte Moritz aufmunternd auf die Schultern und sah zu, wie Adelheid das Gleiche tat und am Ende sogar kurz Gerda umarmte. Dann war es so weit.

Er hielt Adelheid die Tür auf, und sie beide gingen hindurch. Nebeneinander laufend verließen sie das Schloss. Als sie am Tor angekommen waren, blieben sie stehen und schauten ein letztes Mal zurück. Weder er noch sie sagte einen Ton, dann gingen sie weiter.

* * *

Endlich. Adelheid saß auf einer Bank auf dem Bahnsteig. Sie hatten eine längere Strecke vor sich. Es war das erste Mal seit Tagen, dass sie sich ein wenig entspannte.

Blut und Wasser hatte sie geschwitzt, dass nicht doch noch jemand im letzten Moment hinter ihr Geheimnis käme. Doch das war nicht passiert. Überfreundlich hatte sich das Fürstenpaar von ihnen verabschiedet. Adelheids schlechtes Gewissen türmte sich vor ihr auf wie ein riesiger Berg. Wenn sie die Zeit zurückdrehen könnte … Aber das konnte sie nicht. Und wer wusste schon, wie es sonst gekommen wäre.

Wenn sie jetzt noch rechtzeitig ein Schiff bekommen würden, dann, so war sie überzeugt, würden sie einem glücklichen Schicksal entgegenreisen. Nicht, dass sie glaubte, es würde leicht werden. Oder einfach. Aber sie hatte das Gefühl, jetzt, zusammen mit Viktor, würde alles gut werden.

In vier Tagen lief ein Schiff nach Amerika aus. Sie sollten heute am späten Nachmittag in Hamburg ankommen. Sofort würden sie sich drei Passagen kaufen, so denn hoffentlich noch welche zu haben waren. Danach würden sie sich gerade noch rechtzeitig für alle Untersuchungen in der Auswandererstadt einfinden. Vor ihnen lag noch eine ärztliche Prüfung, die sicherstellen sollte, dass niemand eine ansteckende Krankheit hatte. Das wäre nämlich fatal auf einer so langen Reise, wo alle so beengt lebten. Zudem wurde geprüft, ob sie überhaupt gesund genug waren, um sich in Amerika Arbeit zu suchen. Ihre Papiere würden geprüft, und auch, ob sie genug Bargeld dabeihatten.

Adelheid hoffte sehr, dass sie tatsächlich eine Glücksmarie war. Als sie zum Bahnhof Löwenberg gelaufen waren, hatte Viktor sie gefragt, was der Fürst damit gemeint habe. Und Adelheid hatte es ihm erklärt, das mit dem Regenbogen, und dass der Fürst gedacht hatte, sie würde ihm Glück bringen. Dabei wollte sie gar kein Glücksbringer für jemand anderen sein, sondern endlich mal nur für sich selbst.

Sie hatte tatsächlich unverschämtes Glück gehabt, die Stellung im Schloss zu bekommen. Aber seit diesem Tag hatte ihr Lohn immer an erster Stelle gestanden. Wie vorher schon war sie auch im Schloss abhängig von den Entscheidungen anderer. Dazu war noch der Druck gekommen, alles richtig machen zu müssen. Die Stellung zu behalten und besser als gut zu arbeiten. Sie war zum Spielball der Umstände geworden. Niemals hatte sie an ihr eigenes Glück denken dürfen. Danach hatte niemand gefragt. Doch nun entschied sie sich für ein Leben in Freiheit. Das hier war viel besser als jedes Märchen. Sie war endlich die Glücksmarie für sich selbst.

Am Bahnhof in Löwenberg hatten sie sich mit Leander getroffen, waren mit dem Bus nach Neuruppin gefahren und von dort weiter zum Bahnhof nach Wittenberge, der auf der Berlin–Hamburg-Strecke lag. Gerade eben hatten sie sich Billetts für die vierte Klasse gekauft. Leander, der schon alle Butterbrote aufgegessen hatte, schaute begierig auf einen Mann mit Bauchladen, der auf dem Bahnsteig auf und ab ging und heiße Würstchen verkaufte.

»In zwei Stunden sind wir in Hamburg. Am Bahnhof kaufen wir uns etwas zu essen und gehen dann zu den Büros der Reedereien.«

Viktors jüngerer Bruder sagte nichts und nickte stattdessen. Er schien mit der Situation ganz zufrieden zu sein. Er war auch derjenige, der wohl am wenigsten Sorge hatte, dass etwas schiefgehen könnte. Er war ein netter Kerl, und sie hatte keine Bedenken, dass sie miteinander auskommen würden.

Leander griff zu einer Zeitung, die jemand auf einer der Holzbänke hatte liegen lassen. »Ach, schaut mal. Der Kaiser entlässt Reichskanzler Bülow.«

Viktor wirkte erstaunt. »Dann hat seine umstrittene Steuerreform seinen Block nun endgültig gesprengt. Und wer wird nun Reichskanzler?«

»Theobald von Bethmann Hollweg«, las Leander vor.

»Ach herrje. Über den hat der Fürst gesprochen. Das ist auch wieder so ein Jasager. Der wird nur das tun, was der Kaiser ihm sagt. Sonst nichts.«

»Also hat sich rein gar nichts geändert?«, fragte Adelheid nach.

»Eher ist es noch schlimmer geworden.« Viktor zuckte mit den Schultern. »Der Kaiser ist nun nur noch von Jasagern und hartgesottenen Militärs umgeben. Alle Mitglieder der Liebenberger Tafelrunde wurden aus seinem Kreis entfernt. Und der Fürst … Er wird wohl nie wieder auf die Beine kommen. Er ist ein gebrochener Mann. Vom Leben gezeichnet und so gut wie bankrott.«

»Zumindest hat er sich bisher gut geschlagen. Gott sei Dank hat er sich dazu entschlossen zu lügen, bis sich die Balken biegen.«

Viktor schaute sie überrascht an. »Wieso Gott sei Dank?«

»Wenn ich eins in den letzten drei Jahren gelernt habe, dann, dass man in diesem Kaiserreich lügen muss, um frei zu sein. Um sein eigenes Glück zu finden.« Ganz genauso war es vermutlich dem Fürsten gegangen. Wollte er sein Glück finden, blieb ihm nichts anderes, als zu lügen, zu lügen und nochmals zu lügen. Und wollte man wirklich frei sein, musste man das in einem anderen Land als dem Deutschen Kaiserreich versuchen.

»Wie meinst du das?«

Sie würde ihm nichts von dem verkauften Brief erzählen. Noch nicht. Wahrscheinlich erst auf dem Schiff. Vielleicht aber auch nie.

»Ich bin ja nicht so gescheit wie ihr, aber eins habe ich doch begriffen: Wie soll man je sein Glück finden, wenn man das tut, was die anderen, was das Gesetz von einem verlangen? Ich verstehe nicht viel davon, doch dass die Gesetze in unserem Land so gemacht sind, dass sie die Menschen kleinhalten sollen, und rechtlos, das ist nicht zu leugnen.« Adelheid schenkte ihm ein Lächeln.

»Wie es wohl gewesen wäre, wenn nicht so ein barbarischer Kerl wie Opitz, sondern ein fähiger Haushofmeister das Sagen gehabt hätte. Wie viel anders hätte unser Leben verlaufen können«, überlegte Viktor. »Diese hierarchische Gesellschaft und ihre einengenden Regeln bedingen, dass die falschen Leute ans Ruder kommen. Die, die nicht das Wohl ihrer Untergebenen im Blick haben, sondern nur ihr eigenes. Das ist ganz oben in der Regierung so, und eben auch bei uns unten.«

»Ja, sie zwingen uns geradezu, aus jedem Stückchen Glück ein Geheimnis machen zu müssen«, entgegnete Adelheid.

»Da kommt unser Zug«, sagte Leander und sprang auf. Er nahm seine beiden Beutel, griff auch noch einen von Adelheid.

Der Zug hielt auf dem Bahnhof, und sie stiegen ein. Sie setzten sich in das Abteil der vierten Klasse und verstauten ihre Habseligkeiten. Adelheid fand Viktors Blick.

»Dann fahren wir jetzt also in unser neues Leben.«

»Ja, unser neues Leben … Du bist eine starke Frau, Adelheid Schaaf, weißt du das?«

»Nein. Aber ich ahne, dass da etwas in mir schlummert«, sagte sie. Die Flucht aus ihrer Heimat war ihre gerechte Strafe. Und dennoch strahlte sie nun über beide Wangen. »Wir machen es wie Huckleberry Finn. Wir fahren in eine ungewisse Zukunft, aber es ist Freiheit. Unsere eigene Geschichte beginnt erst hier.«

# Nachwort

Warum habe ich diese Reihe geschrieben? Nachdem ich mit meiner sechsbändigen Reihe *Gut Greifenau* durch die Jahre 1913 bis 1932 gereist war, stellte sich mir immer wieder eine Frage: Wie kam es eigentlich zu der Urkatastrophe, dem Ersten Weltkrieg, dem Auslöser der unheilvollen deutschen Geschichte, die uns durch die holprigen und nur stellenweise goldenen Zwanziger in die unruhigen und gewalttätigen frühen Dreißiger führte, die schließlich in das dunkelste Kapitel der deutschen Geschichte mündeten? Was geschah in den Jahren vor Kriegsausbruch 1914? Wie war die Ausgangslage? Welche Kräfte im Deutschen Kaiserreich wollten diesen Krieg mit Frankreich, Russland und Großbritannien? Was waren die Gründe, und wer waren die Kriegstreiber, die sich von einem europäischen Waffengang, der schließlich zwei Drittel der Welt erfasste, so viel Gutes versprachen?

Ich habe mich auf Spurensuche begeben. Es gibt viele Gründe und viele Väter des Krieges. Notwendigerweise muss man das Wirken einer Person betrachten, des mächtigsten Mannes im Staate, Kaiser Wilhelms II. Lange von der Geschichtswissenschaft vernachlässigt, gibt es seit einigen Jahrzehnten interessante Biografien und Sachbücher, die Einblick in seine Persönlichkeit geben. Eine Charakterbeschreibung taucht immer wieder auf: Er war offenbar leicht zu beeinflussen. Wer in seiner Nähe war, dem schenkte er Gehör, dessen Meinung folgte er oft.

Einer, der sehr lange sein Gehör fand, war Fürst Philipp zu Eulenburg und Hertefeld, sein langjähriger und zeitweise bester Freund, bis diese innige Freundschaft durch den weltweit medial verbreiteten Skandal ein jähes Ende fand. Nicht nur der Fürst wurde der Homosexualität bezichtigt, im gesamten Umfeld des Kaisers wurden homosexuelle Kreise ausgemacht. Man sprach sogar von einer Schattenregierung dieser Kreise. Für die damalige Zeit ein Skandal, denn homosexuelle Handlungen waren strafbar und Homosexuelle gesellschaftlich geächtet. Aber es ging um viel mehr.

Gräbt man nämlich tiefer, stößt man auf einen höchst interessanten Aspekt: Fürst zu Eulenburg und seine »Liebenberger Tafelrunde« waren weit mehr als eine illustre, schillernde Männerrunde. Sie waren die schlichtenden und mäßigenden Kräfte, die immer wieder diplomatisch auf den Kaiser einwirkten. Nach dem Bruch des Kaisers mit Eulenburg und seinem Freundeskreis fehlte auch die bis dahin ausgleichende diplomatische Linie Lecomte – Eulenburg – Wilhelm II. Gut möglich, dass Graf Lecomte, ein französischer Diplomat, den Kaiser bei seinen privaten Treffen in Liebenberg ausspionierte. Vielleicht aber fand man auch schlicht jenseits der öffentlichen Politik Mittel und Wege, die Erzfeinde Deutschland und Frankreich von einem Krieg abzuhalten.

Nach der Hetzkampagne Hardens fehlten alle mäßigenden Kräfte. Der Kaiser war fortan von militärischen Hardlinern und Politikern ohne Durchsetzungsvermögen umgeben. Die Verbannung des Fürsten Eulenburg und seiner Liebenberger Tafelrunde aus dem engsten Kreis des Kaisers war eine wichtige Weichenstellung auf dem Weg in den Ersten Weltkrieg. Am Ende bleiben einige Fragen offen. Zum Beispiel:

Was wäre passiert, wenn der neue beste Freund des Kaisers, Fürst Max von Fürstenberg, nicht zufällig ein österreichischer Diplomat gewesen wäre, der Wilhelm II. in der Julikrise 1914 zu dem Blankoscheck für das habsburgische Herrscherhaus Österreich-Ungarn drängte? Hätte der Erste Weltkrieg verhindert werden können?

Dem schließt sich die Frage an: Hätte Deutschland vielleicht heute noch einen Kaiser oder König, eben eine Monarchie, vermutlich eine parlamentarische nach dem Vorbild Großbritanniens?

Ob Fürst zu Eulenburg und sein ausgleichender, friedliebender und frankreichfreundlicher Kreis den Ersten Weltkrieg hätten verhindern können, lässt sich seriös nicht beantworten. Und doch gibt es, neben den Aufarbeitungen der HistorikerInnen, einige interessante Stimmen zu dieser Frage.

So soll der russische Botschafter in der DDR, Michail Perwuchin, dem Enkel Eulenburgs, Wend Graf zu Eulenburg-Hertefeld (so zu lesen in seinem Buch: *Ein Schloss in der Mark Brandenburg*), in den Fünfzigerjahren versichert haben: »Hätte der Kaiser mehr auf seinen Rat gehört und ihn nicht (...) im Stich gelassen, stünden wir heute wohl nicht hier, und die Geschichte hätte für unsere beiden Länder einen besseren Verlauf genommen!«

Eulenburgs Sohn Friedrich-Wend erhielt 1927 einen Brief des Kaisers, als dieser schon lange im niederländischen Exil lebte. Darin schrieb dieser in später Erkenntnis: »Den Schlag, den Dein seliger Vater als hingebungsvoller Märtyrer auffing, galt mir.« (Zu finden in: Norman Domeier. Der Eulenburg-Skandal. 2010)

Den Quellen des deutschen Historikers Domeier zufolge soll auch Maximilian Harden nach dem Ersten Weltkrieg erkannt haben, dass seine Pressekampagne ein fataler Fehler gewesen war. 1923/24, bei einer Diskussionsrunde über den Eulenburg-Skandal, sagte Harden nach der Erinnerung eines Teilnehmers, er bedauere es heute außerordentlich, gegen Eulenburg und seinen »mäßigenden Einfluss« vorgegangen zu sein.

Diese Einsicht kam freilich viel zu spät. Deshalb habe ich diese Umstände in einer Art Vorwegnahme in dem fiktiven Artikel von Constanze und Hugo über die zukünftige deutsche Geschichte dargestellt. Und auch nicht zufällig in der Szene, in der sie am Neuen Palais in Potsdam spazieren gehen. Denn genau in diesen Räumen unterzeichnete Kaiser Wilhelm II. im Sommer 1914 die Generalmobilmachung gegen die Entente-Mächte.

Was folgte, war der »Große Krieg«, wie er damals genannt wurde. Der Erste Weltkrieg, wie er nach dem Zweiten Weltkrieg genannt wurde. Heute bezeichnet man ihn auch als die Urkatastrophe des 20. Jahrhunderts, denn all die finstere deutsche Geschichte und die Teilung Deutschlands waren letztlich Folgen dieses ersten Großen Krieges.

Nach diesem Skandal durften nur noch »ganze« Männer in der unmittelbaren Umgebung Kaiser Wilhelms verkehren. Völlig unangetastet von dem Skandal war der Großadmiral Tirpitz, der Flottenbauer, der mit jedem neuen Schlachtschiff die schlechten Beziehungen zu England vertiefte. Tirpitz gewann enormen und vor allem ungehinderten Einfluss auf Kaiser Wilhelm, gerade weil er die Flottengesetze und die Erhöhung des Flottenbauetats (des Kaisers Lieblingsprojekt) so stark forcierte. Es gab niemanden mehr, der sich seinen Plänen widersetzte. Mit Ausnahme Österreich-Ungarns hatte Deutschland sich alle wichtigen europäischen Großmächte zum Feind gemacht. Italien, eigentlich noch Verbündeter, zeigte erste Anzeichen von Wankelmut.

Und der Fürst? Fürst Philipp zu Eulenburg verließ Liebenberg kaum noch und lebte als kranker und gekränkter Mann, von Adel und Öffentlichkeit geächtet, im Kreise seiner Familie in Liebenberg, wo er auch begraben liegt. In den zwölf langen Jahren bis zu seinem Tod wartete er vergeblich auf ein Zeichen Wilhelms, seines langjährigen Freundes und Bewunderers. Bis zum Ende des Kaiserreichs 1918 wurde der Meineidsprozess nicht wiederaufgenommen. Eulenburg selbst starb 1921.

Als Folge dieser in den drei Bänden beschriebenen Prozesse erlitt auch das zarte Pflänzchen der gerade erwachenden Emanzipationsbewegung der Homosexuellen herbe Rückschläge. Gab es zuvor noch erste Stimmen, zum Beispiel aus den Reihen der SPD, die sich für eine Abschaffung des Paragrafen 175 aussprachen, so wurde in der Folgezeit über eine Verschärfung diskutiert. Parteiübergreifend wandte man sich von einer Liberalisierung ab.

Bei der Darstellung aller historischen Personen habe ich mir künstlerische Freiheiten genommen, um den Roman ausreichend zu dramatisieren. Die Aussagen des Fürsten vor Gericht finden sich jedoch, wie hier wiedergegeben, in historischen Dokumenten und zeitgenössischen Artikeln. Bei der Schilderung der Prozesse habe ich mich an die historischen Quellen gehalten, ansonsten an das historisch Wahrscheinlichste.

Ein großer Dank geht an Jan Bejsovec von der DKB-Stiftung, der mit mir eine äußerst interessante historische Führung um und in Schloss Liebenberg gemacht hat. Da das Archiv von Schloss Liebenberg 1945 beim Angriff der russischen Streitkräfte verbrannt ist, gibt es so gut wie kein historisches Material über das Schloss selbst. Das Schloss wurde in den 2000er-Jahren entkernt und umgebaut. Die Innenausstattung, ja selbst die Raumaufteilung entsprechen nicht mehr den damaligen Gegebenheiten. Man kann also heute nicht mehr auf den Spuren der Bediensteten durch das Schloss wandeln.

Wenn ich historische Romane schreibe, interessiert mich immer auch die Sicht der Bevölkerung, nicht nur die der Herrschenden. Deshalb habe ich mich entschieden, aus der Perspektive der untersten Schicht zu schreiben, die so wenig Beachtung findet – die Tagelöhner und Dienstboten, die zu Beginn des 20. Jahrhunderts noch weitgehend rechtlos waren.

Denn der Fürst zu Eulenburg war zwar ein Opfer seiner Zeit, gehörte aber sehr wohl der herrschenden Klasse an. Seine Familie war seit Generationen auf vielfältige Weise mit dem preußischen Staat verbunden. So wurde er selbst zum Opfer der gesellschaftlichen Normen und Regeln, die sein eigener herrschender Stand geschaffen hatte. Opfer dieser Normen waren aber mindestens ebenso die Menschen, die nicht das Glück hatten, hochgeboren zu sein.

Eine letzte Anmerkung: Wer es bemerkt hat – im heutigen Berlin gibt es eine Kaiserin-Augusta-Straße, aber nicht in Berlin-Tiergarten. Die frühere Kaiserin-Augusta-Straße existierte von 1874 bis 1933 und heißt heute Köbisstraße.

In dankbarer Erinnerung gedenke ich meiner leider viel zu früh verstorbenen Lektorin Christine Steffen-Reimann vom Droemer

Knaur Verlag, die mich bei diesem Projekt lange und mit sicherer Hand begleitet hat.

Mein großer Dank gilt auch allen anderen, die mir immer wieder kritisch und unterstützend zur Seite gestanden haben: meinen Lektorinnen Natalja Schmidt und Dr. Clarissa Czöppan, meiner Agentin Leonie Schöbel, meiner treuen Testleserin Esther Rae und meinem Mann Dr. Peter Dahmen.

Ein großes Dankeschön geht auch an Rainer Ackermann, meinen persönlichen Kaiserzeitspezialisten, der immer wieder wertvolle Informationen und Material zu all meinen Fragen ausgräbt.

Meine Homepage www.hanna-caspian.de hält Sie über alle Neuigkeiten und Neuerscheinungen auf dem Laufenden. Und ich freue mich immer riesig, wenn ich in den Weiten des Internets auf eine Buchbesprechung stoße. An dieser Stelle ein herzliches Dankeschön an alle, die sich die Mühe machen. Das ist der Applaus für uns Autorinnen.

Einstweilen wünsche ich Ihnen bestes Lesevergnügen, spannende und interessante Unterhaltung mit meinen Geschichten von der Geschichte.

Ihre
Hanna Caspian

*Zwischen Tradition und wahrer Liebe –*
*Band 1 der Geschichte einer Grafenfamilie*

HANNA
CASPIAN

# GUT GREIFENAU
## Abendglanz

Roman

Mai 1913: Konstantin, ältester Grafensohn und Erbe von Gut Greifenau, wagt das Unerhörte: Er verliebt sich in eine Bürgerliche, schlimmer noch – in die Dorflehrerin Rebecca Kurscheidt, eine überzeugte Sozialdemokratin. Für Katharina dagegen, die jüngste Tochter, plant die Grafenmutter eine Traumhochzeit mit einem Neffen des deutschen Kaisers – obwohl bald klar ist, welch ein Scheusal sich hinter der aristokratischen Fassade verbirgt. Aber auch ihr Herz ist anderweitig vergeben. Beide Grafenkinder spielen ein Versteckspiel mit ihren Eltern und der Gesellschaft. So gut sie ihre heimlichen Liebschaften auch verbergen, steuern doch beide unweigerlich auf eine Katastrophe zu …

KNAUR